栴檀の光

富士川義之先生、久保内端郎先生　退職記念論文集

KINSEIDO

目次

第2部　アメリカ文学

第3部　英　語　学

第１部

イギリス文学

1 文学と絵画
――ラスキンとラファエル前派

富士川　義之

1

わたしがイギリス文学と付き合い始めたのは、大学生のとき以来ですから、いつのまにかもう五十年近くにもなります。付き合いをはじめた頃は、文学に対する信頼はほとんど揺るぎないもののように見えたし、シェイクスピアの正典性《カノニシティ》を疑う者はなく、T・S・エリオットの伝統論に異議を唱える者も少なかった。現在はあまり人気がありませんが、文学を深く味わい、享受するためには、まず原典にあたり、辞書を丹念に引いて、何よりも作品読解に習熟しなければならないとする指導法も優勢だった。文学という言葉がしばしばカッコ付きで使われ、かなり胡散臭く見られ、作品よりも理論を重視することの多い現在とは大違いです。

わたしも理論や方法にはむろん一応の関心をもっていましたが、理論や方法はあくまでも作品をより深く理解し、よりよく読むために有効な道具の一つぐらいにしか意識していなかった。個々の作品のほうが、理論や方法よりもわたしにはずっと魅力的であったからです。折あるごとに得られる文学経験を土台としない研究や批評は、そもそも自分にとってあまり縁のないもの、あるいは不向きなものと考えていたからでもある。それに自分がどう生きるべきかという自己の生についての認識をより深め、自己の生をより豊かにしてくれるような思索と実践の場としても文学の研究や批評はあってほしいという根源的な欲求もありました。

ともかくわたしにとって、自分が興味を感じたり心を惹かれた文学作品を、感動の押し売りだけはどうしても嫌ですから、どのように客観的に分析し、どのように論理の筋道をつけながら説得的に語るかということが、当初から自分自身に課した最小限の課題でありました。そこに文学の研究や批評にたずさわる者にとっての意義があるように思われたからです。これまでそのような基本姿勢でやってきたのです。ともかくわたしとしては、研究か批評かという二者択一ではなく、研究寄りの批評、または批評寄りの研究の姿勢を、言いかえれば批評と研究の狭間で仕事をするという姿勢をおのずと身につけていったようです。もちろんさまざまな愛読書からの影響もあったに違いない。わたしの最初の著書は一九八三年に刊行された『風景の詩学』ですが、わたしが風景の問題に関心をもちはじめたのは、ウィリアム・ワーズワスの自伝的長編詩『序曲』とともにウィリアム・ハズリットの短いエッセイ「ニコラ・プッサンの風景について」や「遠くの事物はなぜ喜びを与えるのか」とか、エルヴィン・パノフスキーの論文「われ、また、アルカディアにありき――プッサンと哀歌の伝統」とか、クリストファー・ハシイの『ピクチュアレスクなもの』とか、サー・ケネス・クラークの『風景画論』を原文で読んでからのことです。また、マリオ・プラーツの『肉体と死と悪魔』（この原題よりも英訳題の *The Romantic Agony* のほうがいまも親近感がある）やエドマンド・ウィルソンの『アクセルの城』やフランク・カーモードの『ロマン派的イメージ』などを読むことによって、二十世紀モダニズム文学の源流としての世紀末の唯美主義やデカダンスに一層深入りするようになったことは確かです。その成果が一九九一年に出た『ある唯美主義者の肖像――ウォルター・ペイターの世界』であり、一九九九年に刊行される『英国の世紀末』であります。

それはともかくとして、いま挙げた著作家たちは、研究のための研究を、批評のための批評を追求するといった偏狭な姿勢を見せることはなかったし、研究者は批評の領域に歩み寄り、批評家は研究の成果を活用することに熱心でした。広い意味での人間理解を研究や批評を通じて達成することを最終目標にしてもいました。何よりも文学を文学として読み、他の何か（たとえば歴史学や社会学やイデオロギー分析など）の資料のようなものとして文学を扱ってはいなかった。徒らにノスタルジアにふけるつもりはありませんし、いまの時点から見ればいろいろと欠陥も目につきますが、そのような彼らの人文主義的な姿勢にわたしはかつて魅せられたのです。

このように過去を振り返っていますと、それらの著作家たちの批評書や研究書を読むはるか以前、つまりわたしがまだ大学生の頃に愛読した一冊の書物のことがおのずと思い浮かんできます。それは吉田健一の『英国の文学』です。これを手に取った最初の動機は、英文学への手引きを得ようというものだったと思います。実際、この書物は手引き書、ないしは入門書としても実によく出来ていて教えられることが数多くあり、また、新しい視界がひらける思いをしたことも少なからずあった。なかでもとりわけ魅惑され心を惹かれたのは、たとえば、

春から秋に掛けての英国の自然が、我々東洋人には直ぐには信じられない位、美しいならば、英国の冬はこれに匹敵して醜悪である。そして冬が十月に来る国では、この二つの期間はその長さに掛けて先ず同じであって、英国人はかういふ春や夏があるから冬に堪へられるのでなしに、このやうな冬にも堪へられる神経の持主なので春や夏の、我々ならば圧倒され兼ねない美しさが楽しめるのである。何れの場合も、現実に堪へ抜く強靭な生活力がそこに働いていることに変わりはなくて……如何に美しいものにも対抗することが出来る忍耐力といふことが、英国人の国民性に認められる一つの特徴であると言へる。或るものを美しいと見るにも力がなければならず、それを美しいと見た上で更にそれを自分のものにするには、力が一層必要なのである。[1]

というような箇所に端的に示されているような、英国人の自然美に対する感覚についての鋭い洞察です。美の感受の

能力と強靭な生活力とが貨幣の表裏のように一体化しているところに、英国の国民性の重要な特徴を見るという、こうした洞察は、むろん、ありふれた実用的な手引き書などから得られるはずもありませんが、その種の大変個性的な洞察や見解を随所にちりばめた『英国の文学』が単なる啓蒙本位の手引き書の域をはるかに超えて、英国の文学を批評の対象に明確に見据えた、一個の批評文学たり得ているのは当然のことでしょう。「英国の詩の大部分は英国の自然を歌ったもの」であることを、『英国の文学』は諄々と説きあかしていますが、そういう事柄を理屈によってではなく、まず感覚や直感によってはっきりと摑み取っていることがまざまざと感じられたところに、『英国の文学』の大きな魅力があったことは確かです。この著作を通じて、わたしはイギリス文学の魅力というものにかなり目を開かれたと言ってもよいでしょう。

本日の講義の準備をするために、この『英国の文学』のうち、講義と直接関連性のある第九章「十九世紀の文学」を久しぶりに読み返して来ました。イギリス性とは何かということがよく話題になりますが、こと文学に関して言うなら、それは生活のなかにつねに文学を置いてみるという不動の姿勢ではないかと思われます。日常生活、つまり衣食住の具体的な経験から宗教や道徳や倫理などの精神生活や精神風俗の局面にいたるまで、人間が日々営む具体的な生活経験から、文学や芸術を切り離してはならない、というのが、わたしがこれまでにイギリス文学から学んで来た最も大切な教えの一つであります。このような教えに初めて接したのが、ほかならぬ吉田健一の『英国の文学』を通じてであったということを、このたび再認識しました。わたしはこれから十九世紀後半に活躍し、文学と絵画の二つのジャンルに深くかかわったジョン・ラスキンとラファエル前派をめぐって、彼らの美意識がどのような性質のものであるかといったようなことを、過不足なく論じることなど到底できませんが、一般の聴衆もおられることだし、できるだけ分かりやすく、具体的に幾つかの絵画をお見せしながらお話ししたいと考えています。その際、どうしても見過ごせないことの一つは、彼らが、生涯にわたって、多かれ少なかれ、関与せざるを得なかった宗教、あるいは宗教性の問題です。宗教や宗教性の問題が彼らのさまざまな活動のいわば根っこにいつも大前提のようなものとしてあるということであります。そのことについて、吉田健一が『英国の文学』のなかで、簡潔な表現で、実に鋭い的確な指摘をしていることに気づきました。それは、次のような文章です。

英国の文明が近代に至って受けた最も大きな痛手は、英国人が知性の分析に堪へる宗教の体系を持たなかったことに原因している。又それを英国人が生き抜いた結果、英国の近代といふものがその特異な岩乗な性格を得ることになったのであるが、兎に角、近代人には神がないといふ近代の一面を英国人、或はアングロ・サクソン人種は世界のどの民族よりも先に経験しなければならなかったのである。(2)

ここで英国の近代というのは、十九世紀後半、つまりヴィクトリア朝中期から後期にかけての時期を指していま す。ついでながら、『英国の文学』の続編として書かれたものに、『英国の近代文学』がありますが、その有名な書き出しの文句「英国では、近代はワイルドから始まる」における「近代」とは、もちろん、いま触れた「英国の近代」と結び付く点もあるのですが、それよりもむしろ、二十世紀モダニズム文学のほうに直接関わる点が多いのではないか、ということを言っておきたい。吉田健一は明らかにワイルドを二十世紀モダニズム文学の創始者としてとらえているのです。

ともかく、吉田健一にとって、英国の近代は、ローマ・カトリック教会やその教義の伝統に堅固に支えられていたフランス近代とは違って、英国の近代には、「先ず自分の方向を見定めなければならないほどの混乱があった」というふうに見えていたのでした。それゆえ、「ボオドレエルの詩に背徳はあっても、その背徳を成立させていたのは彼の信仰だった」というようなことは英国では起こり得なかった。ふつう、この時期は、文学史的に見ると、キリスト教信仰への懐疑精神が著しく台頭した時代というように説明されることが多いし、また事実その通りなのですが、同時代のフランス人とは違って、「英国人が知性の分析に堪へる宗教の体系を持たなかった」がゆえに、めいめいが、言ってみれば、ほとんど素手でもって、近代にも成立することが許される神の観念、あるいは神に取って代わるべき観念を新たに探ろうとしていろいろと模索せざるを得なかった。文学批評の原点にいま一度立ち返ろうとするこのような吉田健一の見方は、どちらかと言うと、小さな問題やテーマを精密に論証することを競い合っているような英文学研究の現在のコンテクストのなかに置いて見ると、あまりにも問題が大きすぎて、あるいは大雑っぱすぎて、おそらく、ほとんど取り付くしまもない、抽象的な言説の一つなのかもしれません。しかし、わたしとしては、この時代の文学や芸術を少しでも理解しようとかより親しみをもとうとするさいに、不可欠な観点というか、明確な方向性を指示してくれているのではないかと思わずにはいられません。少々前置きが長くなりましたが、そのような方向性に沿ってまずラスキンを取り上げてみようと思います。

2

よく指摘されることですが、ヴィクトリア朝の人々は、見るという行為、すなわち人間の眼に実際に映るものがどれだけ信頼できるかという問題、さらには自分に見えたものをどのように解決し説明するかという問題にある意味で取り憑かれていました。文学や絵画の領域では、簡単に言ってしまうと、自分たちの眼に見えるものを注意深く観察しそれをありのままに描くという、いわゆるリアリズムの手法が賞讃されるようになってゆく。その際、肉体の器官の一つである眼によって見られるさまざまな物質や事物の世界と、心のなかでのみ思い描かれたりイメージ化される眼に見えない想像の世界との関連性がどのようであるかについての興味や関心が高まってゆきます。たとえば、ヴィクトリア朝を代表する賢者の一人、トマス・カーライルの奇書『衣装哲学』（一八三八）のなかに、こんな一節があります。すなわち「すべての眼に見える物は表象である。あなたが見る物はそれ自体のためにそこにあるのではない。厳密に考えると、そこにあるのでは全くない。物質はただ精神的に、何らかの観念を表わし、それを具現化するために存在するのである」(3)

カーライルは眼に見える物質の世界の背後に、眼に見えない魂の存在や聖なるものを見ようとしている。彼はこうした「象徴的なリアリズム」が、チャールズ・ディケンズの小説やラファエル前派の絵画やヴィクトリア朝中期の建築のなかに活発に働いていることに注目するのですが、このカーライル以上に、徹底して眼の人であり、傑出した視覚的想像力の持主であったのが、カーライルを師と仰ぐラスキンでした。しかも彼は、少年時代に将来は地質学者になることを夢見ていたほど当時の自然科学の新しい動向に強い関心を寄せていて、地質学のみならず、鉱物学や気象学や植物学などにも造詣が深く、自然観察に基礎を置く科学的実証主義の精神を身につけてもいました。彼は地質学者の卵として、岩肌や岩石の組成や形態など、自然の細部に対する強い関心から出発して、一本の木であれ、一枚の葉であれ、美しい草花であれ、自然の対象の細かな部分を正確に観察して自己の記憶にとどめておくだけでなく、自ら絵筆をとって絵画やスケッチを描くという才能を若いときから発達させていきました。そしてありのままの自然の姿こそが本当の美であるということを確信するにいたるのです。なぜなら、ありのままの自然の姿こそが眼に見えない神の姿のあらわれにほかならなかったからです。従って絵画的な美とは、人間が作った古典主義的な「法則」のなかにあるのではなく、自然に忠実であることから生まれるという彼の美学の基本理念は、こんなふうな自然観察とスケッチやデッサンなどの実践活動から生まれたと言ってもよい。こうして「自然に忠実であれ」('Truth to Nature') ということが、絵画的な美を識別する際の、最も重要な判断基準となるのです。しかも彼の場合、しばしば異質なものと見なされがちな、正確で科学的な観察と芸術作品への熱狂とが結び付いてゆく。そうした一種独特な結び付きが、つまり科学者と批評家の結合こそが、力強く説得力に富む、非常に熱のこもった描写や文章の数々を生み出す原動力となるのです。こうしてラスキンは、三十代の初め頃までに、イギリス最大の風景画家とされるJ・M・W・ターナーを、何より眼の画家、しかも思索するまなざしの画家としてとらえながら、彼の風景画のなかに、芸術における真と美を見出してその崇高な価値を熱烈に賞揚していったのです。

そのようなラスキンが、一八五一年におけるターナーの死後、強く惹きつけられていくのが、自分よりもおおよそ十歳近く若いラファエル前派の画家たちです。ラファエル前派とは、一八四八年九月、まだ十九歳だった天才画家ジョン・エヴァレット・ミレー（一八二九—九六）のアトリエに、ロイヤル・アカデミー美術学校の七人の画家や彫刻家の卵が集まって結成された美術革新運動のグループです。中核となるのは、ミレー、ウィリアム・ホルマン・ハント（一八二七—一九一〇）、ダンテ・ゲイブリエル・ロセッティ（一八二八—八二）の三人です。彼らの芸術的主張とは、基本的には、反古典主義的なものでした。すなわち、イタリア・ルネサンスの画家ラファエロから強い影響を受けて、古典的な均斉美を重んじ、視覚的言語を用いて普遍的な真理を表現することを目標としていた、名高い古典主義者であり、一七六八年にはロイヤル・アカデミーの初代院長を務めたジョシュア・レノルズ（一七二三—九二）風の美術教育の伝統に対する反抗なのでした。そしてラファエロ以前に活躍した、とくにジョットなどの中世画家たちの作品に霊感源を求めていったのです。自らも中世ゴシック建築の復興を唱えていた中世主義者であるラスキンは、ラファエル前派の画家たちの中世回帰を強く支持し、眼に見えるものをありのままに描くそのリアリズムを賞讃します。ラファエロ以後の画家たちが芸術的に堕落したのは、厳然たる事実を描くというよりもむしろ美しくととのった、きれいな絵を描こう、描こうとして少なからず意識過剰となってしまったところに要因があり、ラファエル前派の若者たちは、そうした過ちに気づき、中世絵画に還ることによって、新しいリアリズムを周囲の反対にもかかわらず打ち立てようとしていると見たからです。彼は、若者たちを「自然に忠実であれ」という彼の年来の主張に呼応する画家として受け止めたのでした。彼の眼には自然を重視するラファエル前派の画家たちが、ある意味でターナーの後継者と見えたのです。ラファエル前派のうち、ラスキンが最も高く評価していた画家はミレーとホルマン・ハントです。とくにミレーの並外れた才能を絶讃し、「自然に忠実であれ」という自分の主張に共鳴するミレーを愛弟子として扱っていたほどです。

ミレーと言えば、ご存じの方も多いように、昨年秋に、渋谷の文化村ミュージアムでかなり大規模なミレー展が開催され、わたしもゼミの学生たちと一緒に見物に行きましたが、そこでの呼び物はやはり何と言っても《オフィーリア》でした。一八五二年のロイヤル・アカデミー展に出品された《オフィーリア》は、ミレーの初期作品のなかではいわば文句なしの傑作です。ご存じの方もきっと多いでしょうが、日本では明治時代に、夏目漱石がすでに小説『草枕』のなかにこの絵を取り上げています。漱石はこの小説の語り手で主人公である画家に温泉につからせながら、こう語らせています。「スウィンバーンの何とか云う詩に、女が水の底で往生して嬉しがっている感じを書いてあったと思う。余が平生《へいぜい》から苦にしていた、ミレーのオフェリヤも、こう観察するとだいぶ美しくなる。何であんな不愉快な所を択《えら》んだものかと今まで不審に思っていたが、あれはやはり画《え》になるのだ。水に浮んだまま、あるいは水に沈んだまま、あるいは沈んだり浮んだりしたまま、ただそのままの姿で苦なしに流れる有様《ありさま》は美的に相違ない。それで両岸にいろいろな草花をあしらって、水の色と流れて行く人の顔の色と、衣服の色に、落ち着いた調和をとったなら、きっと画になるに相違ない。(4)」

オフィーリアというのは、むろん、シェイクスピアの『ハムレット』に登場する、ハムレット王子の恋人です。彼女は自分の父親を王子に殺されてしまい、理性を失って小川のほとりをさまよい、花を摘んでいたときに誤って小川に落ちて水死してしまう。それゆえ、『草枕』の主人公が言うように、彼女は死に場所を「択《えら》んだ」わけでは必ずしもないのですが、それはともかくとして、この有名なエピソードは、『ハムレット』第四幕第七場で、ハムレットの母親である、ガートルード王妃が述べる台詞のなかに出て来ます。

柳の木が一本、小川のうえに差しかかって、
白い葉の裏を流れの鏡に映しているところ。
あの娘《こ》は柳の葉を使って、きんぽうげ、いらくさ、ひなぎく、
それに口さがない羊飼いたちが淫らな名で呼び、
純潔な乙女たちは死人の指と呼んでいる紫蘭《しらん》をそえて、
きれいな花環を上手につくり、その花の冠を枝垂《しだ》れた枝に
掛けようと、よじ登った途端《とたん》、枝は情《つれ》なく折れて、
形見の花環もろとも、哀れにむせぶ小川に落ちました。
裳裾《もすそ》はひろがり、しばらく人魚のように川面《かわも》を漂いながら、
古い讃美歌を口ずさんでいたといいます。[5]

この絵画からはミレーの、ひいてはラファエル前派の二つの特徴を知ることができます。一つは「自然に忠実であれ」というラスキンの教えを守って植物や花々が非常に詳しく正確に描き分けられていてまるでデジタル画面を見ているように鮮明であるということ（画面からパンジー、けし、ひなぎく、忘れな草、ばいも、ヒアシンス、いらくさ、青浮草などが識別できます）。と同時に、これらの植物や花々がオフィーリアの運命を暗示する複雑な象徴体系を示していることであります。たとえば、画面中央のオフィーリアの衣服の上にただようパンジーは、死ぬ直前の場面で彼女が野原で摘んでいた花々のなかで彼女が唯一言及する花の名前です。また、パンジーはふつう異性への「想い」とか「むなしい恋」の両方を意味しています。また、けしの花は死の象徴であるし、「忘れな草」はその名の通り象徴的な役割を果たしています。画面左隅上方のやぶのなかに一羽の駒鳥が小さく描かれていますが、これはこの

水死の場面の少し前、第四幕第五場で歌うオーフィリアの歌のなかの「愛くるしい駒鳥はわたしの喜びのすべて」（'For bonny Sweet Robin is all my joy'）からとられたものでしょう。さらに、画面右はじの忘れな草のすぐ左側のあたりに、光と影の交錯するところがありますが、その光と影の交錯が作り出す図形はぼんやりとではありますが「どくろ」を示しているのではないかと指摘する美術研究者もいます。

この作品は一八五二年のロイヤル・アカデミー展で批評家からも大衆からも大変な好評を博し、ミレーはラファエル前派運動に決定的な役割を果たすのですが、ただ、なぜかラスキンはこの絵画をすぐには評価せず、後になって「哀しみの付きまとうイギリスの風景画のなかでは魅惑的なもの」と評しただけでした。その主たる理由はおそらくラスキンのオフィーリア観と密接に結びついているからではないかと思います。主として中流階級の女性の聴衆のために行ったラスキンの講演録『ごまとゆり』（一八六五）によると、シェイクスピアには「英雄的男性」がいない、「英雄は女性ばかり」ということになります。さらにまた、どのシェイクスピア劇の破局も、つねに「男性の愚昧や欠点」に原因があり、「救いがもしもあるとすれば、それは女性の知恵と徳操によるものであり、これがだめなら、救いもないことになる」と言っています。ただし、「女性としてはただひとり、弱い人間がいる。それはオフィーリアである」と言って、彼女が肝心なときにハムレットを見捨て、彼が一番必要とするときに「案内者」とならなかったと続けています。昨年五月に開催されたラスキン文庫主催の「ヴィクトリア朝のシェイクスピア」というシンポジウムで、講師として同席したとき、演劇評論家の松岡和子さんが、ラスキンの言う「弱い人間」としてのオフィーリアに注目して、「彼女の弱さのもとは自分の言葉を持たないこと、と言うよりも自分の言葉も意志も持たないように父親ポローニアスに教育されてしまったこと」にあるのではないかと指摘していたのが印象的でした。「弱い人間」としてのオフィーリア像についてもう一つぜひ言い添えておきたいのは、絵画的な観点から見ると、ミレーはそれまでのロマン主義絵画にしばしば見られたような、女性は悲劇的ではあるが魅力的な存在、などといったような伝統的見方から離れていることです。離れることによって絵画的な主題にそれまでにはないいわば催眠的というか、一種頽廃的かつ病的な効果を与え、その後の唯美主義からデカダンスにいたる世紀末の美術と文学に大きな影響を与えたということです。

このように《オフィーリア》を典型例とするように、ロマン派世代にもてはやされたシェイクスピアは、ミレーをはじめラファエル前派及びその周辺の画家たちにとって大きな霊感源となってゆく。ミレーは、《オフィーリア》のほかにも、『テンペスト』にヒントを得た《エーリエルに誘惑されるファーディナンド》を描いています。これはヴィクトリア朝時代に数多く描かれた妖精の絵画のなかでも屈指の傑作という評判の絵です。また、シェイクスピアの戯曲『尺には尺を』(*Measure for Measure*)を下敷きにしたアルフレッド・テニスンの詩「マリアナ」をミレーが絵画化した《マリアナ》も、文学と絵画の結びつきをよく示す作品で、ラスキンから「ミレーの最高傑作――そしてひとつの世代を代表する傑作である」と激賞されました。マリアナとは、婚約者アンジェロに裏切られ、田舎の「堀に囲まれた農場」で一人暮らしをする若い女性です。テニスンの詩では、第六連までの各連の最後の四行は呪術的にこう繰り返されます。「彼女はただこう言った、『わたしの生活は寂しい、と／あの方は来ない、と彼女は言った。／うんざりだわ、うんざりだわ／死んだ方がましだわ！』(6)」こんなふうな単調で物憂げな反復を重ねることを通じて、いつまでもやって来ない恋人を待ちわびる孤独なマリアナがついに感覚の錯乱状態に陥るまでを浮き上がらせて見せます。テニスンの詩では、マリアナの自閉症的な心理状態を提示することに深く関わっていますが、ミレーの絵では、青色のビロードの衣服を身に着け、宝石をちりばめたベルト姿のマリアナは、心理的および性的な抑圧を抱え込んだ女性として描かれているような印象を与えずにはいないでしょう。この絵をしばらく見ていると、ちょっと不気味な感じさえしてくるのは、そのような複雑な抑圧を抱え込む女性が両手を腰の上に当ててポーズをとり、ステンドグラスに描かれた受胎告知の天使ゲイブリエルと眼を合わせており（当時としてはおよそ正統的ではないのですが、天使はマリアに眼を向けてはいません）、しかもその官能的な若い肉体は、このうえもなく精緻に描かれた重苦しく狭い閉所的空間に閉じこめられているからではないでしょうか。彼女には息をつける場所がどこにもないのです。ミレーは、ラスキンの示唆に従って、窓から風で吹き込まれた二枚の葉をマリアナがおそらく立ち上がる寸前まで織っていた花模様の刺繍の上に描き加えたといいます。自然と人工の対比を暗示するためでしょう。

《オフィーリア》の場合もそうですが、鮮明なデジタル画面をつい連想してしまうような、極めて精度の高い《マリアナ》の画面のかもし出す重く官能的で不吉でさえある美的表現は、いかにも見事です。ラファエル前派の流れをくむのちの唯美主義の画家たちによる、物憂げな美女像の原像ともなっていると言ってよいでしょう。言いかえると、ここでは、当時普及し始めていた写真を思わせるような自然に対する忠実さとともに、抑圧された強烈な情念や官能性が絵のなかで捌け口を求めてさまよっている。そんな印象さえ与えるのですが、まさにこの官能性と精神性の微妙な融合こそが、ラファエル前派の重要な特質となるのであります。

3

このような《オフィーリア》や《マリアナ》のミレーとともに、ラスキンが高く評価して推賞していた画家が、ホルマン・ハントです。とくに一八五三年にロイヤル・アカデミーに出品されて、その主題が俗悪で品がないという理由で批評家たちからさんざん叩かれた《良心の目覚め》を、ラスキンはその翌年に『タイムズ』紙で強く弁護して、「この絵のさまざまなディテールを詳しく観察するとその意味が見えて来る」と指摘して、ディテールの分析を通じて、この絵が俗悪どころか、明確な道徳的なメッセージを伝えようとしていることを強調しています。(7)この作品では、ひとりの男と彼が囲っている愛人が一軒の家で密会している様子が描かれています。画面の二人の関係がただならぬことを示すために、男は結婚指輪をしていない女の薬指をわざと観客に見せている。二人がロマン主義詩人トマス・ムーアの詩「静かな夜に幾度となく」(“Oft in the stilly night”)を歌っている最中に、娘は突然啓示に襲われます。男の膝から跳ね起きた彼女は、背後の鏡に映っているように、日の光に満ち溢れた庭のほうに目を凝らしている。ラスキンが言うように、この作品には、解説されることを意図した数々の象徴が画面のあちこちで目につきます。たとえば、テーブルの下で猫に弄ばれる翼の折れた小鳥は、女の境遇を暗示している。失われた純潔を表すテニスンの詩「涙よ、空しい涙よ」(“Tears, Idle tears”)の楽譜が床の上に転がっているし、男の手袋は投げ捨てられ、もつれた編み糸が落ちている。ラスキンが書いているように、「画家が撚《よ》り糸の一本一本まで苦心して描き出したドレスの縁取りにも、物語が宿っている。それはいま純白であっても、やがて彼女が男に棄てられてしまえば埃や雨に汚れてしまうことになるだろう」。遊び人の男が無邪気に歌う歌によって不意に道徳心を呼び覚まされたことを主題とするこの絵のモデルとなったのは、貧しい労働者階級出身の無学なバーのホステスで、ホルマン・ハントの愛人アニー・ミラーでした。

これは同時代の小説でも取り上げられることの少なくなかった、いわゆる「堕落した女」(“the Fallen Woman”)の主題を扱った絵画ですが、ラスキンはこの絵のなかに、女の犯した罪の報いが避けがたいものであるという道徳的な意図を、細部の読みを通じて明らかにしています。彼にとって、視覚芸術というのは、単なる娯楽でも暇つぶしでもなく、現代世界の切実な社会的・道徳的・宗教的な諸問題と密接に関わり合い、そうした諸問題を何らかのかたちで画面に反映し、定着したものでなければならないのです。ここでちょっと振り返ってみたいのですが、そもそも「自然に忠実であれ」ということをモットーにしていたラスキンの場合、美とは何よりもまず自然美を意味していました。長期にわたるターナー研究を通じて、彼は自然の事物を科学的正確さをもって描き、しかもそれを神の御業として見る敬虔さを失ってはならないことを信条にしていた。彼はたとえば一本の木を正確に描くためには、木の構造や生態に通じていなければならないことをしばしば強調しています。しかし、そのような科学的関心は、木は神の御手に成るものとする感情的ないしは神秘的でさえある木との接し方を決して退けるものではなかった。それゆえ、彼にとって、正確で科学的な自然観察は、神の存在を視覚的に把握可能にする極めて重要な作業にほかならなかった。その点で彼は明らかにダーウィン以前の人であったのです。事実彼は、ダーウィンの進化論に対してしばしば懐疑的な見解を表明しています。このような正確な観察と敬虔な宗教心とが結びつくところから、輝くばかりの美が細部から現れ出るということを確信していたのです。

ひるがえってホルマン・ハントの《良心の目覚め》においても、彼が強調するのは、人間を主題とする絵画においても、正確で科学的な観察を通じて、それを見る者に対して、何らかのかたちで、社会的・道徳的・宗教的な教訓を与えることができるような、そういう美でなければならない、ということになる。しかし、このようなラスキンの絵画批評や絵画分析は、どのように好意的に眺めてもやはり、幾つかの欠陥を抱えこんでいるのではないかと思わざるを得ません。わたしなどがまず感じるのは、これでは絵を実際に見たり鑑賞する人たちが想像力を自由に働かせる余地などほとんどない、ということです。絵画自体とは別個にというか、それに先立ってあらかじめ存在する、道徳的な枠組やシステムのなかに封じ込めるために、結果的には、絵画が読まれるという事態になっているからです。しかし、自分の解釈や分析をしっかりと支えている情熱や信念の強さやスケールの大きさ、迫力などの点では、おそらく、ラスキンをしのぐ美術批評家はいないでしょう。ところである美術史家がすでに指摘していることなのですが、この《良心の目覚め》という絵画分析において、ラスキンは「堕落した女」という主題を道徳的な観点からとらえることに熱心なあまり、この女がまっすぐに眼を向けている明るい陽光の降りそそぐ庭に注目することを怠っている。画面後方の鏡に映った明るい陽光の降りそそぐ庭をじっと見つめる女の姿は、それだけで罪の贖いとか、あるいは自分を縛りつけている男からの解放さえも示唆しているようにも見えないことはない。つまり道徳的な罪からの救いというものがもしも訪れるとすれば、それは自然との、つまり自然のなかに遍在する神との結び付きを通じて訪れるのではないか。そんなメッセージをホルマン・ハントはこの絵画を通して発信している。そんなふうにも受け取れるのです。

こうした解釈は、《良心の目覚め》と対《つい》をなす作品として描かれ、一八五四年のロイヤル・アカデミー展に出品された同じくハントの《世界の光》という宗教画と比べるとより明確になるでしょう。《世界の光》は、その題名を「ヨハネ伝」第九章第五節に記されている「われ世にある間は光なり」("I am the light of the world")から取っていますが、ハント自身、この絵を最初に展示したときに「黙示録」第三章第二〇節にある「視よ、われ戸の外に立ちて叩く、人もし我が声を聞きて戸を開かば、我その内に入りて彼とともに食し、彼もまた我とともに食せん」と額縁に記しています。ハントがこの絵で苦心したのは、夜の屋外での制作だったということで、とくに凍てつくような寒さのもと、月光に照らされるキリストの姿と彼が手に提げているランプの光を正確に描くことであったようです。ちなみに、この絵を描いているときに、ランプをもつなど助手として献身的に協力したのはミレーでした。このように、まるで食事によばれたときみたいに扉をノックし、身近な自然と直接向き合うキリスト像というのは、ヨーロッパ絵画史上でも大変珍しい。これほど高貴な宗教画は見たことがないと絶讃したラスキンは、この絵に描かれている復活したキリスト像は、そのランプの光を通して、「第一に、過去の罪を示す良心の光と、その後の救済の望みである平安の光」を描いていると述べています。ハントには、これらの絵のほかにも、宗教的指導者が腐敗堕落し、あまりにも世俗化したせいで指導者としての役割を十分に果たせなくなってしまった現代において、大勢の人たちが迷える羊のようになって途方に暮れている状況を風景画として描いた、《雇われ羊飼い》(一八五一—五二)や《わがイギリスの海岸》(一八五二)があることを指摘しておきましょう。いずれも自然主義に基づいて正確に描写したイギリスの田園風景に、宗教的な象徴主義を融合させた作品として印象深いものがあります。とくに《わがイギリスの海岸》は展示会で《世界の光》と隣り合わせに陳列され、題名ものちに《迷える羊たち》に変更され、ハントがこの作品の宗教性を強調しようとしていたことがうかがえます。漱石の『三四郎』のなかで話題になる「迷へる羊」(Stray Sheep) というのは、岩波書店版の漱石全集の注釈には全く記されていないのですが、ハントのこの絵に対する言及ではないだろうかと、私は思います。

このようにしてラスキンは、ラファエル前派の強力な擁護者となるのですが、しかし、擁護者として君臨する期間は意外なほど早く終わってしまう。一八五三年七月、ラスキンは妻のエフィーとミレーを連れてスコットランド高地のグレンフィンラスに避暑に出かけ、そこに三か月滞在します。滞在先でミレーが描いた有名な《ジョン・ラスキンの肖像》をお見せします。これは移ろいゆくもの（水）と不変なもの（岩）についての思索へといざなうような作品ですが、この旅行中にミレーとラスキン夫人が恋に落ちてしまい、離婚裁判を経て、一八五五年、二人は結婚にいたるわけです。これは当時大変なスキャンダルとなった事件でラスキンとミレーの友情は決裂します。しかし、ラスキンの偉いところは、離別後も、ミレーの作品への関心をもちつづけたことでしょう。一方ミレーのほうは、ラスキンと別れたあと、以前のような極度の集中力と緊張を要する細密描写を続ける意欲を失ってしまう。そしてラスキンの影響から逃れて、物語的な主題のない絵画、つまり主観的な情緒やムードや雰囲気を見る者に喚起させることを意図した絵画をもっぱら描くようになる。一八五六年のロイヤル・アカデミー展に出品された《盲目の少女》と《枯葉》がそうです。《盲目の少女》は、ハントの《良心の目覚め》に対抗して描かれたといわれ、当時社会問題として注目されはじめていた貧しい身体障害者の放浪生活という主題を扱っています。これは非常に鮮やかで輝かしい色彩で描かれた人物のいる風景画でもあるのですが、いまにも嵐が来そうな身のまわりの風景の刺激に敏感に反応する二人の少女たちの五感についてというか、五感の働きを強調する絵ともなっている。盲目の少女は、自分の背後に広がる壮麗な風景を見ることはできないが、しかし、右手で雑草に手を触れ、湿った地面の臭いをかいでいる。彼女はまた、じっと耳を澄ますことを通じて、おのずと聞こえて来る自然界の音を楽しんでもいる。さらにまた、背後の草原で遊んでいるからすや羊などの鳴声、あるいは遠くでかすかに鳴っている雷鳴を聞いてもいることでしょう。彼女の膝の上に置かれたコンサーティーナ（手風琴）は、明らかに、音との、彼女の親和性を暗示しています。この盲目の少女が心の眼を通じて何を見ているのか、どういう内なる光に照らされているのかは定かではありませんが、その恍惚とした表情からは眼に見える風景を超えた何かを見ているのではないかという、ミレーのメッセージが伝わって来るように思われます。この絵を「非常に崇高な宗教画」として見たラスキンの見解は必ずしも的はずれではないでしょう。

《枯葉》はミレー夫妻が新婚後に住んだパースの自宅の庭で描かれたものです。枯葉の山のすぐ後ろにいる黒い衣服姿の二人の少女のモデルは、エフィーの妹たちです。画面右側でほうきとりんごをそれぞれもって立つ二人は、先ほどの《盲目の少女》でもモデルとなった少女たちです。いずれもエフィーが見つけて来た労働者階級出身の少女です。エフィーによると、《枯葉》は「美しさに溢れた、主題のない絵」であり、ミレーは、いまはまだ若い少女たちにもいずれは訪れる、逃れ得ない死への想い、つまり人生の無常を描こうとしたと解釈されています。ミレーはテニスンの詩の熱烈な愛読者で、これは『王女』という長い詩に収められたソング「涙よ、空しい涙よ」(“Tears, idle tears”)にヒントを得て描かれました。

涙よ、空しい涙よ、それがどういうことなのかわたしには分からない。
聖なる絶望の淵より、涙は
心のなかに湧き出でて、目もとに集まる。

幸せな秋の野原を眺めながら、
もう戻ってこない日々を想うときに。(8)

ミレー自身のちに、「人々がこの絵を効果と色彩のために選んだ単なる家庭の情景としてとらえるのには幻滅した。わたしはもっと敬虔な宗教的感情をかきたてたかったからである」と述べています。(9)《盲目の少女》とともに、《枯葉》の評判は概してあまり芳しいものではなく、やがてミレーは再び通俗的な物語絵に戻ってゆき、大成功を収めます。以後、それが彼の画風となり、その後彼はロイヤル・アカデミーの総裁にまで立身出世していきます。だが、二十世紀になると、彼は大衆受けする通俗的画家としてほぼ百年近くもほとんど無視されていくことになる。彼が本格的に再評価されるようになるのは、この十数年間ほどのあいだのことだからです。

ところでラスキンによれば、ラファエル前派の終焉は、ミレーの《往古の夢――浅瀬を渡るイザンブラス卿》がロイヤル・アカデミーに展示された一八五七年のことだといいます。この絵は、彼の眼には、「初期ラファエル前派のスタイルへの背信行為」と見えたからです。「《オフィーリア》や《マリアナ》の時期から一八五七年までの彼の画風の変化は単なる堕落ではない――これは大失敗作である。単なる能力の喪失ではなく、原理の破棄なのだ」と厳しい批判を浴びせています。彼はこの絵において、黄昏のなかを馬で進む人物たちが黄色や朱《しゅ》色で明るく描かれているのに、遠くの、はるかに夕日に照らされている筈の塔や丘が暗いブルーで描かれているのはおかしいのではないかとか、空よりも空を映している川の水のほうを明るく描いているのは間違いなどと指摘して、ミレーは「自然に忠実であれ」という自分の教えをもはや守っていないと強く非難したのです。(10)時代は明らかに転換期を迎えつつありました。ミレーを激しく罵倒した翌年の一八五八年夏には、ラスキン自身も信仰の危機に見舞われ、完全に信仰を失うことはなかったにもせよ、教会とは縁を切り、一八六〇年代以後は美術批評家から社会批評家へと転向していきます。

最後に一言だけ言いたいことがあります。ヴィクトリア朝中期から後期にかけては、しばしば取り上げられるディケンズやジョージ・エリオットやブロンテ姉妹やトマス・ハーディなどだけでなく、これまで述べて来たように、文字と絵画の結び付きというもう一つの重要な芸術思潮がある、ということです。この思潮は、手短かに言うと、最終的には二十世紀モダニズムを生み出していく原動力の一つともなるし、わたしにとってこの思潮は何よりも「袋に入っている真珠」にもほとんど等しいものでもあります。

この「袋に入っている真珠」というのは、吉田健一の言葉ですが、この講義は彼の『英国の文学』ではじめたのですから、締めくくりもまた『英国の文学』のなかの「十九世紀の文学」の最後の一節を引いて終わりにしたいと思います。

ディケンズの小説、ペイタア、ワイルドの批評、テニソン、スウィバアンの詩、児童文学、という風に考へて行く時、英国の文学を輸出する時の見本のやうに扱われて、単調で堅実なのが特徴なのかと疑はれるヴィクトリア時代の文学が、如何に予想に反して豊富で、多面的なものであるかが次第にはっきりして来る。ヴィクトリア時代にロンドン在勤を命じられた日本の或る老外交官が、曾てロンドンを袋に入っている真珠に喩《たと》へて、初めはただ霧に包まれた都会がどこまでも続いている感じで何の面白いこともないやうに思うが、住んでいるうちに、やがてそこには何でもあることが解ると言ったことがある。そしてこれは、この時代の文学にも正確に当て嵌まることなのである。(11)

ここで触れられている「日本の或る老外交官」というのは、吉田健一の祖父牧野伸顕、つまり明治の元勲大久保利通の次男であることは言うまでもないでしょう。いま引いた吉田健一の文章は、わたしが日頃から考えていることを正確に代弁してくれたものだと最後に言い添えてこれで終りにします。

ご清聴有難うございました。

（付記）本稿は二〇〇九年三月五日に駒澤大学深沢キャンパス記念大ホールで行った最終講義に加筆・修正を加えたものである。

注

（1）吉田健一『英国の文学』集英社、第一章。
（2）同上　第九章。
（3）Carlyle, Thomas. *Sartor Resartus*. Oxford. Chapter 10.
（4）夏目漱石『草枕』岩波文庫。
（5）シェイクスピア『ハムレット』野島秀勝訳、岩波文庫。
（6）Tennyson, Alfred. "Mariana."
（7）Ruskin, John. Letter to *the Times*. May 25, 1854.
（8）Tennyson, Alfred . "Tears, idle tears."
（9）*Pre-Raphaelite Papers*. Tate Gallery, 1984.
（10）Ruskin, John. "Millais' 'Sir Isumbras at the Ford.'" *Academy Notes*. 1857. XIV.
（11）吉田健一『英国の文学』第九章。

2 リチャード三世、悪人への軌跡
――トマス・モアとジョン・モートンをめぐって

石原　孝哉

1

歴史上のリチャード三世は、兄エドワード四世を助けてヨーク王朝創設に貢献し、兄の死後王位を継承したイングランド王である。幼い甥を暗殺して王位を簒奪したという疑念を除けばごくありふれた中世の国王である。それが悪魔の化身として定着したのは、テューダー王朝の歴史書と、とりわけシェイクスピアによって創造された劇中人物リチャード三世に負うところが大きい。歴史上のリチャード三世はどのような経緯で、稀代の悪王に変身したのであろうか。

悪魔の烙印を押された化け物、大地を荒らす猪！
生まれながらの下司下郎、地獄の申し子！
胎内に宿ったときから母を悲しませた恩知らず！
生れ落ちる前から父の憎しみを受けた親不孝者！
貴族の面汚し！(1)

シェイクスピアは自らの想像力だけで、このような「悪魔の烙印を押された化け物」を生み出したのではない。そのモデルは、シェイクスピアが粉本として用いたとされる『ホリンシェッドの年代記』に見られる。ホリンシェッドをさらに遡れば『ホールの年代記』、『ハーディングの年代記』から、ウィリアム・ラステルの『モアの英語著作集』を経てトマス・モアの『リチャード三世伝』に行き着く。その細かい経緯は他の論文[2]で詳しく述べたので省略するが、シェイクスピアのリチャード三世の性格を形成する上でもっとも大きな影響力を与えたのはトマス・モアの『リチャード三世伝』ということになる。クラレンス公の暗殺や、塔の中での二人の王子殺害をひそかに仕組んだのがグロスター公リチャードであること、ウィリアム・ヘイスティングズの殺害の具体的な様子、バッキンガム公の反乱のいきさつなど、『リチャード三世』の骨格となる多くの逸話は、『リチャード三世伝』において初めて詳しく述べられているという事実がそれを雄弁に物語っている。公明正大、清廉潔白などで知られ、自らの信念を守るために命さえかけたトマス・モアが、なぜ、今日から見れば、一見歴史の歪曲と思えるような物語を書いたのであろうか。

2

トマス・モアが生まれたのが一四七八年二月七日であり、リチャード三世がマーケット・ボズワースの戦いで戦死したのが一四八五年八月二十二日であるが、当時七歳か八歳の少年モアが直接リチャード三世を知っていたわけではなかろう。モアは、リチャード三世についての話を、尊敬していた父ジョン・モアや同時代の人々からも聞いていたであろうが、一般に、『リチャード三世伝』のもっとも有力な情報源として挙げられているのがジョン・モートン（一四二〇―一五〇〇）である。

モートンはカンタベリー大司教にして、枢機卿であり、ヘンリー七世の大法官として絶大な権力を振るった。そして、少年時代のモアは、小姓としてモートンに仕えていたのである。一四九〇年頃、すなわち、十二ないし十三歳のころ、ランベス宮殿でモートンと寝食をともにしながら、モアは多くのことを学んだ。モートンは法律家、外交官、宗教家として辣腕を振るったが、晩年のモートンは芸能や演劇を庇護し、若者を教育することに生きがいを感じていたという。モートンのランベス宮殿は、さながらロンドンの文芸の中心で、そこでは、芝居がかかり、パジェントやインタールードが演じられた。モアの伝記を書いたウィリアム・ロウパーによれば、クリスマスのときに、旅の一座が呼ばれて劇が演じられたときに、若いトマス・モアは、時々、飛び入りで一座の仲間入りをして、せりふも覚えずにとっさに自分で考えたせりふで劇を演じた。しかも、役者よりもずっと受けたものだから、人々がみな彼の機知と技能に感心したといわれている。[3]

モートンは彼にとって偉大なる師であった。トマス・モアの優れた伝記を書いたリチャード・マリウス[4]は、モアがモートンと過ごした時期は短かったにもかかわらず、その後のモアの生涯を特徴付けることになった神と教会に対する深い献身的な愛はこの時期に醸成されたと考えることが妥当であると述べている。[5]モートンはモアの代表作である『ユートピア』や『リチャード三世伝』に実名で登場する。モアがいかにモートンに心酔していたかは、次の『ユートピア』の一節からもわかる。

その間に私は、カンタベリー大司教で当時イギリスの大法官でもあった枢機卿ジョン・モートン卿に非常にお世話になりました。（中略）この方は、権威ある地位もさることながら、それによってよりも賢慮と徳によって尊敬さるべきお方でした。[6]

現代のリチャード三世研究は、大きく分けて「リチャード悪人説」をとる者と、「リチャード善人説」をとる者に二分される。もちろん、個々の立場はそれぞれに個性的で、必ずしもこの二分法が妥当とは言い切れないが、概ね、「リチャード善人説」をとる者は、ジョン・モートンこそテューダー・プロパガンダの源だとする見解に賛同する。一方、「リチャード悪人説」をとるものは、モートンのさまざまな功績を挙げて、これに反論する。リチャード三世に関する悪名はすべてモートンのでっち上げだとするような過激な意見はともかく[7]、多くの歴史学者は依然としてモートンに対して厳しい見方をしている[8]。

かつては『リチャード三世伝』はモートンの書いたものであるとする考え方もあった。この本にはラテン語版と英語版があるが、「ラテン語版はモートンの筆になるもので、モアはそれを英語に訳しただけである」という説である。この考えは『ケンブリッジ英文学史』のような権威ある文学史にも載っていた。渡辺淑子氏も指摘しているように[9]詳細に検証すれば、ヘンリー八世の記述が中に入っているなど、一五〇〇年に死亡したモートンが著者であることはありえない。現代では『リチャード三世伝』の著者の問題は解決したが、リチャード善人説をとる者たちは、その情報源がモートンであるという考えを捨ててはいない。『リチャード三世伝』の主な登場人物の気質や性格にいたる詳細な記述は、一緒に時代を過ごした者でなければ決して書けないというのである。というわけで、モートンは依然として鍵を握る人物である。

3

モートンは、オクスフォード大学ベイリオル・コレッジで学び、法律家を志したが、カンタベリー大司教トマス・バウチャー（一四〇四頃―八六）に才能を認められ、ヘンリー六世の下で聖職者への道を進んだ。ヨーク王朝に交代するとエドワード四世に仕えたが、リチャード三世の時代は不遇をかこった。リッチモンド伯ヘンリーを助けて奔走し、テューダー時代になるとヘンリー七世となった新王の側近としてカンタベリー大司教、枢機卿として辣腕を振るい、権勢を誇った。トマス・モアの『リチャード三世伝』からその人物像を追ってみる。

ヘンリー王の党が栄えている時はその党と結びついていたが、その党が苦境におちいった時、抜けて見捨てることをせず、エドワード王がヘンリー王を閉じ込めているとき、ヘンリー王の王妃とその王子を守ってイギリスを後にし、帰国して戦場に駆けつけた。戦いに敗れ、その党がまったく打ちひしがれた後、相手の側は彼の誠実さ、知恵にほれ込み、彼を受け入れるのに異存を持たなかったのみでなく、来るようにと手を伸ばし、それ以来公言をはばかるような事柄にも彼を信頼し、とりわけ好意をかけた。モートンはそれを裏切ることは決してなかった。(10)

この記述に沿って、もう少し詳しく当時の実情を追ってみよう。モートンはランカスター派の大義に共鳴し、献身的に働くが、一四六一年、ランカスター派はタウトンの戦いで敗北し、国王ヘンリー六世自身が幽閉されるという危機に直面した。ヘンリー六世の王妃、マーガレット・オヴ・アンジューは一部の側近を伴ってフランスのバルに亡命した。モートンはこの時、落ち目のランカスター派を見限ることなく、マーガレット王妃と皇太子エドワード・オヴ・ウエストミンスターを守ってフランスに渡った。

この間にイングランドでは、ウォーリック伯リチャード・ネヴィルとエドワード四世が仲たがいし、ばら戦争の第二次内乱が始まった。国王の結婚をめぐる対立以来不満を募らせていたウォーリック伯は、国王を見限り、王弟のクラレンス公ジョージに接近することによって自らの勢力を回復することを画策した。一四六九年、長女のイザベラをクラレンス公と結婚させて同盟を強化したウォーリック伯は、娘婿となったクラレンス公と謀って、エドワード四世に反旗を翻し、国王を捕虜にすることに成功した。しかし、このクーデターは国民の支持が得られず、エドワード四世は程なく釈放された。勢力を盛り返したエドワード四世は逆に、ウォーリック伯とクラレンス公をフランス亡命に追いやった。

生来の外交官をもって任じるモートンは、エドワード四世とウォーリック伯のこのような対立を見逃さなかった。彼は、亡命中の王妃マーガレットやヘンリー六世の皇太子エドワードを説得し、ルイ一一世に軍事援助を約束させて、今まで敵対していたウォーリック伯とランカスター派の連合という困難な同盟を結ぶべく奔走した。努力が実って、モートンはウォーリック伯、クラレンス公とともに、一四七〇年九月三日、ダートマスに上陸した。市民の支持を受けて、高らかにヘンリー六世の復位を宣言した。「帰国して戦場に駆けつけた」というのはこの辺の事情をさすものである。これによって、形勢は逆転し、今度はエドワード四世がフランスに亡命した。

しかし、エドワード四世は、妹マーガレットの夫のブルゴーニュ公の支援を取り付け、ブルゴーニュの傭兵を率いてリンカン北東のレイヴン・スパーに上陸、ロンドンを落として再び王位を奪還する。両軍が激突したバーネットの戦いで、頼みの綱であるウォーリック伯が戦死し、テュークスベリィの戦いでランカスター派が壊滅すると、モートンも反逆罪で告発された。「戦いに敗れ」というのはこのことをさしている。モートンにとって最大の苦難であった。この本では「相手の側は彼の誠実さ、知恵にほれ込み」、異存なくモートンを迎えたのみか、救いの手を差し伸べたと、ヨーク派に請われてエドワード四世に仕えたように書かれているが、実際は旧知のカンタベリー大司教バウチャーのとりなしでエドワード四世に命乞いをし、赦免されたのではないかといわれている。

寛大なエドワード四世は、モートンの才能を認め、モートンもよく期待に応えた。それから三年後、モートンは控訴院判事の一人であるマスター・オヴ・ロールズに任命され、一四七四年にはその外交交渉能力を認められてハンガリーに派遣されている。翌年にはフランスとの休戦協定であるピキニー条約の締結に貢献した。この条約でイギリスは七万五千クラウンの和解金と、五万クラウンの年金を得て、七年間の休戦に入った。これにより長期のフランス戦は終わり、国民からは安堵の声が聞かれたが、一方で「イングランドを売って金貨にかえた」との陰口も聞こえた。その功罪はともかく、この成功をもとに、さらにエドワード四世の信頼を獲得したモートンは、少しずつ昇進を重ねながら、ついに一四八三年にはイーリーの司教という重責を担うことになる。この職は単に、イーリー司教区を宗教的に管轄するばかりではなく、ホーボンにイーリー・プレイスというロンドン執務室を持ち、政府の要職を兼務することが多かった。モートンは宮廷付き司祭として個人的にも国王に信頼された。（王が）「公言をはばかるような事柄にも彼を信頼し、とりわけ好意をかけた」というくだりは、この様な事情をさしたものであろう。エドワード四世の信頼がいかにあつかったかは、一四八三年に死亡したときに、モートンが遺言執行人の一人に指名されていることからも分かる。

エドワード四世の死後、その後継をめぐって第三次内乱が始まると、王弟グロスター公リチャードは兄の側近をことさら警戒した。シェイクスピアの『リチャード三世』では、ロンドン塔の評定の場面で、モートンが、グロスター公リチャードから自宅のイチゴを所望されて、座をはずした間に陰謀が進められるという設定で登場している。謀議の場からはずされたことからもわかるように、モートンは、リチャードから危険人物とみなされていたのである。モアの見解によれば「モートンは先王に忠実なために僭王リチャードによって捕らえられ(11)」、監禁されるという辛酸をなめた。『リチャード三世伝』からその部分を見てみよう。

だが、ブレックノック城に帰るとまもなく、（バッキンガム）公はイーリーの司教モートン博士と親しくなった。リチャード王の命令でそこに彼を預かっていたのである。すでにご存知のように、彼はロンドン塔の評定の席でとらえられていた。モートンはバッキンガム公の自尊心をくすぐって自分を解き放たせ、公の滅亡に向けようとした。司教は生来の機知の持ち主で、学識深く、身のこなしは優雅で、人の心をひきつける賢いわざを心得ていた(12)。

この評定で、ヘイスティングズ卿、スタンリー卿、ヨーク大司教ロザラム、イーリー司教モートンの四人が反逆罪で告発された。ヘイスティングズ卿はすぐに処刑されたが、スタンリー卿は翌日釈放され、ロザラムとモートンは監禁された。モートンはバッキンガム公ヘンリー・スタッフォードに預けられ、ブレックノック城に幽閉された。しかし、モートンはその雄弁を持ってバッキンガム公をそそのかして、まんまと彼に反乱を起こさせることに成功する。

『リチャード三世伝』のこのモートンに関する部分は、英文でのみ書かれているが、いかにモートンが「心きいた言い草と多くの耳にしたがう褒め言葉」によってバッキンガム公の自尊心をくすぐり、王に対する「ねたみ」と「嫉妬」をあおり、「反乱」へと導いていったかが詳細に描かれている。この反乱は、同時に決起してフランスから乗り込んでくるはずのリッチモンド伯ヘンリーの艦船が嵐でブルターニュに引き返し、バッキンガム公の兵も、大洪水で部隊が集合することができず、援軍が来ないために指揮が衰えたところを国王軍に攻められて、部隊は四散してしまった。変装して脱出しようとしたバッキンガム公も、捕らわれて処刑された。

反乱は失敗したが、敵方の有力者であるバッキンガム公を破滅させたことは、モートンの功績として高く評価すべきものというのがモアの立場である。囚われの身にあるモートンが、バッキンガム公の中に潜む野心や、嫉妬やねたみといった部分を巧みに操って、反乱という形で最後は自滅させる様子が、『リチャード三世伝』では、モートンの「知恵の母とも女王とも言うべき深い経験」によるものとして誇らしげに書かれている。このようにモートンはモアにとって、知恵、賢明、誠実さを兼ね備えた理想的な人物であった。

しかし、このようなモートンの巧みな人身操縦術は、リチャード善人説を取る側から見ると、偽善の塊であり、奸智にたけた佞人の典型と映る。シェイクスピアの『オセロー』では、イアーゴウが、オセローの嫉妬心を巧みに利用して、彼を自由に操り、最後はデズデモーナ絞殺という最悪の事態にいたらしめるが、このイアーゴウとも重なって見えることを付記しておかねばならない。

モアはモートンの功績の中から二つを特に高く評価している。バッキンガム公を反乱に導き自滅させたことと、後にヘンリー七世とヨークのエリザベスの結婚を取り持ったことである。

ヘンリーとエドワード王の姫との婚姻を整えることで、ヘンリーを盛りたてて、有力者の勢力を糾合した。モートンはこの婚姻によって二人の主人に対する忠誠と奉仕を同時に明らかに示すことになり、かねて両家のいくつかの権利主張のせいで、平和が揺らいできたのだが、両家の血が一つに纏まることで国には大きな益をもたらした。(13)

ヘンリー・テューダーは、一四八五年十月三十日、ヘンリー七世として戴冠し、その一週間後に議会で承認された。しかし、それは血筋による継承ではなく、戦いでリチャード三世を倒して現在王座に座っているという事実を承認させたものである。カトリック支配下のヨーロッパでは、審判は神にゆだねるという神明裁判の考えが根強く、決闘や戦争においても勝敗は神の意志によって決まると考えられていた。したがって、戦争に勝利することは重要な意味を持っていたが、王家の血筋にはもっと重い意味があった。テューダー家の血筋は、女系からエドワード三世の四男のランカスター公ジョン・オヴ・ゴーントに至るものの、リチャード二世、ヘンリー四世の二人の王から王位継承権を否定された家柄であり、王権を主張するには根拠が薄弱であった。そこで、エドワード四世の娘のエリザベスと結婚することで、ランカスター家とヨーク家の和解という大義を作り出す必要があった。この二人の結婚を取り持った者こそがモートンであるというのが、モアの主張である。

今日われわれは、モートンの名を冠した二つから彼の功罪を推し測ることができる。一つは、悪名高き「モートンズ・フォーク」と呼ばれる過酷な収税方式である。すなわち、裕福な生活をしている家臣は納税する余裕があるという理由でさらに課税され、慎ましやかな生活をしている家臣はきっと蓄えがあるはずだとして課税されるのである。結局は、富める者も貧しき者も共に重税を課せられるわけであるが、その二つの選択がフォークの叉のようであるとみなされてこの名がついた。国民にははなはだ評判が悪かったが、財政に悩むヘンリー七世には救世主であった。もう一つは「モートンズ・ダイク」とよばれる長大な水路の建設である。イギリス東部のケンブリッジ周辺から北のウォッシュ湾にかけてはザ・フェンズと呼ぶ広大な沼沢地が広がっている。この地域を管轄するイーリーの司教であったモートンは、ウィズベックからピーターバラに排水用の水路を建設し、広大な沼地を肥沃な畑に変えようとした。この事業は完成に至らなかったが、その後も排水工事は続けられ、今日ではイングランドでも指折りの穀倉地帯となっている。その他、モートンはカンタベリー大聖堂の中央塔、ベル・ハリー建設の資金援助をしたり、オクスフォード大学の学長に選出されている。

伝説によれば、モートンは粗末な衣服を身にまとって質素な生活をする一方、巨万の富を蓄財していたという。その金は、豪壮なノール・ハウスの購入のような私的な目的に使われたほか、カンタベリー大聖堂の中央塔建設のような善意の寄付にも使われた。この例に見られるように、伝記や彼の事績からモートンの倫理観、道徳観を測るすべはない。

4

モートンのこのような行動を理解し、またそのモートンを絶賛するトマス・モアを理解するためには、当時の倫理観、歴史認識といった部分に踏み込んで考える必要があろう。

モートンやモアに限らず、中世においては王権というものは神によって与えられるものと考えられていた。イギリスにおいてはジェイムズ一世が王権神授説を信奉したことが有名だが、この考え自体はもっと古いものである。王権は神の意思で与えられるものであり、これを示すための儀式として戴冠式の塗油式がある。これは聖別式といわれ、神の代理として高位聖職者が聖油を塗って神に対する奉仕を誓わせるものである。このようにして聖別された国王は、神の代理人であり、それに対する反逆は神聖冒涜と同様の深い罪で、死に値するばかりでなく、死後も地獄に落とされるものとされた。

モートンはランカスター派のヘンリー六世に仕えたが、ヘンリー六世が捕らえられていたときもフランスに亡命して、忠節を尽くし、バーネットの戦いでウォーリック伯が戦死して情勢が逆転しても節を曲げることはなかった。しかし、ヘンリー六世が殺され、エドワード四世の時代になると、モートンはエドワード四世に忠誠を誓う。議会によって国王の後継者として公認されていた父のヨーク公リチャードと違って、エドワード四世はただ権力闘争の勝利者に過ぎず、これは反乱である。ならば、これは神に対する犯罪である。この王権に対する、モートンないしモアの認識を知る鍵が『リチャード三世伝』のバッキンガム公に対するモートンの言葉の中にある。

私が望んだようにこの世が動いて参りましたなら、ヘンリ王の皇太子が王位継承なされている筈なので、エドワード王ではないという私の思いは、ご賢察でございましょう。ヘンリ王の皇太子が王位を失い、エドワード王が統治されると神が定めたもうた後では、私とても、死者に味方して生者と争うほどに愚かではありませなんだ。されぱエドワード王に忠誠でありましたし、その王子が王位を継がれるを喜んだでありましょう。しかし人智では計り難い神慮によって、事が左様に運ばなかったうえからは、やっても甲斐のない抵抗をするつもりはありませんし、神が倒されたものを引き起こそうと力を尽くすつもりもありません(14)。

これをモートンの実人生に重ね合わせてみると次のようになる。「もしモートンの望みどおり世の中が動いていたならば、エドワード四世ではなく、ヘンリー六世の皇太子エドワード・オヴ・ウエストミンスターが王位を継承していたはずなのに、皇太子エドワードがテュークスベリィの戦いで死亡し、神はエドワード四世が統治することを定めた。いったん神が定めたならば、死んだランカスター派に味方して、ヨーク派と争うほど愚かではなかった。だから、モートンは神の意志を受け入れてエドワード四世に忠誠を誓い、王の宮廷付き司祭となった。王の遺言執行者の一人として、王子、エドワード五世の王位継承を望んだ。しかし、人知では計り難い神の意志によって、グロスター公がリチャード三世として王位に就いてしまった。神の意志ならこれを受け入れて、無駄な抵抗をするつもりはないし、神の意志によって倒されたものを、引き起こそうと力を尽くすつもりはない。」

さて、この場面は、モートンがバッキンガム公に反乱をそそのかす場面である。モートンは慎重に言葉を選びながら、「もしバッキンガム公が反乱に成功すれば、モートンを始め多くの人々は、今までと同じように、王国に対する神の意志に膝を屈するであろう。もちろん反乱は大罪であるが、リチャード三世のような暴君を倒したものは国民から歓迎され、抵抗はあっても長続きすることはなかろう」というメッセージを伝えているのである。

リチャード・マリウスはこのようなモートン、ないし、モアの認識について次のように解説している。

モートンの見解は、リチャード三世の王位簒奪のおよそ百年前、リチャード二世が廃位されて以来、イングランドではほとんど常識となっていた。そこには厳しく恐ろしい一面があった。その中では、人間は、往々にして無意識のうちに、神のみぞ知る目的を達成するための道具とされる。キリスト教徒は、神の特別な行為がいかに混沌、暴虐、悪逆に見えようとも、またそれがいかに理不尽な結果をもたらそうと、神はそれを承知していると信じなければならない。モートンは、リチャード三世の王位について異論を唱える気持ちはない。それは今リチャードが王位についているからである。もし別の王が現れても、モートンはそれについても諍うつもりはない。神の意志は今現実に起きていることであり、今現実に起きていることが神の意志である。これが神の全能説の見解であり、そこから、「人間は勝ちさえすれば何をしてもよい、なぜならば人間は神の計画のただの道具に過ぎないのであるから」とする考えが出てくる。(15)

かつてモートンが仕えたことのある、誰が見ても聖人と誉れの高いヘンリー六世は殺されて、エドワード四世が即位したが、これは神の意志であり、エドワード四世はヘンリーの世を終わらせるために特別の使命をもって、神から遣わされたのである。同じように、ヘンリー七世は、リチャード三世の世を終わらせるために、特別の使命を帯びて遣わされたのである。このような考えはテューダー王朝時代に人々が共通して受け入れていた概念と考えてよかろう。さればこそ、モートンが情報を提供し、モアが文章にしたリチャード三世像が、ハーディング、ホール、ホリンシェッドと、ほとんど何の疑念もさしはさまれずに、シェイクスピアの時代まで継承されていったのであろう。

5

すでに触れたように、ヘンリー七世は血筋から言えば、王位を主張する根拠が極めて薄弱であった。ヨーク家のエリザベスと結婚することによって、立場は強化されたとはいえ、父方の祖であるオウエン・テューダーは身分の低いウエールズ人であった。当時の支配階層であるノルマン人から見れば、ウエールズ人はアングロ・サクソン人よりももっと下位の民族とみなされていた。このような負の遺産を抱えながら、国民の支持を得るために、テューダー王朝はさまざまな世論操縦策を行った。これを総じてテューダー・プロパガンダという。その基本は、王朝の正当性を認めさせて国王の権威を高めることと、リチャード三世の邪悪さを強調してヘンリー七世の正義を際立たせることであった。

国王に必要な権威をそなえるために、ヘンリー七世はあらゆる手段を講じたが、その一つは、自らをアーサー王の末裔と位置づけることであった。ウエールズ人の祖先は古代のブリトン人であり、テューダー王朝は古代ブリトン族王政の再来である。ブリトン人の英雄アーサー王の末裔であることを示すために、長男にはアーサーという名をつけて、幼いころからそれにふさわしい環境を作っていった。王朝の希望の星であるアーサーは、同じく古代まで遡る伝統を有するスペインのキャサリン・オヴ・アラゴンと結婚してヨーロッパに君臨する。これがヘンリー七世の描いた夢であった。残念ながら、アーサーは結婚後まもなく夭折して、夢は打ち砕かれたが、このとき蒔かれた種は、その後発展して、ウエールズ人の祖先はトロイであり、アーサー王の末裔であるエリザベス女王は、古代のブリトン族王国の女王として君臨するという神話を生み出していった。

ヘンリー七世が力を入れたもう一つが、歴史書の編纂であった。これを担ったのがポリドール・ヴァージルである。彼は、リチャード二世の時代からヘンリー七世までの時代を、国王殺害とその罰としての悲劇的な死という、罪と罰の連鎖ととらえ、赤バラと白バラを統合したヘンリー七世がその連鎖に終止符を打ったというテューダー史観を確立した。詳細については省略するが[16]、罪の連鎖の最後に来るリチャード三世は極悪の王となるのは当然の帰結である。

テューダー王朝になって広まったリチャード三世の悪名は数知れないが[17]、その中に興味深い一つの事実がある。ボズワースの戦いで戦死したリチャード三世は、裸で馬に引きまわされて辱められた後、レスターにあるフランシスコ派の教会に埋葬された。しかし、その後墓は暴かれて遺骨はソア川に投げ込まれた。遺骸の納められていた棺はレスターの白馬亭という宿の主人が引き取り、馬の飼い葉桶として使っていたが、その後割られて、一七五八年までは、地下室の階段として使われていた。今日でもリチャード三世は、王廟に祀られていない唯一の国王である。ヘンリー六世を殉教者として列聖しようという運動が展開される一方、リチャード三世に対してはこのような仕打ちは、当時の状況を何よりも雄弁に物語っている。

以上述べてきたとおり、シェイクスピアのリチャード三世像はモアの『リチャード三世伝』に非常に多くを負い、モアはモートンに多大な影響を受けている。ポリドール・ヴァージルの『イギリス史』などと違って、『リチャード三世伝』はヒストリィと銘打っているとはいえ、厳密な意味で歴史書ではない。確かに、キケロやサルスティウスに倣って歴史的な著述法をまねた部分もあるが、その一方で、記述の中には根拠薄弱なこと、史実でないことも多く書かれているため、今日では『リチャード三世伝』は、「史実に忠実な資料として読むべきではない[18]」とされている。しかし、モアの処刑という混乱の中で、匿名で『ハーディングの年代記』に組み込まれ、歴史と文学の垣根がそれほど高くなかった当時、圧倒的な反リチャード熱の中で、歴史書として独り歩きをしたのである。モア自身も、自分の小品から生まれた登場人物が、多くの年代記に転載され、シェイクスピアの筆によって歴史まで揺るがすほどの巨人に育つとは夢想だにしなかったであろう。

それと同時に、一部の研究家が言うように、これはモアやモートンの個人的な偏見によって生まれたものではなく、当時の社会全体が共有していた認識のなかから、次第に膨らんでいったものと解釈すべきことを付言しておく。

注

（1）Shakespeare, William. *Richard III*. I. ii. 227–33. 訳、小田島雄志

（2）「リチャード三世像の変遷――文学と歴史の狭間で――一」、『駒澤大学外国語部研究紀要』第二九号、二〇〇〇年、一―三七頁。

（3）Cf. 澤田昭夫、田村秀夫、P・ミルワード編『トマス・モアとその時代』研究社、一九七八年、四四頁。

（4）Marius, Richard. *Thomas More A Biography*. Harvard UP, 1984.

（5）Marius 23.

（6）More, Thomas. *Utopia*. 1st World Library—Literary Society, 2004. 17–18. 訳、澤田昭夫『改版 ユートピア』中央公論社、一九七八年。

（7）Cf. Costain, Thomas. *The Last Plantagenets.* Doubleday, 1962.
（8）Marius 20.
（9）既出、澤田昭夫、田村秀夫、P・ミルワード編、一三五頁。
（10）Sylvester, Richard S. *The Complete Works of St. Thomas More.* Vol. 2. Yale UP, 1963. 90–91.　訳、藤原博『リチャード三世伝』千城、昭和六一年、一一五頁。以下の『リチャード三世伝』の引用も藤原博訳を使用。
（11）Sylvester 91.
（12）Sylvester 90.
（13）Sylvester 91.
（14）Sylvester 92.
（15）Marius 117.
（16）Cf. 石原孝哉、既出論文、一三—一六頁。
（17）Cf. 石原孝哉、「リチャード三世像の変遷——文学と歴史の狭間で——三、四」、『駒澤大学外国語部論集』第六一、六二号、二〇〇四、二〇〇五年。
（18）Pollard, A. J. *Richard III and the Princes in the Tower.* Alan Sutton Publishing, 1991. 15.

3 チョーサーの〈語り手〉
――初期の作品から『トロイルスとクリセイデ』まで

河崎　征俊

多くの学者たちが指摘してきたように、チョーサーの語り手の最も興味深い側面は、この語り手が詩人チョーサーの個人的生活や彼が抱いていた様々な意見に関して何を暴露しているかではなく、現代の読者たちの読書後の反応をいかに方向づけ、物語の進行をどのようにコントロールしているかであろう。[1] これは、M・P・グルディンが「チョーサーは語りの社会的ならびに政治的意味合いに深い関心を抱いていた」[2] と唱えている初期の作品、特に『公爵夫人の書』を読めば、如実に観察しうる事実である。というのも、この作品を語る「愚鈍」ともおぼしき語り手（私）は、一度ならず何度も、我々読者にはわからないようなアンビギュアスなやり方で、研究の対象となってきたからである。[3] 語り手が、例えば、「八年間患った病」といったような、語り手自らに関する負とも言えるような事実を我々に語りかけていることもその一因である（「私自身、何故なのかその真相がわからない。／だが、恐らく、本当のことを話すと、／私がこの八年間悩んできたのは、／病気のためだと思う。」三四―三七）。この箇所は、障害多き恋路に関する明白な言及とも受け取れようが、それが文学的伝統に基づくポーズなのか、それとも単なる語り手自身に関する個人的告白なのかといった問題は別にしても、この物語を初めに聴いた十四世紀当時の聴衆は多分解釈の仕方を心得ていたであろうが、我々現代の読者たちには常に不可解なままに終始してしまうであろう。

もっと重要なのは、この物語全体に対して語り手がどのような効果を担っているかである。ある意味で、この語り手は物事に共感する能力を備えた聴衆でもある。物語の中に登場する黒衣の騎士の心的苦痛に対して、語り手は、たとえ短くはあるものの、慰めの言葉を表現しているわけだが、この語り手の言葉に触れた読者は、愛する女性を失ったこの黒衣の騎士の絶望感を心から深く共有することができるからである。チョーサーが物語に登場させた語り手の物事に対する共感力には、我々現代人のエモーションを動かす微妙な力が秘められており、我々現代人にも通ずる〈新しさ〉が、遠い中世という時代であるにもかかわらず、含まれているようである。語り手が、数多くの伝統的な登場人物たちよりもはるかに個性的に描かれているからだ。

これは、その後に書かれた『名声の館』とか『鳥の議会』ならびに『善女列伝』といったような、他の夢物語詩にも当てはまりそうである。このような作品群において、詩人は自分自身のことを、書物だけに凝り固まった非現実的な人間として表現しているようであるが、それもそのはず、詩人の恋愛や詩学に関する知識は、〈経験〉というよりもむしろ、〈書物〉（即ち、〈権威〉）から引き出されているからである。『名声の館』の中の

ついに、鷲は人間の声で、私に話しかけ、
こう言った「起きなさいよ！
そんなに驚くなよ。みっともないぞ！」（五五五―五七）

という表現は、鷲が主人公で人間が従者といったひっくり返った世界を垣間見させてくれるが、デタッチ・ドな姿勢を崩さない詩人の態度とともに、見逃すことのできない表現であろう。このような客観的な描写は『鳥の議会』の中で詩人の案内役として行動するアフリカヌスの言葉にも現れている（「でも、お前は感覚が麻痺してはいるけれども、／

また、行動することはできないけれども、見ることはできる。／……／お前に書く技術があれば、／お前に書く材料を与えてやろう。」一六二一─六八）。こうした表現に接すると、詩人はでくの坊に過ぎない無能な人間のように見えるが、問題はそこにはない。要するに、問題はチョーサーがそのような人間であったかどうかといったところにはない。むしろ、我々が目を向けなければならないのは、〈書き言葉の伝統〉と〈直接的口語表現〉とのコントラスト、つまり、〈文学的伝統〉と〈人間の現実の世界〉との関わりから生まれる血の通った劇的表現である。(4) さらに重要なのは、この言葉を聴衆に語りかける語り手の客観的な姿勢である。なぜならば、語り手も自らが経験した、いや、経験せざるをえなかった現実的問題を、言葉を通して語らざるをえないからである。ここにチョーサーは、ダンテやボッカチオとは違って、チョーサー文学のアイロニーをとらえることができる。『鳥の議会』においてチョーサーは、ダンテやボッカチオとは違って、ウェヌスとナチューラとの対比を通して、法的秩序を超えた二律背反的要素を強調していたとも理解されよう。

既述の『名声の館』では、語り手の姿が明白な形で示されていることがわかる。というのも、ここでは語り手自身が、詩学のテーマと深く関わり合ったチョーサーその人となっているからである。書物に没頭しながら、あたかも昼間の雑事を忘れようとするかのような詩人の自画像らしき表現が出てくるからだ。例えばこうである。

計算書がすべて記入されると、
お前は休みもとらず、新しい事にも
目もくれることなく、すぐ家路につく。
そして、まるで石のように沈黙して、
お前は別の書物に向かって座るのだ。
お前の目がかすんで完全に見えなくなる
まで、かくて隠者のごとく……（六四九─五五）

詩人の日常生活を垣間見させてくれる貴重な箇所となっているようだが、この有名な一節が当時のジェフリー・チョーサーの真の姿を写し取った描写かどうかは定かではない。いずれにせよ、ここに、詩人＝語り手といった関係が劇的キャラクターとして示されていることは否定できない（ちなみに、このキャラクターは、お喋りな鷲と同じ程度に、卓越せる記憶すべきキャラクターとなっている）。さらに、この一見非社交的ともおぼしき詩人の姿を写し取った箇所が、『名声の館』の主人公ジェフリーの行状を引き立てる重要な要素となっていることも見逃してはならない。それだけではない。語り手自身に付与された、伝統的な概念を有する名声に対する一見無関心ともおぼしき態度は、物語の中に登場する〈名声の女神〉の気紛れな働きや、〈知らせ〉（「ティーディング」）の独断的な特質を考察する場合、重要な手掛かりを与えてくれそうである。この物語を読んでいる読者は、ほとんど口のきけない脅迫観念らしきものを抱いた主人公ジェフリーの態度に、この作品が抱えた数多くのアイロニーを感じ取ってしまうに違いない。(5) 主人公である私＝語り手＝詩人は、鷲から「ジェフリー」（七二九）と呼びかけられて、音の伝わり方に関する講義を受けることになるからだ。

ところで、『善女列伝』は『トロイルスとクリセイデ』の後に書かれた作品と言われているが、ここで、この作品の『プロローグ』について少し触れておきたい。『善女列伝』の『プロローグ』でも、語り手は詩人自身と一般的に同一視されるからである。一方から見ると、詩人は、例えば、ボェティウスの「自然の秩序は死の源であると同時に、生の源である」という哲理を踏襲しながら、冬は読書に耽り、春になれば書物を捨てて雛菊崇拝へと走る、といった自画像とも取れる姿を暗示させ、自分自身の声で話しかけているのがわかるが、他方から見ると、この『プロローグ』はほとんどフィクションめいて見えるし、喜劇的にも感じられるので、我々は詩人の巧みな文学的意匠にどぎもを抜かされてしまい、詩人特有のデタッチ・ドな態度を強く意識してしまうほどである。(6) テクストは語り手自身が意識している以上に明らかに複雑であり、相矛盾し合う様々な要素を意味として含んでいるからであろう。したがって、読者はそれが理由で、「現実の声」を言葉の裏側に隠蔽しようとする詩人の巧みな術策にはまってしまうと同時に、その魅力的な文学的遊戯に巻き込まれてしまうのである。だが、語り手の一見無関心ともおぼしき態度に触れた読者は、その後に続く善女たちの「列伝」をどのように受け止め、どのように解釈すべきかといった問題に直面せざるをえなくなると同時に、詩人チョーサーの贖罪に満たされた精神にまみえることになる。

テクストに対する我々の反応にいわば決定的とも思われる問題を提示するのは、『トロイルスとクリセイデ』の語り手の役割である。(7) 次に、この悲劇とも喜劇とも言い難い物語の語り手について考察してみよう。この物語を語る語り手は、読者たちに対して様々な反応や効果を与えているようだが、まず考えられるのは、物語のアクションに没入することが許されれば必ずといって良いほど、それによって我々読者は歴史的隔絶感といった意識を抱いてしまうということだ。ちなみに、イタリアのボッカチオが描いた『イル・フィロストラート』を読んでも、そのような意識は浮かんでこない。なぜならば、『イル・フィロストラート』を見ると、語り手は自分自身を紹介しながら、作品の目的を述べてしまうと、物語の背後に退いてしまうからだ。ところが、チョーサーの語り手は、それとは対照的に、個人的な意匠を持つことはなくとも、物語の中で描写される様々な問題を自らの問題として考えていることがわかる。チョーサーの語り手が手にした〈資料〉(「お前に書く技術があれば、／お前に書く材料を与えてやろう。」『鳥の議会』六七―六八、参照）や詩作品に対して取らざるをえない態度は、彼がいかに困難な問題に直面しているかを如実に物語っている。語り手が、このような困難な問題を、聴衆と共有しているという点で、彼は中世英文学の語り手の中で際立った存在となっている。というのも、『トロイルスとクリセイデ』のエピローグが作品内に漂うロマンチックな価値観と矛盾し合っているとすれば、詩人の人間性のみならず、登場人物たちの中にしばしば現れる道徳的内省にも同じような矛盾を見出さざるをえないからであろうし、語り手がもしこうした矛盾を認めてしまうならば、クリセイデの当てにならないこの世の喜びに関する観照も、パンダルスの〈運命の女神〉に関する意見も、さらには、チョーサーの運命観や神の摂理に関する言及もすべて部分的で不完全なものとなってしまうからである。こうした内的な問題が読者側の鑑賞法に深い影響を及ぼしているのは確かである。読者たちは、この物語が語られ始めるまさにその瞬間から、語り手の力に頼らざるをえないからである。

とは言うものの、この物語の語り手が担った最も重要な側面は、彼が一歩下がった控えめな態度を保持しながら、自分以外の人間に対して人間的な共感力や理解力を終始持ち続けているという点である。こうした側面は、物語の登場人物たちだけに当てはまるものでもない。我々読者に対しても当てはまる問題でもある。しかしながら、語り手が登場人物たちと我々読者双方に対して取る態度は、彼が〈愛〉に対する認識や経験を自ら積極的に所有しようとしないといった事実によって決まってくるようだ。語り手は〈愛〉の物語を語ろうとしているわけだが、彼は、〈フィナモール〉つまり〈洗練された愛〉に通じた愛人は、それに耳を傾けている聴衆の中にいるものだといった想念のもとに、話を進めようとしているのである。語り手は、初めから、そのような聴衆の中の愛人たちに向かって、トロイルスとクリセイデの悲恋物語とエピローグにおけるトロイルスの〈笑い〉を語ろうとしているのである。〈語り〉はそれを聴いている聴衆の反応や共感がなければ成立しないものだ。この悲劇とも喜劇とも言い難い『トロイルスとクリセイデ』を語る語り手が困難な問題を抱えていると言ったのは、まさにそうした意味からである。語り手と聴衆（もしくは読者）との個人的関わりから生み出されるイルージョンは、この物語以外の物語においても、詩的作品の本質を見抜く場合、見逃すことのできない重要性となって我々の想像力の中に湧いてくるはずである（もちろん我々はすべて、ある意味において、作者の意図する話の流れに逆らうわけにはゆかない）。語り手は自分の目の前にある〈資料〉を最大限に利用しようとしているだけである。だが、我々はそのような語り手のいわゆる「誠実な」語りに耳を傾けざるをえない。

それゆえ、我々はこの物語に触れているとき、語り手の姿を見失うことはほとんどない。それは、作者によって生み出された伝統的な修辞学的手法によって、常に、語り手によって呼び覚まされるからであろう。チョーサーによって付け加えられたとされる次のスタンザはどうであろうか。

しかし、この町がいかに滅亡したかを
述べるのは、私の意図するところではない。
そうすれば、物語の本質から逸脱することになるだろう……
もっとも、トロイの歴史の姿は、読める人は誰でも、読むことができるだろう、
ホメロス、ダレス、ディクティスなどで。（一・一四一―四七）

ここからわかるのは、詩人が自らの〈資料〉をアレンジし、ある細部を取捨選択しながら、別の細部をカットせざるをえなかったという点である。この段階で、我々は、ボッカチオの『イル・フィロストラート』との同一化を阻まれてしまいそうだが、この修辞学的手法（つまり省略法）によって、かえってチョーサーの描く物語に一種独特な躍動感が生み出されていることは否定できない。この躍動感は英国詩人チョーサーでしか成しえなかった文学的〈新しさ〉であろう。

語り手が聴衆に語りかけるより伝統的な形式は他にも考えられる。それは、教訓的訓戒を直接的に聴衆に語りかけようとするやり方である。だが、チョーサーは道徳的特質を面前に出すことなく、よりアンビギュアスな形でそれを表出しているようである。ここにも、詩人特有のデタッチ・ドな態度が現れている。こうした手法はチョーサー独自のものではなく、伝統的にもともと行われていたやり方であったが、詩人チョーサーはそれを一歩下がったより冷静

な態度で駆使しているようだ。そして明らかに、語り手はボッカチオとは異なったやり方で、トロイルスの没落という現実から、教訓的訓戒へと我々を導いていき、我々の注意をその方向に向けさせようとしている。チョーサーが勝手に改ざんしたであろうと思われる七つのスタンザの中の一つと言われる次のスタンザは、『イル・フィロストラート』には見られない。

だから、この男の例をお考え下され、
すべての賢明な誇り高き立派な人たちよ、
愛の神を侮ったのですから。だって、
…………………………………………
……愛の神がすべてを縛りつける存在
ということは、過去・未来を通じて不変
ですから、何人も自然の法則は破れない
ものですから。（一・二三二―三八）

ここには、〈自然の法則〉を守る詩人の姿が垣間見られるようである。チョーサーは、「あなたもご存じのように、千年の間には、／話し言葉の形に変化が生じるものです」（二・二二―二三）と言って、言葉に含まれる限界を〈今〉という時間の中でとらえ直してみたり、「だって、物事にはすべて、始まりというものがあるんですから」（二・六七一）と言って、物事の順序を〈心〉の中にそっくり受け入れようとする精神性を持った詩人だったからである。
　だが、角度を変えて見ると、語り手が、言語的にも、手法的にも異なったやり方で、自由自在に脱線する態度には、はるかに目新しい驚きが感じられる。それは、我々現代人に歴史的想像力を力強く訴えかけてくれるだけでなく、愛の怖さとか愛の矛盾に対して鈍感になってしまった我々現代人に普遍的な〈新しさ〉を訴えかけてくれそうである。そのおかげで、我々は、最初は見慣れない群像のように思われた登場人物たちに強い共感を覚えてしまうのである。だが、こういう表現もある。

だから、今ここに、たまたま、恋する人がいて、
物語の語るがままに、トロイルスが
いかにして恋人の愛顧を勝ちえたかを聞き、
「私ならそうやって恋をものにしない」
と思い、あるいは彼の言動をいぶかし
がったとしても、それは私にはわからない。
でも、私には不思議だとは思われない。（二・二九―三五）

この語り手が早急な判断をしないよう我々に警告を発しているのは、明らかである。そして彼は、そう言いながら、客観的な姿勢を崩していないようにも見える。

第二巻の終結部は、語り手が介入してくる良いお手本である。今度は、語り手の直接的なアピールによって、我々は主人公であるトロイルスの気持ちを理解するよう求められることになるが、その効果は、第三巻の最初の言葉によって、突然、破壊され、語調も完全に変化させられてしまう。したがって、主人公への我々の感情移入は遮断させられてしまうことになる。そして我々は、ドラマチックな瞬間の背後に、語り手の戦略的ともおぼしき意図を感じてしまうほどだ。

だが、今ここにおられる恋人たちに申し上げましょう……………………
トロイルスは少しも苦しい状況には置かれてはいなかったのです……（二・一七五一―五三）

ここで最も重視されるべき効果は、こうであろう。つまり、我々は、恐らく、語り手自身が無視していたであろうものを、我々自身の経験や想像力で絶えず補わざるをえないということである。語り手は、どんなに秀でた詩人でさえ、人間が取る行動や人間が抱く感情の複雑性を完全に表現することはできない、ということを十分認識しているからである。人間の行動や感情の複雑性が現実的に理解されるには、創作者と読者との対話が不可欠である。

ところで、語り手が物語の中に介在する場合、我々の道徳的判断とか価値判断が求められるのは明らかである。物語に対して価値判断を下すとき、語り手は読者とその仕事を共有していることになるからだ。クリセイデとパンダルスが会話する第三巻のある場面において、語り手は明らかに自らの感情を抑制している。

トロイルスは町にはいないと、嘘とも本当ともつかぬ調子でパンダルスが
言ったとき、クリセイデがどのように考えたか、原作者ははっきり述べていない。
原作者が言いたかったのは、ただ、
クリセイデは……………………………
……………………………………………
当然、叔父の言葉に従っただけだ。（三・五七五―八一）

クリセイデはぐずぐずせずに叔父と一緒に行くことに同意するわけだが、そのときの彼女の微妙な心的状況は、この場面の語り手の言葉だけでは具にはわからない。語り手にもそれ以上の情報はえられてはいないのだ。だから、彼は原作者（ボッカチオ）が書いた結論だけを示さざるをえないのである。だが、これがこの物語の語り手の特質なのだ。したがって、このときのクリセイデの心の動きは、我々の想像力によって補完されなければならなくなり、我々もこの場面に参加せざるをえなくなる。そして、ある意味で、我々の鑑賞力が試されることになる。

「叔父（パンダルス）の言葉に従っただけだ」と語る語り手を表面的に解釈すると、姪のクリセイデは何と個性のない女性であることか、何と無責任な女性であることかと思ってしまうに違いない。しかしそうではない。クリセイデという女性を理解する場合、我々は自らの道徳的基準や自らの心理的体験ならびに自らの歴史的想像力によって、彼女の行動を判断しなければならないからだ。(8) そのことは作者であるチョーサーも認めているようである。パンダルスの術策にはまっていくクリセイデに、受動的な弱い女性像を描く読者がいるかも知れない。だが、そういう感情を抱く人は嫉妬深い人間かも知れない。語り手もこう語っている。

さて、嫉妬深い人はこう言うかも知れない。
「これは突然の恋心だ……
彼女がトロイルスさんを好きになるとは、
……………………………」
そんなことを言う人は栄えることはない。（二・六六六―七〇）

大切な点は、クリセイデというヒロインは、物語の中でいかなる非難も浴びるような女性ではない、ということではなく、彼女の感情を受容することが我々に周りから求められているということだ。つまり、我々は、実際、自らの想

像力の中でクリセイデのキャラクターを再創造することが求められているのだ。(9)

とは言うものの、語り手は、終始、デタッチ・ドな態度を取り続けているわけではない。なぜならば、語り手が自らが語る物語に夢中になってしまう箇所がいくつか見出せるからである。中でも最も有名なのは、語り手が愛人たち（トロイルスとクリセイデの二人）と、一見、無批判的に同化されてしまっている箇所であろう。

この二人を、この天国の至福に留め給え。
その至福は……私には語りかねるのだ！（三・一三二二―一三）

批評家の中には、詩人は語り手をして読者たちに警告を発しようとしているのだ、と見る者もいるが、そうではない。そのようにとらえれば、道徳的思念が面前に打ち出されてしまうからである。しかも、この時点では、この二人には罪の意識も、互いに裏切られているという意識もまったく見られないからである。愛人たちが真の幸福に浸っているため、語り手は言葉を失ってしまうほどである。この古代の物語を翻訳し改作している当の詩人でさえ、この場面に陶酔してしまっているため、これこそまさに、愛人たちの真の現実の姿なのだ、と錯覚してしまうほどである。

このような幸福感は罪の意識で曇ることがないほど、完全なものとして描かれているため、終結部における運命の逆転が読者の心を打ち割いてしまうのである。クリセイデはトロイルスの愛を捨ててギリシアの武人に走ってしまうことになるわけだが、彼女の裏切り行為は、一般的に見ると、まったく理解し難いため、語り手はその事実をいかに適切に表現すべきかがわからなくなってしまう。しかしながら、物語が悲劇的カタストロフィーに近づくにつれて、語り手は、物語に対する我々の反応を操作するといった仕事において、重要な任務を帯びるようになる。(10) ボッカチオの語り手は、この点で、それほど目立った存在にはなっていないようだ。彼はただ悲しい出来事を語っているだけである。ところが、それに対して、チョーサーの語り手は、物語に直接関わりながら、登場人物に対して深い共感を覚えたり、自らを彼らに同化させたり、場面に応じて、デタッチ・ドな態度を取ったりしているようである。と同時に、彼は、アクションの流れを変えることができない語り手と同じように、物語を語り続けているように見えるけれども、彼はクリセイデが取った行動にいかに気が動転しようとも、その気持ちを冷静かつ客観的に語ることのできる語り手である。だから、彼はこの物語の中に含まれた心理的（あるいは内面的）ならびに芸術的諸問題を読者たちに意識させ、想像させることができたのである。

注

（1）ウェイン・ブースは、『フィクションのレトリック』と題する著書の中で、「語り手を作者と同一視するのは、たとえ間違いではないにせよ、まさに単純の極みである」と主張している。ウェイン・ブース『フィクションのレトリック』シカゴ大学出版局、一九六一年、一七〇頁参照。

（2）M・P・グルディン『チョーサーと話し言葉の手法』サウス・キャロライナ大学出版局、一九九六年、五五頁参照。

（3）ディーター・メール『ジェフリー・チョーサー――物語詩入門』ケンブリッジ大学出版局、一九八六年、第三章参照。

（4）〈書き言葉〉と〈口語的スピーチ〉との関係とその役割は、拙書『チョーサーの詩学――中世ヨーロッパの〈伝統〉とその〈創造〉』開文社、二〇〇八年、第一部および第三章参照。ちなみに、『公爵夫人の書』の一行目に出てくる「ウンデル」（「驚異」を意味するこの言葉は、純粋なアングロ・サクソン語である）という言葉は、「私」という言葉とともに、詩人自身のいわゆる〈語調〉を示す重要な言葉となっている。この箇所はフランス詩人フロワサールからの翻案である。フロワサールが八音節から成る優美な文体で書いているのに対して、チョーサーが、生き生きとした会話体で書いている点に注目すべきであろう。

（5）『名声の館』のリアリズムとかアイロニーは、繁尾久『中世英文学点描』学際社、一九七六年、第六章参照。また、濱口惠子は、その著書『チョーサーにおける非西洋の女性――ポストコロニアル研究』ピーター・ラング、二〇〇六年、の第四章において、スパイバックのポストコロニアル批評を援用しながら、この研究法を用いると、ディドーの声が聞こえてきそうだ、と述べている。

(6) チョーサー文学に見られる〈デタッチ・ド〉な態度は、拙書『チョーサーの詩学――中世ヨーロッパの〈伝統〉とその〈創造〉』序論参照。

(7) 『トロイルスとクリセイデ』における語り手と聴衆との関係は、ディーター・メール「チョーサーの『トロイルスとクリセイデ』の聴衆」、ベリル・ローランド編『チョーサーと中世英語研究――R・H・ロビンズ記念論文集』アレン・アンド・アンウィン、一九七四年、所収が有益である。

(8) 佐藤勉は、その著書『語りの魔術師たち――英米文学の物語研究』彩流社、二〇〇九年、の中で、このように記している。「チョーサーは、本当に世の女性から非難を浴びたのであろうか。多分それはなかったであろうと私は思う……しかし、チョーサー自身にとっての問題は、語り手が責任を感じるのはこの物語の〈原作者〉からの自由な換骨奪胎が出来なかったことへの口惜しさであり、後の世の人々がクリセイデに対する判断を誤ることへの気遣いだったことは間違いない。」(三五一頁)

(9) 衒学的な学者たちが、チョーサーは、クリセイデが犯した罪に対する疑念を払拭するふりをしながら、実は、語り手のマスクの背後で、クリセイデが犯した罪を呪うことによって、アイロニカルな手法を展開しているのだ、と感じ取っているのは実に興味深い。E・T・ドナルドソン「クリセイデとその語り手」、E・T・ドナルドソン『チョーサー論』ノートン、一九七〇年、所収参照。

(10) 『トロイルスとクリセイデ』の終結部に近づけば近づくほど、ますます、語り手の力が求められてくるのは否定できない。したがって、最後のスタンザで語り手が抱える問題は、登場人物たちと同じように、深刻なものとなってくるようである。しかし、詩人チョーサーは、悲劇の中に喜劇的要素（つまり、第八天球におけるトロイルスの笑い）を導入することによって、そうした深刻さを払拭しているようにも見える。T・E・ヒル『黒装束の女性――ジェフリー・チョーサーの「トロイルスとクリセイデ」における幻影・真実・意思』ルートレッジ、二〇〇六年、九七―一〇〇頁、ならびに、E・T・ドナルドソン『チョーサー論』八四―一〇一頁参照。

4 ジョージ・エリオットの異文化観について
――語り手と主人公と仏陀の話

高野　秀夫

ジョージ・エリオットは、処女作『牧師補の諸相』から人生の諸相を小説の中で如何にリアルに描くことができるのかという、この命題を背負って最後の作品まで書き通している。三十八歳から小説を書き始めた遅咲きの作家である。しかし、遅いが故に人生への深い洞察力に満ちた視点で小説を書いている。小説の構成にも工夫を凝らし、各巻に見出しがあり、各章にさらに見出し文があり、本文に続いている。しかも、普通の語り手とは異なる語り手がいる。一個の人間の内と外の世界、常に変わりゆく現実社会の実態、そしてその中で生きてゆく人の心に迫り、この世の真実を追求する語り手がいるのである。ヴィクトリア朝の英国は、大英帝国の時代であり、世界各地に植民地を拡張し、色々な世界の文化思想の流れを捉えようと必死にもがいている時代である。エリオットはその激動の時代にもまれながら東洋にも深い関心を示している。ジョージ・エリオットの傑作と言われている『ミドルマーチ』には語り手により三度仏陀の記述があり、最後の作品『ダニエル・デロンダ』には主人公の口から有名な仏教説話「捨身飼虎」についての考えが語られている。この二作品を通じてエリオットの異文化観について考えていきたい。

1

『ミドルマーチ』がジョージ・エリオットの傑作とよく言われるが、他の作品もジョージ・エリオットが精魂込めて書きあげたもので、それぞれが秀作である。しかし、確かに『ミドルマーチ』は若々しく瑞々しい香りの漂う作品に仕上がっている。

主人公ドロシアの外見は中世に出現するような高貴な女性の人物像である。他人から見るとかなり妄想を抱いているように思える。本人はそのことをあまり気にしていない様子である。しかし、妹シーリアは姉ドロシアが世間の考えから外れていることをしっかり見抜いている。シーリアは何度もそのことを主人公に話す。ドロシアは気にせず、カソーボン牧師に『偉大な魂』（四二章）を見出し、結婚すると言い出す。四十歳はとうに過ぎているカソーボン牧師に、まだ二十歳にもならないドロシアが、である。親子ほどの年が違う人と一緒になることは、妹シーリアには考えられない。さらにこの話が混み入るのは、隣に住んでいる貴族の青年がドロシアを好きになり、彼女に言い寄る。世間ではこのカップルの結婚は普通であり、決しておかしいものではない。世間は、なぜドロシアが町の多くの女性の憧れである男性、チェッタム卿の求愛を断るのか、不思議に思うであろう。ドロシアとシーリアは両親が他界し、金持ちの独り者の叔父と一緒に住んでいる。ドロシアは、チェッタム卿が妹を目当てにしていると勘違いしている。この辺の筋運びはまさに絶妙である。

ドロシアは『全ての神話の鍵』（二九章）を研究している牧師に幻想を抱き続ける。ジョン・ロック、ミルトンのような偉人のイメージを牧師に膨らませる。またより良い社会建設のために自分も何らかの役割を果たしたいと願い、チェッタム卿と一緒に町おこしの計画を立てる。二人の仲は結局、チェッタム卿の失恋で終わる。しかし、チェッタム卿としても、自分の考えにも及ばない牧師に求愛の相手を取られてしまい、何かふがいない自分に気づくのである。

私達、人間、男も女も朝食と夕食の間に多くの落胆を飲み込み、涙をこらえ続けて、ちょっと青ざめた口で質問に答えて〝いや、何もないよ！〟と言う。プライドは、私達の手助けとなり、人を傷つけないように自分自身の傷を隠すようにする時のみ、それは悪いものではない。（六章）

語り手は、チェッタム卿の人生の悲哀を見事に表現している。

語り手によって初めて仏陀の話が出てくるのは五〇章である。カソーボンの死後、主人公のドロシアが未来の再婚相手と会い、初めて恋心を抱く場面である。この巻の見出しは『死の手』で、見出し文はチョーサーの『カンタベリー物語』における『船乗りの話』である。(1) 語り手は、見出しや見出し文と共に著者の小説の意図が明確になるような働きかけをしている。つまり、読者の記憶に残るように色々な役割を果たしている。異文化的視点による語り手の話もそのひとつである。

この五〇章の『船乗りの話』はきまりきった牧師の説教を嫌い、断る文である。この話は、チョーサー文学の笑いファブリオの傑作である。ドロシアの気持ちもわからず、わがままで意地悪な夫の牧師の説教を意味していると考えられる。この船乗りは世間の裏も表も熟知しており、荒くれだが船舶の知識は豊富で、船乗りとしては有名な男である。この男の語る話の中にも僧侶が登場する。話の内容は、当時の商人も大変で、同業者が一二人いたのに今や二人になっているが、これも美人の女房のおかげであることが分かる。この金儲けの上手い商人夫婦を手玉に取る僧侶が登場する話である。この話も五〇章の本文と係わりがある。カソーボン牧師の亡き後、後任の牧師をだれにするか決めることになる。聖フランシスのように小鳥にも説教のできる牧師を世間は求めている。現実はなかなか思ったようには行かない。結局は説教の下手な使徒的な牧師ではなく、賭け事もし、世事に長けている牧師が選ばれている。理想どおりにはゆかないが、説教の上手な人を選ぶ世間の逞しさが読みこめる。

五〇章に出てくる仏陀の描写は、語り手によるエリオットの異文化観を表している。主人公のドロシアが見ているのは妹シーリアの赤子である。母親のシーリアがそっと赤子に話しかける。いとこのウィルと結婚したら財産を譲らないという遺言を残して死んだカソーボンを、シーリアは夫のチェッタム卿と嫌っている。シーリアは特にカソーボンの口元が意地悪いと感じていることをドロシアに話し、「私達は悲しまないわよね、赤ちゃん」と赤子に言う。その続きの文は作者が読者に語りかける形で述べられている。つまり、赤子は「この世の無意識の中心であり平安」と。さらに、「西洋型仏陀」と付け加えられている。英国の中部都市、ミドランドのコベントリーが『ミドルマーチ』の舞台であると言われている。その町の貴族の屋敷で交わされる会話の中に、突然東洋の話がなぜ出てくるのか。登場人物ドロシアもシーリアも仏教について一言も話していない。語り手によって赤子が突然仏陀に変身する。このエリオットの語り手による見慣れない視点の挿入は、まさに『ダニエル・デロンダ』にも出てくる「自己の変質」（三七章）を意味する。発想の転換でこの世の実相が全く変わり、別の世界が広がるのである。このように世界のイメージを変えることのできる本性を人は持っている。そのことをエリオットは語り手を通して読者に述べている。エリオットは絶えず心の動きに目を向けているのが分かる。赤子の変身ぶり、天使のような寝顔から壊れたおもちゃに変身する。赤子はまさに人間の本性そのものを表しているようでもある。

『ミドルマーチ』五四章に二回目の仏陀の話がある。『夫人と人妻』の巻で、見出し文はダンテの『神曲』の女性賛歌である。ドロシアとシーリアの対照が赤子の登場で際立ってくる。色々な人生の諸相を、丹念に語り手を通して語り、西欧キリスト教世界の中で東洋の視点を取り入れることでこの世の中が実に面白い、楽しいものに変わることをエリオットは述べている。見出し文はドロシアとウィルの二人の愛が熟しつつあることを示している。つまり、二人の愛は眼と眼、心と心で確かめられている。チェッタム卿の屋敷でドロシアがもはや赤子を長いこと見ていられない。それは、赤子を仏陀として見ていないからである、というエリオットの意図が読み込めるのである。シーリアは赤子の母親である。母と子の関係ほど深い愛情の絆はないであろう。しかし、『サイラス・マーナー』の作品で、エリオットはパーフェクト・ラブとエピーとサイラスの関係を述べている。子供を産み母とならずとも、男性でも母親に負けない深い愛情をはぐくむことのできる本性を人は持っていることをエリオットは述べている。

三回目に仏陀が書かれているのは最終の第八巻『日没と日の出』で、八四章の見出し文は世間こそ幻想を見ている、世間こそ非難されなければならないという内容である。チェッタム卿の屋敷の庭である。カドウォレーダ夫人、チェッタム卿の母、シーリアさらにドロシアもいる。時折「絹のふち飾りの見事で神聖な日傘」の下にいる赤子のアーサーを見に歩いて行く。アーサーはここでも「幼児の仏陀」という表現を用いて、一層光輝く仏陀のイメージで描かれている。「神聖な」という表現は語り手の何気ない、分かる人にしか理解できない言葉による表現の妙味を、こっそりと読者に伝えている。この異文化的視点のユーモアは、東洋の仏教の話に関心の無い作家には決して書けないものである。このように、エリオットの語り手は自由自在に物語の中に入り込んで、時に物語の筋をかき回したりするので、物語の流れを楽しむ読者をイライラさせたり、怒らせたりすることもあるであろう。しかし、この語り手こそ真のエリオットの分身であり、時を止め、空間を超えて、何物にも束縛されずに、小説の神髄をしっかり読者に伝えるために一生懸命になっているのである。

この巻の見出し『日没と日の出』は、辛い過去からのドロシアの新たな人生を意味している。この章の見出し文は、世間こそ幻想を抱いているとの記述がある。世間にはシーリアも含まれる。ドロシアがシーリアにウィルと結婚することを伝える場面となっている。語り手は、今度はドロシアの生き方に賛成し、世間こそ間違っていると述べている。各章の見出し文の中ではシェイクスピアの引用が、この作品では一番多い。語り手の歯切れのよいコメントで、劇的な感じを読者に与えている。『お気に召すままに』の「この世は舞台である」という有名な言葉があるが、ミドルマーチの町に展開される人間模様が実に明確に読者の脳裏に焼きつくので、シェイクスピア劇を見ているような感じになる。また、語り手の異文化的視点のコメントにより、登場人物の様子にユーモアや悲哀が感じられるのである。

さらに異文化と思われる語り手によるウィルの記述がある。ウィルは、金持ちで質屋のユダヤ人とポーランド人の血が混じっている。物欲を嫌い、ドロシアと同じように人生に対して前向きであり、より良い社会のために何かしたいと思っている。彼女と会っていなかったら中世の詩、絵画に興味があるので、イタリアに行って芸術品を見て回っていたであろう。そして、その場面で語り手は「自己の文化」(Self-culture)（四六章）という言葉を用いている。つまり、自分を磨きあげるということである。絶えず精進に精進を重ねて芸術品ができている。エリオットは、まさに精進に精進を重ねて、ミドルマーチの町の社会に展開される色々な人生をありのままに描くことに努め、どの人も人生を変えることのできる本性を持って生きていることを書き表しているのである。

この小説の「結び」で語り手はドロシアの幻想について、「この不完全な社会状態では、しばしば大きな感情は誤りの様相を呈し、大きな信念は幻想の様相を呈する」と述べている。この世の中が完全な社会状況になることはあり得ないであろう。それゆえ社会は完全を目指して絶えず変化していくものと考えられる。この世の中も人生も、川の流れのように絶えず変化して、決して同じままで留まることはない、この東洋仏教文化思想の無常観（インド哲学では、この世は幻想である）は、エリオットの人生描写で読みこめないだろうか。いずれにしても平和を願い、深い異文化へのエリオットの思いは確実に読者には伝わっているであろう。最後の作品『ダニエル・デロンダ』では、まさにモーデカイが夕日に向かい、とうとうと流れゆく大河、テムズ川を見ながら深い瞑想に入る場面の、語り手による見事な描写がある。

2

エリオットの最後の作品『ダニエル・デロンダ』の主人公は、勿論ダニエルであり、グウェンドレンではない。しかし、どちらが主人公なのか分からなくなることがある。それほど、主人公の影は薄いのである。エリオットは、主人公が社会の荒波にもまれて思い悩み、苦しむ姿を中心に描いてきた。つまり、グウェンドレンのタイプが、エリオットの得意とするところの主人公であった。しかし、この作品では、初めてユダヤ人を主人公に据え、正面切って異文化の神髄に迫ろうとしている。この作品の主人公も今までの主人公像とは異なる人物像を創りあげている。エリオットのそれぞれの小説は、絶えず何か新しい息吹を感じさせる思い切った実験的な手法を取り入れている。今まで西洋キリスト教文化の主人公を描き続けてきたが、イギリスの十九世紀の実情、「産業革命の発祥地」と言われていた実情、大英帝国と呼ばれていた実情を考える時、色々な国の文化思想の把握は避けられないであろう。特に、産業革命で今までの世界を一変させ、栄えた都市、村がエリオットの数多くの作品の舞台となっている。イギリスの製品が、鉄道が世界の仕組みを変える勢いが、エリオットの作品には感じられるのである。エリオットは、自然に東洋に目を向け、新しい西洋の時代の人物創造の筋書きを創り上げる必要性を感じていたのであろう。主人公、デロンダを国際的視野で描き上げる必要性を感じ、今まで語り手に任せておいたこの世の真理を追究する言葉を登場人物に、こっそり分かる人に分かるように語らせているのである。それ故、小説の冒頭から主人公は積極的に他人の人生と係わり、人助けのできる人物になっている。世界が大きく変化するなかで複雑多岐にわたる人間社会の実態をできるだけはっきりと描き上げるためには、異文化的視点は欠かせないのである。いろいろな視点でエリオットは、生き方、考え方次第で、悩み、苦しんでいる人を救うことのできる本性をどの人も持っていることを暗示し、人は如何に生きるべきかを問いかけている。

小説の冒頭は、若き女性、グウェンドレンが賭け事をしている場面から始まる。デロンダは、賭け事をするグウェンドレンに批判的な眼を向ける。そして、彼女のために質入れしたネックレスをこっそり取り戻してあげる。その後、グウェンドレンの家が投資に失敗し、破産してしまう。家には母と義理の四人姉妹がいる。母の再婚相手の夫も亡くなり、女性ばかりの家庭である。家計の重荷はグウェンドレンの肩にかかってくる。彼女はあまり気乗りしないが、家計のことも考えてあえて結婚に踏み切る。結婚相手は、お金持ちの貴族の息子で、マリンジャー卿の甥グランドコートである。グウェンドレンは夫の高圧的で、我がままな性格に耐えきれなくなり、デロンダに助けを求める。デロンダは二歳の時にマリンジャー卿の里子になり、英国の貴族の子として育てられている。グランドコートとグウェンドレンが地中海のヨットの舟遊びに行き、グランドコートが水死する。その時デロンダは、たまたま海から助けあげられてきたグウェンドレンに出会う。デロンダは、死んだと思っていた死期の近い母からの呼び出しでイタリアのジェノアに来ていたのである。デロンダはグウェンドレンを絶望の淵から見事に救い出すことに成功する。

批評家レスリー・ステファン、ヴァージニア・ウルフの父は、デロンダは完成された人物であり、普通の人よりも気高い性格の持ち主であると述べている。(2) エリオットは最後の作品で、前作の『ミドルマーチ』のウィル像を膨らませて、今までとは異なる理想に近い人物を描くことで、自らの小説家としての集大成を図ろうとしたのである。『ミドルマーチ』の舞台は英国中部の都市であったが、この作品はロンドンである。主人公の友人ハンスはテムズ河畔に住んでいる。家は、ハンス、三人の姉妹、母、の五人家族である。たまたま訪問していたデロンダのいるところで仏陀の話が展開される。ハンスは外出している。また、小説の冒頭から人助けの出来る主人公、デロンダはユダヤ人の娘マイラも助けている。これまでのマイラの人生は普通では考えられないような波乱に満ちている。ぐうたらな旅芸人の父と一緒にアメリカに渡り、ウィーン、そしてトルコのプラハで父により売り飛ばされそうになり、やっとの思いで母（亡くなっている）と兄のモーデカイのいるロンドンに辿りつく。ロンドンでは行くあてもなく人生に絶望してテムズ川に入水自殺をはかるが、運よく主人公ダニエルに助けられ、ハンスの家にお世話になっている。仏陀の有名な仏教説話「捨身飼虎」の話は、第五巻『モーデカイ』三七章に出てくる。マイラがデロンダに向かって話す場面である。

マイラは「しかし、昨日ハンスさんが〝あなたは他人のことをよく思い、自分のものを求めないほどです。〟と言っていました。ハンスさんは飢えた母と子虎を救うために身を投げ出す仏陀の素晴らしい話をしてくれましたわ。そして、あなたが仏様のようだとも言っていました。」と言った。

デロンダは「どうかそんなことは考えないでください。」と答えた。

デロンダは人助けのできる他人思いの人であるが、彼自身は他人が言うほど善良な人とは思っていない。この人物設定は面白い、決してダニエルは聖人ではないのである。

デロンダは「私が他人のことをよく考えることが真実だとしても、それは自分自身のために物を求めないという意味ではありません。仏陀がメス虎に我が身を食べさせる時、彼自身もひどく飢えていたのでしょう。」と言った。

真面目な主人公から仏陀の話の本筋（大慈悲）を折るような言葉が飛び出す。主人公は冗談も話す人物である。マイラの真面目な話とエイミーとマブの冗談の話が展開される。

エイミーが「しかし、仏陀にとって虎に体を食べさせることが美しいことだったの？」と話の根拠を変えて、さらに、「それは悪い例になるでしょう。」と言った。

マブが「この世の中が太った虎で一杯になってしまうでしょう。」と言った。

マイラは母親の自分に対する無償の愛と結びつけ、仏陀の行為の素晴らしさを述べる。デロンダは両方の意見に耳を傾ける。

デロンダは「この話は行為となって現実には実行されることはなかったでしょうが、考えの中では真実なのです。それは一つの考えとして生きています。そうでしょう。」と言った。

そしてこの話に決着をつけるようにデロンダが語り出す。

デロンダは「それは情熱的な言葉のようなもの。その誇張は自然のひらめきでしょう。毎日起きていることの極端な表現で、自己の変質です。」と言った。

デロンダはマイラに助け船を出した。毎日起きている出来事も考えを変えると全く別の世界が見えてくる。『ミドルマーチ』では赤子が仏陀に変身している。エリオットの語り手の視線である。一見つまらない、余分な話であり、不必要だと思う読者もいるであろうが、しかし、その描き方にはエリオットの精神が入っている。

バーバラ・ハーディ教授は次のように述べている。

精神と小説作法はジョージ・エリオットの小説においては、対極をなさないというのが私の主張です。つまり、明らかに彼女の精神についての長く書き続ける詳細な表現には、それ自体の厳格な主張があるのです。(3)

マイラの一見センチメンタルすぎる母の話に、エリオットは仏教説話「捨身飼虎」の精神を暗示している。デロンダの言葉にも仏教に対するエリオットの思いが感じられる。『ミドルマーチ』では語り手によって展開されていた話が、登場人物自身の口から語られている。それは、異文化について、西洋人の読者には思いもつかない素晴らしい考えがあり、そのことをエリオットは登場人物を通じて伝えようとしたのである。

イギリス文学が世界文学として読まれるには、「自己の変質」は面白い。大真面目な話が冗談に、冗談が大真面目な話に変わる。如何に言葉が面白いイメージを瞬時にかもし出すことができるのかを考えながら、エリオットは小説を書き続けてきた。『ダニエル・デロンダ』では、言葉の限界を知り、そして言葉のない沈黙の世界を通じて、眼と眼で、心と心でお互いが分かり合う世界を描いている。そして、マイラのように海よりも深い慈悲を感じ取れる本性を人は持ち合わせていることを主張しているのである。その意味で、マイラはごく普通の女性として描かれているのである。異文化的視点でこの世を見ると、世界の視野が広がり、この世を面白く見ることができるようになる。グウェンドレンやマイラを立ち直らせたのはデロンダの相手を思い、悩み苦しむ中で生まれる、慈悲に裏打ちされた共感の感性であり、現実を見据える知性なのである。

エリオットが特に異文化の仏陀に興味を持ち始めたのは一八六二年一月に親友のセアラに、マックス・ミューラーの「素敵な楽しい本」(4)を紹介している。同年十二月には、かなり彼の本を読みこんでいると思われる手紙を書いている。また、彼に会い話もしている。一八六三年に出版された『ロモラ』はイタリアのルネッサンスのフローレンスを舞台にした作品だが、ギリシアからやってきた青年ティトが登場し、エリオットの東洋への関心が深いのが分かる。異文化に対する関心は、次の作品にも見られ、ギリシアから英国に帰ってきた青年ハロルドを登場させている。奴隷の妻を持ち、子供だけ連れ帰ってきて、異文化の雰囲気を十分にただよわせている。一八七二年出版の『ミドルマーチ』のエリオットによるノートブック(5)には、マックス・ミューラーの書物からの引用文が多数みられる。特に、エリオットは小説を書くときに綿密な下調べをすることで知られている。一八七二年に出版された『ダニエル・デロンダ』ノートブック(6)にも仏陀についての記述がある。仏法僧についての記述も見られる。仏を理想的な人(Human

Ideal)[7]とメモ書きがある。デロンダの人物像の参考になった可能性が考えられる。また、「捨身飼虎」[8]の話も彼の本から知ったものと考えられる。

> 仏陀の慈悲は限りない。仏陀はメス虎が飢えているのを見て、また子虎にミルクを飲ませることができないのを知り、体を食べさせるという慈悲深い喜捨をしたと言われている。[9]

ダニエルは、純粋のユダヤ人であるが、イギリスで育ち、ケンブリッジ大学に入学し、ドイツでも学び、まさに英国紳士の教養を身につけ、西洋キリスト教文化思想の中で生きてきて、しかも、マイラの兄のモーデカイに共鳴し、ユダヤ教を学び始めている。

東洋にも関心の深いデロンダをとおしてエリオットは、異文化の仏教の教祖、仏陀を念頭に入れて、新しい時代の人物像を創造したのである。これは、エリオット自身の文学が国境を超え、東洋も西洋もない世界の文学になっている証である。

注

テキストはGeorge Eliot. *Middlemarch*. The Penguin English Library, 1968. とGeorge Eliot. *Daniel Deronda*. Everyman's Library, 1964. である。

（1）『カンタベリー物語』西脇順三郎訳、筑摩書房、参照。

（2）Stephan, Leslie. *George Eliot*. Macmillan, 1913. 参照。

（3）Hardy, Barbara. *The Novels of George Eliot*. Athlone, 1963. 参照。

（4）Haight, Gordon S., ed. *George Eliot Letters*. Yale UP, 1955.　第四巻参照。

（5）Prott, John Clark, and Victor A. Neufeldt, eds. *George Eliot's Middlemarch Notebooks*. U of California P, 1979.　参照

（6）Irwin, Jane, ed. *George Eliot's Daniel Deronda Notebooks*. Cambridge UP, 1996.　参照

（7）同書　四二二頁。

（8）Muller, Max. *Chips from a German Workshop*. vol. 1. Longmans, Green And Company, 1868.　参照

（9）同書　二四五頁。

5

詩人ラーキンにとっての結婚と妻

高野　正夫

1

ラーキンは色々と批判されることの多い詩人であるが、その中でもラーキンが女嫌いであったという批判は、生涯にわたる女性遍歴を考えると、多少強すぎるかもしれない。もちろん彼は性差別主義者であり、いわゆる古い世代の保守的な男性が女性に対してしばしば抱く、男性上位的な思考の持ち主であったことは確かである。親しい友人たちへの手紙や実際の作品に現れた幾分否定的な女性に対する発言や皮肉に溢れた表現が、ある意味では彼を結婚嫌い、女嫌いの詩人に変えてしまうのであろう。しかし、ラーキンが生涯に交際した多くの女性や恋人との関係を考えると、そのような断定的な言葉でラーキンを言い切ることはできない。すべてにおいて暗い否定的な人生観を拠り所にして詩作に励んだラーキンは、結婚や女性に対しても否定的な考え方や態度を示していたが、それはあくまでも彼独自の利己的な性格や詩人としての一種の気難しさから発生するもので、彼は必ずしも、女性との交際を拒絶するような文字通りの女嫌いではなかったと言える。それというのも、ラーキンは女性を主題とした詩を多く書き、また、女性への共感を示す、女性を擁護するような一面も時には示しているからである。往々にして性差別主義的な詩人と言われ、今でも女性の批評家の中にはラーキンを強く批判する人もいるが、彼が実際に、結婚とか妻についてどのように考えていたのかを初期の作品を中心に考察してみよう。

2

「結婚」は一九五一年六月十二日に書かれた作品である。一九五〇年十月からベルファストのクィーンズ大学図書館の副司書として働き始めていたラーキンは、新たな大学の雰囲気にも慣れ、翌年の四月には『二十篇の詩』を私家版としてベルファストの印刷屋で印刷し、友人たちなどに配布していた時期であった。二十八歳の若者であったラーキンは、『北航船』で用いたイェイツ的な象徴主義の技法を使いながら、「結婚」という詩を書き始めている。

私たちのうち
慎みのないほど正確な
夢の写しと思われる人々が、
独身に飽きたとき、
彼らの自信は
ただ自信とのみ連れ添うだろう——

「慎みのないほど正確な／夢の写し」と形容された独身者は、ラーキンからすれば、非常に世間ずれしていない、別な言い方をすれば、世間の汚れた側面をあまり見ていない、世俗の垢や人生の苦労に塗れていない非常に純粋な存在として描かれている。しかし、そのような素朴な汚れのない若者が独身の身に我慢できなくなり、妻となるべき女性と結婚するとき、彼らは共に若者らしい「自信」に溢れた存在としてお互いを信頼し受け容れる。結婚するときの若い男女の燃え上がるような熱い愛の気持ちは、「同等の強烈さ」と形容され、物が燃えてこれ以上熱くならないときに白い光を出して燃え上がる「白熱」を意味するcandescenceという言葉を使いながら、結婚に辿り着く前の若い男女の愛のクライマックスを表現している。そして第一連の最後では、若者が結婚する相手の女性を、「孕んだわがまま」と、かなり辛辣に扱っている。もちろん女性が妊娠している状態を意味するpregnantという言葉によって、現実的な状況や必要性から生まれる結婚の意味だけでなく、妊娠した女性の不安定な気難しい側面も強調している。

　しかし第二連では、すべての男女が同じような立場や条件で結婚するとは限らず、「同等の自信」というお互いの前提がくずれて、結婚とは、相手を束縛するものであるという結婚に内在する一つの要素が明示される。

残りの人はそうではない。
昔からの必要によって後ろ手にして歩かせられて、
彼らは、相手を求めて値引き交渉をする——

元々は、「捕虜などをうつ伏せにして四人で手足を持って運ぶ」動作を意味する、Frogmarchedと形容された「後ろ手にして歩かせられ」る若者は、その屈辱的な体勢に耐えながら何とか相手を獲得しようと努力する。そしてその結婚相手と、「自由、衝動、／あるいは美というような言葉は、／口にしてはいけないと」お互いに同意して結婚することになる。「ロマンチックな恋愛関係に巻き込まれる犠牲的行為は、ラーキンの詩においては何度も列挙されている」[1]とスウォーブリックは述べているが、ここでも若者は、結婚相手を自分のものにするために、自己犠牲を強いられ、お互いの幸せのために自らを抑制する。つまり、結婚とはお互いの主張をそれぞれ受け容れることで始まり成立するのであろうが、この詩の語り手はどちらかというと、不利な立場にあり、自らの主張や欲望は抑えて多少は譲歩してでも、結婚相手を得ようとする。彼らのこのような犠牲的精神は第三連では、中世の騎士道精神のように美化されるが、実際はきわめて哀れな現実に押し潰されてしまう。

騎士道の案山子である
彼らは奇妙な取り決めをする——

中世の騎士道には男性が基本的に守るべき教えや行動規範は幾つかあるが、その最も大切なものは、主君に忠誠を尽くすという、きわめて忠実な臣下としての心構えであろう。しかしここに描かれた結婚相手に忠誠を誓う現代の騎士は、凛々しい若者の姿ではなく、「案山子」として非常に惨めな姿を晒している。ある意味では、結婚しようと懸命に努める若者の決断を風刺するような、戯画化された若者たちは、さらに三つの奇妙な取り決めをして、自らの騎士道精神を素直に受け容れている。

「蛇のような顔をした特異性は／釘付けにされた子供時代を擁護し」とは、一体何を意味しているのかまったく理解に苦しむが、恐らくは、子供時代に育まれたそれぞれの人間の持つ蛇のような邪悪な一面や、自らの固有の性格は、結婚しても変わることがないことを表すのであろうか。二つ目の取り決め、「皮膚病は、生活の優しい／恐怖を容赦し、」では、日々の結婚生活で味わう苦しみや悲しみのような恐ろしいものは、皮膚病のような目に見える形となって、現実として体現され、濾過されて、日々の生活から生まれる様々な恐怖を癒やし軽減してくれるのであろう。そして最後の三つ目の取り決め、「早口のおしゃべりは／慢性の／孤独によって許される」は、少しばかり平凡な表現ではあるが、若者たちの日々の暮らしに潜む内面的な感情の複雑さや、不安定さを描いている。孤独も、慢性的な皮膚病のようになると簡単には直らないのであろうが、精神の孤独を含めて人間の孤独は、明るい陽気な他人のおしゃべりによって活気付けられ、吹き飛ばされてしまうのであろう。
　このようなきわめて奇妙ではあるが、肯定的な取り決めによって彼らは結婚生活に多くを期待し、幸せな平和な暮らしを夢想するのだが、いつものように否定的なラーキンの分身である語り手は、最後の第四連で、結婚を非常に無情な現実的なものと捉えている。

それで彼らは集まってくる。
それで彼らは無駄にはならない。
…………
最初に欲していたものを
忘れようと忘れまいと、
彼らは静かに錨を下ろして輝きも曇る。

　若者たちが抱いていた、「聡明な恨みや／自己嫌悪の潔癖さ」は、時として、他人との関係においては、ここに描かれたように妨げとなるもので、彼らの存在自体が否定的なものとして受け容れられてしまう可能性もある。しかし現実的には、結婚の有無にかかわらず、人間が抱く強い憎しみや自己嫌悪の感情は、決して無くなることはないが、ここでは、結婚という至福の歓喜が、そのような一種の利己的な感情を心の片隅に追いやってしまい、彼らは結婚の喜びに浸っている。
　しかし、最終の三行の言葉、「最初に欲していたものを／忘れようと忘れまいと、／彼らは静かに錨を下ろして輝きも曇る」によって、結婚の喜びの背後に忍び寄る不可避の不安や悲しみが、象徴的に表現される。このようなラーキンの結婚に対する否定的な見方は、初期の「結婚の風」や、彼の代表作「聖霊降臨祭の婚礼」にも見られるもので、生涯にわたってラーキンは、結婚の喜びに隠された将来への不安や、いつ壊れるかもしれない結婚の心もとなさを感じていた。それは、結婚や愛や恋を主題とした多くの詩に登場する「語り手や登場人物の失望の生活を押し潰す」ものであった。[2] 彼らは、結婚という平凡だが幸せな新たな生活に、港に船が錨を下ろすように静かに落ち着いていく。そして彼らはラーキンの言うように、その代償として青春の輝きを徐々に失っていくのであろう。

ラーキン自身は晩年に、病を得たモニカを引き取って二年ほど共に暮らしたことを除けば、実際に女性との長期間にわたる共同生活を経験しなかったわけであるが、この作品を書いた時期のラーキンは、結婚に関して一つの大きな決断を下していた。一九四四年にウェリントン市立図書館で司書をしていたときに知り合ったルース・ボウマンとの関係はその後も続いていたが、四八年三月の父の死の悲しみから逃れるように、五月にはボウマンと婚約をして将来は彼女との結婚を夢見ていた。しかし、五〇年にはルースとの婚約を解消して、夏の終わり頃には生涯の恋人となるモニカとの交際をさらに深めていた。そして、十月にはベルファストのクィーンズ大学図書館に移ってしまい、ラーキンにとって、結婚によって特定の一人の女性との安定した幸せな生活を送るということは、その後も、モニカとの同棲生活を除いて実現しなかったのである。

女性との結婚生活にラーキンが踏み切ることのなかった大きな理由は、スウォーブリックが述べているように、彼が、「別な人との恋愛関係を」、「個人的なアイデンティティに対する、そして特に、作家としての創造性に対する脅威」[3]として捉えていたからであろう。「男はわがまま」にも描かれているように、きわめて利己的でわがままな性格のラーキンにとって、女性との恋愛や結婚生活によって生ずる自己犠牲や忍耐はあまりにも耐え難いもので、自らの詩人としての創造性を妨げるものであったのであろう。まさに、結婚生活を扱ったこの作品でも、結婚によって青春の輝きを失い、色褪せ、現実の中に埋没していく若者たちの姿が描かれているが、このような結婚に対する否定的な見方は最後まで消えることはなかったのだった。

結婚に対する暗い憂鬱な気分は、同じ一九五一年三月に書かれた「私の妻に」にも溢れている。ラーキンがベルファストに移ってから書かれた、「結婚」の三か月ほど前の作品であり、この時期のラーキンが結婚や結婚生活に強い関心を抱いていたことが分かる。実際に結婚もしていないラーキンが結婚について書くのも非常におかしなことであるが、彼が自分の将来の妻に捧げる詩を書くのはさらに奇妙なことと言わざるを得ない。架空の自分の妻となる女性を空想しながら書いている語り手は自らを彼女の夫として、まったく空想的な夫と妻の関係を作り上げてしまっている。ある意味では、愛を知的ゲームのような形で考える中世の宮廷風恋愛のような感覚でラーキンも自分の妻にこう語りかけている。

あなたを選ぶと、未来でもあったあの孔雀の羽が
閉じられる。そこではあのすべての精巧な自然が
魅力的に広がっていた。
比類のないほど可能性はあるが、
ただ私が何も選ばない限り、制限はなかった。

現在、自分の妻となっている女性を妻として選んだために、他の女性との交際はできなくなったと語り手は嘆いている。常識的には一人の女性を正式な妻として結婚生活を営んでいくのが普通であり、他の女性との関係を結婚しながら続けていくことは、社会的には許されないモラルに反する行為である。身勝手でわがままな男としての立場から自らの夫としての状況が描かれている。ラーキン自身の幾多の女性遍歴に照らしても分かるが、まるでラーキンの結婚に対する考え方をそのまま話しているような語り手は、「単に選んだために一つの道を除いて上への道は塞がれ」たと、一人の女性を妻として選んだために、他の女性との交際はできなくなったと嘆いている。ラーキンが実際に結

婚して夫となることを選択しなかった理由については、主に、結婚生活は自らの詩人としての創造力を損なうもので、両者は決して両立するものではないという、彼の考え方があげられる。そして、ここに述べられた現実的なラーキンの恋愛観からすると、ラーキンが生涯にわたって実践していくように、多くの女性との交際を選択し、欲していた彼にとっては、結婚し、一人の女性を妻として平凡な家庭生活を営んでいくという、常識的な選択はあり得ないことであったのであろう。

ラーキンにとって、選択という行為は、主要なテーマの一つであり、多くの詩において選択に伴う様々な苦悩や悲哀を描いていたが、ここでも、選択には人間としての苦悩が伴うことを強調しており、最終的にはその選択は、時には、わがままな個人的な生き方によって決断される。常に両者を選択したいと思っているラーキンのような人物にとっては、二者択一という選択方法はまったくあり得ないことで苦痛をもたらすだけである。「私の妻に」に描かれたラーキンの選択について、ジョン・オズボーンは、「これは行動の悲哀である。決定は自己充足だけでなく、常に同時に、自己犠牲でもある」(4)と指摘しているが、まさに、結婚して一人の女性を妻として選ぶことは、自己を否定して相手を受け容れるということなのである。そして結婚とは、時には自己を犠牲にして初めて成立するものなのでもあろう。

語り手の悲哀の気分は、後半の第二連でもさらに続き強い利己的なものとなっていく。

そこで私はすべての顔をあなたの顔と交換した。
仮面の魔術師の標章であるきびきびした
娘っ子を、殆ど無いあなたの財産と交換した。

このような自己犠牲の悲哀は、あくまでも語り手が自分の身勝手な主張を繰返しているだけで、妻となる女性の気持ちや考え方はまったく反映されておらず、いつの時にも公平な立場から物事を見つめようとする読者からすると、きわめて不適切な受け容れ難い言葉となっている。「男はわがまま」でも、主人公が嫌っているアーノルドという男性の結婚生活について、「逃げられないように女と結婚したが、／今では彼女が一日中そばにいる」とラーキンは記しているが、このような皮肉に溢れた表現は、あくまでも自らの嫌悪の感情から生じた敵意の言葉であり、あまりにも一方的な、公平さを欠くものであろう。

妻となった女性に対する最後の三行、「今やあなたは私の退屈、私の失敗となり、／別の苦しみ方、危険、／空気よりも重い本質となる」は、まったく妻となる女性からすれば、言語道断で、絶対に容認できない言葉が連ねられている。架空の女性に対するものとはいえ、このような敵意や軽蔑に満ちた形容は、あまりにも偏った表現であり、逆に言えば、世間一般の結婚や女性、そして特に妻となる女性に対してラーキンがいかに反感を抱いていたかが分かる。ラーキンが生前にこの詩を完成した状態で出版することなく、放棄した原因は、「恐らくは、この詩の個人的な悪意の不安な要素であったのだろう(5)」とジェイムズ・ブースは述べているが、このような偏った個人的な感情の露出は、初期のラーキンの結婚嫌いや、強いては、性差別主義を象徴するものであると同時に、詩人としてのラーキンというよりも、人間としてのラーキンの未熟さを露呈するものであろう。

さて、ラーキンは愛を主題とした多くの詩を書き、そのほとんどは、彼が非常に親しく交際していた女性をモデルにして書いていた。シュロップシャーのウェリントン市立図書館で出会った初恋の女性、ルース・ボウマン、レスター大学図書館に移ってから知り合ったモニカ・ジョーンズ、そして、ハル大学図書館で同僚だったミーヴ・ブレナンなどが、彼の愛の詩の主な源泉であった。そして、もう一人ラーキンが強く魅かれたのが、ウィニフレッド・アーノットであった。

ラーキンが一九五〇年十月にベルファストのクィーンズ大学図書館に勤め始めてから間もなく好きになったのが、

彼女であった。クィーンズ大学で英文学を専攻したウィニフレッドは、大学を出てすぐにクィーンズ大学図書館で働き始めていたが、ラーキンよりも九歳年下の溌剌とした陽気な女性であった。「ラーキンはウィニフレッドに会えば会うほどますます彼女が好きになった」[6]と、モーションもラーキンの彼女への熱い思いを簡潔に述べているが、ウィニフレッドの「開放的で自信に溢れた愉快な」[7]性格がラーキンの恋心を強く刺激したのだった。

後にハル大学図書館に移ってから出版される『欺かれること少ない者』に載る「ある若い女性のアルバムに寄せる詩」や「旧姓」もウィニフレッドをモデルにした作品であったが、同じベルファスト時代に書かれたこの「私の妻に」にも、彼女への実らぬ愛の思いが綴られているのであろう。ウィニフレッドには結婚を誓ったイギリス人の恋人がロンドンにいたのであり、彼女は結婚までのわずかな期間をクィーンズ大学図書館で働いていた。ラーキンに対しては彼女の方も、「彼の外観や評判に少し不快感を覚える状況は変わることもなかったのだが、彼のユーモアのセンスを楽しむようになったのだった」[8]。そして、何よりもウィニフレッドがラーキンに魅力を感じたのは彼女の言葉で言えば、「彼が作家であった」[9]という事実であった。このようにお互いに魅かれながら交際していた二人ではあったが、もちろんこの愛は実ることはなかった。ウィニフレッドにはすでに正式な婚約者がいて、ラーキン自身もこの詩に表現されているように、「すべての顔をあなたの顔と交換」しなければならない結婚にはきわめて否定的な考えを持っていたからであった。

モーションは「交際詩」について触れた後、「『結婚』において彼は、『古い必要』や『騎士道の案山子』によって創造された夫婦関係を嘲りながら、この純朴な独身の価値を強調している」[10]と述べているが、この時期のラーキンにとって、結婚は最も大きな関心事ではあるが、彼にとって結婚をすることによって失うものはあまりにも大きなものであったのであろう。それは、彼にとって最も大切な詩的創造力の源の一つである一人暮らしの孤独と自由を失うことでもあった。

3

このような結婚や夫婦関係についての否定的な考えを明確にしていたラーキンにとって、彼が考える家や家庭は必然的に悲しいもので、孤独を愛する若き日のラーキンにとっては、世間から見ればいかにそれがわがままであろうとも独身のままでいることは、まさに至福の状態であった。「結婚」や「私の妻に」の七年後に書かれた、「家とはあまりに淋しいもの」や「男はわがまま」においてもラーキンは、夫婦の愛の悲しい一面や、独身の主人公の頑な自己弁護の態度を描きながら独身主義の価値を肯定している。

「家とはあまりに淋しいもの」の冒頭でラーキンは、「家とはあまりに淋しいもの。家族を取り戻そうとするかのように、／最後に出て行った人のくつろいだ気分に合わせて、／放って置かれたまま」と述べて、家に住んでいた夫婦のうちどちらかが亡くなっていなくなった後の、取り残された者の悲しい状況を物語っている。しかも、「家とはあまりに淋しいもの」の実際の舞台となった、ラーキン自身の両親の住んでいたラフバラーの家のことを考えるとさらにその思いは募る。決して幸せとは言えなかった母親エヴァの愛の虚しさをこの家の中で目の当たりにしていたラーキンにとって、父親シドニーが亡くなった時のままに家の中に置かれた、「絵やナイフやフォーク類。／ピアノの椅子の上の楽譜。花瓶」などの品物は、母親の愛の虚しさを甦らせるものであった。

家庭や結婚生活に対するラーキンの否定的な見方は、彼のハル大学図書館の上司であったアーサー・ウッドをモデルにした「男はわがまま」でもきわめて風刺的に描かれている。平凡で幸せな家庭生活を送っているアーノルドと独身の自分を比較する話し手は、家庭生活や結婚生活の煩わしさから一人でいる自分の状況を最初は幾分か自己正当化している。もちろん最後には、自分もアーノルドも結局は自分の思ったように生きているわけで、お互いに両者とも似た者同士だという結論に達するのであるが、この詩の根底に漂うのは独身主義を肯定しようとするラーキンのわがままであり、彼にとっては、家族や家庭、そして結婚生活は必ずしも喜びや幸せをもたらすものではなかったのであろう。

ラーキンの結婚嫌いを物語る作品が生まれた背景にはもちろん、ラーキンの両親の結婚生活や家庭生活が彼に大きな否定的な影響を与えたことが考えられる。正直にも幸せとは言えない退屈な子供時代を過ごしたラーキンにとって、家庭的な愛情や家族の絆があまり感じられない家庭は、非常に悲しい思い出したくないものであった。ラーキンの初期の詩には経験主義的な特徴が見られるが、彼の多くの詩には、ラーキン自身が成長しながら感じ、経験していった家庭や家族への様々な思いが込められている。このような経験主義から生まれた複雑な人間や家族、そして、イギリス社会への観察や深い洞察が、彼の詩の根底に横たわっているのであり、そこから、「ドッカリーと息子」を含めた多くの詩に描かれた悲しいほどに否定的な人生観がラーキンの詩の特質として浮かび上がってくる。

「ドッカリーと息子」の最終連の言葉、「われわれには見えない何かが選んだもの」で、人間の運命や不可避の死を表現したラーキンは、一九七三年のハル大学図書館の新館完成を記念して書いた、「生き続けること」の最終連でも人間の誰もが免れることのできない死に言及している。「死が始まるあの緑色の夕べに／ただそれが何であったのか告白してもほとんど満足なものではない」と述べながら、ラーキンは、人間の人生の意味や仕組みを理解することは、今死にかけている人にとってまったく慰めとはならず無益なことであると明言している。「この詩は自己の限界を知るようになる人間についての詩である(11)」とピーター・レヴィも言っているが、人間は死の前にはただひれ伏し、暗い絶望の眼差しで運命を受け容れるだけなのである。

このようなラーキンの否定的な人生観の背後に見え隠れしているのが、死や運命に対する耐え難い不安であろう。このいつ訪れるとも分からない摑み所のない、しかも目に見えない暗い影が、ラーキンの人間としての存在や様々な物事に対する考え方に強い影響を与えていた。そして、救い難いほど陰鬱な詩人と言われるラーキンの特質は、彼の結婚や家庭に対する見方をも必然的に暗いものにしてしまったのであろう。本来ならば、幸せなものであるべきはずの結婚や家庭生活は、自らの死を人生の地平線の彼方に見据えているラーキンにとっては、常に悲しい、強い後悔や失望をもたらすものだった。一つの物を見るときに、往々にして表の明るい日の当たる面よりも、裏側の暗い陰鬱な面に目を向けることの多い詩人にとっては、それはきわめて自然な生き方であった。

そして、彼の独特な人生観を形成しているのが、多くの詩に描かれたわがままな自己中心的な生き方や考え方なのである。一九七四年に書かれた「穴が開いている人生」は、自らの人生の虚しさをうたった作品であるが、その第一連でも女性から見た、ラーキン自身とも思われる語り手の「わがままな」生き方がきわめて痛烈に述べられている。

私が頭を後ろに投げてわめいていると、
でも、いヽつヽもヽやヽりヽたヽいヽこヽとヽをヽやヽっヽてヽきヽたヽんヽでヽしヽょヽうヽ。
いヽつヽもヽ自ヽ分ヽのヽ思ヽいヽ通ヽりヽにヽしヽてヽるヽんヽだヽわヽ
と人に（たいていは女に）言われる。

風刺詩に分類されるこの詩の冒頭で、自分の恋人である女性から実際に言われたと思われる言葉を引用しながら、ラーキンは、自らのわがままな生き方を自己弁護している。女性から見れば我が道を行くラーキンの姿は、非常に鼻持ちならないものであったのであろう。自己主張の強いわがままなラーキンとつき合ってきた、ラーキンの性格をよく知っている女性が発したと思われる、「でも、いヽつヽもヽやヽりヽたヽいヽこヽとヽをヽやヽっヽてヽきヽたヽんヽでヽしヽょヽうヽ。／いヽつヽもヽ自ヽ分ヽのヽ思ヽいヽ通ヽりヽにヽしヽてヽるヽんヽだヽわヽ」は、まさに、伝統的な「女の嘆き」の典型であろう。男性の友人なら決して言うことのないこのような強い嘆きの言葉の裏には、恐らくはラーキンとの結婚を強く望んでいたであろう一人の女性の彼に対する、どうにも遣り所のない悲嘆の気持ちが感じられる。詩人として生きる自分には、結婚して女性と同じ屋根の下で毎日暮らすということは、自らの創作の妨げとなると考えていたラーキンからすれば、やりたいことをやりながら生きる人生が最も自分にふさわしいものと考えていたのであろう。どのように利己主義だ、わがままだと言われようとも、ラーキンのような詩人にとってはそれが最善の道なのである。それ故、「私はやりたくないことはやらなかった」んだよという主人公の言葉には、ラーキン自身の彼女に対する反駁の気持ちが少なからず込められている。

スウォーブリックが、「『私の人生は私のためにある』が、ラーキンの愛の詩を通して流れている感情である[12]」と述べているが、やはりラーキンは、きわめて利己的なわがままな性格の人間であったのだろう。このように本質的に自己中心的な人間にとって、結婚という形を受け容れて愛する妻と共に平凡な家庭を築き平凡な生涯を送ることは、きわめて不自然なものであった。常に死に対する不安を抱きながら人生を生きた詩人にとって、普通ならば、妻や家族の愛がその日々の苦悩を癒やしてくれる。しかし、あまりにも自己愛に偏重した人生を生きたラーキンのような人間にとっては、人生や愛、喜びや苦しみを共に分かち合う妻や家族との絆は、自らの詩人としての孤高な存在や、詩的創造力を妨げるものであったのであろう。

テキスト

Thwaite, Anthony, ed. *Philip Larkin: Collected Poems.* London: The Marvell Press and Faber and Faber, 1988.

注

（1）Swarbrick, Andrew. *Out of Reach: The Poetry of Philip Larkin.* London: Macmillan, 1995. 110.
（2）Booth, James, ed. *New Larkins for Old: Critical Essays.* London: Macmillan Press, 2000. 117.
（3）Swarbrick. *Out of Reach.* 110.

（4）Booth, James, ed. *New Larkins for Old*. 157.
（5）——. *Philip Larkin: Writer*. New York and London: Harvester Wheatsheaf, 1992. 115.
（6）Motion, Andrew. *Philip Larkin: A Writer's Life*. London: Faber and Faber, 1993. 209.
（7）Motion 209.
（8）Motion 209.
（9）Motion 209.
（10）Motion 210.
（11）Levi, Peter. *The Art of Poetry*. New Haven and London: Yale UP, 1991. 292.
（12）Swarbrick. *Out of Reach*. 110.

6 歴史の中のイェイツ
——「一九一六年の復活祭」と「内戦の時の省察」

加藤　光也

Mad Ireland hurt you into poetry. —W. H. Auden

詩人であり、劇作家であり、民族主義者でもあったイェイツは、私にとってはその全体がなかなかとらえにくい、厄介な存在である。ここでは、神話や妖精の世界の住人であったイェイツからも、また『幻想録』(*A Vision*) の難解な体系の作者としてのイェイツからも離れて、中期の、いやおうなく歴史の現実と向き合わざるを得なかったイェイツが、その現実の中からどのような詩を生み出していったのかを、「一九一六年の復活祭」('Easter 1916') と「内戦のときの省察」('Meditations in the Time of War') を取り上げて、考えてみたい。

「一九一六年の復活祭」は第一次世界大戦のさなか、一九一六年の四月二十四日、イギリスの植民地支配からの独立を唱えてダブリンの中心部を占拠したが、二十九日にあっけなく鎮圧されたアイルランドの叛乱者たちにささげられた詩である。五月から九月にかけて執筆され、何部かのコピーが友人たちに回覧されただけで、その後、アイルランド独立戦争のさなかにやっと『ニュー・ステイツマン』紙に発表され、最終的には一九二八年『マイケル・ロバーツと踊り子』(*Michael Roberts and the Dancer*) に収録された。慎重な発表過程は、この詩が、手放しでアイルランドの愛国主義を賛美する詩と受け取られることをおそれたためでもあっただろう。だが、イェイツの詩のなかでも、もっとも公的な事件を扱った詩でありながら、同時に多分に私的なものでもあるこの詩は、蜂起の死者たちを単純に賛美したものではない。

　詩は、ありふれた夕刻の街角の情景から始まり、四行連句を基本的な構成要素とする四つの連は、よどみなく進んでゆく。

私は夕暮れどき、かれらが
灰色の一八世紀からの建物の
勘定場やデスクから、生き生きとした顔で
現れてくるのと出会った。
通りすがりにちょっと会釈したり、
丁寧なあたりさわりない言葉をかわしたり、
あるいはしばらく立ち止まって
丁寧なあたりさわりない言葉をかわしながら、
その最中にも、
これを冗談や冷やかしのタネにして、
クラブの暖炉のところで
仲間たちを喜ばせてやろうかと考え、
たしかに、かれらも私も

まだら服の道化世界の住人なのだと思っていた。(1)

どこの都会ででも見かける、ありふれた街角の情景である。「まだら服の道化世界」(where motley is worn) には、「思想信条の違いがある者どうしがたがいにぎごちない挨拶を交わす、日常の喜劇世界」という意味合いが込められているだろう。だが、この喜劇の世界も、復活祭の蜂起ですっかり変わってしまう。当初は一部の過激派分子の暴走とみなされ、市民の犠牲者も多かったために必ずしも好意的には受け止められなかった事件は、第一次大戦中に背後の隙を突かれた形のイギリス政府が、五月上旬に首謀者たち一五人を性急に処刑するにいたると、無謀な行動は愛国心ゆえの自己犠牲をいとわぬ英雄的行為とされ、首謀者たちはたちまち悲劇の英雄となった――「すべてが変わり、完全に変わったのだ。／恐ろしい美が生まれたのだ」

つづく第二連では、第一連で「かれら」と集合的に呼ばれていた蜂起の首謀者たちの横顔が、名前は告げられなくとも当時の人びとにはすぐに誰それとわかる形で紹介される。善意から愛国熱に染まり、かつての美貌と美しい声を失ってしまった女性（コンスタンス・マーキエヴィッツ）、熱心な教育家で詩人でもあった男（パトリック・ピアス）、イェイツも才能を認めて期待をかけていた文学者（トマス・マクドナー）。かれらはいずれもイェイツ自身の知人でもあった。この詩がイェイツにとって多分に私的なものでもあるというのは、その意味においてである。そして語り手の「心の大切な人たち」を傷つけた、酔っぱらいのならず者と名指されるのは、イェイツが古くから恋心を抱きつづけていたモード・ゴンをかつて捨て、その娘イズールト・ゴンにもひどい仕打ちをしたジョン・マクブライド少佐のことだが、「かれもまた、／日常の喜劇の役を降り、／かれもまた、かれなりに変わって／完全な変貌をとげた。／恐ろしい美が生まれたのだ」

第一連と第二連、そして最後の第四連でバラッドのように繰り返される「恐ろしい美が生まれたのだ」という、ブレイクの「虎」を思わせるリフレインはたしかに事件の衝撃の深さをよく伝えている。だが、ならず者のマクブライド少佐や、イェイツが以前から、「自己犠牲に目がくらんで危険な存在となった男」と批判していたピアスたちは、どのようにして喜劇世界の住人から悲劇の恐ろしい美の世界の住人へと変貌したのだろうか。イェイツが「悲劇論」('The Tragic Theatre') の中で、「悲劇というものはつねに人と人を隔てる堤を決壊させ、押し流してしまうにちがいない……喜劇の住みかがあるのは、その堤の上なのだ」と書いているとおり、日常の喜劇世界はじつにもろい土台の上にのっているだけで、悲劇の世界が口を開ければ、個人はたちまちその輪郭を失ってしまうものかもしれない。(2) だが、詩は首謀者たちの英雄的行為や事件の暴力に直接ふれることなく、一転して、第三連の省察へとつづく。

夏のあいだも冬のあいだも
一つの目的だけをもったかれらの心は
魅いられて石へと変わり、
生きた流れをかき乱すようだ。
道をやってくる馬と
その乗り手、くずれる雲間を
わたってゆく鳥たち
刻一刻とかれらは変わる。
流れに映る雲の影も
刻一刻と変わる。
馬の蹄が流れの縁をすべり
馬が流れでしぶきを上げる。
脚の長い鷭《ばん》が流れに舞い降りると、

雌の鶵が雄の鶵を鳴きよせる。
刻一刻とかれらは生き、
それらすべての真ん中に石がある。

馬も、乗り手も、雲も、鳥たちも、すべては生けるものの徴のように、刻一刻と変化する。この変化する世界の中で、かたくなな愛国心に捕らわれた心だけが石と化して、その生の流れをせき止めている。事実、イェイツが同じ表現を用いてモード・ゴンに、なぜかたくなな愛国熱から醒めて生の躍動を楽しまないのかと忠告しているのをみれば（フォスターⅠa 六二）、第三連は、愛国の観念にこり固まった蜂起の首謀者たちの姿を、詠嘆しながら振り返っているようにも思われる。けれども、あくまで詩の言葉の流れの中でみるならば、流れをかき乱しながら世界の真ん中にごろんと転がるような「石」のイメージは、自然の営みを妨害する暴力的な異物としてのそれであり、また象徴としてみるならば、炸裂してすべての秩序をくつがえす暴力さえ秘めた固まり、あるいはすでに命を失って墓碑とさえなった石ではないだろうか。

この詩で肝腎の蜂起の現実は語られず、すべては舞台の背後で演じられていて、読者はその事後報告をただ間接的に聞くだけのようなのに、蜂起の事件の深さと衝撃とが、まざまざと伝わってくるその秘密は最後の第四連にある。

あまりにも長い犠牲は
心を石に変えることもある。
ああ、いつまで犠牲を払えば足りるというのか。
それは天が決めること、われらの務めは、
つぎつぎに名前をつぶやくこと、

あたかも母親が、夢中で駈けまわっていた子どもの
手足に眠りが訪れるとき
その子の名前を呼ぶときのように。
それはただ、夜が訪れただけではないのか。
いやいや、夜ではなく、死が訪れたのだ。

事は終わり、すでに激しい騒擾の後の日常が戻っている。詩人は、どの家庭でも繰り返される夕暮れの情景、遊び疲れて戻ってきた子どもが母の膝でつい寝込んでしまう情景をかりて（ということはこれもやはり自然の営みの一部のように扱うことによって）、蜂起のもたらした衝撃の傷を、宥めている。

. . . our part
To *murmur name* upon *name*,
As a *mother names* her child
When sleep at last has co*me*
On li*mb*s that had run wild.

巧みなのは、やわらかな m と n の子音の交錯だけでなく、最初は母親の視点にいる読者の意識が、When 以下の構文の中で、懐かしい子どもの日の記憶ともかさなって子どもの意識の中にずらされ、さらには母親に見守られて眠る死者の立場にも立たされることである。「夢中で駈けまわって (had run *wild*)」の響きは後に出てくる「愛国の情の過剰のゆえに踏みまよい (Be*wildered*)」とも響き合っている。

かれらが夢をみ
そして死んだと知るだけで充分だ。
愛国の情の過剰のゆえに踏みまよい
かれらが死にいたったのでもかまわぬではないか。
私はそれを詩に書きとめよう——
マクドナーやマクブライド、
コノリーやピアスは
いまも、そしてこれからも、
緑の徴がつけられるところどこででも、
変わってしまった、完全に変わったのだ。
恐ろしい美が生まれたのだ。

死者たちの名前を読み上げる「私」は、すでに、第一連の喜劇世界の住人ではない。C・K・ステッドが『新しい詩学』で指摘したように、ここでの「私」は個人を離れて、いわば運命を語る共同の声、つまりギリシア悲劇のコロスの声になっているのであり、詩人は歴史の声そのものとなっているといってよい（ステッド　三九）。そして、疲れた子を宥めるような母のイメージと、このような荘重な哀悼の様式が、逆説的だけれども、かつては詩人の侮蔑の対象となっていた者たちをも悲劇の世界の高みへと引き上げ、直接には語られない事件の衝撃の深さを浮かび上がらせているのだ。

こうして、堅固な四行連句をつらねた「一九一六年の復活祭」は、それ自体が堅い墓碑となって読者の前に残ることになる。

だが、とふたたび問わなければならない。詩は歴史の証言としてみごとにできあがっているけれども、では、死者たちを単純に賛美しているわけでもなく、かといってその殉教熱を正当に指弾しているともみえない作者イェイツの立場はどこにあるのだろう。リフレインの背後に隠れたイェイツの個人的立場の曖昧さには、おそらく、次の二つの理由が考えられるだろう。

一つは、一八九〇年代の後半、一時期にせよアイルランド共和国兄弟団（I・R・B）にも所属したことがあり、また過激な愛国心を扇動する結果になった『キャスリーン・ニ・フーリハン』（一九〇二）のような芝居の作者でもあったイェイツにとって、蜂起の首謀者たちのファナティックな心情は、決して無縁のものではなかったであろうということである。そしてもう一つは、復活祭の蜂起が、ピアスやコノリーをはじめ、アイルランド人たち主導で決行されたのに対して、イェイツは古くからアイルランドに住み着いたプロテスタントのイギリス人の家系、つまりアングロ・アイリッシュだったということである。

復活祭の蜂起の歴史的・政治的意味について、D・ジョージ・ボイスは、「カトリック・アイルランドの中産階級の『進歩的』部分が、アングロ・アイリッシュではない過激派指導者を見出したこと」（フォスター b　四九二）と指摘しているが、復活祭の蜂起に対する明確な判断を保留したかのようなイェイツの曖昧な態度には、アイルランドの歴史と文化の中心を担ってきたアングロ・アイリッシュの立場からの不安も反映しているように思われる。その不安は、やがて、一九二五年のアイルランド上院での、離婚禁止法案に反対するイェイツの演説に、次のような形で端的に現れることになる。

　この国が独立を達成して三年も経たないうちに、国民の少数派の者たちが露骨に抑圧的と考える法令について議論せねばならぬということは悲劇的なことであると私は考えます。私は私自身がその少数派の典型的な一員であることを誇りに思う者です。みなさんにこのような仕打ちをうけたわれわれは、ちっぽけな人間ではありません。われらはヨーロッパの偉大なる家系のひとつです。われらはバークの民であります。グラトンの民であります。スウィフトの民であります。エメットの民であります。パーネルの民であります。われらはこの国の近代の文学のほとんどをつくったのであります。われらはこの国の最良の政治思想をつくったのであります。とはいえ、私はこれまでに起こったことを決して後悔しておりません。はたしてわれらが活力を失ったかどうか、私はいずれ、いや、私ではなくとも私の子どもたちがいずれ、知ることになるでしょう。（フォスターａ　二九七—八〇）

たしかに、アイルランドの長い歴史と文化の多くの部分を支えてきたのはアングロ・アイリッシュの人びとであったし、イギリス政府に抵抗し、独立運動の先頭に立ってきたのも、少なくともその主立った人物たちはアングロ・アイリッシュだった。また、この演説でのいささか傲慢なまでの矜持は、イェイツ自身のものというよりは、アイルランド自由国成立以後、劣勢に立たされることになったアングロ・アイリッシュ全体を代弁するものでもあったろう。しかし、最後の言葉には、その矜持がもはや保てなくなっていることへの正直な不安が漏らされているように思われる。次に取り上げる「内戦の時の省察」は、そのような不安の確認から始まっている。

一九一六年の蜂起以降のイェイツの身辺は、バリリー塔(Thoor Ballylee)の購入（一七年）、ジョージーとの結婚（一七年）、第一次大戦後のアイルランド独立戦争（一九—二一年）、アイルランド自由国の成立とともに始まったアイルランド内戦（二二—二三年）、その間の娘と息子の誕生と、めまぐるしい変化を迎える。そしてイェイツは、ほとんどがアイルランド内戦の時にバリリー塔で書かれた「内戦の時の省察」において、ふたたび歴史と、しかし今度は外部の事件としてではなく、我が身に降りかかる事件としての歴史と、以前よりも遥かに生々しく、向き合うことになる。それはまた、よって立つアングロ・アイリッシュの伝統の再考と、自分のこれまでの仕事の総括ともなるものであった。

「内戦の時の省察」は長い連作詩で、それぞれが表題のついた独立した詩でもある七つのセクションから構成されているので、最初の部分は少し駆け足でたどることにする。

第一セクション「父祖の屋敷」――安定した八行詩体で書かれたこのセクションだけは二一年に書かれ、実際にはイギリスの田舎屋敷のイメージをかりて父祖の栄光を伝える屋敷の衰退を語るが、いずれ夢のようにかき消されるべき、いささか大仰なファサードであるにすぎないように思われる(3)。

第二セクション「私の家」――「私の家」とあるのはイェイツが一九一七年に購入した、ゴールウェイ州ゴート近郊のノルマン時代の砦の跡で、十三世紀から十四世紀に遡るものという。バリリー塔と名付けられ、一九年から二八年にかけて、イェイツ一家がおもに夏の間滞在する場所として利用された。古い橋や、田舎屋、一エーカーほどの石ころだらけの地所（「そこには象徴の薔薇が咲きいでることもあるだろう」）が附属した「古い塔」が紹介され、「私」は、かつてミルトンの「イル・ペンセローソ」のプラトン主義者が、やはり塔のなかで仕事にいそしみ、

……霊的熱狂が
すべてのものを想像するさまを
おぼろげな象徴で表した。

その姿にみずからを重ねる。バリリー塔はイェイツにとっては、詩人シェイマス・ヒーニーが指摘するとおり、特権的な「創作の場」(the place of writing)であり、「みずからの荘厳さを表す魂の記念碑の一つ」なのだ（ヒーニー　二四）。これ以降、連作詩の構造は、「創作の場」である塔の上の詩人の書斎と、生身の詩人を取り巻く現実世界とを往復するものとなる。

第三セクション「私の机」――書斎の机にはペンや紙のほかに、アメリカでの講演旅行中に日本の役人佐藤淳造か

ら寄贈された新月のような日本の刀が置かれ、幾世紀にもわたって伝えられる完成された技芸の象徴となっている。

第四セクション「私の子孫」――「私」の省察は現実世界の家族に向けられ、先祖から受け継いだ活力あふれる精神を娘や息子に伝える責務を語るが、その保証はない。それならば、この堅固な塔がいっそ屋根もない廃墟になればよいと「私」は願ったりもするが、「この石組みが友人や娘、そして私の記念碑として残る」ことでよしとする。いくつかのセクションの表題にある「私の」という言葉は、むしろ、伝統に連なろうとする者が最後の頼りとする孤塁のしるしのように響く。

第五セクション「私の家の戸口の道」――アイルランド自由国の成立とともに、北部六州を含めての独立を主張するアイルランド共和軍の非正規兵と、アイルランド自由国の国軍とのあいだで内戦が始まった。その内戦の脅威が家の戸口にまで迫ってくる現実を切り取るこのセクションは、「私の家」を交互に来訪する、アイルランド共和軍の非正規兵と、成立したばかりのアイルランド自由国の国軍兵の姿を、簡潔な観察で伝えることによって、内戦の状況を精確に伝えるすぐれた詩となっている。

愛想のよい非正規兵で
でっぷりしたフォールスタッフみたいなのが
やって来て、内戦をタネに軽口をたたく、
まるで、銃に撃たれて死ぬのが
この世で一番の見世物でもあるかのように。

カーキ色の中尉とその部下たちが
不揃いな国軍の制服姿で

わが家の戸口に立ち、私のほうは
天候不順の霰や雨のこと
嵐で梨の木がやられたことをこぼす。

私は川面で鶺の母鳥に連れられた
羽のある煤玉みたいな雛たちをかぞえて
胸のうちの羨望をしずめる、
そして、冷たい雪のような夢に捕らわれたまま
私の部屋へと向かう。

戦いはすでにアイルランド人同士のものとなり、アングロ・アイリッシュである詩人の出番はない。刻一刻と変化する情勢の中で、はるかに生き生きとしている兵士たちに羨望を覚えながら、「行動」の世界から取り残された詩人は、「冷たい雪のような夢に捕らわれたまま」、「創作の場」である塔の上の書斎へと向かう。

第六セクション「私の窓辺の椋鳥の巣」――この叙情詩は詩人の自注によれば、内戦の間、詩人の寝室の窓辺にある石壁の穴に、椋鳥が巣をつくったことにもとづいている。

蜂たちが、ゆるんだ石組みの
隙間のところに巣をつくり、
そこに母鳥が虫の幼虫や羽虫をはこんでくる。
わが家の壁がゆるんでくる。蜜蜂たちよ
椋鳥たちの空いた家に来て、巣をあむがいい。

われらは包囲され、鍵の音さえ
われらの心許なさをつたえる。
どこかで男が殺され、家が焼かれても、
何一つ明らかなことはない。
椋鳥たちの空いた家に来て、巣をあむがいい。

石や木組みのバリケード、
内戦は二週間ばかりにもなる、
昨夜も、あの血まみれの死んだ若い兵士が
ごとごとと道をはこばれていった。
椋鳥たちの空いた家に来て、巣をあむがいい。

われらは心を夢想で養い、
心はその糧で野蛮になった。
実体をもつのはわれらの愛よりも、
われらの憎しみのほうなのだ。ああ、蜜蜂たちよ
椋鳥たちの空いた家に来て、巣をあむがいい。

それぞれに大義を掲げて野蛮になった者同士の戦いはたちまち犠牲者を生み出す。第三連の「血まみれの死んだ若い兵士」は、一九二二年の七月十五日、バリリー塔からも近いゴートの鉄道橋で撃たれたコネマラ出身の、自由国軍の少年兵だったというが、抒情の声によって過酷な現実に対抗しようという構図は「一九一六年の復活祭」の第三連か

ら第四連にかけての構図と同じものである。そして、詩人が頼りとする言葉による平和のヴィジョンをここに認めることはたやすい。蜜蜂は勤勉な芸術家の象徴でもある。だが肝腎なのは、連作全体の核心となるこのセクションで、そのヴィジョンが具体的な詩の言葉としてどのように実現されているかである。とくにそのリフレイン——

(. . . O honey-bees,)
Come build in the émpty hóuse of the stáre.

ヘレン・ヴェンドラー教授が『われらが秘密の鍛錬』で行き届いた分析を示しているとおり（ヴェンドラー　一三二—三五）、前のセクションと同じ五行ずつの連で構成されながら、各連の五行目では、前とは違って、それまでの四行の八音節が一〇音節に伸びながら、それでも四つの強勢を保ったまま弱弱強格が加わるため、リフレインの韻律が緩やかにほどけて、緊張のほぐれと、歌の願いのいっそうの深さを伝えてくれるのである。

だが、さらに肝腎なのは、連作全体が平和への祈りで終わるのではなく、詩人が最後のセクションで自分の抱える「冷たい雪のような夢」の世界を切開してみせることだ。

第七セクション「私は憎しみや心の充実や来るべき空虚の、幻影を見る」——ふたたび第一セクションと同じ八行詩体に戻るが、今度は乱れた韻律で語られるのは、塔の上の書斎の、さらにその上の屋上に登った詩人に、「奇怪だけれども見慣れたイメージの数かずが心の眼に群がってくる」さまである。テンプル騎士団の弾圧に由来する「ジャック・モレイの復讐を」という奇怪なスローガンを叫びながら相手の腕や顔にかみつく軍勢が、「無にむかって殺到し、腕も指も大きく拡げて／無を抱きしめようとする」かと思うと、魔法の一角獣に乗った中世風の貴婦人の甘美なイメージが現れ、つぎには「無数のとどろく翼」が、奇怪なイメージともども月明かりを消してゆく。屋上から下に降りてゆく階段の途中で、悪夢から醒めたかのような詩人は自分に向かってこう言い聞かせる。

抽象観念の歓びや、

霊的イメージから半分解読されただけの智慧、それだけで、

かつての成長途中の少年にとってと同様、この老いゆく人間には充分なのだ。

だが、これらの熱狂の名残や夢の残骸は、いったい何の夢、何の残骸なのだろう。独立戦争のさなかに書かれた『四年の回想』（一九二二）の最後のほう二二章に、次のような訴えかけがある。

今日、私はあの最初の確信、あの最初の統合への欲望（desire for unity）に、この別の確信をつけ加えたいと思う……つまり、国家、民族、個々人というものは、心の状態、それも、あらゆる心の状態のうちで、不可能ではないにしても、その人間、民族、国家にとってもっとも困難な心の状態を象徴し、喚起する、一つのイメージ、あるいは関係しあうイメージの束によって、統合されている（unified）という確信である。なぜなら、絶望せずに考え得るもっとも大きな障害のみが、完全な熱烈さへの意志をかき立てるからだ。（フォスター a 一八〇）

「統合への欲望」には、のちに『幻想録』で定式化される「存在の統合」(unity of being) の観念が先取りされているが、それが、「国家、民族、個々人」を強引に重ねるいささか過剰なレトリックをともなって、アイルランドの政治的・文化的統合のプログラムと重ねられているのは明らかだろう。もし、塔の上での書斎で詩人が没頭していたのが、アイルランドのこの政治的・文化的統合のプログラムであったとしたならば、独立戦争から内戦へと続く状況の中ではおよそ不可能なプログラムであり、詩人はその残骸をみるほかないだろう。比較文学者のマイケル・ウッドはイェイツがアイルランド独立戦争のさなか、その惨禍を世界全体のカタストローフとして描いた詩「一九一九年」を

論じる中で、ベンヤミンの『歴史哲学テーゼ』の次の一説を引用している。

歴史の天使は顔を過去に向けている。・・彼はただカタストローフのみを見る。そのカタストローフは、やすみなく廃墟の上に廃墟を積みかさねて、それを彼の鼻さきへつきつけてくるのだ。

（今村仁司『ベンヤミン「歴史哲学テーゼ」精読』岩波現代文庫）

詩人イェイツは「内戦の時の省察」の最後のセクションで、あたかもベンヤミンの後ろ向きの天使のように、自分のこれまでのアイルランドの政治的・文化的統合の夢の残骸をみつめているようだ。

「内戦の時の省察」は第六セクションの椋鳥の歌で終わっていてもかまわなかったろうし、むしろそのほうが作品としてはまとまっていたかもしれない。だが、最晩年の「サーカスの動物たちの逃走」を先取りするかのようにして、おのれの内面の夢の残骸をみつめる、あえていうならば己に対する厳格な誠実さが、私にとってのイェイツの大きな魅力の一つなのである。

（付記）本稿は二〇〇八年十二月十三日、都立英文学会における講演をもとにしたものです。

注

（1）詩の訳出のもとにしたテキストは次のものである。Yeats, W. B. *The Poems revised*. Ed. Richard Finneran. London: Macmillan, 1991.

（2）たとえば、この詩の最後に名前を挙げられているジェイムズ・コノリーは、国際的な運動の中でのアイルランド解放を探っていたマルクス主義者で、「カトリック教徒のふりをしてはいたけれども……信仰のかけらも持ち合わせてはいなかった」と公言していたが、一九一六年になると突如、「アイルランドの戦いの時はいまであり、アイルランドの戦いの場所はここである」とか、「カルヴァリの丘の前での人についてと同様、われわれに関しても、『血を流すことなくして贖いを得ることはできない』と言ってまちがいない」と書くようになり、いわば個人の輪郭を失って、ピアスの過激な殉教主義の悲劇の中に参入することになる。（フォスターb　四七九）

（3）イェイツが考えるアングロ・アイリッシュの伝統の誤謬については、シェイマス・ディーンの『ケルト文化復活運動』の第三章「イェイツと革命の観念」に厳しい指摘がある。

参考文献

Dean, Seamus. *Celtic Revivals*. London: Faber and Faber, 1985.
Foster, R. F. (a) *W. B. Yeats: A Life II: The Arch-Poet*. Oxford and New York: Oxford UP, 2008.
——. (b) *Modern Ireland 1600–1972*. London: Penguin Books, 1989.
Heaney, Seamus. *The Place of Writing*. Atlanta, Georgia: Scholars Press, 1989.
Stead, C. K. *The New Poetics*. 1964. London, 1980.
Vendler, Helen. *Our Secret Discipline*. Cambridge, Massachusetts: Harvard UP, 2007.
Wood, Michael. 'Yeats and Violence.' *London Review of Books*. 14 Aug. 2008.
Yeats, W. B. 'The Tragic Theatre' in W. B. Yeats, *Essays and Introductions*. London: Papaermac, 1989.

7
「如水中月」
——シェイクスピアと禅書

モート・セーラ

ウィリアム・シェイクスピアの『ハムレット』(一六〇一年頃執筆)において、ハムレットは、'To be or not to be, that is the question,' というあの有名な自己省察の問いかけを発している。長い年月を経て二十世紀に入ってから、鈴木大拙はこの時代の真の問はむしろ、以下のようではないだろうかと述べている。

To be *and* not to be, that is the question.(1)

エリザベス朝の劇作家シェイクスピアは、詩人でもあり、彼が扱うテーマは、時を経た二十一世紀においても我々に訴えるものがある。悲劇『ハムレット』において主人公のハムレットは、第三幕第一場の独白場面で、自分の命を断つべきか逡巡し、この重要な問を発する。(2)シェイクスピアと鈴木大拙は、両者ともに、生き、かつ死に対峙することが最善であることを述べている。

シェイクスピアの詩情豊かな韻文と普遍的なテーマは多くの現代の読者の心を魅了しつづけている。大拙はシェイクスピアから引いた英文の書をも書いている。大拙は一般に実在とみなされているものよりも、詩歌の方がリアルであると感じた。[3] 本稿ではシェイクスピアと関連させながら、禅画についてその一端を明らかにしたい。とくにシェイクスピアの水面に映る月という比喩を考察し、変化や融合などの実在の多様な重層性を示すこの表現や、禅における『水月』の概念の重要性を明らかにしたい。

インドに発した禅思想は、達磨とともに海を渡り、中国を経て、十二世紀末に日本に伝わった。一二〇〇年に鎌倉の地に寿福寺が建てられ、開山に、宋から九年前に帰国した栄西が迎えられた。中世禅林文化の幕開けである。同年、京都木幡の地に道元が誕生したのは象徴的である。中世日本において鎌倉五山と京都五山の間で、中国からの外来文化の移入を尊重し、古来の伝統文化と融合をしつつ日本固有の文化が開花した。同時にこのような文化現象の中から、自然に禅思想が派生し、在野の文化圏に独自の展開をみせた。高僧による書画、墨跡、能、茶湯などである。

次に、大拙が述べている 'To be *and* not to be, that is the question' の意味を考えたい。鈴木大拙（一八七六―一九六六）は円覚寺で釈宗演老師（一八五九―一九一九）のもとで四年間臨済宗の禅を学んだ。大拙は「公案」や「無」という概念と取り組みながらも、ポール・ケーラス博士の『仏陀の福音』を日本語に翻訳した。一八九七年のアメリカに向けての出発の前年の冬に、公案について考察を深めているとき、「見性」という経験をした。この自己の本質を見る、悟りの第一歩と表される経験は、大拙のアメリカへの旅が差し迫っていたという極限の状態にあったことで促進されたのである。大拙は彼のエッセイ『初期の思い出』の中で、公案を解決しようと、自己を死の淵まで没入していたことを説明し、'Man's extremity is God's opportunity' と述べている（アベ 一〇）。[4]

図1は鈴木大拙が、このことわざを英語で書いた書である。この書は、大拙の晩年の十五年間、秘書として、また個人的な助手を務めた岡村美穂子氏の所蔵である。岡村氏は、'Man's extremity is God's opportunity' という一節は日本語の「人事を尽くして天命を待つ」ということわざと同じであると記している（『大拙の風景――鈴木大拙とは誰か』

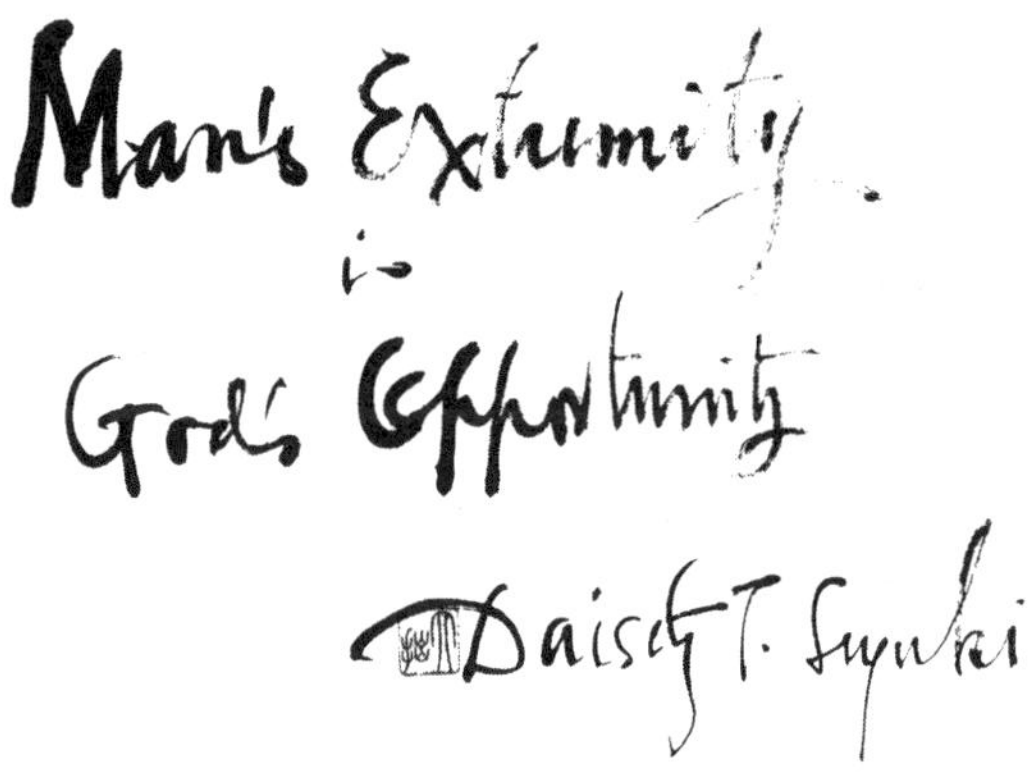
Man's Extremity
is
God's Opportunity
Daisetz T. Suzuki

図１

五〇）。いつもの自分の思考様式を絶えず消耗させ、使い切るという極限の状況によっておのずといつしか思考様式がはがれ落ち、真の思想が姿を見せるのである。己の自我の変容は日本文化の本質である。それは、茶道、書道、能、剣道などにおいて明白である。『禅と日本文化』において大拙は‘We die only when we are exhausted.’（スズキ　一九七）と明快に述べている。このときの死とは己の自我の死である。この自我の死とは大拙が述べたような、存在していると同時に存在していないという‘to be *and* not to be’の状態に近いのである。大拙は、鐵舟が自身の禅における長い経験から、‘that a man has to die, for once, to his ordinary consciousness in order to awaken the Unconscious.’（スズキ　一九六）ということを理解していたと述べている。何回もある行為を行うことにより、人は非行為の状態、すなわちただ単に〈在るのみ〉という状態に達することができる。このようにして、ある行為を何回も繰り返すことにより、自由に達することができるまで自分を疲弊させると、一瞬解放の状態がやってくる。繰り返された行為は己の自我を消耗させ、行為と努力の中に一瞬の非行為の状況を生み出すのである。鈴木大拙の‘Man’s extremity is God’s opportunity’ということわざの書において、この三行からなる一節は少し左側に寄っているが、下の署名が非対称を完結させ、完璧なバランスをとっている。筆遣いは調和がとれていて、豊かな調子から乾いた調子までが見られる。線には、変化があると同時に統一がとれており、生き生きした内なるリズムが見られる。一例をあげると、〈t〉は六回出てくるが、それぞれが新鮮で、書かれたものの中に宿っている精神で生き生きしている。大拙という印泥は、‘Daisetz’の‘D’という文字を構成している第一行目の弓なりのアーチの下に独創的におかれている。ローマ字のまわりの余白は、絵の向こうにある広大さの感覚を生み出し、見るものに無限の感覚を与えている。

図２は鈴木大拙の別の書で、九十五歳のときにシェイクスピアの『お気に召すまま』から引いた英語の書である。

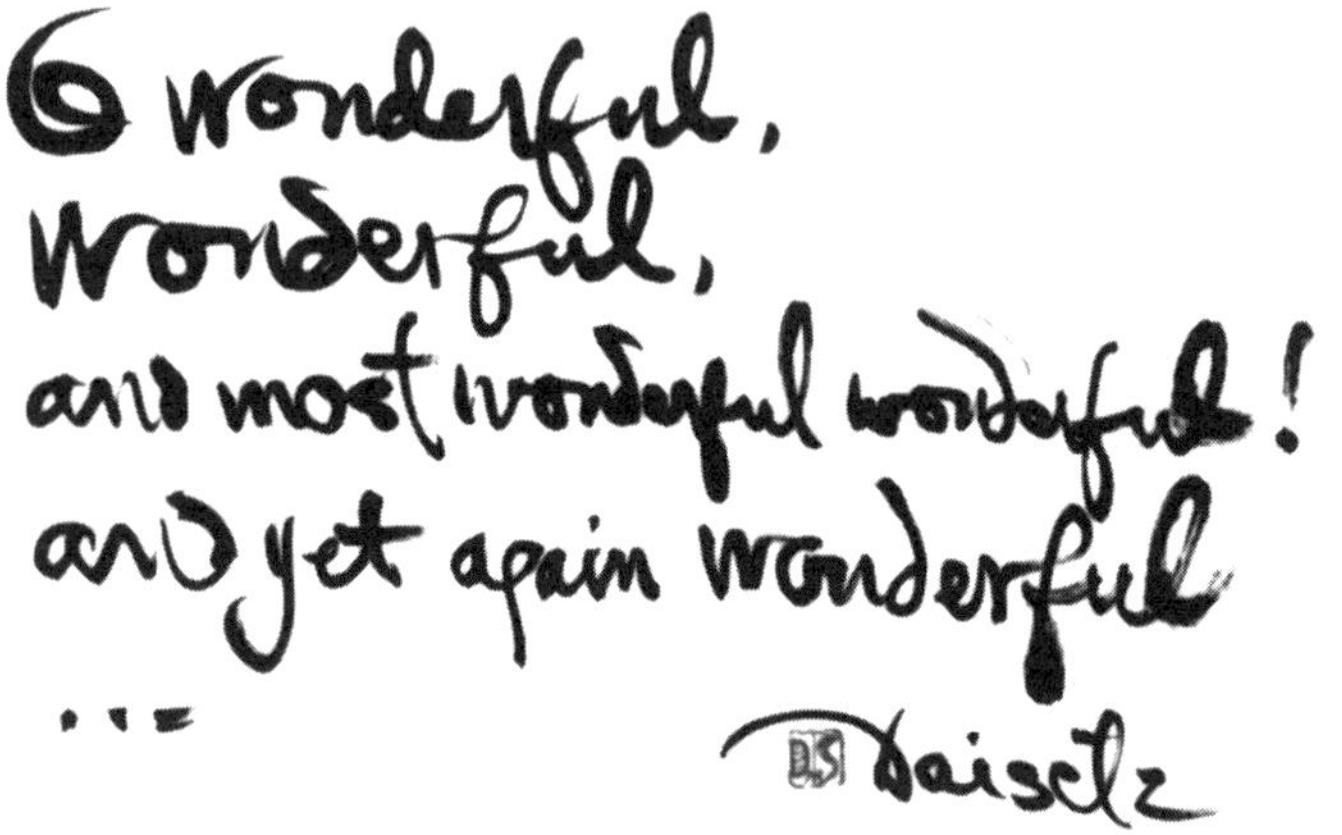
O wonderful,
wonderful,
and most wonderful wonderful!
and yet again wonderful
...
Daisetz

図２

O wonderful,
Wonderful,
And most wonderful wonderful!
And yet again wonderful . . .
Daisetz.

これは第三幕、第二場のシーリアがロザモンドに、自分の気高い求愛者であるオーランドーの愛について話している場面である。ロザモンドは変装して流浪の民となり、自分の求愛者の愛情を確かめたのであった。原文は、'O wonderful, wonderful, wonderful and most wonderful wonderful! and yet again wonderful! and after that, out of all hooping!' である。ジュリエット・ドュシンバーによれば、最初の 'Wonderful' は副詞であって、'most wonderfully wonderful' ということを示唆しており、現代の英語よりもはるかに強い意味をもっているという。その結果、奇跡に近い効果が出ている。'Out of all hooping,' はまったく制限がないという意味である。エリザベス朝時代に木製や鉄製の円状の輪が闘鶏で鳥を狭いスペースに入れるために使われたので、「輪の外にある」とは制限がないことを意味している。'hooping' (whooping) は、この時代に一般に使われており、同時に若い雄鶏の泣き声にも使われ、喝采という意味ももっている（ドュシンバー 二五〇）。この書は岡村美穂子氏の所蔵であり、二〇〇四年に書かれた同氏の論文に載っている。岡村氏は、'O wonderful, wonderful' はシェイクスピアの言葉であるが、言葉自体は大拙の言葉（および考え方）と同じであると記している。（岡村『O wonderful』一二）それは普遍の価値を有しているのである。シェイクスピアは自己を人間として表現し、人間の状況について記している。大拙は禅と日本文化について書くとき、しばしば〈妙〉という言葉を使っているが、それを英語にするとき、苦心のあげく 'wonderful, mysterious, magical, beyond thinking'（岡村『O wonderful』一二）とした。シェイクスピアの原文において 'wonderful' という言葉は繰り返し使われている。シーリアはそれを五回口に出し、ロザリンドに、自分の伝えたいことの奇跡に近い性質を強調している。大拙の書において、'wonderful' は五回書かれているが、それぞれが新鮮に感じられる。たとえば、四番目の文字の〈d〉は、さまざまに豊かな変化をもって書かれており、最初の 'wonderful' においては、丸くなっている。二番目と三番目の 'wonderful' においては、反り返っているが、〈d〉の線の先端は次の文字の方向を向いている。四番目と最後の 'wonderful' においては〈d〉の線は長く伸び、反り返っている。書における一つの言葉は、反復によって見る者の心に深く入りこむことが可能となるのである。

ウィリアム・シェイクスピアの他の作品において、夜、水面に映る月の影はもっとも美しい節を生み出している。水月のイメージは恋人たちの目の輝きと、月と水の二つの要素が融合する可能性とを示している。シェイクスピアの高邁な言葉は、もろくて、限りある人間に比し、限りなく広がる自然の力を喚起している。しかしながら、水面に映る月の影は美しいが儚いイメージである。シェイクスピアの物語詩『ヴィーナスとアドニス』（一五九三）は、愛の神であるヴィーナスを拒絶したアドニスの話であるが、ここにおいて、夜の水面に映る月の影の光の詩的な比喩は、ヴィーナスの目を表すのに使われている。'lamps' という言葉も恋人たちの目を比喩的に示すのに使われている。

Were never four such lamps together mixed
Had not his clouded with his brow's repine;
But hers, which though the crystal tears gave light
Shone like the moon in water seen by night.（第一部四八九）

この詩において、何層にもなった実在と幻がある。シェイクスピアはしばしば潮の満ち干や気候に影響を与える、太陰周期の地球の海に及ぼす強力な効果について言及している。また、三日月から満月になり、欠けていく月と形を変え、時の移り変わりを示す月の姿の変容についても述べている。月はつねに形を変えているので、その結果、月は移り気に見える。エリザベス朝では、詩で謳われた月は女性の象徴ともみなされていたし、時にはエリザベス一世自身を表すこともあった。(5) この詩において、水面に映る月の美しいイメージは、愛する対象に自然に向けられ、融合しようとしている眼差しを示している。

『夏の夜の夢』（一五九五年）において、月は重要な劇の要素となっている。実際、さまざまな出来事は夜に月の下で行われたり、月の満ち欠けに呼応したりすることが多い。幕が開くと、シーシアスとヒッポリタは月の満ち欠けについて述べ、結婚までの日を数えている。シェイクスピアは若い人びとの（そして我々自身の）時の経過との一体化をはかっている。物語は愛について悩む五組のカップルをめぐって進んでいく。ハーミアの父親は娘とライサンダーの仲を許さず、ディミートリアスと結婚するように命ずる。夜、月が水面に姿を映し、草の露を光らせているとき、恋人たちは駆け落ちする。一幕一場でライサンダーはハーミアとアテネから駆け落ちしていく計画をヘレナに告げる。

Helen, to you our minds will unfold.
Tomorrow night when Phoebe doth behold
Her silvery visage in the watery glass,
Decking with liquid pearls the bladed grass
(A time that lovers' flights doth still conceal)
Through Athens' gate have we devised to steal.（第一幕一場二〇八―一三）

月は、月と貞節の女神の名前である「フィービー」と呼ばれて擬人化されている。'The watery glass' は鏡として機能している水面を意味している。水面に姿を映し、草の葉の露を照らす。月は恋人たちが落ち延びていく道を照らし、だが彼らの姿を隠しもする。

禅において「水月」（サンスクリット語では *jala-candra*、中国語では *jinghua shuiyue*）という語は豊かなニュアンスをもつ重要な概念である。一つには水月は、月の映像であって幻影であるので、永続しないことや執着しないことを示している。水に映る月を掬おうと手を伸ばした猿の話は日本の禅画でよく使われる題材である。これはもとは中国から入った仏教説話で、猿の群れが木の枝につかまり、泉に映った月の影をつかまえようとしたが、猿の重みで枝が折れたために猿が泉に落ちて死んでしまった話である。この「死」は「偉大な死」であり、いわば禅でいう己の自我の死なのである。

＊　＊　＊

江戸時代中期の禅僧である白隠は、一六八五年、駿河国（静岡県）で誕生した。十五歳で得度し出家した白隠は、師を求めて全国求道の旅を続けた。二十三歳の時、越後高田（新潟県）の英巌寺から信濃飯山（長野県）の正受庵をめざし、一七〇八年、六十七歳になる正受老人（道鏡慧端、一六四一—一七二一年）と邂逅した二十四歳の白隠は、厳しい修行の後悟りを得たという。この地で白隠は悟りの後の修行こそが重要であることを思い知る。この間、厳しい修行のため心身のバランスを失い、京都北白川の白幽道人老人の内観の秘法 (Pali, *ānāpāna*) で病気を癒す。この養生法は名著『夜船閑話』に記されている。その後一七一七年、三十三歳で普山してから五十一年間、八十余歳で入滅するまで富士山を仰ぎ見る原の松蔭寺で住職を務め、一生を在野にて庶民や禅僧に法を説き、禅の大衆化に寄与した。

＊＊＊

中国の禅僧画家であった牧谿（一二一〇年—七五年頃、南宋から元時代）は西湖のほとりにある六通寺の開祖であり、猿の秀逸な絵を描いたことで知られている。長谷川等伯（一五九三—一六一〇、桃山時代）と狩野尚信（一六〇七—五〇、江戸時代）は、このジャンルにおける日本で知られた画家であるが同様の禅画を描いている。これらの絵において動物はきわめて自然主義的に描かれている。一方、図3は永青文庫（東京）にある白隠墨跡（一六八五—一七六八、江戸時代）のよく知られた絵であるが、この絵において、白隠は猿とその行為の本質をとらえようとしている。白隠の図三の絵において、一匹の猿が空中に浮いており、その腕は極端に長い（これが白隠のこの主題の描写の特徴である）。左手は枝を掴み、右手は絵の下にある何かに触ろうとしている。足は猿の体の重みで膝が曲げられており、この作品のダイナミックな緊張は足によって強調されている。猿の毛は柔らかな、繊細な淡い灰色の墨で描かれており、明るい色合いの下腹と顔は何本かの線で描かれている。顔や手足の細部は、濃い墨で表されており、前の時代の禅僧画家の技法を踏襲している。猿の目は二つの完璧な点で描かれており、下を向いて、非常に集中した面持ちをしている。文章は通常とは異なり、左から右に向かって四行の草書体で書かれ、意匠の肝要な一部をなしている。文は猿の頭の上の作品上部に置かれている。書かれている文は以下のものである。

獮猴探水月
到死不休歇
放手没深泉
十方光皓潔

最後の行「十方光皓潔」は、月の真の輝きのような、すべてのものを照らす悟りの経験について述べている。永青文庫には、以前に白隠がこのテーマについて描いた作品もあるが、それとは異なり、水中の月は実際には描かれていない。月は第一行目の後半にある水月という言葉で暗示されており、見る人の想像力に任されている。この作品は恐らく白隠の六十代のものとされている。

曹洞宗の開祖であり、貞応二年（一二二三年）入宋し、天童山の如浄より曹洞禅を受けて帰国した道元希玄(6)（一二〇〇—五三）は、『正法眼蔵廸』（現成公案）で次のように述べている。

人の悟をうる、水に月のやどるがごとし。月ぬれず、水やぶれず。ひろくおほきなる光にてあれど、尺寸の水にやどり、全月も彌天も、くさの露にもやどり、一滴の水にもやどる。悟の人をやぶらざること、月の水をうがたざるがごとし。人の悟を罣礙せざること、滴露の天月を罣礙せざるがごとし。（正法眼蔵𥸩蔵三三三頁）

「水月」は、自然に水に映り、完全に調和した状態の月が象徴する、精神の理想の状態をも示している。水に映る月という自然現象は「不二」を示しているのだ。空高く在る月は、月をそのまま映す水の底に入っていく。水は月光を隔てなく受け入れ、月はすべてのものを隔てなく照らし出すのである。

以上、概観してきたように、シェイクスピアの作品は普遍的な価値を有しており、彼自身人間として表現し、人間の状況について語っているといえる。ハムレットは「生きるか死ぬかそれが問題だ」という独白で、非常に人間的な方法で、自分自身と己の行動について問いかけた。禅芸術も同様に普遍的価値を有し、芸術という文化を超越している。大拙はシェイクスピアの問を'To be and not to be'に変え、相互に関連のないあらゆる現象とその不二の源泉について考察している。シェイクスピアの詩と禅の書は、視覚的な映像を力強く喚起し、存在の本質そのものを追求している。それゆえ、シェイクスピアや禅書で述べられている水面に映る月影は、姿なきものの姿であり、存在のとらえ難い本質を示唆しているといえるのである。

（付記）本稿は英文の'「如水中月」――The Verse of Shakespeare and Zen Calligraphy'を日本語に直したものである（都留文科大学・窪田憲子訳）。

注

（1）寺山旦中氏（一九三八—二〇〇七、二松学舎大学教授）を交えた岡村美穂子氏との二〇〇四年のインタヴューによる。

（2）独白は以下のように続き、ハムレットは生の意味を問うている。

'To be or not to be: that is the question:
Whether 'tis nobler in the mind to suffer
The slings and arrows of outrageous fortune,
Or to take arms against a sea of troubles,
And by opposing end them?' (III, i, 56–60).

（3）*A Page From D. T. Suzuki's Fragments*. The Eastern Buddhist, The Eastern Buddhist Society, Otani University, Kyoto, frontispiece, 2001. 岡村美穂子氏の好意による。

（4）なお、この原典はトマス・アダムズが一六二九年に書いた以下の文章である。
'Heere is now a deluery fit for God, a cure for the Almightie hand to undertake. Man's extremity is God's opportunitie'

（5）以下を参照されたい。Shakespeare, William. *A Midsummer Night's Dream*. Ed. Brooks, Harold F. The Arden Shakespeare. 1979. xxxvi.

（6）道元希玄は中国で四年間曹洞禅を学び、一二二七年に日本に持ち帰り、一二四四年に永平寺を設立した。

図版

（1）「Man's Extremity is God's Opportunity」三四・五×四五・三cm、個人蔵。

（2）鈴木大拙「*O wonderful, wonderful*」一九六六年、三四×五六・七cm、個人蔵。

（3）白隠墨蹟「獼猴図」二七・三×五七・四cm、永青文庫蔵。

引用・参考文献

Abe, Masao, ed. *A Zen Life: D. T. Suzuki Remembered*. New York: Weatherhill, 1986.

Addiss, Stephen. *The Art of Zen*. New York: Harry N. Abrams, 1989.

Brooks, Harold F., ed., *A Midsummer Night's Dream*. By William Shakespeare. London: The Arden Shakespeare, 1979.

Clark, William George, and Wright William Aldis, eds. *The Works of William Shakespeare*. The Globe Edition. London and New York: MacMillan and Co, 1895.

Cleary, Thomas, trans. *Shobogenzo—Zen Essays by Dogen*. Honolulu: U of Hawaii P, 1986.

Duncan-Jones, Catherine, and H. R. Woudhuysen, eds. *Shakespeare's Poems: Venus and Adonis, The Rape of Lucrece and The Shorter Poems*. By William Shakespeare. London: The Arden Shakespeare, 2008.

Dusinberre, Juliet, ed., *As You Like It*. By William Shakespeare. London: The Arden Shakespeare, 2006.

Holland, Peter, ed. *A Midsummer Night's Dream*. By William Shakespeare.

Oxford World's Classics. Oxford UP, 2008.

Langley, Eric. '*And Died to Kiss his Shadow.*' The Narcissistic Gaze in Shakespeare's *Venus and Adonis*. Forum for Modern Language Studies. Oxford UP (for the Court of the University of St Andrews). 2008. Vol. 44. No. 1. 12–26.

Speake, Jennifer. *Oxford Book of Proverbs*. Oxford UP, 2008.

Suzuki, Daisetz T. *Zen and Japanese Culture*. Tokyo: Charles E. Tuttle, 1959.

Waddell, Norman. *Wild Ivy—The Spiritual Autobiography of Zen Master Hakuin*. Boston & London: Shambhala, 2001.

Yamashita, Yuji, superviser. *ZENGA—The Return from America. Zenga from the Gitter-Yellen Collection*. Catalogue. Tokyo: Asano Laboratories Inc., 2000.

「欧州禅画展」、『墨美』一〇二号、一九六〇年。

岡村美穂子「O wonderful, wonderful」、『週間朝日百科』二〇〇四年五月。

岡村美穂子・上田閑照『大拙の風景——鈴木大拙とは誰か』京都、燈影舎、一九九九年。

「白隠」、『墨』五七号、東京、芸術新聞社、一九八五年。

『白隠——禅と書画』展図録——白隠禅師生誕三二〇年記念、松蔭寺、沼津市原、二〇〇四年。

111　「如水中月」

『墨美』、「白隠墨蹟」七七―七九号、一九五八年。
久松真一『禅と美術』京都、思文閣、一九七六年。
『正法眼蔵啓廸』現成公案、道元希玄、上巻、西有穆山禅師提唱、大法輪。

8

聖セシリアに愛される者たち
――『ダニエル・デロンダ』における音楽

川崎　明子

エリオットと音楽

ジョージ・エリオット（一八一九―八〇）は、ピアノを弾きオペラや演奏会にもよく足を運んだ音楽愛好家であった。十九世紀の文学と音楽に関する研究書の多くがエリオットを取り上げ、とりわけ音楽が重要な要素となっている『ダニエル・デロンダ』（一八七六）については既に幾つかの詳しい研究がなされてきた。しかし小説における音楽を扱うという性質上、歌詞があるため小説のテクストと並行して扱いやすい歌曲が取り上げられることが多かった。(1)

文人エリオットは歌詞そのものに大きな関心を持ち、小説で歌曲を扱う際には、詞の内容とコンテクストをよく吟味したに違いない。しかし同時にピアノ弾きとして、器楽演奏という言葉を伴わない音楽にも親しんでいたわけであるから、音そのもの、フルトヴェングラーの言う音楽の「言葉に置き換えられない自律性」を、身を以って感じてもいれば深く愛してもいたはずである。(2) 本論文は『ダニエル・デロンダ』における器楽演奏と歌声に注目し、エリオットがいかに言葉と同じくらい言葉なき音楽そのものを『ダニエル・デロンダ』における重要要素として扱ったかを検討するものである。

グウェンドレンは聖セシリアか

初めてオッフェンディーンの屋敷に入ったグウェンドレンは、オルガンがあるのを発見すると、その前に座って聖セシリアのポーズを取ってみせる。聖セシリアは音楽の守護聖人だ。祝日は十一月二十二日で、奇しくもエリオットの誕生日である。[3] 二、三世紀頃のローマの殉教者で、楽器を奏で歌うことで神を賛美し、死の際にも神に向かって歌ったという。後にルーベンスやラファエロ、チョーサーやドライデン、パーセル、スカルラッティ、ヘンデル、グノー、ブリテンらが作品の題材にした。グウェンドレンがオルガンを見て聖セシリアを思い出しポーズをとるのは、オルガンの前の聖セシリア像が、多くの絵やステンドグラスで描かれてきたからである。ちなみに『ダニエル・デロンダ』出版前にヨーロッパで興ったセシリア運動（チェチリア運動）の名は、この聖セシリアにちなんでいる。これはカトリック教会音楽の浄化運動で、グレゴリオ聖歌とパレストリーナやラッソの音楽を模範として、近代の非典礼的音楽を教会から排除しようとする運動だった。「ドイツ語圏内セシリア協会（全ドイツ・ツェツィーリア協会）」が一八六八年に創立され、この運動を促進した。ちなみにピアニストで作曲家のクレズマのモデルとなったといわれるリストはこの運動を支持していた。[4] このようにグウェンドレンが聖セシリアの振りをするのは、それが音楽の守護聖人であるのみならず、エリオットがその祝日に個人的な思いを持っており、さらに執筆当時に興った運動を意識してのことだろう。

さて得意げに聖セシリアのポーズを取るグウェンドレンの音楽的才能はいかばかりであろうか。一家で最も才能あるグウェンドレンは、異父姉妹たちに音楽を教えているし、ピアノを弾き歌うことで伯父に馬を買わせることにも成功する。しかしこのような音楽の能力や効果は小さな家庭の中でのみ通用することである。一家の経済状態が急転し歌手になることを思いついたグウェンドレンは、クレズマにプロになれるかどうか尋ねるが、その判決は明確な否であった。皆がグウェンドレンのピアノや歌に魅了されるのは、美貌という彼女の視覚的要素が大きく、音声そのもののお陰ではなかったのである。結局は大貴族グランドコートと結婚するが、自分の音楽の才能が平凡であることを知ったグウェンドレンは、音楽自体を無邪気に楽しむことができない。プロの歌い手になれないのみならず、素人の音楽愛好家にもなれないのである。このように、オルガンの前でポーズを取った姿は、グウェンドレンが聖セシリアの真似をできるのは視覚的にであって、音楽的にではないことを、小説の早い段階で明らかにし、いわばソナタ形式における主題の提示として作用する。そして視覚的にではなく音楽的に恵まれた者が、人生を主体的に生きる成功者となることを、続く「展開部」が変奏していくのである。

聴覚中心の音楽としての器楽演奏

『ダニエル・デロンダ』の登場人物中最高の音楽家は、グウェンドレンもお伺いを立てた東方のユダヤ人、クレズマだ。祖先は商人だが現在は大金持ちのアロウポイント家の跡取り娘キャサリンのお抱えピアノ教師で、二人は反対を押し切って結婚することになる。このキャサリンは大変な音楽好きで、ピアノの他に二つの楽器を演奏するが、歌はやらないという。クレズマは、ベリーニを却下し、音楽家には幼少時よりの徹底した鍛錬が必要と考える厳しい芸術家であり、その演奏は素晴らしく、作る曲は斬新だ。

クレズマのモデルとしては、エリオットが一八五四年にワイマールで会ったリストとアントン・ルビンシテインの名前がよく挙がる。リストは先述したセシリア運動を応援するなど音楽の未来をよく考え、実験的な曲を作り、身分違いの伯爵夫人と長年関係があった。ルビンシテインはロシア出身、母はドイツ系ユダヤ人、父はロシア人で、長い髪と個性的な顔立ちをしており、出自も外見もクレズマとかなり一致している。リストと比べて遜色がないとまで言われた優れたピアニストで、ロシア人の貧乏貴族の娘と結婚した。

クレズマ（Klesmer）はすぐにユダヤ系と分かる名前だ。ヘブライ語の「klezemer」やイディッシュ語の「klezmer」は楽器のメロディを意味する。(5) クレズマが音楽の中でも器楽との深い繋がりを示す名前を持ち、キャサリンが若い女であるのに歌は歌わず楽器を三つも弾くことは、二人を結ぶのが、視覚的要素が少ない音楽そのものであることを意味している。大した花嫁修業をせずとも条件の良い結婚ができる立場にありながら、日々の鍛錬を必要とするピアノを本格的に習っているということは、キャサリンは本当にピアノが好きなのであろう。音楽的才能は平凡でも、美貌で聴く者を惹きこむグウェンドレンの歌と対照的だ。キャサリンは美人ではなくピアノを弾く時以外は地味であり、クレズマもアーチェリー大会など音楽と無関係の場では不格好で悪目立ちするが、これは二人の優れた本質が音楽にあることを表している。キャサリンとクレズマの結びつきは、ドイツロマン主義者の音楽思想である、言語から解放された自律的な芸術としての器楽音楽の尊重に行きつく。(6)

音楽と感情

キャサリンとクレズマを結ぶ音楽の特徴とは何だろうか。音楽の効果を数値などで完全に証明することは困難であるが、昔から音楽は人の心に訴える力を持ち、人の感情に作用するとされてきた。現代の大脳生理学でも、音楽的、または聴覚的な刺激の処理は、視覚、嗅覚、触角などの刺激の処理に比べて、最も強烈なプロセスであるとしている。(7) エリオットが訪問したことのあるヘルムホルツは、音色と倍音の関係や共鳴音について理論化し、音と感情の繋がりを想定した。(8) エリオットが翻訳したフォイエルバッハも、音楽は「感情の言語」であると考えた。(9) このように感情に関わる音楽を介したからこそ、キャサリンとクレズマは人種と階級を超えて引き合うのである。

そして感情に関わる音楽の才能のある者は、人の感情に関して敏感でもある。キャサリンとクレズマは、結婚の話が出る前からお互いの気持ちを察している。クレズマには、人の音楽的才能のみならず感情の状態を見抜く能力がある。グウェンドレンが、『冬物語』のクライマックスの音楽が鳴ると同時に彫像かと思われたハーマイオニが動き出す場面を演じていた時、クレズマはピアノで「雷のような和音」をつけ、その劇的な場面を演出してやるが、その瞬間、振動のせいか閉じていた扉が開き隠されていた死人の絵が現れ、ハーマイオニとは正反対にグウェンドレンは死んだように凍りついてしまう。皆はこれも芝居の一環かと思うのだが、ただクレズマのみが、その恐怖が演技ではないことを瞬時に理解するのである。ちなみにここでピアノの音が扉を開けるのは、音楽の影響力の物質化・視覚化であり、後のプロット展開において音楽が真実を暴く力を持つことの前触れとなる。

器楽から声へ

クレズマとキャサリンという器楽音楽を通じて強く結ばれた二人を結婚させた後、小説は器楽音楽よりさらに根源的、運命的、宗教的である「声」に重心を移していく。音楽の起源については深く立ち入らないが、エリオットの時代の有力な説としては、ダーウィンの「音楽は言葉に先行し、音楽は動物の発情期の声が洗練されたもの」という考え、そして反対にハーバート・スペンサーの「話し言葉が音楽に先行し、感情的になった話し声が音楽になった」という考えがある。(10) エリオットはスペンサーに片思いをしていた可能性がある上、『エコノミスト』誌の編者としてコヴェント・ガーデン歌劇場に無料で入れた彼によくオペラに連れて行かれたので、スペンサーの説の影響を受けていても不思議はない。(11) いずれにしてもエリオットが声を重視していたことは間違いない。声はあらゆる楽器よりも強烈なエネルギーを持ち、他の音と比べようのないアピール性を持つとも言われる。(12)

人に生まれつき与えられた声は、『ダニエル・デロンダ』においては、その人の本質に一致し、運命をも決定する。グウェンドレンがセシリアのポーズを取りつつ、「自分の上を向いた幸せそうな鼻では悲劇的に見えないかもしれない」と言ったとき、母親は「どんな鼻をした人もこの世では悲惨になり得る」と答える。鼻の形状と運命は無関係という考えだ。しばらく後で母娘は、声と悲劇の関係について意見を交わす。グウェンドレンは今度はユダヤ系女優のレイチェルの真似をしながら、「高い声の方が女らしい分悲劇的だ」と言い、母親は「レイチェルのように低い声でなければ悲劇的ではない」と言う。声が高いのと低いのとどちらが悲劇的かということに関して意見が分かれても、生まれつきのものである声が、鼻の形とは違って、その人の悲劇性と関係していると考える点では、母娘は一致している。そして実際『ダニエル・デロンダ』は、音楽的才能のみならず、生まれつきの声に恵まれた者たちを調和させる。ちなみにグウェンドレンの声は「ソプラノ」とあるので高い声である。

声の美しい者たちの出会い

ダニエルは母親譲りか音楽の才能に恵まれ、ピアノを弾きその歌声で人を魅了する。マイラはクレズマがホールでなくサロンでならばプロとして十分通用すると認める歌い手である。二人は音楽の才能に恵まれているのみならず、もともと良い声をしている。ダニエルの声は「チェロ」のようだし、マイラの声も「完璧」で「美しく」その話し言葉でさえ音楽的であるという。そして声は持ち主の本質と呼応している。ダニエルは柔らかく落ち着いた人格をしているし、マイラは「甘い純粋さ」に溢れている。ちなみにマイラのモデルになった可能性のあるユダヤ娘は二人いて、一人はエリオットが二回ほど歌を聴いた歌手のアグネス・ジママン (Agnes Zimmerman)、もう一人はエリオットがガートン・コレッジで学べるよう援助をしたフィービ・マークス (Phoebe Sarah Marks) で、彼女は歌手ではないがヘブライの聖歌をエリオットの前で歌ったことがある。[13] エリオットが特にマークス嬢を気にかけていたことは、書簡などからよく分かる。

ダニエルとマイラの出会いに、ダニエルの歌声が関係するのは、二人が声という運命によって結ばれたことを示している。テムズ川で入水自殺を図ったマイラは、ダニエルがボートを漕ぎながら歌うロッシーニを、絶望の中で聞くともなく聞いており、ダニエルが助けに引き返してくると、さっきの歌声の持ち主であると認識する。ここでのダニエルの歌声は、「高いバリトン」、「うっとりさせるようなテナー」、「ピアニッシモ」など音楽用語を使って語られ、マイラはダニエルに舞台に立っているのかと尋ねるので、音楽性が高いとわかる。自分も優れた歌い手であるマイラは、音楽的に優れているからこそダニエルの歌声に反応したのであろう。そしてダニエルの方も、マイラがメロディをつけずにその「甘い低音」で歌詞を口にすると、耳でひとりでにそのメロディが鳴るのである。さらに二人はオールの音が好きだという意見で一致する。このようにダニエルとマイラは最初から音声で結ばれている。

この音による繋がりは、視覚による繋がりと対照を成す。ダニエルとグウェンドレンが出会ったとき、二人は互いに強い印象を抱くが、それは視覚によるものである。ダニエルは賭けをする美しいグウェンドレンの姿に目を奪われながらも目をそむけたくなり、グウェンドレンはダニエルの「邪悪な目」に調子を狂わされる。ブルックスは『ダニエル・デロンダ』がプロットが進行するにつれ視覚中心から聴覚中心へと移行することを、フロイトが精神分析で行った見ることから聴くことへのパラダイムの移行と重ね、グウェンドレンは花嫁候補として常に男の視線にさらされているのだと指摘する。[14] マイラに独りよがりな恋をするハンスがマイラの絵を何枚も描くことを考えると、確かに視覚と欲望は連動している。このような視覚的要素が少なく音声を通して築かれるダニエルとマイラの関係は、クレズマとキャサリンの関係と同様に、より一層純粋で超越的である。ヒューゴー卿は、ダニエルの母で伝説の歌姫アルカリシの舞台に魅了され、ただその愛ゆえに、彼女が他の男との間に作った子であるダニエルを幼少から引き取り、自分の遺産の相続人であるグランドコートなどよりはるかに深く愛している。メイリック家の母親と娘たちも、マイラの声と歌声に魅かれ、その出自にも関わらずマイラと強い信頼関係を築くが、これもメイリック家が、娘がピアノの音階練習を地道に行うような音楽好きな一家であり、マイラと音声的に結ばれているからである。

マザリーズと宗教心

音による繋がりの究極的・根源的なものは、胎児の段階から耳にする母親の声だろう。母親が赤ん坊の顔を見ながら優しく歌うように語りかけることをマザリーズ (motherese) という。母親は赤ん坊の反応を促すよう発声し、赤ん坊の反応をとらえ、さらにそれに合わせて発声する。母親は普段より高く抑揚の幅が広い声で、歌うように表現する。抑揚のない平坦な語りかけでは赤ん坊は反応しないからだ。マザリーズの延長と言える子守唄は、乳幼児の心の安定に繋がり、歌に対する原初体験を形成する。(15) 音楽の起源に関するスペンサーの説を証明するようだが、いずれにせよ愛情がこもり赤ん坊が反応せずにはいられないような歌に近い人の声が、音楽への感受性を発展させる第一歩であること、その声が最も古い記憶の一つとなり脳に強く刻み込まれることは間違いないだろう。

マイラが最も大切にしている歌は、赤ん坊の頃から信心深い母親が歌ってきかせたヘブライの聖歌である。マイラはその歌詞を知らず、かろうじて所々音節が分かるのみで、後は赤ん坊の喃語のようにしか歌えない。これは言葉を覚える前に音声そのものを記憶したためであり、マイラにとって一種のマザリーズなのである。何を歌っても感動させるマイラだが、彼女自身が最も愛するこの詞のない歌が、メイリック家の女たちやダニエルを最も感動させる歌となる。それはメロディが美しかったり聖歌特有の敬虔に満ちているのかもしれないが、何より母を慕うマイラが真の感情を持って歌うことができるからであろう。母の声の抑揚を娘は決して忘れないが、それは息子のモーデカイとて同じである。だからこそ二人が再会し、マイラが彼の名前を呼んだ時、母親そっくりの発音の仕方に、モーデカイは彼女が自分の妹であると確信する。

マイラの母親が歌った聖歌に関して重要なのは、それが自然とマイラの宗教心を育んだことである。マイラはユダヤ教を、その男女差別や非ユダヤ教徒から受ける偏見にも関わらず、まるで息をするようにごく自然に信じているが、この自然さは母親の声に反応した自然さに由来するだろう。十八世紀の理性の時代におけるユダヤ教では、宗教心を呼び起こすのに言葉は不要との考えから、「オイオイオイ」とか「バーバーバー」で聖歌を歌うことがあったという。(16) 歌詞そのものでなく歌詞を歌う時に込められる心こそが宗教心と密接であるならば、ダニエルがフランクフルトのシナゴーグの礼拝で、「細かい言葉の意味とは無関係に」詠唱に強い印象を受けるのも自然である。

宗教心を表したり育んだりするには、楽器より声の方が適しているかもしれない。ユダヤ教やユダヤ教の音楽実践に強い影響を受けたキリスト教の礼拝においては、オルガンなどの楽器の使用が禁止されることがあった。(17) 器楽による音楽は真の宗教心を呼び起こさない、楽器が引き起こす反応は宗教的ではなく快楽的であるという理由からである。同じユダヤ人であっても、歌い手であるマイラが強い信仰を持ち、器楽奏者・作曲家であるクレズマがそうでないこと、さらにマイラがシオニストとなるダニエルと結婚し、クレズマがキリスト教徒のキャサリンと結婚することは、この宗教心の有無の結果でもある。

音が意味を成す

しかしマイラもダニエルも、自然と耳に入ってきた音の快楽に浸り続けるわけではない。マイラはダニエルを愛しグウェンドレンに嫉妬するようになって初めて、自分が年端も行かない頃から歌ってきた歌詞の内容を真に理解するようになる。ダニエルもフランクフルトのシナゴーグでは意味を成さなかったヘブライ語をモーデカイから学び、ユダヤ教を理解するに至り、最後にはシオニストとなってパレスチナに渡る。モーデカイは単なる音でしかない言葉が意味を成した時に強い力を発揮することを自覚しており、「この子の中に印刷のように刻み込まれるだろう」として、今は何も理解できない小さなジェイコブにヘブライの詩を教え込むのである。このようにダニエルとマイラにとって音楽は、最初は感情に訴える音声であったものが最後には言語的にも有意味なものとなる。

音楽の言語化

音楽を言語化することは難しい。『ダニエル・デロンダ』において音楽は重要な要素だが、歌の場面で歌詞が書かれることはあっても、音楽そのものが描写されることはない。平凡だというグウェンドレンのピアノや歌、サロンコンサートには十分であるというマイラの歌声、リストも引き合いに出されるクレズマの演奏、ヒューゴー卿を虜にしたダニエルの母アルカリシの舞台、これらが実際にどのようなものであったのか、読者はただそれを聴いた登場人物の反応から想像する他ない。ちなみにエリオットは、実生活で会ったリストについても、その演奏そのものの描写はせず、彼の外見や性格を中心に描写している(18)。

音楽そのものを言語化しないエリオットであるが、アルカリシとダニエルが対面する場面においては、この元プリマドンナを音楽的に描写している、言い換えると、彼女の高い音楽性を言語的に再現している。彼女の声は「メロディ」のようで、その「トーン」は口を開くごとに豊かに変化し、ダニエルに新たな反応を呼び起こしていく。その表現力は彼女が語るドラマティックな半生にふさわしいものであり、形式と内容が完璧な調和をみたオペラが目の前で展開するような勢いだ。歌わずともアルカリシが優れたプリマドンナだったことを彷彿とさせるこの場面は、『ダニエル・デロンダ』で最も音楽的な場面となっている。

そして重要なのは、母の圧倒的な音楽性に、ダニエルの感情がすっかり揺さぶられてしまうということである。ダニエルは母が自分のためだけに奏でた「音楽」を聴いて、幼い自分を捨て、これから再び自分を捨てようとしている、この独断的で「愛する才能」のない母親を、この時ほど深く愛さずにはいられない。アルカリシの色彩豊かな声が共感を呼び起こしうるのと逆に、抑揚のない声は感情に訴えない。「二つの声を持っているがグウェンドレンには低い方の声を使う」グランドコートの無表情な声は、グウェンドレンの感情を凍らせる一方である。グランドコートが溺死した様子をダニエルに語るグウェンドレンの力ない声も、もはやダニエルの心を揺らす力はない。

音楽と主体性

アルカリシが自分のユダヤ人という出自を否定し、息子を捨てるほどの主体性の持ち主であることは偶然ではない。またグウェンドレンがプロになる才能はないと言われてからは音楽そのものから疎外され、断るつもりが断り切れずグランドコートとの結婚を決め、罪の意識に苦しむだけの受動的な人生を送ることも偶然ではない。ストーは、音楽は人を自らに立ち返らせ、主体性を取り戻させると考える。歌ったり楽器演奏したり単に音楽を聴くだけでも、詩を読んだり美しいものを見たときには起こらない、自らの物理的な存在に触れる感覚を得られるからだ(19)。確かに音楽に触れると、特に歌ったり楽器の演奏をするなどして自らの肉体を使って音楽を奏でると、言葉はなくとも言語体系と同じくらい明確な秩序がある強固な建造物を、まさに今この瞬間この自分が打ち立てているという感覚がある。

確かに『ダニエル・デロンダ』においては、音楽の才能のある者は、それが幸か不幸かとは無関係に、主体的に生きている。アルカリシだけではない。全財産を投げ打ってクレズマと結婚しようとしたキャサリン。成功した音楽家として尊敬される立場を捨てキャサリンの両親からの侮辱にもひるまず結婚しようとしたクレズマ。グランドコートに好きに使われているラッシュでさえ、家ではチェロを練習しており、その低い立場にも卑屈になることなく任務を果たしている。何よりも母を探しにイギリスに来て、自殺未遂の後は音楽で自立しようとするマイラ。そして自分のユダヤ人としてのアイデンティティーを受け入れ、ユダヤ民族国家建設のために生涯を捧げるダニエル。確かに『ダニエル・デロンダ』においては、イギリス人よりもユダヤ人が音楽的才能に恵まれているが、これは少数派である者が多数派より主体的にならざるを得ないことと関係しているともいえる。キャサリンとクレズマは、結局結婚を認められ愛も財産も手に入れる。命を捨てようとしたマイラは、ダニエルに救われ一時は出なくなった歌声を取り戻す。ダニエルはイギリス紳士の身分を捨て、ユダヤ人という出自を受け入れることで、人生の目的を手に入れる。何かを捨てようとした者が、最後には最も大切なものを手にし、何もかもを得ようとしたグウェンドレンが最後には賭けに負ける。このように『ダニエル・デロンダ』においては、聖セシリアに愛される者たちが、音楽を奏でる時と同様に、人生においても意味あるものを構築し主体的に生きるのである。

注

（1）例えば日本で出版されたものには海老根・内田に収録の手塚リリ子「『ダニエル・デロンダ』における音楽」がある。
（2）フルトヴェングラー　一〇四―〇八。
（3）Solie 153.
（4）福田　一三四―三五。
（5）Sapoznik 1; Holde 5.
（6）根本・三浦　五八―七二。

（7）デッカー＝フォイクト　五八。
（8）Correa, Chapter 1; Picker, Chapter 3.
（9）Correa 28.
（10）ストー　第一章。Correa, Chapter 1; Weliver, Chapter 5.
（11）Gray, Chapter 1.
（12）デッカー＝フォイクト　一〇八、三七四。
（13）Irwin xxx.
（14）ブルックス　第八章。
（15）マザリーズについては『二一世紀の音楽入門』の石澤眞紀夫「声についての私見」参照。
（16）Holde 13.
（17）初期キリスト教会や十九世紀の正統派ユダヤ教会などにおいてである。高橋　一〇頁。Holde 27.
（18）"Liszt, Wagner, and Weimar" in *Selected Critical Writings*.
（19）ストー　一九三、二三六。

参考文献

海老根宏・内田能嗣共編著『ジョージ・エリオットの時空——小説の再評価』北星堂書店、二〇〇〇年。

アンソニー・ストー『音楽する精神　人はなぜ音楽を聴くのか』佐藤由紀・大沢忠雄・黒川孝文訳、白揚社、一九九四年。

高橋浩子・中村孝義・本岡浩子・網干毅編著『西洋音楽の歴史』東京書籍、一九九六年。

ハンス＝ヘルムート・デッカー＝フォイクト『魂から奏でる　心理療法としての音楽療法入門』加藤美知子訳、人間と歴史社、二〇〇二年。

『二一世紀の音楽入門　声　魂を揺さぶるもの』教育芸術社、二〇〇三年秋三。

根岸一美・三浦信一郎編『音楽学を学ぶ人のために』世界思想社、二〇〇四年。

福田弥『作曲家　人と作品シリーズ　リスト』音楽之友社、二〇〇五年。

ピーター・ブルックス『肉体作品　近代の語りにおける欲望の対象』高田茂樹訳、新曜社、二〇〇三年。

ヴィルヘルム・フルトヴェングラー『音と言葉』芦津丈夫訳、白水社、一九九六年。

Brooks, Peter. *Body Work: Objects of Desire in Modern Narrative*. Cambridge, Massachusetts and London: Harvard UP, 1993.

Correa, Delia da Sousa. *George Eliot, Music and Victorian Culture*. Basingstoke: Palgrave, 2003.

Eliot, George. *Daniel Deronda*. 1995. London: Penguin, 2002.

—— *Selected Critical Writings*. Ed. Rosemary Ashton. Oxford: Oxford UP, 2000.

Fuller, Sophie, and Nicky Losseff, eds. *The Idea of Music in Victorian Fiction*. Aldershot: Ashgate, 2004.

Gray, Beryl. *George Eliot and Music*. New York: St. Martin's Press, 1989.

Holde, Arthur. *Jews in Music: From the Age of Enlightenment to the Mid-Twentieth Century*. New ed. Ed. Irene Heskes. New York: Bloch Publishing Company, 1974.

Irwin, Jane, ed. *George Eliot's* Daniel Deronda *Notebooks*. 1996. Cambridge: Cambridge UP, 2008.

The New Grove Dictionary of Music and Musicians. 2nd ed. Ed. Stanley Sadie. London and New York, Macmillan, 2001.

Picker, John M. *Victorian Soundscapes*. Oxford: Oxford UP, 2003.

Sapoznik, Henry. *Klezmer!: Jewish Music from Old World to Our World*. 2nd ed. New York: Schirmer Trade Books, 2006.

Solie, Ruth A. *Music in Other Words: Victorian Conversations*. Berkeley, Los Angeles and London: U of California P, 2004.

Storr, Anthony. *Music and the Mind*. New York: Ballantine Books, 1992.

Taylor, Philip S. *Anton Rubinstein: A Life in Music*. Bloomington and Indianapolis: Indiana UP, 2007.

Weliver, Phyllis. *Women Musicians in Victorian Fiction, 1860–1900: Representations of Music, Science and Gender in the Leisured Home*. Aldershot: Ashgate, 2000.

9

ワイルドと英国演劇
――資料を中心に

逢見　明久

はじめに

書簡集によると、ワイルドがロンドンの劇場をはじめて訪れたのは、一八七六年オックスフォード大学在学三年目のクリスマス・シーズンで、二十二歳の頃だった。ワイルドとロンドンの劇場との関係は、ダグラスとの同性愛が表沙汰になり逮捕される一八九五年四月五日までの一八年余りに及ぶが、十九世紀後半の四半世紀は、英国演劇史の観点からも重要な時期と言える。過渡期を迎えつつある世紀末の英国演劇の中で、ワイルドが演劇人として歩んだ道程を、当時の劇場と演劇事情に触れながら、ワイルドと同時代の演劇人との交際から辿ってみたい。

1　十九世紀末の劇場事情

一八七六年から九五年までのロンドンの劇場数は四九館で、うち八館はミュージック・ホールと呼ばれる演芸館であった。一八四三年の劇場法により特許劇場制が撤廃され、事実上、劇場の市場開放が実現し、劇場数が飛躍的に増えた結果である。ヴィクトリア朝に開館して一八九五年までに存在した劇場は、ミュージック・ホールを除いても二八館で、そのうち七六年以降に新設された劇場数は一六館。一八八〇年代にロンドンにおいて行われた大規模な都市整備が劇場建設の追い風となり、商業演劇の需要の伸びが劇場建設に拍車をかけた。市民の娯楽の中心は劇場にあり、ドイリー・カートのような商魂たくましい実業家が劇場経営に乗り出した。当時の劇場街は、現在とは比較にならないほど華やぎ活気に漲っていたことが窺える。

ワイルドが初めてロンドンを訪れた頃、英国演劇はアクター・マネージャーのヘンリー・アーヴィング全盛期で、バンクロフト夫妻、ジョージ・アレグザンダー、ハーバート・ビアボウム・トゥリーらが、その後塵を拝した。興行主は効率的に儲けるために富裕な中産階層以上の観客が好む演目を上演し、劇場を改装し、木戸銭を値上げし、開演の時間帯や上演時間までも中産階層の夕食の時間に合わせて調整した。こうして一八九〇年代までには、劇場は社交場として定着していた。

ワイルドと同時代の商業劇場の観客動員数は平均して千人前後で、演目はバーレスクという世相を風刺した喜歌劇や、海外から輸入したオペレッタ、笑劇や喜劇、扇情的なメロドラマ、シェイクスピアやシェリダンなどの古典劇が主流であった。劇場はアクター・マネージャーの場合と、実業家が経営する場合とに大別できる点は、シェイクスピアの時代と変わらない。ただ一つ変わったのは、アクター・マネージャーのヘンリー・アーヴィングが役者としては初めて一八九五年に爵位を授かり、役者の地位向上に貢献した点である。

加えて劇作家を取り巻く環境にも動きがあった。一八八七年と九一年に、欧州・米国・英国が連携して劇作家の著作権の保護を強化することを定めた国際協定を契機に、英国演劇界に追い風が吹くことになる。これまでにも一八三三年のブルワーリットン法（上演権を許可する権限を原作者に有することを定めた法律）と一八四二年の著作権保護法があったが、九一年以前は英国・欧州・米国間には芝居の版権を巡る包括的な取り決めがなかったので、仏国由来の海賊版が英国や米国の舞台にかけられることもあれば、またその逆もあった。興行主は利益を上げその恩恵にあずかったが、劇作家は海外の海賊版から全く保護されていなかった。興行主は安易に海外で流行っている芝居を求め、結果として英国の多くの劇作家は海賊版作りの片棒を担がされ、下請け的脚色の仕事を強いられる悪循環があった。しかし、国際的著作権保護法の確立により、劇作家は海賊版に苦しめられることなく自作の創作に励むことができるようになり、一定の印税や上演料を保証されることになった。しかも欧州製の劇の上演権は高くついたので、英国製の新作芝居への需要はいや増した。こうして英国製演劇復興の機が熟し、一八九〇年代は英国製演劇が花開くこととなる。ファースやバーレスク作家として成功していたA・W・ピネロとH・A・ジョウンズは野心的にソサエティ・プレイを書くようになり(1)、ワイルドは唯美主義劇『サロメ』や喜劇を書き始め、劇作に本格的に取り組むようになった(2)。

2　アーヴィング信奉者としてのワイルド

ワイルドは、一八七六年の十二月十五日にエレン・テリー（当時三十一歳）の舞台を、翌十六日にはヘンリー・アーヴィング（当時三十八歳）の『マクベス』を観ている。ワイルドはこのとき初めて英国演劇界の重鎮の舞台を目の当たりにしている。以来、八八年の『マクベス』の再演まで(3)、ワイルドがライシアム劇場で観たアーヴィングの舞台は、シェイクスピア劇が大半を占めている。ワイルドにとって、ライシアム劇場は演劇の殿堂であった。それほどシェイクスピア俳優ヘンリー・アーヴィングに惚れ込んでいた。

一八七九年にロンドンに移り住み社交界にデビューして間もなく、若き詩人ワイルドはアーヴィング、エレン・テリー、そして初来英した仏国の大女優サラ・ベルナール（当時三十五歳）と親交を温め、[4] 処女作『ヴェラ』を書き始める。八〇年九月にはエレン・テリーに完成した『ヴェラ』の私家版を見せるが、不運にも、八一年十二月十七日に予定されていたアデルフィ劇場における『ヴェラ』の上演は取り消された。この頃、アデルフィ劇場はやがて「アデルフィ・ドラマ」と呼ばれる一連のメロドラマに力を入れ始めており、興行面から判断して、新人のワイルドの思想的悲劇『ヴェラ』の上演を見合わせたものと考えられる。劇作家は依然として興行主の意向に翻弄される立場にあった。

この間に、服装・趣味・言動に至るまで、唯美主義者ワイルドの評判はロンドンに広まり、『猫は何処』（八〇年クライテリオン劇場）、『カーネル』（八一年プリンス・オヴ・ウェールズ劇場）、『ペイシェンス』（八一年オペラ・コミーク）などの当時流行りのバーレスクによって風刺された。バーレスクは世相を反映した風刺歌劇であったので、当時のワイルドがいかに注目されていたかを物語っている。とは言え、ワイルドがバーレスクによる攻撃を不快に感じていたことは明らかで、『まじめが大切』の第三幕の導入部でジャックとアルジャノンが入場する時のト書きに「二人は実に不快な英国の大衆的な曲を口笛で演奏する」と書いている。

その後ワイルドは米国へ一年間の巡回講演旅行に出て、一八八二年夏より第二作となる無韻詩悲劇『パデュア公爵夫人』を書き始め、帰国後、八三年二月下旬よりパリへ三か月滞在中に、文人や画家たちとの交流などで多忙をきわめるなか、三月十五日に『パデュア』を脱稿している。『ヴェラ』は帝政ロシアを、『パデュア』はルネッサンス期のイタリアを舞台にしているが、これ以後もワイルドの悲劇は常に異国を舞台にする。これに対して、喜劇は同時代の英国を舞台にすることになり、アリストテレスの『詩学』以来の演劇の伝統に則っているのは興味深い。

3　劇評家としてのワイルド

一八八四年八月に、ワイルドは二歳年上の兄ウィリーに代わり『ヴァニティ・フェア』誌の劇評を書く機会を得る。おそらくこれが、ワイルドの劇評家としての初仕事である。そののち八五年から八六年にかけて、ワイルドは週刊誌『ドラマティック・レビュー』に少なくとも七本もの劇評[5]を寄稿している。書簡集から判断して、ワイルドの劇評家としての最後の仕事は、八七年九月十四日に『コート・アンド・ソサエティ・レビュー』に寄せた三編の劇評[6]である。

ワイルドは『ドラマティック・レビュー』に寄せた劇評「ライシアム劇場の『ハムレット』」において、アーヴィングを「個性と完璧」という二つの特質を芸術作品の解釈にもたらす名優と呼んでいる。また、米国巡回講演旅行中の一八八二年三月に、ワイルドはホイッスラーとアーヴィングを偶像視していることを手紙に綴ってもいる。唯美主義者ワイルドにとって画家と役者は芸術の創造者という点において同列であったのだ。ワイルドは戯曲を芸術の一形式と判断し、演じる行為もまた美を創造する芸術的行為と認めている。シェイクスピアの無韻詩の音楽性を余す所なく表現するアーヴィング[7]の見事なヴァース・スピーキングはワイルドを魅了してやまなかった。美しい言葉の響きを変幻自在に操って、シェイクスピア劇に内在する美の実在感を創り出す芸術家アーヴィングに、ワイルドは憧れていた。

一八八四年十月より翌年三月まで、ワイルドは英国地方講演を始め、服飾を主題にして話しているが、服飾への関心は、八五年五月の『十九世紀』誌に寄せた「シェイクスピアと舞台衣裳」と題した（のちに『仮面の真実[8]』と改題される）批評的随筆にも表れている。この批評は、舞台芸術における劇評家としてのワイルドの立場を示すものである。ワイルドは、八三年にW・G・ウィルズの『クローディアン』の舞台芸術を監督したE・W・ゴドウィンを十九世紀英国の最も芸術的精神を有する一人であると賞賛している。ワイルドは詳細な描写こそが作品世界に現実味と実在感を授けるが、しかし、考古学的な正確さが作品を絶対的に支配するのではなく、舞台上に現実味のある世界を生み出すための一つの条件に過ぎないと述べ、「芸術は美の完成以外に目的をもたない」と宣言する。衣裳の色彩・模様の細部に至るまで細心の注意を払い、きらびやかなビザンチウムの栄光を再現し、作品世界に実在感をあたえるゴドウィンの舞台芸術を目の当たりにした時、ワイルドは考古学的事実から美を創り出す芸術的想像力に感嘆した。また、ワイルドはシェイクスピアの言葉に隠された演劇的衣裳哲学に触れ、舞台衣裳は登場人物の性格を表し、劇的状況と劇的効果を表現する有効な手段であるとして、写実主義的上演の意義を考察している。ワイルドは決して徒に華美で豪壮な舞台美術を志向することを奨励するものではなく、八六年五月十五日の『ドラマティック・レビュー』に寄せた劇評「チェンチ父子」では、ただ言葉が伝える実在感だけで芝居が芸術品足り得ることを指摘し、まさにそれこそが役者の名演技であると感慨に耽っている。ワイルドにとって、芝居の上演とはこの実在感を再現することを意味している。決して、これ見よがしの派手で飾り立てた舞台装飾に執着しているわけではない。ワイルドの批評眼は非常に分析的で、美の追求に妥協を許さないのである。劇評家としての経験は、ワイルドに自らの演劇観を見つめ直す機会を与えた。シェイクスピアの劇作品に内在する衣裳哲学と言葉の音楽性を発見し、究極の美を知った。そしてその影響が無韻詩悲劇『パデュア』を書かせ、やがて『サロメ』として結実することとなる。

4　英国製演劇復興期の劇作家ワイルド

英国演劇は一九世紀末の復興期に、欧州演劇の二つの流れに影響を受けたと言える。第一の流れは、スクリーブやサルドゥ(9)らが創り上げた仏国生まれの「ウェルメイド・プレイ」である。ウェルメイド・プレイは緻密に構成された展開の早い芝居で、主役となる登場人物の身元が取り違えられたり、手紙を置き忘れたりしながら、次から次へと難局を乗り越えて、山場を迎えると身の破滅を招きかねない後ろめたい過去の不品行が暴露されるなどして、喜劇なら和解で終わり、悲劇なら死で終わる。商業劇場は利潤を優先するあまり、こうしたウェルメイド・プレイの質を落としてしまったが、九〇年代にA・W・ピネロとH・A・ジョウンズが同時代の英国中流階層の社会をウェルメイド・プレイの鋳型に流し込んで「ソサエティ・プレイ」を創り上げた。

ワイルドは、一八九三年五月にピネロに手紙を書いて「素晴らしい劇作家」と称賛しているが、ジョウンズに関しては認めていないようである。九四年十月二十五日頃ジョージ・アレグザンダーに宛てた手紙で、ワイルドは「ピネロは知っているし称賛しているが、ジョウンズとは誰か」と訊いている。これは、前日の二十四日にアレグザンダーがバーミンガム芸術クラブの昼食会の席で、「演劇の未来」と題して語ったスピーチで有望な劇作家としてジョウンズの名を挙げていることへの皮肉と考えられる。ワイルド劇のよき理解者の一人G・B・ショーは、社会において女性が強いられている状況を描く点において、ピネロよりもむしろジョウンズを評価しているが、ワイルドがジョウンズのソサエティ・プレイを評価しないのは、弱い女性を描くメロドラマ的傾向があるからではないか。ワイルドの好んで描く女性像はサロメに象徴されるように、何者にも屈しない強靭な意志と行動力の持ち主である。

ピネロとジョウンズらのウェルメイド・プレイの多くの芝居は、欧州で流行していたもう一つの流れ、つまり自然主義演劇に影響を受けた。この演劇の特徴は、生物学的な遺伝要因と社会学的な環境要因を照らし合わせて人間行動を分析し、個々の人物の行動を正確に描写することにある。イプセンは自然主義演劇の先駆と見なされ、W・アーチャーやG・B・ショーらによって擁護されていた。二人とワイルドの関係は、『ワールド』を通じての言わば同僚であり、同じ批評家のサークルに属しているといえる。一八九二年六月の末に、宮内長官が、パレス劇場でリハーサルが順調に進行していたサラ・ベルナール主演の『サロメ』を、聖書の内容に言及していることを根拠に、上演禁止処分にしたとき、ワイルドを支えたのは、アーチャーであった。

アーチャーが一八九二年六月三十日に記した抗議文は、七月一日の『ペル・メル・ガゼッティ』紙に取上げられ、いち早く、ただ一人ワイルドに味方した。しかし、奇妙なことは、ワイルドが七月一日のアーチャーの抗議文を読んでから、およそ三週間後に礼状（九二年七月二十二日消印）を書いている点である。この空白の三週間は、ワイルドが待ち望んでいたのはアーチャーではなかったことを示唆している。ワイルドが三週間の孤独に耐え忍ぶことができたのは、ある人物が蹂躙された芸術の為に立ち上がることを信じていたからではないのか。九二年七月中旬に書かれたワイルドの私信には、尊敬する芸術家の鑑ヘンリー・アーヴィングがこれに対して何の抗議もしなかったことへの憤慨と失望が記されている。これを境に、ワイルドはアーヴィングから遠ざかり、ライシアム劇場に観劇に赴いた形跡すらない。こうしてワイルドの裡を照らす一つの芸術家の鑑が失われた。

ワイルドが苦悩の闇の中にいるとき、手を差し伸べたのがイプセンの自然主義演劇の信奉者であるアーチャーとショーだった。一八九三年二月二十二日にパリとロンドンで出版されたばかりの『サロメ』を、ワイルドはアーチャーとショーへ献本した。

翌二十三日消印のショーに宛てた手紙の中で、ワイルドはショーの著作『イプセン主義の真髄』（一八九一）のなかで述べられている検閲の横暴への抗議とイプセン主義への傾倒に共感しているが、ワイルドがイプセンを知ったのはこれが最初ではない。ワイルドは既に九一年四月にエリザベス・ロビンズ[10]が主演する『ヘッダ・ガブラー』をヴォードヴィル劇場で観て衝撃を受け、二度も観劇に足を運んでいるし、何よりアーチャーはイプセン劇の英訳の先駆者[11]である。

『まじめが大切』には、ウェルメイド・プレイと自然主義演劇の要素が、ただ笑いを誘うためにのみ巧みに利用されている。しかも、かつてワイルドを風刺し笑い者にした英国商業演劇の御株を奪うワイルド版バーレスクに仕上がっている。ワイルドは『まじめが大切』をもって、風習喜劇の伝統に則って[12]、近代演劇をも巻き込んで同時代の英国演劇のモザイクとして演劇史上稀に見る笑劇として完成させたのである。喜劇の最高峰『まじめが大切』は、ワイルドが商業演劇というキャリバンに向けた鏡であったに違いない。

一八九五年二月十四日木曜にセイント・ジェイムズ劇場で初日を迎えた『まじめが大切』は五月八日まで上演されるが、ワイルドが逮捕された四月五日から、罪人となった作者の名前はプログラムとポスターから消された。九五年一月三日にヘイマーケット劇場で初日を迎えた『理想の夫』は予定通り四月六日で公演は終わったが、四月十三日からはクライテリオン劇場へ移って更に二週間上演された。アクター・マネージャーのチャールズ・ウィンダムはポスターにワイルドの名前を載せることを断固主張したという。ここにもう一人、ワイルドの為に、あるいは芸術の為に立ち上がった役者が現れた。

ワイルドが『レディング獄舎のバラッド』を贈るのを希望した演劇人は、ウィリアム・アーチャー、G・B・ショー、チャールズ・ウィンダム、『理想の夫』の初演を手がけたルイス・ウォラー、アデルフィ劇場で上演中止になった『ヴェラ』の幻の主役で『つまらない女』の初演でアーバスノット夫人を演じたバーナード・ビア夫人、そして『ウィンダミア卿夫人の扇』と『まじめが大切』の初演を手がけたジョージ・アレグザンダーのみであった。そこにはトゥリー[13]やエレン・テリー、そしてヘンリー・アーヴィングの名前はない。

ワイルドの歿後、セイント・ジェイムズ劇場では、一九〇七年三月十八日に『パデュア公爵夫人』が初演され、一九一四年五月十四日にはジョージ・アレグザンダーがゴーリングを演じる『理想の夫』が再演され、一九五七年七月二十七日に劇場は閉館した。そして、一九九五年一月三日、『理想の夫』初演百周年にヘイマーケット劇場の楽屋入口に飾られたオスカー・ワイルドを偲ぶプラークの除幕式が名優サー・ジョン・ギールグッドによって行われ、同じ年の二月十四日、『まじめが大切』の初演百周年にあたるこの日に、ウエストミンスター寺院のポエッツ・コーナーにワイルドの名前が刻まれた。ワイルド劇は英国演劇の古典として今も生き続けている。

注

（1）ピネロのソサエティ・プレイは、テリーズ劇場（一八八八年『スィート・ラヴェンダー』）、ギャリック劇場（八九年『放蕩者』、九一年『レディ・バウンティフル』、九五年『悪名高きエバ・スミス嬢』）などで上演された。ジョウンズのソサエティ・プレイは、ヴォードヴィル劇場（八四年『聖人と罪人』）、シャフツベリー劇場（八九年『ミドルマン』、九〇年『ユダ』）、セイント・ジェイムズ劇場（九三年『タンカレー第二夫人』）、クライテリオン劇場（九三年『安物宝飾店』、九四年『ケース・オヴ・リヴェリアス・スーザン』）で上演された。

（2）一八九一年から九五年まで、ワイルドが観劇したことが確実な、あるいはその可能性がある芝居を書簡集から整理すると、九一年にはヴォードヴィル劇場のイプセン作『ヘッダ・ガブラー』（四月）とシャフツベリー劇場の『お気に召すまま』（六月）の二作、九二年にはヘイマーケット劇場のサルドゥ原作の翻案劇『ペリル』（四月）とウイリアム・ポウルの近代的演出によるオペラ・コミークの『マルフィ公爵夫人』（十月）の一作、九四年にはヘイマーケット劇場の翻案劇『ワンス・アポン・ア・タイム』（三月）、アヴェニュー劇場のショー作『武器と人』（四月）、ヘイマーケット劇場の『ジョン・ア・ドリームズ』（十一月）の三作にすぎない。

（3）その他、ワイルドが観たライシアム劇場におけるアーヴィングの舞台は、『リチャード三世』（一八七七）、『ヴェニスの商人』（一八八〇）、ブシコーの『コルシカン・ブラザーズ』（一八八〇）、テニスンの詩劇『カップ』（一八八一）、『オセロー』（一八八一）、『空騒ぎ』（一八八一）、『十二夜』（一八八四）、『ハムレット』（一八八五）、『ヴェニスの商人』（一八八七）、『冬物語』（一八八七）。

（4）一八九〇年に出版された詩集『舞台の印象』は七九年からアーヴィング、サラ・ベルナール、エレン・テリーらの舞台に感銘を受けて、その折々の印象を綴った五編の詩（'Fabien Dei Franchi', 'Phedre', 'Portia', 'Queen Henrietta Maria', 'Camma'）を載せている。

（5）発表順に並べると、「シェイクスピア・オン・スィーネリ」（一八八五年三月十四日）、「ライシアム劇場の『ハムレット』」（八五年五月九日）、「オックスフォード大学演劇協会の『ヘンリー四世第一部』」（八五年五月二十三日）、「ライシアム劇場の『オリヴィア』」（八五年五月三十日）、「クーム・ハウスの『お気に召すまま』野外公演」（八五年六月六日）、「オックスフォード大学演劇協会の『十二夜』」（八六年二月二十日）、「『チェンチ父子』」（八六年五月十五日）となる。

（6）対象となった舞台は、ライシアム劇場のアーヴィングによる『冬物語』、コメディ劇場において上演されたG・M・フェンとJ・H・ダーネリィの合作笑劇風喜劇『バリスター』、ノヴェルティ劇場で上演されたロバート・ブキャナン作『ブルー・ベルズ・オヴ・スコットランド』。

（7）一八九一年二月『フォートナイトリー・レビュー』誌に載った「社会主義下の人間の魂」において、ワイルドはアーヴィングの演技力を芸術家の創造力として称賛している。同年二月三日にアーヴィングに宛てた手紙では「無韻詩劇を上演することが出来る英国の芸術家」とし、無韻詩悲劇『パデュア公爵夫人』の上演を願っている。

（8）『仮面の真実』ではゴドウィンによる『クローディアン』の舞台美術の他に、一八八一年の二つの舞台、ヘイマーケット劇場でのバンクロフト夫妻によるシェリダン作『恋敵』とライシアム劇場におけるアーヴィングの『空騒ぎ』が、英国演劇史上最も美しい舞台であるとの言及がある。また、衣裳を優雅に着こなす役者として、フォーブス＝ロバートソン、コンウェイ、ジョージ・アレグザンダーらの名前を挙げている。

（9）書簡集によると、ワイルドは少なくとも、一八八五年四月のプリンセズ劇場でのリリー・ラングトリーの舞台と、九四年六～七月のゲイエティ劇場におけるバーナード・ビアの舞台を通してサルドゥーの舞台に触れる機会があったが都合がつかずに共に見逃している。

（10）一八六二年生まれの米国人女優。一八八八年に初めてロンドンを訪れたときに、ワイルドがロビンズをトゥリーに紹介して以来、ワイルドとロビンズは親交があった。こうしてロンドンにイプセン劇を広めた女優として演劇史に名を留めている。八九年に『社会の支柱』のマーサ・バーニック、九一年に『人形の家』のリンデン夫人と『ヘッダ・ガブラー』のヘッダ・ガブラー、九三年に『棟梁ソルネス』のヒルダと『ロスメル屋敷』のレベッカ・ウエストと『ブランド』のアグネスなどの役柄を演じ、イプセン劇の大部分の上演権を取得し、インディペンデント・シアター・ソサエティと共同で上演も手がけ、英国演劇の発展に寄与した。一九五二年没。

(11) アーチャーは一八八〇年の『社会の支柱』でイプセンを英国に紹介したのち、八九年にノヴェルティ劇場で初演された『人形の家』、九一年に『幽霊』、九三年には『棟梁ソルネス』などの翻訳を手がけ、九一年十二月にT・J・グラインが創立したインディペンデント・シアター・ソサエティが初めて手がける会員限定公演で『幽霊』が取上げられ、ロイヤルティ劇場で上演され、梅毒の遺伝を扱った猥褻性が問題になり物議をかもした。ショーの処女作『やもめの家』の初演も、このインディペンデント・シアター・ソサエティによって九二年同じロイヤルティ劇場で上演されている。

(12)『まじめが大切』は当初、風習喜劇が十八番のチャールズ・ウィンダムを想定しシェリダンの時代を舞台設定として書かれたが、一八九四年の夏にジョージ・アレグザンダーへ上演権を与えることになり、アレグザンダー向けに時代設定を現在に書換えた経緯がある。

(13) ワイルドは、一八九二年十月二十一日と二十五日にオペラ・コミークにおいて、インディペンデント・シアター・ソサエティの主催で新進気鋭のウィリアム・ポウルが近代的演出を試みた『マルフィ公爵夫人』を観劇し、二十世紀演劇の息吹に触れる機会があった。このときファーデナンドを演じたスィドニィ・バラクラフの好演を評価して、九二年十一月に『なんでもない女』のジェラルド・アーバスノット役にトゥリーに推奨することを請合う。しかし、九二年十二月バラクラフに宛てた手紙には、要請を無視したトゥリーに対するワイルドの失望と憤りが綴られている。このことが以後のワイルドとトゥリーとの信頼関係に影響している。

引用・参考文献

Arai, Yoshio. 'Gielgud and Wilde.' *Oscar Wilde Studies*. No. 1. Tokyo: Oscar Wilde Society of Japan, 1999.

Banham, Martin, ed. *The Cambridge Guide to Theatre*. Cambridge: Cambridge UP, 1988.

Booth, Michael R. *Theatre in the Victorian Age*. Cambridge: Cambridge UP, 1991.

Ellmann, Richard. *Oscar Wilde*. London: Hamilton, 1987.

Hartnoll, Phyllis, ed. *The Oxford Companion to the Theatre*. Oxford: Oxford UP, 1983.

Holland, Merlin, and Rupert Heart-Davis, eds. *The Complete Letters of Oscar Wilde*. New York: Holt, 2000.

Leapman, Michael, ed. *The Book of London: The Evolution of a Great City*. New York: Weidenfeld, 1989.
Mander, Raymond and Joe Mitchenson. *The Theatres of London*. London: Heart-Davis, 1963.
——. *The Lost Theatres of London*. London: Heart-Davis, 1968.
Margery, Morgan, comp. *File on Wilde*. London: Methuen, 1990.
Mason, A. E. W. *Sir George Alexander and the St. James Theatre*. London: Blom, 1935.
Page, Norman. *An Oscar Wilde Chronology*. London: Macmillan, 1991.
Porter, Roy. London: *A Social History*. Cambridge, Massachusetts: Harvard UP, 1995.
Weinreb, Ben, and Christopher Hibbert, eds. *The London Encyclopaedia*. London: Macmillan, 1993.
Wilde, Oscar. *Complete Works of Oscar Wilde*. Glasgow: HarperCollins, 1994.
——. *Lady Windermere's Fan*. London: Benn, 1980.
——. *Two Society Comedies*. London: Benn, 1983.
——. *The Importance of Being Earnest*. London: Benn, 1980.
——. *The Importance of Being Earnest*. London: Nick Hern, 1995.
荒井良雄編『ワイルド悲劇全集』新樹社、一九七五年。
——『ワイルド喜劇全集』新樹社、一九七六年。
西村孝次訳『オスカー・ワイルド全集』第五巻、青土社、一九八八年。
山田勝編『オスカー・ワイルド事典』北星堂、一九九七年。

10

クリスティーナ・ロセッティにおける女性性のイメージ
――「マスク」と「秘密」をめぐって

高橋　美貴

はじめに

十九世紀ヴィクトリア朝を代表する女性詩人クリスティーナ・ロセッティは、世間との交わりを好まず、閉鎖的な空間に生きた女性であった。それがヴィクトリア朝の道徳観や文化観と結びつき、敬虔な女性詩人として私たちに記憶される。また彼女がジョン・キーツに親しみ、ラファエル前派との深い交流を通して絵画的な美意識に強く影響されたことも否めない。最近では女性を主題とした詩がフェミニズムの観点からも注目され、信条の違いによって婚約を破棄したことや、彼女が一生を独身で通したこと、伝記作家から伝えられる密かな恋心などにも関心が寄せられている。

このようなクリスティーナに対する多角的な視点は、彼女の詩や彼女自身がまるで秘密主義者のように全てを語らないためであり、私たち読者はもどかしさを感じずにはいられない。例えば、敬虔なキリスト教徒であったのに、なぜ修道女とならなかったのか。内気で人前には出ようとしなかった彼女が、なぜ絵画のモデルを引き受けたのか。これらの矛盾した行動は謎である。そしてクリスティーナが描く様々な女性像は、これらの矛盾の輪郭をつくっているように思われる。その女性像は彼女と無縁のものではなく、光あるいは影となって彼女自身の女性性として姿を現すのではないだろうか。「女性」という意識と絵画のモデルを手がかりに、クリスティーナ・ロセッティの詩を読んでいきたいと思う。

1　時代性

十九世紀ヴィクトリア朝は、多くの面で人々に制約を与えていた。女性には、男性を中心とする道徳観念や秩序を求めた。その代表的なものが「家庭の天使」である。「家庭の天使」とは父権制社会に生きる女性を表したもので、夫と子供に仕え、良い家庭を築くことが女性の幸せであり、義務でもあった。この言葉は女性の貞節や従順を美徳とする当時の道徳観念とうまく混じり合い、女性を家の中に閉じ込め自由を奪った。またそのような理想像を演じることができる女性が多かったのも事実である。

一方、男性も紳士としての教育や名声、家族からの期待というプレッシャーを少なからず受けていた。それはラファエル前派の画家たちのモデル探しにも影響している。彼らはローマ・カソリック的な厳しい躾を受けていたため、はじめは身近な存在にモデルを求めた。主に私設の社交クラブや家族、友人などである。そして彼らの描いた絵のほとんどが女性であったことは、特筆すべきことである。描かれた女性についてジャン・マーシュは「欲望の対象」「清純な女性」「従順な女性」「魔性の女」に大別し、ラファエル前派の画家たちが生み出した女性の多さに言及している。(1) ラファエル前派の芸術は女性のイメージによって象徴されると言ってもよいであろう。彼らは何かに取り憑かれたかのように、神話・宗教・文学作品などから数々の女性のモチーフを得たのであった。「聖」と「性」のイメージは女性に与えられた地位のメタファーとなっている。[2] さらにこのメタファーは宗教のみならず、伝統的な家父長制の社会構造が危険に曝されていたことも示している。[3] 変わりゆく情勢の中で、画家たちは女性をカンヴァスに閉じ込め、崇めることで体裁を保とうとした。このような美と恐怖が交錯した女性への信仰と女性への抑圧は、不安定な十九世紀後期を顕著に表している。

2　モデル

クリスティーナは兄のダンテ・ゲイブリエル・ロセッティの他、ラファエル前派の画家たちのモデルも務めた。とりわけ有名なものが、ダンテ・ゲイブリエルの代表作『聖母マリアの少女時代』（以下『少女時代』）と『受胎告知』である。『少女時代』では、女性のイメージと深く結びついた家の中で聖母マリアが母親から刺繍の手ほどきを受けている。家の外にはキリストの再臨を意味する葡萄の木があり、部屋には女性の美徳を表す書物が重ねられている。荘重な雰囲気に包まれ、マリアの表情はとても落ち着いているように見える。『受胎告知』ではマリアが大天使ガブリエルからその知らせを受けている様子が描かれている。カンヴァスの中心部分を占めるように描かれたマリアの顔は驚きを隠せず、強張ったようにうつむいている。けれどもマリアの視線は大天使ガブリエルの持つユリの花に注がれていて、ユリの花を刺繍していた『少女時代』の姿とは明らかに違っている。[4] どちらの作品も聖母マリアの宗教的な美しさを称えているが、『少女時代』ではまだ両親に守られ、あどけなさが残る少女であるのに対して、『受胎告知』では彼女が神の子を宿す女性であることがわかる。これら二枚の絵は聖母マリアの矛盾したイメージを象徴している。純粋さ、清らかさをもつ理想的な女性であると同時に、キリストの母であり、彼女自身もイヴの罪を受け継いでいる女性でもあるのだ。

ウィリアム・ホルマン・ハントは代表作『世の光』で、クリスティーナの顔をキリストのモデルに用いた。この作品はキリストがドアをノックしている様子を描いており、まるで女性の閉ざされた意識を女性の顔をしたキリストが目覚めさせようとしているかのようである。これは、キリストがドアをノックする音を聞いて娼婦と思われる女性がパトロンの膝から立ち上がろうとしている瞬間を描いた『良心の目覚め』の連作とされている。(5) ハントが女性らしいキリストを描いたことには、キリスト教の概念が女性的であること(6)や女性の背後に隠されているのは聖母マリアではなく、キリストであるという考えがうかがえる。(7) このようにモデルとしてクリスティーナは、性差を超えて「聖」なるイメージと強く結びついている。

クリスティーナは女性であるためラファエル前派（兄弟団）の一員にはなれなかった。それにもかかわらず多くの批評家から「ラファエル前派の女王」(8)と呼ばれるのは、彼女がこの宗教性によってラファエル前派と深く関わっていたからである。『少女時代』に関し、ダンテ・ゲイブリエルは聖母マリアが「女性的美徳のシンボル」であり、「その最高の見本として扱われている」ことを明らかにしている。(9) ダンテ・ゲイブリエルは聖母マリアを通して「家庭内天使」という女性の社会的地位を示したが、クリスティーナはモデルを通してラファエル前派内で地位を得て、作品を機関紙『芽生え』に発表するなど活躍の場を広げることができた。こうして「聖」なるイメージを纏った女性の別の姿が現れてくるのである。

3 「見ること」「見られること」

女性がモデルとして描かれる理由を考えるとき、「女性は自分を客体にしなければならない[10]」というシモーヌ・ド・ボーヴォワールの興味深い指摘が思い出される。ボーヴォワールは『第二の性』において、女性特有の問題は男性社会という環境に原因があるとみている。「他人のまなざしによって凝固される」こと、つまり「もの」として固定されることは、存在に不安を感じる女性にとって自分の姿を鏡で確認することができたように、安心感を与えてくれるのだ[11]。しかしながらどのように映るかは「見る」者によるので、映し出される像は「見る」者の主観に左右されることとなる。言い換えれば、画家や芸術家たちの理想の姿で描かれるのだ。従ってその表情は彼女自身のものではない。アリソン・チャプマンは「彼女の誤ったしるし」、「誤った描写」と表している[12]。そこには自己を持たずに絵画の中に閉じこめられるモデルの姿があるのだ。『少女時代』を思い出してみると、聖母マリアの落ち着いた表情は全体図を眺めることによって、重圧に耐える顔にも見えてくる。

しかし、詩人としてクリスティーナは「見る」ことができた。自分の目で世界を映し出した。「見る」ことは主体性を持つことを意味する。鏡に映された映像ではなく主体性を持って自分でものを見ようとすることは、閉じ込められていた絵画から抜け出すことのアナロジーでもある。このように考えると、「見る」者の目に映るイメージと「見られる」者の真の姿という二つの像は互いに交錯し、アイデンティティの問題を複雑にする。どこまでが本当の自分で、どこまでが装っているのか。相反する意識は女性にとって多くの問題を孕んでいる。例えば伝記作家ベル・マッケンジーは、クリスティーナの第一印象について「堂々としている」や「無表情」であると表しているが、気に入った話題になると彼女の表情が「最後には美しいくらいになる[13]」と述べている。

後に撮られた彼女の写真がとても不満足に思えるのは、静かにしていると幾分美しくない彼女の容貌と元気な時には徐々に顔立ちに大きな変化が現れるというこの際立った違いなのである。[14]

興味深いのは、彼女の生活にも二面性が現れていることである。また『少女時代』におけるマリアの無表情に関して、「終の棲家」の一節にある「断固とした態度をとる（火打石のように顔をすえる）」を思い出すというウィリアム・マイケルの言葉にも表れている。[15] これは、石のように硬く強張った無表情のマスクが、彼女の内面が表に出るのを防いでくれることを暗示する。さらに「せき止められた泉」[16] と表現されるクリスティーナの気質は、緊張が高まったままで抑えられている感情として、多くの作品に表れている。そして感情は言葉に昇華され、詩の一つ一つが彼女の断片となるのだ。

しかしながらマスクという概念はクリスティーナだけのものではない。同時代の詩人エリザベス・バレット・ブラウニングも『ポルトガル語からのソネット』の中で次のように表している。[17]

……あなたは力をそして美徳をお持ちです
この私のマスク後ろにあるものを見通す
……………
そして私の魂の本当の顔をご覧になる（ソネット三九）

ブラウニング夫人は、夫のロバート・ブラウニングが自分のマスクの奥にある真実を見透かす力を持っていることを詠っている。これはマスクの奥を見られてはいけないとするクリスティーナと対照的である。クリスティーナはブラウニング夫人を偉大な詩人であるとしているが、幸せな結婚をしていなかったら、もっと素晴らしい詩人になっていただろうと考えている。[18] その理由についてイゾベル・アームストロングは、未婚女性は性的な感情について語るのに重要なことを持っていながら、慣習によって抑えられているからだと説明している。[19] 恋愛ソネットである『ポルトガル語からのソネット』と比較して、「クリスティーナはこの詩において男女間の、そして彼女自身と性と聖の情熱の間にある絶対的に聖歌のようであり社会活動でもあるバリアを書いているのである」[20] と続けている。アームストロングの表現を借りれば、クリスティーナは「バリア」を持っているため、いろいろな要因と接触する不安定な状態で詩を書くのに対し、ブラウニング夫人は「バリア」がないことになる。バリア、つまりマスクを失っているため、ブラウニング夫人は「見る」者から「見られる」者になっている。

4　「他者」としての女性

女性が自分の真の姿を隠してマスクをつけるのは、女性がアイデンティティを持たず、「他者としての自己認識」を持っているからである。[21] これは家父長制の問題と結びついている。「自己」は詩人として見たり、話したりできるが、「他者」はイメージとして見られるのであり、声を発することはできず、沈黙を守らなければならない。クリスティーナは詩人としてこの「他者」のイメージから逃れることはできても、やはり女性として完全に拭い去ることはできなかった。女性につきまとう「他者」としてのイメージこそ、女性を対象物とみなす原因なのである。女性は社会から、そして文化から追い出される。

このような排除や自己を持たないことは間接的な死を意味する。死はそれ自体が苦しみであるが、自分を全体性へ埋没させるための安心感でもある。[22] 死のイメージは女性にまとわりつき、感情をそして生気を奪っていく。女性が死を切望する傾向は、やはり存在の不安に起因しているのではないだろうか。女性は見たり話したりするのではなく、見られ、寡黙となっていく。

それでは見られている女性の目は、どこに向けられるのか。「白昼夢」と題された詩の中で、クリスティーナは何かを見つめる女性の姿を描いている。語り手の「我が魂の愛しい人」である女性は、ずっと何かを見ている。「私」は女性が何を見ているのかをいろいろ考えるが、結局はわからない。彼女が切に見るものは愛であるのか、それとも休息か、眠りなのか。まるで夢を見ているような目で、物憂げな様子で座っている。

私が火をつけても彼女は冷たく座る
　あらゆる祈りに耳を貸さない
私は力も英知も無駄にしてしまった
　昼も夜も無駄にしてしまった
私の祈りに耳を貸さず、彼女は夢を見る（三六―四〇行）

どんなに呼びかけても彼女は答えようとはしない。語り手は「もし彼女の秘密を想像できたら想像に値するものなのだろうか」と、彼女の秘密に思いをめぐらしてみる。そうしているうちに彼女は死んでしまい、彼女を埋葬することになる。「我が魂の愛しい人」であったはずの彼女を本当に理解できないままで「私」が死を与えること、それが「見る」者と「見られる」者の運命なのである。彼女は確かに見ている。しかし視線は彼から逸れて別のものを見ており、いわば夢想の状態なのである。言い換えれば、生と死が重なり合っている状態なのだ。

このような女性の抱える秘密は、画家とモデルの関係において具体性をもって表れる。「画家のアトリエで」は、エリザベス・シダルと思われるモデルと画家のダンテ・ゲイブリエル、語り手のクリスティーナの三人によって構成される。

　彼のすべてのカンヴァスから一つの顔が見ている
　　まったく同じ姿が座ったり、歩いたりよりかかったりしている
　　我々はそのスクリーンのちょうど後ろに隠された
　彼女の愛らしさを反射するあの鏡を見つけた（一—五行）

この引用からは、モデルの「一つの顔」とモデルの「彼女」が別のものであることがわかる。「一つの顔」の持ち主の「彼女」はスクリーンの後ろに隠れてしまい、代わって彼女のイメージが現れる。女性はほとんど実態を失っているため、二行目の「まったく同じ」はひどく皮肉が込められていて、どの「自己」のことを意味しているのか明確ではない。三行目では、モデルの「彼女」は消え行く存在であることを示している。画家がモデルとイメージを同一視しようとすると、鏡が彼女のイメージを屈折した形で映し返すのである。そして「女王」「名も無き少女」「聖者」「天使」とイメージは次々に姿を変えていく。しかしこれらが示すのは一つの意味だけで、それ以上でもそれ以下でもない。語り手は芸術家のはかない幻影と女性の描かれない現実性の矛盾を目撃するのである。

　彼は昼も夜も彼女の顔で生きている
　　そして彼女は真の優しいまなざしで彼を見返す
　月のように美しく光のように喜びに満ち
　　待ちわびて青白くなったり、かすかな悲しみでもなく
　彼女ではなく希望が鮮やかに輝いた
　　彼女ではなく彼女は彼の夢を満たす（九—一四行）

ここで示されている「彼女」とはモデルであるのか、それともモデルの描写であるのか。「真の優しさをもって」、モデルが画家を見つめ返す様子が書かれる。そこにはいくらかの主体性が残っていて、画家の目に映るイメージが真の姿であり、モデルは思いやりのある目で画家を見ていることを強調しようとするが、そのような幻想も最後の二行に集約されてしまう。モデルは理想像を通して、画家の夢を満たすだけのものであって、彼女自身ではないのである。この点において、主体としてのモデルと芸術家が作り出したイメージには亀裂が生じている。つまり記号としての屈折したモデルの虚像があるだけなのだ。この虚像こそがマスクとして身につけられている。

5　秘密

秘密を最もよく示す作品は「冬：私の秘密」である。クリスティーナは秘密とともに、マスクをつける理由に触れている。この詩における最大の関心事は、秘密は何であるかということである。秘密がアイデンティティの問題と深く関係していることは、心理学の見地からも認められている。(23) 人生において秘密を持つことは自己を認識することと同じくらい重要であり、その秘密を共有できる相手を見つけられたら、とても幸せなことである。

私が秘密を話す？　まさか、私はしないわ
たぶんいつかね ひょっとするとね
でも今日は寒くて風も強いし雪も降っている
まあまあ　あなたは知りたがりね

聞きたいの　そうね
私の秘密は私だけのもの　私は話さない（一—六行）

いったん「私」は秘密を告白しようとするが、秘密は自分のものであり、話すことをやめてしまう。そして「結局ねたぶん何もないわ／たぶんやっぱり秘密なんて何もないのよ／ただ私がふざけただけ」（七—九行）と秘密の存在自体もごまかし、結局は秘密など何もなかったと終わりにしている。しかし秘密を話さないと言い切ることで、かえって秘密があることを強調している。クリスティーナの秘密に関しては伝記作家のローナ・モスク・パッカーをはじめ、多くの批評家がウィリアム・ベル・スコットへの秘められた思いの告白であると推測している。これは特にタブーを秘密として抱えるヴィクトリア朝の傾向(25)を表しているのだ。アームストロングはヴィクトリア朝特有の性的な秘密を制限する状況との関わりを示唆しながらも、秘密の曖昧さを言及するにとどめている。(26)しかし私はそれだけでは片付けられないと思う。恋愛ではなくクリスティーナ　が作家として、女性の問題に焦点をあてた詩ではないだろうか。自分しか知らない秘密を持つことは、クリスティーナが独自性を持っていることを意味する。これはアイデンティティ探求のテーマとも重り、この探求には厳しい孤独感が伴っている。ジェローム・マッギャンも指摘するように、個人的な秘密とは「個としての存在のしるし」なのである。(27)自己を持つことが秘密として描かれ、それは同時に隠さなければならないものであると彼女は考える。

今日は凍えるような日　寒さが身にしみる日
そんな日はショールや
ヴェールや外套　他の寒さをしのぐものが欲しくなる
…………

私は暖を取るためにマスクをつける いったい誰がロシアに降るような
雪に鼻をさらすと思うの
強い風につつかれてしまうわ
あなたはつつかない？　あなたの善意に感謝するわ
信じて あの真実を試さないままにしておいて（一〇—一二行）

秘密と冬の関連性を考えると、やはり冬は沈黙、忍耐、死のイメージと結びつく。(28) 世の中で生きていくためのデスマスク、耐える力とその厳しさは冬であることを思わせる。女性における自己形成は閉ざされるべき問題と認識され、冷たいイメージを持つ。もはや秘密が明かされる可能性は低く、読者はそれを想像することしかできない。女性として詩人として社会との距離を保つためにマスクをつけるが、マスクがどれほど自分のものであるか、男性がつくり出した女性のイメージであるかは曖昧である。しかしながら外的世界で生きると同様に内的生活でも生きようとする詩人には、マスクは不可欠なのである。

マスクには対照的な二つの効用がある。隠すことと、表現することである。(29) 本当の自分を隠すために女性はマスクをつける。そうするとマスクはもう一つの顔を表す。言い換えれば別の自分を表現するのだ。この二面性はあまりにも密接な関係なので、どこまでが自分でどこからがマスクであるのか、それを見極めることはとても難しい。さらに「秘密」という言葉を使うことで個人的な意味合いが強まり、本当に秘密が存在したのか、あるいは周囲の知りえることなのかという疑問が起こってくる。この詩は最初の題名が「ナンセンス」であっただけに、彼女のユーモアと考えることもできるかもしれない。断定を避けた曖昧な表現はクリスティーナの特徴と言ってもよいであろう。けれども、彼女の複雑な内面の葛藤が秘密となって浮き彫りにされてくるのだと私は思う。

6　結論

アンジェラ・レイトンはブラウニング夫人をシャロットの乙女型の女性、クリスティーナをマリアーナ型の女性と見ている。[30] レイトンはクリスティーナについて、特に恋愛に関して言及しているが、二人の思想や作品にも同じことが言えるだろう。シャロットの乙女が幽閉場所から抜け出せたところに、社会のしがらみから逃れ、男性の領域（政治・哲学）に入ろうとするブラウニング夫人やオーロラ・リーが重なる。自分の目で外の世界を見ることが結果的には死をもたらしたが、女性に対する戒めとも、女性からの挑戦とも受け取ることができる。マリアーナが自閉的な世界の中で女性であるがゆえの悩みから抜けだせずに耐えているところに、クリスティーナの人生が重なる。ジョン・エヴァレット・ミレーが描いたマリアーナ像は、部屋の中で未婚女性の性的なフラストレーションをためていると評されている。

しかしながらクリスティーナの場合は自ら部屋にとどまり、フラストレーションを創作に変えたと考えるほうがよいかもしれない。彼女はある時「女性が男性と違っている」ことを「大発見」である、[32] と手紙に書いている。彼女は性差を理解していたし、その境界を壊すことができるとは思っていなかった。社会の規律（シャロットの乙女の「鏡」）を壊さないという点で、明らかにクリスティーナはマリアーナ型の女性であると言うことができるだろう。

クリスティーナは「女性」という意識に縛られていたからこそ、自分の内面と向かい合い、さらには第三者としての目を養うことができた。画家が様々な線から一つの顔を浮かび上がらせるように、彼女もいろいろな女性像をつくり上げ、自分の中の女性性を認識していく。レイトンはまた、ヴィクトリア朝の女性詩人たちは「心から」というより「心に反して」書いていると指摘する。[33] 私は、これこそがクリスティーナに感じる詩との距離間ではないかと思う。時おり、詩の中とは別の領域にクリスティーナがいるのではないか、と感じることさえある。彼女は詩を一つのマスクとして、自分の断片のように扱うので、彼女の存在が不在になったり、不在が存在となったりするのだ。

「マスク」は対立項からできている。顔色を変えることなくあらゆる感情をもち、そして矛盾した概念を包括する。女性詩人として生きていくために、クリスティーナはマスクを「秘密」として扱った。秘密は彼女のものだけで、誰も知ることはできない。しかしこの秘密によってクリスティーナは女性としての自分と向き合うことができたのだと思う。そしてマスクをつけたクリスティーナの秘密は言葉となって、表情を変えながら女性を描き続けるのである。

注

テクストはCrump, R. W., ed. *The Complete Poems of Christina Rossetti*: A Variorumedition. 3 vols. Baton Rouge and London: Louisiana State UP, 1979–90. とScudder, H. E., ed. *The Complete Poetical Works of Elizabeth Barrett Browning*. New York: Lightyear Press, 1933. を使用した。

（1）ジャン・マーシュ『ラファエル前派画集「女」』河村錠一郎訳、リブロポート、一九九〇年、一〇頁。
（2）前掲書九頁。
（3）前掲書一〇頁。
（4）Chapman, Alison. *The Afterlife of Christina Rossetti*. London: Macmillan Press, 2000. 89.
（5）Auerbach, Nina. *Woman and the Demon: The Life of a Victorian Myth*. Cambridge: Harvard UP, 1982. 177.
（6）Hake and Compton-Rickett. *The life and letter of Watts-Dunton*. London: T. C. Jack, 1916. Leighton, Angela. *Victorian Woman Poets: Writing Against Heart*. Charlottesville and London: UP of Virginia, 1992. 125. より引用。
（7）Auerbach 177.
（8）Bump, Jerome. 'Christina Rossetti and the Pre-Raphaelite Brotherhood.' *The Achievement of Christina Rossetti*. Ed. David A. Kent. Ithaca and London: Cornell UP, 1987. 323.

（9）Mash, Jan. *Woman Image Femininity in Pre-Raphaelite Art.* London: Weidenfield and Nocolson, 1987. 31.
（10）ボーヴォワール『第二の性』、『第二の性』を原文で読み直す会訳、新潮文庫、二〇〇一年、上巻三四頁。
（11）前掲書一四頁。
（12）Chapman 67.
（13）Mackenzie, Bell. *Christina Rossetti: a Biographical and Critical Study.* London: Hurst and Brackett, 1898. 53.
（14）Mackenzie 53.
（15）Rosenblum, Dolores. *Christina Rossetti: The Poetry of Endurance.* Carbondale: Southern Illinois UP, 1986. 118.
（16）Leighton 122.
（17）Rosemblum 111.
（18）Armstrong, Isobel. *Victorian Poetry: Poetry, Poetics and Politics.* London: Routletge, 1993. 345.
（19）Armstrong 345.
（20）Armstrong 345.
（21）Rosenblum 110.
（22）『第二の性』一四頁。
（23）ユング派の心理学者河合隼雄氏は『ファンジーを読む』（一九九六）『子どもの目からの発想』（二〇〇〇）において、秘密を持つことの大切さ、秘密と独自性の関係に言及している。（いずれも講談社＋α文庫）
（24）Packer, Lona Mosk. *Christina Rossetti.* Berkley: U of California P, 1963. 185
（25）Pearce, Lynne. *Woman Image Text: Reading in Pre-Raphaelite Art and Literature.* Toronto and Buffalo: U of Toronto P, 1991.
（26）Armstrong 359.
（27）MacGann, Jerome. 'Christina Rossetti's poems: a new edition and a valuation.' *Victorian Studies* 23 (1980): 247. Leighton より引用。
（28）Chapman 69.
（29）Armstrong 349.
（30）Leignton. 119.
（31）Pearce, Lynne. *Woman/Image/Text: Reading in Pre-Raphaelite Art and Literature.* Toronto and Buffalo: U of Toronto P, 1991. 65.

(32) Rossetti, William Michael, ed. *The Family Letter Of Christina Georgiana Rossetti.* London: Brown, langham, 1908. 31.
(33) Leighton 3.

11 ラティガン喜劇の構造
――『お日様が照る間に』の三人の男たち

落合　真裕

はじめに

テレンス・ラティガン（一九一一―七七）の喜劇は、一つの社会の文化やしきたりに凝り固まった人間が、異なる文化と接触した時に見せる奇想天外の行動や言動で観客たちを笑わせるという特徴を持っている。

一、一五四回という上演回数を記録したヒット作『お日様が照る間に』（一九四三）は伯爵という爵位を持つ一人の英国人男性が、結婚前夜に突然現れたアメリカ人とフランス人の兵士によって婚約者を奪われ、三人で同じ女性を追い求めるという恋愛ドタバタ喜劇である。舞台はその英国人男性、ハーペンデンの住まいで、そこへ複数の人物が繰り返し出入りしハーペンデンの行く手を阻もうとする。当時の観客たちは周囲の人物たちの介入により誤解や間違いが起き、思うように事が運ばず戸惑う人物たちが繰り広げるナンセンスの世界に笑い転げたようである。注目すべき点はこの作品のライバルとなる男性たちの国籍がすべて異なるという点である。ラティガンはその他の喜劇でも国籍の異なる人物たちを登場させ、互いの価値観や思想に触れて狼狽する人間たちを描いているが、三カ国の人間たちが一人の女性を巡って奪い合う様子が描かれているのはこの作品しかない。主人公的存在の英国人男性ハーペンデンに注目し、彼と彼の生活に介入する人物たちと彼らが及ぼした影響について考え、この作品が劇作家ラティガンにとってどのような作品であったかを考察してみる。

1　英国人男性ハーペンデンと二人の外国人

この劇の中心的存在であり全幕において舞台となる屋敷の持ち主、ハーペンデンは広大な土地を所有し爵位を持つ上流階級の人間である。彼は結婚を二日後に控えた晩にバーから追い出され泥酔しきったアメリカ人兵士マルベーニーを見かけて彼を自分のアパートへと連れて帰る。また翌朝、婚約者であるエリザベスが馬車の中で出会ったフランス人を勝手に彼のアパートへ宿泊させることを許可し、結婚を間近に控えた彼の住まいへ異なる国籍の人間たちが同居することになる。同日、彼は士官になるための面接を受けることになっているが、出掛ける直前にエリザベスの父親が訪ねてきて結婚の条件に関して不満があると申し出てくる。これから面接に出掛けることを言い出そうと試みるが、婚約者の父親に対して無礼な態度を取ることが出来ず、結局彼の話を聞いている間に面接時間に間にあわなくなってしまい、今回で三度目になる試験も失敗に終わってしまう。

ハーペンデンが面接に出掛けている間、彼の愛人であり、一夜限りマルベーニーの相手をするよう頼まれたメーベルが、このハーペンデンの住まいへやってくることになっている。だが、マルベーニーは偶然屋敷で出会ったエリザベスをメーベルと勘違いし彼女にウィスキーを大量に飲ませる。彼女の意識が朦朧としているところにロマンティックな言葉で口説き落としてしまう。エリザベスはハーペンデンとは違うマルベーニーの積極的なアプローチに押され、結婚を前日に控えているにもかかわらず彼に恋心を抱いてしまう。実は馬車の中で出会ったフランス人もエリザベスとハーペンデンの結婚に反対しており、婚約者に「情熱や白熱に燃える心を抱いていない」と説得しエリザベスに恋をしていることを告白していた。その「情熱や白熱に燃える心」をエリザベスはマルベーニーに感じ、これまで眠っていた感情を開放し情熱的な愛情を抱き彼に恋をしてしまうのである。ハーペンデンが帰宅後、エリザベスの父親、コルバート、マルベーニーで今回の問題の責任者が誰であるかを議論し、またエリザベスは自分を愛しているのだとコルバートとマルベーニーは激しい口論となる。他人が自分の住まいへ遠慮なく勝手に上がり込んだり、婚約者を奪ったりと本来の住人であるハーペンデンの存在を無視した彼らの言動や行動にも彼は腹を立てたり暴言を吐くことはない。常に冷静であり他人事のように振舞い怒りの感情を押さえ自分のことしか目に入っていない身勝手な彼らにこう告げる。

ハーペンデン　いいか。僕は辛抱強い男だ。ほとんど黙ってここに座っていた。君たちふたりが十分に浅ましく僕の愛する女性にどう迫ったのかを事細かに話している間ね。だけど二人に念を押しておきたいのだが、君たちは僕の家にいながら勘違いをしているじゃないだろうか。僕の電話を使って僕のフィアンセと二ペンスに相当する声の恋愛ゲームができるだろうなんて。

突然現れた外国人に婚約者を誘惑されただけではなく、自分の住まいで好き勝手に口論しあう二人の様子を黙って見つめ、やっと口を開いたかと思うと怒りを露にすることもなく、礼儀正しく落ち着いて自分の存在を控えめに主張する典型的な英国の上流階級の男性の姿が描かれている。彼の主張は実に客観的で他人事のようであり、自分に惚れたのだと主張するマルベーニーやコルバートの態度とは対照的である。次の公爵とハーペンデンの対話はそのことを物語っている。

公爵　つまりエリザベスに突進してって力ずくで奪い取るんだよ。
ハーペンデン　残念ですがそのようなことに私は本当に不得手でして。

また、ハーペンデンの謙虚さは彼らに対してだけではなくエリザベスの父親に対しても現れている。自分が士官の面接を受けに行かなければならないときに、結婚の条件で気にかかる点があると申し出てきた父親に対して、ハーペンデンは無礼な態度をとることなく、また自分の用事を優先させようという厚かましい態度も取らない。結局その謙虚さが災いし、面接に十五分遅れたことが原因で三度目の士官試験にも落ちてしまうのである。父親譲りの自分本位の性格を持つエリザベスもまた、知り合ったばかりのフランス人を許可なく勝手にハーペンデンのアパートに住まわせることを決めてしまう。だが、そのことに関してハーペンデンは既にマルベーニーという同居人がいることを話すだけに止め、エリザベスが独断で決めたことを批判したりコルバートを拒絶することもなく、突然の来訪者を快く迎え入れるのである。

このように、ハーペンデンは身勝手でわがままな周囲の人間たちに翻弄されながらも常に耐え忍び、自分の感情を抑えながら冷静にすべての現実を受け入れているのである。この寛容さ、寛大さは登場人物たちの関係からだけではなく、舞台の空間においても示されている。

先述したように、この劇のどの幕においてもハーペンデンの住居が舞台となる。そこへ、マルベーニー、コルバート、エリザベス、エリザベスの父親、メーベルが出入りし、皆が好き勝手に自分の言い分を言い放ち、そして入退場を繰り返すのである。ハーペンデンは彼らの主張だけではなく、その場所ですらも彼らに与え、そしてそれを何度も許可しているのである。つまり、ハーペンデンは空間においても目の前で起こっていることに対して感情を露にすることなく冷静に受け入れる強靭な忍耐力と寛大な心を持つ人間であることを表している。だが、アメリカ人のマルベーニーとフランス人のコルバートという外部からの侵入者による影響で、彼は大きな変化を遂げることになる。

常に冷静沈着であるハーペンデンも、結婚前日に婚約者が突然現れた外国人に恋をして自分との婚約を破棄しようとしていることを知ると、これまで習慣やしきたり、礼儀やマナーに囚われていた自分を打ち破り、エリザベスを再び取り戻すために行動を起こすのである。言い換えれば社会的に求められる自分の姿を捨てマルベーニーやコルバートのように欲望のままに行動し始めるのである。

エリザベスがマルベーニーに恋心を抱き自分との結婚を取りやめると言っていることを告げられると、マルベーニーとコルバートが争っている中、ハーペンデンは何かに駆られたかのように突然受話器をあげてエリザベスの滞在するホテルへ電話をかける。そして電話をしている最中も受話器を取ろうとする二人のライバルの手を押しのけ強引にエリザベスを説得しようとする。

ハーペンデン　それじゃ教えよう。君への警告のつもりでね。一人は意地の悪いフランスの蛇のようなヤツで、列車の中で若い空軍婦人補助部隊員に言い寄ったりしているんだ。もう一人は好色なアメリカ人で君を売春婦だと思ったヤツだ。

この行動はマルベーニーが二人のライバルが気付かぬうちにエリザベスに会いに行こうと抜け駆けをするのと同じく、自分本位の行動であり先に引用した台詞のような冷静さや客観性を完全に失っており感情的な行動に走っていると言える。また三幕一場の終わりでハーペンデンやマルベーニーから引き離そうとエリザベスを説得したり、人の会話に口を挟むコルバートの態度に憤慨し、次のような対話をしている。

ハーペンデン　僕はあの忌々しいチビコルバートをこてんぱにやっつけてやる。

マルベーニー　君と僕、二人でな。兄弟。

二人のライバルの言動や行動に影響され感情的、本能的なハーペンデンの姿がここに明瞭に描き出されている。最初にマルベーニーとハーペンデンは対照的な性格、特徴を持つ人間として舞台に登場するが、引用した退場の場面はまさにマルベーニーもハーペンデンもコルバートに嫌悪の念を抱き、これから暴力的な行動に出ることを予告している。つまり常に理性的なハーペンデンがマルベーニーのような感情的、情緒的な人間になりマルベーニーがハーペンデンを大きく変化させたことを表している。

ハーペンデンへの影響はマルベーニーだけではない。もう一人のライバルであるコルバートも彼に感情の開放を与えている。コルバートはマルベーニーのように暴力的ではないが「自分で思ったことを言わなければすまないたち」と、自分自身で語っているようにダイレクトに物事や気持ちを伝える性格の持ち主である。エリザベスのもとからマルベーニーが帰ってこないため、エリザベスはハーペンデンを捨てマルベーニーを選んだことや、戦後の世の中で世間を知らずの自分の面倒を見ることも出来ないような無能な伯爵は、上流階級の女性ではなく愛人のメーベルのような世話をしてくれる女性のほうが生活できると説得する。そのような結婚条件への社会性を重視するコルバートの話に、初めは感情を抑えながら返答しているハーペンデンではあるが、次第に怒りを露にしてこれまで口にしなかった本音を語る。

ハーペンデン　……エリザベスはバッカスの巫女みたいに巨大ででっぷりした獣のような爆撃手と公園で遊び回っている。だが本当の婚約者である僕は、ひとり残され恥をかき格下げをされたんだぞ。私の社会生活は崩壊し海軍での仕事は始まる前に閉ざされたんだ。

コルバート　ブラーボ！ブラーボ！　すばらしい怒りだ。よくやりましたね。ボビー閣下！

コルバートの弁術がハーペンデンの怒りを煽り、内に秘めていた本心を語らせたのである。つまりコルバートの触発により思っていることや自分の考えをストレートに伝えることが可能になっているのである。

このように自分とは異なる特徴を持つ二人の外国人によりハーペンデンはこれまで自分を包み込んでいた忍耐や寛容の精神を脱ぎ捨て感情を開放し本能的な人物になったのである。

コルバートやマルベーニーはハーペンデンだけではなくエリザベスにも一時的な変化を与えている。エリザベスもペンデンと同じく寛大な心の持ち主で常に理性的であろうとする女性であった。ハーペンデンがメーベルという世間で評判の悪い女性を愛人として囲っていることを知りながらも、それを黙認しようとしていた。そして、ハーンデンの住まいでメーベルと顔を合わせても怒りをぶつけたり彼女を咎めるようなことはせず、メーベルを寛大な心で受け入れようとするのである。だが、これまでにない情熱的なマルベーニーのアプローチに彼女の眠っていた感情が目を覚まし、本能的、情熱的な愛を自分の中に見出してしまう。その結果、ハーペンデンとの婚約解消という結論を出してしまうのである。また「君の目には喜びや欲望や人生の官能的な炎がある」というコルバートがメーベルとハーペンデンとの関係について情熱がなく本当の愛ではないと指摘すると、エリザベスは「こんなこと馬鹿げてるわ。そんなことをおっしゃれるようなどんな権利をお持ちなの。」と怒りを露にする。

コルバートとハーペンデンという感情や情緒を重んじる本能的な人物の介入によりハーペンデンもエリザベスも一時的に彼らと同じような性格を見せるが、平凡で冷静で落ち着いた愛の方が結婚の土台としてましであると主張していたエリザベスは、最終的にハーペンデンという元の婚約者を選び二人の外国人の介入以前の状態へ戻るのである。

エリザベス　白熱に燃えるような何とかって言うのは間違いなの。他の人には大丈夫かもしれないけど、わたしには向いていないの。

ハーペンデンもエリザベスも二人の外国人により一時的に感情を開放し、理性的であるよりも動物的本能に身を任せるが、最終的にはまた理性を重んじる本来の姿へと戻るのである。言い換えれば、アメリカ人やフランス人の介入により一時的に変化を見せた英国人ではあったが結局は元の自分たちのあるべき姿に戻り、他者の介入があっても英国人としての特徴は変えなかったということになる。つまりここには英国人としての誇り、本国への愛国心が表れているのである。マルベーニーは登場して間もなくハーペンデンの住まいが詩人バイロンの住まいであったことを知ると彼の詩を引用する。ところが当の住人であるハーペンデンはバイロンのことをまったく気にかけておらず、マルベーニーから非難されると、「バイロンを読んでいないやつは沢山いるよ。」と開き直り、母国への関心が低いことを表している。このように母国である英国への愛国心に欠けている人物が「無味乾燥」とか「死んでいるようだ」と言われる英国人典型の姿に戻ることでラティガンは英国人であることの誇りと自信を持つことを強調しているのではないだろうか。この母国への意識は三人の男たちが名前ではなく国名で呼び合っているところからも明らかである。エリザベスとの面会の順番を決めるときや、花婿付添い人をクラップというゲームで決めようとする対話に、彼らがそれぞれの国を代表している存在であることがはっきりと描かれている。

公爵　君はどっちがいいか。フランスかアメリカか。
ハーペンデン　どちらでも。
公爵　じゃ君はアメリカでわたしはフランスに付こう。

登場人物たちが間接的に国を表すとなるとハーペンデンがイギリスであり、彼の住まいはその領土ということになる。つまりハーペンデンの住まいにフランスやアメリカの社会的、政治的、文化的影響が介入してくるが、最終的に残るのは英国性であることを伝えている。ラティガンは間接的に英国人としての自信を取り戻し、英国人としての誇りを持って戦後の世の中を生きていくことを観客に伝えようとしていたのだと考えられる。

2　ユーモア

だが、ラティガンは思想家でも批評家でもない。楽しみを求めてやってくる観客のためのために劇を書くことをモットーとしていた劇作家であったから、自分のアイディアを無理やり押し付けようとはしていない。英国人であることのプライドを持たせつつ彼は遊び心を劇に取り入れている。二幕二場のエリザベスと面会する順番を決定する場面、三幕二場の花婿の付添い人を決めるとき、話し合いではなくクラップというサイコロゲームで勝敗を決める。実世界でシリアスな問題や争いをゲームという遊びにすることで観客を深刻さから抜け出させている。こうすることでラティガンの愛国心というメッセージを軽く受け取れることが可能となり、ユーモアのある作品という印象を与える。強制的でもなく教養的でもない、楽しみを第一目的とする観客たちのための劇であることを主張しているのである。

コルバートとハーペンデンで次のような対話をしている。

コルバート　世界はもはやあなたとエリザベスの結婚の約束が最初になされたときとは違うのです。貴族の権利は無くなり二度と戻ってきません。あなたの階級は破滅する運命にあるのです。

ハーペンデン　分かった。破滅する運命にある階級の人間だが、だからと言って愛する娘と結婚してはならないと言うことはないだろ。

コルバート　その娘がエリザベスならなりません。なんとしてもあなたの悲運を共有しないよう救わなくてはなりません。

ハーペンデン　左翼か。
コルバート　社会主義者です。
ハーペンデン　私だってニュー・ステーツマンくらいは読んでいる。

これは当時演劇界で大きな話題となったジョージ・バーナード・ショー（一八五六―一九五〇）との思想劇論争を想起させる対話である。ラティガンは演劇において思想が第一義的な意味を持たないことを常に主張していた。

アイスキュロスからテネシー・ウィリアムズに至るまで、価値のある劇場というのは、キャラクターやナラティブの劇場である。（中略）劇場において社会的、政治的あるいは道徳的な思想は重要ではないと思う。いずれにせよ、キャラクターやナラティブに比べて、それらは決して最優先されるべきものではない。

戦後、他国の介入により生活スタイルが変わっていくこと、それにより母国の美徳やプライドが失われずに残されていくことを願いつつも、そういった現実世界での心配事や懸念を笑い飛ばすユーモアさが当時の多くの人々をひきつけることになったのではないだろうか。エリザベスをめぐって戦う男たちが、ゲームで勝敗を決めるという遊び心で秩序が保たれているのは、過酷な問題に真っ向から取り組むよりも、遊び感覚で物事を捉えられるようなユーモアの精神が人々を結びつけることを暗に示しているのかもしれない。
『フランス語入門』（一九三六）でも三人の青年たちが性的魅力を持つ美女ダイアナに翻弄される姿が描かれているが、彼らは『お日様が照る間に』の男たちのようにゲームで勝敗を決めず真正面から問題に取り組もうとするため、より深刻さを増し、観客の同情心を引き寄せかねない。両者とも同じ劇構造を持った作品ではあるが、『お日様が照る間に』は『フランス語入門』よりもよりユーモア性を高めたと言える。

終わりに

三人の別々の国籍の持つ男性たちが一人の女性を巡って争いとなるナンセンス世界の中で、観客に英国人としての自信を取り戻させるだけではなく、戦後の過酷な生活を少しでも軽い気持ちで捉えるユーモアのセンスを、より鮮明に描き出していたのである。またそうすることで、ラティガンは改めて思想や教養を与える教育の場としての劇場ではなく、楽しみのための劇場を強く意識した作家であるという位置づけを明確に表したのである。

『お日様が照る間に』は英国人としての誇り、劇作家として自分の位置づけを示す作品であると言えるのではないだろうか。

引用・参考文献

Berney, K. A., ed. *Contemporary British Dramatists*. London, Detroit, Washington, D.C.: St. James Press, 1994.

Darlow, Michael. *Terence Rattigan: The Man and His Work*. London: Quartet Book, 2000.

Daubenas, Jean D. *The Plays of Terence Rattigan: An Annotated Bibliography*. MI: University Microfilms International, 1986.

Hill, Holly. *A Critical Analysis of the Plays of Sir Terence Rattigan*. MI: University Microfilms International, 1975.

Hirst, David L. *Comedy of Manners*. London: Methuen, 1979.

Innes, Christopher. *Modern British Drama: The Twentieth Century*. Cambridge: Cambridge UP, 2002.

Kronenberger, Louis. *The Thread of Laghter*. New York: Hill and Wang, 1952.

Rattigan, Terence. *The Collected Plays of Terence Rattigan*. 2 vols. NJ: The Paper Tiger, 2001.

Rattigan, Terence. *While the Sun Shines: A Comedy in Three Acts*. London: Samuel French, 1943.

Rusinko, Susan. *Terence Rattigan*. Boston: Twayne, 1983.
Taylor, John Russell. *The Raise and Fall of the Well-made Play*. London: Methuen, 1967.
Vinson, James. *Contemporary Dramatists*. London and New York: St. James Press and St. Martin's Press, 1973.
Wansell, Geoffrey. *Terence Rattigan: A Biography*. New York: St. Martin's Press, 1977.
Young, B. A. *The Rattigan Version*. London: Hamish Hamilton, 1986.
喜志哲雄『喜劇の手法　笑いのしくみを探る』集英社、二〇〇六年。
小林章夫『物語　イギリス人』文藝春秋、一九九八年。
福原麟太郎『イギリス人』福原麟太郎著作集 11、研究社、一九六八年。
J・B・プリーストリー『英国のユーモア』小池滋、君島邦守訳、秀文インターナショナル、一九七八年。
J・C・フリューゲル『ユーモアと笑い』辻村明訳、みすず書房、一九五七年。

12

策略家ポローニアス

濱口　真木

序文

ハリー・レヴィンの「ザ・クエスチョン・オブ・『ハムレット』」という本が出版されるほど『ハムレット』の「そこにいるのは誰だ。」という冒頭の台詞は注目されている。誰が、どこで、何をしたか、何をしているのか、何をしようとしているかなどが問われている。この劇の舞台となっているデンマークでは、国内の問題はもとより国際関係を含むさまざまな問題を抱えているが、その中でも常に王位が狙われているという事実が最大の問題の一つとなっている。

先王の亡霊によって明らかにされたクローディアスの罪は、王位が外国ばかりでなく国内の者からも狙われ得ることを示している。クローディアスが首尾よく王になっても、次に王位を狙うのは誰なのかという疑問も生じる。このように、この劇が「疑う」という行為に重要な意味を含んでいることを考えれば、「そこにいるのは誰だ。」という台詞に重点がおかれて、この疑問を軸に『ハムレット』が展開していくという解釈も納得がゆく。

ハムレットに関していえば、まず疑問を持たなければならないのは亡霊の正体である。これは、ドーヴァー・ウィルソンをはじめ、多くの批評家たちや学者たちが注目している。当時の観客は、プロテスタントもカトリック教徒も亡霊は悪魔であると結論づけた学者もいれば、この論とは逆に亡霊は本当に死者の霊だと当時考えられていたと論じる学者もいる。さらにはバーナードーたち歩哨が亡霊を見たという事実を無視して、それはハムレットの幻なのだと解釈した者もいる。このようにさまざまな解釈がなされてきたが、ただ言えることは当時の背景がどうであれ、ハムレットは「悪魔には人が喜ぶ姿を装う能力がある。」（二幕二場　五九五―九六）と考えていたのだから、亡霊の正体を探らなければならないのだ。もちろんハムレットが疑問を持たなければならないのは亡霊だけではない。ハムレットは全ての登場人物に対して疑念を抱いていたという解釈も可能である。

当然ポローニアスに対しても疑念を抱いていたと考えることもできる。本論では、ポローニアスがいかに息子のことを大事に考えているのかに触れ、ポローニアスが抱いている野心について論じていく。その野心を抱いたポローニアスにとって、一番の障害となっている人物がハムレットだ。ハムレットの言葉に身の危険を感じていることをほのめかしている台詞がある。ハムレットの心にポローニアスへの殺意が芽生えても不思議ではない。ポローニアス殺害は本当にクローディアスと間違えた結果なのか。このことに焦点を当てて寝室の場面を読み直してみる。

まず、ハムレットがポローニアスを殺害する必要があることを証明する手がかりとしてクローディアスとポローニアスの関係を考察していきたい。

1　ポローニアス親子

一幕二場では登場人物たちの登場の順番がテキストによって異なっている。Q2や新ヴェリオーラム版では、王家の次にポローニアス一家が登場する。しかしアーデン版ではクローディアス、ガートルード、ポローニアス、レアティーズときて、最後にオフィーリアとともにハムレットが登場する。普通に考えれば、王家の次にポローニアス一家が登場するという順番が相応しいように思えるが、ハムレットが最後に来るというアーデン版の順番には理由があるのではないか。この場面では、王はハムレットよりもレアティーズに対して丁重な態度をとっている。また、登場の順番だけではなく、会話の話題になる順番もレアティーズのほうが先になる。


ところでレアティーズ、用件は何だ？

願い事があるといったな、なんだ、レアティーズ。

デンマーク王に筋の通ったことを話せないなら、お前の言ってることをかなえてやれぬ。願い事はなんだ、レアティーズ。

願い事を言わなければ、わしはかなえてあげられぬ。

頭と心臓は密接な関係にあり、手は話をする際に役に立つがそれ以上に、デンマーク王とお前の父親は密接な関係にあるのだ。

何が望みだ、レアティーズ。（一幕二場　四二―四九）

グランヴィル・バーカーは、この九行の台詞の中にレアティーズの名が四回も呼ばれているのは愛情の強調だと指摘している。また、レアティーズへの呼びかけが“you”から“thou”へと変わるのはレアティーズに対する王の親しみを表していると考えられる。またレアティーズはフランスへ行くことを許されるが、ハムレットはウィッテンバーグに戻ることを許されない。なぜレアティーズはフランス行きを許されたのだろうか。アーデン版テキストの編者ハロルド・ジェンキンズはこの場面で強調されているのは父と子の絆だと述べているが、この台詞を見る限り、王がレアティーズに一目置いていることは明らかであり、父と子の絆以上にクローディアスとポローニアス親子の関係が強調されている。クローディアスはハムレットに王位を譲ると言ったが、登場の順番やクローディアスとポローニアスの関係の深さを考慮すれば、この王位を譲るという台詞は本心ではない可能性もある。もしそうだとしたらポローニアスはハムレットの王位継承権についてどう思っているのだろうか。

ポローニアスは自分の子に対して面倒見のいい一面を見せる時があるが、それが愛情によるものかは疑わしい。そもそもシェイクスピアがレナルドーにレアティーズの監視を命じる場面を描いたのはなぜだろうか。レナルドーという人物を創ってまでこの場面を描いたのには理由があると考えたい。シェイクスピアの劇には無駄な場面や無駄な登場人物は一切登場しない。一見無駄なように思える所でも、必ず何らかの場面と関連があり、また何かを強調するためにそういう場面が描かれている。したがって、なぜオフィーリアの交際を認めなかったのか、なぜレアティーズに監視をつけさせたのかを考える必要がある。

ポローニアスがハムレットの狂気の原因についてクローディアスに進言する場面に注目してみる。この段階では狂気の原因が自分の娘にあるというのは推測に過ぎないはずだ。自分の息子に監視を付けさせるほど気をまわす人物が、推測だけで王に狂気の原因が自分の娘だと断言するものだろうか。ポローニアスは娘とハムレットの仲を許さなかった。その理由は身分が違うからということだが、本当に愛情があるなら身分が理由で娘とハムレットの交際を認めないのは少し不自然だ。事前にクローディアスかガートルードに二人の仲を相談することもなく、自分の判断だけで反対している。息子の望みはクローディアスに相談したのに娘の交際を相談しなかったのはなぜか。ガートルードは二人の仲を好意的に思っている。そのことは五幕でオフィーリアの死体に向かって語りかける台詞から窺える。

ハムレットの妻になってくれたらと願っておりました。（五幕一場　二三六）

したがって、もし相談していれば二人の交際には希望はあったはずだ。交際を認めなかったのはポローニアスにとって娘とハムレットの仲は悩みの種だったからかもしれない。

まず、ハムレットがオフィーリアに宛てた手紙を王に見せる場面に注目してみたい。ポローニアスが手紙を読んでいる時オフィーリアはその場にいない。彼女はすでにハムレットの本心を探るため別のところで待機している。ハムレットとオフィーリアの問題が中心になるはずなのに、ポローニアスと当事者の娘が一緒に王の前に現れないのは不自然だ。オフィーリアに手紙の内容を聞かれるわけにはいかなかったのではないか。王に手紙を見せている時点で、すでにポローニアスの策略は始まっていたのかもしれない。ポローニアスが欺こうとしている人物はハムレットだけでなく、王も対象となっていると考えられないだろうか。

ポローニアスはハムレットの手紙の内容を書き換え、ハムレットの狂気の原因が自分の娘にあるということを王に信じ込ませようとしたのかもしれない。たとえ狂気の原因が自分の娘でなかったとしても、その原因が自分の娘にあることを王に信じ込ませれば、ハムレットを監視する理由ができ、さらには二人の仲を裂くことができる。そう考えるとポローニアスがハムレットと娘の仲を頭から認めようとはしなかった理由が説明できる。

デンマークの王位が国外から狙われていることは一幕一場から触れられている。そして亡霊の存在は、それが国内からも狙われ得ることを印象付けている。その不安は宮廷の中にだけ広まっているわけではない。ここで登場するマーセラスやバーナードーたち番兵は宮廷の人間ではなく民衆側の人間だ。いわば民衆の代表と考えることができる。その民衆の代表者であるマーセラスにシェイクスピアは

デンマークでは何かが腐っている。（一幕四場　九〇）

と語らせている。民衆は今の王家に不安を抱いているのだ。ここで重要なことは、不安を抱く民衆の心を掴むことが

できたのはハムレットではなくレアティーズという点だ。ポローニアスが殺されたことを知ってレアティーズが王に詰め寄る場面がある。この時民衆はこう叫んでいるのだ。

レアティーズを王に、レアティーズを王に。（四幕五場　一〇八）

レアティーズは確かに民衆の心を掴んでいる。ここでレアティーズがフランスへ行った理由を再考してみる。『ヘンリー四世』でハルが民衆の生活に触れることで立派な王になったように、レアティーズも王位に就くことを念頭においてフランスに行ったのではないだろうか。ポローニアスが監視をつけるほど慎重だった理由もこれで説明がつく。決闘の場面でレアティーズが勝利していたら、レアティーズが王になっていたかもしれない。このように条件はそろっている。「レアティーズを王に」。これこそ、民衆のみならずポローニアスが願っていたことではないだろうか。

ハムレットがいなければ王に気に入られているレアティーズが王位を継ぐ可能性が高い。オフィーリアとハムレットの交際を許さなかったのは、王位継承権を持つハムレットがクローディアスだけでなくポローニアスにとっても邪魔な存在だったからではないか。クローディアスは先王を殺して王位に着いた。ポローニアスにも同じことがいえる。民衆の心を掴むことのできるレアティーズを王にするという野心を抱いたポローニアスがハムレットを亡き者にしてしまおうと考えても不自然ではない。狂気の原因がオフィーリアであることを確認するという名目でハムレットを監視し、あわよくば命を奪うことができるかもしれない。次は誰が王位を継ぐのか。この劇はこうした問題を幕開きの場面から暗に示している。

2　ハムレットの殺意

ポローニアスは王位をレアティーズに継がせるためハムレットを殺害しようとしている。ならばハムレットはそのことに気付いていたのだろうか。もし気付いていたら彼がポローニアスを殺害する場面を読み直す必要がある。ハムレットは身の危険を感じており、そのことを仄めかす台詞がある。二幕二場でポローニアスが「室内に入られては？」（二幕二場　二〇六）と尋ねると、ハムレットはこう答える。

墓の中にか？（二幕二場　二〇七）

また、この場面でハムレットがポローニアスと別れる時の台詞に注目してみたい。

俺の命以外は、俺の命以外は、俺の命以外は。（二幕二場　二一六―一七）

観客の頭にこの台詞を刻み付けるかのように三回も同じことを言っている。ハムレットは身の危険を感じているようだ。ポローニアスは王位とハムレットの命を狙っていた。そしてハムレットはそのことに気付いていた。

次に祈りの場面と寝室の場面に目を向けてみようと思う。一九三四年にロンドンのニュー・シアターで上演されたジョン・ギルグッド主演の『ハムレット』では祈りの場面と寝室の場面で画期的な演出がなされている。

祈りの場面でハムレットは剣を持たずに登場する。劇中劇の目的はあくまでクローディアスの正体を見極めるため剣は必要ない。ハムレットがクローディアスを殺そうとして振り上げた剣は、ハムレットのものではなくクローディアスが自分のそばに置いておいたものを使っている。そしてその剣を持ったままハムレットは母親のところへ行く。

祈りが終わったクローディアスはさっきまであったはずの自分の剣がないことに気づき、ハムレットを警戒する。クローディアスの剣を持って出て行けば当然怪しまれることになるのは察しがついたはずなのに、なぜハムレットは剣を持ったまま母親のところへ行ってしまったのか。怪しまれるのを覚悟でそうしたのは、この剣が必要になる可能性が十分あるからではないか。この演出に基づいて三幕四場に目を向けてみよう。

ハムレットが寝室の場面に登場する際、ポローニアスの存在に気がついていたのかどうかが重要なポイントとなる。ドーヴァー・ウィルソンの解釈ではハムレットはクローディアスが隠れていたと思い込んでいたことになる。しかしハムレットはクローディアスが祈りをささげていた部屋から直接ここへやって来たため、王が隠れていると考えたのは少し無理があるように思える。ポローニアスはハムレットの周りをうろうろしていたため、ポローニアスが隠れていると疑う方が自然だ。この時ハムレットは本当の狂気に駆られていない。したがって、ポローニアスの死体を見た後の「王なのか？」という台詞は反語と捕らえることができる。つまり、「王ではない」というニュアンスが含まれていると解釈できる。そこでこの台詞の解釈について考察してみる。

I took thee for thy better.（三幕四場　三二）

この台詞の一般的な解釈は「国王と間違えた」である。この解釈に基づくとポローニアスを意図的に殺害したという解釈はできない。そこでこの“took”を“kill”の意味で考えてみたい。そうすると「王の代わりにお前を殺した」という解釈が成り立つ。O.E.Dでは“take”の定義の一つに“to kill”とある。『ヘンリー四世　第一部』でこの意味の“take”が使われている。

私を殺そうとわなにはめたな（"thou laid'st a trap to take my life."）（『ヘンリー四世　第一部』三幕一場　二二一）

また、『ヘンリー六世　第三部』でも"to kill"の意味で"take"を使っている。

私をこの世から消してくれ（"take me from the world."）（『ヘンリー六世　第三部』一六七）

したがって、『ハムレット』でも、この"take"を"kill"の意味で捉える事は十分可能だ。また、三幕四場の終わりのところで、ハムレットはポローニアスのことを

今ではこの大臣は静かで、こそこそすることもなく、厳粛な顔つきになった。生前は愚かでべらべらしゃべる悪党だったのだが。（三幕四場　二一五―一七）

と表現している。自分の心の内を知られるわけにはいかないハムレットにとって「べらべらしゃべる」ポローニアスは要注意人物だったのではないだろうか。

今まで述べてきたポローニアスの策略的な側面を考慮に入れれば、これだけの犠牲を払ってまでもポローニアスを殺す必要があった。では、ハムレットはオフィーリアのことをどう思っていたのか。二幕二場でハムレットは「今は一人だ。」（二幕二場　五四三）と言う。ハムレットはこの台詞をどういう気持ちで言ったのか。しつこくまとわりついていたポローニアス、ローゼンクランツ、ギルデンスターンからやっと解放された安堵感から出た言葉である事は間違いない。しかし、同時に一人でいる事への決意の表れではないだろうか。ハムレットがオフィーリアを愛していたのかどうかは難しい問題ではあるが、一幕の最後で「この世は関節が外れている。それを正すために生まれてきたと

は、腹立たしい。」(一幕五場　一九六―九七)と世を正す決意をした時点で、オフィーリアと別れなければならないと感じていたのかもしれない。父先王の亡霊が語ったことは誰にも相談することはできない。腐敗した世を正すために は一人で行動しなければならないのだ。オフィーリアに無言の狂気の姿を見せた時点で、ハムレットとオフィーリア は昔の関係にもどることはできなくなった。この「今は一人だ。」という台詞には恋人との決別の意味も含まれてい るように思える。

ハムレットはオフィーリアと決別することができた。そのためポローニアスを殺害できたのだ。しかし母親は切り捨てることができなかった。祈りの場面で王を殺害できなかった一つの理由は母親と決別することができなかったた めとも考えられる。

結論

本論はポローニアスが王位を狙っていたのではないかという疑問から始まった。王位継承問題は当時のイギリスで一番の関心事だったのではないだろうか。未婚のエリザベス女王には世継ぎがいない。次は誰が王位を継ぐのか。民衆は関心を抱いていただろう。また、この劇が書かれる約十数年前にイギリスはスペインの無敵艦隊を破っており、また約百年前には薔薇戦争と呼ばれる王位争奪の内乱もあった。こうした関心事をシェイクスピアは『ハムレット』に反映させたとしても不思議ではない。そしてポローニアスが王位を狙っていたと解釈する余地が充分あることも分かった。

ポローニアス殺害に関する今までの解釈はほとんどが「誤って殺した」となっている。バーナード・グレバニアは著書『ザ・ハート・オブ・ハムレット』の中で、ハムレットは間違って殺したと断言している。ドーヴァー・ウィルソンも同じ立場をとっている。では、意図的に殺したと解釈した批評家や学者はいただろうか。理性の時代である十八世紀の学者のほとんどは、『ハムレット』は不道徳であると酷評しているのだが、それはハムレットが残忍な一面を見せる時があるからだ。

そこで十八世紀を代表する啓蒙思想家ヴォルテールの解釈に注目してみたい。彼はこの劇を低俗で野蛮な劇だと評価し、その理由のひとつとして王子は鼠を殺すふりをして恋人の父親を殺害したことを挙げている。シェイクスピアの四大悲劇の主人公は殺人を犯す際、必ず意図的に殺している。間違いによる殺人から破滅の道をたどることはない。一般的な解釈では、唯一の例外がハムレットである。しかし、カーテンの後ろの声を聞いているにも拘らず、隠れているのはクローディアスだと思ってしまうだろうか。シェイクスピアはポローニアスが隠れていることを観客に見せている。その上で、ハムレットがポローニアスを刺し殺す直前に、ポローニアスに「誰かいないのか。」（三幕四場　二二）と言わせている。この台詞の後にハムレットが刺すという展開になっている以上、クローディアスと間違えたとは考えにくい。ハムレットは「ねずみだ！」（三幕四場　二三）と言って刺している。「ねずみ」という言葉は王よりも「よくしゃべる」ポローニアスにふさわしい言葉だ。「ねずみだ！」と言った時点でポローニアスだと分かっていて、意図的にポローニアスを殺したと解釈する余地は十分にある。

次に、『ハムレット』の材源とされているサクソー・グラマティカスに目を向けてみたい。サクソーの物語では、アムレス (Amleth) は叔父に父を殺され、母と王位を奪われてしまう。そして復讐のために狂気を装い、寝室の場に相当する場面でポローニアスの下敷きとなっている王のスパイを刺し殺す。叔父も、アムレスの幼馴染の女性を策略の駒として利用し、アムレスを罠にかけようとする。これほど筋は『ハムレット』と似ているが、もちろん違っている点も多い。その違っている中で一番注目したい点は、ラストでアムレスが見事に復讐を果たした後、国民に祝福されて王位につくところだ。ハロルド・ブルームは著書『シェイクスピア』で聖書のダビデ王を思わせる終わり方をしていると述べている。一方、シェイクスピアの『ハムレット』は悲劇だ。そして、シェイクスピアはハムレットどころかホレイショーにも王位を継がせていない。当時の王位継承問題という関心事は、ここにはっきりと反映されているように思える。

腐敗した世の中を正すとなると必ず犠牲や争いが伴う。たとえ大きな犠牲を払ってまで世を直しても、腐敗がなくなることはない。これはオイディプスからつづく悲劇のテーマのひとつだ。ハムレットも実際に復讐を果たしたわけではない以上、何も解決していない。これではポローニアスの犠牲は無駄なものになってしまっている。ハムレットは無駄な犠牲を払って悲劇を招いてしまった。その悲劇の分岐点となるポローニアスの死をハムレットの間違いによるものと決めつけて、今まで何の疑問もなく読まれてきたが、どこか腑に落ちない所がある。あやまちにせよ、意図的にせよ、ポローニアスを殺してしまったという事実には変わりない。それならば意図的と解釈したほうが五幕のハムレットの悟りに深みが出てハムレットの悲劇そのものに重みが増すのではないだろうか。

（付記）本論は二〇〇八年六月十四日（土）駒澤大学にて開催された日本英語文化学会第一一一回月例会において口頭発表したものに加筆修正を加えたものです。

引用・参考文献

Bloom, Harold. *Shakespeare*. New York: Riverhead Books, 1998. 399.
Granville-Barker, Harley. *Preface to Shakespeare: Hamlet*. London: B. T. Batsford, 1963. 50.
Grebanier, Bernard. T*he Heart of Hamlet*. Growell Company, 1960. 161.
Jenkins, Harold. The Arden Shakespeare version of *Hamlet*. London: Methuen, 1982. 132–34.
Leavenworth, Russell E. *Interpreting Hamlet*. California: Chandler Publishing, 1960. 164.
Wilson, Dover. *What Happens in Hamlet*. Cambridge: Cambridge UP, 1956. 247.

13

世界は終わりなく、円環する
――メアリー・シェリーの『最後のひとり』に関する論考

進藤　桃子

彼は自然とひとつになった――
雷鳴のうめきから、夜のやさしい鳥の
うた声まで、
「自然」のあらゆる音楽のなかに彼の声が聞える。
かれは闇のなか、光のなか
草や石から感知される存在――
（パーシー・シェリー、「アドネイス」）（四二）

序

メアリー・シェリーが一八二六年に出版した『最後のひとり』は、原因不明の疫病に晒された無力な世界の中で唯一生存する男、ライオネル・ヴァーニーの人生を描いた長編小説である。メアリーがこのような陰鬱な主題に魅了された最大の理由は、イギリスのロマン派を代表する詩人の一人であり、また彼女の最愛の夫でもあるパーシー・ビッシュ・シェリーとの死別にある。更に、シェリーに劣らず彼女の人生に多大な影響を与えた詩人、ジョージ・ゴードン・バイロンもまた、シェリーの死からわずか二年後に、ギリシアで客死した。メアリーはこの時までに、彼女の母親、義姉、そしてシェリーとの間に儲けた三人の子供とも死別している。そのためバイロンの訃報を聞いた日の日記に、彼女は「なぜ私は生きよと定められ、目の前で皆が死ぬのを見なければならないの……二十六歳にして、私は年老いた人のよう……」（四七八）と、「最後のひとり」となった彼女自身の悲痛な気持ちを記している。

メアリーにはこのように、人類滅亡を小説に描く個人的な動機が存在したが、奇遇にも一八二〇年代は「最後のひとり」が文学的主題として非常に好まれた時期であった。代表的なものとして、フランス語の原典が英訳されてイギリスで普及したクーザン・ド・グランヴィーユの『最後の人間』（一八〇六）や、バイロンの詩「暗闇」（一八一六）、そして画家ジョン・マーティンが描いた一連の終末的風景画が挙げられる。イギリスにおける終末思想と言うと、デカダンスの美学を確立した十九世紀末が容易に連想される。しかしそれより約半世紀前に、多くの芸術家が世界の死の幻想に取り憑かれていた。バイロンは「暗闇」に、「世界は空虚と化した、人に溢れ力強かった世界は――季節無く、草木無く、人間無く――生命の無い塊――死の塊――無秩序な堅い土くれとなった」（二七三）と記し、全ての光を排除した暗闇の支配を謳う。バイロンの詩に顕著に表現される終末の観念は、キリスト教の聖典、とりわけ『ヨハネの黙示録』に由来する。フランク・カーモードは、彼が「終末の虚構」と称するものを論じた『終わりの意識――虚構理論の研究』のなかで、「黙示思想は、判然たる区分はないが、円環的世界観よりは直線的世界観に属する」（五）と述べている。メアリーの『最後のひとり』はその主題から、概して黙示的小説と形容される。確かに人類はヴァーニーを除いて滅亡するが、永遠の闇に閉ざされたバイロンの終末的世界と異なり、『最後のひとり』では自然界はその健全な美しさを誇示しながら、巡り来る変化を享受する。更に、この作品において変遷を辿るものは自然だけではない。人間の死後の魂もまた、かたちを変えて存在し続ける。メアリーの『最後のひとり』は、カーモードが黙示思想から除外した円環思想を表現するものであり、彼女の独特な自然観や宗教観が表れた作品である。本論では、一八二〇年代の歴史に言及することによって、終末論的な主題が流行した背景を確認した後、メアリー・シェリーの『最後のひとり』がキリスト教的な作品ではないことを、作品の鍵である疫病の描き方や、メアリー個人の宗教観及び自然観に言及することによって考察する。

1　進歩と懸念

マックス・ノルダウは賛否両論を招いた著書『退化』の中で、次のように述べている。

歴史上の一時代が紛れも無く衰退し、別の時代がその到来を告げている。あらゆる伝統が変化する音が聞こえ、まるで明日と今日が繋がりを持たないかのようだ。……明日には何が善とみなされるのか——何が美しいとされるのか。我々は明日、何を知るのだろうか—何を信じるのか。何が我々を鼓舞するのか。いかにして我々は楽しむのか。（一三）

ノルダウが『退化』を出版したのは一八九五年、かの有名な十九世紀「世紀末」の最中である。ヴィクトリア女王統治下のイギリスは国力、社会体制、そして文化教養の面で破竹の勢いの進歩を遂げ、名実共に世界一の国家となった。しかし、ノルダウが感じた急速な時代の変化、そしてそれに伴う規定の価値観の崩壊に対する懸念は、決して十九世紀末だけに特有のものではない。同種の懸念を、十八世紀末を生きたイギリス人もまた、感じていた。一七八九年に起きたフランス革命において掲げられた「自由、平等、博愛」の思想は、イギリスの多くの知識人を熱狂させた。しかし一睡の夢の後に彼らが目の当たりにしたのは、断頭台に象徴される恐怖政治、そしてそれに続くナポレオンの台頭と、彼が巻き起こした戦争であった。先述のグランヴィーユが、「最後のひとり」を主題とする一連の作品群の発端となるものを出版したのは一八〇六年、フランス革命の余波が未だ強く残る時期であった。カトリック教会の聖職者であったグランヴィーユの目には、荒廃していく母国が終末と、最後の審判を待っているように映ったのかも知れない。

メアリーの『最後のひとり』を含む多くの作品が書かれた一八二〇年代は、産業革命によって労働者階級とされた人々の不満が顕著に見られた時代で、機械打ち壊し運動が度々起こり、一八一九年にはマンチェスターでピータールーの虐殺と呼ばれる惨事も起きた。しかし労働者の不満をよそに、ジョージ四世はロンドンの産業都市化を進めた。一八二三年に息子のパーシー・フローレンスを連れてメアリーがイタリアからイギリスへと帰国した時、彼女は生まれ育ったロンドンの風景が、大きく変化したことを目の当たりにした。(1) 彼女は同年の十月二日に友人ルイーザ・ホルクロフトに充てた手紙の中で、次のように記している。

> 私がロンドンで見た変化には、あなたも驚くことでしょう――……私はそもそもロンドンを熟知していたわけではありませんが、もうすっかり分からなくなってしまいました。今では、ここからグローヴナースクエアに行くよりも、ローマでコロシアムに行く方が、道がよく分かると思います。(三八八)

メアリーが当惑を禁じ得なかったこのロンドンの急速な都市化こそが、後に続くヴィクトリア朝の大繁栄の礎を築いたことは明白である。すなわち、メアリーを含め人類滅亡の主題に魅了された一八二〇年代の作家は皆、まさにノルダウが記した「一つの時代の衰退と、新たな時代の到来」の境界を生きていたのである。そしてノルダウと同様、彼らが恐れたことはまさしく、産業化が人間精神に与える悪影響であった。フィオナ・J・スタッフォードは次のように述べている。

大都市の増加や、北部における工業都市の増加よりも更に懸念されたのは、産業革命の精神的影響であった。社会が機械化されることは単に炭鉱や綿織工場に関わる問題だけでなく、社会の構造と、ひいては人間精神そのものを変えてしまうような過程となった。(二〇七)

ウィリアム・ブレイクが一七九〇年代に、「煙突掃除人」に代表される詩の中で、酷使された挙げ句に死を迎える低賃金労働者の悲惨な状況を訴えたように、産業化が道徳を荒廃させることは事実であった。このような社会のあり方を危惧した詩人や作家は、人間の堕落が世界の終末を招くことを訴えざるを得なかった。しかし、メアリーが同様の動機から『最後のひとり』を書いたとは考え難い。彼女は進歩に対して肯定的であるように思えるからである。彼女の作品の舞台は二十一世紀に設定され、イギリスはもはや王政ではなく、共和制国家となっている。知性と統率力を兼ね備えた若き護国卿レイモンドは、イギリスの産業化を推進する。

運河、水道、橋、荘厳な建物、そして公共の利益のための様々な大建築物が建造され始めた。……有害な傾向は未だに残っていた。人々は、次々に立ちはだかる障害を克服出来ないのではなく、克服しようとしないために不幸であった。レイモンドは人のために行動するという意志を持って人々を鼓舞した。(八五)

メアリーが国家の産業化を人間精神の堕落と結び付けていないことは、先の引用から明確に分かる。彼女はむしろ、社会の進歩に伴い人間の精神もまた成長しなければならず、その努力を怠ることが有害な傾向であると述べている。このため『最後のひとり』における主要な登場人物は、短所を持ち合わせていても善良な心の持ち主で、理想主義者である。人心を惑わす虚偽の預言者が登場することを除けば、この作品に悪人は存在しない。このように『最後のひとり』では、他の作品と異なり、人間の堕落が人類滅亡の要因とみなされない。興味深いことに、この作品において滅亡の原因を作り出すものは、愛ゆえの苦しみなのである。

2　愛の喪失と疫病の発生

護国卿に就任する以前のレイモンドは、イギリス王家の姫アイドリスとの婚姻により国王になることを望んでいた。しかしレイモンドはライオネルの妹であるパーディタを愛し、積年の夢を放棄して彼女と結婚する。しかし彼はギリシア大使の娘であるイヴァドニ・ザイーミとの再会によって翻弄される。レイモンドが愛しているのは確かにパーディタであるが、彼はイヴァドニとの間に不思議な絆が存在することを否定出来ない。更に、パーディタに不義を疑われ、精神的に拒絶された時、象徴的な変化がレイモンドに現れる。

……彼の精神はまるで純粋な炎のようで、不浄な大気に感染する度に消えかかり、小さくなった。しかし今や感染が精神の本質に結合してしまったために、その変化はさらに苦しいものとなった。真実と虚偽、愛と憎悪の永遠の境界線が消え去り、天国が崩れ落ちて地獄と混ざり合った。……常に彼の支配者である情熱が新たな力を得て、愛に守られていた長い眠りを覚まし、べったりとした運命の重みで彼を屈服させた。（一〇〇）

彼の精神を、その本質に至るまで汚したものは、何よりも自己嫌悪の念である。更に、パーディタの彼に対する不信に絶望し、その原因を作ったイヴァドニに嫌悪を感じた。この愛の苦悩から抜け出すために、レイモンドはパーディタと別れ、護国卿を辞し、一人の兵士として再びギリシア独立戦争に参加する。イヴァドニも密かに彼の後を追い、ただ愛するレイモンドのために男装して戦う。傷付き瀕死の状態となった彼女を発見したのはヴァーニーであった。

残された力を振り絞って、イヴァドニは次のような最期の言葉を残す。

……私は死にこの身を売った、あなたが私の後を追うという、ただ一つの条件で——炎、戦争、そして疫病よ、結束してあの方を滅ぼせ——私のレイモンド、あなたに安息はない！（一四四）

ヴァーニーにイヴァドニの言葉を伝えられたレイモンドは驚愕するが、彼は既に自らの死を予期していた。カリ・E・ロッケはレイモンドとイヴァドニの絆は彼らが共有する権力欲にあり、それは死の衝動と結び付いていると述べる。（一二〇）しかしロッケはまた、レイモンドが疫病に感染したのは、パーディタに対して彼の不倫を否定したことが原因であると主張する。（一二一）ロッケの見解からは、権力欲と不倫の否定のどちらが、果たしてレイモンドにとって致命的な欠陥となったのか特定出来ない。たとえ権力への情熱が強く彼を支配したとしても、それがパーディタの愛によって鎮められ、イヴァドニの愛が原因で覚醒するのであれば、やはり愛が死を招いたのではないか。先に引用したように、以前は天上で燃えていたレイモンドの高潔な精神の炎は、今や地獄の業火と一体となり、こうして彼は自らの体内に病を招いた。レイモンドはイヴァドニの愛の妄執に呪われて果てるのではなく、パーディタに体現されていた清浄な愛を失ったことにより亡くなるのである。レイモンドのモデルはシェリーではなくバイロンであるが、パーディタにはメアリーの人格が一部反映されている。[2] シェリーの多情に苦しめられ、悲しみゆえの拒絶を冷たさと誤解されたまま夫と死別したメアリーにとって、愛の喪失は世界の崩壊に繋がる深刻な主題なのである。レイモンドの死の直後、ヴァーニーは象徴的な夢を見る。人間嫌いで知られるティモンの晩餐に招待された彼は、

……主人の怒りから逃げ出した。ティモンはレイモンドの姿に変化した。私の病的な空想の中では、彼が私に投げ付けてくる食器が異臭を放ち、一方で私の友人の姿は、幾度となく歪み肥大して、額に疫病の徴を持つ巨大な亡霊となった。大

きな影はさらに高く伸び上がり、世界を支えて包み込む不動の天空一面に広がり、それを破裂させようとしているように思えた。（一六〇）

レイモンドの死から間もなく、ヴァーニーによって強制的にギリシアからイギリスへの帰路に着かされたパーディタは、入水自殺をして亡くなる。そして彼女の死の直後から、疫病が猛烈な勢いで蔓延する。序論で述べたように、『最期のひとり』に描かれる疫病は原因不明のものであり、レイモンドと疫病のつながりは象徴的な次元での推論に過ぎない。しかし、こうしてヴァーニーの夢は現実のものとなった。メアリーはこのように、キリスト教的な天罰を示唆することなく、自然現象として疫病を発生させる。他の作家が宗教的な含意に満ちた人類滅亡の作品を作る中で、なぜメアリーはキリスト教の観点を前面に出さなかったのであろうか。次章において、メアリーの信仰と、それがどのように『最期のひとり』に表れているかを考察する。

3　『最後のひとり』における円環思想

メアリーの宗教観を考える時、彼女を取り巻く人々の思想を無視することは出来ない。父親であるウィリアム・ゴドウィンは非国教徒のカルヴァン派の聖職者の家系に生まれ、彼自身もその職に就くための教育を受けた。しかし青春時代にドルバックやジャン・ジャック・ルソー、そしてジョン・ロックなどの啓蒙思想に感化され、カルヴァン派の永遠の断罪に怯える心を捨てる。彼は聖職者を辞し教育者となり、人間は自然の産物であり、自然の法則に従うものであると信じるようになる。ゴドウィンが傾倒した学説の一つに、必然性の法則がある。彼は「宇宙とは、全てのものが他の全てのものと繋がっている一つの鎖である」（セントクレア　七一）と信じた。このゴドウィンの主張を信奉したのが、シェリーである。彼はオックスフォード大学在学中から反キリスト教的な態度を示し、キリスト教を「系統的に打ちのめす」（ホームズ　四七）ために『無神論の必要性』を書いて、ついに放校された。シェリーが後に友情を育んだバイロンは、序文で紹介したように終末思想の詩「暗闇」を作成したが、決してキリスト教の敬虔な信者ではなかった。彼は前半生をスコットランドのカルヴァン派信者に囲まれて過ごしたが、皮肉なことに、そのために教義に対する信仰を失った。しかし、彼は神に対する信仰は捨てなかった。（マーチャンド　一五二）メアリーの母親であるメアリー・ウルストンクラフトは、娘メアリーを出産した時に亡くなってしまったが、国教徒であった。彼女は教会での礼拝に参加していたが、教義は強要されるものではなく、人生の意味を探求する魂が、自ら進んで認めるものでなければならないと信じた。（ゴードン　二六）このように、メアリーを取り巻く宗教的な環境は複雑なものであった。それでは、『最後のひとり』には、彼女のどのような思想が表現されているのであろうか。前章の最後に述べたように、『最後のひとり』はキリスト教的な色調の濃い作品とは言えない。しかし彼女が無神論者でないこともまた、作品に表れている。コンスタンティノープルでレイモンドを襲った疫病がついにロンドンに到来し、多くの人命を奪った。ヴァーニーはウェストミンスター寺院を訪れるが精神の救いを得られず、次のように語る。

戸外にのみ、私は安らぎを見出した。自然の美しい作品の中に、彼女が仕える神は慈悲のしるしを示した。そして私はもう一度、山々を作り、森の木々を植え、川を流す神が、失われた人類のために新たな国を建てて下さると信じた。そこで我々は愛情と、幸福と、信仰に再び目覚めるのだ。（二一二）

この引用部を読むと、あたかもメアリーが敬虔なキリスト教信者であるような印象を受ける。しかし彼女は同時に、必然性の法則も示す。

この世の母よ！　全能の神の使いである、永遠に不変の必然性よ！　あなたは忙しない指で、決して解くことの出来ない事象の鎖を編んでいる。（三二〇）

ゴドウィンやシェリーなどの無神論者にとって、必然性の意義は神を介さない自然の法則である。[3] しかしメアリーは必然性と自然を、神に従属するものとして用いている。『最後のひとり』では、神と必然性と自然の間に序列は付けられているが、これらのいずれが人間の運命を決めるのかに関しては、非常に曖昧である。一方で、自然と人間は対照的に区分されている。疫病への人類の感染がその好例である。ダニエル・デフォーの『ペスト年代記』等に言及するメアリーは知っていたに違いないが、ペストに代表される多くの疫病はネズミなどの動物が原因で発生し、家畜への感染等を介して人間に広まる。しかし『最後のひとり』では、疫病に感染するのは人類だけなのである。自然が永遠に循環し続けることを確認したヴァーニーは、次のように叫ぶ。

……季節は変わり、木々は葉で身を飾り、花々は芳香を振り撒くのであろうか。……獣は草を食み、鳥は飛び、魚は泳ぐ。君主であり、所有者、あらゆる事物の知覚者であり記録者である人間は、もういないのに、まるで一度も存在したことがなかったかのように。ああ、何という嘲りの行為なのだろうこれは。きっと死は死ではなく、人類は絶えていない。ただ、私たちの知覚では捕らえることの出来ない姿に、形を変えただけなのだ。死は広大な入り口、そして生へと繋がる道だ。急いで通り過ぎ、この生ける死を抜けて、生きるために死のう！（三二〇）

恐らくここでヴァーニーが言及する、死という道の向こう側にある生は天国ではなく、人命の儚さと対照的に描かれる永遠の自然である。そうであるならば、人間が生きる新たな生とは、自然と一体となることなのである。死後の魂は昇天するのではなく、変身するのである。「まさにギリシア神話の精神が、私の心に宿っていた」（二三九）と認めるヴァーニーだけでなく、レイモンドの遺体をギリシアの自然に埋葬したパーディタもまた、彼の魂をその自然の中に見出している。(4) 更に、人間の死後の魂が自然の中に生き続けるという思想は、メアリーが『最後のひとり』を書いた動機でもある。本論の冒頭で引用したパーシーの詩「アドネイス」における、人間の精神と自然の一体化に言及しながら、メアリーは友人であるギズボーン夫人に充てた手紙の中で、「「アドネイス」はキーツのものではなく、彼（シェリー）自身の哀歌です」（三〇五）と述べている。このように推測すると、唯一の生存者となったヴァーニーが、人類の文化の遺産であるローマで生きることを放棄して、航海の旅に出る理由が分かる。皮肉であるが、彼以外の人類を滅ぼした自然の中にこそ、彼の愛する人たちの魂が、変遷を繰り返しながら生き続けているのである。

結論

グレアム・アレンは、メアリーの『最後のひとり』がシェリーの未完の詩「生の勝利」を参照して書かれたもので、疫病の戦車に引きずられるイメージから、『最後のひとり』が「時間と歴史の明らかな直線的方向付け」を主張していると述べる。（一〇八）しかし人間の死後の魂が、かたちを変えて自然の中に生存すると考えれば、時間と歴史は終末に向かって進むのではなく、変遷を辿りながら循環することになる。博学なシェリーと異なり、メアリーのリーディング・リストには、宗教や哲学に関する学問的な書物は少ない。しかし彼女はギリシアのアプレイウスの『黄金のロバ』や、ローマのオウィディウスの『転身物語』を読んでいる。これらの作品には、例えばオウィディウスの

「アルキュオネとケユクスの転身」のように、人間が動物を含む自然の一部に姿を変える物語が多く見られる(5)。もちろん、これらの作品がメアリーの自然観や宗教観に決定的な影響を与えたと断言することは出来ない。しかし『最後のひとり』の序文に、ヴァーニーの物語が古代ギリシアの都市クーマイのシビルの巫女が残した多数の予言の中から発見されたと書かれていることは、注目に値する。「最後のひとり」を主題とした作品を書いた作家の中でも、メアリーはキリスト教の教義や終末論に傾倒することなく、彼女自身の視点からその主題と、人間の運命に深い関わりを持つ自然に対峙した。興味深いことに、メアリーが循環する自然の中に人間の魂の変遷を見出す時、彼女は母親であるウルストンクラフトと類似している。ウルストンクラフトもまた、小船に乗って海を漂っていた時に、魂の永遠性を感じたのである。メアリー・シェリーの独特な自然観、宗教観の中に、母子の絆が見られたことは感慨深い。彼女が自然界に見出す大切な人の魂の中には、母のものも含まれるのである。

……小船が潮の流れに運ばれて、私は心地よい忘却、あるいはまやかしの希望と言えるものを楽しんだ。——まやかし！それでも、人生を支える希望が無ければ、死の恐怖しか残らない——私が今までに怖いと感じた唯一のこと——存在しなくなること、自己を失うことを考えるのは耐え難い——生きることで惨めさを痛感する時もあるけれど、いいえそれでも、私が存在しなくなるとか、喜びと悲しみに同様に敏感なこの活動的で、忙しない精神が、まとまった灰になるなど、あり得ないことに思える。……確かにこの心には不滅の何かが住んでいる——だから生命は夢ではないのだ。

（ウルストンクラフト　一一二）

注

（1）ミランダ・シーモアは、彼女が著したメアリー・シェリーの伝記の中で、メアリーが見たロンドンの風景を鮮明に記している。一八二三年までに、リージェンツ運河には四十の橋が架けられ、貨物船の積荷が市の中心部に速やかに運ばれる道が開かれた。リージェント街はメリルボンの北から、ほとんどカールトンハウスの入り口まで大胆に切り開かれた。リージェント街の四分円状の通りにそびえ立つ屋根の下では、誘惑的な店の数々が、昔ながらの街並みに見られたひしめくメイフェアの中心を、野心的な都市開発の一部へと変えてしまった。（三一九―二〇）

（2）アン・K・メラーは「シェークスピアの『冬物語』に由来する追放された「孤児の」パーディタは、メアリー・シェリーの姿と気性を共有している。彼女は蒼白の美人で、暗く、深い色の目を持ち、「高潔な感情に溢れて」いるが、冷たく、疑い深い態度と過度に敏感な想像力の持ち主であった」と述べている。（一五三）

（3）テキストの脚注によると、メアリーは必然性に関するこの箇所の言及をシェリーの詩「マブ女王」第六巻、二一九行（「自然の精神！　全てを満たす力である、必然性よ！　汝は世界の母である！」で始まる段落である）に負っている。シェリーはこの詩における必然性の観念を、ドルバックの影響を受けて書いているため、無神論的な必然性となる。

（4）レイモンドと自然の一体化は、パーディタの以下の言葉に表現されている。

「彼の精神はここに留まっていると、私は思うの。……あのギンバイカの茂み、ジャコウソウ、岩の裂け目から顔を覗かせる小さなシクラメン、この場所にある全ての自然が、彼と密接に繋がっているの。丘を包む光は彼の本質を共有し、空と山、海と渓谷は彼の精神の気配に満ちている。」（一六六）

（5）「アルキュオネとケユクスの転身」において、アルキュオネは航海に出たまま帰らぬ夫を待っている。哀れなことに、ケユクスは遺体となって波間を漂い、妻のもとに帰り着く。愛する夫に会いたい、高い堤防を越えたいと一心に願うアルキュオネの魂は、彼女の姿を鳥に変える。

「彼女は……まったくふしぎというほかはないが、とびあがったのである。いや、じつをいうと、かの女は飛んだのだ。そして、いまはえたばかりの翼でかるい空気を切りながら、可憐な一羽の鳥となって海の面をかすめた。……ケユクスは、それを感じたのであろうか。……かれはそれを感じたのだ。そして、神の同情を得て、ふたりは、ついにいっしょに鳥になったのである。」（四〇九）

引用・参考文献

Allen, Graham. *Critical Issues—Mary Shelley*. Basingstoke: Palgrave, 2008.

Bloom, Harold, and Lionel Trilling, eds. *Romantic Poetry and Prose*. Oxford: Oxford UP, 1976.

Gordon, Lyndall. *Vindication—A Life of Mary Wollstonecraft*. London: Virago, 2006.

Holmes, Richard. *Shelley—The Pursuit*. London: Penguin, 1987.

Kermode, Frank. *The Sense of an Ending—Studies in the Theory of Fiction with a New Epilogue*. Oxford: Oxford UP, 2000.

Ledger, Sally, and Roger Luckhurst, eds. *The Fin de Siècle—A Reader in Cultural History C. 1880–1900*. Oxford: Oxford UP, 2000.

Macgann, Jerome J., ed. *Lord Byron—The Major Works*. Oxford: Oxford UP, 2000.

Mellor, Anne K. *Mary Shelley/Her Life, Her Fiction, Her Monsters*. New York: Routledge, 1989.

Merchand, Leslie A. *Byron—A Portrait*. London: The Cresset Library, 1987.

Reiman, Donald H., and Neil Fraistat, eds. *Shelley's Poetry and Prose*. London: Norton, 2002.

Schor, Esther, ed. *The Cambridge Companion to Mary Shelley*. Cambridge: Cambridge UP, 2003.

Seymore, Miranda. *Mary Shelley*. London: Picador, 2000.

Shelley, Mary. *The Novels and Selected Works of Mary Shelley*. Vol. 4. *The Last Man*. Eds. Jane Blumberg and Nora Crook. London: Pickering, 1996.

——. *The Journals of Mary Shelley 1814–1844*. Eds. Paula R. Feldman and Diana Scott Kilvert. Baltimore: The Johns Hopkins UP, 1995.

——. *The Letters of Mary Wollstonecraft Shelley*. vol 1. Ed. Betty T. Bennett. Baltimore: The Johns Hopkins UP, 1980.

Stafford, Fiona J. *The Last of the Race: The Growth of a Myth from Milton to Darwin*. Oxford: Clarendon, 1994.

St Clair, William. *The Godwins and the Shelleys*. London: Faber and Faber, 1989.

Wollstonecraft, Mary. *A Short Residence in Sweden*. and Godwin, William. *Memoirs of the Author of The Rights of Woman*. Ed. Richard Holmes. London: Penguin, 1987.

"from grainville, *The Last Man, or Omegarus and Syderia, A Romance in Futurity*." Trans. London. 1806. <http:// www.rc.umd.edu/editions/mws/lastman/grain.htm>　二〇〇八年九月二十日利用。

青山義信、今井宏編『概説イギリス史——伝統的理解をこえて』（新版）、東京、有斐閣、二〇〇二年。

オウィディウス『転身物語』田中秀央、前田敬作訳、京都、人文書院、一九七六年。

ドルバック『自然の体系Ⅰ』高橋安光、鶴野陵訳、東京、法政大学出版局、一九九九年。

14

カストラートの歌声
――ヴァーノン・リー「悪魔の歌声」について

大渕　利春

はじめに

ヴァーノン・リーの短編「悪魔の歌声」は幻想短編集『ホーンティングズ』に収められた一篇で、リーの怪奇幻想短編中、最も高く評価されている作品である。この短編に登場する十八世紀の歌手ザッフィリーノの歌声は、人を狂喜させると同時に、その命を奪う「悪魔の歌声」にもなりうる、相反する性質をもった歌声である。作中に明記されてはいないものの、このザッフィリーノが去勢歌手カストラートであり、実在したカストラート、ファリネッリをモデルとしていることは既に指摘されてきた。(1) ファリネッリは歌手としての才能はもちろん、その高潔な人柄でも尊敬を集めた人物であるが、ザッフィリーノの歌声と容姿は、美しさと同時に悪魔的な性質も有している。本論文では、このカストラートの歌声に着目し、十九世紀後半における女性観という観点から「悪魔の歌声」を読んでいきたい。バルザックのカストラート小説の傑作『サラジーヌ』を論じたロラン・バルトは、生殖能力を失ったカストラートのセクシャリティは喉に宿ると主張している。(2) つまり、カストラートの歌声は性的な、あるいはエロティックな意味合いを含んでいる。同様に、ザッフィリーノの歌声も明らかに何らかの性的な意味合いを帯びており、それを分析することこそ、この短編の核心に触れ、なおかつリーの女性観を抽出することにつながると考えられる。

1

「悪魔の歌声」の主人公マグナスはワーグナー風のオペラを書く十九世紀の作曲家だが、自作のオペラ『デーン人オージャ』を完成させるためにヴェニスを訪れる。そこで前世紀、すなわち十八世紀に活躍した歌手ザッフィリーノ、「悪魔の歌声」の持ち主の話を聞く。ザッフィリーノはその歌声で病気の女性を回復させ、歓喜で恍惚とさせたかと思うと、やがてその命を奪ってしまったという。マグナスはザッフィリーノの亡霊に出会い、その歌声を聞く。以来、その歌声が脳裏から消えないマグナスはオペラの製作が不能となる。ザッフィリーノの歌声は次のように描写される。

ひとつひとつの音を長く延ばしたその歌声は、強烈で一種独特の甘美さをもつ男のものだったが、女の声のようなところも多々あり、むしろ聖歌隊の少年歌手の声に近いともいえそうだった。ただし、それは無垢な透明さを持たぬ少年の声であって、その若々しさは、堰を切って流れ出んとする涙が辛うじて止められているかのように、いわば綿毛のような曖昧さのヴェールに包みこまれていた。(3)（四〇一）

ザッフィリーノの声は、「あらゆる種類の名で呼ばれ、あらゆる矛盾した形容詞で叙述され」、男の声か女の声かさえ議論となるような声であった。また、その容姿について、肖像画を見たマグナスは次のような印象を受ける。

厚かましげで残酷な、奇妙なほほえみを浮かべた、彼の女性的なふっくらとした顔は、ほとんど美しいといってよいほどだ。こういう顔は見たことがある。実生活の中ではないが、スウィンバーンやボードレールを読んだとき、僕の少年の日のロマンティックな夢の中には現れた女たち、邪悪で復讐心の強い女たちの顔だ。そうだ、このザッフィリーノという奴

は断然美しい男だ。そして彼の声もまた同じように美しく、同じように邪悪な表情をたたえていたにちがいない。（三九〇）

十八世紀のイタリアはカストラートの全盛期であり、なかでもファリネッリことカルロ・ブロスキは最も才能に恵まれたカストラートとして著名である。一九九四年には、このファリネッリを主人公とした映画『カストラート』が公開され、話題を呼んだ。カストラートは多くの場合、十歳前後という変声期を迎える前に去勢手術を施されている。ファリネッリはソプラノ歌手で、イタリア人ながらイギリスやスペインで活躍し、その名声はヨーロッパ中に広まっていた。

他方、リーが生きた十九世紀後半はワーグナーが活躍した時代であり、カストラートは、去勢という行為が人道的、宗教的立場から非難され、また女性歌手の登場も重なって、音楽界からほとんどその姿を消していた。しかし、「悪魔の歌声」は、ワーグナーを信奉する十九世紀の音楽家である主人公が、十八世紀の音楽の象徴であるカストラートの歌声によって芸術家として去勢される物語だ。

2

冒頭で述べたように、ザッフィリーノの声は、人を歓喜させるとともに、その命を奪う能力をもつ。マグナスはザッフィリーノの話を聞き、その肖像画を目にして以来、何度かその歌声を耳にする。そこには幾つかの共通点がある。すなわち、それは暗闇の中で、甘いにおいが漂い、かつゴンドラに揺られている場合が多い。カルロ・カバレロによれば、これは母親の胸に抱かれているイメージを暗示しているという(4)。また、マグナスは「綿毛のヴェール」に包まれたように感じているが、こうした「包まれる」というイメージもやはり母親に抱擁されるイメージである。物語のクライマックスで、マグナスはその歌声に魅かれて、かつてザッフィリーノが女性を殺害した部屋で、ザッフィリーノの亡霊と遭遇する。その部屋は「満々たる月光」で満たされ青色に染まり、「微光きらめく海底の洞窟」と描写される。青は聖母マリアのイメージに繋がる母性の象徴であり、また月も男性を表す太陽に対して、女性を表している。ニーナ・アウエルバッハは、リーとほぼ同時代を生きたオスカー・ワイルドの『サロメ』においてそうであるように、月と女性が支配する世界との関連性を指摘している。(5) つまり、「微光きらめく海底の洞窟」へ誘われるマグナスの行動は、胎内回帰の隠喩である。ザッフィリーノの亡霊に出会ったマグナスは次のように述べる。

二、三の和音を鳴らすと、彼は歌い始めた。そう、確かにあの声だった。こんなにも長い間僕を責め苛んできたあの声だった。微妙で官能的なその音色、風変わりで華麗をきわめ、えもいわれぬほど甘美だが若くも透明でもないその音色はすぐにわかった。(中略)だが、今はじめて僕は知ったのだ。これまで僕には明かされなかったこと、世界広しといえども、この声こそ何よりも僕の愛してやまないものだということを。(四一三)

リーが生きた十九世紀後半はダーウィンの進化論が社会に衝撃を与えた時代だが、進化が意識されれば、必然的に退化も意識される。マックス・ノルダウの『退化論』が出版されたのもこの時代である。そして、退化は女性と結び付けられ、男性が進化し、超越的な存在に到達するのを阻む存在としての女性のイメージが、この時代には多く現れた。ブラム・ダイクストラはこうした女性のイメージの例を『倒錯の偶像』の中で多く収集しているが、そこで次のように述べている。

こうしたより高度な段階に到達するためには、男性はいわば自然から離縁しなければならないだろう。ちょうど「胎児がへその緒でつながった母親との身体的関係を断たなければならない」のと同じように、「精神は自然の諸勢力との身体的・物質的関係を断たなければならない。」（中略）とすれば、いま男性がおかれている状態は、競争状態、男子の永遠の精髄をめぐって争う母／大地と父／精神のあいだの競争状態である。（ダイクストラ　三五一）

すなわち、女性／母の肉体、あるいは声は、進化する男性の精神を進化以前の自然の状態に引き戻そうとする、甘美ではあるが、危険なものと、十九世紀の男性には解釈された。そして、いわば「おそろしい母親」としての女性のイメージが十九世紀後半にはおびただしく現れた。

また、ザッフィリーノの声は、先の引用からも明らかなように、男性的な性質も帯びている。十九世紀後半は男性化した女性、いわゆる「新しい女」が登場してきた時代であり、多くの男性はこの新しいタイプの女性に恐れをなした。男性のような教養を身につけ、男性のように振る舞い、社会の中で力を発揮し始めた女性たちは、やがて男性の地位を揺るがすかもしれない。ザッフィリーノは一種の「新しい女」であり、ザッフィリーノによって芸術家として去勢されるマグナスの姿は、こうした新しい女性の台頭に対する男性の恐れを表していると解釈できる。ダイクストラによれば、こうした男性化した女性もまた、男性を退行させるイメージで捉えられたという。再び、その著書から引用する。

一方、男性化女性は、完全な退化の象徴になった。彼女は捕食動物的な女性、自己愛的あるいはレズビアンの女で、男とつき合いながら、「男性化する」ために、彼らの男性的エネルギーを吸収し、吸い上げようとむなしく努めるか、そうでなければ、絶対の女性的特質への退行化的な自己絶滅的退行、すなわち、原始の大地への倒錯の旅という乱痴気騒ぎのなかで、他の女性とのみ結合することを選んだのだ。（ダイクストラ　四三一）

以上のように、男性的性質と女性的性質を併せもつカストラートの歌声には、二重の意味が込められている。すなわち、男性に慰めを与えながら、自然の状態へと退行させる母親のイメージと、男性の地位を脅かす「新しい女」のイメージである。こうした二重のイメージを重ねるのに、両性具有者としてのカストラートは格好の素材であったにちがいない。ところで、両性具有は、プラトンの『饗宴』以来、対立するものの一致による完全性の表象と捉えられることが多い。しかし、ミルチャ・エリアーデによれば、世紀末のデカダン派による両性具有のイメージは、極の一致による完全性の希求の象徴といったものではなく、「病的」あるいは「悪魔的」でさえあるという。エリアーデは次のように述べている。

それ（男女両性具有）は、性の融合が極のない新たな意識を生み出すに相違ない、新しいタイプの人間性の出現の問題ではなく、男女両性の能動的態度から生じる、官能的完全性と称する問題なのである。（エリアーデ　一二九）

ザッフィリーノもまた、こうした男女両性の能動性をもった悪魔的な両性具有者である。そのため、ザッフィリーノの声は一時の恍惚を与えたのち、命を奪ってしまうのだ。「海底の洞窟」まで引き込まれたマグナスは、命こそとられなかったものの、男性の進化した精神の象徴とも言える創造力を失い、芸術家として去勢されてしまう。

3

ヨーロッパにおいては、古代ギリシア以来、文化の担い手である男性によって女性の声は相反する二つのイメージを担わされてきた。女性の声は男性にとって、性的な力の源であり、願望の対象であり、同時に恐怖の対象でもあった。また、チャールズ・セーガルが指摘しているように、すべての人間にとって母親の声が人生における第一の喜び、慰めのもとであり、幼年期に回帰させるノスタルジックな響きをもつ。[6] 他方、女性の声は男性を堕落、破滅へと誘う「悪魔の歌声」でもあった。その典型的な例が『オデュッセイア』にも登場するセイレンであり、『倒錯の偶像』からも明らかなように、十九世紀末には男性を誘惑するセイレンが絵画や文学に頻繁に登場する。アウエルバッハもアンデルセンの「人魚姫」をとりあげ、人魚が十九世紀後半においては父権社会を破壊する力の象徴とされたことを指摘している。[7] さらに、同じくギリシア神話に登場し、人を石に変える、すなわち自然に帰してしまう一方で、人を治癒する能力ももつゴーゴンや、男性を動物に変身させてしまう、すなわち自然へと退行させてしまう魔女キルケなどは、男性にとって喜びと破滅をもたらす二重のイメージをもった女性像の典型である。また、メデューサ（ゴーゴン）の頭は、男性の去勢不安を現しているとするフロイトの解釈は広く知られている。十九世紀後半はこうした自らの魅力で男性を破滅させる女性、いわゆる「ファム・ファタール」が文学、あるいは芸術の世界を席巻した時代である。世紀末のファム・ファタール研究に関しては、ダイクストラや、『肉体と死と悪魔』のマリオ・プラーツらの優れた仕事がある。そして、マグナスの連想に登場するスウィンバーンやボードレールはファム・ファタール文学の主たる担い手であった。ザッフィリーノはセイレン、あるいはゴーゴンの末裔であり、性的に曖昧な存在ながら、世紀末文化に特徴的なファム・ファタールの一種と言って差し支えあるまい。

このことは、マグナスが完成させようとしているオペラ『デーン人オージャ』がまたファム・ファタールの物語であることにも暗示されている。主人公であるシャルルマーニュの騎士オージャは、魔女の膝の上で一睡した間に数世紀が経ってしまい、「散文の王国」が到来したことを発見する。また、リーが関心をもち、「神々と騎士タンホイザー」という短編を生み出すもととなったタンホイザー伝説もまた、ファム・ファタールの物語である。ワーグナーの『タンホイザー』以来、スウィンバーンやビアズリー、バーン・ジョーンズなど、タンホイザー伝説と、そこに登場するヴィーナスに関心を寄せた同時代の芸術家は数多い。

文化の担い手であった男性は、女性の声に魅了されつつも恐れ、それを飼いならそうとしてきた。ペルセウスがゴーゴンを退治するように、あるいはオデュッセウスがセイレンやキルケを退けるように、ヨーロッパ文化の中にはそうした例は枚挙にいとまがない。レスリー・C・ダンとナンシー・A・ジョーンズはその著書『エンボディード・ヴォイス』の中で、ピンダロス、ダンテ、シェイクスピア、ワーズワースらの作品においては、女性のセクシャリティや声の脅威が、ゴーゴン、セイレン、狂女、娼婦といったイメージに仮託されていると指摘したあとで、次のように述べている。

> その（女性のセクシャリティと声の）脅威は、女性キャラクターの敗北や死によって、そして男性的であると認められるテクスト内にその声を封じることによって、克服されるのである。（ダン、ジョーンズ　七）

マグナスもまたザッフィリーノの声に魅了されつつも、嫌悪し、それを退けようとする。マグナスは「芸術的霊感こそ奴隷にされているが、理性のほうは結局のところ自由」なのである。理性の力でもって、『デーン人オージャ』を完成させようとするマグナスの試みは、理性から生まれる芸術でもって秩序を破壊せんとする女性の声を封じようとする男性芸術家の試みであった。しかし、彼の求める「オージャの武勇」の主題を掴みそうになると、ザッフィリーノの歌声が邪魔をする。つまり、ザッフィリーノの歌声をオペラというテクスト内に封じることに失敗し、芸術家として枯渇するマグナスは、魔女に幻惑され、彷徨するオージャの姿に重ね合わされているのだ。

4

ヴァーノン・リーは生涯音楽に強い関心を抱き続け、音楽に関する著作も多い。晩年の著作『音楽とその愛好家』では、音楽をニーチェにならって「アポロン的音楽」と「ディオニュソス的音楽」とに大別している。ニーチェによれば、そもそも音楽とは「ディオニュソス的」なものだが、リーはそこに「アポロン的音楽」という概念を持ち込んだ。リーによれば、「アポロン的音楽」とは知性、あるいは理性に訴え、調和をもたらす音楽であり、対照的に「ディオニュソス的音楽」とは本能に訴える音楽で、「人間のうちにある混沌とした地下世界」を扱うものだと定義している。

ところで、リーは自らの考える理想の芸術についてエッセイ集『ベルカロ』の中で次のように述べている。

> 芸術は肉体的要素が知性による加工に従属する場合にのみ始まるのであり、肉体的な要素がその独立を放棄し、知的な意匠に従属する場合にのみ存在するのである。（リー　一一七）

リーの言う「アポロン的」音楽とは、芸術的霊感や本能的な衝動などに、「知性による加工」を加えた音楽であり、そうした加工を経ない音楽を「ディオニュソス的」と呼んでいる。芸術家の営みとは、ディオニュソス的無秩序にアポロン的秩序を与えることである、という芸術観はリーがたびたび主張していることである。こうした芸術家の仕事が、『倒錯の偶像』で取り上げられた男性芸術家の仕事や、マグナスによるオペラ『デーン人オージャ』の創作であるのだ。そして、カストラートの歌声という人間の肉声は「ディオニュソス的音楽」である。「人間の声なんか糞くらえ」と叫ぶ主人公マグナスは執拗に人間の肉声を嫌悪するが、肉声あるいは「血肉のヴァイオリン」はアポロン的「知性」の芸術に対して、ディオニュソス的肉体、あるいは本能の芸術を象徴している。マグナスは肉声とそれを操る歌手について次のように語る。

歌手、悪の申し子。愚かしく邪悪な声の奴隷。人の知性によって発明されたのではなく、肉体から生み出され、魂を動かすかわりに、僕たちの本能の残滓を揺り動かす楽器のしもべ。声とは獣の呼び声以外の何だろう。それは人類の深奥に眠る別の獣を目ざめさせる。その獣とは、古い絵の中で大天使が女の顔をした魔物を鎖で繋いだように、偉大な芸術が常に縛り上げようとしてきたものだ。(三八四)

ここからも、マグナスが女＝魔物、声＝本能を揺り動かす「ディオニュソス的」音楽、というステレオタイプな女性観をもった同時代の典型的な男性芸術家として造形されていることは明らかである。そのマグナスが「獣の叫び」を「縛り上げ」ることに失敗する。ここに、リーの同時代の男性芸術家に対する批判的な態度が現れている。

まとめ

前述したように、十八世紀イタリアはカストラートの全盛期であり、女性歌手が一般的でない時代を扱うにあたって、女性の声をもったカストラートの存在は、リーにとってはひじょうに好都合であったのだろう。『イタリア十八世紀研究』が彼女の処女作であることを考えれば、カストラートはリーの生涯にわたっての関心事だったのかもしれない。ところで、ヴァーノン・リーはレズビアンであった。また、女性の教育がそれほど進んでいない時代にあって音楽、美術、文学、歴史など多方面にわたる知識を身につけ、容貌にも男性的なところがあった。そして、出版時にはヴァーノンという中性的なペンネームを用いている。つまり、ヴァーノン・リー自身がカストラートのように中性的な存在であり、「新しい女」であった。リーと親交のあったヘンリー・ジェイムズはリーが知的な女性であることを認めつつ、「危険で、思いやりがない」として、一定の距離を置いていた(8)。こうしたジェイムズがリーに対してとった態度は、まさに同時代の男性が「新しい女」に対してとった態度の典型と言えよう。従って、ザッフィリーノにはヴァーノン・リー自身がいくぶん投影されていると考えられる。そうであるならば、十九世紀後半を支配したワーグナー的音楽をつくるマグナスが、リー自身を投影したカストラートに破れる姿には、作家として認められるためにヴァーノンというペンネームを使わざるを得なかったリーの鬱屈した感情を読み取ることが可能だろう。

ニーナ・アウエルバッハはその著書『女性と悪魔』において、十九世紀を通じて女性が担わされたイメージを「犠牲者」と「女王」に大別したが、この二つのイメージについて次のように述べている。

ヴィクトリア時代の犠牲者は同時代の女王の対照的な存在なのではなく、その犠牲者の力が完全に発揮できるように解放された存在なのだ。（アウエルバッハ　三九）

「犠牲者」はその抑圧された力を解放され、「女王」になりうる。幼い頃に去勢を強いられたカストラートはいわば犠牲者であり、「悪魔の歌声」は、去勢を強いた男性に対して芸術的に「去勢」することでカストラートが復讐を果たす物語とも読める。犠牲者としてのカストラートの力の解放と、男性への去勢という形での復讐が、同様に犠牲者であり、抑圧を強いられた女性による男性への復讐と重ねられているのだ。

注

（1）例えば、カルロ・カバレロは論文 "'A Wicked Voice': On Vernon Lee, Wagner and the Effects of Music' (*Victorian Studies* 35: 4, 1992) の中でそう主張している。
（2）ロラン・バルトは『S／Z』でバルザックのカストラート小説『サラジーヌ』を詳しく分析している。
（3）「悪魔の歌声」からの引用はすべて由良君美編『イギリス怪談集』河出文庫、一九九〇年、所収の内田正子氏の翻訳による。邦訳のない引用文献の日本語訳は論文筆者による。
（4）Caballero 390.
（5）Auerbach, Nina. *Woman and the Demon: The Life of a Victorian Myth*. Cambridge: Harvard UP, 1982. 162.
（6）Dunn, Leslie C., and Nancy A. Jones, eds. *Embodied Voices: Representing Female Vocality in Western Culture*. Cambridge; New York: Cambridge UP, 1994. 3.
（7）Auerbach 8.
（8）Colby, Vineta. *Vernon Lee: A Literary Biography*. Charlottesville: U of Virginia P, 2003. 196.

引用・参考文献

ヴァーノン・リー、内田正子訳「悪魔の歌声」、『イギリス怪談集』由良君美編、河出書房、一九九〇年。
ブラム・ダイクストラ、富士川義之他訳『倒錯の偶像　世紀末幻想としての女性悪』パピルス、一九九四年。

ミルチャ・エリアーデ、宮治昭訳『悪魔と両性具有』せりか書房、一九七三年。
Auerbach, Nina. *Woman and the Demon: The Life of a Victorian Myth*. Cambridge: Harvard UP, 1982.
Dunn, Leslie C., and Nancy A. Jones, eds. *Embodied Voices: Representing Female Vocality in Western Culture*. Cambridge; New York: Cambridge UP, 1994.
Lee, Vernon. *Belcaro: Being Essays on Sundry Aesthetical Questions*. London: W. Satchel and Co., 1881.

アンガス・ヘリオット、関根敏子他訳『カストラートの世界』国書刊行会、一九九五年。

マリオ・プラーツ、倉智恒夫他訳『肉体と死と悪魔 ロマンティック・アゴニー』国書刊行会、一九八六年。

パトリック・バルビエ、野村正人訳『カストラートの歴史』筑摩書房、一九九九年。

ロラン・バルト、沢崎浩平訳『S／Z バルザック『サラジーヌ』の構造分析』みすず書房、一九七三年。

Blackmar, Corinne E., and Patricia Juliana Smith, eds. *En Travesti: Women, Gender Subversion, Opera*. New York: Columbia UP, 1994.
Caballero, Carlo. '"A Wicked Voice": On Vernon Lee, Wagner and the Effects of Music.' *Victorian Studies* 35: 4 (1992): 385–408.
Colby, Vineta. *Vernon Lee: A Literary Biography*. Charlottesville: U of Virginia P, 2003.
Dijkstra, Bram. *Idols of Perversity: Fantasies of Feminine Evil in Fin-de-Siècle Culture*. Oxford: Oxford UP, 1986.
Gardner, Burdett. *The Lesbian Imagination: A Psychological and Critical Study of Vernon Lee*. New York & London: Garland, 1987.
Gunn, Peter. *Vernon Lee: Violet Paget, 1856–1935*. London: Oxford UP, 1964.
Lee, Vernon. *Hauntings: Fantastic Stories*. Doylestown: Wildside Press, 2002.
——. *Music and Its Lovers—An Empirical Study of Emotional and Imaginative Responses to Music*. New York: E.P. Dutton, 1933.
——. *Studies of the Eighteenth Century in Italy*. New York. Da Capo P, 1978.
Maxwell, Catherine, and Patricia Pulham, eds. *Vernon Lee: Decadence, Ethics, Aesthetics*. Palgrave Macmillan, 2006.
Navarette, Susan. *The Shape of Fear: Horror and the Fin de Siècle Culture of Decadence*. Lexington: UP of Kentucky, 1998.
Pulham, Patricia. *Art and Transitional Object in Vernon Lee's Supernatural Tales*. Hampshire. Ashgate, 2008.
Zorn, Christa. *Vernon Lee: Aesthetics, History, & the Victorian Female Intellectual*. Athens: Ohio UP, 2003.

15

白き手の殺人犯をめぐる一考察
――「ペン、鉛筆と毒薬」のウェンライト像から見えてくるもの

鈴木　ふさ子

序にかえて――白き手の殺人犯の系譜

フランスの詩人ゴーティエの詩集『七宝とカメオ』（一八五二）の中に十九世紀のフランスを震撼させた殺人鬼ピエール・フランソワ・ラスネールに関する詩がある。死刑宣告を冷然と受けとめ世間に冷笑を浴びせながら断頭台の露と消えていったこの男はブルジョワの出で、詩やシャンソンを創作する芸術家の顔も併せ持っていた。ゴーティエはその詩の中でいまでは香油に浸され、変色したラスネールの切断された片手を次のように表現している。

柔媚でしかも残忍な
この手の形を打眺めると、
何ともいへぬ苛烈な雅致、
グラディアトールの雅致がある。
罪障ふかい貴族主義よ、
この手の肉のふくらみは

鉋や槌で荒れてはゐない、
何しろ道具は匕首だつた。
律儀な仕事の聖なる胼胝よ、
その刻印は探しても徒爾。
真の殺し屋、似而非の詩人、
此奴はどん底のマンフレッド。（ゴーティエ　二二）[1]

その手は淫蕩と酒に酔いしれ血潮に汚れたことがあったにちがいない。だが、労働の苦労は決して知らない手であったことが引用から窺える。

十九世紀末のイギリスを代表するオスカー・ワイルド（一八五四―一九〇〇）の長編小説『ドリアン・グレイの肖像』（一八九一）の中で美青年ドリアンが画家で友人のバジルを刺殺した翌朝に目をとめるのがこの詩である。詩句に目を走らせながら、ドリアンが「自分の細い白い指」（一二七）をちらっと見て身震いをするというただそれだけの場面だが、この部分は非常に示唆的であると言わねばならない。この時のドリアンは三十八歳。二十歳で自分の美に覚醒し、それ以来その美を利用してありとあらゆる快楽を味わいつくしてきた。十八年の間に類稀な美貌で人々の羨望の的であり続けた彼の指は多くの快楽に触れ、ダンディとしてディレッタントとして一級品の宝石や布地に触れてきた。そしていまや、ついに友人の血に染まったその手もまたラスネールと同じたおやかな白い手であったからである。

白い手による犯罪は、飢えや貧しさ、あるいは無教養ゆえに及ぶ犯罪とは根本的に異なる。白い手は教養と地位の象徴であり、この種の人物による殺人事件は、凶悪犯罪といえば無教養な乱暴者の専売特許のように考えられていた時代には、ある種不可解な恐怖と戦慄を一般大衆に与えた。こうした白い手の殺人者として十九世紀前半のイギリスでその名を馳せたのが、本稿で取り上げるトマス・グリフィス・ウェンライト（一七九四―一八四七）である。彼は、詩人であり、画家、美術評論家、散文作家と芸術面で多才ぶりを発揮し、美しい物を愛する古物収集家であり、ディレッタントであるのみでなく、異常な才能を持つ偽造者であり、遺産や保険金を目当てに近親者を次々と死に追いやった毒殺魔として知られる。やがて、為替偽造の罪に問われ終身刑の判決を受け、四十三歳の時にタスマニアに流刑され、十年後に獄死した。

　優雅な教養人の顔と酷薄な殺人犯の顔を併せ持つこの特異な人物像は、しばしば作家たちにインスピレーションを与えてきた。ワイルドもまた大学在学中にウェンライトのような芸術的犯罪者に共感を覚え始め[2]、一八八九年一月にこの毒殺魔に関する短い評伝「ペン、鉛筆と毒薬」を雑誌『フォートナイトリー・レビュー』に発表している。この評伝は、ワイルドが、ウィリアム・カルー・ハズリット（一八三四―一九一三）による伝記的エッセイをもとに『ウィリアム・ブレイク伝』、ド・クインシーやスウィンバーンなど文人の文章から得た知識を簡潔にまとめたものである。随所にワイルドらしい警句を織り込みながら、ウェンライトの芸術批評を多く引用してこの毒殺犯の芸術的側面に光を当てることで、自身の芸術観を明確に表している点に特徴がある。ところが、「ペン、鉛筆と毒薬」は発表当時議論の対象にされることはほとんどなかった[3]。今日のようにワイルドの唯美主義がウェンライトの犯罪と芸術の問題を通じて表出された作品として注目されるようになってきたのは、ワイルドが貴族の美青年アルフレッド・ダグラス卿との同性愛の咎で牢獄に送られ犯罪者となって以降のことである。だが、「芸術家としての批評家」、「嘘の衰退」といった同時期に書かれた芸術論に比して、取り上げられることは少なく、評価もあまり高くない[4]。まして、ワイルドが「ペン、鉛筆と毒薬」を書くにあたって参考にした作品や他の文人によるウェンライト像に直接触れて論じられたことはほとんどないと言ってよい[5]。

　ここでは、ウェンライトをモデルにした人物が登場する代表的なふたつの小説エドワード・ブルワー・リットン（一八〇三―七三）の『ルクリーシア』（一八四六）とチャールズ・ディケンズ（一八一二―七〇）の「追いつめられて」（一八五九）の中のウェンライト像の特徴を炙り出し、さらにハズリットのウェンライトに対する見解を考察し、「ペン、鉛筆と毒薬」のウェンライト像と比較することで、ワイルドが編集長を辞し、本格的に筆一本で身を立て始め、先に触れた『ドリアン・グレイの肖像』など世紀末を代表する作品を書く九〇年代に突入しようというまさにこの時期に白い手の殺人者をテーマに芸術論を展開したのはなぜかその理由を探ってみたい。

1　芸術家の顔をした冷血漢――『ルクリーシア』のヴァルネイ

ウェンライトのイメージを大きく決定づけた作品として最初に名前が挙がるのは、おそらくリットンの『ルクリーシア』であろう。この物語は、実在の犯罪者をモデルにしたニューゲイト・ノヴェルのひとつであり、主人公ルクリーシアが、男たちの裏切りによって身を落とし、やがては犯罪に手を染め、投獄され、発狂するまでを描いた長編小説である。しかしながら、ニューゲイト・ノヴェル隆盛の当時大ベストセラーとなったこの作品でひときわ読者の関心を集めたのは、義理の妹に恋人を奪われ、叔父にも夫にも見捨てられたルクリーシアの心理を巧みに操り、犯罪に巻き込んでいくルクリーシアの義理の息子ガブリエル・ヴァルネイの存在であった。

リットンはウェンライト本人とは面識がなかったが、ウェンライトの友人テオドール・フォン・ホルストをよく知っており、毒殺されたヘレンが加入していたイーグル保険会社の関係書類を熟読し、ウェンライトに関してある程度の知識を得た上で、ヴァルネイ像を構築していった。生い立ちや人間関係については相違点が多々あるが、人物造形についてはウェンライトの伝記と一致する点が多い。芸術的才能に恵まれていながら、世間には認められない不運の芸術家である点、古物収集の趣味があり、洗練されたダンディであり、瀟洒な生活を好んだ点、派手な浪費家であった点などもウェンライトの伝記的事実と符合する。

しかしながら、ヴァルネイの描写において最も強烈な印象を読者に与えるのは、教養人の内に潜む抑えようもない残忍性ではないだろうか。次の引用は、ヴァルネイが茂みで見つけた蛇を執拗に虐待する場面である。

彼［ヴァルネイ］が凝視するや、蛇は跳び上がったり、倒れたりして敵の容赦ない殴打にもがき苦しんだ。草の上でのたうちまわっている時に蛇が醸し出す色と言ったら！　蛇が痛みに悶える瞬間の優美なことと言ったら！　少年は見飽きるまでじっとその様子に見入っていたが、残忍性が再び蘇ってきた。一発、二発、三発。すると、すべての美が消えた――原型をとどめない血のかたまり――あの優美な頭部、たたきのめされ、切り離された、その繊細な形状の上でとぐろを巻いていた頭は散文詩を通じて表される詩人の思想のようにさっきまで自由にうねりながらぐるぐるとくねって光を放っていたというのに。少年は征服欲を満たされた獰猛な動物の悦びをもって小刻みに震える残骸を芝の中に踏みにじった。

（リットン　五七―五八）

引用からはヴァルネイのふたつの顔が浮かび上がってくる。ひとつは、殴打する度に、地面にたたきつけられ、苦痛に身をくねらせる蛇の動きに言いようのない優美を見出し、身をよじるごとに光を受けてちがう色彩を放つ蛇の体を観察せずにはいられない芸術家の顔であり、もうひとつは獰猛な本能に身を任せる残忍な獣の顔である。

2　言葉巧みなペテン師――「追いつめられて」のスリンクトン

ディケンズの「追いつめられて」は『ルクリーシア』が発表された十三年後の、一八五九年に発表された。物語は、語り手である保険会社の経営者サンプソンが人は第一印象で判断するべきで、その人物の話しぶりから判断すると騙されることがあるという経験を思い出す場面から始まる。それはサンプソンがジュリアス・スリンクトンという男から得た教訓であった。サンプソンはスリンクトンが会社にはじめてやって来た時から謂れない嫌悪を感じていた。身なりは申し分なく、立ち居振る舞いも上品で、聖職者になるために大学で勉強中というスリンクトンは非の打ちどころのない人物であるにもかかわらずだ。だが、実際はこのサンプソンの直感こそ正しく、スリンクトンは、その外見とは裏腹に姪や友人を生命保険に加入させ、表面では親切に面倒を見るふりをして相手の感謝を受けつつ、裏で少しずつ彼らを弱らせて死に至らしめる巧妙な悪党であった。

このスリンクトンのモデルとなったのが、ウェンライトである。ディケンズはニューゲイト監獄の見学時にウェンライトに会った経験があるだけでなく、彼に関する情報を集め、ゆかりのある人から話を聞き、ヘレンの検死結果を報告した医師にインタビューも行っている。したがって、人物描写には実物のウェンライトに迫るものがある。次に掲げる引用はその一例である。

私は晩餐の席での彼の話に耳を傾けていた。そして、どんな風にみんなが反応するのかを観察した。すると、なんともすばらしい本能をもって彼は自分が話している相手の知識と習慣に合わせて話題を採択した。私と話している時、私が一番よく理解でき、最も関心があると思われる話題を容易に始めたように、みんなと話す時も、彼は同じルールに従った。そこにはいろいろな性格を持つ者が一堂に会していた。しかし、私が気がついた範囲では、彼はその中の誰と話すのにも苦労していなかった。彼はその話題をする当人に調子を合わせることができる程度にそれぞれの求める物を知っており、話題が切り出される時には控えめに情報を求めることが自然になる程度にしかその話題については知らなかったのである。
（ディケンズ　一七九一八〇）

引用に見られるスリンクトンの人当たりのよさ、相手の興味や知識の程度に応じて話題を選択し、相対する者に好印象を抱かせずにはおかない社交術は、実物のウェンライトを的確に表現しており、ウェンライトの伝記を書いたハズリットはウェンライトの卓抜した社交術を紹介するに際し、このディケンズの引用をそのまま用いているほどである。ディケンズはスリンクトンの芸術家としての側面については全く触れていない。このことがすぐにディケンズがウェンライトの芸術性を評価していなかったということには結びつかないが、少なくとも彼がスリンクトンに投影したかったものが、芸術ではなく、その性格、特に本能だけが危険だと嗅ぎ分けることのできる、ウェンライトの感じのよさや言葉の巧みさの裏に潜む一抹の不気味さだったということがわかるのである。

3　極悪非道な二流の芸術家——W・C・ハズリットのウェンライト観

このように、冷酷な知的犯罪者としてヴィクトリア時代の人々に強烈な印象を残す一方で、ウェンライトの文章や絵画は価値のないものと判断され、芸術的気質も否定されていった。今日彼の作品の多くが失われてしまったのは、このことが原因であるとされている。

死後三十年が経過してようやく散逸していたウェンライトの作品集を出そうという話が持ち上がった。そこで白羽の矢が立ったのが、ウェンライトと同時代人の批評家を祖父に持つ法律者で書誌学者であり、文学者であったハズリットであった。ハズリットの編集で一八八〇年に出版されたウェンライトの作品集『随筆と批評』には、八一頁にわたる「序文」が付された。この「序文」こそ、ワイルドが「ペン、鉛筆と毒薬」を執筆する上で参考にした第一の伝記的資料である。

ハズリットの「序文」はウェンライトの祖先をたどることから始まる。そして、彼の生い立ち、文人たちとの交わり、お洒落へのこだわりや美しい調度品の収集、文人を招いて盛大に行われた晩餐会など華やかな一面が描かれる。また、贅沢を好むその性格ゆえに財政がみるみるうちに逼迫していく過程、財産目当てに祖父を、次にはおそらく食い扶持を減らすために義母を毒殺し、流刑されても悪癖が絶えなかった殺人犯としての一面も克明に描き出されている。中でも十八歳の義妹ヘレンが殺害されていく場面は詳細に描かれている。この過程があるからこそ、ウェンライトが足首が太かったというただそれだけの理由でヘレンを犠牲者に選んだというエピソードは読者の目にはいっそう残酷に映るのである。だが、ワイルドのようにこの美的感覚による殺人から「ひとつの強烈な個性が罪悪から創り出される」（一〇〇七）という独自の芸術観を導き出す者もいるのである。

しかしながら、この伝記の中で重要視しなければならないのは、ハズリットが芸術家としてのウェンライトを否定しているという点である。ハズリットは文芸雑誌『ロンドン・マガジン』に寄稿している者すべてが作家とみなされるのに対し、ウェンライトひとりがアマチュアの文筆家であったとした上で、次のような手厳しい批判を加えている。

> 彼［ウェンライト］はきちんとした文学の訓練を受けてこず、まるでビリヤードのキューを持つようにペンをとり記事か何かを一気呵成に仕上げ、やる気になった時や気分が乗っている間は社会に関する詩を書いたりもするが、それが済めば、新しい趣味のためにこの一時的な趣味を投げ出してしまう人物として私は理解している。（ハズリット　三二）

ここからは、ハズリットがウェンライトのことを、気まぐれに筆を執る程度の二流の文筆家としかみなしていなかったことが伝わってくる。ハズリットは、一八二三年に『ロンドン・マガジン』に寄稿するのをやめてからウェンライトが事実上文学から手を引いたこと（ハズリット　三二）を指摘するなど、ウェンライトが真の文学者ではなかったことを随所で強調している。

さらにハズリットのウェンライト観が最も如実に表れているのは「序文」の最終部分に近い次の部分である。

ウェンライトの中に自然や芸術への純粋な共感を持ち合わせない男がいることが私にはわかる。彼は自己中心的な目的を無慈悲に追求する際、人間の最も高貴で優しい気持ちをいつでも踏みにじる用意のある無情で冷淡な遊び人であった。（ハズリット　七七）

引用からはハズリットがウェンライトを悪人ゆえに自然と芸術に共感を持たない人間とみなしていることが窺える。引用した部分に続いてハズリットは自然の崇高さや芸術の美を愛する心と彼を犯罪に駆り立てた利己的な目的を追求するあさましい性質は相容れないものであり、その本性が完璧な偽善者を演じていたウェンライトを凌駕し始め、それが文学をやめた一八二四年頃と一致するという見解を示している。（ハズリット　七七―七九）

ハズリットによれば自己の内面に犯罪者としての暗い本質が芽を吹き出した時、ウェンライトはもはや文学を続けることができなくなったというのである。つまり、ハズリットは、極悪非道な罪を犯す者の心は自然や芸術を解する心とは一致しないという前提に立ち、ウェンライトが自然や芸術について書いてきたものは、本質的な彼が書いたものではなく、偽りの彼が書いたとして、ウェンライトの芸術性も自然に寄せる共感も根本的に否定しているのである。つまり、罪を犯した者による作品は芸術として認められないというのである。こうしたハズリットの見解は芸術の自律性に反するものである。

結びにかえて――白き手の殺人犯に見られるワイルドの芸術観

これまで見てきたように、残忍で冷酷な殺人犯、言葉巧みな偽善者としての個性が強調され、その芸術が軽視されてきた状況の中で、ワイルドただひとりがウェンライトの書いた芸術批評を多く引用して彼の芸術的気質を高く評価していることは注目に値する。ウェンライトの伝記『ジェイナス・ウェザーコック』を書いたジョナサン・カーリングもワイルドを、ウェンライトのことを「モンスター」ではなく、「人間」として扱った最初の作家として評価している。(6) 多くの人が毒殺者という理由でウェンライトの芸術的才能を病的な気質と結びつけたり、否定していた時に、なぜワイルドはあえてウェンライトを評価しようとしたのだろうか。

まず考えられることは、芸術に道徳的効用を持たせなければならないという殻から抜け出せず、毒殺者であるという理由だけでその才能を正当に評価しようとしない、いわば芸術の自律性の対極に位置するハズリットのような考えに対する抗議が挙げられる。たとえば、ウェンライトの育った家の「美しい庭や樹木がよく生い茂った庭園のおかげで彼は生涯失うことのなかった、そして彼をワーズワースの詩に異様なまでの精神的影響を受けやすくしたあの単純かつ情熱的な自然に対する愛を抱いた」（九三―九四）とか「人工を好む人間の大部分がそうであるように、ウェンライトも自然に対する偉大な愛を抱いていた」（一〇〇二）といった文章からはウェンライトがいかに美や自然を愛した人物であったかを証明しようとするワイルドの姿勢が見られる。また、ウェンライトの文章を用いて「この一節に文学に対する本物の情熱を持つ者の発言があることを感じずにはいられない」（九九五）とウェンライトが文学に趣味程度の熱意しか抱いていなかったというハズリットの意見を覆すような感想を述べている。

さらに、次の引用においては、ハズリットのウェンライト観を皮相的、あるいは誤った見解として一刀両断にしている。

彼［ウェンライト］の最新の伝記を書いたW・カルー・ハズリット氏、この回想録における事実の多くは彼のおかげであり、彼の小さな本は、実際、それなりにまったく価値あるものではあるが、芸術および自然に対するウェンライトの愛は単なる口実であり、思い上がりであったという意見であり、人々はウェンライトの文才を否定してきたという。これは皮相的な、あるいは少なくとも誤った見解であるように私には思えるのだ。ある人物が毒殺者であるという事実でその文章が不利を被ることはまったくない。家庭向けの美徳は芸術の真の基準ではない。二流の芸術家にとっては優れた宣伝として役に立つかもしれないが。（一〇〇七）

ここに道徳と芸術を切り離し、芸術の自律性を訴える唯美主義者としてのワイルドの姿勢が示されていることは、比較的容易に理解できるし、これまでに指摘されてきたことでもある。だが、ハズリットの見解と比較することでその姿勢がいかに断固としたものであったかが明確になってくるのではないだろうか。

ワイルドの伝記を書いたリチャード・エルマンはワイルドにとっての九〇年代は一八八九年に始まり、九五年に終わったと指摘し、彼がいなかったら九〇年代はその特徴を失うと述べている。この期間にワイルドが頽廃の雰囲気に支配された作品を多く発表したことを考慮に入れると、一八八九年が明けて間もなくに発表された「ペン、鉛筆と毒薬」は、ワイルドの世紀末ひいてはイギリスの世紀末の幕開けを告げる作品と位置づけることも可能である。ワイルドが本格的に執筆の道に入ることを決め、従来の見解をくつがえすような、世紀末の代表的作家の名を冠するにふさわしい自己の芸術観を語り始めた時、そこには世間から不道徳であるというそしりを受ける覚悟は当然あったと考えられる。同時に、この頃には同性愛への道へと入っていったとする説が定着していることを鑑みれば、ワイルドの心には様々な不安が渦巻いていたはずである。そうした中でワイルドが美を愛する教養人でありながら罪の匂いのする白き手の殺人者に興味を抱いたとしても不思議はない。

「ペン、鉛筆と毒薬」のウェンライト像――研ぎ澄まされた美的感覚によって芸術を捉える印象批評の先駆者、罪によって個性を強化した人物、会った人を虜にせずにはおかない魅力的なダンディ――は九〇年代のワイルドを彷彿とさせる。芸術家としての過渡期にあって新たな理想像を模索していた最中、ワイルドはこの華麗な毒殺魔に自らの芸術的理想を託したと考えられる。さらに、芸術的才能を否定されたウェンライトへの共感と弁護は、後年不道徳であるという偏見によってその作品まで忌み嫌われることになったワイルドの先取りした自己弁護とみなすこともできるのではないだろうか。ワイルドが従来のウェンライト像に拘泥することなく、独自の切り口からウェンライトを描くことができたのは、こうした心理状況によるところが大きかったと言えるだろう。

こうして考えてくると、冒頭のゴーティエの詩は象徴的である。そこに描かれているラスネールの手には罪と芸術のひめやかな結びつきが揺曳しているからである。生活の苦悩を知らない彼の世界は、快楽や戦慄を味わう感覚の世界であった。その結果、彼は詩を書き、殺人のための殺人を犯した。理由なき殺人、理由なき罪は、純化されたひとつの悪となり、その完成された悪は芸術のための芸術によって生み出される美と同じ美しい徒花を咲かせるのである。だからこそ、友人バジルを刺殺したドリアンは、かつては自分の手と同様に白くて美しかったラスネールの手が黄色く変色していることに恐怖を感じ、同じ運命を自分もたどるのではないかという予感に思わず身震いしたのではないか。ウェンライトについて描写する時、ワイルドが「このうえなく美しい白い手は他の人たちとは異なるという危険で魅力的な特質を彼に与えた」（九九五）とか「その優美な象牙のような手」（一〇〇三）とハズリットの伝記には決して見られないその手の白さを強調したのは、足首が太かったという理由だけで愛らしい少女の命を奪ったこの毒殺魔の中に生活や道徳とは無縁の、ただ自分の内なる世界から沸き起こってくる美的感覚に従って生きる白い手の殺人犯の系譜をはっきりと見て取ったからにちがいない。

（付記）本稿は、平成十九年五月二十日に、慶應義塾大学で開催された日本英文学会第七九回大会で口頭発表した原稿に補筆修正を施したものである。

注

（1）本文における作品の引用は、後掲する引用・参考文献により、以下、作者名と頁数を本文中括弧内に記す。ただし、オスカー・ワイルドの作品からの引用は本文中括弧内に頁数のみを記すこととする。尚、引用の訳はゴーティエに関しては後掲の翻訳書からの引用であり、他の引用は拙訳による。

（2）Ellmann, Richard. *Oscar Wilde*. London: Penguin, 1997. 58.

（3）Beckson, Karl, ed. *Oscar Wilde: The Critical Heritage*. London: Routledge&Kegan Paul, 1985. 90–106.

（4）もちろん、批評家レジェニア・ガニエのように「ペン、鉛筆と毒薬」を芸術至上主義の風刺という視点から捉えた批評もある。（ガニエ　一七―四七）

（5）ウェンライトの伝記を書いたカーリングやアンドリュー・モーションが著書に若干の総括的な比較を載せているが、ワイルドの研究という観点からはほとんどなされていない。

（6）Curling, Jonathan. *Janus Weathercock*. London: Thomas Nelson and Sons, 1938. 10.

引用・参考文献

Wilde, Oscar. *The Complete Works of Oscar Wilde*. 1948. Ed. J. B. Foreman. London: Collins, 1983.

Beckson, Karl, ed. *Oscar Wilde: The Critical Heritage*. London: Routledge & Kegan Paul, 1970.

Belford, Barbara. *Oscar Wilde: A Certain Genius*. New York: Random House, 2000.

Brown, Julia Prewitt. *Cosmopolitan Criticism: Oscar Wilde's Philosophy of Art*. 1997. Charlottesville: UP of Virginia, 1999.

Buckler, William E. "Antinomianism or Anarchy?: A Note on Oscar Wilde's 'Pen, Pencil and Poison.'" *The Victorian Newsletter* 78 (1990): 1–3.

Curling, Jonathan. *Janus Weathercock: The Life of Thomas Griffiths Wainewright 1794–1847*. London: Thomas Nelson and Sons, 1938.
Danson, Lawrence. *Wilde's Intentions: The Artist in his Criticism*. 1997. Oxford: Clarendon, 1998.
Dickens, Charles. "Hunted Down." *Hunted Down: The Detective Stories of Charles Dickens*. London: Peter Owen, 1996.
Ellmann, Richard. *Oscar Wilde*. 1987. London: Penguin, 1997.
Gagnier, Regenia. *Idylls of the Marketplace: Oscar Wilde and the Victorian Public*. Stanford: Stanford UP, 1986.
Harris, Frank. *Oscar Wilde*. London: Constable, 1938.
Hazlitt, William Carew. "Introduction." *Essays and Criticisms. by Thomas Griffiths Wainewright*. London: Reeves & Turner, 1880.
Kohl, Norbert. *Oscar Wilde: The Work of a Conformist Rebel*. Trans. *Oscar Wilde: Das Literariche Werk Zwischen Provokation and Anpassung*. 1980. David Henry Wilson; Cambridge: Cambridge UP, 1989.
Lamb, Charles. *Selected Prose*. Ed. Adam Philips. Harmondsworth: Penguin, 1985.
Lytton, Edward Bulwer. *Lucretia*. *Cult Criminals: The Newgate Novels 1830–1847*. 3. Ed. Juliet John. London: Routledge & Thoemmes, 1998.
Motion, Andrew. *Wainewright the Poisoner: The True Confession of a Charming and Ingenious Criminal*. London: faber & faber, 2000.
Pearce, Joseph. *The Unmasking of Oscar Wilde*. London: Haper Colliins, 2001.
Raby, Peter, ed. *The Cambridge Companion to Oscar Wilde*. Cambridge: Cambridge UP, 1997.
Swinburne, Algernon Charles. *William Blake: A Critical Essay*. London: John Camden Hotten, 1868.
Schroeder, Horst. "A Source for 'Pen, Pencil and Poison.'" *Notes and Queries New Series: for Readers and Writers, Collectors and Librarians* 41. 3. (1994): 363.
ゴーチエ、テオフィル「七宝とカメオ十二」、『世界名詩集』斉藤磯雄訳、平凡社、一九六八年。
澁澤龍彦『澁澤龍彦全集十二』河出書房新社、一九九四年。
鈴木ふさ子『オスカー・ワイルドの曖昧性——デカダンスとキリスト教的要素』開文社、二〇〇五年。
富士川義之・鶴岡真弓「オスカー・ワイルド、複数の肖像」、『ユリイカ——総特集オスカー・ワイルドの世界』青土社、二〇〇〇年。
北條文緒『ニューゲイト・ノヴェル——ある犯罪小説群』研究社、一九八一年。

16

〈と〉の芸術空間（序説）

——読み手の「生のはずみの場」の生成として

丸小 哲雄

1

この標題を掲げるにあたって、多くの接続詞〈と〉が用いられている。それは一重に外国文学・文化の仕事をしてきた宿命的な〈と〉の狭間の芸術空間の中の生の営みとしての「痛みと葛藤と喜びと誇りのある美学」が混在していて、そこにはつねに芸術の本領を求める「闘いの美学」のプロセスがあったように思われる。外国文学・文化研究者は、半ば土着文化に、半ば外来文学・文化に引き裂かれた〈と〉の間隙空間の中で、日本でも異邦人《エトランゼ》、外国でも異邦人であり続けるものである。異国へ憧れつつも一度も外国へ行かなかった多くの近代文学者たちも日本では異邦人であった。外国への移動が容易になった現在でも日本と外国との〈と〉の狭間空間で居住し続けている多くの研究者も旅人のように根無し草《デラシネ》の場合が多い。逆に、〈と〉のない純粋な一元論は、思想であれ、信仰であれ、芸術であれ、それが何であれ、無数の排除作用が重なり合って動き、必ず他者を排除するという危険な傾向がある。極端な事例を引き合いに出せば、フランス文学研究者であったポル・ポトは、一転して文学研究を放棄して純粋な一元論を求め、虐殺者に変貌し、悲劇の典型にもなったことを想起する。

このように異邦人・根無し草論も一元論の排除論も芸術の本領と本質を捉え直してくれない。少なくとも根付け論と一元論にどこまでも回収されない二元論は、〈と〉の紐帯による結節点でのさまざまな価値の間で揺れ動く人間ドラマを浮彫りさせ、そこに生み出される多様性と多元性の「生のはずみの場」における読み手の「闘いの美学」のありように秘められているように思われる。芸術の問いは同時に生きることの問いでもあるからである。

感情と論理とが一体となるような小さな文字である〈と〉の間隙空間における接合のトポスでは読み手は接合（接着剤）と分離（剥離剤）の役目を果たし、そしてそこでは「闘いの美学」と化し、接合の中身が生のはずみを形成する抽象度（不必要な部分を捨象し、特定の性質を抽出して理解すること）を高めるように試みることである。つまり読み手（研究者）の作業とは、自らがシンクロした「芸術空間」の美的次元においてテクストの読みと解釈を終えた次の段階（第三者・第三者の審級は今後の課題）で、読み手自身が自ら抽象度を上げ、作家追従と作品追従を乗り越え、ディスクールによって作家と作品のもつ美的イデオロギーと闘い、イデオロギー批判によってマインド・コントロールされた読み手自らを解放することで言語芸術の特権化を止めることにある。

〈と〉の芸術空間には相反するものと、融合するものと、あるいは両義的なものとがあり、そのいずれの場合にも、何らかの意味で両者を〈つなぐ〉ことが、「生のはずみ」をつけるのに不可欠であるように思われる。この狭間の芸術空間にはあるときには両者を水平的で融合的に、あるときには垂直的に対立的に揚棄（止揚）させるモーメントとして扱う大きな主題も孕んでいる。いや両者の扱いは、ミクロ的な紐帯とマクロ的な紐帯によって、そしてその結節点において、「生」の捉え直しをしていく方向において、つまり芸術の創作者と読み手（観る人・聴き手）の両者の闘争的リアリティに身を置き、問題となる点について抽象度を高めて必要条件から十分条件を生み出していく思考過程において、芸術の本領と本質を捉え直してみる契機にもなりえるということである。というのも人間は、事物を結合する存在であり、同時にまた、つねに分離しないではいられない存在であるからである。

〈と〉という接続詞は、「道路」を開き「橋」を架橋するように、人間が〈いま・ここ〉の場所を越えてほかの異空間や人びと〈つながりたい〉という欲望を最も率直に表現する〈つなぎ〉の機能を果たす言葉である。〈と〉の使い方はたんなる言葉の実用的な機能を越えて「美的評価の対象」にわれわれを志向させる重要な機能の役割をもっており、ここでは現代の言語芸術テクストの読み手の疲弊が芸術の衰退に連動していることを示す試みでもある。

二つの異質のものを〈と〉によって紐帯する課題は、ニーチェ以来の取り扱いになっていて、それを〈比較〉の方向で課題を解いて行こうとする場合には、社会学と文学を結びつけるゲオルク・ジンメル[1]が解いているような芸術学的な根本問題へ一挙に導き出していくものをもっている。だが、それを〈関連〉の方向で捉えようとしても、負わされた課題は小さくはならない。

芸術におけるシェイクスピアとジョン・キーツとか、シェイクスピアとT・S・エリオットとの関連は、前者は美学の課題として、後者は宗教の課題になるほどの関連があることがすでに示されている。いずれの場合でも、〈と〉による紐帯の問題は比較文学（芸術）においても、本質的に読み手としても危険性を孕んだものである。

ここでの論考は、両者を紐帯する〈と〉によるだけの関連性の問題ではなく、またニーチェ的〈尊敬動物〉としての芸術研究として、また〈と〉の狭間の芸術空間が「美しい」から「美しさ」に向けた「闘いの美学」の場として、さらに芸術を生み出していく「芸術場」・「文学場[2]」として、「闘いの場」における作品テクスト内部から外部へ、また外部から内部への往還的思考過程として、つまりその思考過程において「生の躍動《アラン・ヴィタール》」（ベルグソン）的なリアリティを獲得するという「場」のありようを捉えようとする試みでもある。そこにはあらゆるものをつなぐ〈と〉の芸術空間にいて芸術の本領が「生のはずみの場」の生成として秘められている。同時に創作者と対等関係になるために読み手がその〈と〉の「芸術空間」から問題となる指示対象について抽象度を上げて、〈と〉に生じる裂け目を乗り越えていこうとする意志も含まれている。闘いの美学としての〈と〉の解決のために〈と〉はつねに第三者（第三者の審級性）を求めるからである。〈と〉の間の闘いの美学の場、つまり芸術作品と読み手が対等関係において闘争する芸術空間こそが、あらゆる人間ドラマを生起させる場であるということができるからである。

2

芸術論には二つのタイプが考えられる。一つは芸術の創作論を、もう一つは芸術の本質論を問うものである。

前者は芸術家自身が芸術創作についての方法論を論じるタイプの芸術論で、英国作家に多い(3)が、創作活動の副産物として論じるものである。創作家は自らの創作作品についての創作を知悉した者として他の創作家の創作手法を批評することが可能である。ところが批評はかつては創作家の仕事であったが、今日では職業批評家・講壇批評家(4)の仕事になっている。

後者の芸術論は、これから議論の対象である芸術の本質を問うものである。たとえば、「文学とは何か」、「詩とは何か」、「和歌とは何か」、「批評とは何か」という芸術の本質的な問いを発し、抽象度を上げて、これらを考え抜くことでそれぞれを定義したり、芸術の核心を求め、その価値評価や存在理由を証明しようとする芸術論である。このタイプの芸術論は、歴史的で心理学的哲学的な研究であって、卓越した創作家の資格は必ずしも必要条件ではない。多くの場合この仕事の任にあたるのが自ら芸術作品テクストを作ったことのない文学研究者であったり、職業批評家あるいは講壇批評家であり、主として芸術の原体験というより、芸術の教養経験のある批評家がその役目を負うのである。

具体的に言うと、職業批評家・講壇批評家が芸術の世界への媒介者＝翻訳者に、あるときは啓蒙者に、そして創作作品の価値の鑑定者にもなるということである。さらに彼らは、読者の案内人に、創作家に対しては賛美者であると同時に告発人にもなる。出版者に対しては忠告者または宣伝者を兼務することもある。総じてこのタイプの批評家は文化の水準を維持する伝達者である。ときには文明批評家にもなる。批評の領域は、芸術と歴史と心理学と哲学に通底し、社会学とも協働する役目を負わされ、「美しい」から「美しさ」への思考過程に向けた「場」、いわば持続的な「闘いの美学」と化してゆくトポスである。ここには多くの欧米の批評家たちがせりだしてくる。(5)

しかし両者のタイプの芸術論にはそれぞれに欠点はある。第一のタイプの芸術論は、元名選手や元名力士であった者が野球評論家や相撲評論家として野球や相撲の奥義を自らの体験を通して評論するようなもので、創作家が優れたテクストを作るためにどうすればよいかを死闘しながら考え抜くが、芸術の本質について考えない。創作というものがインスピレーションの産物であるとすれば、創作家はエクスタシー（脱魂）状態のなかでテクストを作ることになる。創作家の意識を越えたものが向こうから出現する、つまり理性的な言葉によるテクスト表現というよりも、極度に自己集中する中でそのようなことが起ることで創作するということになれば、創作家は自分の創造作品の創作過程を客観的に説明できるであろうか。してみると、創作家自身が芸術について語ることが充分なものとは言えるであろうか。創作家は規範から離脱し歴史を遮断し、垂直的な芸術体験から芸術空間を創って芸術化し、つまりテクスト化していくのではないのか。人間性の徹底性の描出不可能なものに挑戦し、人間性の感性を目指すことにほかならない。だがそれは芸術の到達すべき目標であると同時に、それは限界でもある。「無限」の描出は、芸術の可能性の条件であるが、それは不可能なものへの「闘いの美学」への試みでもある。この点で芸術史・文学史・様式史は持続的な革命史であり、そこには「美しい」から「美しさ」への思考過程が「闘いの美学」のトポスとして秘められている。

ところが逆に第二タイプの芸術論は、多くの場合、研究者や批評家といわれている人はほとんど芸術の創造制作に携わったこともなく、いわば創造の本質や奥義に関わったことのない者の芸術論である。だとすれば、文学研究者・

講壇批評家自らが芸術作品を創作した経験がないということになれば、芸術の本質や奥義について批評することには疑念をいだかざるをえなくなる。とすると、そこで制度としての芸術（文学）研究が可能であるか否かを問わざるを得なくなる。

先の二つの芸術論はいずれの立場であっても、集約的に言えば、両者の置かれた基本的な立場は異なるが、両者は芸術の相補的な役割を担っていて、両者は主従関係でなく対等関係にあると言えるであろう。つまり第二のタイプの芸術論における〈と〉は両義的な機能を果たすということである。芸術体験の対象がオリジナルであるか、複製であるかという問題であるとすれば、芸術論の本質的な問題は、芸術の体験・経験においてはじめて両者の芸術論を相補的に展開することが可能であると言える。

たとえば、純文学テクストを読み、名画を観て、名曲を聴いても感動しない人もいれば、人気の大衆小説、無名の絵、何気なく聴いた名もないCDに深い体験を得る人もいる。ということになれば、芸術の原体験と芸術の教養体験（文学史・芸術史や様式史）の両者が相補的に芸術の本領の説明にあたってくれるということになる。ここに二つの芸術（文学）研究のパターンがある。一つには個人的趣味と恣意的で自由な選択による「開かれた芸術（文学）研究」と、もう一つは狭隘で抑圧的な権力や権威に盲従した「閉ざされた芸術（文学）研究」である。前者の方が面白い部分もあるが、後者の方が、逆説的に、はるかに芸術（文学）研究の成果を上げている場合が多い。前者の作品テクストの自由な内的読解による研究より、超越的権威的なものによって閉塞した芸術（文学）研究の方がはるかに実質的な芸術の本領と本質を模索し迫っているからである。というのも、人間の自由度があがれば上がるほど、人間と研究がそれ分だけ豊かになるかと言えば、そうとは限らないという逆説が成り立つ。自由は不自由と閉塞の中で言葉と想像力によって支えられるからである。

したがって、芸術論も読み（観る）の体験においてはじめて芸術の本質に迫れると言える。そのテクストの読み手としての批評家や研究者はその言語芸術テクストを介在にして現実の規範を打破していくものとして扱い、規範に呪縛された過剰の日常世界の現実を解放していく役目を負う者である。言語芸術テクストはたんなる一部の趣味人や好事家の愛玩物ではない。文学という言語芸術は、読み手に衝撃を与え、自動化した過剰の日常的世界の苛立ちのなかで見落としているものとか、見失っているとか、あるいは魯鈍や無感覚になって気づかないままにわれわれの魂の深奥に隠されているものを露呈させてくれるものではなかろうか。換言すれば、言語芸術テクストの読みの行為とは、読み以前には想像だにしなかた人間の「痛みと葛藤と喜びと誇りのある美学」に気づくことであり、読み手はわれわれの過剰な日常世界や偏狭な心の拡がりを感じさせるばかりではなく、われわれの無意識の部分を覚醒させてくれる行為でもある。そのような読みの行為が、テクストと読み手との〈と〉の狭間、つまり「生のはずみの場」において、過剰な日常世界から飛翔していく「生の躍動」のある体験・経験を得ることではないであろうか。それはまさに読み手の行為にとっての「美しい」から「美しさ」へ向けた「闘いの美学」であると言っても差し支えなかろう。

たとえば、画家シャガールが、飛翔する人間を描き貫いているのを「幻想的」であるという。だが、それに共鳴する者（観る者）にとっては、生々しいほどの美的次元のリアリティのあるものである。シャガールの内面的リアリティの中で青年や少女が飛び、動物（牛馬・鶏）も、それに虚空なものも飛翔していく。愛する者同士が髪をなびかせて飛翔する構図には人間の願望が浸透している。観る者にとってのシャガールへの憧憬はまさにそのようなイマジネーションの欠如があるからこそ、シャガールの願望に重ね合わせてわれわれも夢想する。その感動の美はまさに憧憬の美であり、それは創作者と観る者の間に〈と〉を媒介することでわれわれも飛翔させる。そこに「生の恵み」が与えられるのである。

自然と宗教の闘争に見られるゴッホの「痛々しいまでの生」とか、「野性の解放」を叫ぶゴーギャンの原始への回帰も、メタ物語に対する不信感を抱く現代人のわれわれに対する人間の願望を夢想させる恵みであると言える。

テクストの読み手（受容者）も自分自身のさまざまな感情と向き合い、テクストの夢想する世界を読み手と紡ぎ合い、読み手はテクストと闘う美学を生み出していく。「美」はわれわれに無いものを求める。実は「美」は芸術活動の恵みなのである。「美」はつねに不在や欠如を求めることで、その美の受容者に美の恵みとして賦与されるものである。それは崇高美において芸術と宗教が融合する点でもある。歴史的には神や仏が存在していなければ、文化・文明という恵みはない。崇高美を目指す欧米の芸術の本質に関して言えば、日本にない崇高美を求めるがゆえに外国文学・芸術を求めるのではないかと反芻する。「憧れ」とは欠落感というかたちで、芸術の読み手＝受容者の「欠落・不在」をあぶりだすものである。受容者がその「欠落・不在」を意識することが「外部への方向性」を創出していく。それが美の本質である。その外部への方向性のひとつが外国文学へ向かわせるのではないか。その結果、「美しさ」が育てられるからだ。それが内部思考であれば、それは人生に立ち向かわない美意識である。われわれは異彩に目を放って自らを更新することがより豊かな人間と、より深い精神と優れた芸術を育むのであれば、異質なものを紐帯する〈と〉の狭間のトポスにおける「闘いの美学」は、そこから生のはずみを得て、抽象度を上げ、やがてわれわれの傲慢と偏見と怠慢を解放し、読み手の心の中の物差しと芸術に対する立場と視線の変更とを試みることにある。そこに外国文学・芸術の効用（即効性と遅効性）と存在理由とを見出すからである。

　テクストの読み手が膝を打って感動をするのも、それは記憶の断絶、つまり過剰な日常生活の断絶から社会や歴史や国家につながっていく攪乱のモーメントを体験することでもある。それはまさに垂直的な原体験であり、同時にそれは歴史の断絶でもある。それゆえにテクストの読みによる感動とは、目から鱗が落ちるという直接体験、つまり「生の躍動」によって生きるヒントが含まれている体験を意味することになる。この点で読み手と創作家の関係において読み手は、内部思考することなく、双方の狭間にある〈と〉の芸術空間において抽象度を上げ、「美しい」から「美しさ」への外部思考過程において創作者とその受容者が対等関係の立場にあるという認識を新たにしていくのである。その対等意識による認識が欠落すれば、「生の躍動」の喜びは半減するであろう。読み手が創作者に従属すれば、読み手の生の疲弊につながっていく。闘いの美学を持たない現代の読み手の疲弊が文学の衰退を深化させている要因ではないか。それは「痛みと葛藤と喜びと誇りのある美学」の不在にあると言って差し支えないであろう。

したがって、読み手の立場からすれば、芸術体験の相においては、オリジナルが絶対的な価値をもっているということはできない。時には、複製の体験の方が豊かだということさえありうる。そうでなければ読み手（聴き手）としての小林秀雄が「聴覚的宇宙」という観念を得たか否か疑わしい。オリジナルの体験だけで芸術であると決定することはできないはずである。いわば読み手は「生の躍動」を獲得するために芸術テクストの「解釈の共同体」[6]（慣習的思考範疇）の一員としての蟻地獄から抜け出す芸術の回復に対する役目を負う者ではなかろうか。

ではどのようにしてさまざまな芸術テクストから芸術の本質に触れ、そこからどのように「生の躍動」を獲得していくかに関与することが芸術（文学）研究の核にならざるを得ないことになる。このような研究は、反時代的考察として、「美しい」から「美しさ」への思考過程にとって不可欠な人間性の底をつく「痛みと葛藤と喜びと誇りのある美学」の問題、エゴと過剰な個性の区別、未成熟な個性と成熟していく「脱個性」との識別、言語機能不全の問題などを取り扱うことが現代の「生の躍動」を得るために主張されてよいはずである。生のはずみのための闘いの美学が読み手に求められるゆえんである。

かかる意味合いで、先に言及した二つ目のタイプの芸術論に対する一つのアプローチとして、興味あるひとつの反時代的考察としてのエッセイがある。個の「生の躍動」を獲得するための一つの芸術論の視座に立つ劇作家・評論家・翻訳家である福田恆存の論考が読み手にとってもここでは有益であると考えられる。

3

福田恆存が、一九四七年三月に『一匹と九十九匹と──ひとつの反時代的考察──』(7)というエッセイを発表した。その論考において戦争中にD・H・ロレンスの『黙示録論《アポカリプス》』の翻訳に没頭し影響を受けた福田（卒論はD・H・ロレンス論）は、戦後まもなくして、「集団的自我」と「個人的自我」との関係からプロレタリア文学批判を念頭において、「人間性に対する徹底的な侮辱」を見出し、「集団主義の病」を指摘し、個人の生命原理を追究すべきであると説いた。そこで信仰を持たない福田は、『新約聖書』にあるアレゴリーに拠りながら、「政治である以上、そこにはかならず失せたる一匹が残存する」ことを指摘し、その「失せたる一匹」の救済こそ「文学の本領」であり、「人間性の底をつく」ということが芸術の優劣にかかわると断じている。それはまさに「人間の尊厳」に関することで、人間関係に関する美の問題が、「美しい」から「美しさ」への思考過程における読み手の「闘いの美学」としての芸術の本領と本質のありようを捉え直すヒントとして提示することでもある。

そこで先ず福田は、「人間性の底をつく」ほどの究極に追い詰めた人間像（人間の尊厳）を究めなかった近代文学の脆弱さを手厳しく批判するのである。つまり、

ぼくたちの文学の薄弱さは、失せる一匹を自己のうちの最期のぎりぎりのところで見ていなかった。いや、そこまで純粋に押し込まれることを知らなかった国民の悲しさであった。しかし作家の一人ひとりはそれぞれ自己の最後の地点で闘っていた。その意味において近代日本の文学は世界のどこに出しても恥ずかしくない。だがかれらの下降しえた自己のうち最後の地点は、彼らに関する限り最後のものでありながら、しかもよく人間性の底をついてはいなかった。悪しき政治がそれ自身負うべき負荷を文学に負わせていたからである。政治が一〇匹の責任しか負えぬとすれば、文学は残りの九十匹を背負いこまねばならない。しかもぼくたちの先達はこれを最後の一匹としてあつかわざるをえなかった。……この意味

においてぼくたちの近代はそのほとんどことごとくを抹殺しても惜しくはない五流の文学しかもちえなかったのである。

（傍点は筆者）

福田は、近代文学者が「下降しえた自己のうち最後の地点は、彼らに関する限り最後のものでありながら、しかもよく人間性の底をついてはいなかった」という根拠で近代文学を「五流の文学」として酷評した。それはまさに「生のはずみの場」の不在を暗示している。その点において福田は、政治の言葉で文学を語り、文学の言葉で政治を語るという混乱があり、その結果文学者が徹底して個としての人間存在として闘わなかったことを糾弾する。そこで福田は、その混乱を整理する前提として「政治と文学は本来相反する方向にある」ことを前提にして、『聖書』のメタファーに依拠して、「人間性の底をつく」ありようについて政治と文学のそれぞれの役割を峻別しようと試みる。

福田は、「なんぢらのうちたれか、百匹の羊をもたんに、もしその一匹を失はば、九十九匹を野におき、失せあるものを見いだすまではたづねざらんや」（ルカ伝第十五章第四節）というメタファーに依拠して、政治と文学の役割を截然と区別しようと試みる。イエスのこの言葉は、純粋無垢な者よりも罪を犯して再び神のもとへ戻ってきた者により大きな愛情をもって対するキリスト教徒の態度を指摘したものであろう。このメタファーにおいて政治と文学との差異がおそらく「人類最初に感得した精神のそれである」と解釈し、そしてイエスは政治の意図が「九十九人の正しさ」と政治の力を信じる限界をも見抜いていたに違いない、と福田は推断する。というのも、かれらの眼は執拗に「ひとりの罪人」へ傾注されていたからである。たとえ政治によって九十九匹の救済があっても、残りの一匹を救済できないとすれば、果たして政治の役割は何であるのかと疑念を抱く。そこで一人の文学者として福田の疑念は、九十九匹を野原に残して、「失せたる一匹」に関与せざるをえない人間の一人であるという視座に立ち、「もし文学も、いや文学にしてなおこの失せたる一匹を無視するとしたならば、その一匹はいったい何によって救われるのであろうか」と読み手としてのわれわれに問うのである。

善き政治はその限界を意識して、「失せたる一匹」の救済を文学に期待するが、一方で悪しき政治は文学を服従させ、他方で文学者もまた喪失した一匹の救済を無視し強要すると、福田は力を込めて強調する。福田は「善き政治であれ悪しき政治であれ、それが政治である以上、そこにはかならず失せたる一匹が残存する。文学者たるものはおのれ自身のうちにこの一匹の失意と疑惑と苦痛と迷ひとを体感していなければならない」と力を込める。そして文学者としての福田はこの喪失した一匹の救済にすべてを賭けるのである。換言すれば、福田は闘いの美学としての「生のはずみの場」において「政治の手からこぼれた一匹の救済が可能であれば、すべてのものの救済が可能である」と考える。そして個と社会の関係を念頭において文学者の資格である「失せたる一匹」の偏在について、福田は次のように論述する。

> いや、その一匹はどこにでもゐる——永遠に支配されることしか知らぬ民衆がそれである。さらにもつと身近に——あらゆる人間の心のうちに。そしてみずからがその一匹であり、みずからのうちにその一匹を所有するもののみが、文学者の名に値するのである。（傍点は筆者）

このように福田は、自らが「失せたる一匹」であり、そしてそれに関与することこそが闘いの美学にとって文学の本領であることだと、身体を賭けて力説する。「民衆」を抱えることで自らを相対化し、そして抽象度を高めていく「美しい」から「美しさ」への読み手の思考過程において「闘いの美学」が生成する場、いわゆる「生のはずみの場」でのエネルギーを獲得していくことになる。いわば福田は物事の両義性を主張していて、つまり知識人と大衆との対立的な関係を保持するという二元論の立場で「知性の過剰性が人間全体を合理と非合理との矛盾対立のままのかたちで統一し完成したもの」として捉えようとすれば、その把握の仕方そのものに自らの内部に「失せたる一匹」を孕んでいるというように解釈されうるからである。この点で福田のこの主張はまさに一元論にどこまでも回収されない二元論の立場を限りなく堅持するということである。この矜持は大事である。あらゆる矛盾対立のダイナミズムそのものが文学の核心であるからだ。さらにそこから議論を深めれば、つまり抽象度を高めれば、そのような人の内部にある「失せたる一匹」の存在理由を露呈させ、告白するように促すことができるはずである。それが芸術的な闘いの美学としての「生のはずみの場」になる。というのも、「失せたる一匹」の存在理由を告白しなければ、「文学の領域に政治が忍び込み、事態はますます紛糾することになるから」である。この事態が混乱することで、「政治は政治のことばで文学を理解しようとして文学を殺し、文学は文学のことばで政治を理解しようとして政治を殺してしまうことになる」と福田は説き明かす。このような事態は読み手にとってもけっして「美しい」から「美しさ」への思考過程における「闘いの美学」とはなりえない。

福田は、「政治の酷薄さ」と「政治の脅威」を痛感した体験から、政治的言説で芸術を語る危険を怖れ、同時に文学的言説で政治を語る愚劣さを怖れたのである。しかし福田は、そのような政治の「過酷さと脅威」にあっても孤立することなく、「知性や行動によって解決のつく問題を思想や個性の場で考え」、闘いの美学としての強靱な精神をもって不必要に身動きの取れないようになることを回避しようとするのである。そこには政治と文学の〈と〉の狭間空間における闘いの美学が存在するはずである。

その結果、政治の限界が芸術を生み出すということである。この意味合いで文学者として彼は九十九匹を野原に残して、喪失した一匹に関与せざるをえない人間の一人であると主張する。というのも、もし芸術がその喪失した一匹を無視するとすれば、その一匹はいっさい救済されないことになるからだ。だから二十世紀において文学は宗教以上に阿片であると言ってはばからない。「阿片がその中毒患者の苦痛を救いうるように、はたして今日の文学は何者を救っているのであろうか」、とわれわれに問いを投げかける。そして福田は、「文学の理想は、個人に対して、百匹のうちの失われた一匹に対して、一服の阿片たる役割をはたすことにある」と断じる。そのような「生のはずみの場」においてこそ「美しい」から「美しさ」への思考過程での「闘いの美学」が機能するのである。〈阿片〉の機能は、文学が制度で、あらゆる制度のなかで文学者はつくられるとすれば、「闘いの美学」としての文学の本領は、「人間の尊厳」のための社会的規範の打破と文学のマスターベション的な芸術論に対する解毒剤になるからである。今日疲弊しているわれわれ読み手が求めているものはまさにそのような「闘いの美学」としての解毒剤であろう。

そこで福田は、力を込めて「文学者たるものは己自身のうちにこの一匹の失意と疑惑と苦痛と迷ひとを体感していなければならない」として、つまり「痛みと葛藤と喜びと誇りのある美学」として、政治的言説と文学的言説を要約的に次のように峻別する。

> この一匹の救いにかれは一切か無かを賭けてゐるのである。なぜなら政治の見逃した一匹を救いとることができたならば、かれはすべてを救ふことができるのである。こゝに「ひとりの罪人」はかれにとってたんなる一人ではない。かれはこの一人を通して全人間を見詰めている。善き文学と悪しき文学との区別は、この一匹をどこに見出すかによってきまる。一流の文学はつねにそれを九十九匹の外に見てきた。が二流、三流の文学はこの一匹を尋ねて九十九匹の間をうろついてゐる。なるほどその悪しき政治によって救われるのは十匹か二十匹の少数にすぎない。それゆえに迷える最後の一匹もまた残余の八十匹か九十匹のうちにまぎれている。ひとびとは悪しき政治に見すてられた九十匹に目くらみ、真に迷へる一匹の所在を見失ふ。これをよく識別すうるものはすぐれた精神のみである。なぜなら、かれは自分自身のうちにその一匹の所在を感じてゐるがゆゑに、これを他のもののうちに見うしなうふはずがない。（傍点は筆者）

福田はどこで喪失した一匹を見出すか否かが文学の価値を決定するという。優れた文学にとって重要なことは一人の人間を徹底的に詰めると同時に「全人間を見詰める」ことであるという視座に立って、福田は近代文学批判を行っている。ここには今日の読み手に抽象度が求められているということである。一人の個と人間全体との不即不離の関係が提示されていることに読み手として共鳴するのである。そこには「美しい」から「美しさ」への読み手の思考過程で抽象度を上げて人間性の底をついているという認識が前提になっている。そこには必ず生のはずみが存在する。それゆえに、「失われた一匹」を自己の内部の究極点のところで見つめることは、逆に、抽象度を高めて「全人間」を見つめることになるのではないか。つまり、一人ひとりの人間がそれぞれ一つの世界を所有し、それぞれ人間がもつ内面の広大な世界を想像してゆき、それぞれが人間の尊厳を持っているという認識である。この認識を離れて芸術の存在理由はない。

　換言すれば、言語芸術の薄弱さあるいは文弱さというものは、「失せる一匹」を自己の内の最期のぎりぎりのところで見ていないということ、それは同時に、言語芸術の脆弱さがそこまで純粋に押し込まれることを知らなかった国民の悲しさであること、を意味している。そこには文学者の「黙過」の問題が存在する。だから近代文学者たちが下降しえた自己の内部での究極点は、自分たちに関する限り最後のものでありながら、「人間性の底をつい」てはいなかったことを福田は糾弾するのである。悪しき政治がそれ自身負うべき負荷を文学に負わせていたからである。政治が十匹の責任しか負えぬとすれば、言語芸術は残りの九十匹を背負いこまねばならない。しかも近代文学者たちはこれを最後の一匹として扱わざるを得なかった過剰の負担を負わされてしまった。その結果、福田は、「近代文学はそのほとんどことごとくを抹殺しても惜しくはない五流の文学しかもちえなかった」と断罪するわけである。

　このように西洋文学の影響を受けた、とりわけD・H・ロレンスの「黙示録論《アポカリプス》」から「個人の生命原理」についての影響を受けた福田の芸術論の本質は、ヨーロッパ文学、とりわけイギリス学の研鑽を積んだ芸術観から日本の近代文学批判を行っていることは確かであろう。外国文学研究による効用であろう。

そこで次に問題なのは今日の言語機能不全と人間の傲慢が「人間の尊厳」を、つまり「生の躍動」を危機に追い込んでいることが課題となる。今日の「生のはずみ」の場の不在が見出せるからである。それは「美しい」から「美しさ」への思考過程では不可欠な「芸術場」の議論となるはずである。

4

一九五八年、ハロルド・ピンターはノーベル受賞の講演で次のように自らを語っている。

リアルなものとリアルでないもの、真なるものと偽なるものとの間には、厳密な区別はない。ある事柄が真か偽かどうちらかであるとは、必ずしも言えない。それは真であるってしかも偽だということもある。(8)

これに対してピンターは、上記の主張は芸術にはあてはまるが、一市民としてこれを支持することはできないと補足説明し、そして時に、一瞬、真実を手中のものにしたと感じることがあるとしても、それはたちまち指のあいだからこぼれ落ち、消滅してしまうという。真実は多くあるが、芸術が唯一の真実を含んでいるなどということはけっしてありえず、劇における真実は永遠に捉えられないが、それを求める衝動は抑制することはできないとし、その探求が芸術家の努めである、とピンターは語っている。

他方、芸術がフィクションとしての「虚」だけとして見なされるところに、現代の大きな読み手の誤解もある。「虚」の芸術体験をしてみれば、実学の経済学・経営学や法学や医学が、実学として〈あやしげなもの〉に変容してくるはずである。それらの学問は人生の目的ではなく、手段であると。目的と手段の転倒があると。たとえば、今日の環境問題やさまざまな事件の背景に対して想像力をたくましくすれば、それらが人間を狂気にさせ、悲劇的にさせていることを目の当たりにすれば、言語芸術的リアリティの存在理由《リエゾン・リテール》が見えてくるはずである。言語芸術の機能について知れば、言語芸術テクストの読みの快楽から、つまり読みの行為から得る「生の躍動」がこの世を深く、人生を豊かに生きていけることに気づくのであれば、それは芸術を「虚学」として見なすことができない。芸術も現実を抱えた〈実学〉であると言えるからだ。「人間性の底をつく」芸術こそまさに現実的で強力な「実」の世界であるといえるのではないか。そこには必ず読み手の「生のはずみの場」が生成されているはずではないか。

とすると、鏡の向こう側にこそ、真実がわれわれ読み手に直面する場所で、それは他でもない、今日において失われかけている「人間の尊厳(9)」であることがわかる。「人間の尊厳」に関与しないものいっさいに芸術的価値が見出されない。「美」はつねに人間関係に存在するからである。

またピンターは「人間の尊厳」の喪失が言葉の退廃にあるとし、言葉が真実を伝えるためのものであるのに、むしろ真実を隠蔽するために使われ、実質を伴わない言葉が現在の世界では横行していると断罪している。言葉が空洞化し、言葉が本来の機能を失っていると指摘する。意味表現《シニフィアン》があって意味内容《シニフィエ》がない。つまり言葉は真実を語る手段であるが、虚偽を言う手段になっていて、言語世界と言語外の現実とが一致せず、読み手は言語システムに盲従するからではないか。

ところで、過剰な言語と人間不信とが人間を衰弱させると言ったのはホフマンスタールである。世紀末のヨーロッパにおける近代の時代精神がすでに人間の衰弱の反映であることを端的に指摘したのは、ウィーンで活躍したホフマンスタールである。

人々はつまり話すのを聞くことに疲れている。人々は、言葉に深いに嘔吐感を抱いている。なぜなら言葉が事物の前にたってしまったからである。言葉が世の人々を呑み込んでしまった。時代の無限に複雑な嘘、伝統の黴臭い嘘、政府役人たちの嘘、個々の人の嘘、学問の嘘、それらすべての嘘が、すさまじい無数の蠅のように、私たちの貧しい生にまとわりついている。私たちは、概念のもので思考を窒息させるという恐るべきやり方を所有している。……人間が弱くなり、言葉があまりに強くなりすぎると、人間の語りのナイーヴな力に言葉の妖怪じみた関係が打ちかつ。そうなると人間は、たえず「役割」の中で、見せ掛けの志向のうちで語る。人間はまさに自分自身の体験にたえず不在である、というところまでいたる。(10)

ホフマンスタールは、世紀末の閉塞した文化的状況において、人間の欺瞞と過剰な「嘘」と強固な言語によって人間が衰弱させられていることを端的に指摘している。これはいつの時代もそうであろう。「嘘」は、皮肉的に言えば、まさにこの世の中が「嘘」で充満した詐欺師の理想郷になり、その理想郷にあって人間が空想な虚言症に罹っていると言うことである。ヨーロッパの世紀末の時代気分は精彩のない「嘘」の言葉の交信によって疲労困憊した「生」を浮彫りにし、閉塞された文化的雰囲気であったことを、ホフマンスタールはすでに剔決しているのである。この文化的閉塞情況がフロイトの「精神分析」（無意識＝他者存在）を生み出したのも必然の結果である。それは今日にも当てはまる文化的現象でもある。これこそ言語機能不全と人間不信を露呈させるなにものでもない。

オスカー・ワイルドが『虚言の衰退』の中で示したように、芸術は「嘘」であるが、手間暇をかけたからくりで嘘を固めて、まことを作るということで、それが文化とか文明というものであろう。芸術の「嘘」は初めから虚言に決っているので、真っ赤な嘘であるがゆえに安心しておれる。オルダス・ハックスレーは、ブレイクの言葉を拝借し、エッセイの表題として『なにをしょうとも』を書いた。そこで彼は、

なにをしようと、この世界は虚構であり
それは矛盾だらけでできているのだ。

と述べている。ハックスレーは、人間が幻影であり、虚構であり、「なにをしょうとも」人間の世界はことごとく「虚」であるという認識を示し、このような虚構世界から逃れることはできないとう人間的限界から、人間の多様性を説き、人間の可能性を拡大しようとした。この世はすべて人間の作り事である。だがピンターが言うように、人生におけるそのような「嘘」はどこまでが本当で、どこまでが「嘘」であるか判断しかねるので、われわれは疲労困憊するわけである。しかし、人間存在の根底にあるのはまさに言語であり、その精髄が詩であるという確信があるがゆえに、生活の危機に晒されているときにこそ、詩人は革命的なアクションを起こすものである。そこにこそ闘いの美学としての「生のはずみの場」が生成され、芸術のテクスト化が行われ、読み手はそれに呼応していくのである。

ヨーロッパの影響をもろに受けたさまざまな受容史（「西洋の衝撃」）における日本の近代像はまさに当時の「欧化」そのものの反映であり、石川啄木の「時代閉塞の状況」にもそのことが映し出されている。ヨーロッパの世紀末のディスコースがすでに当時の社会の「時代閉塞の状況」をまさに映し出している。一世紀前のホフマンスタールは、今日の時代精神の特徴が「多義性と不確実性」であることをすでに洞察し予告しているかのようだ。そこに彼はすでに人間の〈慢性のめまい〉を感じ取っている。

現代はただ根のない浮足場の上にしか身をおくことができず、且つ、過去の世代が確固たる地盤を信じていたところに、いまは危い浮石しかないのだということを自覚してもいます。時代の体内にはかすかな慢性のめまいがおこってゆれています。ここには多くのものがありながらそれは少数の人にしか知られず、多くの人があると信じているところの多くのものが実はここにないのです。そこで詩人たちは時として考えこんでしまいます。(11)（傍点は筆者）

そして彼は、別のエッセイ『チャドンス卿の手紙』の中においても、当時の時代精神の認識として「あらゆるものが部分に解体し、その部分がまた部分にわかれて、もはや一つの概念でつつめるものは何ひとつなくなってしまいました。[12]」と述べている。ホフマンスタールが時代精神として洞察したディスコースは、まさに日本の明治末期から大正時代を経て昭和初期、そして十五年戦争へ向けた日本の近代化における「欧化」と「日本回帰」の交互反復にみられる、いわゆる大正デモクラシーとナショナリズムを繰り返す閉塞的時代状況の流れを反映している。その反映の背後に近代日本の「時代閉塞の状況」と人間の「傲慢」が日本の悲惨を生み出したことが看取される。それは日本の帝国主義と植民地化が跋扈した近代史であり、そこには「人間の尊厳」への志向過程の人間性の底をついた「失せるたる一匹」ではなく、民衆を犠牲にした近代化、つまり人間の尊厳をなおざりにした「誇りのない美学」があり、つまり「生の躍動」が欠如した、いわば「生のはずみの場」の不在の近代文化史が透けて見えるはずである。

先に言及したハロルド・ピンターとホフマンスタールの言説《ディスコース》は、まぎれもなく、言語機能の喪失と人間の「高慢」が「人間の尊厳」を危機に追い込んでいるということを告発しているという共有感覚に注目するべきである。

くしくも、日本近代文学の中で生き藻掻いた、無名で孤高の立場にあった詩人宮沢賢治が書簡で述べているように、〈今日の時代一般の巨きな病、「慢」といふものの一支流[13]〉と記して、西洋近代と日本近代の〈と〉の狭間で自らが「痛みと葛藤と喜びと誇りのある美学」を経験したことを、時代的な病として直感的に捉えている近代詩人もいたということである。

そこで、本稿における一つの事例として近代と反近代の狭間で創作活動を行った詩人宮沢賢治の詩集『春と修羅』の一部をここで取り上げてみることにする。そこには欧化の世界と土着世界との埋めがたい〈と〉の裂け目があるが、その亀裂の狭間空間において「闘いの美学」としての「生の躍動」の源泉を模索することは現代的な意義を問うことにもなろう。賢治は、人間の「慢」を否定し、「まことのことば」を求めて、「人間の尊厳」と「文学の本領」の関係性を示すことで、「美しい」から「美しさ」への読み手の思考過程における一つの「生のはずみの場」としての「闘いの美学」のありようを読み手のわれわれに提示しているように思われるからである。

5

『春と修羅』（一九二四）は「まことのことば」の不在のために、詩人が「おれはひとりの修羅なのだ」と告白した作品テクストである。（ここでは紙面が限定されているので簡略に論じる）

四月の気層のひかりの底を
唾《つばき》しはぎしりゆききする
おれはひとりの修羅なのだ
（風景はなみだにゆすれ）
砕ける雲の眼路《めぢ》をかぎり
　れいろうの天の海には
聖玻璃《せいはり》の風が行き交ひ
　ZYPRESSEN 春のいちれつ
　　くろぐろと光素を吸ひ
　　　その暗い脚並からは
　　　　天山の雪の稜さへひかるのに
　　　　（かげろふの並と白い偏光）

まことのことばはうしなはれ
雪はちぎれてそらをとぶ
ああかがやきの四月の底を
はぎしり燃えてゆききする
おれはひとりの修羅なのだ
（玉髄の雪がながれて
どこで啼くその春の鳥）[14]

『春と修羅』の詩集（賢治は詩集でなく心象スケッチとして要望したが）の題名に採られたテクスト「春と修羅」の一節である。ここに二度ほどリフレインする「おれはひとりの修羅なのだ」と観ずる詩人自らの心は、〈修羅〉のコノテーションからして、宗教的な深い篤信の想念から由来するものと思われる。〈修羅〉とは自己惑乱の渦中にいる人間のことで、地軸という傾斜度をもちながら蹌踉たる足どりであることを想像すると、まさに「おれはひとりの修羅なのだ」とは先に言及した福田恆存のいう下降して人間性の底をつく「失せたる一匹」であることと重ね合わせることができる。「四月の気層のひかりの底を」とか「ああかがやきの四月の底を」というときの〈底〉という下降的思想の暗示はまさに賢治の内面的リアリティに照応していて、それはT・S・エリオットの用語で言えば、「対象《オブジェク》的照応物《ティヴ・コレラティヴ》(者)」[15]（一般的な訳語は「客観的相関物」）の水際だった冴えを示している。

これまで近代詩人が、「おれはひとりの修羅なのだ」と、あたかも自己発見したかのように、自己規定として簡潔にしかも断定的に言いきった人はいない。芸術家あるいは思想家にもみたことがない。近代詩人宮沢賢治が、なぜ詩人として〈修羅〉と自己規定しなければならなかったのであろうか。読み手としてのわれわれは、この詩句に困惑し、惑乱させられる。しかも『春と修羅』のテクストを精読しても〈おれ〉がなにゆえに〈修羅〉[16]であるのかという意味内容《シニフィエ》が、論理的にも比喩的にも、歌い込まれていないからである。今日の読み手はこの馴染みのない奇怪な詩句をどのように享受すればよいのであろうか。

　詩人はよろめく足どりで歩む自己惑溺からどうのようにして浮上しえるのであろうかと読み手は自問する。〈おれ〉に至る道は他者において他にないということを認識するまでには多くの、「痛みと葛藤と喜びと誇りあるの美学」を伴った時間が読み手に要求されるであろう。詩人と読み手の相補関係と対等関係がここに存在する。〈おれ〉という自己の生の起点にのみ執心し続けるとは一体どういうことであろうか。「おれはひとりの修羅なのだ」は、おそらく、この詩の全体から捉えて賢治の宗教体験からの告白であると推察されうる。個人の信仰には興味がないが、賢治の宗教の公共性が問題であるとすれば、彼の宗教的体験の淵源を探って見ることは、われわれに一つの文学の生成のあり方や「文学の本領」あるいは人間の尊厳としての「失せたる一匹」の救いのありようを認識することになる。

　ここにおける読み手の意図は、賢治を批判的に対決することを急がず、この意味合いで他の文学テクストを引き合いに出してみることで簡潔に、人間の底をついた「失せたる一匹」像のニュアンスを捉えることにある。〈修羅〉の美的次元のリアリティを一般化して味解《アプリシエイト》するために文学のジャンルを緩やかにしてかつテクストの高まりから言えば、たとえば、『リア王』における主人公リア王が二人の娘に裏切られて狂乱していく過程にあってリア王が、「おまえはまじりけなしの本物だ。人間、衣装を剥ぎとれば、おまえのように、あわれな裸の二本足の動物にすぎぬ[17]。」と叫び、そして後半に、「人間、泣きながらこの世にやってくる、そうだろう、はじめて息を吸い込むとき、あぎゃおぎゃあと泣くだろう。」と語り、そして「人間、生まれてくるとき泣くのはな、この阿呆どもの舞台に引き出されるのが悲しいからだ。……[18]」とグロスターに説教をする。だれもが自らの誕生は自分の意思とは関係なく、いやおうなく苦しみに満ちてこの世に出て行かざるをえないということであろう。

『旧約聖書』の演劇の原型でもある「ヨブ記」におけるヨブが自らの誕生を呪詛するという不条理テクストに絶句

するであろうか。ところが、このように人生が忍苦であるとすれば、「人は生まれながらの死刑囚」（パスカル）であるともいえる。

『若きウェルテルの悩み』（ゲーテ）の主人公ほど青年は苦悩しなければならないのか。詩人宮沢賢治は自らの体験を体験者として告白した。ゲーテは告白するが、シェイクスピアは告白させる。宗教的献身のない生がもたらす荒廃を読み手に説くように構成された『荒廃国《ウエイスト・ランド》』（『荒地』T・S・エリオット）第五部で詩人は、「われわれは、それぞれ牢獄にて鍵のことを考える／鍵のことを考え、牢獄を確認する／ただ夕闇になると、天の風説に／一瞬没落したコーリオレイナスが生き返る」という地獄（断絶の世界）の孤独性に耐えるテクストは日本の近代文学にはなかなか見出せない。『暗闇の奥』（ジョゼフ・コンラッド）とか、『罪と罰』『悪霊』『カラマゾーフの兄弟』（ドストエフスキー）といった作品テクストのなかに、われわれは人間性の底をつき「失せたる一匹」（ロシア小説ほど〈魂〉を愚直に語る文学はない）を見出すことができる。政治的に追放されたダンテの『神《デヴィナ・コメディア》（聖喜）曲』の「地獄篇《インフェルノ》」と「煉獄篇《パガトリオ》」の右に出る詩的なテクストは見出せない。これらのテクストの高まりには崇高と卑俗とが一つの同一のものの二面性となっているリアリティがあり、人間というドラマを世界に伝えるという共通の構造がある。このコンテクストにおいて日本の近代文学の根幹には「人間性の底」をつくこともなく、「失せたる一匹」を孕まず、出世主義文学とマザコン文学と不倫文学とがつねに見え隠れする。それゆえに、われわれは日本の近代文学にないものに「憧れ」て、読み手として外国文学に向かうということではなかったのではないか。

また明治以降の私小説を主流とした近代日本文学は文学を宗教と同一視する傾向があり、小説というかたちのなかで身辺の心境について告白するという宗教的文学観が支配的でもあった。そこに「生のはずみの場」を欠いた、いわば福田のいう人間性の底をつかない文学テクストが生み落とされていたのではないか。

多くの近代文学者は、「人間性の底をつく」前に、たとえば漱石の『草枕』のように現実から逃避してホモルーデンス（ホイジンガー）として遊戯性に向かうか、真実を求めて雲水派に向かうか、世間から撤退した隠棲文学に向かうか、あるいは太宰治のように放蕩して入水自殺するか、芥川龍之介のように人生は不可解であるとして自ら致死量の睡眠薬を使用するか、多くの場合それらのいずれかのテクストであったのではないか。

ところで近代詩人としての賢治の〈修羅〉は、キリスト教でいう告白的な言説でいう、「原罪《オリジナル・シン》」という意味合いで解することもできよう。しかし賢治のいう〈修羅〉を「原罪」として反芻しても、納得することができない。たとえば、『春と修羅』という題は、阿呆の告白としての『或阿呆の一生』（芥川龍之介）でなく、人間の枠からはみだした『人間失格』（太宰治）でもなく、あるいは神の領域から追放されたアダムとイヴを描いた『楽園喪失』（ジョン・ミルトン）でも、太陽が殺させたという不条理を描いた『異邦人』（カミュ）でもなく、結婚生活を赤裸々に暴露した小説『痴人の告白』（ストリントベリー）などとも決定的に異なる発想に由来する主題となっている。

それらの作品テクストと『春と修羅』との決定的な相違は、社会の規範からはみだした「人間失格」でも、「阿呆」や「喪失」や「追放」や「異邦人」や「痴人」という西洋的な概念世界による世界観で位置づけられるものでもなく、人間の救済を求めていく〈修羅〉という宗教的・美学的・形而上的な次元のリアリティにおける人間の本質を問うところから位置づけようとするべきものであろう。この点において言語芸術には美的倫理的な普遍性は存在しないことの認識を深めるのである。それはまさに西洋の衝撃を受けた日本近代と土着的な反近代の〈と〉の狭間で生み出され、そこには「生のはずみの場」をもったユニークで、独自な賢治の世界が見出されるはずである。彼の詩情の根源にある「人間性の底をついた」生死観の課題が、その読み手としての他者と共有する「痛みと葛藤と喜びと誇りのある美学」の共有感覚を持ち合せていて、それが読み手に人間性の底をついた〈痛みと葛藤と喜びと誇りのある美学〉として伝わってくるとすれば、賢治のテクストは今日でも読むに耐えるテクストに値するであろう。しかし「痛みと葛藤と喜びと誇りのある美学」を超えるような極限の体験から思想化されることを激しく拒否する石原吉郎のような詩人が、「詩とは、〈沈黙するための言葉〉の秩序である」[19]というとき、それは読み手にとってテクストは到達不可能な「他者」となる。しかし「人間性の底をついた」生死観は伝わってくるはずである。

このようなコンテクストにおいて賢治の〈修羅〉的な美的次元のリアリティと異なる修羅像の捉え方もあることを承知している。たとえば、この修羅像について近代文学者の堀辰雄は、阿修羅像について「何かをこらえているような表情で、一心になって見入っている阿修羅王《あしゅらおう》の前に立ちどまっていた。なんというういういしい、しかも切ない目《ま》ざしだろう。こういう目ざしをして、何を見つめようとわれわれに示しているのだろう。」[20]と記している。このコンテクストで、堀辰雄が捉えている宗教的美的次元のリアリティは、阿修羅の「切ない目ざし」であるが、「人間性の底をついた「失せたる一匹」の〈修羅〉ではない。六本の手の一組は胸の前で合掌し、他の二組は左右の空間に無限に伸びていく、いかにも自由で調和のとれた不思議なやさしさが漂う「自然さ」、それと眉根を寄せた清純な表情の奥に秘めたきびしさにも「切ない目ざし」が確かに窺えるが、堀辰雄の美的リアリティには宗教上いわれる阿修羅の闘争とか忿怒のイメージはまったくない。それどころか、「ういういしさ」とか、「郷愁」、「人間の奥ぶかくあるもの」をおぼえるという近代作家の深い吐息が聞こえるだけである。

ところが、賢治の『春と修羅』の修羅性はそれとはまったく異なる、詩人としての「闘いの美学」が窺える。そこに「はぎしり燃えてゆききする／おれはひとりの修羅なのだ」という闘いの忿怒の感情が漂っているからである。

賢治のいう〈修羅〉とはもちろん八部衆のひとつとしての阿修羅とは思えない。賢治の〈修羅〉とは、この詩全体のリアリティからすると、農民に対する、日本近代に対するせつない眼差しとしての意思に対しての賢治の共苦あるいは共悲の、人間の意思に対する忿怒を重ね合わせた、闘いのトポスにおける対立抗争のような様態が提示されている。

また「ヒアー」と「ゼアー」の、此岸と彼岸の〈と〉の裂開の狭間で抗争し苦悩する詩人は妹・セツの死に対する「ふたつのこころ」の状態を告白する。一方で〈修羅〉は信仰の情熱と他方で徳性を失った邪悪な思いで引き裂かれたドッペルゲンガー的な分裂した魂を暗示している。というのも賢治は、「わたくしのかなしさうな眼をしてゐるのは／わたくしのふたつのこころをみつめてゐるためだ」（「無声慟哭」）と歌い込んでいるからである。

「無声慟哭」に歌い込まれている妹・トシは、純潔・無垢な存在であるが、いま此岸から彼岸へ、遠くへ旅立とうとしている彼女に対して、詩人自身は妹に対して呼応するに値しない邪心の持ち主であると、訴えようとしている。だから「無声慟哭」では「ああそんなに／かなしく眼をそらしてはいけない」と詩人は結ぶ。悲しい眼差しをしているのは、詩人ではなく、妹・トシの方である。妹・トシは賢治の邪悪な心と篤い信仰の〈と〉のはざまで揺れうごく彼の姿を見通しているので、悲しい眼差しで彼をみやり、眼を逸らそうとする。この〈と〉の結びは、眼を逸らさないでくれ、という賢治の悲願とみるべきであろう。この意味では賢治は「人間性の底をついた」心境を吐露し告白し、それは「唾《つばき》しはぎしりゆききする／おれはひとりの修羅なのだ」という地獄の底を見る闘いの眼差しと言っても差し支えない。唾を吐きちらし、のしのしと光の「底」を往来する光景もまさに詩人の〈修羅〉的リアリティと照応し、まさに「対象的照応物」の冴えである。

高村光太郎は、烈しく詩的指示対象と一体化しようとすればするほど、それだけ烈しい自己主張も強烈になる傾向があるが、賢治は光太郎に比べはるかにある意味では虚心で、指示対象を超越していく風景的思惟を促す傾向がある。その傾斜度は宗教的信念によって獲得されたものであろうが、『春と修羅』の詩的リアリティにおける〈修羅〉は本来の阿修羅像のように忿怒の姿と解せるのではなかろうか。賢治は篤い信仰の情熱と邪悪な想念の〈と〉の狭間空間でひき裂かれている惨めな分裂的な存在として、むしろ〈修羅〉であることを自己規定するほどの自己を主張しているかのように捉えられる。

だが、同時に、賢治の内面は声にならないでカッコで括られ、「（まことのことばはここになく／修羅のなみだはつちにふる）」という「まことのことば」の不在」を悲しんでいることはいっそう悲劇的である。それは修羅の忿怒の心象である同時に、信仰から遠ざけられているものの悲嘆の心象（「まことのことばの不在」）でもあるからである。だから詩人は、自分の心象を理解してくれない「農夫」に対して不遜な態度をとるのである。

けらをまとひおれを見るその農夫
ほんとうにおれが見えるのか

ここでは「農夫」という言葉で、自分の周囲の世間一般をシンボライズし、その世間の人々は詩人自身の内部にわだかまっている堕落のための悲嘆さにかきくれ、また忿怒する存在であることが見えていないということであろう。そこで詩人は、「闘いの美学」として、新たに「悲嘆と忿怒」という心象を歌い込む。「春と修羅」というテクストは英語に付され修飾された心の「スケッチ」というその副題が示すとおり、詩人の心象において明滅した風景の記録であろう。このテクストの「序」に点出された現象はまさに賢治自身の心象であると思われる。

わたくしといふ現象は
仮定された有機交流電灯の
ひとつの青い証明です
（あらゆる透明な幽霊の複合体）
風景やみんなといっしょに
せわしくせわしく明滅しながら
いかにもたしかにともりつづける
因果交流電灯の
ひとつの青い照明です。

（ひかりはたもち　その電燈は失われ）

「人間性の底をついた」内的リアリティの光景を予表するような「わたくしという現象」として詩人の内部の情景と照応しているその詩人の内的リアリティとは、現代的に言うと、あたかも青色発光ダイオードのように思い思いに明滅している光景であると譬えられる。まさに色とりどりの光が、相互に影響し合いしながら瞬き続け、あるときにはそこに大きな波状のようなものが形成され、あるときにはいくつもの渦巻きが生起し、あるときに少し離れて眺めれば、そのような複雑なネットワークの上で個々の神経細胞の発火するように、まさに夢のような〈美しい〉ものを生むのであろう。「仮定された有機交流電灯」のダイナミズムは、「（あらゆる透明な幽霊の複合体）」のようであり、また青色発光ダイオードのように表現された心象は「風景やみんなといっしょに／せわしくせわしく明滅しながら／いかにもたしかにともりつづける／因果交流電灯の／ひとつの青い照明です。」ということでもあろう。「おれはひとりの修羅なのだ」とは、逆説的に言って、それはひとつの偏在する自己欺瞞からの解放であり、自己自身の存在にまで透徹された明晰さでもあろう。

この美しい緊迫した調べ、その調べが支えている精神の緊張感、切迫した叫喚のような魂の振幅こそ、宮沢賢治が描き出したもっとも独自なで、ユニークな世界であるのではないか。日本の近代化における人間性の底をついた「生の躍動」とは、「生のはずみの場」において芸術の抽象度を求め、農民としての民度を引き上げ、人間性の幅と奥行きを拡げ、人間を豊かにしようとするエネルギーであろう。このことは『農民芸術概論綱要』の理念の一つである「世界ぜんたい幸福にならないうちは個人の幸福はあり得ない」とい理念に通底している。それは、先に引き合いに出した福田の言う「この一人を通して全人間を見詰めている」ということは、反転的に、符合するものであろう。それが「美しい」から「美しさ」へ向かう賢治の魂の闘いの現象である。これは他の近代文学者たちとは大いに異なる特質とみなされうるものである。

そこには「人間の尊重」と人間中心主義批判（宗教的リアリティ）という〈と〉の狭間で闘う賢治美学が存在している。「人間性の底をうつ」ことと「われはひとりの修羅なのだ」という重層性は、そこから飛翔する現実性を読み手に共有させるように誘う。換言すれば、それは政治などが表面だけで「愚にもつかない」ものであって、たとえば坂口安吾の言に仮託して言えば、「人間は堕落する。それを防ぐことはできないし、防ぐことによって人を救うことはできない。人間生き、人間は堕ちる。そのこと以外の中に人間を救う便利な近道はない[21]」という人間の本質を読み手に共有させ、その生のはずみがわれわれに与えられる。これもまた「美しい」から「美しさ」へ思考する基本的なプロセスに隠されている読み手の「闘いの美学」となるものである。このような安吾の言葉と、賢治の人間性の底をうった〈修羅〉という言葉とは、トートロジカルな美的倫理的リアリティの逆説であろう。

知性の獲得は無限に上昇し、過剰な幻想は必ず欲望の拡大と権力と敖慢に変容する。知性と幻想の健全さは過剰の知性と幻想を相対化するために、人間性の底をつき「失せる一匹」を捉えるために上昇過程から下降し、「大衆の原像」（吉本隆明）を捉えることでもあろう。それは世間の常識や利益にのろうとする政治的な大衆迎合ではない。「大衆の原像」の把握は、この上下の往還運動の狭間で形成される文学のダイナミズムと「生の躍動」が「生のはずみの場」を生み出す運動から生起するものである。その位相において読み手は「人間の尊厳」と「文学の本領」を捉え直すことが可能となるのである。

知の上昇と下降のダイナミックな往還運動がなければ、「生の躍動」としての体験・経験は歴史認識に至らず、また学問がなければ、人類の共有財として高められないし、日常世界の体験はたんなる体験で終息し、体験が経験にまで高められないで頓挫する。芸術（垂直的原体験）は学問（教養的体験）と伴走しなければならない。学問が芸術になり、逆に芸術と人生が学問になるという自由と抑制の往還運動こそが現代に求められている課題ではなかろうか。

双方を介在する〈と〉の間隙空間で「生のはずみの場」が生成され、そこから抽象度と民度とが高められるのではないかと反芻するのは筆者だけではあるまい。現実と幻想の二つの世界に生きる緊張感が人を高め、快楽を生み出す。このの意味で言語芸術研究者と創作家はつねに現実と幻想の狭間空間を行き来きする二元論者であるといえる。だがこのような二元論、つまり二つの世界主義の緊張感が希薄化されているのが現代の読み手の疲弊に連動していると考えられる。芸術が疲弊しているのではなく、読み手（観る人・聴く人）の方に疲弊があるという認識が大事であるということである。

芸術世界の「闘いの美学」を日常世界の生（「痛みと葛藤と喜びと誇りのある美学」＝「生の躍動」の源泉）と区別しないことである。安吾の「生きよ、堕ちよ」と賢治の「おれはひとりの修羅なのだ」とにおける〈と〉による重層性こそ、芸術場で生きる闘いの美学としての「生の躍動」を生起させる。『春と修羅』のテクストとその読み手の間に立って、人間の底をついた「失せたる一匹」を捉えるということは、読み手の〈と〉の紐帯によって両者をつなぎ合わせることにある。この紐帯以後のプロセスにおいては詩人と読み手は対等関係の位相にあって、そこにおける一瞬のひらめきを呼びおこさせる「生のはずみの場」は危険でエロティックでさえある。読み手にとって生は、その本質からして、自己を超える何ものかを求めて絶えず自己を否定せずには止まないものである。生の充実というものは、そういう経過を辿ってでなければ獲得できないものだからである。

ひとつの反時代的考察。この課題は、実は、「美しい」から「美しさ」への思考過程で「生の躍動」を形成する現象こそ新たな芸術空間に連動することを示唆したものであり、芸術の本領において蠢めいている「美しい」から「美しさ」への過程に向けた、つまり「生のはずみの場」における読み手への身体論の要請でもある。それは生の方向喪失に起因する芸術や芸術制度の凋落に抗してゆく読み手としての今日的課題であることを提示するものである。人間性の底をついた「失せたる一匹」を見出すことこそ、個の自覚の発見であると考えられるからである。「国破れて山河あり」とは、人として生きることの実感を欠き、「生のはずみの場」を喪失した社会は意味をもたないということを示唆している言葉である。ここにこそ「世界は美しい」と実感する人が根源的な力を持ちうると思われるゆえんである。この認識こそ読み手の今日的課題でもある。

文化と歴史は人間に尽きる。歴史は人間の生活行動の集積で、芸術は人類の愚業の堆積である。生きることは日常の細部（〈わたし〉が住む社会の土台）に宿る。われわれの記憶こそが歴史の細部を形成し、その堆積・集積が古代史から現代まで繰り返された国民・国家の歴史となる。芸術は歴史の記憶を保存し、そして物語（＝歴史《ヒストリー》）を求める。たとえば、近代史に生み落された『春と修羅』は詩人と読み手の〈と〉の裂け目における「闘いの美学」、つまり日常世界の細部に宿る「生のはずみの場」を読み手に生成させるテクストである。このテクストは、〈と〉あらゆる矛盾と不条理を引き込む芸術的磁場であり、そこには人間性の底をついた「失せたる一匹」の物語を孕む。その磁場において創作者と読み手は主従関係ではなく対等関係にあることを認識し、「闘いの美学」を持続させながら、抽象度を高めることが今日の読み手の課題であると考えている。「闘いの美学」が終息するときに、芸術も終息する。紙面がとっくに尽きた。本格的な賢治論は稿を改めて論じることにしたい。

あとがき

創造的な垂直的空間を充足させた賢治の芸術的時間はほぼ十年間くらいである。短い人生を生き急いだ賢治の多元的な複数性とは、先ず自由詩・短歌・文語詩の詩人であり、童話作家であり、法華教を読破して信仰心が芽生え、父親との葛藤と宗教上の相克、その結果家出・上京し国柱会での活動、文学活動への開眼、妹・トシの死、帰郷し教師生活を送り、まもなく依願退職、羅須地人協会の設立とその農事活動の破綻、最期の東北砕石工場での技師兼顧問兼セールスマンとしての過酷な労働、長い闘病生活を送った病歴者、そして根っこから芸術好きの蕩児性と「法楽」者、いわゆる多面体の賢治像である。法華教の信者、菜食主義者、教育者、農業技師、それに天文学や地質学にも造詣が深いという多彩に彩られた人生を貫徹させる芸術の「理想」(『農民芸術概論綱要』)の全体像について見定めることは、賢治の芸術の本領と生のはずみを生成する場としての「闘いの美学」を読み手がどこで捉えることができるかが問題(ナショナリスト問題も含む)となる。賢治を読むということは、そのような精神を鍛えてくれる最上の鑑であるからにほかならない。筆者は賢治研究の本格的な成果を駒澤大学総合教育研究部紀要に掲載する予定である。

注

(1) ゲオルク・ジンメル『ジンメル・コレクション』北川東子編、ちくま学芸文庫、一九九九年。

(2) ピエール・ブルデュー『芸術の規則 1Ⅱ』藤原書店、一九九五―九六年、及び『ディスタンクシオン 1Ⅱ』藤原書店、一九九〇年)を念頭に置く。

(3) たとえば、サミュエル・ジョンソン、S・T・コウルリッジ、ドライデン、マシュー・アーノルド、T・S・エリオット、デイヴィット・ロッジなどがすぐに想起できる。フランスではラーシーヌがいる。日本では若い作家たちが出てきているが、大江健三郎や島田雅彦、辻原登などが代表的で、その他多くの作家もいる。

(4) たとえば、W・P・ケア、I・A・リチャーズ、ウイリアム・エンプソン、L・C・ナイツ、ウイルスン・ナイト、F・R・リーヴィス、ディヴィト・ロッジ、かつてのイエール学派の批評家たちやロバート・スコールズなどが想起される。日本では職業批評家や講壇批評家を識別するのは困難であるが、小林秀雄、中村光夫、江藤淳、吉本隆明、磯田光一、蓮實重彦、川村二郎、高橋英夫、桶谷秀昭、柄谷行人、福田和也などがすぐに挙げられるが、総じて彼らの仕事は芸術哲学の仕事ではない。

（5）テリー・イーグルトン『美のイデオロギー』鈴木聡他訳、紀伊國屋書店、一九九六年、エドワード・サイード『オリエンタルリズム』板垣・杉田監修今沢紀子訳、平凡社、一九八六年、『権力、政治、文化 上巻』大橋洋一他訳、大田出版、二〇〇一年、ポール・ドマン『美学イデオロギー』上野成利訳、平凡社、二〇〇五年、小森陽一・紅野謙介・高橋修編『メディア・表彰・イデオロギー』小沢書店、一九九七年、及びフランスの構造主義者や記号論者などを念頭に置いている。

（6）Ph・フォルジェ、J・デリダ、H・G・ガダマーほか編『テクストと解釈』轡田収・三島憲一訳、産業図書、一九九〇年、フェデリック・ジェイムソン『言語の牢獄』川口喬一訳、法政大学出版局、一九七二年、W・イーザー『挑発としての読書』轡田収訳、岩波書店、一九七〇年、などを念頭に置いている。

（7）このエッセイには、一九四七（昭和二十二）年三月に『思索』に発表されたものである。文学者の戦争責任の問題に端を発し『近代文学』の平野謙や荒正人らと『新日本文学』の中野重治らとの論争が、局外的な立場からの発言もあり、「政治と文学論争」へと発展していった経緯がある。本稿では手短な、千葉俊二／坪井祐三編『日本近代文学評論選 「昭和篇」』岩波文庫、二〇〇四年をテクストとして使用した。

（8）ハロルド・ピンター『何も起こりはしなかった』集英社新書、二〇〇七年、八頁。

（9）前掲書 四二頁。

（10）Hofmannsthal, Reden und Aufsätze I (1891–1898), p. 479–80.（京都嵯峨芸術大学教授 佐野仁志訳（二〇〇八年十一月八日の日本T・S・エリオット協会第二十一回大会において同教授が発表したものの一部である。）本エッセイは『ホフマンスタール全集』に収録されていない。

（11）『ホフマンスタール全集』第三巻、河出書房新社、一九七二年、七四頁。

（12）前掲書 一二頁。

（13）『宮沢賢治全集 9』ちくま文庫、一九八六年、五九七—五九頁。

（14）『宮沢賢治全集 1』三〇—三一頁。

（15）中村元の『新仏教辞典』によると、ペルシャ語の語源に触れた後で、ごく素朴な意味での〈修羅〉とは、阿修羅はインドでアスラといい、インド最高の文献『リグ・ヴェーダ』に出ており、アスラはひとつの神を指すのではなく、一群の神々の総称で、生命力に富んだ力強い神々を指しているという。

アスラはインドラと並ぶ偉大な神で、荒々しいが、光輝に満ちた神である。善神インドラが強調されると、対照的に悪神アスラのイメージが膨らんでいったようである。仏教に採り入れられてからは、仏法を守護する天龍八部衆の一に数えられる。

また、人間の輪廻する六道の一に数えあれるが、この場合は、人間の心の世界で善意と悪意とが対立し抗争し苦悩するのを指している。とくに中国や日本では、阿修羅のイメージが怒り狂う性格を強めていく。その代表は「六道絵」のなかに出てくる阿修羅である。六道中の阿修羅のイメージは、諸経典の中に出てくる帝釈天との戦闘の説話がもとになっているようだ。

ちなみに、阿修羅像は、興福寺と三十三間堂の二箇所に阿修羅像が所蔵されているが、賢治の〈修羅〉は興福寺所蔵の「阿修羅像」のものである。阿修羅は略して「修羅」ともいう。阿修羅像の代表的なものは、興福寺の阿修羅で、悪神が仏道に帰依して仏教を守護する善神に転じたものである。阿修羅像に向かって、正面の顔は悲しそうでも怒っているようにも見え、左側の顔は眉と眼は怒っていて、唇を噛みしめているのは悔しさの表情であろう。右側の顔は、眼が遠くをみているような表情にも見えるが、内側の自分を見つめて苦悩の顔ようでもある。少年のようでも少女のようでもない。子供でも大人でもない。唇を噛む幼少時の反抗的な表情、過ちを犯したことに気づいて悩む思春期の表情、そしてその罪に気づいて祈りを捧げる大人の表情を漂わせて、腕を下に降ろして合掌する姿は、まさに見る人によって仏像が変るように作製されているようである。宮沢賢治はこの阿修羅像の複製を所蔵していた。

(16)「ハムレット」論、『エリオット全集』吉田健一訳代表、中央公論、一九七一年、二九八頁。
(17)『リア王』第三幕第四場、小田島雄志訳、白水社、一九八三年、一二八頁。
(18)前掲書 第四幕第六場、一八六頁。
(19)石原吉郎『望郷の海』ちくま文庫、一九九〇年、三一九頁。
(20)『大和路・信濃路』新潮文庫。
(21)坂口安吾『堕落論』角川文庫、昭和四十九年、九八頁。この安吾の『堕落論』は、福田の論考の執筆と同時期に書かれたテクストである。

17

「詠む」と「読む」

土岐　恒二

詩を「詠む」ことと「読む」こととの間には、どれほどの違いがあるのだろうか。「詠む」とは創作者の行為であり、「読む」のは読者の行為というふうに一般的には了解されるが、すくなくとも「詠む」行為のうちには「読む」行為が内包されている場合もあるのではないか。あるいはさらに、「読む」行為が「詠む」行為の代償となることが期待されてもいるのではないか。それというのも、対象あるいは主題によっては作者の側の「詠む」行為のなかに、それとは切り離し得ない形で、その前提として、またはそれと同時的な行為として、対象あるいは主題の本質を「読む」行為が潜在しているように思われるからである。

たしかに言葉を書く行為と読む行為との間には、大きな懸隔、あるいはむしろ越えることのできない断絶が、厳然と存在しているように思われる。詩人とは詩作品を書く（そして多くの場合、書いた作品を世に公表する）存在であり、詩を書かないひとは詩人ではない。なるほど詩作をしない人を指して、世人はしばしば、あの人は詩人だという言い方をする。その場合の詩人とは、詩人的感性の持ち主といったニュアンスの褒め言葉として呈される敬称であることがあり、そうであればそれを聞く周囲の人も通常はそのような賛辞と理解するであろうし、さらに言えば、詩人という言い方は、世間的には、世間知らずのナイーヴな感性の持ち主に対していささかの皮肉をこめてたてまつる屈折した呼称と了解されることもある。ここではそのような意味合いでの「詩人」は勿論、詩人的感性の持ち主に対して敬意をこめて世人が献上するたぐいの詩人という尊称も除外して、もっぱら実作者であるひとりの詩人において「詠む」ことと「読む」こととがどのように関係しているかについて具体的な例に照らして考えてみたい。

ボルヘスの代表的作品集のひとつに、『創造者』（一九六〇）と題する詩文集がある。そのなかの一編、「月」と題された、四行詩三三連を読んでみよう（ボルヘス1 六七―七〇、2 二四―二八）。左にその散文訳を（連の番号を漢数字で示しながら）適宜分割して掲げ、随時註解を加えるなり、必要とあれば原文の一部を示すなりしながら、この詩人における「詠む」ことと「読む」ことの関係を考えてみよう。

「月」

（一―二）史話の語るところによれば、現実であれ、虚構であれ、眉唾であれ、およそあらゆる事件がつぎつぎと継起したあの過去の時代に、ひとりの男が、宇宙を一冊の書物のうちに要約するという、とてつもない計画を思いつき、飽くなき情熱を傾けながら、彫心鏤骨の原稿をうずたかく積み上げては推敲に推敲を重ね、ついに最後の一句を朗々と歌い上げた。

（三）いざ運命の女神に感謝の言葉を捧げようという段になって、ふと目を上げた彼は、中空に光り輝く円盤を見つけ、それまで月のことを失念していたことに気づいて、はたと当惑したという。

（四）私がいま語った話は、虚構のものではあるが、営々として人生を言葉に変換することを仕事とする者すべてに懸けられた呪いを、よく表象しているのではなかろうか。

「宇宙を一冊の書物のうちに要約する」という発想は、「世界は一冊の美しい書物に帰着すべく造られている」（マラルメ 八七二）というステファーヌ・マラルメのよく知られた文句を思い出させるものである。いま「要約する」と訳した箇所（第二連第一行）は、もとの語が cifrar であるから、「暗号（符牒）で書く」、つまり（宇宙・世界を）文字記号を用いて言語表現に変換するということであり、（方法や規模のことはさておいて）世界を全体として言語で表現しつくすという企図の宣言であるといえよう。虚構の事件、あり得べからざる事件が継起した神話的時代に、マラルメふうの文学観をもって世界を言葉で表記しようとした男の話というのは、作者自身が第四連で言っているようにフィクションではあるが、そもそも聖書やコーランのような聖典がそのような意図をもって編まれたものと考えられるし、民族の神話はいずれもそのような企図の成果として語りつがれてきたものであろう。ただ、そのような営みが、個人ではなく歴史ある民族の、あるいは大勢の信徒を底辺とし、先覚的長老を頂点とした集団の、共同幻想として成ったのに対して、ボルヘスがここに設定した「男」は、一個人であり、ある意味では超歴史的存在であって、素白の紙を前に、言い換えの利かない言語表現と正対する現代の詩人の姿を神話化したものといえよう。

　さて「男」は月の存在を見落としていたこと、つまり世界を読み過っていたことに気づく。彼は世界を正しく「詠む」ために、読み落としていた月を「読む」ことが必要になる。

（五）本質的なことはいつでも見えてこないもの。それは霊感なるものについて語られるどんな言辞においても当てはまる法則である。私は月との長いつきあいを以下のように要約してみたが、それとても、その法則を免れることにはならないであろう。

　月を詠む（読む）という着想がいかなる力の導きによるものであったのかはわからないながら、詩人は、世界を一冊の書物に還元することを企図しながら月の存在を見落としていたことに気づいたあの冒頭の「男」のように、月を詠む（読む）ことに熱中した自分の詩作の歴史を振り返る。

（六）初めて月を見たのがどこであったか、私にはわからない。あのギリシア人の教説にいう前世の空であったか、それとも井戸と無花果のある中庭の上に暮れなずむ黄昏のなかであったか。

輪廻転生説を唱えるピュタゴラスに従えば、いま現にこの詩を書きながら、無花果と井戸のあるブエノスアイレスの家のパティオで眺めた月の記憶を想起している詩人と、何者とも知れぬ、前世の空に月を眺めた男とは、一体に同化することになる。

（七）周知の通り、この移り変わる生は、数あるものの中でも、とりわけ美しいものなのかも知れず、彼女と共におまえを眺める夕刻などには、おお、共有された月よ、たしかにそうであった。

「この移り変わる生」とは、無常の人生、はかない生命であると同時に、輪廻転生によって同一性の確かな輪郭を失った、転変する生命、あるいは盈虧をくりかえす月のあり方でもあるだろう。この詩人にはめずらしい青春の感傷的な一シーンを詠い込んだ第七連の後半二行は、そこだけが篇中で浮いているような印象だが、それも月を詠うひとつの不可欠な視点ではなかろうか。

ついで詩人は月を詠んださまざまな先人作品から、修辞に綾取られたイメージの断片を点綴する。

（八）夜ごとに出る本物の月以上に、私は詩歌に詠われた月のかずかずを思い出すことができる。かの譚詩をこわいものにしている、呪われた“dragon moon”[1]（龍月）、また、ケベードの血塗られた月。

（九）さらにまた別の血塗られた真っ赤な月のことを、ヨハネはその強烈な驚異の事象と残酷な狂喜のかずかずを記した書において語った。ほかにも銀色のもっと明るい月もある。

（一〇）ピュタゴラスは（と伝承は語り伝えているが）鏡に血で文字を書き記し、それを月というもうひとつの鏡に映して人々に読ませたという。
（一一）また、鉄の森というものがあって、そこには丈の高い狼が棲んでいるが、そいつは最後の曙光が海を赤く染めるとき、月を引きずり下ろして殺害することをその奇怪な運命としているとか。
（一二）（予言の力を備えた「北」はそのことを知っており、またその日には、死者たちの爪で建造された船が世界中の広漠たる海を荒らし回ることも知っていた。）

肉眼で見た本物の月の記憶と併行して、詩人はかつて読んだ書物の中の月のイメージを列挙しはじめる。たとえば第八連のケベードの「血塗られた月」（"la luna sangrienta"）という表現は、「獄死したオスナ公爵、ドン・ペドロ・ヒロンの不朽の思い出」（ケベード　一八）と題されたソネットから取られているのだが、じつは詩文集『創造者』の中で、この「月」という詩の三篇あとに収録されている「ある老詩人に」というソネットの最終行に、まるで種明かしのように、「血塗られた月」（"la sangrienta luna"）というケベードの表現が正しい語順で引用されており、ここで問題にしている「月」第八連の引用は、韻律のせいであろうか、ケベードの原文とは語順を違えて、まるで騙し絵のようにさりげなく嵌め込まれているのである。

ヨハネ（スペイン語ではフアン）の「血塗られた真っ赤な月」が、黙示録第六章に語られるあの第六の封印が解かれたときの異象を暗示していることは、ボルヘス詩の仏訳者イバラの明示（ボルヘス3　一一六一）しているところであり、「銀色のもっと明るい月」については、ウェルギリウスに典拠があると指摘する注釈者もいる。

ピュタゴラスは鏡に血で文字を書き、それを月というもうひとつの鏡に映して人々に読ませたという伝承が第一一連で語られているが、これは過去の読書から記憶に残っていた月の諸相を挙げていく過程で、月を「詠む」ための詩人の「読み」の情報源が、詩歌にとどまらず宗教、神話、伝説へと及んでいることを示しているものであろう。

第一一、一二連は一読してただちに了解できるものとは思われないが、ボルヘスの北欧神話、北欧文学、古代中世ゲルマン文学への偏愛ぶりを知る者の手には、アリアドネの糸が託されているといえよう。スノリ・ストルルソンの『散文のエッダ』の一章につぎのような記述があり、第一一連の詩句がこれを下敷きにしていることがわかる。

……ミッドガルドの東方、ジャルンヴィド［鉄の森］と呼ばれる森に一体の人食い鬼女が住んでいる。ジャルンヴィデュル［鉄の森に棲むもの］と呼ばれていたトロールの女たちがその森には棲んでいる。年老いた人食い鬼女は、いずれも狼によく似た大勢の巨大な息子を産み落とし、そのためこの森から巨狼たちが出没するのである。この狼族のなかでも最強の者がマナガルン［月の犬］と呼ばれることになる存在だと言われる。そやつは、すべての死者を喰らいつくし、しまいには月を貪り、全天にその血しぶきを飛び散らせることになるであろう。そのため太陽はその輝きを失い、風は暴風となって、あらゆる方向から唸り声をあげて吹き込んでくるのである。（スノリ　二〇—二一）

第一二連の、予言力のある「北」はそのことを知っていた、というのも、「北」が擬人化された北欧神話上のキャラクターとあれば納得がいくだろう。『散文のエッダ』によれば、巨大な原人イミルの頭蓋骨から天が造られ、その天の下の地の四隅の一角を守る小人「北」（ノルテ、ノルドゥル）は予言の能力をもつという。（スノリ　一六—一七）

この連の語る奇怪な話は、北欧神話で「ラグナロク（神々の黄昏）」と呼ばれる物語が原話となっている。『創造者』には「ラグナレク」（ボルヘスの表記では「ラグナレク」）という掌編が収められているが、この作品自体は北欧神話「ラグナロク」の内容を物語ったものではなく、時代を詩人の同時代に移して「神々の黄昏（没落）」を連想させるある事件を寓意的に描いたものであって、「月」の読解に直接益するものではない。しかし、考えようによっては、「月」第一二連に北欧神話の「ラグナレク」の物語が隠されていることを、詩人は読者へのさりげない鍵として、さながらトロンプ・ルイユのように、『創造者』というキャンバスの中に描き込んでいるのかもしれない。左に、グレンベック『北欧神話と伝説』中の「ラグナレク」の記述から、随時省略の手を加えながら、直接関連するイメージを含む部分を点綴して引いておく。

神々の最後の戦いというラグナロクが目睫の間に迫る時は、雪が世界の四隅から吹きつけ、風は吹き荒れ、太陽には少しの熱もなくなる。加えるに凶作がそれに続き、世界が争いでみたされる。しかもその戦いは、勝利した側も倒れた側も同様に名誉をえるところの、以前のような仇敵同士の間の名誉ある戦いではない。

というのは、この最後の時期には人間は自己の凶暴な欲望の前に、昔の名誉と品位を忘れてしまうからだ。そこで兄弟は互いに相手の血をそそぎあうし、父は子をいたわろうともせず、子もまた父をいたわることをしない。困苦の下で巨狼フェンリルが力を蓄えて太陽を飲みこむため、地上の人間は闇の中でよろめき、狼の兄弟が月を飲みこむため、天の星という星が深淵に落下する。巨狼フェンリルが、上顎は天を掠め、下顎は地を掃くほどに大きくあけて、われらを目がけて走ってくる。ミッドガルド蛇は、躍り上がって陸に向かって突進し、その尻尾で海を打つため、海水が陸のずっと奥まで押し寄せてくる。この洪水で死人の船――それはナーグルファールといって、死人の爪でできている――が浮かび上がるが、その漕者席のそばには巨人フリムが高く突っ立って、舵を取っているのである。（グレンベック［山室］九六―九七）

このあたり、ボルヘスという詩人の「詠み」と「読み」の複雑にからみあう手法の謎がかいま見えるようだ。詩人は少年時代の一九一四年二月、両親と母方の祖母と妹との一家五人でヨーロッパに渡り、ジュネーヴに落ち着いたところで第一次大戦が勃発した。そもそもこのヨーロッパ行きは、父の眼病の治療を目的とし、あわせてこの機会にボルヘス少年と妹ノラに国際的な場での教育をうけさせようという父の希望から出たもので、一年滞在の予定の移動だったが、結局は戦禍を避けて一九二一年三月末まで、七年以上も長引く滞在となった。ボルヘスの父はこの旅行に備えてあらかじめかなりの分量の蔵書を運んできたといわれ、ボルヘスの初期の文学経験は、ブエノスアイレスの自宅の書庫にひきつづいてジュネーヴでも父の豊富な蔵書に原点があった。加えて、思春期から青年期にわたるヨーロッパ滞在中に自身の文学的表現への意欲を育むことになったボルヘスは、第一次大戦後のヨーロッパの前衛文学運動との出会いの中でドイツ表現主義をはじめとするモダニズムのさまざまな運動に触れ、自らも祖国の文学に新風を送ろうという情熱を強めることになって、そのことが初期ボルヘスの表現スタイルの特異性を生み出す結果になったのである。

（一三）ジュネーヴかチューリヒで、私もまた詩人になることを運命の女神が望まれたとき、およそ詩人なら誰でもそうするように、私は月を定義するという秘密の義務を自らに課したのだった。
（一四）こつこつと苦労して私は、すでにルゴーネスが琥珀とか砂とかを用いてしまっているのではという強い不安に駆られながら、ささやかながら月を表すさまざまな言い回しを徹底的に試してみた。
（一五）遠い異国の象牙のような月、朧に煙る月、冷たい雪のような月が、難関とされる上梓の栄に浴するまでに至らなかったわが詩句を照らす月となった。
（一六）私は思っていた、詩人とは、楽園の赤心のアダムのように、ひとつひとつの事物に、まさにぴったりの、正真正銘の、初めて人に知られることになる名辞を、与える人なのだと。
（一七）私はアリオストに教わったのだ、移ろい変わる月の中には、さまざまな夢が、捕捉しがたいもの、失われた時間、あり得べきもの、あるいはそれと実は同じものであるあり得べからざるものが、棲んでいることを。
（一八）三つの異形をもつディアーナについてアポロドーロスは私にその魔術的な影を識別させてくれた。ユゴーは黄金造りの鎌を、さるアイルランド人は暗い悲劇的な月を、私に与えてくれた。
（一九）そうして私が神話の月の鉱脈を探測していた間も、まさにここの、角を曲がったあたりに、日ごと天空に月は出ていたのだった。

ジュネーヴで詩人として立つ決意をしたボルヘスは、故国の文学全般の旧態依然たる現状を憂えながらも、父の蔵書で触れた先輩詩人レオポルド・ルゴーネスの新奇な表現スタイルに共感と反発のいりまじったアンビヴァレントな関心を寄せ、ルゴーネスを批判的に論じる文章を雑誌に寄稿したりしていたが、のちに一九五五年には、小冊の共著ながらモノグラフ一冊を捧げて、こんなことを述べている。

ルゴーネスは、言葉を操る手練にかけては、数においても多様さにおいてもラフォルグに匹敵し、おそらくは凌駕さえしているが、こうした手練のかずかずは、ラフォルグにおいては、バイロンにおけると同様、個人的特徴を表現するのに有用で、あくの強い特異性にマッチしているか、あるいはマッチしているように思われるのに対して、ルゴーネスにおいては、板についた妙技であり、熟慮された修辞的遊戯であって、文学の領域を逸脱することはない。（ボルヘス4　四七四）

つけくわえていえば、『創造者』は巻頭に「レオポルド・ルゴーネスに捧げる」と題するこの先輩詩人への和解の花束が献じられている。そして、ルゴーネスと月といえば、このアルゼンチン詩人の代表作『感情の太陰暦』（一九〇九）は、ウルグアイ生まれのフランス詩人ジュール・ラフォルグの『母なる月のまねび』（一八八五）に触発された、月づくしの詩集であり、ボルヘスは両者を比較して、ルゴーネスに軍配を挙げているというわけだ。

このようにしてボルヘスは月を詠んだ古今の詩を読み、そうして蓄積した月のさまざまな形象を、いわばルゴーネスが模倣しようとしたラフォルグをも意識しながら、発表するまでには到らず反古にした幾多の習作において、試行錯誤をくりかえしつつ詠んだというのである。アリオスト『狂乱のオルランド』の第三四歌から始まる奇想天外の月世界、イェイツにおける、月の諸相があらかじめ決定する人間の運命の悲劇性……。しかし、そうした読みと詠みの試行錯誤の最中にも、夜ごとの空に現実の月はのぼる。真の詩人ならば、赤子のように、初めの人アダムのように、月を月と名指さなければならない。月に原初の名を与えなければならない。修辞を超えたところで月に月のイデアを付与しなければならない。

（二〇）およそあらゆる言葉の中で、ただ一語だけ、それを想起させる、あるいは写し取っているものがある、ということを私は知っている。その秘訣は、その語を謙虚に用いることにあると私は気づく、それが「la luna」という語なのだと。
（二一）そのイメージの純粋な出現を、虚しいイメージで敢えて汚すようなことはもはやすまい。私はそれを、あるがままのもの、日常的なものとして、また私の文学という枠を越えたものとして見る。
（二二）私は理解している、月、すなわちlunaという語は、われら人間という、多にして一なるかけがえのない存在を表記する複合的なエクリチュール（属文）のために創出された一つの書法なのだと。
（二三）それは、いつかある日、栄光に包まれた昂揚からか、苦悩の極みからか、己が真の名を書くことができるようにと、運命または偶然が人間に与えてくれているかずかずの象徴のひとつなのである。

「月」を「月」と呼ぶとはどういうことか。ここにひとつ、ほとんどこの詩におけるボルヘスの結論と照応するようなマラルメの散文「詩の危機」の一節がある。

私が花！　という、すると私の声は、なんの輪郭もあとに残さずに忘却へと沈んでしまうが、その外に、われわれの知っている萼のある花とは別の何かとして、およそなんの花束も存在しないのに、匂いたつ花の観念そのものが、音楽のように立ちあがるのである。（マラルメ　三六八）

詩人が「花！」という言葉を発するとき、彼は桜とか薔薇とか百合といった具体的な花の形象を脳裏に思い描いているのではなく、ましてや、なにかの花の具体的形象を聞き手の脳裏に喚起させようとしているわけでもない。彼が望んでいるのは現実の花とはちがう、「花」の観念そのものを虚空に出現させること。絵に描いた餅ではない、馥郁と匂いたつ、すべての花であると同時にどの花でもない花、いわば花の原像、花の詩的形象を、時空のなかに創造することなのだ。詩を詠むとはまさにそのような行為であり、それは同時に、非在の花の観念を言葉で創造すること、非在の花のイデアを「読む／詠む」ことにほかならない。ボルヘスが「月」のあらゆる形象を「読み」かつ「詠み」つくした果てに「月」というとき、「月」のイデアそのものが夜空に出現することを期待できるとすれば、詩の読者として無上の喜びであろう。詩人が月を「月」と詠むとき、「月」に月のイデアが読み取られるためには、詩人の詩業のすべてが「月」を照らしていなければならないのである。

（付記）本稿はボルヘス会有志による月例の読詩会で口頭発表を分担したとき（〇九・七・一〇）のハンドアウトとメモをもとにまとめたものである。席上、駒沢大学の真下祐一さんから有益な指摘をいただいた。また、当日参会されたみなさんの熱心な討議にも裨益されたことを感謝したい。

ボルヘスの本文は版によって、ときには大幅な異同があり、また詩人没後に編集された各種「全集」においても細部にバラつきがあるので注意を要するが、ここでは文献の（ボルヘス２）を底本とした。

注

（1）第八連に出る、さるバラッドに見られる「龍月」(dragon moon) という表現については、出典を探りかねていたが、本稿執筆後、上智大学の松本朗さんと話をしていて、ふとコンピュータの検索のことを話題にしたおりにそのことを話したら、さっそく調べてくださった。それはG・K・チェスタトンの "The Ballad of the White Horse" という、五行詩二連プラス六行詩一四連、計九四行の詩の第一一連第二行に出てくる。内容的にはボルヘスの言い分にぴたりと適合しているし、ボルヘスのチェスタトンへの傾倒ぶりから推しても、言及されている典拠がこの詩であることは間違いないと断言できる。

引用・参考文献

Borges, Jorge Luis. *El hacedor*. Buenos Aires: Emecé Editores, 1960.（ボルヘス1）

——. *Obra poetica, 2*. Biblioteca Borges. Madrid: Alianza Editorial, 1999.（ボルヘス2）

——. *Œuvres complètes II*. Bibliothèque de la Pléiade. Paris: Éditions Gallimard, 1999.（ボルヘス3）

——. *Obras completas en colaboración*. Buenos Aires: Emecé Editores, 1979.（ボルヘス4）

グレンベック、ヴィルヘルム、山室静訳『北欧神話と伝説』新潮社、昭和四十六（一九七一）年。

Laforgue, Jules. *Poésie II: L'Imitacion de Notre-Dame la Lune—Des Fleurs de Bonne Volonté*. Paris: Mercure de France, n.d. [1902].

Mallarmé, Stephane. *Œuvres Complètes*. Bibliothèque de la Pléiade. Paris: Éditions Gallimard, 1961.

Quevedo, Francisco de. *Obras Completas II: Obras en verso*. Madrid: Aguilar, 1967.

Snorri Sturluson. *The Prose Edda*. Trans. with an Introduction and Notes by Jesse L. Byock. Penguin Classics. London: Penguin Books, 2005.

第2部

アメリカ文学

18

ゲーリー・スナイダーと龍泉庵
――ルース・フラー・ササキとの出会い

原　成吉

はじめに

ゲーリー・スナイダー（Gary Snyder）が日本へやってくる直接のきっかけとなったのは、ニューヨークの「美国第一禅協会」the First Zen Institute of America（FZI）との出会いに始まる。ＦＺＩは、日本人の禅僧、曹渓庵（佐々木指月）が、禅仏教の普及のためにニューヨークに設立した機関である。

二〇〇八年三月、スナイダーは自宅キットキットディジーでのインタビューで、「日本へ行く前に鈴木大拙の著作と曹渓庵の禅に対する考えを知ることができたのは幸運であった。なぜなら大拙の学問的禅と曹渓庵の実践的禅を知ることができたからだ」と言っている。曹渓庵については、アメリカでは伝記やその著作がいくつか出版されているが、日本ではほとんど知られていない(1)。

曹渓庵は一九四五年に六十三歳でこの世を去る。そして彼の死後、夫の遺志を継いだルース・フラー・ササキ（Ruth Fuller Sasaki, 1892–1967）は、大徳寺の後藤瑞巌老師のもとで禅を学びながら、当時の廃寺を再興し、外国人が禅を学ぶための場所として「龍泉庵」を設立する。財政的にも恵まれていたルース・ササキは、『臨済録』を英訳するための研究グループを組織した。彼女の呼びかけで、龍泉庵には、入矢義高、柳田聖山、そしてコロンビア大学のバートン・ワトスン(Burton Watson)、フィリップ・ヤンポルスキー(Philip Yampolsky)といった禅仏教や中国文学の学者が集まり、唐時代の原典の中国語から『臨済録』の英訳の仕事に携わっていた。そしてルース・ササキと研究者グループの仲介の労をとっていたのがアメリカ文学者、金関寿夫である。スナイダーもこのメンバーであった(2)。

スナイダーは、ルース・ササキの後援により来日し、禅の修行と平行しながら龍泉庵で彼女のために仕事をすることになる。ルース・ササキの人柄については、金関寿夫がスナイダーとの交流を記したエッセイ「八瀬のイージー・ライダー——若き日のゲーリー・スナイダー」で、また最近では、山里勝己がスナイダー研究の好著『場所を生きる——ゲーリー・スナイダーの世界』（山里 五六—六〇）でも紹介している。

この小論を書くきっかけになった一冊の本がある。イザベル・スターリングによる『禅の先駆者——ルース・フラー・ササキの人と作品』だ。二〇〇七—〇八年にかけて、カリフォルニア大学デイヴィス校のスペシャル・コレクションズでスナイダーを中心とした西海岸の詩についてリサーチをしているときに、スナイダーの紹介でこの著者と出会い、ルース・ササキという人物についてさらに詳しく知る機会を得た。そして二〇〇八年の夏に、ニューヨークのＦＺＩを訪ね、そこに残された資料を調べているうちにデイヴィス校のアーカイヴにはない、スナイダーとＦＺＩ関係者との書簡があることを発見した。

スナイダーと美国第一禅協会との出会い

スナイダーがＦＺＩの関係者に送った手紙が二四通、ＦＺＩに残っていた。これらの手紙の存在はこれまで知られていなかった。最初の手紙でスナイダーは次のように書いている。

私は前から禅に強い関心をもっていました（それは、これまで老荘思想（Taoism）を勉強していたので当然のことかもしれません）。そして、わたしは第一禅協会がどういう性格の組織かはまだ何も知りませんが、この国［アメリカ］で禅仏教に関心を寄せる組織や人びとがいることを知ってうれしかったのです。

第一禅協会について、詳しくおしえていただけないでしょうか？　この組織は日本の禅仏教と何らかのつながりがあるのでしょうか？　会員制なのでしょうか？　何か出版もしているのでしょうか？

クリスマス後に少しの間、ニューヨークへ行く予定ですので、この住所のところを訪ねてどなたかとお話しすることはできないでしょうか。

スナイダーの手紙に日付はないが、ＦＺＩが受けとったのは、一九五一年十二月十七日。手紙を書いた場所は、インディアナ州のブルーミントン、つまりスナイダーがリード・カレッジを卒業して、インディアナ大学ブルーミントン校の大学院へ行き、研究者の道へ進むかどうか悩んでいた時期である。インディアナへ向かう長いヒッチハイク途中で、次に拾ってくれる車を五時間も待ちながら、鈴木大拙の著作を読んでいたというエピソードもある。このときスナイダーはまだ二十一歳だ。結局、人類学専攻の大学院は最初の学期で止めて、西海岸のベイ・エリアにもどり、日本に行くためにカリフォルニア大学バークレーの大学院で中国語と日本語を勉強することになる。そのきっかけとなったのがＦＺＩへ送ったこの手紙だ。

スナダーの問いかけに、ＦＺＩのメアリー・ファーカスは、手紙を受け取った翌日に次のような返事を送っている。先ほどの手紙と同様、この手紙もＦＺＩのアーカイヴに保管されている。

お問い合わせありがとうございます。

私たちの組織は、すでにこの世を去った禅の指導者、曹渓庵［佐々木指月］によって一九三〇年に創設されました。日本の京都にある臨済宗の寺、大徳寺と近い関係にあります。六年前に曹渓庵が亡くなってから指導者はおりませんが、毎週水曜日の夕方、八時十五分から九時十五分まで坐禅をし、その後に、お茶とお話の時間をもうけ、曹渓庵の説話を記録したノートを読んでいます。

あなたのようなニューヨーク在住ではない方のために、准会員の制度があります。年会費は五ドルです。

今日までの私たちの出版物は「猫の欠伸」(Cat's Yawn) だけです。くわしくは同封のチラシをご覧ください。返信受取人払いで定価は五ドル、まだ在庫はあります。

あなたがニューヨークにいらしたときに、私たちの集まりにお出かけください。お会いするのを楽しみにしております。いずれにせよ、いらっしゃるときは午前中にお電話ください。

メアリー・ファーカス

スナイダーのニューヨーク行きは、悪天候のため取りやめとなり、彼はインディアナ大学の大学院をやめ、生まれ故郷のサンフランシスコへ向う。ＦＺＩの秘書メアリー・ファーカスに宛てた一九五二年四月十六日付けの手紙で、スナイダーは次のように書いている。

最近、アラン・ワッツという方の禅についてのレクチャーを聴きました。とてもためになりました。二〜三か月の内にまたうかがいたいと思います。彼はサンフランシスコにあるアジア研究所 (the American Academy of Asian Studies) で禅についてのクラスを担当しています。

この時期スナイダーは、アラン・ワッツの紹介でアジア研究所を訪れていた日本人画家、長谷川三郎から山水画の伝統を学んでいる。これは余談だが、一九五〇年代前半のサンフランシスコで、スナイダーは、三つの異なるサークルと親しく付き合うようになった。ひとつは、アラン・ワッツを中心とする禅仏教のサークル、二つ目は、ケネス・レクスロスを中心とするアナキストで平和主義者の詩人たち、三つ目は、ロバート・ダンカンやジャック・スパイサーといったゲイの詩人たちだ。そして後に、ニューヨークからやってきたアレン・ギンズバーグやジャック・ケルアックといったビートが加わり、サンフランシスコ・ポエトリー・ルネサンスが誕生することになるわけだが。おそらくスナイダーほど、どのグループとも親しく交わった詩人は他にいないであろう。

またスナイダーはこの頃、夏は北カスケード山脈で山火事の監視人をしていた。五十年後に当時を回想した詩、「さらに言うべきこと」(What to Tell, Still) で次のように書いている。

二十三歳のとき、鞭打つ灰色の風のなか
北カスケード山脈の北端にある火の見小屋に座っていた
岩と氷のてっぺんで、どうしようか考えていた
　パウンドを聖エリザベス病院に訪ねるべきかどうかを。
結局そこへは行かず、わたしはバークレーで中国語を学び、日本へ行った。(『絶頂の危うさ』七六、*Danger* 四一)

歴史的に見れば、アメリカ詩のポストモダンのひとつがこのとき始まったといえるかもしれない。それ自体とても興味深いテーマだが、ルース・ササキに話を進めよう。

最初にスナイダーがルース・ササキに手紙を書いたのは一九五三年五月三日。その中でスナイダーは、彼女に日本

での禅の修行についてたずねている。

ぼくは禅の伝統をこの目で見たいと前から考えていました。観念としてではなく、その伝統を支える文化との関係のなかで、いまも活きている具体的なものとして見たいのです。禅についての、さらに経験的な要素を理解するためには、じかにその社会に触れなくてはなりません。ぼくは歴史的、同時代的文化人類学的文献に疲れました。アラン・ワッツ氏は、禅の「根本的な意味」は、西洋人にも理解できると言っています。それも恒久的なかたちで、伝統という家を支える柱のいくつか、それには禅堂や指導者も含まれますが、それがなくても可能だといっています。しかし、ぼくは賛成しかねます。

アラン・ワッツはイギリス生まれの禅の研究者で、六〇年代のカウンターカルチャーの時代、鈴木大拙と並んでアメリカに禅を広めた中心人物のひとりで、スナイダーとは生涯の友人であった。アラン・ワッツはルース・ササキの娘エレノアと結婚（一九三八―四九）していたので、ルースの義理の息子にあたる人物だ。

この問いかけに対してルース・ササキは、一九五三年六月十日付けの手紙で、当時の日本の状況を次のように伝えている。この手紙は、スナイダーが山火事監視の仕事をしていたワシントン州の北カスケード山脈、マウント・ベーカー国有林、林野部の気付けになっている。さきほど引用した詩「さらに語るべきこと」でうたわれた場所である。

いまの日本の禅堂にやってきて、修行を考えているアメリカ人は、そこで目にするものにひどく幻滅することでしょう。伝統的な禅堂の生活を維持しようとする努力はなされていますが、成功からはほど遠いものです。

日本人は何年も英語を勉強してきていますが、英単語のひとつでも話せる禅僧はきわめて希です。英語を話す老師は一人だけいますが［ルース・ササキが師事した大徳寺の後藤瑞巌老師］、高齢のため体力的にも公案を指導する弟子をとることはできません。すばらしい老師は何人かいますが、弟子は日本語を話さなくていけませんし、少なくとも修行をするにはかなりの日本語運用能力が必要です。

せんじつめるとこうなります。一か月五十ドルの収入があり、日本に行って最低三年を過ごす覚悟ができていること。そして一年間は日本語の勉強に没頭し、日本文化に慣れ親しみ、坐禅を学ぶ。それから、あと二年間は——僧堂で寝起きをするか、あるいは通いでもかまいませんが、老師のもとで修行をするのです。おそらくその終わりころには、最初の公案をパスできるでしょう。

厳しい寒さと暑さに耐えなくてはなりません。それに見合う十分な衣服も必要です。そして自らを肉体的にも精神的にも異文化に適応させなくてはなりません。魅力的で真に価値あるものもたくさんありますが、ときには理解に苦しむこともあるでしょう。最後に、その人がこれまで仏教や禅について抱いてきた、ありとあらゆる幻想を捨て去ってしまう覚悟が必要です。こういったことができる人は、日本での禅の修行も不可能ではありません。

すでにルース・ササキは、一九三〇年代から日本の禅仏教の現実を体験しているので、彼女の言葉には説得力がある。やがてスナイダーはこれをすべて実践することになる。

スナイダーはニューヨークのＦＺＩのルース・ササキの秘書、吉田ハルへ送った一九五五年三月十五日付けの手紙で「五月四日、もしくはその前後にサンフランシスコを出港する日本郵船の〈有田丸〉を予約しました」と書いている。もし、スナイダーが予定どおりにサンフランシスコを出港していたなら、この年の九月にアレン・ギンズバーグやジャック・ケルアックと出会うことはなかったし、例のシックス・ギャラリーのリーディングもケルアックのスナイダーを主人公のモデルにした小説『ダルマ行者』*Dharma Bums*（一九五八）も書かれることはなかったであろう。少なくともポストモダンのアメリカ詩はいまとは違ったものになっていたかもしれない。このときスナイダーにとって思いもよらぬことが起きた。申請していたパスポートが発行されなかったのだ。当時は、マッカーシズムと呼ばれる極端な反共産主義の時代であった。スナイダーが十八歳の時、ニューヨークにある船員組合（Marine Cooks & Stewards Union）を通して、船員証（seaman paper）を取得したことが思わぬトラブルを招いてしまった。この組合は、人種差別や同性愛者の差別もしない筋金入りの左翼だったので、非米活動委員会に目をつけられしまった。その事情はルース・ササキとの書簡に詳しい(3)。パスポートのトラブルで日本行きは一年ほど遅れたが、一九五六年五月二十一日、スナイダーはルース・ササキの待つ京都へやってくる。

はじめての日本

最初の一年間は、事実上ルース・ササキがスナイダーのスポンサーとなった。一九五六年五月二十一日のスナイダーの「ジャーナル」には、神戸港に着くようすが描かれている。

船は和歌山の沿岸を航行——鋭くえぐられた険しい緑の山また山、そこに靄がかかっている。あちらこちらに船、高い船首が波しぶきのなかを上下に揺れる。そのあとを白い腹をした鳥たちが水面をなめるように追ってくる。朝が過ぎてゆく。ジョージと救命ボートの下にあるデッキチェアにすわって、すべるように通り過ぎてゆく陸地をながめる。——淡路島を過ぎる(光源氏についてのジョークをいう)一面スモッグに包まれた大阪へ、そしてついに神戸だ——港には船、また船——古ぼけた韓国籍の小さな貨物船——埠頭には、ルース・ササキと鷲野さんの姿。

そしてスナイダーは、これから一年半の間、相国寺の林光院で暮らしながら、三浦一舟老師に師事し、夕方は坐禅、昼は日本語を学ぶことになる。もちろんルース・ササキとはＦＺＩの日本支部である大徳寺の龍泉庵でほぼ毎日のように会い、彼女のさまざまプロジェクトを手伝うことになる。一九五六年七月十日の「ジャーナル」には、当時の心境が述べられている。

この状況［禅の修行］をあるがまま受け入れ、好きになるよう努めよう――しかしぼくには大きなこだわりがあって、それが心から離れない。

（一）詩、そして詩人としての役割
（二）本から学ぶこと、インテリとしての役割
（三）山、インディアン、木こり、カウボーイ、一番古いぼくのアメリカのヴィジョン
（四）すばらしいボヘミア的酩酊（wild Bohemian drunkenness）、そしてセックスと友人たち

しかし、ぼくが最初に禅を選んだのは、こういった執着をひとつにし、ぼくという人間を完全なものにしてくれると思ったからだ。ミセス・ササキには、金を惜しみなく使うというカルマがあり、ぼくにはセックスのカルマ、すなわち肉体と精神を分けることなく同じ富として扱うべきだ、というカルマがある。

アメリカ人とは本当に師匠（master）を持たない人びとだ――野蛮な歴史の後に現れた最初のアメリカ人から、それはほとんど変わっていない――そしてそれは良いことだが、アメリカ人にとって師匠と弟子の心理的関係はなじみがない。だからそれを受け入れるのは容易なことではない。その関係自体が途方もない体験となるだろう。「ぼくは頭がおかしくなるか、悟りを得るかのどちらかだ」

これは日本にやってきて一か月半が過ぎたころの記録だ。そして翌日の七月十一日に「きょう正式に三浦老師の弟子になった。老師の言うことはすべてしなくてはならない」と「ジャーナル」にその覚悟を記している。三浦老師がアメリカへ渡った後、後藤瑞巌老師の後を受けて大徳寺の管長になった小田雪窓老師のもとで、スナイダーは一九六六年、小田老師がこの世を去るまで師事することになる。

禅の修行と詩作

ここで日本での禅の修行を描いた作品「十二月」を読んでみたい。この詩は、一九六八年にアメリカで出版された詩集『奥の国』*The Back Country* の「六年」"Six Years" という一続きの作品に収められている。「六年」と題された詩は、一月から十二月までのタイトルが付けられた十二篇の詩と、その終わりに「六年への反歌」(Envoy to Six Years)というタイトルの詩から構成されている。スナイダーのメモ(4)によれば、これらの詩篇が書かれた時期は、はじめて来日した一九五六年から六四年にわたっている。「十二月」は、その最も早い時期に書かれたものであり、この作品からは、その後のスナイダーの詩の特徴がみてとれる。

十二月

午前三時――遠い鐘の音が
　近づいてくる。
用をなさない蒲団を押入に放りこむ。
外で、冷水を手ですくい、顔を洗う。
　鳥のような顔つきの、物静かで、痩せこけたコウさんが
手際よく、梅干し茶を注ぎながら
　部屋を回る。
本堂からの鐘で、経を唱える。　儀。
大きな低い鐘、小さな鐘、木魚の音。

四時の参禅
磨き上げた冷たい板の間に一列にならび、ひざまずく

粥座、ご飯と沢庵
飯器と汁器
薄暗い裸電球。
　夜明けまで、立ったまま居眠り。
　　　　　庭と禅堂を
掃く。
　外は霜
　　　　壁を抜ける風

八時に提唱《ていしょう》の鐘。　上座《じょうざ》。
ケイさんが老師の衣を整える――陰のなかに
　赤、金、黒の漆塗り
　　陽の光りと寒さ
斎座《さいざ》、九時四五分
汁とご飯を少し取って、飯台におき
餓鬼に供える
　　昼には禅堂にもどる。
二時、参禅
三時、薬石《やくせき》

熱い残り物の粥。
鐘の音、すり足で歩く音。　禅堂の外で一服、
それから、おしゃべり。

日暮れどき、五時、
黒い衣が禅堂に集まる。
こわばった関節、痛む膝を曲げる
直日《じきじつ》が、香を灯し、静かに歩く、
鐘の音、
拍子木のカーンという音
そして、藁草履をはいた警策が
禅堂をするすると回る。

七時、参禅
お茶と葉の形をした飴。
八時、両手を組んで経行《きんひん》——
一列に前屈みになって、衣に風をはらませ
眠気を吹きとばす——

九時にもう一度、参禅
一〇時、熱いうどん、
ひとり三杯。

真夜中まで坐る。　経を唱える。
　三拝し、蒲団をしく。
　くるまって寝る――
　まっ暗。
遠い鐘の音が近づいてくる　（*The Back Country* 六二―六三）

この詩は十二月一日から八日の朝にかけて行われる臘八大接心《ろうはつおおせっしん》の体験がもとになっている。スナイダーはルース・ササキのもとで、禅の初心者のために編纂した英文のガイド・ブック『木魚』(*The Wooden Fish*) のなかで、「臘八大接心とは、釈迦牟尼が悟りを開いた十二月八日を記念して行われる一年でもっとも厳しい接心である」(『木魚』二)と述べている。この本には、僧堂の年間行事や偈 (gatha)、陀羅尼 (dharani)、経 (sutra) などについての説明や読み方（唱え方）がアルファベット表記で記されている。詩をスタンザごとに見てみましょう。

最初のスタンザでは、一九五六年の大徳寺で行われた臘八大接心の起床の様子が描かれている。このときスナイダーは、ＦＺＩをとおしてすでに大徳寺にやってきていたウォルター・ノーウィックと大接心に参加した。「コウさん」“Ko”とは、盛永宗興という当時大徳寺でスナイダーとともに修行していた僧侶で、後に花園大学学長も務めた著名な老師。仲間うちでは名前の最後を愛称として呼んでいたとのこと。「鳥のような顔つき」(the bird-head) の箇所はその僧侶の容ぼうの描写。「用をなさない蒲団」(useless futon) とは、敷き布団、掛け布団のように別れた布団ではなく、大きな一枚の布団を指す。冬にこれに柏餅みたいにくるまって寝るわけだから「用をなさない」という形容は腑に落ちる。

第二スタンザは、本堂からの鐘の音を合図に経を唱え、参禅する様子。先ほどのガイド・ブックには朝に唱える

「朝課」や午後の「晩課」に唱える経についても述べられている。

第三スタンザの粥座《しゅくざ》とは朝食を指す禅の用語。「夜明けまで、立ったまま居眠り」(till daybreak nap upright) の箇所は、五時三十分から夜明けまではフリータイム、つまり寝ることが出来る時間だが、立ったまま眠ろうとする強者もいるという意味になる。夜が明ける七時から本堂や庭の掃除がはじまる。

第四スタンザについては、「八時に提唱の鐘を合図に『碧巌録』をもって禅堂へもどり、小田雪窓老師が老師の席に着き、臘八のための説話をする」という記述が、スナイダーの「ジャーナル」の一九五六年十二月一日―八日にある。「ケイさん」(Ke) とは、老師のお世話をする付き人の愛称。そのあとの「陰のなかに／赤、金、黒の漆塗り」(. . . red, gold,/ black lacquer in the shadow) の部分は、老師の後ろにある仏壇の中の様子と解釈できる。

第五スタンザでは、昼食にあたる斎座《さいざ》の様子が描かれている。食前に「生飯《さば》と呼ばれる「衆生の飯」として少し食べ物を供える。スナイダーは「ジャーナル」に「朝の食事のときは箸で自分の器の前に置くが、昼のときは薬指と親指ですこし摘む。これは衆生 (all sentient beings) のための捧げもの」と書いている。「実際あとで鳥にやった」と筆者に語った。「薬石」(bellywarmer) とは、禅宗では夕食にあたるが、あらたまったものではない。

第六スタンザの、「黒い衣」(black robes) とは、雲水たちのことで、「直日《じきじつ》」(the jiki) とは、禅堂内の坐禅の指導監督役の人を指す。

第七スタンザの「経行《きんひん》」(kinhin) とは、修行者が坐禅のあいだの眠気をさますために、禅堂の周りを一列になって走ることをいう。スナイダーは、「胸の前で両手を組み、かなりのスピードで走った」と言っていた。「葉の形をした飴」(leaf-shaped candy) は檀家からの差し入れ。

第八から第九スタンザは、寝るまでのすべての行程で、最後の一行は、また午前三時の起床から修行がはじまることを告げる鐘の音となっている。ただし、ここでは最初のスタンザと違ってラインブレイクなしの一行となっている。これでこの詩のおおよその内容は理解できるだろう。

次に詩の作り方を見てみよう。詩の「意味」は三つのS、すなわち「サウンド」(SOUND)、「サイト」(SIGHT)、「センス」(SENSE)から作られている。「サウンド」とは、リズムや間がつくる音楽性、「サイト」とは、イメージのこと。「センス」とは、いままで述べてきたような辞書的な意味 (what to say) のことだ。この作品は、一読してわかるとおり、繰り返し現れる鐘の音と断片化したイメージによる語りのスタイルから成り立っている。

またこの詩は、通常の統語法（シンタックス）とは違うスタイルで書かれているために、初めて目にする読者はとまどいを覚えるかもしれない。論理的な「主部＋述部」からなるステートメントを伝える統語法では、コトバが経験に先行してしまうため、詩人が表現したい経験は再現できず、そのエネルギーが失われてしまう、とチャールズ・オルスンは述べている。そこで、分類したり比較したりする「理念のコトバ」に代わるものとして「サウンド」と「サイト」による、句や節をコラージュしてゆく「パラタクシス」の詩作法（Olson 三五五―五六）が使われることになる。ここで言う「パラタクシス」とは、いわゆる「文法」、すなわち秩序だったディスコースではなく、事物が起こった順にしたがって、伝えるべきイメージや行為を並列してゆく統語法のことだ。エズラ・パウンドの言葉を使えば、事物の細部に光を当てる「luminous detail の手法」（Pound 二二）といえるだろう。この詩でいえば、時間を告げる鐘の音、そこから半ば強制的に執り行われる行為、そしてそれに批判を交えるゆとりもない語り手の心理を、限界まで切り詰めたコトバが作るリズムとイメージが伝えている。これがパラタクシスの語りである。一九五六年にスナイダーは、彼の詩を特徴づける詩作法を見つけていたことになる。このような詩作法は、中国や日本の古典、モダニズムの遺産、彼自身のさまざまなアウトドア体験、そして禅の修行から生まれたものである。

ルース・ササキとの別れ

最後にルース・ササキとの関係についてふれておきたい。一九六〇年に、サンフランシスコから詩人のジョアン・カイガーが京都のスナイダーのところにやってくる。そしてルース・ササキは、もし一つ屋根の下で暮らすのであれば正式に結婚するよう薦める。ふたりはと結婚し、京都の八瀬で暮らすようになる(5)。

翌年、スナイダーにとって予期せぬ出来事が起こる。ルースは彼女の誤解からフィリップ・ヤンポルスキーを解雇してしまう。これはヤンポルスキーが『臨済録』の原稿を彼女の許可を得ずに持ち出したという彼女の誤解が原因だった。それに抗議して、バートン・ワトスンとスナイダーもルースの元を去る。スナイダーは一九六一年七月二十六日付の手紙で、FZIの日本支部ディレクターであるルース・ササキに、FZIのリサーチ・スタッフを辞任する旨を次のように述べている。

親愛なるササキ夫人へ

先頃、インスティチュートの二人のリサーチ・メンバーが辞めたことにより、わたしのインスティチュートでの役割も変わってまいりました。もはやこれ以上インスティチュートのプログラムに貢献することが出来なくなりました。それゆえ私の研究を続けるための補助金の残額を放棄し、FZIのメンバーも辞任いたします。

何年にもわたり、さまざまな面において、あなたとインスティチュートからいただいたご支援に深く感謝いたします。私がこれまで習得してきた技術、そして人として学んできたものが、法 (Dharma) の教えにつながることを望んでおります。またそのように役立てる所存です。

敬具

ゲーリー・スナイダー

その事件が起こる前のことだが、ルース・ササキは「龍泉庵」を、スナイダーに任せたいともちかけた。しかしスナイダーは詩人の道を選んだ。この事件以降スナイダーとルースの関係は以前ほど親密ではないが続いていた。ルース・ササキは突然この世を去る半年前の一九六七年四月二日に、スナイダーに手紙を送っている。おそらくこれが最後の手紙であろう。

親愛なるゲーリー、

四月八日［この日は灌仏会］にディナーにいらしゃいませんか？　そう、出来れば少し早く来てください、五時半くらいがよいでしょう。入矢［義隆］さんにも声をかけましょう。あなたにとても会いたいと言っていましたから、午後の接心のあとお家に帰る前に、ちょっと一杯いかがですか、とお誘いしましょう。

先日の晩、禅堂であなたが坐っていたときききました。ディナはとても喜んでいましたよ。本の献辞、ありがとう、あなたが帰るまで見ませんでした。あなたが愛と一緒に本を送ってくれてうれしいです。なぜならわたしもあなたを愛していますから。

この年、スナイダーはトカラ列島諏訪之瀬島の活火山の火口で上原雅と結婚式をあげ、京都で生まれた長男カイとともに、六八年に「亀の島」へもどる。一九七〇年に、ネヴァダ・シティ近郊、北部シエラ・ネヴァダ東山麓、南ユバ川の北に位置するサンワン・リッジに、友人たちの協力を得て自宅「キットキットディジー」を建てる。八二年、敷地内に骨輪禅堂(Ring of Bone Zendo)を建て、カリフォルニアのポンデロサ松の森に禅を移植し、根付かせた。禅仏教をアメリカへ伝えたいという佐々木指月（曹渓庵）、ルース・ササキ（紹渓）の願いは、時代を経てスナイダー（聴風）の禅の実践や詩やエッセイに引き継がれている。

（付記）この小論は、二〇〇八年十月十一日、西南学院大学で開催された第四七回日本アメリカ文学会全国大会での研究発表原稿をもとに、加筆修正したものです。

注

小論で引用した「手紙」は、The Publication Committee of the First Zen Institute of America より許可を得て掲載したものです。代表者のマイケル・ホッツ (Michael Hotz) 氏には多大なご尽力をいただきました。

また、スナイダーの「ジャーナル」からの引用は、Department of Special Collections, Shields Library, University of California, Davis の許可を得て掲載したものです。デイヴィス校滞在中は、スペシャルコレクションズのダリル・モリスン (Daryl Morrison) 氏、ジョン・スカスタッド (John Skarstad) 氏、ジョン・シャーロック (John Sherlock) 氏、そして英文科のデイヴィッド・ロバートスン (David Robertson) 名誉教授からは、貴重なアドヴァイスをいただきました。お礼申し上げます。

（1）佐々木指月（曹渓庵）は、一九二〇年代にはアメリカの風俗を独自の視点から紹介した作家として知られていた。日本語による著作、ならびに英語の伝記については参考文献を参照

（2）一九五〇年代半ばから六〇年代にかけてのスナイダーについての回想録が、スナイダーの還暦を祝って編纂されたエッセイ集 *Gary Snyder: Dimensions of A Life* (1991) に収められている。Burton（五三—五九）、Yampolsky（六〇—六九）、Kanaseki（七〇—七五）を参照。また、一九三〇年代からニューヨークのＦＺＩで曹渓庵に師事していた詩人で英文学者のリンドリー・ウィリアムズ・ハベル (Lindley Williams Habbell) は、一九五三年十月にルース・ササキのプロジェクトを手伝うために来日した。ハベルは、後に同志社大学で教鞭を執り、「林　秋石」として日本に帰化している（Sterling 六一—六二）。

（3）一九五五年六月三日付のスナイダーに宛てたルース・ササキの手紙　(UC Davis, Special Collections D-050 II 163: 6) を参照。同じ手紙のコピーがＦＺＩにも保存されている。

（4）この Publication Data のメモは、(UC Davis, Special Collections D-050 I 4: 32) による。

（5）ジョアン・カイガーとスナイダーの京都での生活は、カイガーの『日本とインドのジャーナル』*Strange Big Moon* (2000) に詳

しい。初版に付けた「著者の注」のなかで、彼女はルース・ササキについて回想している。「FZIの創設者で大徳寺龍泉庵の住職、日本でのゲーリーのスポンサーで、私のスポンサーでもあったルース・フラー・ササキは、ゲーリーへの手紙で、『もし、あなたとジョアンが結婚してから、あなたの小さな山の家［八瀬］で暮らすのはかまいません。しかし、結婚前にその小さな家で一緒に暮らすことはなりません。協会には、メンバーに尊重してもらいたい一種の社会的慣習があるのです』と言ってきた。そこで私は京都に着くとすぐに結婚し、日本の家庭の主婦に世界に入った」(Kyger xii) と述べている。ニューヨークのFZIには、一九六〇年三月二十日付けの英字新聞 The Mainichi のクリップが保存されていた。ホッツ氏の話では、ルース・ササキが保存したものだろうとのこと。その記事は、「土地に根ざし、禅と文化を学ぶ若いアメリカ人のカップル」という見出しで、コタツで食事をする二人。竈で飯を炊くスナイダー、その隣で割烹着姿で洗い物をするカイガー。井戸から釣瓶で水をくむスナイダーの姿が三枚の写真入りで紹介されている。

引用・参考文献

Kanaseki, Hisao. "Easy Rider at Yase." *Gary Snyder: Dimentions of a Life*. Ed. Jon Halper. San Francisco: Sierra Club Books, 1991. 原成吉訳「八瀬のイージー・ライダー――若き日のゲーリー・スナイダー」、『アメリカ現代詩を読む』金関寿夫、思潮社、一九九七年に収録。

Kerouac, Jack. *The Dharma Bums*.1958. Intro. Ann Douglas. New York: Viking, 2008.

Kyger, Joanne. *Strange Big Moon: The Japan and India Journals: 1960–1964*. Berkeley: North Atlantic Books, 2000.

Miura, Isshu and Ruth Fuller Sasaki. *The Zen Koan*. New York: Harcourt Brace, 1965.

——. *Zen Dust*. Kyoto: The First Zen Institute of America, 1966

Olson, Charles. "Review of Eric A. Havelock's Preface to Plato." *Collected Prose*. Eds. Donald Allen and Benjamin Friedlander. Berkeley: U of California P, 1997.

Pound, Ezra. "I Gather the Limbs of Osiris." *Selected Prose 1909–1965*. Ed. William Cookson. London: Faber & Faber, 1973

Sasaki, Ruth Fuller. Trans. with commentary and Thomas Yuho Kirchner, ed. *The Record of Linji*. Honolulu: U of Hawaii P, 2009.

Snyder, Gary. *The Back Country*. New York: New Directions, 1968.

——. *Danger on Peaks*. Washigton D. C.: Shoemaker & Hoard, 2004.　原成吉訳『絶頂の危うさ』思潮社、二〇〇七年。

——. “On Rinzai Masters and Western Students in Japan.” *Wind Bell* 8 (1–2): 23–28. 1969.

——. *The Wooden Fish: Basic Sutras & Gathas of Rinzai Zen*. Prepared with Kanetsuki Gutetsu. Kyoto: The First Zen Institute of America in Japan, 1961.

Sterling, Isabel. *Zen Pioneer: The Life & Works of Ruth Fuller Sasaki*. Washington, D.C.: Shoemaker & Hoard, 2006.

Watson, Burton. “Kyoto in the Fifties.” *Gary Snyder: Dimensions of a Life*. Ed. Jon Halper. San Francisco: Sierra Club Books, 1991.

Yampolisky, Philip. “Kyoto, Zen, Snyder.” *Gary Snyder: Dimensions of a Life*. Ed. Jon Halper. San Francisco: Sierra Club Books, 1991.

山里勝己『場所を生きる——ゲーリー・スナイダーの世界』山と渓谷社、二〇〇六年。

佐々木指月（曹渓庵）の著作

Sokei-an. *Cat's Yawn: The Thirteen Numbers*. 1940–1941. Comp. Ruth Fuller Sasaki. New York: The First Zen Institute of America, 1947.

——. *Zen Eye: A Collection of Zen Talks*. Ed. Mary Farkas. New York: Weatherhill, 1993.

——. *Zen Pivots: Lectures on Buddhism and Zen*. Eds. Mary Farkas and Robert Lopez. New York: Weatherhill, 1998.

佐々木指月『郷愁』（詩集）国民文学社、大正五（一九一六）年。

——『金と女から見た米国及び米国人』日本評論社出版部、大正一〇（一九二一）年。

——『米国を放浪して』日本評論社、大正十（一九二一）年。

——『亜米利加夜話』日本評論社、大正十一（一九二二）年。

——『言葉の鳥籠』（詩集）扶桑社、大正十一（一九二二）年。

——『さらば日本よ』原田成海堂、大正十一（一九二二）年。

——『女難文化の国から』騒人社、昭和二（一九二七）年。

佐々木指月（曹渓庵）についての文献

Hotz, Michel. *Holding the Lotus to the Rock: The Autobiography of Sokei-an, America's First Zen Master*. New York: Four Walls Eight Windows, 2002.

窪田空穂「佐々木指月という人——思い出す作家五」、『短歌研究』一五（六）、一九五八年四月。

——「佐々木指月という人——思い出す作家六」、『短歌研究』一五（七）、一九五八年七月。

――「佐々木指月という人――思い出す作家七」、『短歌研究』一五（八）、一九五八年八月。

――「佐々木指月という人――思い出す作家八」、『短歌研究』一五（九）、一九五八年九月。

堀正広「ニューヨークの禅僧……曹溪庵佐々木指月（一）」海を渡った放浪の禅者」、『禅』二〇〇一年。

――「ニューヨークの禅僧……曹溪庵佐々木指月（二）」海を渡った放浪の禅者」、『禅』二〇〇二年。

――「ニューヨークの禅僧……曹溪庵佐々木指月（三）」海を渡った放浪の禅者」、『禅』二〇〇二年。

The First Zen Institute が一九五四年から毎月発行している *Zen Note* に "Sokei-an Says" のタイトルで曹溪庵の説話が各号に掲載されている。

19

ブリューゲル「イカロスの墜落」をめぐる三つの詩

西原　克政

飛ぶことを学ぶ前に
落ちることを学ばねばならない

ポール・サイモン

ピーテル・ブリューゲル（一五二五？―一六九）の作とされる「イカロスの墜落のある風景」（以下、特別な場合を除いて、「イカロスの墜落」と略す）は、多義的なニュアンスを含む謎めいた絵である。これまで多くの文学者が魅了されてきたイカロス神話の主題を、(1) ブリューゲルがどのように受容し、ブリューゲルのこの絵からインスピレーションを受けて詩を作った、三人の詩人の作品を対象にして、絵と言葉の相互作用を考えてみたい。(2)

詩のほうに入っていく前に、絵画のリプリゼンテーションの問題点をまず踏まえておきたい。この「イカロスの墜落」は、絵画のジャンルの腑分けからすると、「ナラティヴ・ペインティング」（物語画）という範疇に収まりそうである。この批評用語自体が言葉の矛盾を孕んでいるが、物語という時間を含む言葉の集積を、一枚の絵で瞬時に表現しなおすという、通常は不可能な魔術といっていい着想を、「ナラティヴ・ペインティング」は必然的に抱え込んでいることになる。そしてこの関係性に気づいている者だけが、古今東西の名画の中の「ナラティヴ・ペインティング」の構図および構成の卓抜さに圧倒されるという仕組になっている。その力の根源は、いま述べた通り、構成がすべてなのである。それは物語が代表的な神話として生き残る力も、畢竟構成の力といっていいだろう。「ナラティヴ・ペインティング」をもう少し単純化して考えると、物語という「時間」を一枚の絵画の「空間」に置き換えることが可能かどうかという問題である。それは、三次元の現実世界を二次元の非現実世界に移し変える、絵画そのものが宿命として持っている役割に、また新たに余分な難題がひとつ加算されたということかもしれない。

さて、ブリューゲルの「イカロス」に戻ろう。制作年は手元の一般的な解説書によると、(3)一五五八年頃と推定されているが、近年の科学的な調査ではもっと後に作られたものであるらしい。(4)イカロス神話の物語は、当時一般に流布していたオウィディウスの『変身物語』がその典拠となっていた。そのあらすじをかいつまんで見ておきたい。

ダイダロスは工芸および発明の才にたけており、息子イカロスと共に、鳥の翼に模して作った一対の翼をめいめいの身体に蝋で接着して、空を飛んでクレタ島から脱出する。ダイダロスはイカロスに「太陽に近づきすぎると蝋が溶けるし、低く飛びすぎると海水で翼が重くなってしまう。中間を飛びつづけるように」と念を押した。この親子が飛ぶ様子を、釣をしていた漁師、杖を持った羊飼い、鋤に寄りかかった農夫が目撃し、肝をつぶした。空を飛べるのは神々に違いないと信じたからである。やがてイカロスは父の先導から外れ、天空への憧れから高いところを飛び、太陽の熱で蝋が溶けて紺碧の海へと落下してしまう。

ダイダロスが哀れなイカロスの亡骸を埋葬しているところを鷓鴣《しゃこ》が見ていた。実はこの鳥こそダイダロスの罪を体現するものであった。ダイダロスはかつて妹の息子を弟子として引き受けたことがあった。ペルディクスというその少年は、天才的な発明の才を持ち、鋸や円を描くコンパスまでも発明したのである。ダイダロスはこの甥の才能を羨み、アクロポリスの丘の上からこの少年を突き落とした。このペルディクスが落下する途中で、哀れに思った女神ミネルヴァは少年を鷓鴣に変身させその命を助けた。そして以来、ペルディクスは地面の近くだけを飛び回り、決して木の枝や梢に寄りつかないのも、自分が落とされた高所への恐怖心が消え去らないためだった。(5)

この物語の前半部は人口に膾炙しているが、第二段落の後半部は案外知られていない。この逸話に関する限りでいうと、イカロスの墜落はまるでペルディクスのダイダロスへの復讐の怨念の力学から引き起こされたといっていい。そしてイカロスの死は、父親ダイダロスにとって痛恨の極みであったはずである。しかしこの悲劇はダイダロス自身が蒔いた種であり、それを自ら刈り取らねばならない因果応報の教訓が含まれる形で、この物語は閉じられる。
それではまず最初にW・H・オーデン（一九〇七―七三）の有名な「美術館」から見ていきたい。

美術館

昔の巨匠たちは、受難について決して間違っていなかった、
その人間的位置を、彼らは何とよく理解していたことか、
ほかの連中が食べたり窓を開けたり、ただのろのろ
歩いている間に、どんなふうに受難が起こるかを知っていた、
賢者たちがうやうやしく熱心に、奇跡的な誕生を
待ち構えているとき、それをとくには望まぬ子らが常にいて、
森の端の池でスケートに興じている次第をも、
彼らはよく理解していた。
彼らはまた、決して忘れなかった、
恐ろしい殉教者の道でさえ、とにかく片隅の、
取り散らかしたところにその場所を確保しておかねばならぬことを、
犬が犬の暮らしを続け、拷問者の馬が
その無実の尻を木にこすりつけているところを。

たとえば、ブリューゲルの「イカロス」だ。何もかも
まったくのんびりして、彼の災難を顧みようともせぬ、
農夫はザブンという墜落の音や絶叫を
聞いただろうが、重大な失敗だとは思わなかった。
太陽も相変わらず、緑の海に消える白い脚を照らしていた。
ぜいたくで優美な船も、驚くべきものを見たのに、
空から落ちる少年を見たに違いないのに、
行くところがあって、静かに航海を続けたのだ。(6)

一九三八年ブリュッセルのベルギー王立美術館の二階にある「ブリューゲルの間」を、オーデンが訪れた後に、その印象を綴った、いわゆる「機会詩」という枠組みが、まず前提としてこの詩にある。また詩の内部に絵画の細部を描いた、「エクフラシス」を含む二重構造にもなっている。もちろん焦点は、絵画の中でも王立美術館の至宝として名高い、「イカロスの墜落」に当てられている。けれども前半部で絵画一般に触れつつも、主要となる主題である「受難」ないしは「殉教」の道を語る詩の語り手は、明らかにブリューゲルの別の作品を念頭に置いているようである。

一般から特殊へと導く展開方法は、まるでタイトルの「美術館」という公共の施設に入っていくのと同じように、われわれ読者も詩の中に入っていく絵画鑑賞ツアーの一員であるかのような感覚を与えてくれる。このあたりに、オーデンの巨匠と呼ぶに値する、老練な詩の技巧と構成力の見事な技が光っている。最後の「イカロスの墜落」をこのツアーのクライマックスだとすると、その前に観るのが「ベツレヘムの人口調査」と「ベツレヘムの嬰児殺し」という聖書を元にした作品群である、と特定する説がある。(7)ただし後者の「ベツレヘムの嬰児殺し」はウィーン美術史美

術館に所蔵されているので、複製が掛けられていたか、オーデンの頭の中の空想美術館が悪戯したのかもしれない。王立美術館に四点あるブリューゲルの作品は、「イカロスの墜落」「反逆天使の墜落」「ベツレヘムの人口調査」「東方三博士の礼拝」である。いずれも確かに、オーデンが要約している「受難」を受ける側とその「受難」に気づかぬ側との対照が、絵のライトモチーフといえるかもしれない。ブリューゲルの全作品の中で、ギリシア神話を題材にしたものは、この「イカロスの墜落」が唯一であるのも意味深長である。ブリューゲル自身のイカロス神話の物語に対する受け取り方は否定的であり、人間が空を飛ぼうとすること自体が神への不敬であり、人間の傲慢な思い上がりだと考えていた。つまり、近代人や現代人がイカロスに対して抱く、ロマン主義的な英雄行為や芸術性（人工の翼という工芸作品）といったものは、いわば近代の寓話に過ぎないもので、ブリューゲルの生きていた時代との乖離を痛感させられる。ブリューゲルの焦点は、画面中央の農夫とその片割れであるかのような牧人に注がれている。そもそも「イカロスの墜落」は眼中になくて、いってみればこの絵の「おまけ」のような位置に甘んじている。絵の題である「イカロスの墜落のある風景」（傍点筆者）の「ある」がいかに辛辣であることか。しかし気をつけねばならないことは、そう思うのは近代人の視線であって、決してブリューゲルの視線ではないということ。ブリューゲルはあくまで、イカロスをタブローの右下のほとんど見えないまでの絵画に仕立て上げたのを当然と考えていたようである。

　オーデンは、ブリューゲルの絵の中心に位置する農夫と画面右端より少し真中寄りのイカロスの小さな両脚との対比を照射しながら、対極的な人間のアーキタイプを素描していく。大地の足場を失った、空から落ちてくる少年という世紀の一大事を目撃した観客が、これから出帆してゆく船に相違ない、という詩的虚構も奇妙なまでに説得力があるし、アイロニーに満ち溢れている。イカロスの墜落の目撃者は船であるという奇想は、この詩のまとめとして実に効果的な新らしい「変身物語」を添えているといえまいか。

イカロスの墜落のある風景

ブリューゲルによると
イカロスが落ちたとき
それは春だった

農夫が畑を
耕し
その年の

一大ページェントが
眠りからさめ
海の端の近くで

ひりひり痛みが走り
海は
みずからが気にかかる

翼の蝋を
溶かした
太陽に汗ばんで

取るに足りないもののように

岸辺から
離れたところ
人知れずあがる水しぶき
これこそ
イカロスが溺れている

ウィリアム・カーロス・ウィリアムズ（一八八三―一九六三）には『ブリューゲルの絵』（一九六二）という詩集があり、ブリューゲルの有名な絵画を題材にした連作である。この「イカロスの墜落のある風景」は、連作の二番目に置かれた作品である。ウィリアムズがブリューゲルの絵に惹かれる理由はなんであろう。その答えはもちろん、ウィリアムズの詩のリプリゼンテーションに現れているはずである。それは、ブリューゲルの絵の持っている「表層」へのこだわりに、ウィリアムズの詩の美学的な価値観が奇しくもうまく寄り添ったというか、合致したかのように思われるのである。ブリューゲルの絵の特徴は、その平面性にあるといわれている。それをまず確認しておきたい。

このようにして、ブリューゲルの作品は、まるでタピスリーのように華麗な平面性を獲得する。明暗法や肉づけ法のようにルネッサンスの古典主義が成し遂げた三次元の立体性を強調する手法の代りに、与えられた平面を多数の色点で埋めるという装飾的な手法がとられているのである。(8)

人物や物に影がなく、それによって物の厚みが失われ、存在そのものの揮発性や表層性あるいは平面性が強調されることになる。もちろん右記の引用にある通り、この効果は、絵画に支配的な遠近法の呪縛からの解放でもあり、その根底にあるのは「自由」という開放感であったろうと推測される。

ウィリアムズはこの感触をブリューゲルの絵から受け取ったのであろう。それは、自分の詩のスタイルと最も親近性があり、めざしている自分の詩の方向性とこれほど一致する画家はいない、と直感したのだと思われる。ウィリアムズは事物の持っている意味の深層あるいは多義性を剥奪し、表層構造の美を追求する。事物の表層性こそ、ブリューゲルの絵が明らかにしている、日常性への固執であり、非日常世界の侵入をあくまでも周縁的な現象として排除しようとする。その意味からいうと、ブリューゲルの絵を言葉でもって忠実にリプリゼンテーションしているのは、ウィリアムズを置いてほかにはいないことになりそうである。

ウィリアムズはこの詩で、ブリューゲルの枠組あるいはブリューゲルの絵という額縁を借りてきて、自分なりのブリューゲルの絵のコピーを言葉によって再構成してみせる。なるべく形容辞を排除し、抽象語も避けて、彼のモットーである、事物そのものに語らせるように言葉を並べてゆく。二行目の「イカロスが落下したとき」から、最終行の「イカロスが溺れている」までの円環構造は、まさに散文の反詩的な言葉の配列で出来上っていて、ウィリアムズの「オブジェクティヴィスト」としての真骨頂を示すものである。言葉の意味性でなく、言葉の事物性を引き出す、新しい試みとしての「表層」宣言のマニフェストの好例である、といえるだろう。

「イカロスの墜落」ブリューゲル

落日の光を浴びて、
奇妙な意志の疎通の瞬間から、
海中に突入した半狂乱の片足が、
影のさす波間で暴れる。

動揺を隠せない海のそば
水しぶきは明らかに岸辺を打った――
夢のない羊飼いと老いた牧羊犬が、
めいめい杖とお尻を頼みの綱とし、
あきれるほどの忍耐力を証明する、
心を傾けるものもなくお互いの背を海に向けて。
羊の群はゆったりと草の少ない段丘で草を食む。
真紅の手織りのシャツを着て仕事に励む無頓着な農夫は、
鈍い鋤をあやつり小石の多い地面に平らな畝を刻みつけ、
猫の額ほどの円丘の土地を守り続ける。
一羽のシャコが大枝にじっと止まり、
フランドルの漁師が暮れなずむ湾の岸辺で
魚を釣るのを、じっと見つめる。
かれらの沈黙が無礼なさざなみが広がるさまを嘲笑う。

しかしそれは驚くべき挨拶だった。
老いた漁師、農夫、あるいは豪華船の船長にむけて、
重力の支配する空中であわてふためく
年端もいかぬ少年から送られてくるとは。
野性の白い腕を無表情な海に沈む太陽に
見せびらかせていた。

いまはただ岸辺を渡る風だけが
シャコの羽毛にさざなみをつくり、
羊が草を食む柔らかな音を掻き消す。
畝を耕す大きな音も弱まり、
船は水を切って進んでゆく。
水は折り重なるように広がってゆく。

不名誉な愚行のたるんだ結末とざわめきに宥められ、
冷たい海が暗く静かに少年の母になりかわる。

ジョセフ・ラングランド（一九一七―二〇〇七）はミネソタ生まれの詩人で、長らくマサチューセッツ大学の創作科で教鞭を執っていた。「『イカロスの墜落』ブリューゲル」は、早い時期の第二詩集『緑の町』に収められ、一九五六年に出版されたものである。この詩集には、ブリューゲルを扱ったもう一篇「雪中の狩人」も収録されている。

この「イカロスの墜落」は、原典のブリューゲルの絵画の細部にまで目配りした、これまでの三篇の詩の中では一番緻密な作品といっていい。しかし、オリジナルの絵画との相違点が見受けられる。詩の中の「片脚」は、絵のほうでは両脚が描かれている。そして、絵にはない豪華船の船長が、想像裡のうちに詩の中では点描されているところである。しかし、詩の総体の流れの中で、こうしたことはほとんど取るに足りない瑕疵あるいは創作といえるだろう。

問題は、詩の最初にも触れられている、ブリューゲルの絵そのものの謎である。太陽が沈む頃に、イカロスが海に着水するのは、どうみてもおかしくないだろうか。オウィディウスの『変身物語』で見た通り、イカロスの翼の蝋が溶けたのは、上空にあった太陽の熱で溶けたはずである。それを考慮に入れると、物理的にはありえないことだが、イカロスは日没まで何時間も落ち続けたことになる。ブリューゲルの絵の細部として一番大きな謎である。そしてこの謎を解く鍵は、おそらく絵の中の鷓鴣《しゃこ》に隠されている。つまり、『変身物語』では、父ダイダロスが息子のイカロスを埋葬しているとき、その様子を満足気にじっと見つめていた鷓鴣《しゃこ》の挿話を思い起こしていただきたい。ブリューゲルは、イカロスの墜落と鷓鴣《しゃこ》が見ていた場面を、同時であるかのように絵の中に閉じ込めている。ということは、物語のすべてが同一の空間に収められていると考えてよかろう。そして飛ぶことが不可能になって海に沈む直前の瞬間のイカロスの映像を、飛ぶことができる鷓鴣《しゃこ》に目撃させる、残酷なまでの新しい物語を紡ぎだすブリューゲルの発想は、透徹したイロニーの勝利と呼べるかもしれない。

物語の時間差の断片がジグソーパズルの一枚一枚のピースのように、絵の画面の部分部分にぴったりと組み合わされていて、ある種「だまし絵」のような作品である、といっていいかもしれない。ブリューゲルの別の作品「ネーデルランドの諺」（一五五九）に見られるように、一枚の絵の中に一一八種類の諺が細密画として精緻に描き込まれ、所狭しとひしめきあっている、あの絵のトリックの系譜に入れてもよさそうである。われわれはここにきて、一見すると繋がっているはずの画面に目に見えない亀裂（物語のタイムラグ）が存在していることを、発見するのである。

ラングランドの詩の美点は、ブリューゲルの絵を繊細に読み解いているところに生かされている。それは細部へのこだわりが、想像力と上手く合致して、表現を得た瞬間である。イカロスが海に落ちたとき、水しぶきとさざなみの波紋が広がるのと呼応するように、海風が「シャコの羽毛にさざなみをつくる」。ここがこの詩で最も美しい表現である気がする。鷓鴣《しゃこ》の復讐に燃える心の揺らぎが自らの羽根の震えに伝わり、ダイダロスとイカロスの鳥になろうとした人工の翼を嘲笑うからである。

絵の中の農夫が身にまとう衣服の上着の襞の部分にも、あのさざなみは反響しているのかもしれない。しかし、農夫は頑なにそれを拒むかのように、ひたすら大地を見つめ、別種の襞である畝をこしらえることに精を出す。

ブリューゲルの「イカロスの墜落」のみごとさは、すべての登場人物の視線の関係性にあるといえる。中心的な位置に立つ、農夫の大地へと向けられた安定感を醸し出す視線。そして対極的ともいえる、羊飼いの上空を見上げる視線は、イカロスに向けられることはなく、休息の合間のなにげない日常的行為とも受け取れるし、宗教性を帯びた神への視線かもしれない。あれほど多くの宗教画を描いたブリューゲルのことだから、神への敬虔な眼差しと取れよう。いずれにしても、あくまでイカロスの飛行に対する視線でないことが強調されている。そして、少なくともこの絵が運命のドラマとしての凄みを発揮しているのが、鷓鴣の視線だと思われる。ラングランドは、鷓鴣の視線が漁師に向けられていると取っているようだが、やはり間違いなく、視線は少し沖合いのまさに溺れかけているイカロスに注がれているはずである。われわれのほうに向かって描かれている鷓鴣の目の反対側の、絵の中に描かれていない目でもって。これはなんといってもブリューゲルの絵の構成の勝利である。イカロスの落下と溺死の瞬間をだれも見ていないように描きながら、鷓鴣の片方の目だけに目撃させるという演出こそ、この絵画の特異なドラマツルギーであり、それを統御する画家ブリューゲル（あるいはわれわれ鑑賞者）の視点は、はるか高い位置に立っている。いや、空を飛んでいる位置に設定されている、といい直したほうがよさそうである。この絵を見る者に、イカロスの体験した空中を飛翔している感覚を追体験させてくれるのも、ブリューゲルが巧みに仕組んだ贈り物のひとつである、と思われるのである。

注

（1）Clements, Robert. "Brueghel's *Fall of Icarus*: Eighteen Modern Literary Readings." *Studies in Iconography*, vol. 7–8, 1981–82. この論文は、世界文学に渡って一八人の詩人や小説家が作品化しているものを網羅的にまとめた研究成果として、一読に値する。

（2）日本語の文献としては、阿部公彦氏の『即興文学のつくり方』（松柏社）が、オーデンの「美術館」とウィリアムズの「イカロスの墜落」の詩のエクリチュールの差異について、最も詳細にのびやかに解きほぐしてある。この論考から多くの刺激と示唆を得た。なお、森邦夫氏は、好著『詩と絵画の出会うとき』（神奈川新聞社）の中で、次のように述べられている。「二十世紀の文学のなかで、詩に限定すると、詩人たちはしばしばフランドルの画家、ブリューゲルにとりわけ関心を示し、目立った作品を残している。W・H・オーデン「美術館」、ジョン・ベリマン「冬景色」、そしてウィリアム・カーロス・ウィリアムズの一連の詩「ブリューゲルの絵」等が代表的なものである。あまりによく知られているこれらの詩についてもう語る必要は無いと思う。」（「はじめに」所収）。この警鐘に対して愚を犯してしまった感があるが、有名なオーデンとウィリアムズの作品に加えて、あえて無名のラングランドを添えて、絵画と詩のインターアーツの側面を、美術の側からもう少し浮かび上がらせて見たいと考えた。
（3）ローズ＝マリー・ハーゲン、ライナー・ハーゲン『ピーテル・ブリューゲル全画集』タッシェン、二〇〇二年。
（4）森洋子『ブリューゲル探訪　民衆文化のエネルギー』未来社、二〇〇八年、一一二—一四頁。中野京子『怖い絵　3』朝日出版社、二〇〇九年、九四頁。所蔵先のベルギー王立美術館が、これまで作者とされていたピーテル・ブリューゲルにクエスチョン・マークを付すことで、公にこの絵画が別人の手によるものであることを認めたそうである（中野『怖い絵　3』参照）。
（5）オウィディウス『変身物語』（上）、岩波文庫、一九八一年、三一六—一九頁までを要約してまとめたもの。
（6）この詩の訳に限り、中桐雅夫氏の翻訳に所々修正を加えさせていただいたことを、おことわりしておきたい。中桐氏の訳は、以下の書物を参考にさせていただいた。沢崎順之助（訳編）『オーデン詩集』思潮社、一九九三年、一一頁。
（7）Heffernan, James A. W. *Museum of Words*. U of Chicago P, 1993. 146.
（8）高階秀爾『美の思索家たち』青土社、一九九三年、一三五頁。

参考文献

Hagen, Rose-Marie, and Rainer Hagen. *What Great Paintings Say*. Vol. 2. Taschen, 2003.
ベアット・ヴィース『ブリューゲル「イカロス墜落の風景」』三元社、二〇〇七年。

美と仮面
——エズラ・パウンドの精神の自伝

岩原　康夫

1

エズラ・パウンドは、詩そのものではないかと思う時がある。それは、モーツァルトと音楽、ピカソと絵画の関係のように、芸術家の才能と芸術形態が一体化したような関係にあるからだ。そして、当然のことながら、その才能や個性には神の杖が触れたとでも言う以外にないような歴史的必然性や永遠性がある。だから、二〇〇七年に出版されたA・デイヴィッド・ムーディーの批評的な伝記『詩人エズラ・パウンド——その人物像と作品』の一巻に付された副題が「若き天才」となっているのは、至極自然なことであり、その副題が暗示しているように、彼の詩や詩学の特質も基本的にはすべて二十代の詩集や評論に潜在している。勿論それはまた、彼が極めて若い年齢で、詩人という人生に自覚的に立ち向かった文学者の一人だったからでもある。彼は、十五歳で何をすべきかを知っていた (EPP-I 147) と述べているが、これはあながち誇張ではない。そのことは、若い頃に毎日ソネットを一つ書いたという伝記的な事実にも見てとれるし、「技巧の問題は芸術家の誠実さの試金石である」(LE 9) という信条や芸術家として「既存のあらゆる韻律の形式や方式に通じ」ようとした姿勢 (LE 9) にも見てとれる。そして、そのような並外れた意志や姿勢があったればこそ、ギリシア以来のヨーロッパの古典を広く渉猟し、更には二十世紀初頭の英米の詩人には縁遠い存在であった俳句や能また中国詩などに関心を持つことができたのだ。

このようなパウンドが「三年の間、時代に合わない旋律を奏で」、「古い意味での『崇高さ』を維持しようと」「死んだ芸術であった詩を／必死になって生き返らそうとした」(P 187) から、沈滞した英米詩に新しい生命を吹き込むことができたのであろう。そして、一九一五年頃には「知っている人々が現代詩の話をすると、必ずどこかでエズラ・パウンドに行き着く」(EPC 112) と言われるような位置にあった。T・S・エリオットの言葉を借りるなら、「パウンドは二十世紀の詩の革新に誰よりも責任がある」(LE xi) ということになる。だが、周知のように、パウンドはムッソリーニのファシズムを支持し、反ユダヤ主義を主張し、第二次世界大戦中の反米放送で国家反逆罪に問われ、この世の地獄を覗くことになる。オイディプスやリア王のような悲劇、あるいはドストエフスキーの死刑宣告からシベリア送りに至る体験を連想させるようなパウンドの人生は、他の文学者には例を見ないほど多くの伝記を彼について書かせているが、彼の複雑な人間性や精神の秘密は究極的にその作品の中に存在しているのであろう。

こういったことを念頭に置きながら、詩人パウンドの詩や詩学の本質を構成する美の問題と仮面の問題を探り、主としてエリオットの批判を頼りにその変化の特徴を考えてみたい。そして、彼の初期の詩が、『大祓』（一九一六年）出版後の中年期の作品を経て、彼の実人生の地獄下りの中で書かれた『ピサ詩篇』にどのように繋がっているかを追求できればと思う。

2

パウンドは、優れた詩人の必須条件のような理念で、詩人・批評家の優等生であるエリオットと共通項を持っていた。例えば、パウンドの『ロマンスの精神』（一九一〇年）の「ギリシアの牧歌詩人テオクリトスとW・B・イェイツを同じ尺度で測る」(SR 6) という考えや『詩学入門』の「古典がまさに古典であるのは、永遠に抑えがたい新鮮さがあるからだ」(A 14) といった考えは、エリオットの「伝統と個人的な才能」の「歴史意識」に通じるものであり、「二十五歳を過ぎても詩人である」(SE 14) ために不可欠な「不易流行」の理念である。また詩の音楽性の問題でも、「絶対的リズム」(LE 9) を求めたパウンドの考えは、エリオットの「優れた仕事をしたい詩人にとって詩歌に自由はない」(SP 8) という考えに一致している。

だが、エートスにおいてまったく異質であったように、パウンドとエリオットには数多くのは決定的な相違点がある。その一つがパウンドの「美」というものに対するこだわり方であろう。詩人であれば、誰でも美に強い関心を持っているのは、当然であるが、パウンドは、エリオットを含むどの現代詩人よりも、この言葉を詩作品や批評で好んで用いたのではないかと思われるほど、「美」に特別な地位を与えている。そのようなパウンドの美学は、『今年の降誕祭の十五の詩』（一九〇八年）の題辞の中で語られている。その要点だけを述べれば、「美は驚きと神秘で」あり、「芸術」ではこの「驚きと神秘の扉」を「見つけ」、それから「電光石火の如き理解や認識の連続」ではあるが、徐々に「理解されるもの」だというのである。その上で、パウンドは、そのような美の「理解を通して」各々の人がその「信条や生き方にしたがって、その人なりに信じる力を得る」ということ、「美を受け入れる」にはそれに「先行し」て、「神聖な好奇心」と「畏怖の念」を持たねばならないこと、そして芸術家として自らの「作品に心をさらけ」ださないことの三つの点をつけ加えている。(CEP 58)

パウンドは、このような美の考えを初期の作品「監禁されて」で造形している。「そう、ぼくはぼくの精神の同類を慕っているのだけど／『彼らは』影の中でしかぼくに近寄ってこない。／それは、湧き上がる力、『デーモン』いわば『呼ビカケル声』で、／コウルリッジは、美は『魂へ呼びかけるもの』だと言いきっている。／そんなわけで、ぼくの魂の霧の中から渦巻いて出てくる彼らも、／古い魔法をたずさえて、ぼくに近寄っては、そう呼びかけるのだ」。(CEP 86) これらの詩句は、詩人にとって、美が「神聖な好奇心」と「畏怖の念」が必要な「驚きと神秘」であることを示しているだけでなく、それが彼の精神に深く取り憑いたような力であったことを『デーモン』などという用語が不気味に伝えている。勿論その美は、彼にとって芸術であり、また詩であって、それらすべてが一体化している。美—芸術—詩の融合した意識こそパウンドの詩作の原動力であり、また彼の詩の内容や技法や構造を包括的に支配している詩作の力である。だから、そこには「デカダンス」という作品の詩句のように、「おれたちの唇が押し殺されても、／『芸術』が生きているのを見れば、大喜びで死ぬ」(CEP 44) といった美に対する殉教者的な考え方さえもある。このようなことを念頭におくと、若い詩人パウンドに対する影響関係では、ロバート・ブラウニングとW・B・イェイツの重要性は言うまでもない (SP 8) が、唯美主義的なペーターや彼に続く一八九〇年前後の世紀末の詩人の存在を無視するわけにはいかない。(1)

もっとも、パウンドと先行する詩人たちとの関係を、あまりに彼の至近距離の関係からのみ眺めることは、適切ではない。というのは、パウンドは、ホメーロス、ダンテ、シェイクスピア、テオクリトス、ヴィヨンなどを「好みのあった先祖」(SPR 116) と見なし、その一方でウォルト・ホイットマンを「自分の精神的な父」(SPR 115) であると考えていたからだ。パウンドとホイットマンの気質的・思想的な類縁性は、ともに若い無名の時代に自分の詩集の書評を自ら偽名で書いたというようなエピソードが象徴しているように思われる。また両者の類縁的な関係こそパウンドをエリオットと分けるものでもある。こういった広い観点に立てば、パウンドの美学は狭隘な芸術のための芸術といったものだけに限定するわけにはいかない。

だから、パウンドが「『創作衝動』は神々とともにある」が、「技巧の問題は人間自身の責任である」(EPP-I 147) という信念の下に、古代ギリシアにまで遡るあらゆる芸術上の技法を求めたのは当然である。そして、「わたしが愛するやり方を、『美』を、そして微妙な味わいを歌う」(CEP 215) と歌う時、その『美』は大文字の "Beauty" であり、また別の作品ではギリシア語の「ト・カロン」("Tο Καλον" = 美) になる。特に彼が「ト・カロン」をしばしば用いたことは、美が神秘的であっただけなく、その美がギリシア的な真—善—美の考えに近いものであったことも暗示している。

言うまでもなく、そのようなパウンドの美の考えには、イマジズム以前と以後ではある種の変化があるのも事実である。イマジズム以前では、「古典的な芸術の呪文または方程式の問題は、正常なものの美を呼び出し、ロマン的な芸術の呪文は異常なものの美を呼び出す」という正統な定義を受け入れている (SR 14) が、イマジズム以後では「美の祭祀は衛生学で」あり、「醜さの祭祀は診断で」あると区別し (LE 45)、後者のカテゴリーが比重を増してくる。それは、そのままパウンドの詩の変化と発展の特徴に平行している。しかし、美はイマジズム・ヴォーティシズムの時期においても、容易には手にできない超越的なものとして、または神秘的なイメージとして相変わらず存在している。「ト・カロン」という作品は、その証拠である。「わたしの夢の中でさえ、あなたは姿をみせることを拒み、／ただあなたの婢女をわたしに寄越しただけ。」(P 96) この二行形式のエピグラム風な作品は、「婢女」という詩語がパウンドの美意識の日常的な現実に対するかすかな関心を暗示はするが、でも美は「夢の中」でも姿を現そうとしない超越性や神秘性を秘めている。

これと関連する「美学研究」(P 96–97) という作品は、美に対する感受性の問題を扱いながら、批評や学問的研究を風刺したものである。それは、「穏やかで、優しく、儚く」(P 39) や「炎」(P 50–51) といった初期の作品の中で、若いパウンドが美の理想郷のように歌ったシルミオーネを舞台にしたものである。シルミオーネは、北イタリアのガルダ湖に突き出た半島で、古代ローマのカトゥルスの別荘のあった場所である。そこで、詩人とおぼしき語り手が連れの若い女性（これは結婚前の妻ドロシーと思われる）の美しさと湖の捕れたての魚の美しさに対して、土地の子供たちが素直に感動する姿を見て、その純粋無垢な感受性に詩人として反省する内容である。それを敢えて「美学研究」という題名で対照させたところに微妙な皮肉を含んだ風刺があり、「醜さの祭祀」となるのだ。

だが、「美学研究」のような「醜さの祭祀」に比重が移りだしたことは、『大祓』出版の際にパウンドと出版元エルキン・マシューズとの間に軋轢を生じさせた。またこの詩集の評判も総じて否定的であったから、彼は「美は稀にしかないもの、／わが泉を求める者のあまりに少な」い (P 158) といった孤立感をより深めることになった。その結果、世間や文壇にエリオットやジョイスを認めさせようとほとんど独力で闘っていたパウンドは、強い怒りに駆り立てられることになる。そして、その怒りが強まれば強まるほど、彼の詩作は「醜さの祭祀」に傾斜することになり、フロベールの小説のような「診断」や風刺という「外科手術」を「醜さの祭祀」として求めることになる。このような傾向や創作姿勢は、中年のパウンドの詩の中で加速度的に強まっていったように思われる。だから、一九年の「セクストゥス・プロペルティウス讃歌」と二〇年の「ヒュー・セルウィン・モーバリ」の最大の特徴の一つは、美・芸術・詩対世間・社会という対立の構図が「診断」と「外科手術」という形で多くの詩句に反映していることだ。例えば、それは、「讃歌」の「鵞鳥のように／ともに、ともに鳴き騒ぎ、鳴き返す声がなければならないのだ。」(P 230) という世の中の迎合的な芸術評価を揶揄する詩句になり、「モーバリ」では憤怒を隠しながら、「ト・カロンが市場で／決められるのを見る」(P 189) と美の商品化を怒る一節になるのだ。後者の詩句は、「監禁されて」の中の「『こいつらがぼくの絵を売っているのだぜ！』まあいいさ、／連中があちこち触ってみても、ぼくにはとどかないんだ。」(CEP 86) の詩句にほぼ呼応しているが、若いパウンドはもっぱら美だけに関心を持っているのに、「モーバリ」では明らかに抑制されたトーンの底に外に向かう怒りが蓄積されており、その視点も社会や世間に向かっている。しかも、詩人は、彼の内部で生じている怒りや憎しみをギリギリのところまで抑圧しているので、その抑圧された力に比例して心の中で怒りや憎しみが更に増幅されるという魔力的な意識や感情の循環に陥っているようだ。その結果、パウンドの美の考えは、「美の祭祀」から「醜さの祭祀」へと重心の移動を加速化させ、その速度と荒々しさは奔流のようになって、エリオットが最も批判的であった、『キャントーズ』の地獄詩篇などに流れ込んでいったように思われる。

3

美がパウンドの詩や詩学の核心をなす言葉の一つであるとするなら、仮面もまたそうである。「仮面」という言葉がいかにパウンドの詩の核心を伝えているかは、彼が『キャントーズ』以外の作品から編んだ一九二六年版の自選詩集『仮面』という名称に集約されている。パウンドにとって、「仮面」は広い意味での文学伝統の探求であり、そこには「より精巧な仮面」(G 85) である翻訳も含まれる。しかも、それはまた詩作の方法でもあり、「自己探求」と「誠実なる自己表現の探求」なのである。パウンド自身「優れた詩の大半は、一人称で書かれている」(SL 8) と述べているところをみると、自らが歌い、語るという仮面の一人称形式は、彼個人が抱えていた特異で複雑な内面的問題を流し込むのに最も好都合な方法であったのだろう。パウンドの仮面の問題を考える場合、どうしても避けて通れないことは、彼の自意識の問題である。「プロティノス」という作品には、このことがよく結晶化している。「ものとものとの結び目をくぐりぬけ、／円錐の渦巻きに一気にもどろうとする者は、／ひとり混沌の中で記憶の回廊にとじこもり、／あたりを占める沈黙のうたを聞くのだ」。そして、「完全に孤独であった」語り手のわたしは、自らについてのイメージをふくらませた「新しい思想」をつくり、それと調和するにつれて、恐怖が自分の「永遠の世界から」(CEP 36) 消えるのである。この作品は、言うまでもなく、プロティノスの哲学の核心をなす考えを意識解析したものである。その哲学の考えによれば、あらゆるものは唯一の神から流れ出す神性をうけることが可能で、人間がそのような神的な状態に到達するには魂があらゆる感覚を離れた恍惚状態によってのみ可能であるとするものであるが、パウンドの作品はまさにそのような神的状態を、つまり身体的な制約を超越した没我状態にある魂と化したような自己の意識状態をヴィジョンとして解析したものである。そして、パウンドは恐らくそのような存在の有り様に詩人の創作時の理想的なまたは神秘的な心的状態を含意しているのではないかと思われる。ロマン主義的な要素がないとは言えないが、しかしその微細な意識解析は、実体験であるかどうかに関係なく、深く精神の内奥を絵解きしており、パウンドという詩人の測り難い意識の複雑さや奥深さを予感させる。

このような詩人の意識は、「ふくらませ」た自己の「イメージ」ともなるのであるから、彼の意識の中で偉大な人々の魂と融合するのは当然である。そのような意識の絵巻は、「三文役者」によく描かれている。「こんなことは誰ひとり書こうとしなかったが、／わたしにはわかっている。偉大な人の魂がときどき／わたしたちを通りぬけていくことは。／そして、わたしたちがその魂の一つに融けこみながらも／わたしたちがその魂の影でしかないことも。／こうして、ある時はわたしはダンテとなり、バラッドの王で盗賊のフランソワ・ヴィヨンになる。／またわたしの名に冒涜の烙印が捺されるのはいやなので、名は伏せるが／聖人にだってなることもある。／もっとも、それは瞬間のことで、その炎はすぐ消えてしまうのだが。／／それはたとえばわたしたちの心の奥に／半透明に溶けた黄金色の球体が光っているようなものだ。／それは〈私〉でもあり、／〈私〉の中に映るすがたでもある。」(CEP 71) ここには、彼が歴史上の偉大な魂を自らの内に感じ、意識した様子が語られている。

しかし、若いパウンドは、このような自己の意識の鏡に瞬間瞬間に映るイメージを自己の実体として信じていたわけではない。そのことは、「それは〈私〉でもあり、／〈私〉の中に映るすがたでもある」という詩句が示している。彼は、それがあくまでも仮の姿にすぎないと十分自覚している。だから、意識の鏡に映る自己は「千変万化する者」(CEP 35)としてしか認識されない。それだからこそ「自己探究」と「誠実なる自己表現の探求」の過程で、「手探りしながら、自分はこれだとか、あれだとかなどと言うが、それを口にするかしないうちにそのものでなくなってしまう」自己の「実体を求めて、一つ一つの詩の中で自己自身のすべての仮面を脱ぎすてる」(G 85)のだ。これは、「自己探求」と「誠実なる自己表現の探求」が同一の次元でなされることを意味し、「仮面の告白」とも言い得るものである。ただこの「仮面の告白」はあくまでも、ある特定の時間や瞬間における体験や感情や意識を自己自身との関係で探求し、それを言葉で形象化する営為だから、その真実はいつも「虚実の皮膜」の中にある。

このことは、自意識と情念の問題を追求した「年老いたピエール・ヴィーダール」(CEP 109–11)という作品を読むとより一層理解できる。この作品のモチーフは、題辞で指示されているように、トルバドゥールの一人ヴィーダールがペノーティエのローバを愛するあまりに彼女の言う通りに狼の格好をし、カバレー山中で猟犬に狩り出され、瀕死の傷を負い、その後でローバの館でもてなされ、滞在したというトルバドゥールの伝説的な伝記に基づく。だが、パウンドは、そのようなヴィーダールが老人になったように時間を設定し、もともと伝説的である伝記をこのトルバドゥールの作品などを材料にして更に虚構化している。詩は、その主人公が現在の思いと過去の回想に駆られる瞬間に集中し、狂気に陥る直前の意識の動きを憑かれたように吐露しながら、カバレー山中の出来事を中心とした思い出の中で、嘆き、呪詛、自信、陶酔、悔恨、恨み、歓喜、怒り、挑戦などの気持ちを入り乱れるまま語るものである。その語られたものが、どこまでが事実で、どこから想像（または妄想）なのかは、容易に区別し得ない。なかなか普通の神経では読みづらい作品だが、過去に名声を馳せた老詩人の意識の流れと情念の動きは、まさに明晰な狂気とでも言うしかないような意識や情念を生き生きと定着させている。特に、最後の数行は、一瞬意識や情念に化したかのような心的状態から覚醒させられそうになった主人公の奇妙な反応なのだが、実にリアルである。これほど詩が人間精神の深奥を抉った作品は、あまりないように思われる。しかも、書き手が完全に近いほど主人公の意識に自己の意識を投げ入れているにもかかわらず、まったくと言っていいほど主観的な溺れや感傷性の乱れがない。このような一体化は、詩という形式を通してしか造形し得ず、主人公の微妙でしかも複雑な意識や情念の動きは言語化し得るぎりぎりの境界線を進んでおり、主人公が実在の詩人なのか、その詩人が主人公なのかは判別できないほどにまで肉付きの仮面と化している。この意識と情念の方程式のような作品のリアリティーは、精神分析家や精神科の臨床医の研究テーマになるほどの、デモーニッシュで複雑な人間精神を提供しているだけでなく、『ピサ詩篇』を書くパウンドの強靭な精神と複雑な心理を予感させるものがある。

このように「自己探求」と「誠実なる自己表現の探求」が可能であったのは、パウンドの詩芸の確かさにあることは言うまでもないが、彼の自意識が「わたしは一人の他人である」(R 46) というような意味で、強力な精神の磁場になっていたからである。それは、自意識の極致を生きたランボーや三島由紀夫などと同様に、自己探求をしながら自らの中にある「毒物を」汲み尽くし、「いかなる魂にもまして豊饒な」魂が行う自意識の他者性の追求と凝視であり、「超人間的な力」で「未知なるものに達する」ことを恐れないような (R 46-48) 精神であろう。このような精神には、すでに眺めた「プロティノス」や「三文役者」のように、当然日常的な生活や世界や価値観から断絶した孤立性や孤高性がつき纏い、極端な自意識の豊饒さと呪いがある。ここで敢えて自意識の呪いと言ったのは、元来物体のような実在性を持たない意識は何かを対象として意識するという依存関係に縛られ、時にはそれに取り憑いてのみ存在可能な、回路を流れる電流のような存在状態にあるから、この「毒物を」も呑み込んだ「未知なる」領域に到達した精神には想像力やヴィジョンの豊かさだけなく、精神や意識そのものに化したかのような未知の次元に至ってしまう可能性があるからである。だから、中年に入りだした『大祓』以降、彼の意識が外部の出来事や社会の問題に向い、風刺の詩が増え、「美の祭祀」より「醜さの祭祀」に焦点が集中するようになると、パウンドの仮面の機能や自意識の眼に何か変化が生じ出したように思われる。それは、自己の内部にあってのみ安全であった自意識のイメージがあやしい不気味な闇の中のサーチ・ライトになり出したようだからだ。そして、パウンドのそのような兆候を示すものが、「讃歌」と「モーバリ」にもあるのではないかと思われるし、「パウンド氏は、何を信じているのであろうか」(IS 7)というエリオットの問いにも繋がっているように思われる。

4

エリオットは、一九二八年にパウンドの詩選集をパウンドの自選詩集『仮面』の作品選択とはかなり異なる選択で編集したが、同じ年にパウンドに「哲学がある」ことは認めるが、「彼が言っていることには滅多に興味が湧かず、その言い方にのみ興味を抱く」と述べ、彼の「哲学は少しばかり古臭いのではないか」(IS 6)という疑問を投げかけている。そして、パウンドが自らの「膨大な知識」を増やし、「とても秩序立てられている」とは思えない「奇妙な諸説混合主義に進んでいる」(IS 7)と指摘し、最後に一体「パウンド氏は、何を信じているのであろうか」と問いかけている。このエリオットの問いに関して、パウンドは、次のように述べている。「自分は、他人に自らの考えを伝える手段として抽象的で概念的な言葉を用いることに強い不信感を抱いているので、何年にもわたってこの質問者(=エリオット)に答えてきたことだが、孔子とオウィディウスを読むように」語ってきたのであって、「具体的な手段を手に入れることができるのであれば、テアラーチーナーの崖の上のヴィーナスの影像を置き換え」、「パーク・レインにアルテミスの寺院を建て」ようと思い、また「エレウシスからの光りが中世の間中ずっと輝き続け」、「プロヴァンスやイタリアの詩歌には美がある」と信じていると述べ、最後に「第一次世界大戦後のキリスト教への回帰」に関して否定的なコメントなどを加えている。(SPR 53) だが、その弁明は、第三者的な眼で眺めれば、かなり脈絡に欠けており、エリオットの問いに対する答えとか反論とかにはほど遠いものがある。ただ注目すべき点は、パウンドが信じるものとして列挙したものがすべて美に関係することだ。しかも、彼が列挙した事例は、当時の生活や社会の現実から遊離した非日常的なもので、どこか現実感に欠けている。

このようなパウンドの「ト・カロン」と「何を信じるか」の関係は、三十代前半に書かれた彼の独特な神々に関する考えに見てとれる。「永遠性を備えたあらゆる精神状態は神々か。われわれは、そうだと見なしている。持続的であれば、あらゆる精神状態は神々であろうか。そうではない。われわれは、どのような特徴によって、神聖な姿を知るのだろうか。美によってである」。(SPR 47) ここには美の宗教化とでも呼べそうな考えが存在する。

それは、彼の詩集『降誕祭』のマニフェストにある、美の「理解を通して」各々の人がその「信条や生き方にしたがって、その人なりに信じる力を得る」と響き合う要素もあるが、そこにあった芸術の範囲を一歩踏み越えてしまっている。その上、その美には手段としての有用性が付与されている。このことは、「美の祭祀」を「衛生学」に、また「醜さの祭祀」を「診察」とか「外科手術」に譬える比喩が有用性の視点でなされていることと一致する。その結果、「美の祭祀」と「醜さの描写」とは「相対立する」ものではないということとなる。(LE 45) それは、当然有用性の条件の下に両方の祭祀の区別や目的を曖昧にさせ、彼の眼を益々社会やその仕組みの歪みや不正といった外部的なものに向かわせることになる。特に、その傾向は、「醜さの祭祀」である「詩的諷刺」において顕著である。というのは、中年に入った頃のパウンドは、「エモーショナルな合成体」である詩は、「優れた」リアリズム小説の「散文の（または知的な）分析と同じようにリアルであり、写実的である」と信じ、更には「憎悪の主張」である「詩的風刺」が「否定性を」旨とし、「憎悪すべきものを詳細に説得力を持って」分析する小説の散文と同じ役割や機能を持ち得ると考えるようになっていたからである。(LE 324)　そのために、リアリズム小説の持つ冷徹な観察や客観性を、ローマ時代の辛辣な風刺詩人マルカス・ヴァレリウス・マルティアリスの現代版のような「診察」とも「外科手術」とも言える風刺性に置き換え、憎悪のような否定的な価値原理 (LE 324) に基づく辛辣な詩的風刺を重要視するようになるのである。そこで、この特徴に気づいていたエリオットは、マルティアリスのような風刺が「現代の詩を愛する人々の間では」「ドライデンの」風刺ほど「好み」に合うものでない (SP 16) と指摘し、その一方でパウンドの「言っていること」にはあまり興味がなく、「その言い方」に主たる関心があると批判したのである。このような点を考慮すると、エリオットが、自ら編集した一九二八年のパウンドの詩選集から削除した「プロペルティウス讃歌」や発表当時高い評価を与えた「モーバリ」に詩のテーマや思想やその扱い方の面でどれほど共感していたかは、極めて疑わしい。勿論これらの二つの作品は、パウンドの詩を考える上で逸することのできない重要な作品ではあるが、それらにはエリオットの批判の言外に滲み出ているような問題があるように思われる。

確かに中年のパウンドは、詩人として明らかに技術面で成熟期に達していた。だが、彼の「美の祭祀」と「醜さの祭祀」の両方に有用性の視点が持ち込まれ、それと同時に憎悪のような否定の価値原理や価値感情に基づく「詩的風刺」の役割が強調されることで、彼が本来持っていた美意識に何か亀裂や混沌さが生じたようである。それはまた、エリオットの「何を信じているか」という問いかけが暗示しているように、美に対する詩精神に怪しい「影」が、つまり「デーモン」が忍び寄っていたことを想定させる。そして、そのことにパウンド自身が気づくのは、『ピサ詩篇』の中で、イェイツから聞いたという画家ビアズリーの「美はむずかしい」(C 444) という言葉を七回も思い出した時である。七回である。これは、美に生涯を賭けた詩人の呻きのような言葉に響く。

この呻きのように響く美の問題とともに、パウンドはやはり『ピサ詩篇』の中で改めて自己とその人生を問うのである。それは、エリオットから「何を信じているのだろうか」と問われるほどにまで自意識の他者性の迷路に入ってしまっていたパウンドが、そこから抜けだすのに必要な新たな「自己探求」と「誠実なる自己表現の探求」であった。そして、パウンドは、自らを「ノーマン」(“noman”)と感じ、「死、狂気／自殺、堕落／年をとるにつれてもっと馬鹿になる」(C 457)と自己を凝視し、自らの「自意識」が紡ぎ出す「毒物に」も気づくのである。「アリは自分の住むドラゴンの世界では半人半馬のケンタウロス、／お前の虚栄心を引きずりおろせ、／勇気、秩序、美をつくるのは、／人間ではない。／お前の虚栄心を引きずりおろせ、おろせというのだ。」(C 521)

パウンドの詩作の道程を考えると、『ピサ詩篇』抜きに『キャントーズ』を考えるわけにはいかない。この詩篇によって、パウンドの仮面は、本当の意味で「自己探求」と「誠実なる自己表現の探求」の融合を実現しているからだ。だから、そこにはそれまでのパウンドの詩と人生が凝縮し、いつも自らの「エモーション」を偽ることのないパウンドがいる。彼の「精神状態」または彼の意識の記録があり、精神の自伝がある。それは、詩によって美の「天国」を創り出そうとしながら、地獄を覗くという代価を支払って創造した何人によっても侵されない芸術である。

パウンドは、若い頃に次のように自己予言的な詩句を書いている。「わたしは俗悪なこの現代とコスモポリタンな文明を、／粗雑なものへの嫌悪を、凡俗への倦怠を歌う。／わたしが愛するやり方を、『美』を、そして微妙な味わいを歌う。／／誰ひとり善悪の網を越えることはできないだろう。／喜びはもっとも深い地獄と遥か彼方の天国にあり、／その立ち寄る港のまわりには狡猾な悪魔たちがいるからだ」。(CEP 215) その「狡猾な悪魔たちがいる」港を通らねばならなかった二十世紀のオデュッセウスの航海は、「地獄と天国を見ることが／代償であった」かもしれないが、『キャントーズ』という「これまで書かれたことがないような／新しいものをつくってみせる」(CEP 26) という彼の意図は実現したと言えよう。パウンドは、『ピサ詩篇』で自らのヴィジョンとエモーションをリアリティーの中で融合し、ダンテやヴィヨンとは異なる形で、それがリアルであることを証明したように思う。というのは、パウンドはそれらを見、また生きたからである。(SR 178) そして、この詩的な美と真実は、永遠に光を発し続けることであろう。

（付記）この論文は、「美と仮面の秘密——自己予言の詩人エズラ・パウンド」、『工学院大学共通課程研究論叢』第四一—一号（二〇〇三年十月）を大幅に改稿したものである。

注

（1）この点は、富士川義之「美は難しい——パウンドと世紀末英文学——」（『駒澤大学文学部英米文学科研究論集』第四三号（二〇〇八年九月））で説得力を持って論じられている。

引用参照文献

注は（1）以外はすべて本文の中に以下の略号で示されている。

略号 (Abbreviations)

A　Pound, Ezra. *ABC of Reading*. 1934. New York: New Directions, 1960.
C　Pound, Ezra. *The Cantos of Ezra Pound*. New York: New Directions, 1970.
CEP　*Ezra Pound, Collected Early Poems of Ezra Pound*. Ed. Michael John King. London: Faber & Faber, 1976.
EPC　Homberger, Eric. *Ezra Pound: The Critical Heritage*. London and Boston: Routledge & Kegan Paul, 1972.
EPP　Pound, Ezra. *Ezra Pound's Poetry and Prose: Contributions to Periodicals, I–X*. Ed. Lea Beachler, et al. New York and London: Garland Publishing, 1991.
G　Pound, Ezra. *Gaudier-Brzeska: A Memoir*. 1916. New York: New Directions, 1970.
IS　Eliot, T. S. "Isolated Superiority." *The Dial*. January, 1928. 4–7.
LE　Pound, Ezra. *Literary Essays*. Ed. T. S. Eliot. 1954. New York: New Directions, 1960.
P　Pound, Ezra. *Personae: The Collected Shorter Poems of Ezra Pound*. 1926. New York: New Directions, 1971.
R　祖川孝訳『ランボオの手紙』東京、角川書店、昭和二十六年。
SE　Eliot, T. S. *Selected Essays*. 1932. London: Faber & Faber, 1972.

SL	Pound, Ezra. *The Selected Letters of Ezra Pound, 1907–1941*. Ed. D. D. Paige. 1950. New York: New Directions, 1971.
SP	Pound, Ezra. *Selected Poems*. Ed. T. S. Eliot. 1928. London: Faber & Faber, 1948.
SPR	Pound, Ezra. *Selected Prose*. Ed. William Cookson. London: Faber & Faber, 1976.
SR	Pound, Ezra. *The Spirit of Romance*. 1910. New York: New Directions, 1968.

21

ホイットマンとヒューズのアメリカ

川崎　浩太郎

1

特定の地理的条件や歴史によって形成された国家とは異なり、過去から切り離されたアメリカ合衆国は、独立宣言などの公文書や、数々の名演説などからも見て取れるように、自らを定義するための理念、あるいは言語によって構築されてきた国家である。ヨーロッパからの政治的な独立が果たされた後、国民を結びつけ、国民国家という共同体を建設するためには、共通の文化としての国民文学が創出される必要があった。こうした中、いわゆるアメリカン・ルネッサンスの作家達は、アメリカ人としての主体形成のための自己規定にしのぎを削ることとなる。しかし、国民を結びつける理念の一つである独立宣言文には、「すべての人間は平等に造られているということを自明とする」と明記されていたにもかかわらず、ここでいうアメリカとは、あくまで白人のための共同体であり、そこに有色人種が含まれていなかったことは言うまでもない。南北戦争と奴隷解放を経て、二十世紀に入り、いわゆるハーレム・ルネッサンスと呼ばれる時代に入ると、今度は黒人達が同じように、自らの主体形成のための自己規定を行うことになる。長らく黒人は、アメリカという国民国家の基礎となる国民ではなく、彼らは常に、国家の物語から忘却され、周縁化された存在であった。[1] その意味において、アメリカは、言語によって構築された想像上の理念によって結びつけられた国家でありながら、その理念には長らく不誠実であったと言える。

本論は、ウォルト・ホイットマンとラングストン・ヒューズの諸関係を扱う。この関係とは、単にホイットマンがヒューズに与えた直接的な影響のことではない。制度によって規定された、両詩人の人種的バックグラウンドを考慮に入れた上での、相方向的な関係である。そのために、まずホイットマンの黒人表象を概観し、次に、ホイットマンから大きな影響を受けたヒューズが、自己をどのように規定し、また国家をどのように表象したかを検証する。その際に、被支配者が、支配者の言語を用いて創作する上で生じたであろう葛藤の問題も扱う。これらの考察を通して、アメリカの人種問題に関連した自己認識と他者認識が形成されるプロセスの一端を辿れたらと思う。

2

アメリカにおける奴隷制と人種問題に関するホイットマンの姿勢は、一個人として、詩人として、ジャーナリストとして、それぞれの立場間において分裂しているだけでなく、それぞれの立場内においても時代によって異なっており、彼の主張に首尾一貫性を見いだすことは難しい（ルマスター&カミングズ 五六七―七〇）。ホイットマンが時代や場所を超越した平等主義者であったという神話は、二十世紀半ば以降、多くの反論が提出され、今日では、「個人としてのホイットマンは［……］典型的な白人の人種偏見を内面化していた」という認識が一般的である（ルマスター&カミングズ 五六七）。例えば、ホイットマンは、南北戦争以前には、白人労働者を擁護する見地から、自由州への奴隷制の拡張には反対であったが、奴隷制度そのものに関しては、反対するどころか廃止論者達を非難している（レイノ

ルズ 一一八)。この事実は、彼が、晩年には自分が廃止論者であったと主張していることと矛盾する。また、「有色人の締め出し」と題する社説では、有色人種の潜在能力は後に認めつつも、「白人と黒人がアメリカで人種混交することがありえるなんていったい誰が信じるであろう?」と言い、「アメリカは白人のためのものではないのだろうか?」と、彼が人種分離主義者であったことを明確に露呈している(クラマー 一六一)。

ジャーナリストとしてのホイットマンが、黒人に関して、こうした明らかな偏見を示していながらも、ヒューズを始めとする多くの異なる文化的背景を持つ作家達から賞賛をもって受け入れられてきた理由の一つは、十九世紀アメリカの白人作家によって書かれた作品にあっては特異と言ってもいいほどの他民族を容認する『草の葉』における姿勢によるものであろう。例えば、アフリカ人を描写した「世界よこんにちは!」の一一節においては、「神聖な魂の黒いアフリカ人」を、「大柄で、見事な頭部、高貴な容姿、壮麗な運命を備え、私と平等な関係にある君!」(一四五)と歌い、人種間の平等主義思想を明確に主張している。(2) あるいは、「私自身の歌」の一〇節において、逃亡奴隷を自分の家に迎え入れ、「食卓に並んで座らせ」「北に向かって旅立つまで一週間滞在」(三七)させた食卓のシーンは、異人種間の共生を表す隠喩として、ヒューズの「私もまた」のような作品、あるいはキング牧師の演説にも連なっている。こうした平等主義の主張だけではなく、表象のレベルにおいても、『草の葉』には、否定的なステレオタイプに基づく黒人表象は皆無であると言っていいだろう。(3) 奴隷制や黒人に対するホイットマンの姿勢が時代と共にいかに変化したかを詳細に跡づけたマーティン・クラマーでさえ、「『草の葉』におけるアフリカ系アメリカ人表象は[……]それまでに書かれたいかなるものとも異なっている。」と述べ、その特異性を認めている(一一五)。

しかしながら、ホイットマンが見たものだけを読者に提示するという意味においては、『草の葉』で描かれる黒人は、人種的偏見を排除して表象されてはいても、あくまでも白人ホイットマンというフィルターを通して提示された姿であり、声を与えられていない存在であることには変わりない。逃亡奴隷を匿う一節においても、詩人の人道主義は感じられるものの、逃亡奴隷は三人称の代名詞として、見られる対象として表象されているに過ぎない。つまり、ホイットマンは北部の奴隷解放論者と同じ視線で対象を見ているのであり、見られるものに対する見るものの優位性を今日の読者と共有している点においては、彼を抜きんでて特異な作家であったと断定するには無理があるだろう。にもかかわらず、時代を超えて様々なバックグラウンドを持つ作家達から受け入れられてきたもう一つの、そしておそらく最も大きな理由は、誰でも参加することが可能な『草の葉』の文体にあると考えられる。

ホイットマンが自らの役割を「代弁者」と位置づけていることからも理解されるように、『草の葉』における「私」は、総人称的な代名詞であり、あらゆる人の「私」に開放された主語である。また、『草の葉』を特徴づけるのは、パフォーマティブな文体であり、それと同時に、ホイットマンは『草の葉』を音読するよう詩行の中から呼びかける。こうした戦略によって、『草の葉』を手に取り、それを音読する読者は、『草の葉』の「私」と同じ行為を、時と場所を超えて反復することが可能になる。このような開放された詩的空間にあって、「長く沈黙してきた数々の声たちが、幾世代も果てしなく続いてきた囚人や奴隷達の声が［……］私によって清められ、神々しい姿へと変容させられる」（五三）ことが可能になるのである。

見る対象として黒人を描くのではなく、ホイットマンは逃亡奴隷に対しても、「私」を開放している。

私は猟犬に追われる奴隷、犬たちに噛みつかれ私はたじろぐ、
地獄と絶望が私にのしかかり、追っ手は何度も乾いた銃声を響かせる、
私は柵の横木にしがみつき、皮膚からしみ出た汗に薄められた血糊がしたたり落ちる
私は石が転がる草地に倒れ込むと、
馬に乗った追っ手たちが、嫌がる馬を駆り立てて追いすがり、
遠くなる私の耳に侮辱の言葉をなげかけ、鞭の柄で私の頭を激しくめった打ちにする。（六六）

この詩行における「私」は言うまでもなく逃亡奴隷の「私」であり、ホイットマンの「私」が逃亡奴隷を対象として見ているのではない。逃亡奴隷である「私」の視点から白人である追っ手を見ているのだ。この詩行を音読する読者は、主体として、こうした奴隷の経験を再現して共有することが可能となる。D・H・ロレンスは、ホイットマンの共感とは、融合であり自己犠牲であると指摘した（ロレンス 一八四）。しかしながら、スレイブ・ナラティブを書いたフレデリック・ダグラスは、奴隷の苦しみを理解するには、奴隷と同じような境遇に身を置くことを想像し、共感することの重要性を説いている（クラマー 一三四）。上記の『草の葉』の一節は、白人のアメリカにおいて文化的他者であった黒人からのこうした要請を満たすものであったと言えるであろう。人種、性差、階級を超えて、すべての人に開放された「私」を基礎とする『草の葉』の文体は、アメリカのあらゆる局面における経験を読者が再現し共有することを可能にするものであり、その詩行を音読する読者はすべてホイットマンとその平等主義を共有し、国民を結びつけ、アメリカという国民国家を形作るという楽観主義に貫かれている。

　ホイットマンは、ジャーナリズムの世界では時代の偏見にとらわれていたことを露呈しつつも、『草の葉』では、F・O・マシーセンの言う「民主主義の可能性」を歌ったのである（ix）。しかしながら、民主主義の理念とは反する、奴隷制という大きな問題を抱える南北戦争以前のアメリカの民主主義の現実を余すことなく描いているとは言い難い。ホイットマンは、「私のアメリカとは、まだすべて生成の過程にあるもので、それは約束であり、」また、「概念であり、予測であり、予言である。」とホレス・トローベルに対して語っている（トローベル 二一六）。つまり、ホイットマンにとってアメリカとは、完成された国家ではなく、発展する途上にある国家であり、その完成は未来の国民へと委ねられているのである。そういう意味では、「アメリカ」とは、ホイットマンにとって、地理的に存在する現実ではなく、未だ達成されていない理念なのだ。ホイットマンは、政治的現実レベルでは、民主主義とは相容れない奴隷制度を認め、黒人を排除した白人の「合衆国」の統一《ユニオン》を優先する一方で、彼自身の思想における自己矛盾をすべて止揚した理想的な民主主義のあり方を模索した『草の葉』では、理念としての「アメリカ」を歌っていると言える。「未来の詩人達よ」において呼びかけているように、ホイットマンは、『草の葉』における民主主義の実験を未完結《オープンエンディッド》な形で、未来の詩人に託しているのだ。

3

一九二三年の夏、ヒューズは、子供の頃から夢に見ていたアフリカへ向かう船から、『草の葉』を除く彼が所有していたすべての本を、アメリカでの辛く惨めな過去を捨て去るかのように、海に投げ込んでしまう（ランパーサッド 一：七二）。本を捨てるという行為は、いわば、アフリカへ向かう旅路で、彼自身のアメリカ人としてのアイデンティティを手放そうとしていたことに等しいだろう。こうした事実を見ても、アフリカ系アメリカ人である彼が、いかに「アメリカ人」としてのアイデンティティの多くを、『草の葉』に負っていたかを理解できる。

ヒューズは、ホイットマンの「私」という主体に関して、「自由、良識、尊厳、そして、世界中の個人や人種間の友情や平等を求めるすべての人の、宇宙的な『私』」であると述べている（「ホイットマンはすべてのアメリカ人を賞賛する」一九八）。ヒューズが『草の葉』に惹かれた点のひとつは、先に述べた、すべての人に開放された「私」の存在であったことをこの一節は示している。一九五三年には、『シカゴ・ディフェンダー』紙に投稿したコラムの中で、ヒューズは、ホイットマンを「黒人達にとって初めての偉大な友人詩人、文学界のリンカーン」と呼び、『草の葉』を「わが国でこれまでに作られた民主主義の真の意味を詩的に表現した最も偉大なもの」であると称えた（クラマー 一、ランパーサッド 二：二二五）。これに対し、ある黒人の文学者が、ホイットマンが奴隷制を擁護しており黒人差別主義者であったことを指摘した際には、ヒューズは、「我々が心に留め、大切にするべきなのは、彼の最善の部分であって、最悪の部分ではない」とホイットマンを擁護し、「ホイットマンの詩を通してこそ、世の中の人々すべてが彼のことを知るのだ。」と述べている（ランパーサッド 二：二二五）。これらの伝記的事実や声明からうかがい知ることが出来るのは、彼が擁護したのは、現実の世界に生きた人間ホイットマンというよりはむしろ、『草の葉』の中でテクスト化されたホイットマンであったということだ。

伝記的な事実として、ヒューズはヨーロッパ系、アフリカ系、ネイティブ・アメリカンの混血であったが、多くの詩が示すように、彼自身は、自らの詩的ペルソナを黒人と同定している（ランパーサッド一：五—一〇）。アフリカ系アメリカ人は、その呼称が示すように、アフリカ人であると同時に、アメリカ人であり、常にこうした二重性に引き裂かれた存在である。白人のホイットマンであれば、「ウォルト・ホイットマン、アメリカ人」（初版 四八）とたやすく宣言することが出来ても、黒人のヒューズにとっては当然葛藤が生じたであろう。「混血」のような詩が示すように、アメリカにおける人種とは、制度によって規定されるものであるという矛盾は承知した上で、彼はこうした彼自身の二重性を詩作のテーマとしている。「ニグロ」のような詩において、ヒューズの詩的ペルソナは、「私はニグロだ」（一二三）と自己規定を行い、黒人霊歌を元にして書かれた「ニグロは河について語る」では、ホイットマンのように、「私」は時間や場所を自由に移動しつつ、河の隠喩によってアフリカとの血の繋がりを強調する。(4) また、「黒い種」では、「愛しい黒い顔が／異国の風に吹きやられ／種のようにばらまかれる／遠く離れた地から／［……］」（一三〇）と、アフリカ系アメリカ人のディアスポラ的状況を簡潔に表している。

「アフロ・アメリカンの断片」という詩編は、こうしたアフリカ系アメリカ人の存在の二重性とディアスポラ的状況を最も的確に表している。

時を隔て、
距離を隔てた
アフリカ
記憶さえも生き残っちゃいない
歴史の本が創造したことを除いたら、
血流に脈打ち帰ってくる歌――
聞き慣れない非ニグロの言葉で――
悲しい歌の歌詞と共に血流から脈動し出てくる
あの数々の歌を除いたら［……］（一二九）

ヒューズは詩の中で、自らの民族的集団を「ニグロ」「黒人」と言及することが多いが、この詩においては、「アフロ・アメリカン」とその存在の二重性を強調し、さらに「断片」によって彼らの民族が背負っている歴史的背景をも同時に想起させる。フォルサムが指摘するように、「さようなら！」というホイットマンの詩のタイトルと同じ一行で始まるこの詩は、アフリカとの時間的隔たり (so long) を表すと同時に、アフリカへの憧れ (longing) と、アフリカとの決別 (so long) をほのめかしている。[5] さらに、その民族的な記憶は、「歴史の本が創造した」ものであり、彼らの歌は、「非ニグロの言葉で」しか表現されえないという、あらゆる表現活動に携わるアフリカ系アメリカ人が直面したと思われる葛藤が、痛切に表現されていると言えるだろう。彼らはアフリカとの連続性を血と歌で感じることはできても、時間的にも、空間的にも、言語的にも、もはやその故郷と切り離された「断片」的存在なのだ。

「アフロ・アメリカンの断片」が、アフリカ人でもなく、アメリカ人でもないという存在の二重性を伝えているとしたら、「私もまた」という詩編は、アフリカ人であると同時にアメリカ人であるという存在の二重性を表現している。この詩の中で、ヒューズは、ホイットマン的な「私」を用いて、アメリカ人としての自己意識を表明する。

私だってアメリカを歌う。

私は色が黒い方の兄弟だ。
お客さんが来たとき、
彼らは私に台所で食事をさせる
でも私は笑って、
よく食べて、
強くなるんだ。

明日は
お客さんが来たときも
食卓につこう。
そのとき
「台所で食え」
なんて誰も言えないだろう。

それに、
彼らは私がどんなに素晴らしいか知って
恥ずかしく思うだろう

私だってアメリカなのだ。（四六）

黒人による国民宣言とも言うべきこの詩で表現されているのは、(SVO [S≠O]) から (SVC [S=C]) への文型上の変化によって示される、黒人と「アメリカ」との関係についての「私」の意識の変化である。まるでホイットマンを模倣するかのようなスタイルで、ヒューズは「歌う」と宣言することによって、歌うことを始める。この際、支配者の言語を用いることに対する葛藤は見られないが、冒頭の一行で示されるアメリカは、ホイットマンの「私にはアメリカの歌声が聞こえる」に登場するような、歌い手たちと同一化したアメリカではない。ここで暗示されるのは、「私」という主語《サブジェクト》／主体から見て、「アメリカ」は目的語《オブジェクト》／客体であったという過去から今に続く状況であり、「歌う」という他動詞によって強調されるのは両者の同一性ではなく、むしろ「私」から見たアメリカの他者性である。以前より「私」にとってアメリカが歌うべき対象であったのなら、わざわざあらためて「歌う」などと宣言する必要はないからだ。続けてヒューズは、「私は色の黒い方の兄弟だ」と自己規定することで、すべてのアメリカの有色人種に割り振り可能な詩的ペルソナとして「私」を規定するが、「色の黒い方の」という比較級表現は、黒／白という二項対立によって制度化された分類を回避し、白人との分離ではなく、むしろ連続性を強調するものだ。だが、「台所で食え」という命令は、アメリカという家《ホーム》／故郷の一つの屋根の下でともに暮らす兄弟でありながら、常に白人によって周縁化されてきた黒人の状況を的確に表すものだろう。「明日は」という一行を挟んで、時制は未来形へと変化する。最後の一行は、冒頭の一行と対応しており、「私」は、ここで初めて「アメリカ」との同一性を自ら確認していると同時に、「彼ら」にも確認させているのだ。この詩は、アメリカ国内にいながらにして国民としての権利を剥奪された状況下にある黒人の「私」と「アメリカ」が等符号で結ばれ、両者が相互補完的な関係へと変化することへの希望を、ホイットマン的声で簡潔ながら力強く表明したものだと言えよう。

　しかしながら、ホイットマン風の「白い」英語で人種の融和を唱っていたとしても、上記の詩において、ヒューズは逆説的に、『草の葉』において唱われたアメリカの理念が未だ実現していないことを皮肉にもほのめかしている。(6)

こうした、実現していないアメリカの理念を、ヒューズは、「ハーレム」と題する詩において、「先送りされた夢」(四二六)と呼んでいる。「アメリカをもう一度アメリカに」という詩編においては、「(アメリカは私にとってアメリカではなかった)」(一八九)と嘆き、様々な、虐げられてきたもの達に融合した後、「アメリカをもう一度アメリカに／これまで一度も存在しなかった国にしよう！」(一九一)と訴える。ホイットマンにとってと同様、ヒューズにとっても、アメリカとは未だ実現していない理念なのだ。こうした考えをさらに具体的に述べた「私のアメリカ」と題するエッセイでは、ヒューズが、「アメリカ人でありながら有色アメリカ人」であることによって、様々な差別を経験しており、「アメリカとは、変化の途上にある国」であると述べ、「我々（黒人）が、それ（民主主義）を実現し、完成し、機能するようにすることを望んでいる」と続けている（「私のアメリカ」五〇一）。ここで、民主主義を実現する主体が「黒人」になっていることは興味深い。アメリカの民主主義の理念は、白人の主流文化が他者として排除した黒人の参加なくして実現され得ないものであることを、これらの詩編は示している。ホイットマン風の表現方法をとりつつ、いわば、ヒューズは支配者の言語を用いつつ、支配者に口答えしているのだ。ホイットマンが、実現を先送りし、未来へと託した空白を、ヒューズが埋めようとしていると言えるであろう。

4

『草の葉』は、「私」という主体が占める中心的地位をあらゆる人に開放し、その詩行を音読した者は、国民国家創造という行為を共有することができるという楽観主義に貫かれた物語であった。だが、黒人にとって、それは、あくまでも理念に過ぎなかった。現実には、黒人達は、奴隷解放後に市民権を与えられたとはいえ、ジム・クロウ法が次々と制定され、国家の大きな物語からは排除された存在であったことには変わりはなく、『草の葉』で唱われた理念が実現することはなかった。ヒューズを始めとするハーレム・ルネッサンスの作家達の試みは、こうした国家創造の物語の中で、過去から切り離され、周縁化され、忘却された黒人達が、自らの声を取り戻し、同胞が主体形成を促すための物語の創造であったと言えるだろう。ヒューズは、黒人を書かれる対象として表象し、意味を付与する側であった白人であるホイットマンを模倣したやり方で、奴隷制という矛盾を抱えながらも国家的な理念として白人主体が拠り所としてきた民主的平等主義に、意味を書き加え、理念の実現の可能性を主体的に提示した。言い換えれば、『草の葉』という国家創造の物語は、まさに現実世界における人間ホイットマン自身が、その政治思想において排除した黒人である後輩詩人のヒューズによって、平等主義を唱えたその物語の不完全性を暴かれ、民主主義の理念が実現する可能性を書き加えられたのである。こうしたホイットマンとヒューズの関係は、アメリカが今日まで辿った国家としての自己認識が形成されるプロセスの一端を端的に表している。アメリカという国民国家を形作ってきた物語は、自らが排除し、忘却してきた他者によって、書き直され、問いを突きつけられ、それによって再び自己確認を行うことを求められているのである。

注

（1）本稿では「アフリカ系アメリカ人」を指すものとして「黒人」という用語を使う。ただし、特に、その二重性を強調する際には、「アフリカ系アメリカ人」と表記する。また、作品中の「ニグロ」という表現に関しては、そのまま表記した。

（2）ホイットマンの詩の引用は、ノートン版を使用し、括弧内に頁数を記す。初版からの引用は、ペンギン版を使用し、括弧内に「初版」と明記し、頁数を記す。

（3）唯一と言っていい例外（『草の葉』には収められなかったが）は、「絵画」と題される詩で、この中でホイットマンは、南部の奴隷を否定的に表象している（六四六）。

（4）ヒューズの詩の引用は、すべてクノップフ版を使用し、括弧内に頁数を記す。

（5）フォルサムは、ホイットマンの「さよなら！(So Long!)」と、ヒューズの同タイトルの詩、及び、「アフロ・アメリカンの断片」の「時を隔て (so long)」という冒頭の詩行の関連を詳述している（一一七―四三）。

（6）ハッチンソンは、この詩が、「私にはアメリカの歌声が聞こえる」を暗いマイナーコードでもじった、ホイットマンの歌に対する「シグニファイイング」であると述べている（一一一）。

引用・参考文献

Folsom, Ed. "So Long, So Long! Walt Whitman, Langston Hughes, and the Art of Longing." *Walt Whitman, Where the Future Becomes the Present*. Eds. David Haven Blake and Michael Robertson. Iowa City: U of Iowa P, 2008.

Langston, Hughes. "Whitman Celebrates All Americans." *Readings on Walt Whitman*. Ed. Gary Wiener. San Diego: Greenhaven Press, 1999.

——. "My America." *The Langston Hughes Reader*. New York: George Braziller, 1971.

——. *The Collected Poems of Langston Hughes*. Eds. Arnold Rampersad and David Roessel. New York: Alfred A Knopf, 2001.

Hutchinson, George B. "Langston Hughes and the Other Whitman." *The Continuing Presence of Walt Whitman*. Ed. Robert K. Martin. Iowa City: U of Iowa P, 1992.

Klammer, Martin. *Whitman, Slavery, and the Emergence of Leaves of Grass*. Pennsylvania: Pennsylvania State UP, 1995.

Lawrence, D. H. *Studies in Classic American Literature*. 1923. New York: Penguin, 1977.

LeMaster, J. R., and Donald D. Kummings, eds. *Walt Whitman: An Encyclopedia*. New York: Garland, 1998.

Matthiessen, F. O. *American Renaissance: Art and Expression in the Age of Emerson and Whitman*. 1941. London: Oxford UP, 1968.

Rampersad, Arnold. *The Life of Langston Hughes*. 2 vols. New York: Oxford UP, 2002.

Reynolds, David S. *Walt Whitman's America, A Cultural Biography*. New York: Alfred A Knopf, 1995.

Traubel, Horace. *Conserving Walt Whitman's Fame, Selections from Horace Traubel's Conservator, 1890–1919*. Ed. Gary Schmidgall.

Iowa City: U of Iowa P, 2006.

Whitman, Walt. *Leaves of Grass: Comprehensive Reader's Edition*. Eds. Harold W. Blodgett and Sculley Bradley. New York: New York UP, 1965.

——. *Walt Whitman's Leaves of Grass: The First (1855) Edition*. Ed. Malcolm Cowley. New York: Penguin, 1986.

22

エミリ・ディキンスン
――「狂気」と「正気」

佐藤　江里子

1　不安な「影」

予感は――芝生に落ちる――あの長い影――
太陽が沈む兆し――
驚いた草に
夜の闇が――通り過ぎる知らせ――（四八七）

十九世紀アメリカの詩人エミリ・ディキンスンは、一瞬の光の変化に心を奪われる様子を「果樹園に射す突然の光や、風の新しい吹き方に私の注意は奪われ――私は麻痺状態になってしまう、そのとき――詩がまさに救ってくれる」（書簡二六五）と表現している。彼女は目に見える変化、あるいは見えない変化を感知し、そのとらえ難い瞬間をとらえようとする。これは自然の描写であると同時に、漠然とした不安に襲われる詩人の心理状態の比喩である。二六五の書簡と同時期の一八六二年に書かれた四八七の詩は、太陽が沈む直前の瞬間的な自然の風景に、時代の不安が投影されている。「太陽」が沈み、やがて「暗闇」が訪れることを「長い影」が知らせる。この「長い影」は、ディキンスンが直感的にとらえた「正午」から「夜」へと移行する時代の黄昏を象徴している。ディキンスンは四八七の詩で、戦争という言葉や直接的なイメージを使わずに、南北戦争が人々の心に落とす暗く不吉な影を夕暮れの「長い影」に重ね、不安がよぎる瞬間を表現している。

同時代の詩人ウォルト・ホイットマンは、志願看護人として南北戦争に参加し、その経験から戦争詩を書いた。一方、ディキンスンの南北戦争への明らかな言及は、主に書簡の中に見られるが、ごくわずかである。ジョイス・キャロル・オーツが指摘しているように、ディキンスンが南北戦争や認識されている社会的、政治的な問題を詩の主題としたかどうかはあまり重要ではない。むしろ注目すべき点は、彼女が自己の内面世界における苦悩や葛藤を具体的に描出する手段として、戦いのイメージやメタファーを巧みに用いているということだ。このように、内省から生まれる感情やその意味を具体化する独自のイメージやメタファーの創出は、ディキンスンの詩的戦略である。彼女は独創的な修辞学を詩や書簡の中で実験的に駆使しているが、特に一八六二年、六三年に書かれた詩には、奴隷制度と自由、連合と分離、戦いと拘束などのイメジャリーが横溢している。

アメリカという国が国家的な規模で分裂と崩壊の危機に直面していた一八六三年は、ディキンスンの生涯で二九五篇の詩を書いた最も多作な年である。そしてこの年に書かれた詩の多くは、アイデンティティの不安や喪失など内面的な危機を主題としている。ディキンスンは南北戦争という特定の出来事から戦いの本質を抽出し、特殊性と普遍性を融合させている。そして急激な時代の潮流の中で、外的な出来事と内的な問題を作品の中で見事に照応させている。ディキンスンの戦いの詩学は、南北戦争とは関連性がないと思われる作品の中にも多く見られる。南北戦争前の一八六〇年に、彼女は次のような詩を書いている。「大声で戦うことはとても勇敢だ――／だが私にはわかる／悲しみの騎兵隊を／胸に秘める人はもっと勇敢だ――／勝っても国々は認めない――／倒れても――誰も気づかない――／どの国もその瀕死の目を／愛国心で見てはくれない――／きっと羽飾りをつけた天使たちが行進するだろう／そのような人たちのために――／列をなし足並みをそろえ――／雪の制服をまとって」（一二三八）。ディキンスンは現実の戦闘を連想させる言葉を使い、自己の苦悩や葛藤を比喩的に表現している。そして勝利でも敗北でも、誰にも気づかれることのない孤独な戦いと、国家的な戦いのイメージを並列、対照させることで、その孤独感や孤立感をより一層深めている。ディキンスンは南北戦争のような国家的な男性の戦いではなく、普遍的な問題が内在する極めて個人的な女性の戦いを詩の主題としたのである。

2 「深紅の牢獄」と「白い」戦い

一八六二年四月、ディキンスンは自己の可能性を試すために一つの行動を起こす。それは彼女の詩人としての運命を左右する重要な出来事となった。この年ディキンスンは、著名な批評家トマス・ウェントワース・ヒギンスンに「詩が生きているかどうか」（書簡二六〇）をたずねる手紙に四篇の詩を同封し、初めて詩の批評を依頼した。世間とはほとんど没交渉であったディキンスンにとって、ヒギンスンは文学上の師と呼べる唯一の人物であり、二人の文通は彼女の生涯にわたり続けられた。だが、彼はディキンスンの斬新な詩型を「発作的」で「抑制されていない」と言い、出版には適さないという評価を下した。この評価に対し、ディキンスンは彼への三通目の手紙の中で、少し自嘲的に皮肉を込めて「「出版」は魚にとっての大空と同じくらい、私には縁がないことです」（書簡二六五）と述べ、「名声」を追いかけるくらいなら「裸足の階級」の方がよいと断言する。ヒギンスンに作品を批評してもらうことで、自己の感性がプロの詩人として受け入れられるかどうかを試した。だが、ディキンスンの父エドワード同様、十九世紀の伝統にとらわれていた保守的なヒギンスンは、彼女の独創性や才能を正しく評価することができず、当時の文学的規範に従い、詩を大幅に修正するよう助言した。この厳しい現実に直面したとき、ディキンスンは「名声」を放棄し、自由な「裸足の階級」を選んだ。「自分自身の名声を証明できるなら／他のすべての絶賛は／余計なもの――必要のない／芳香――／自分自身の名声を持っていないなら――たとえ／私の名声が他で最高位だとしても――／不名誉な名誉――／無意味な王冠――」（四八一）。「自分自身の名声を証明できる」ディキンスンにとって、「出版」という「名声」は「無意味な王冠」なのである。

出版は――
心の競売――
そんな不正なことには
貧しさこそが――正しい

あるいは――私たちの雪を――投資するより
むしろ屋根裏部屋から
白いまま――白い神のもとへ――
行くほうがいい――

思考は与えてくれた神のもの――
それなら――形あるものを与えてくれた
神にこそ――売るべきだ
気高い調べを――

一つにまとめて――
天の恵みの商人になっても――
人間の魂を価格という不名誉に
落としてはいけない――（七八八）

第一連で「出版は――／心の競売――」であると主張している。ディキンスンの伝記と照合すれば、「出版」は詩を修正することである。「出版」するために、伝統に従い独自のスタイルを変えることは、文学市場で自己の「魂」を切り売りし、「価格という不名誉」に落とすことに他ならない。文学的伝統への服従は、その基盤となる家父長制への服従をも意味する。ディキンスンは「出版」を否定し、服従を拒絶する。第二連の「雪」は清貧を象徴し、この世の名声を放棄した純粋な詩人の魂、詩である。この純粋性を象徴する「雪」と実利的なイメージを持つ「投資する」というかけ離れた二つの言葉を組み合わせ、意図的に表現上の違和感を創出している。それは文学市場が求めている詩と自己の魂そのものである詩は、根本的に異質であるという彼女の認識である。更にこの「雪」のメタファーは、女性詩人が家父長制社会の中で、「雪」のように消えてしまう存在であることを示す。

同じく第二連の「屋根裏部屋」は、父の屋敷の二階にあるディキンスンの自室を想起させ、「白いまま――白い神のもとへ――／行くほうがいい――」には、一八六二年頃から常習化した「白い選択」（四一一）による隠遁生活が内在している。「雪」の「白」には「死」のイメージがあるが、本質的にディキンスンの「白」は、「炎の普通の色」である「赤」を超越したときに発する「光」、「白熱した魂」（四〇一）の象徴である。「白い選択の権利によって――私のもの！」（四一一）で述べているように、彼女の隠遁生活は人生の放棄ではなく、「私のもの」にするための選択である。「白い選択の権利によって――私のもの！／女王の印章によって――私のもの！／深紅の牢獄に秘められた印によって——私のもの！／鉄格子でも隠すことはできない！／ここでは夢と拒絶の中で——私のもの！／墓の取り消しによって——私のもの！／与えられ——承認された——／天にものぼるような特権！／どんなに時代が過ぎても永遠に——私のもの！」（四一二）。この詩でディキンスンは「私のもの」を繰り返す。ヴィクトリア朝的価値観の中で理想的な女性像に閉じ込められ、男性に所有される女性は、「白い選択の権利」「女王の印章」「深紅の牢獄に秘められた印」「墓の取り消し」によって、自分自身を「私のもの」にする。「深紅の牢獄に秘められた印」は、「牢獄」の「鉄格子でも隠すことができない」「血が騒ぐ」ような「逃亡」への「期待」を秘めたディキンスンの「白熱した魂」である。

ディキンスンは「人の成長は——自然の成長のように——」（七九〇）で述べているように、詩人としての「困難な理想を／自分自身で達成」するために「沈黙の生活」を選んだ。彼女の「白い選択」は、「孤独な勇気」(the solitary prowess) であり、「深紅の牢獄」におけるエクリチュールのための「白い」戦いである。「大声で戦うことはとても勇敢だ——」（一三八）の「天使」がまとう「雪の制服」は、「白い選択」の象徴であるディキンスンの白いドレスを連想させる。それは苦難を通ってきた真の「勝利者」に与えられる。「彼らは——苦難の人々／白によって印される／きらめく長い上着は／勝利者の低い階級を示す——／この人々はみんな——勝ったのだ——／でもほとんどいつも勝っていた人々は——／ただ一様に雪を身にまとうだけ——／飾りは何もなく——シュロの葉があるだけ——」（三二八）。ここでは、聖書の「ヨハネの黙示録」第七章第一四節から引用した「苦難」(Tribulation) や「白」(White) という言葉を使っている。「苦難の人々」は「白」を印とし、真の「勝利者」もまた、「ただ一様に雪を身にまとうだけ」である。この「雪」の「白」をまとう真の「勝利者」は、「きらめく長い上着」が象徴する現世の勝利や成功や名声を決して求めることはない。ディキンスンは「成功は最も甘美に思われる」（一一二）の中で、敗者こそが勝利の意味を定義することができるという真理を逆説的に提示している。「白い選択」により、自己の内面を凝視する孤独な戦いを貫いたディキンスンは、「白」によって印された苦悩の詩人であり、また勝利の詩人だ。彼女は沈黙のうちに真の勝利とは何かを自分自身に問いかける。彼女の言葉は、深い内面世界の沈黙とその精神的な闘争の中から生まれた。真の「勝利者」は、決して「大声で」自己の勝利をうたわない。彼女は「名声」という「無意味な王冠」を捨てたことで、どこにも属さない「白い」詩人のまま、家父長制の権威も及ばない女性の「気高い調べ」を奏で続けることができたのである。

3 「太陽」と「デイジー」、「月」と「海」

ディキンスンは詩の真価を理解できないヒギンスンの助言を絶望で受け止め、アイロニーで返した。表面的には感謝と服従を示しているが、その従順さの裏に激しい反抗心を隠している。ディキンスンの従順さは「デイジー」のイメージに凝縮されている。

デイジーは静かに太陽を追いかける――
黄金の歩みが止まると――
恥ずかしそうに太陽の足元に座る――
太陽は――目を覚まし――そこでその花を見つける――
略奪者よ――なぜ――おまえはここにいるのか？
なぜなら　あなた　愛はうっとりするほど甘いのです！
私たちは花――あなたは太陽！

どうかお許しください　もしあなたの光が傾くたびに――
わたしたちがこっそりあなたのそばに近づいているとしても！
暮れゆく西の空――
静寂――飛翔――紫水晶――
夜の可能性に心を奪われているのです！（一六一）

ディキンスンはしばしば自分自身を「デイジー」にたとえる。「デイジー」は「太陽の眼」(day's eye) に由来し、太陽崇拝の象徴である。小さくてか弱い「デイジー」は「太陽」をどこまでも追いかけているが、「太陽」は「黄金」に輝いているあいだは「デイジー」に気づかない。「黄金の歩みが止まる」、つまり正午の「太陽」が「西の空」に傾き、地平線に近づく頃、「太陽」は「足元に座る」「デイジー」の存在に気づく。そして、「私たちは花――あなたは太陽！」と言い、女性を象徴する「花」と男性を象徴する「太陽」との本質的差異を提示している。女性は、「太陽」に従順な「デイジー」であることが期待される。ディキンスンはそれを認識した上であえて「デイジー」のペルソナを用いている。どんなに恋焦がれても一体化することはおろか近づくことさえできない「太陽」を追いかける「デイジー」のイメージを使い、女性の現実をアイロニカルに表現している。また、「私」ではなく「私たち」と言うことで、「デイジー」と「太陽」の関係に普遍性があることを示す。

日没が近づくにつれて「太陽」の光は少しずつ弱まり、その色を「黄金」から「赤」へと変える。そして昼の明るさと夜の闇が溶け合い、「紫」の残像となる。ディキンスンは日没後の空の色を「紫水晶」と表現し、宝石のイメージでとらえている。「私はひとつの宝石をにぎりしめ――」(二六一）の中で、「紫水晶の思い出」が、目覚めたら消えていた「宝石」の存在を示すように、「静寂」「飛翔」「紫水晶」、これらはすべて「太陽」の存在を間接的に示している。これは不在が存在を証明するディキンスンの詩学である。正午の「太陽」を崇拝する「デイジー」が心を奪われているのは、「夜の可能性」を秘めた「太陽」なのである。「光」と「暗闇」のイメージを使った逆説的な詩「暗闇の方が——あなたがよく見える——／光なんて必要ない——」（四四二）にある「太陽を超越する太陽」は女性詩人の内面世界の「暗闇」に輝くメタフィジカルな「太陽」である。またこの「暗闇」の中の「太陽」は「月」を連想させる。

ディキンスンは自己の女性性を完全に否定してはいないが、詩の中で話者のジェンダーを変転させ、曖昧にすることが多い。必ずしも詩人とは一致しない「私」という一人称の他に、客観的な「彼女」、ジェンダーを逆転させた「彼」、あるいは中性的で謎のような「それ」という三人称で表す。これは家父長制やヴィクトリア朝的価値観の中で求められる女性像や女性言語に対するディキンスンの挑戦である。そして彼女は女性の苦悩を男性的な戦いのイメージで表現することに成功した。「大声で戦うことはとても勇敢だ——」（一三八）の中で描かれている、戦いの功績を誰からも認められず死んでゆく兵士、「悲しみの騎兵隊を胸に秘める人」はディキンスンと重なり、非常に力強く男性的で、一種の両性具有のイメージを創出している。だが次の三八七の詩は、南北戦争の渦中に書かれているにもかかわらず、兵士ではなく「デイジー」のイメージで複雑な女性の心理を表している。ディキンスンは「月」に対し、どこまでも従順な「遠い海」が自己の中にあることを認識している。

月は海から遠く離れている——
でも琥珀色の両手で——
月は海を導く——少年のように従順な海を——
定められた砂浜に沿って——
海は範囲を決して間違えない——
月の目には従順で

海ははるか遠く――町までやって来て――
またはるか遠く――帰ってゆく――

あぁ、あなた、琥珀色の手は――あなたのもの――
遠い海は――私のもの――
あなたの目が私に課する
どんなささやかな命令にも従順な海なのです――　（三八七）

この詩は「月」と「海」の描写から始まる。第一連の「琥珀色の両手」は、擬人化された月の光を表し、「定められた砂浜」は潮の満ち干によって変化する海岸線を表している。ここでは、「月」を「彼女」、「海」を「彼」で受け、「月」に従う「海」を「従順な」「少年」にたとえている。この「少年のような従順な海」を正しく導く「月」には母性のイメージが強い。第二連では、「月」の引力によって繰り返される潮の満ち干が、擬人法で比喩的に描かれている。ここには「海」を制する「月」に内在する絶対的な力が暗示されている。三八七の詩は「海」と「月」の観察に基づく写実的な自然詩ではないが、自然の法則と神秘に対するディキンスンの驚嘆と感動が描かれている。彼女は自然を前にすると、その現象の背後にある人知の及ばない、計り知れない何か、神のような存在、ある種の神秘を感じ取る。

一八六三年に書かれた「「自然」は目に見えるもの――」（七二一）で、ディキンスンは様々な観点から自然の定義を試みる。第一連で、「自然」は「目に見えるもの」と視覚的に定義する。そして具体的に「丘」、「午後」、「リス」、「蝕」、「マルハナバチ」などが「自然」であると言い、このような「自然」は「天国」であると定義する。第二連では、「ボボリンク」、「海」、「雷鳴」、「コオロギ」をあげ、「自然」は「耳に聞こえるもの」と聴覚的に定義し、ディキンスンに聞こえる自然は、一つの「調和」だと言う。しかし最終連で、「自然」は「認識するもの」と定義するが、「だがそれを言うすべがない――／私たちの知恵は／自然の正直さにまったく無能だ」と言い、「自然」を完全には定義できずに詩を閉じている。「自然」を「目に見えるもの」や「耳に聞こえるもの」、つまり知覚するものとしては定義できるが、最終的には「自然」を「認識」しきれず、詩人は観察者としての人間の無力さを痛感する。この七二一の詩は、「自然」を主題とした定義詩であり、詩人の自然観が最も端的に示されている作品である。ニューイングランド、アマストの美しい自然は、ディキンスンにとって歓喜と絶望の象徴、計り知れない「神秘」なのである。

「何という神秘が井戸を満たしているのだろう！」（一四三三）の中で、ディキンスンは自然を「幽霊屋敷」にたとえ、これまで「自然」の「幽霊屋敷」をわかりやすく説明した人はいないと言う。「自然」に近づけば近づくほど、わからなくなるということを実感していた彼女にとって、「自然」はあくまでも「見知らぬ人」なのだ。このように、ディキンスンは「自然」に対して非常に深い愛着を感じている一方で、客観的に「自然」を観察し、「自然は見知らぬ人」であることを認識している。慣れ親しんだ「自然」でも、結局は「見知らぬ人」であるように、「神」もまた彼女にとっては「見知らぬ人」だ。「自然と神――そのどちらも私は知らなかった／だが両方とも私のことをよく知っていた／彼らは私を驚かせた／まるで私の身許執行者のように――／だが自然も神も言わなかった――私が――／ハーシェルの胸に秘めた興味や／水星の出来事のように確実に／私が私の秘密を知ることができるとは――」（八〇三）。ディキンスンが描く「自然」と「神」の属性には共通点があり、彼女は認識を深めるために繰り返し、「自然」と「神」をうたう。八〇三の詩の中で、自分自身は「自然」も「神」も知らないが、両方とも「身許執行者（Executors of My identity）のように自分を知り尽くしていることへの驚きを示す。しかし「自然」と「神」でさえも、この詩の「私」が「私の秘密を知ることができるとは」言わない。これは人間には自分自身も知り得ない「秘密」、無意識の領域があるという認識であり、「未知なる大陸」（八一四）に他ならない。

天文学者である「ハーシェルの胸に秘めた興味」は、彼が発見した天王星を喚起させる。また、「水星の出来事」

は、太陽に最も近い太陽系の惑星の一つである「水星」が日没直後または日の出直前、短時間だけ見えることを暗示している。八〇三の詩の最終連で、広大な宇宙へとそのイメージは広がり、科学で解明された宇宙という視点でとらえた自然を「私の身許」や「私の秘密」と比較している。そして、ディキンスンの内面世界は宇宙に照応 (correspondence) する。特に、「私の身許」や「私の秘密」は、彼女のジェンダー・アイデンティティや、生と死など、存在にかかわる根源的な問題を示唆する。更に注目すべき点は、自分を知り尽くしている「自然」と「神」を「身許執行者」にたとえていることだ。ディキンスンは「自然」や「神」のように、単純に認識や定義できない抽象的なものを擬人化し、具象性を与えることにより、心理的な接近を図ろうとする。

「月は海から遠く離れている――」(三八七) でも、この擬人法を用いて、「月」と「海」を観察した自然詩以上のものにしている。第一連、第二連では、「月」と「海」の描写に、時間の推移に伴う主観的な変化と物語的展開を与えている。そして第三連では、「月」と「海」との関係にディキンスン自身の恋愛感情に近い想いが投影されている。話者が「海」となり、「月」に向かって「あぁ、あなた」(Signor) と呼びかけ、想いを告白する。そして「琥珀色の手は――あなたのもの――」で、「遠い海は――私のもの――」と言い、「月の目」に対して従順な「海」のように、「あなたの目が私に課する――/どんなささやかな命令にも従順な海」が自分の中にあることを訴えている。

「月」は多義的なシンボルで、「女性」を意味すると同時に「相反する価値、すなわち女性と男性」を意味する。神話にも多く登場する「月」は、ギリシア神話のアルテミス（運命の女狩人）を象徴し、ローマ神話のディアナ（狩猟と月の女神）に相当する。ディアナは、狩猟と月の女神で女性の守護神であり、また、自然の女神、特に豊潤と生誕の女神でもある。アルテミスは、詩、音楽、予言などを司る美青年の神、太陽神アポロン（ローマ神話のアポロ）と双子でもある。月が両性具有とみなされたのは、月の女神アルテミスが「運命の女狩人」と呼ばれるような男性的な性格を持つためである。三八七の詩の第一連、第二連で、「月」は母性のイメージ、「海」は従順な少年のイメージで描かれている。そして第三連では、「月」に恋人のような男性、「海」にディキンスン自身を重ね、「月」と「海」が表す性別を逆転させている。四行三連の短い詩の中で、「琥珀色の手」を二回、「従順な」という意味の形容詞を各連で使用している。最終連で「海」は、「月」の「どんなささやかな命令」にも従うと誓い、自己の従順さを強調する。「海」に降り注ぐ「月」の光は、天から差しのべられた「琥珀色の手」にたとえられ、「従順な海」はこの神の「手」に全てをゆだね、導いて欲しいと願う。「琥珀色の手」は自然に象徴される神の存在を暗示し、ディキンスンは絶対的な存在に支配されることを願う。この受動的な「海」の態度は、マスターレターズの中で「マスター」に懇願する「デイジー」に酷似している。その自虐的な態度は、家父長制の中で女性の魂の自立を求めて戦う「兵士」の姿とは程遠く、矛盾しているようにさえ思える。「あぁ、私はそれを怒らせた――デイジーは――デイジーは――それを怒らせた……マスター――あなたの命を広く開いてください、そして永遠に私を受け入れてください、私は決して疲れたりしません――あなたが静かでいたいと望むなら決して騒がしくしません。私はあなたにとって一番の小さな女の子でいられたら嬉しいのです――」（書簡二四八）。このデイジーの罪悪感は家父長制の「牢獄」に閉じ込められた女性が、アイデンティティ確立のため、そこから「逃亡」しようと葛藤する中で生まれた感情であり、一つの真実である。ディキンスンは、戦う「兵士」と従順な「デイジー」とのあいだで常に引き裂かれる。そしてこのアンビヴァレンスは、魂の自立を求める女性に与えられた運命でもある。ディキンスンはメタファーのジェンダーを限定せず、多面的にとらえて変幻自在に操る。だが、ジェンダー・アイデンティティの破壊、変転、統合を繰り返し、作品の中で男性的なイメージや両性具有の要素を確立させながらも、自己の内面にある従順な「海」や「デイジー」を完全に否定できないところに、ジェンダーへの不安やアンビヴァレンスがある。ディキンスンは、恋人、神、マスターが、正午の「太陽」ではなく、「夜の可能性」を秘めた「太陽」、あるいは「暗闇」の中の「太陽」である「月」になって初めて、「従順な海」になることができた。

4　ディキンスンの「狂気」

ディキンスンが生まれ育ったアマストは、ニューイングランドの中でも特に旧弊な伝統にとらわれた町で、彼女の時代にも何度か大覚醒運動が起きた。だが宗教色の濃いこの町にも、南北戦争を契機に近代化が進み、十七世紀以来の伝統的なカルヴァニズムの「神」の概念は大きく揺らいだ。ディキンスンは神に対する盲目的崇拝から懐疑へと移行する時代の分水嶺に生きた詩人である。ディキンスンの詩はワッツの賛美歌に基づいているが、その凝縮した詩型には、名詞の大文字化、ダッシュの多用、突然の飛躍や不連続性などが見られる。この独創的な詩のスタイルや技法は、過渡期の特異性である不安定な精神の揺らぎを反映している。ディキンスンは、盲目的に神を信じることができた真昼の時代と近代における神の喪失という夜の時代の境界に位置する薄明（twilight）の詩人である。夕暮れ時の曖昧でぼんやりした光では、神の顔をはっきりと見ることができない。彼女の作品に見られる不安や恐怖は、この薄明の曖昧さから引き起こされている。だが彼女は「消えゆく光」の中に「鋭く」「何か」を知覚する。

消えゆく光によって
私たちはより鋭く　完全に見る
安定したランプの光よりも
視界を明るくし
美しく飾る光の飛翔の中に
何かがある（一七四九）

これは黄昏の薄明の時代に生きたディキンスンの精神性を裏付けるような詩論、人生論である。ディキンスンは「安定したランプの（芯に灯る）光」よりも「消えゆく光」によって逆説的に「何か」を「より鋭く　完全に見る」ことができる。詩人は、「消えゆく光」が「視界を明るくし／美しく飾る」瞬間に「何か」を目撃する。この日没の瞬間は、見慣れた自然現象であると同時に、詩人の内面世界で異化された心象風景となる。日没前の一瞬の光の変化に不安を覚えた「予感は――芝生に落ちる――あの長い影――」（四八七）と同様、ディキンスンは不安定で曖昧な時代の黄昏、「消えゆく光」の中にいたからこそ、光をより強く意識し、物事の輪郭を明確にとらえることができた。そが「光の飛翔」の中に見た「何か」がエピファニーなのである。詩人が直感的に真実を把握するのは、真昼の太陽の光ではなく、斜めに射す夕日の光だ。「真実を語れ　だが斜めに語れ――／成功は回り道にある」（一二六三）と同様、「消えゆく光」の中にエピファニーがあるという逆説はディキンスンの詩学である。そして十九世紀の女性作家、詩人が「真実」を「斜め」に語らざるを得ないことを示している。この「回り道」(Circuit) は、ディキンスンの多義的な「周縁」(Circumference) と重なる。「詩人はランプに炎を灯すだけ――／詩人自身は――消えてゆく――」（九三〇）の中で、「詩人」が灯したランプの炎には「太陽」のような「生命の光」が内在していることを示唆し、「それぞれの時代」という「レンズ」が「光の周縁を拡大させてゆく」と述べている。十九世紀の家父長制においては、男性が中心で、女性は周縁である。彼女自身も「私の仕事は周縁です」（書簡二六八）と述べている。

ディキンスンにおいて、「太陽」や「日光」は、彼女の時代に支配的だったカルヴァニズムの絶対的な神や家父長制のもと女性を抑圧する男性の象徴である。太陽神アポロンのように、「太陽」は伝統的に男性的な力を象徴する。この力は「牢獄」という家庭の中に女性を幽閉し、自由な魂を拘束するため、彼女は「太陽」を素直に受け入れることができない。このような「太陽」への認識は、「私の目が見えなくなる前に」（三三六）の最終連が的確に示している。「より安全だと——私は思う——魂だけ／窓ガラスの上に置く方が／他の人たちは注意もせずに——／太陽を——見ようとするけど——」。彼女は太陽を直視すると、真実を見失うだけでなく、自我が消滅することを認識している。従って、ディキンスンは「魂」、つまり心眼で真実を見極めようとする。二十世紀の詩人シルヴィア・プラスは、『エアリアル』（一九六五）所収の「エアリアル」の中で次のようにうたう。「そして私は／一本の矢になる／自殺的に飛ぶ露は／一つになって赤い目へと駆けてゆく／あの朝の大釜へと」（「エアリアル」）。愛馬エアリアルと共に「一本の矢」、「自殺的に飛ぶ露」となり、「赤い目」、「朝の大釜」にのみこまれてゆく。この「赤い目」、「朝の大釜」は真っ赤な太陽の比喩で、強烈な死のイメージを持つ。プラスの自我は引き裂かれたまま、ディキンスンのように「狂気」で「正気」を守ることはできなかった。

伝統的に日光には「正気」、月光には「狂気」の意味があり、次の詩の「狂気」と「正気」のパラドックスと一致する。

ひどい狂気は完全な正気——
洞察力のある眼にとって——
ひどい正気は——全くの狂気——
このように大多数が
全体として広がる——
賛成すれば——あなたは正気——
異議を唱えれば——あなたはすぐに危険とみなされ——
鎖で扱われる——　（六二〇）

「大多数」に逆らい、信仰告白をしなかったディキンスンは異端者であり、まさに「ひどい狂気」に陥っている。だが「洞察力のある眼」、つまり物事を客観的に判断する詩人の「眼」にとっては、この「ひどい狂気」(Much Madness) こそが「完全な正気」(divinest Sense) なのである。一八五八年八月、ディキンスンが「姉」と呼んで慕ったホランド夫人に宛てた手紙で、「狂気」と「正気」について言及している。「私の天国の唯一のスケッチ、プロフィールは広い青空で、私が六月に見た一番大きい空よりも青く広い空なのです。そしてそこには私の友達が――みんな――一人残らずいます――今私と一緒にいる人々と、私たちが歩いてきた途中で「別れた」人々、「天国へと奪われた」人々です。もしバラがしおれず、霜も降りず、私が起こすことが出来ないような人があちこちに倒れていなかったら、この地上の天国以外の天国などいらなかったでしょう――そしてもし神がこの夏ここにいて、私が見たものを見たら――自分の天国は余分なものだと考えると思います。……ホランド夫人、正気でない世界 (a world insane) での私の正気 (sanity) をお許し下さい。そしてできれば私を愛して下さい。なぜなら私は地上で王と呼ばれたり、天国で主と呼ばれるより、愛される方がいいのです。」(書簡一八五)。また、翌一八五九年に書かれた友人キャサリン・スコット・ターナーへの手紙の中でも「正気の者 (the sane) にとって狂気 (insanity) は不必要に思えます――でも私はたった一人、そして人々は「四四」人、その数というちょっとした問題が私を無力にしてしまう。」(書簡二〇九)。ディキンスンは信仰の問題を通じて、「大多数」が真実であり正義となる恐ろしさを実感し、この自己の経験から生まれた「狂気」と「正気」を主題とする。六二〇の詩で、彼女は「正気」と「狂気」を逆転させ、「成功は最も甘美に思われる」(一一二) と同様、逆説的に真理を定義している。それは「真実」を「斜め」に語ることである。六二〇の詩には、「大多数」に「異議を唱え」「危険」とみなされても、信念を貫く意志の強さがある。世間から見たら「ひどい狂気」である「白い選択」も、十九世紀の家父長制やカルヴァニズムの「牢獄」に閉じ込められたディキンスンの自我を分裂、崩壊させる「狂気」から守るための「完全な正気」だった。

「私はいつも何かを失った気がした」(一〇七二)の中で、ディキンスンは自分自身を「領土」を追放された「ただひとりの王子」(the only Prince)として描く。そして話者である「私」は、「手放した私の宮殿」を探し求めている。だが、「天国の場所を／反対側に探している」のではないかという「一つの疑い」が、「私」の脳裏をよぎる。「神聖な資格は、私のもの。」(一九四)で、自らを「カルヴァリの女王」(Empress of Calvary)と呼ぶディキンスンだが、ここでは追放された「王子」なのである。性別を逆転させ、「女王」ではなく、追放され、自分の「宮殿」を求め、彷徨い続ける「ただひとりの王子」が、「天国の場所を／反対側に探している」というイメージを使うことにより、ディキンスンは異端者であるという自己認識を強調している。

信仰と芸術、この両方において十九世紀の基準から外れたディキンスンは、「狂気」の烙印を押され、「鎖で扱われる」囚人となった。「屋根裏部屋」から「雪」の詩を「白いまま——白い神のもとへ」に送り続けたディキンスンの「狂気」は、「深紅の牢獄に秘められた印」、「白熱した魂」が輝く生の瞬間の連続である。「狂気」に見えた彼女の「正気」はエクリチュールが証明する。真実が見えない黄昏の時代、「消えゆく光」の中で、ディキンスンがとらえた「何か」、エピファニーは、永遠の「周縁」としてその「光」を拡大させてゆく。

引用・参考文献

Barker, Wendy. *Lunacy of Light: Emily Dickinson and the Experience of Metaphor*. Southern Illinois, 1987.
Eberwein, Jane Donahue, ed. *An Emily Dickinson Encyclopedia*. Westport, Connecticut, London: Greenwood Press,1998.
Farr, Judith. *The Passion of Emily Dickinson*. Cambridge: Harvard UP, 1992.

Franklin, R. W., ed. *The Poems of Emily Dickinson*. 3 vols. Cambridge, Mass.: Harvard UP, 1998.

Habegger, Alfread. *My Wars Are Laid Away in Books: The Life of Emily Dickinson*. New York: The Modern Library, 2001.

Johnson, Thomas H. *Emily Dickinson: An Interpretive Biography*. Cambridge, Mass.: Harvard UP, 1963.　新倉俊一、鵜野ひろ子訳『エミリ・ディキンスン評伝』国文社、一九八五年。

Johnson, Thomas H., and Theodora Ward, eds. *The Letter of Emily Dickinson*. 3 vols. Cambridge, Mass.: The Belknap Press of Harvard UP, 1958.

McNeil, Helen. *Emily Dickinson*. London and New York: Virago-Pantheon, 1986.

Miller, Cristanne. *Emily Dickinson A Poet's Grammar*. Cambridge, Mass and London, England: Harvard UP, 1987.

新倉俊一『エミリー・ディキンスン　不在の肖像』大修館書店、一九八九年。

新倉俊一『ディキンスン詩集』思潮社、一九九三年。

Oates, Joyce Carol. *The New York Review of Books Volume XLVII*, Number 13, August 10, 2000.

Sewall, Rechard B. *The Life of Emily Dickinson*. Cambridge, Mass.: Harvard UP, 1958.

Wolff, Cynthia Griffin. *Emily Dickinson*. New York: Alfred A. Knof, 1986.

23

『ザ・ダルマ・バムズ』と『荒涼天使たち』に見るケルアックの創作と信仰について

椀台　七重

はじめに

ジャック・ケルアック（一九二二―六九）による『荒涼天使たちⅠ、Ⅱ』（一九六五）は、第一部が一九五六年、第二部が一九六一年に執筆された作品である。出版された年に多少の隔たりはあるが、執筆された年号だけを見てみると、『路上』（一九五七）は、一九四八年から五六年の間、『ザ・ダルマ・バムズ』（一九五八）は、一九五五年から五六年の体験を一九五七年に執筆。これらの三作品を執筆時のみ年号順に並べてみると、『路上』、『荒涼天使たちⅠ』、『ダルマ・バムズ』、『荒涼天使たちⅡ』という順序になり、この期間は一連のキリスト教から仏教への探求に移行してゆく流れと考えてよいだろう。この論では、『ザ・ダルマ・バムズ』と『荒涼天使たちⅠ、Ⅱ』を中心に、ケルアック（ペルソナであるレイ・スミスやジャック・デュルーズや）が、キリスト教、仏教へどのように接近したか、そしてその態度は創作にどう影響したのかということも併せて考察する。

『荒涼天使たち』の関心の起点は、何ら目立つほどの芸術的たくらみがない点にあるが、ケルアックの多くの友人のざっくばらんな性格描写や、どんどん憂鬱になってゆく彼の心の状態を覗く、自己洞察の瞬間にもある。『路上』から続く一連の独創的な作品とは相反する結末、ここにあげた各々の要点は、全体の衝撃をはるかに超えたものである。

（マクナリー　九六）

『路上』の刊行により、ケルアック自身もその周囲も大きく変化した。周囲の「ざっくばらん」さと、ケルアックの深化してゆく内面は対比を成す。このことは、『荒涼天使たち』の中でも度々触れられ、「（ビート・ジェネレーションとして）僕の本の悪評が高くなってインタビューが殺到した時、ぼくはできる限り質問に答えた――彼らにほっといてくれという勇気がなかったのだ」（二四）というように、メディアによってケルアックの内面世界が大きく揺さぶれるようになった。特にこの『荒涼天使たち』の中では、雑誌やテレビ番組などの取材に対する批判的な態度が垣間見られる。自分を見失うことへの不安、自分の存在を確認したいという欲求が自己洞察へ向かわせたのかもしれない。

1　仏教との接点

ケルアックの作品を貫く中心は、自己を取り巻く世界と自己存在への根本的な疑問である。『路上』において、神的存在はキリストや聖人であった。放浪の中で出会った人々や黒人のミュージシャンたち、田舎の純朴な暮らしの景色などを「聖なる」と形容し、ヒーロー的存在、ディーン・モリアーティを特に「天使」だとか「聖なる愚か者」(1)と呼び、直観的に反響するものを「神聖化」し、自己とキリストの間に介在する存在を「聖なるもの」と称した。『ザ・

ダルマ・バムズ』（一九五八）、『荒涼天使たち』（一九六五）では、仏教への接近が物語の根底にある。もともと敬虔なカトリック信者である両親のもとに生まれ育ったケルアックは、生涯改宗することはなかったが、一九五三年から五六年には、『達磨抄』（一九九七）を完成させるなど、仏教研究に熱中していた時期があった。小説や詩の中で表出されるキリスト教と仏教への態度は時に自由奔放で、軽率にすら見え、極端さと矛盾、聖なるものと汚れたもの、多くの両義性を繰り返す。しかしその振幅は、ケルアックの自己を取り巻く世界と自己の所在位置を探る意味で重要な意味を持つ。

そうだ、六月、山火事監視の仕事を求めてワシントン州北西部のスキャジット渓谷沿いをヒッチハイクで遡りながら、ぼくは考えた、「荒涼峰の頂上に着いて同行者たちも騾馬に乗って帰ってしまい、一人っきりになったら、神や如来にじかに向かい合って、存在と苦悩の意味や、あちこち出かけていっても結局無駄だということを確然と悟るだろう」。しかしそうはならないで、ぼく自身に向き合うことに、アルコールもドラッグもなくそれを手に入れる機会もなくて昔なじみの忌々しいデュルーズのぼくに向き合うことになり、退屈で溜息をつき、死ぬことや山を下りることを考える日も多かった……ぼくは待ち続け、実在の顔を見なければならなかった。（『荒涼天使たちⅠ』一三）

『荒涼天使たち』（一九六五）は、第一部と第二部に分かれており、前者が一九五六年から五七年にかけて、後者は一九六一年に執筆されたものである。語り手、ジャック・デュルーズは、『ザ・ダルマ・バムズ』でのジェフィの影響もあって、山火事監視人の仕事で約二か月間をたった一人、ホゾミーン山の荒涼峰の山小屋で過ごし、息の詰まるような孤独にどうにか耐えながら、瞑想したり詩を書いたりして過ごした後、シアトル経由でサンフランシスコへ（俗世間へ）と下りてゆく。ちなみにこの時デュルーズには、山林修行がもたらす人格的「変化」などは見られない。自己とキリスト、ブッダと直面しようとするのだが、結局自分自身に向き合っただけに終わった。再び『路上』

（一九五七）の時のような放浪が始まる。仲間たちと飲み、騒ぐ。しかし、そこにはかつてのような青春の「青臭さ」は薄れ、使用される言葉は、仏教、キリスト、タオ等、西洋と東洋の思想が混然と同居し、ディーンのようなヒーロー的存在もない。ちなみにニール・キャサディは、コディとして登場するが、もはやヒーローではない。ロスからメキシコへ、はたまたニューヨークへ戻り、タンジール、フランス、ロンドンを経て、再びニューヨークへ戻り、母のメメールと共にバークレーや再びメキシコ、そして最後は母とニューヨークに戻るのだ。

『荒涼天使たち』について、カウリーはその「形式のなさ」という点に関心はなかったのだが、ケルアックにその小説の構想や登場人物を発展させようとしきりに勧めた。また仏教の引用は問題があると思った。というのも普通の読者にとって、そのような馴染みのない言葉で書かれた散文は混乱させるのではないかと思ったからだ。彼はケルアックに再度、『サックス博士』（一九五九）や『マギー・キャシディ』（一九五九）に繋がるような作品を書くよう提案した。しかしながら、カウリーの提案はことごとくケルアックの独特な抵抗に直面した。（マザー　三四二）

ケルアックが仏教に傾倒しはじめたのは、一九四〇年代後半にコロンビア大学のレイモンド・ウィーヴァー教授にもらった読書リストによるものなのか(2)、そのきっかけはあまり定かにされていない。第二次世界大戦後、アメリカで仏教に関する記事が『ライフ』誌などに書かれるようになり、一九五二年には、鈴木大拙がコロンビア大学で仏教セミナーを開始すると、『ニューヨーカー』誌や『ヴォーグ』誌に東洋研究の記事が掲載され、パーティのパスワードとして「ゼン」や「サトリ」という言葉がポピュラーになった(3)。五〇年代半ばには、ケルアック以外のビートの友人たちもこぞって仏教に興味をもつようになり、『般若心経』や『金剛般若経』を読むようになっていた(4)。ケルアックがいつも手元に置いていたのは、仏教の原典を集めたドワイド・ゴダードの『仏典集』だった。ケルアックの仏教の取り組みは、既述した雑誌やパーティの話題となる一過性のものではなかった。論理的な学問の範疇ではなく、実践に移行し、創作の中に取り入れることが狙いだった。文学の世界に仏教用語を多用することは、確かに仏教的な思考に触れた事のない一般的な読者であれば、親近性がないというのも当然だ。当時はまだヒッピー・カルチャーの流行以前、東洋思想の実践などは遠く、ケルアックやスナイダーのように熱心に仏典を読むなどということは、一般的なことでは決してなかった。

2 創作への影響

では、ケルアックは仏教に対して、どのような接近をし、なぜ文学に取り入れたのだろうか。次に引用するインタビューで、「禅は作品にどう影響したのか」という問いに対し、ケルアックはこう答えている。

「本当に作品に影響を受けたのは、大乗仏教なんだ。ゴータマ・シャカムニのもともとの仏教さ、昔のインドの、ブッダそのものからの……僕の作品に禅が影響を与えたのは、俳句の中に禅の思想を取り入れたものだね。三行の一七音で作られる詩で、何百年も前に書かれた、芭蕉や一茶、子規、それから最近の俳句の名手たちの俳句だよ。[5]」

（『パリス・レヴュー』四三号）

ケルアックは俳句に関して、その形式と禅思想の問答的な思考に衝撃を受けた。彼の詩や俳句集をみれば、啓示的インスピレーションに溢れたものであることがよくわかる。散文での即興的なイメージ連鎖、言葉の氾濫を一つに集約したものというより、散文のような思考の中から、その一部を切り取ったような感覚である。創作上影響を受けた仏教は大乗仏教だというが、そもそもケルアックは仏教に対して、知識としてその宗派の分類や歴史などにはあまり興味がなく、そういった点では、大雑把であり、どの宗派のどの教えに帰依するということはどうでもよく、東洋の思想をひとくくりに捉えている。

「おれは、仏教の系列だとか、各国様々な名称の違いだとか、ニュアンスの差なんてことには全く興味がないんだ」と言い渡しておいた。

私は、ただお釈迦様の説いた四つの真理の第一「あらゆる生は苦である」というやつに興味があるだけだった。それから、その第三の「苦の克服は可能である」というのにも、ある程度興味がありはしたが、当時、私にはそんなことが可能であるとは思えなかった。(『ザ・ダルマ・バムズ』二五)

『ザ・ダルマ・バムズ』(一九五八)は、語り手レイ・スミスと仏教の師的存在ジェフィ・ライダー(ゲイリー・スナイダー)との邂逅と別れ、登山や問答を通し、仏教の修行に取り組む若い詩人を目の前に、驚きと尊敬を込めた眼差しで描いている。ここでは、ジェフィという仏教指南役的存在を前に、少し自棄になって反発しているような語り手のレイであるが、やはりケルアックの仏教への接近方法は、ジェフィとは違ったものである。グレイスの言うように、ケルアックの仏教に対する態度は、人間の苦しみという状態からの強い逃避願望であって、自然の一部となり悟りの境地において信仰に生きるというものではないのだ。(6) 宗教の知識的側面からではなく、根本の思想、死生観に特に深く興味があった。また、作家の目として、詩人であり修行僧のようなジェフィの物の考え方、実践の行動そのものに興味があったのだろう。従って、ケルアックにおける仏教は、生きるための知恵とスナイダーのような興味深い存在を含め、創作のための援用的部分も認められる。

ケルアックは、基本的にカトリックであるが、その厳しい教え、罪と罰、「救済」されないという畏敬の念から、仏教の根本動機である生死からの「解脱」へと傾倒していったのではないだろうか。『金剛般若経』が空の用語を用いないで空を説くもののように、また「A即非A」[7]のように、肯定から否定、矛盾を繰り返し、極端な例えに見られるように、すべては完結せず、概念は転覆する。キリスト教の二者択一の世界とは正反対である。ケルアックが描くのは、「仏教の教えに目覚めて行く途中の思考状態」と「悟り」の恍惚状態である。思考状態の「過程」を描くという手法は、ジョイスの「意識の流れ」の恩恵を受けていることは明らかである。現実の私的な出来事や行動からその思考は発生し、自己洞察は深化してゆく。それは、告白的個別的なる自己の信仰より出発し、それを通じて他の宗教信仰を了解するよりほかに道がないように[8]、自己の生来の宗教への確認と、性質を異にする仏教を探求するには必要な手段であった。しかも、ケルアックなりの、カトリシズムに立脚した地点から仏教へのアプローチと考えるべきである。ゆえに悟りへと性急に到達しようとする合理的な態度は、西欧の哲理から容易く抜け出すことができないためである。シュペングラーは『西洋の没落』の中で、こう述べている。

仏教というものは西洋の諸言語の言葉によってほとんど再現することのできないものである……社会主義的涅槃の概念もまたヨーロッパ的疲労が生存競争からの逃避を目指して、これを世界平和、人道および四海同胞等のような合言葉に託する限り、是認されるべきである。しかしこの概念からは、仏教的涅槃という不気味な深奥な概念には決していたることができない。古い諸文化の魂は、その最後の洗練さにおいて死に瀕しつつ、自己本来の形式の内容、自己とともに生まれた根源象徴を嫉妬して放さないように思われる。(シュペングラー　三三〇)

人格形成の基盤にすでに組み込まれたものが、いくら他の宗教の要素を取り入れようとも容易く取って変えられるものではなく、ケルアックもまた例外ではない。『荒涼天使たち』の中で、キリスト教と仏教の議論になると、自棄になったデュルーズは「ああ、ぼくはもう仏教徒ではない——もう何者でもないよ!」(I　二六六)と言う。そして『ザ・ダルマ・バムズ』の中では、レイがジェフィに「おめえは、きっと死に際になって……十字架にキスしたりすることになるんだ」（三九四）と言われるように、生来の宗教を捨てるような宗教的アプローチではないことを自らも認め、さらに、結局は生来の宗教に戻ってゆくんだ、ということをジェフィに指摘されてもいる。彼にとって仏教は、完全な信仰にまで至ることはできないもので、仏教的要素を文学の中に、自己洞察の思考の最中で「気付く」、また「立ち止まらせる」ものなのだ。

『荒涼天使たち』の中で、語り手デュルーズは、「朝、目を覚ますと首に十字架をしていた。ぼくはそれをずうっと見につけていなければならないのだなと思った。」（I　二一六）と言ったそばから「なにが起ころうとも、あなたの十字架をしてもいいですか。」というように、あっさりと覆す。生来の宗教を疎んじつつも、アイデンティティの確認をやめることはない。このような極論への暴走、否定と肯定、矛盾の繰り返しは、ケルアックの作品の中で度々みられるが、このような「揺れ」については、これから注目してゆきたい点である。このふたつの宗教の問題は、ケルアックの晩年まで尾を引き、「どうしておまえは自分の宗教につかまっていないの？」（『荒涼天使たちⅡ』一九七）と母親に言われるように、始終親子の揉める原因となる。どちらか一方を選ぶということはせず、むしろ相互作用で、仏教を知ることによってカトリックの教えの良さを知り、自分のアイデンティティを再確認していたのかもしれない。さらに物語の後には、「十字架」をラファエルに返した後、台所の闇の中、暗い胸に銀のロザリオと銀のネックレスと十字架を付けた黒い影の男たちの群れのヴィジョンを見る。（『荒涼天使たちⅠ』三〇三）ケルアックは、生来のもの、つまり産まれた時から自分にあらかじめ与えられていたものと、自ら身につけたものとの距離を、ここで図ろうとしている。台所のヴィジョンは、母を象徴し、十字架をつけた黒い影の男たちの群れとは、父親――亡くなった父、あるいは兄、あるいはキリストやそれに続く聖者たちや死者の姿と捉えることができるだろう。

そもそもカトリック信仰では、何か賄えなかったものが、ケルアックにはあったはずだ。それは、「生きる苦しみ」と「死への親近感」に根ざしている。キリスト教における「救われていない」という罪悪感があった。というのも事実、ケルアックは、四歳の時に、五歳年上の兄のジェラルドを、二十四歳の時には父、レオを亡くしている。そして、『荒涼天使たち』と『ダルマ・バムズ』にも出てくるように、一九五六年に、ローズマリ（ナタリー・ジャクソン）[9]という女友達が自殺している。この女性の事件は、当時ケルアックに激しい衝撃を与えた。『ザ・ダルマ・バムズ』の中で、

> 「おれは死ぬ！」と叫んだ。この冷酷無情な地球上の、凍てついた孤独の中で、私はそれ以外になすすべもなかったのである。すると、たちまちにして悟りがひらけ、心慰む至福が暖かい乳の如くに沸き起こって来て、私のまぶたには熱いものが溢れ……今やロージーの知っている、全ての死者の知っている、死んだオヤジ、兄貴、伯父……皆知っている真実である、ということを私は悟ったのである。それは、死者の骸骨の中にのみ実現する真実、釈迦の菩提樹もキリストの十字架も超えた真実であった。（『ザ・ダルマ・バムズ』　二六二）

これら三人の死者への思いは二つの作品の中で度々語られている。ケルアックのこの死者への追憶やメッセージは、どの作品の中にも見られるもので、ケルアックの根底に流れる「あの世」への羨望であり、「死」は誰にでも訪れる「絶対の真理」であるという実感なのだ。生きることは苦である、という「苦諦」の考えと、この世にいない家族への親和性、この両方が、ケルアックの世界には常に隣接している。しかし、だからこそ時に極端に変貌することがある。

> 母は遺体をニューハンプシャーに運ばせたのだ……しかしぼくは一度もその墓を訪れたことがない、そこにいるのは本当のパパのエミールでもジェラルドでもなく、土の栄養物であると知っているから。（『荒涼天使たちⅡ』　一〇二）

墓のなかの糞のあの塊の父に祈ることはばかげたことだとは知っているがとにかくぼくは父に祈る。他にどうしろというのだ？（『荒涼天使たちⅡ』　一七九）

信仰においても思想においても、首尾一貫性を持たないケルアックの方法は、永遠に完結しない円を想起させる。思考の「過程」の中継点が見えにくい。

またケルアックは、知識ではなく経験を重要視していた、ということも大いに仏教に関連がある。経験はそれ自体が単体で完結することはなく、幻想へと形を変え、過去は脚色されながら未来に繋がってゆくものであり、永遠に開かれているものである。それが、自伝的作品に反映され、さらに仏教との邂逅により、一層その探求が強くなったのではないか。

しかし、これらのわかりやすく使用されるノンフィクションという形体からは外れ、その精神的に重要な出来事や人々に対する内省に注意を傾け、いかに意義のある人生を送るかという疑問と、なんら恥じることなく戦っている。ケルアックの『路上』の出版前後にジャック・デュルーズによって語られる物語は、ケルアックが初期に書いた日記、『吹きっさらしの世界』の哲学的、神学的かつ瞑想的な追憶と同様のものである。（グレイス　二〇二）

自己を取り巻く世界と自己存在への疑問は、小説を書く以前からのケルアックの普遍的な、根源的なライフワークであり、そのシンプルな問いかけを創作として表現するようになった。西欧の論理性から脱却するのに、仏教の直観性は思考の行き詰まりから解放する。「……唯一の真実が音楽なのだ――唯一の意味は意味がないということだ……そしてぼくらは頭脳の存在を忘れるのだ」（『荒涼天使たちⅠ』　一七〇）というように、常に「言葉」と格闘している作家としてのケルアックは、言葉や意味の有限性から解放されるという点で仏教を創作に援用していた面もある。ただ、あまりに性急な直感性の表出は、的を得ていないと、単に軽薄で無責任なものにも思えるという危険性を孕んでいる。

禅は文字の知識を軽蔑し、究極の実在を直接に把握するためには最も有効な手段だと修禅者たちが革新する直観的理解を唱道した。事実、経験主義、神秘主義、および実証主義はきわめて容易に手をたずさえてあるくことができるのだ。この三者はいずれも、経験事実そのものを求め、その事実のまわりに知識的構造を築きあげることを嫌う。（大拙　一一一）

先に引用したシュペングラーの言及と合わせて考えてみると、西欧的概念は仏教のそれには到達できない、という意見に対して、大拙は、西欧的概念の中でも経験主義、神秘主義、実証主義と仏教は手をたずさえてあるくことができるという。この意見の中にケルアックの文学観、経験主義的な面を符号させることができるし、「直観的理解」というものが、『路上』においては、ディーン・モリアーティが掲げる新しい開けた感覚として提示され、従来の西欧的概念に風穴をあける役割として使用された。

3　さかさまの世界

仏教が曼荼羅に象徴するように、「さまよう」現世の人間を俯瞰的な情景として捉える視点と、(10) キリスト教に根ざした欧米的視点とは、まったく正反対であり、後者は、一点透視法の絶対者の目を意識したものである。ケルアックは、この視線に守られている安心感と同時に、その視線を遮ることを望む。

「何をしようとかまわないけど姿を隠していろよ！」（『荒涼天使たちⅠ』三〇五）

コディがデュルーズと別れる際に、叫んだこの言葉は、前述した視線の願望から考えると両義性を持つ。つまりは、この視線は絶対者、神的存在の視線に象徴されるが、小説の中では、警察や、テレビを眺める人々の一点に集まる視点としても描かれている。この視線は、マジョリティ的視点と同化する。ひとつの方向へ大きな流れができてしまうことは、危険であり、決壊する可能性が多く打撃も大きい。なにか大きなものへと一方に傾く、ということをケルアックは度々懸念し、一極化するマジョリティ的価値観の裏に意識を向けようとしている。

それまで持っていた概念を覆すという、これまで述べたように、極端なもの、矛盾の繰り返し、対位法的な効果を、地震のようにひとつの見ている現象の世界——概念を揺さぶって、一遍にひっくり返すというケルアックの作品の中に見られる、「さかさまの世界」とは一体何を意味するのだろう。

私は血の循環をよくするために、例の逆立ちを毎日やった。山頂に行き、麻布の袋を敷いて、その上に頭を乗せて逆立ちする。すると、あたりの山々がみなひとつの虚空にさかさまにぶら下がっているように見える。突如として私はそれがまぎれもない事実であり、山々も私も本当にさかさまにぶら下がっているのだということに気がついた。

（『ザ・ダルマ・バムズ』　四五八）

ケルアックは、脚に静脈炎を患っていた。そのため、一日一回、逆立ちをすることを習慣にしていたという。そのことが彼の認識に少なからず刺激を与えたのかもしれない。

ケルアックは、世の中の道徳や社会秩序への反発として、このような「さかさま」を多用しているわけではない。それは、各々が一つの選択肢を選ばなければ前に進めないような、人間の煩わしさについて言っているのではないだろうか。差別や区別のないところなどなく、人間はそういう区別、選択なしに生きていけない。ひとつの面しか見ることできず、視界が全世界であって、自分の後ろ姿を同時に見ることは誰もできないのだ。だから一面化したままでいることを恐れ、場所や経験の「揺れ」によりそれまでの認識が変化すること、世界を「さかさま」にすることが重要な意味を持つのだ。

ギンズバーグによると、キリストか仏教か、というこの二極間の問題についてケルアックと話し合った結果、「結局のところ、ブッダ＝キリストは同一の心優しい人間であって、なおかつこの宇宙の背後にいる「張本人」であるということにしたんだ。」（ギフォード　三五九）というように、ふたつの区別の前にブッダにもキリストにも同質のものをケルアック自身が見つけ、このふたつを合わせて、自己を取り巻く世界の「神」としたのではないか。

このようなケルアックの宗教観は、宗派や固定観念に左右されることなく、個人的に神の存在を自分の好きなようにカスタマイズする。人と「神」の距離において非常に現代的な態度である。

やがて宗教は個としての人間に依存するようになるが、もはや社会全体には依存しない。宗教は万人の救済を目指すものとなるが、同時にその帰結として個人的なものになる。宗教は一人ひとりを神の前に立たせることで個人を孤立させる。そして個人は儀礼によってよりはむしろ、被造物と創造物の内的交換によって、神を体験するのである。（カイヨウ　二〇〇）

さいごに

ケルアックにとって二つの宗教――キリスト教と仏教とは、自分仕様に解釈した「神」である。二つのものが一つに溶解して新しい一つの姿に変化するのではなく、自分の中に自分仕様のキリストとブッダを共存させている。この共存は文学という舞台でこそ可能であり、またその間を繋ぐことも可能である。様々な宗派や教会に属している人でも、あるいはそれ以外の人でも、人が神の存在を求める時、結局は個人的な神でしかないのではないか。共通の神、ブッダやキリストはあり続けるが、その内容は時代と共に変化してゆく。ケルアックはそのことを作品の中で暗示し、創作においては、意味や言葉を自己検閲で縛る理性の部分と、言葉以上の音楽的共鳴性を促す直感性の部分に、そのふたつの宗教の影響をみることができるだろう。

注

（1）『路上』福田実訳、河出文庫、一九八三年。二七七頁の翻訳を参考。

（2）Gifford, Barry, and Lawrence Lee. *Jack's book: an oral biography of Jack Kerouac*. New York: St. Martin's Press, 1978. 青山南他訳『ケルアック』毎日新聞社、一九九八年、八五―八七頁。コロンビア大学教授のレイモンド・ウィーヴァー。メルヴィルの初の伝記、*Herman Melville: Mariner and Mystic*, 1921 を書いた人物。彼の授業に出ていたケルアックは、禅や俳句、超越主義やグノーシス派の話を聞いており、さらに「海は兄弟」(The Sea Is My Brother) という自分の散文を見てもらったり、推薦図書リストを貰ったりしていた。

（3）Turner, Steve. *Angelhead Hipster*. New York: Viking Penguin, 1996.　室矢憲治訳『ジャック・ケルアック　放浪天使の歌』河出書房新社、一九九八年、二三四頁。

（4）（3）と同。

（5）Hayes, Kevin J., ed. *Conversation with Jack Kerouac*. Mississippi: Mississippi UP, 2005. に収録された、Ted Berriganによる『パリス・レヴュー』誌、一九六七年四三号に掲載されたインタビュー、*The Art of fiction: Jack Kerouac* 六七頁より抜粋。拙訳。
（6）Grace, M. Nancy. *Jack Kerouac and the Literary Imagination*. Palgrave Macmillan, 2007. 一五頁参照。
（7）岩波仏教辞典　第二版参照。
（8）『仏経と西欧哲学』田辺元、こぶし文庫、二〇〇三年、三六頁。
（9）『ケルアック』三四四頁参照。
（10）『密教マンダラと現代芸術』真鍋俊照著、法蔵館、二〇〇三年、六頁参照。

引用・参考文献

（本文中、引用は次の翻訳等を使用しました。）
カイヨウ、ロジェ、塚原史訳『改訳版　人間と聖なるもの』せりか書房、一九九四年。
Keraouc, Jack. *On the Road*. Introd. Ann Charters. Penguin Classics, 2000.
——. *The Dharma Bums*. New York: Buccaneer books, 1985. 中井義幸訳『ザ・ダルマ・バムズ』講談社文芸文庫、二〇〇七年。
——. *Desolation Angels*. Introd. Joyce Johnson. New York: River Head books, 1995. 中上哲夫訳『荒涼天使たちⅠ，Ⅱ』思潮社、一九九四年。
——. *Some of Dharma*. Penguin books, 1997.
Mather, Paul Jr. *Kerouac His Life and Work*. Introd. David Amram. New York: Taylor Trade Press, 2004.
Mcnally, Dennis. *Desolate Angel Jack Kerouac: The Beat Generation, and America*. Dacapo Press, 2003.
鈴木大拙『禅と日本文化』北川桃雄訳、岩波新書、一九四〇年。
Spengler, Oswald. *The Decline of the West*. Ed. Helmut Werner. English abridged ed. Arthur Helps from the translation by Charles Francis Atkinson. New York: Vintage books a division of Random House, 2006. 村松正俊訳『西洋の没落』第一巻、五月書房、一九八九年。
岩波仏教辞典　第二版、岩波書店、一九八九年。

24

ロバート・ブライ、「暗闇」の母

東 雄一郎

1 明暗の「深層イメージ」

『ロルカとヒメネス詩撰集』（一九七三）の序「水中のファアン・ラモン・ヒメネス」でブライは、ヒメネスの装飾的な要素を排除する「裸の詩」(naked poetry) の主題は孤独、そして孤独な人間が味わう不思議な経験と歓喜だけであると言う。「多くのスタンザや複雑な統語法や混乱した思考を用いる饒舌で凝った不滅のオードなど、ヒメネスは書かなかった。」この言説はブライ自身の詩の神髄を語っている。ヒメネスの次の夕暮れの詩が例示される。「平穏な最後の夕暮れ／人の一生みたいにすぐ消える／愛されたすべてのものの終焉／私は永遠になりたい！」ブライはエッセイ「アメリカ詩の間違った転換」で、従来の「アメリカ詩は本質的に無意識の領域を持たない詩であった」と述べ、表層的イメージと技法的「公式」に専念していたモダニスト・形式主義者・新古典主義者の詩は、現実世界からの「跳躍」や「意識と無意識の両者が作り出すイメージ」や「偉大な霊的活力」に欠落すると批判した。

ブライの「深層イメージ」(deep image) は、非合理的・非二元論的世界へ跳躍するイメージであり、主客一如の同時的ヴィジョンを提示する。第一詩集『雪の野原の静けさ』（一九六二、以下『雪の野原』）のエピグラフは、ドイツの神秘主義思想家ヤコブ・ベーメ（一五七五—一六二四）の言葉「我々はみな外的人間の中で眠っている」である。靴職人のベーメは、天啓の体験を語る『黎明』（一六一二）を著わし、本質的に人間と神との同一性を主張し、当時のルター派教会から迫害されたが、『キリスト教徒への道』（一六二三）等の書物によって、ドイツのノヴァーリスやリルケばかりか、イギリスのブレイクやコウルリッジにも大きな影響を与えた。

啓示的救済者・ベーメ視線は、天上と地上の間を瞬時に往還する。ブライの「深層イメージ」の詩も同じく、「外側」と「内側」、肉体と魂、闇と光、生と死、男性原理と女性原理、可視と不可視、神と野獣、下降と上昇、沈下と浮上、水平と垂直、直線と円環、知と野生等の対立物の中に「忘れ去られている関連性」を再発見し、その永遠性を直截的言語によって表現する。ブライの「深層イメージ」の原型は、自然界のカタツムリの殻の渦巻き模様の中にある。「生物の体は多種多様な生命力を和解させている……宇宙には〈形態〉がある。シリウスは循環し、月は毎月巡り満ち、鮭は海から川へ帰るからだ。カタツムリの殻の中には、誰もが簡単に思いつく一本の曲線が随所に渦巻いている」（『アメリカ詩』二九二）。無限に渦巻く「一本の曲線」は、自然界の庭園の「羊歯」や「雄ジカ」の「ヒズメ」の形態の中にも見出せる。「羊歯の草叢で私は永遠について知った／あなたの腹部の下には巻き毛の部分がある／あなたを通して私はあの堤の羊歯たちと／雄ジカが砂の中に残すヒズメの窪みを愛せるようになった」（『二つの世界に住む女性を愛する』所収「羊歯」）。

瞑想的『雪の野原』は、「十一篇の孤独の詩」「覚醒」「路上の静寂」の三部構成で、合理主義的思考の殻に覆われた「外的人間」の沈黙、孤独、眠り、覚醒、開眼、新生への精神的深化が、平明な言葉で書かれている。「外的人間」が自我の孤独な深い眠りから覚醒し、「内的人間」と接触する。ブライの神秘主義的イマジズムは、フロイト（あるいはユング）の深層心理学にも通じ、内面から無意識的なものを掘り起こし、「内的世界」と「外的世界」との「忘れ去られている関連性」を復権させる。

今、私たちは雪に覆われた林へと帰って行く
暗闇の底が雪の中に埋もれている
この雪の中をあなたは夜通し走り抜けてきた
硬直した手でハンドルを握って、今、暗闇が降りてくる
この暗闇の中に私たちは眠り目覚める——暗闇の中
窃盗団は震え、そして狂人たちは雪を欲しがり
銀行家たちは黒い石に埋葬されることを夢見て
そして眠りの地下牢の中で実業家たちが跪く（『雪の野原』所収「不安」）

「暗闇」の中で回帰する「雪に覆われた林」は、宇宙的原初の大地に深く根ざしている。ブライの夜や「地下牢」や洞窟の「暗闇」には、超意識的生命力・「偉大な霊的活力」が内在する。これに対して、「外的人間」の「実業家」は心の闇に怯え、「銀行家」は「黒い石」、つまり、石炭への投機による巨額の利潤を夢見ているにすぎない。「遥か遠くの草木のない湖の中央から／一羽のアビの鳴き声／それは殆ど何も持たない者の絶叫だった」（『アビ』所収「アビ」）。人間の営為や文明や法律と隔絶する「湖の中央」から不意に聞こえてくる「アビの鳴声」に、詩人は、日常的意識の小部屋の中に眠る「外的人間」には感知できない野生の叫びを直感する。この「湖の中央」は、静穏な秋の「大地の中心」（「湖畔の日没」）や「太古の地」（「トウモロコシ畑で雉を撃つ」）に結ばれている。この「アビ」は、ソローの『森の生活』の「野生の隣人たち」に描かれる野生の「アビ」の生命力への驚嘆をも想起させるが、「アビ」が生息する自然界は、詩人の魂に「大地の中心」の言葉、すなわち、「内的人間」とは無欲であり、物質的には「殆ど何も持たない者」であるという真実を語りかけてくる。「トネリコバカエデの強靭な木の葉が／風の中に突入して、私たちに大声で呼びかける／消えろ、宇宙の荒野の中へ／そこで私たちは一本の木の根元に腰をおろして／永遠に生きるだろ

う、塵のように」(『雪の野原』所収「三部構成の詩」、三)。『人間の影に関する小冊』(一九八八、以下『人間の影』)の中でブライ自身が説明するが、この作品は古代中国の陰陽説にも依拠する。「中国の古代文化は、人格の白い部分と黒い部分とが円環の中で統合されていることを示す陰陽説を強調する。ある春の日に私はこの詩を書いた……植物は眠っている、そのために植物は常に暗い側に存在するが、その葉は光を求めて伸びて行く。従って、裏庭の雑草はその一本一本が闇と光を結合させていると言えるだろう」(九)。ベーメの二元論と、相反する二極が調和し自然界の秩序が保たれると主張する陰陽説は共通する。対照的に、ピューリタニズムは陽を重んじ、陰を悪魔のものとして排除する。ブライの「深層イメージ」は両極の調和を回復させるのである。

「内的人間」と「外的人間」との統合は、次の「富裕層に対する詩」にも読み取れる。

わたしの日々の暮らしの中、その日その日の光の海が満ち
わたしは石の中の涙を
見ているような気になる
まるでこの両目で地表の下をじっと見つめるようだ
赤い帽子をかぶる金持ちの男には
百合の花のようなプエブロ族の土煉瓦の中の泣き声も
トウモロコシ小屋の中の暗い涙の声も聞こえない。
日毎に光の海が満ち
わたしには機敏に動く暗い軍隊の悲しい音が聞こえてくる
一人ひとりが涙を流して泣く集団、石たちの
物悲しい祈りの声。
悲しみに沈む軍隊が通りすぎるとその石たちが腰をかがめて会釈する。

「外的人間」が「内的世界」へ「跳躍」すると、「日々の暮らし」には「光の海が満ち」、「忘れ去られている関連性」が浮上してくる。プエブロ族は、高い先住民文化を遺したアナサジの後裔、トウモロコシを栽培する定住農耕民であり、砂漠の太陽の下で、赤土や石で作った二階から五階建ての共同住宅に暮らす。この作品の「光の海」はプエブロ族の口承詩「空のはた織り機」を喚起させる。「ああ、私たちの大地の母、ああ、私たちの大空の父よ／……／私たちに光の衣服を織ってください／朝の白い光を縦糸にして／夕方の赤い光を横糸にして／降る雨を縁房にして／空にかかる虹を縁どりにして／私たちに光の衣服を織ってください／それを着て私たちは／鳥の歌う森、緑の草原を行くでしょう。」シワンナ（雲の人）を精霊とするプエブロ族は、自分の死ぬ日を予測し、宇宙の偉大な生命・「グレート・スピリット」と一つになり、永遠に生きると信じる。

プエブロ族は、新築の家の床の下に、聖なる石であるトルコ石・「石の中の涙」を置き、新築の喜びを神に知らせる。上着の肩と腰に配される「夕方の赤い光」は、天と地の繋がりを表わす。「地表の下」の闇を見つめる「内的人間」の「わたし」は大地から、この過去の偉大な記憶を蘇らせる。だが「赤い帽子をかぶる金持ちの男」・現代の「外的人間」は、頭脳を合理的・物質的思考の「赤い帽子」で覆い、「宇宙の荒野」を支配できると錯覚する。この頭脳・「赤い帽子」は、文化や宗教を根絶やしにする現代の「機敏に動く暗い軍隊」の編成には適しているが、プエブロ族の光の衣服を織り上げることはない。現代人はこの「赤い帽子」を脱がなければならない。「アメリカの根本主義は暗い場所への旅に反対し、資本主義は魂への降下に反対し、写実主義は精神への跳躍に反対し、人民主義と社会思想は孤独な野生に反対する」（『アメリカ詩』四八）とブライは言っている。

全米図書賞を受賞した第二詩集『光に包まれた体』（一九六七、以下『光』）はヴェトナム戦争への反戦詩、資本主義社会や政治腐敗を糾弾するプロテスト詩を含み、そのエピグラフにもベーメの二元論が使われている。「外的人間によれば、我々はこの外的世界の住人であり、内的人間によれば、我々は自己の内的世界の住人である……我々はこの両世界から生を受けるのだから、当然、二つの言語を話し、また二つの言語で理解されなければならない」（第一部）。「外的人間」の言葉は闇の言葉（陰）であり、「内的人間」の言葉は光の言葉（陽）である。「深層イメージ」がこの闇と光・陰陽の「二つの言語」に橋がける。

さらに『光』のエピグラフは、フロイトの「輝ける子供の知性と一般の大人の脆弱な精神性との間には、何と悲惨な対照があるのだろう」（第二部）に加え、ベーメの「ああ、愛する子供たちよ、見るがいい、人が横たわる地下牢を、人が泊まる場所を。外的世界の魂に人は捕らわれているからだ。外的世界が人生なのだ。それが人を養い育てるからだ。それが人の骨の髄、肉と血を支配し、人の肉を地上のものにし、今、死が人を捕らえるからだ」（第四部）である。幼い子供は完全な人格を持つ光の活力の球体であるが、成長するにつれ、人間は「外的人間」の合理的「長い鞄」（『人間の影』第二章）の中に、この本然の活力を仕舞い込み、完全な球体を損なうようになってしまう。

ブライの詩は、自然界と人間精神との間に隠された意識と、両者の超自然的な相互作用に焦点を当てる。だがブライの最大の関心は、個人神話の創造ではなく、「外的世界」・物質文明の暗闇と悪にある。「想像力が全体に働きかけ浸透するようになると、自然に、その詩は無意識の世界の中に突入するようになる……内面世界を掘り下げていく詩は、その周囲の万物をも深めていくのである」（『アメリカ詩』三四―三五）。「深層イメージ」・「想像力を母胎とする動物」を提示するブライの詩は、「外的世界」の暗い「地下牢」を、「輝ける子供の知性」（光の言葉）によって解放する。つまり、ブライの詩は「多様な物象の中に監禁されたイメージを解放する詩」、合理的・物質的思考の硬く厚い殻を破る詩なのである。

2　ソフィアの鏡

二〇〇二年十一月のインタビュー「ヴェトナム戦争から九・一一テロ事件」でブライは『光』のプロテスト詩の内容を、グノーシス神話の物質界を支配するヤルダパオト（デミウルゴス）に喩えて説明した。霊的活力に溢れる天上のプレローマ界（アイオーン界）から最後に流失した〈光と叡智の女神〉ソフィアは、原父プロパトール（至高神）を直接に見知りたいとの欲望に駆られ、天上界の外へ追放される。ソフィアは悪神ヤルダパオトを創造し、次に、この悪神が地上の物質界と人間を創造した。〈物質界の神〉ヤルダパオトは、誰が自分を造ったのかも、また、自分たちが創ったものの原型が何であるのかも知らずに、自分が万物の支配者であると錯覚している。だがプレローマの番人ホロスに救出される母性的女神のソフィアは、秘かに、ヤルダパオトが人間を造る際に、人間の中に霊性の光・神性の破片を播種しておいた。そのために、悪や不条理が蔓延する罪深い「外的世界」にあっても、人間はその「内的世界」に神的要素を潜在させている。直観的認識力で、この本来的自己（神的火花）の記憶を蘇らせること、つまり救済啓示者の存在によって、人間の肉体の中に幽閉されている霊性が救済される。プレローマ界には善悪が存在せず、この天上界は偉大な静寂と沈黙に包まれている。ソフィアは信仰・希望・慈愛の母である。

ブライは、ジェイムズ・ライトの『枝は折れない』には「隠れた神秘の女性が潜伏している」（『アメリカ詩』八二）と指摘し、アフロディテに加え、聖書外典「ソロモンの智慧」のソフィアを例に挙げている。「ソフィアには神聖で知的な霊が宿り、その霊は純潔で、光り輝き、不死で、善意に満ち、急激で、魅力に溢れ、慈善に富み、人々への愛に満ちている……ソフィアは極めて清純であり、万物に充満し、浸透している」（『アメリカ詩』八四）。この太母の「隠れた神秘の女性」は、ブライの詩、例えば「自分の一部に手紙を書く男」の中にも潜んでいる。また『光に包まれた体』の表題それ自体が、〈智慧と光の女神〉ソフィアを示唆している。

グノーシス神話に傾倒したユングは、人間の肉体の暗闇の中に隠されている霊的要素を、無意識の中に眠っている自己の可能性を指示するものと考え、意識と無意識の協力と統合を、自分の深層心理学に一致させた。ブライもこのユングと同じく、人格と現実世界の影の部分に焦点を当てる。日常における虚無への恐怖がブライの詩の端緒である。「また改めて数えてみよう／これらの死体をもっと小さなものに変えられたら／そう、頭蓋骨の大きさに／月光を浴びた頭蓋骨でどこも白い平原ができるだろう／……／これらの死体をもっと小さなものに変えられたら／一つの死体を削って一つの指輪に変えて／永遠の形見として遺せるだろう」(「小さな骨になる死体を数える」)。エッセイ「政治詩への跳躍」の中でブライは、「未だに若いアメリカは光り輝く壮麗な国になるか、または、かつてのローマ帝国のように、暗黒の恐竜に、自由な生活を望む世界の各国の敵になるかのどちらかだ」と言っている(『アメリカ詩』二五四)。「小さな骨になる死体」の中、ヴェトナム戦争の戦死者の数(毎日の夕刊に発表された)を数えるグロテスクな語り手は、有能な実業家のように、無数の死体の数をより効率的に数える方法を思案している。小さな死体は数え易い。人間の死体を、「月光」を浴びる「白い平原」から「永遠の形見」の「指輪」という具合に、単なる物に変えることで、効率性は高まる。だが、戦場における過酷な苦しみと死の現実は、「頭蓋骨」から「指輪」へと縮小し、語り手の意識から次第に遠く離れたものとなる。この非人間的な隔絶が、実業・科学技術・効率優先の軍産複合体のアメリカ、「外的世界」の「地下牢」の実相である。「天空の星たちよりも商人たちが繁殖している／その人口の半数が長い足のキリギリスのように／一日、涼しい場所の茂みの中で眠っている」(「重役の死」)。

……どこか暗闇の中に何か動くものがある
私たちの目の端の
まさに向こうに、一艘の船が動く

マシンガンを満載させている
木々の下を進んでいく
黒い船だ
手を伸ばしても
その船には届かない——
それは松の木の枝々に囲まれたあの暗闇
ピューリタンたちの身体に触れた松の木
感謝祭の七面鳥を殺しに出かけた時の松の木（「ヴェトナム戦争反対の行進で」）

この無限に広がる暗闇の「船」には、中心も形もない。ここは「目の端」という一瞬でしか、彼方の「船」を捉えることのできない無明の世界である。「七面鳥」を銃で撃ったプリマスの「ピューリタン」の行為から、アメリカの歴史の暴力的暗部が始まる。ソフィアを幻視したベーメは、神の根源を〈底のない無〉とみなし、この無明の中で〈他の何か〉を求める憧れがあり、この憧れが意志となって外に向かうと言う。ここで、〈底のない無〉に底ができ、これが中心となり、智慧の鏡＝ソフィアが生じる。ソフィアの智慧の鏡は、精神を受けとめ万物を映すが、それ自体からは何も生じない。このソフィアを捉えようと、意志が鏡の中を覗き込むが、鏡には意志自身の姿が映るだけである。ここで意志が想像する。この〈想像的意志〉は、ソフィアの鏡の中に、霊性と被造物の原型を直観する。『光』のエピグラフ「輝ける子供の知性」（フロイトの言葉）は、この〈想像的意志〉であり、物質文明という無明の「地下牢」から「外的人間」を救済する〈光と智慧の女神〉ソフィアの復活を予告している。

『光』の前半の二部は「内的世界」から「外的世界」へ向かい、後半の二部は『雪の野原』の作品を喚起させるような「内的世界」の瞑想へ回帰する。ヴェトナム戦争の「外的世界」は前半と後半の中間点の第三部に位置している。

「深い秋の中で、肉体が目覚める」の詩行で始まる『光』の「暗い草むらの家」では、「外的世界」の肉体の覚醒が、季節の循環の一部として、「死の滋養」という再生の視座から描かれている。「私たちは木々のように落葉するようになった／折れた木々だ／でも偉大な根から屹立して、また始まる木々だ／荒地に捕らわれ狂った詩人たちのよう／第二の人生を／生き続ける人々のようだ。」『雪の野原』は「午後に降る雪」において、真の覚醒を得るために、盲目の船乗りが、近づいてくる嵐の闇の中を抜けて行く再生のイメージで閉じられるが、『光』の最終作品「押し黙った人々が話す時」においても、凡てを失う孤独な夜の暗闇の経験（深い下降）を経て、再生の「死のイメージ」が現われる。「墓の中で揺れる死体のイメージ／そして海水に満ちた墓／海上の火炎／死体のように煙をあげる船／無駄になった人生のイメージ／失われた生命、破滅した想像力／倒れた家／折れた黄金の小枝／すると雄弁な者たちは黙り／押し黙った人々が話さなければならない。」ここで、ベーメの闇と光、陰陽の「二つの言語」の逆転が生じる。ヤルダバオトに支配される物質界の「外的人間」の「言葉」は無力となり、ソフィアが分与した霊性の種を持つ「内的人間」の沈黙が、預言の力を発揮する。闇の言葉と光の言葉は対立する二元ではなく、同根の関係にある陰と陽と同じく、決して相反するものではない。「二つの言語」は、陰と陽が宇宙の根源的実在＝太極によって統合されるのと同じく、双方向的・相互補完的であり、交互に一進一退の循環と交代を繰り返す。ソフィアの智慧の鏡は、〈他の何か〉に憧れる〈想像的意志〉の働きかけがなければ、〈底のない無〉の無明の中に、霊的精神を映し出さないのである。

3　野人の復活

ブライの「深層イメージ」は、想像力と一体となる「真のイメージ」である。「真のイメージ自体が思考であり、複雑で類推的で論理的でさえある知覚力が、想像力と一体となり、強靭なイメージを造り上げる……真のイメージはそれぞれが暮らす部屋を持っている。一つのイメージが死者の世界と生者の世界とを連結することにもなる……古代ギリシアの想像力は、内なるものと外なるもの、神と野獣、知的なものと野蛮なものとの厳密な類別化を受け入れなかった」(『アメリカ詩』二七三―八一)。

ブライは、パウンド、エリオット、マリアン・ムア、ウィリアムズ等のモダニストを「一九一七年の世代」と呼び、彼らは「内面世界よりも客観的な外面世界を信頼している」と指摘する。エリオットの「客観的等価物」、つまり、「一組の対象物、一つの状況、一連の出来事を発見することであり、これがその特殊な感情の公式となるのである」の言説に関して、「公式」は「科学的見地から事物を研究したいという願望」を暗示する用語であり、「エリオットの本意は、詩は事物だという点にある。科学者のようにエリオットは事物を一つの公式の中に配列したいのだ」(『アメリカ詩』八)とブライは批判している。「一九七年世代」以降の新古典主義者の詩も「意識的な技法」に執着する余り、「未知なる世界への探究」「深い内面世界に直面する試み」「最も重要な知的冒険」「原始的活力」を軽視してきたとブライは考える。ブライはパウンドに関しても、「可能な限り多くの重要な思想や会話や古典の断片」を取り入れる『詩篇』は、他者の多種多様な「英知を納める容器」であり、「無意識の世界」や「精神世界の内面的関連性」とは無縁であると指摘する。『詩篇』は「無限に拡張し続ける大都会と同じく、外的世界を次々と吸収していくが、中心部の生命は、反比例して、希薄になっている……拡張し続ける詩は、拡張し続ける都会と同じく、何らの個性も持たない」(『アメリカ詩』一〇)のである。

ブライのパウンド批判は、芸術上の弟による兄殺しの側面が強く、彼の「深層イメージ」の根底には、ピューリタニズムとプラグマティズムへの強い不信感がある。『光』の「外的人間」の無明世界が典型だが、社会の夜の側面を心象風景とするブライは、「ヤング・グッドマン・ブラウン」のホーソンにも似ている。ブライは『アメリカ詩』において「無限に拡張し続ける大都会」・キリスト教商業主義文化が造り上げた「目に見えない組織」を論難している。「アメリカの最も強力な伝統は、ピューリタニズム（所謂この国の宗教伝統）と実業（世俗的伝統）であり、ピューリタニズムの精神は、無意識的なものへの恐怖を示す――つまり、無意識的なものからは、醜悪と恐怖のイメージと観念しか生まれないとの心情を表わしている。凡ての動物の生や生殖が、恐怖と侮蔑の内に扱われる。この恐怖と侮蔑が、エリオットやパウンドや新古典主義者の詩の中の潜在的衝動である。この衝動からは、ハート・クレインの詩やセアドー・レトキの詩は解明できない。」（『アメリカ詩』二一）。

『アイアン・ジョン』（一九九〇）の「エピローグ」で、ブライは「すべての動物の創造主であり、半ば人間、半ば神、半ば動物」（二三八）の「野人」(Wild Man) を最高の神とし、この体毛に覆われた猟師の「野人」が、その後の凡ての神々の原型であると言う。「野人」は、神と性、霊と大地を繋ぐ「男性的な母親」(male mother) の指導者であり、湖底深くに住み、少年に根源的智慧と認識を与える通過儀礼の場を用意する。「現代のような産業社会に暮らす私たちは大地母神を疎んじ、動物の創造主を無視している。これまでの歴史を振り返ってみても、そのような創造主やその深遠さに敬意を払わずに生きていた人間など存在しなかったのだ。現在は、創造主が傷ついていることにも、創造主の適切な犠牲に関する知識にも敬意を払わない」（二四〇）ともブライは指摘する。

現代の産業社会における「野人」・「動物の創造主」の喪失は、人間の魂の喪失でもある。『宇宙の報せ』（一九八〇）の中で「ノヴァーリスが言う人間の魂は、人間の〈内部〉には存在しない……それはむしろ内的世界と外的世界とが遭遇する場である」（三二）とブライは言う。この「野人」「動物の創造主」「超意識的な生命力」は、地下世界と天界を往還する「黄金の翼を持つモグラ」「地下を独りで飛ぶ翼」（『雪の野原』所収「静けさと無為」）や、「二匹の翼のある亀」（『ベッドから飛び起きて』所収「渦巻く舌」）を誕生させる。アメリカのキリスト教商業主義（資本主義）文化は、軍産複合体のヤルダパオトを誕生させ、パン、ディオニュソス、ヘルメス、「大地母神」と深く繋がる宗教的「野人」を追放してしまった。パウンドが「ヒュー・セルウィン・モーバリ」に言うように、「あの半人半神の体／聖者の幻も我々にはない」のである。ブライはこの男性エネルギーの神聖な要素を代表する「野人」と、その「大いなる霊的活力」を復活させようとする。

無明の闇から誕生する〈光と智慧の女神〉ソフィアの活力と、この「野人」の活力との融合が、ブライの詩の独創的な特質である。ユングの元型的イメージ借りると、この融合は、アニマ（男性の心の中の女性的要素）とアニムス（女性の心の中の男性的要素）の相補完的統合である。アニマは暗闇の力や霊的な世界（無意識）と繋がる女性として人格化される。ただし、アニマとアニムスの優劣は問題にならない。『手を繋いで眠る人々』（一九七三）のエッセイ「私は裸の母から生まれた」でブライは太母と原父に関して言っている。「父性の意識は悪であり、母性の意識は善であると、人はすぐに言いたがるが、これを言うのは父性の意識であることを私たちは知っている。父性の意識は物事にラベルを貼らないではいられない。父性の意識も母性の意識も共に善である」（四八）。

4　ブライの野人、ホイットマンと「ウミウシ」

ブライの身近な「野人」は超絶主義者のホイットマンである。エッセイ「ホイットマンが遺さなかった物」でブライは「流れるような創造性」にのみ専念していたホイットマンの詩を「一マイル半もの長さを持つ巨大な生物」に喩え、「それは余りにも長すぎて、頭と尻尾の間に、充分な骨格を持っていない詩である」と批判している。だがこの言説には芸術上の息子の父親殺しの側面が強い。『二つの世界に住む女性を愛する』(一九八五)や『手を繋いで眠る人々』(以下『手を繋いで』)等には、ホイットマン風の詩句が意識的に使われている。殊に『手を繋いで』は、『草の葉』の「眠る人々」に称えられる夜の闇の創造的「母」を下地にする作品である。ブライの「内面世界を掘り下げていく詩」は、ホイットマンが一八八五年の『草の葉』の「初版の序文」に言う「多様な特質や物象の深みを探っていく能力に寄せる信頼」を思わせる。『手を繋いで』を閉じる「ここまで来てくれた読者に捧げる格別な歓喜のコーラス」には、ホイットマン風の対句法が使われている。

「私は夜おそくひとりで座る/私は両目を閉じて座る、さまざまな思いが奔流となり私の中を流れる/私は漂っているのではない、戦っているのだ/神秘の母が沼地で自分の荒野に囲まれたヒヨコたちを大声で呼んでいる/私はこの母を愛している/私は母の敵だ、剣をこの私に与えよ/私は海藻でいっぱいの母の口の中に跳び込んでいく。」

ホイットマンは「眠る人々」に「夜が与える活力の恵みと、夜が作り出す働きの中を通り抜け、それから目覚めが訪れる」と歌い、「母」なる「夜」を称えるが、ブライも夜の闇の瞑想(戦い)から、新たな潜在的「活力」、「荒野に囲まれたヒヨコたち」を「海藻」で養ってくれる「母」を幻視する。「剣」を手にする「私」の男性的イメージが、太母の海の女性的イメージと融合する。続けて「何マイルもの空間を抜けてお互いに向かって手が急いで伸びてくる/世界じゅうの眠る人々が手を繋ぐ」と歌うブライの最終行は、ホイットマンの「裸で眠る人々は美しい/人々は裸で横たわり手に手をとって東から西へと世界じゅうを流れていく」(「眠る人々」八)を喚起させ、凡ての矛盾や不調和の中にあっても和解を求める救済のイメージである。ブライの詩に見られる直感的覚醒の瞬間・啓示の瞬間へ向かう精神的旅の主題は、明らかに、ホイットマンの血統である。

『ベッドから飛び起きて』(一九七三)のエピグラフは、旧約聖書の一節を改訂した「私は裸にて母の母胎より生まれ／また裸にて戻る／母が私を与え、そして私を奪う／私は母を愛す」と、老子の『道徳経』の一節「私の周囲の人々は誰もが働いている／しかし私が頑固で、その仲間には加わらない／ここが違っている／私が称賛するのは母の乳房だ」であり、「母」は太母・自然・大地である。

午後じゅうずっと裸足で
歩きまわったあと、掘っ立て小屋の中で
わたしはまるでウミウシみたいに……
長く伸びて透明になった
ウミウシは何もしないで日を送ってきた
一万八千年ものあいだ（「無為の詩」）

雌雄同体の「ウミウシ」は巻貝の一種だが、通常は、ナメクジ状で殻を持たず、頭部には翼状か鞭状の一対の触覚があり、その色や模様が美しく発光する。「ウミウシ」はエコロジカルである。重い殻を背負わない「ウミウシ」は、新生児のように無防備だが、餌の海藻の細胞質を殆ど凡て消化し、環境的適応力が極めて強い。海藻の色素体は、「ウミウシ」に移動し光合成を続け、栄養を提供する。充分な色素体を得ると、「ウミウシ」は太陽エネルギーだけで数か月も生き続ける。外敵から身を守る殻は、自分で作らなければならないが、「ウミウシ」は殻を作るためのエネルギーを節約できる。「ウミウシ」は「アビ」に歌われる「殆ど何も持たない者」であり、「一万八千年」の「光の海」に暮らしている。「ウミウシ」は「海藻でいっぱいの母の口」の中に跳躍する。体内に再生能力を持ち、危険に際しては自切できるものもいる。この「ウミウシ」はブライ自身の「裸の詩」の形象である。裸足で歩きまわった「わたし」は、「殻」も野心を持たない「ウミウシ」の「無為」の原始的な姿に歓びを感じている。この歓びは、功利主義の「実業家」や「銀行家」のものとは違い、純粋な労働や運動の後の心地よい睡眠によるものでもある。

逍遥詩人ホイットマンは、『草の葉』の初版版の「序文」の中で、「芸術を創造する秘訣」は「単純さであり、単純さに勝るものはない」と断言し、自己内に「至高者」を意識する偉大な詩人は、「個性的文体の持ち主を指すのではなく、むしろ思想や物象を、ほんの僅かな増減さえも与えずに、元の形のままで通過させる水路、自分の思いのままに通過させる水路である」と述べた。市井の凡庸や「単純さ」を霊的存在にまで昇華させるホイットマンは、「詩人は預言者であり――独自な存在であり――自分だけで完全に充足している」とも断じた。ブライの「ウミウシ」は「自分だけで完全に充足している」存在である。ブライが糾弾する「一九一七年世代」のモダニストは、ホイットマンの「単純さ」を嫌い、「個性的文体」の科学実験とその「公式」・形式主義の罠に陥ってしまった。ちなみに「仲直り」でホイットマンと和解したパウンドはこの罠から逃れていた。

ホイットマンの「私自身の歌」は、第一節の「私は歩きまわり、自分の魂を招き入れる／私は悠然とさまよい自分の魂を招く／私はゆったりと寄りかかり、歩きまわり、鋭く尖った夏草の穂先を眺める」に始まり、第二七節に「いずれの形を持つことが、何だと言うのだ」と問われ、「これ以上に発展した形がないとしても、硬い殻を持つ蛤が最高の形でも、それで充分なのだ／でも私は硬い殻など被らない」と主張する。始原への回帰と再生願望の強いホイットマンもブライも「硬い殻」のない単純な「ウミウシ」の詩を書くが、この「ウミウシ」は「一万八千年」という悠久の時を「僅かな増減さえも与えずに、元の形のままで」生き続ける。だが、「一九一七年の世代」の詩人やその追随者たちは、更に「発展した形」の「公式」を求め、「ウミウシ」の本体に厚くて「硬い殻」を被せようとした。

ブライの「裸の詩」も、自然界・大地との「単純さ」や「静けさ」との霊的・宇宙的交感の内から生まれる。ブライの「ウミウシ」の詩も「〈自然〉が拘束を受けずに本然の活力のままに語ること」(「私自身の歌」一）という「野人」の遺訓を守り、自然を深めている「精神は何年も独りで自分の葉っぱを落としてきた／精神はその根元で暮らす多くの小動物から離れて立っている／この太古の地に立つと私は嬉しくなる／私が夕暮れ時に巣穴に戻ろうとする若い動物であれば／トウモロコシの茎の上にすぐに見える一つの点がある（「トウモロコシ畑で雉を撃つ」）。「古木寒巌に倚る」の感がするが、この至福の一瞬・「一つの点」を感知する「精神」と、「太古の地」を蘇らせる平明な言葉との融合が、ブライの「ウミウシ」「裸の詩」である。「野人」の「精神」は「太古の地」に深く根を張る強靭な冬の裸木である。ブライの「ウミウシ」は、暗い海底に眠り、裸同然の無防備な原始の姿のまま美しく発光している。「太古の地」にいる詩人は、ソフィアという太母の胎内に発光する「ウミウシ」によって、〈底なしの無〉の無明世界を「光の海」に変えるのである。

引用・参考文献

Bly, Robert. *Silence in the Snowy Field.* Wesleyan UP, 1962.

——. *The Light Around the Body.* New York: Harper & Row, 1967.

——. *Jumping Out Of Bed.* Barre Publidshers, 1973.

——. *Lorca and Jiménez: Selected Poems* (translation). Beacon Press, 1973.

——. *Leaping Poetry.* Beacon Press, 1975.

——. *Sleepers Joining Hand.* Harper & Row, 1973.

——. *The Loon.* Ox Head Press, 1977.

——. *Selected Poems.* New York: Harper & Row, 1977.

——. *Selected Poems.* HarperCollins, 1986.

——. *Talking All Morning.* The University of Michigan Press, 1980.

——. *News of the Universe, Poems of Twofold Consciousness.* Sierra Club, 1980.

——. *A Little Book On the Human Shadow*. HarperCollims Publishers, 1988.

——. *Iron John: A Book About Men*. Addison-Wesley Publishers, 1990.

——. *American Poetry: Wildness and Domesticity*. Harper Perennial, 1990.

——. *Remembering James Wright*. Ally Press, 1991.

——. *Eating the Honey of Words*. HarperCollins Publishers, 1990.

——. *The Night Abraham Called to the Stars*. HarperCollins Publishers, 2002.

Jones, Richard, and Kate Daniels, eds. *Of Solitude and Silence: Writing on Robert Bly*. Beacon Press, 1981.

Whitman, Walt. *Complete Poetry and Collected Prose*. The Library of America, 1982.

新井献『原始キリスト教とグノーシス主義』岩波書店、一九七一年。

新倉俊一『アメリカ詩入門』研究社、一九九三年。

金関寿夫『魔法としての言葉——アメリカ・インディアンの口承詩』思潮社、一九九三年。

南原実『ヤコブ・ベーメ——開けゆく次元』哲学書房、一九九一年。

大貫隆『グノーシスの神話』岩波書店、一九九九年。

第3部

英　語　学

25

初期英語研究とテクストの問題
――「英語散文の連続性」をめぐって

久保内　端郎

小論は二〇〇九年三月五日の駒澤大学文学部最終講義の原稿に基づいています。副題は講義では「ヴァリアントをめぐって」でしたが、本稿では表題のように変更させて戴きました。「視点が対象を創り出す」はソシュールの言葉ですが、小論も拙稿を執筆当時とは別の角度から見たときどのような新しい像が結ばれるかを試みたものです。意を尽くし得ませんが、学生諸君に伝えたかった真理の言葉です。「写本・原典への回帰」もテクストが今後ますます実感とか体感といったものからはなれて行くことが懸念される中、ますます求められる姿勢であると思われます。決して迂遠ではなく、むしろ「未来への帰還・回帰」に通じる姿勢と思われ、是非伝えていって戴きたいと願うものです。

このような機会を与えて戴きまことに有難く関係の皆様に深く感謝申し上げる次第です。在職中賜りましたご助力、激励に対しまして、学内外の関係の皆様、院生、学部生、卒業生諸君にこの場をお借りして深く感謝申し上げます。四〇年の教職生活を終えます今、実に多くのご助力を、そして良き出会い、よきご縁を戴きましたこと、あらためて感謝の思い痛切に胸に迫ります。お礼を申し上げますとともに皆様のご健勝、ご発展を祈り上げます。

1

英語は今でこそ「世界語」と呼ばれるほどになっているが、五世紀頃のその成立時はゲルマン語派に属する単なる一地方言語にすぎず、またその初期の段階ではその存続自体危うくなったことが一度ならずあった。「初期英語」(Early English) という呼称自体（もっともそれ自体厳密な術語とはなっていないが）も大きく変遷する。今日では、「古英語」（Old English: 七〇〇―一一〇〇年頃）から含めて、次の「中英語」（Middle English: 一一〇〇―一五〇〇年頃）と、場合によっては「初期近代英語」（Early Modern English: 一五〇〇―一七〇〇年頃）までを合わせて指すのが普通の用法となっていると思われるが、以前は多くの場合、古英語が Anglo-Saxon と呼ばれ、「初期英語」と言えば、漠然と「初期中英語」（Early Middle English: 一一〇〇―一三〇〇年頃）を、あるいは中英語と「初期近代英語」を指すこともあった (*OED* s.v. **English,** *n.* 1. b)。一八六四年設立の Early English Text Society（初期英語テキスト協会）は「連続性」重視の姿勢をとり、当然のことながら、収録対象に古英語作品を含める。しかし今日の理解の定着に与って力のあったのはチェインバーズ論文（R. W. Chambers　一九三二）であろう。

「初期」をめぐる変遷が示すように、古英語から中英語への移行期には、少なくとも表面上は、継続性がとだえた印象が色濃く漂う。事実、後期古英語期には英国は二つの大きな侵略を受ける。一つは、八世紀末から十一世紀初頭まで断続的に続いた、一般にヴァイキングと呼ばれるデーン人による侵略と、もう一つは一〇六六年のいわゆる「ノルマン人の征服」である。これらの侵略は言語的接触を伴い、教会のラテン語を加えれば、英語は羅・仏・古ノルド語の三つの外国語と接触する事態となった。しかも公用語の地位もフランス語に奪われるため十一世紀後半から十二世紀末にかけて英語文献はまれとなり、まさに「暗黒の時代」(Dark Ages) の観を呈する。『アングロサクソン年代記』の一つ『ピータバラ年代記』は一一五四年の項まで記載があるが、これなど希有な例である。ジョン王時代の一二〇四年を境に英語は復権の兆しを見せるが、文献上の一世紀半の空白はなんとしても大きい（ただし、説教散文などには既成の作品の書写作業で残された異写本資料が残存する）。しかもこの時期は、ヨーロッパは折しも「十二世紀ルネサンス」の波に洗われている時期でもあり、復権し、浮上を見せる英語も古英語時代の姿そのままではなく、とりわけ文章作法的な面では、大陸文化の影響を受け移行期の前後では異質、不連続の様相が見られるのは否めない事実である。「英語散文の連続性」(the continuity of English prose) を主張したチェインバーズ（一九三二）から三四半世紀が経過した近年、この「不連続性」(discontinuity) をあらためて指摘する論文も見られる。ミレット (Bella Millett 二〇〇五) などである。

いずれの主張が正鵠をえているかが問われなければならないが、実はいずれも正しいと言えるのである。主張の異なりは観察の対象を異にしているためである。チェインバーズは、「語順」(word / element order) など「文」(sentence) や「節」(clause) などの単位内の統語論的構造を主たる対象としている。(1) それに対してミレットほかはそれより上位の単位である「テクスト」(text) のレベルを問題にしているように見受けられる。論点の食い違いがそこから生じていると考えられる。そうであれば「連続性」が基本的な下位言語構造のレベルの変化に関してはという限定はつくものの依然主張できると言えそうである。しかし「連続性」の問題は現在はそれにとどまらないのである。「英語性」(Englishness) の連続性の問題そのものにかかわる重要な今日的な問題となっているからである。古英語で確立した「英語性」の諸相全てにわたって、変化の有無、その程度、想定内の変化か否か、などの厳密な検証作業が今後の課題として要請されることになる。

また同時に、今日われわれが獲得している英語史上の、あるいは英語史研究上の知見、パースペクティブは相当程度すでに豊富で利用をまつ状況にある。それらに立脚する見直し作業もまた重要と思われる。いわば回顧的視点であるが、回顧もまた必要である。「写本への回帰」('Back to the Manuscripts') の姿勢を中世期英語の文法、統語論研究にも導き入れるとき、それまで見えてこなかった文脈が新たなパースペクティブを得て忽然と視野に入ってくる、といった展開を可能にする。それは言うまでもなく、写本句読点など、従来の校訂本では多くの場合無視されてきた写本情報を尊重する姿勢である。ミッチェル（Bruce Mitchell 一九八〇）は「仮装の危険性」について警鐘を鳴らす。古英語の文法研究が、現代式句読点を用い、現代的言語感覚で校訂された校訂本で行われる場合の危険性を指摘したものである。写本の句読点や語間のスペース、大・小文字の区別などまで忠実に転写した転写テクストであれば、その危惧を相当程度克服できるのである。そして何よりも移行期英語研究はその特殊な事情から英語文献の異写本資料を無視しては失うところ余りにも多いと言わざるをえないのである。

2

チェインバーズの議論自体にも新たな目で再検討を加える必要があろう。当該の論文は一九三二年に発表されたものである。再検討の時期に来ていることは明かである。丁度第一次と第二次の大戦の間という時期である。国威発揚の時代思潮である。そのような時期に近代英語期のトマス・モア（Sir (St) Thomas More: 一四七八―一五三五、列聖一九三五）の英語散文は、中英語期の宗教散文を経て遡り、「ノルマン人の征服」期に端を発する英語などにではなく、さらに前の初期古英語期のアルフレッド大王（Alfred the Great: 八四九―八九九）時代の英語散文にまで遡り得るのだと説くとき、冷静であるべき学問的心情に、愛国心による逸脱はなかったかと問うことは重要である。その意味でも移行期の英語の基本的な下位言語構造を対象とする検証作業は、より一層の厳密さと多角性が要求される。

久保内（一九七五、一九八一）はその試みの一つであった。そこにおいてチェインバーズが主張する中英語の宗教散文を代表する『修道女案内（以下　案内）』（*Ancrene Wisse:* 一二三〇年頃の成立）や、十四世紀中葉の神秘主義者ロール（Richard Rolle: 一三四九年没）の「近代性」(modernity) は、『案内』は第六・七章の結果から、ロールは書簡体作品に限り、語順も文の主成分の配列に限ってみるならば、チェインバーズの主張は妥当性をもつと言えることを見た。「連続性」を見るには、次の課題としては古英語側にもその「近代性」が見いだされなくてはならない。検討は写本テクストのレベルで行われることになる。となれば比較の起点となる『案内』も写本情報に基づいての再吟味が要求されることになる。

　ここで言う語順の「近代性」とは古英語期に従属節と、独立節でもとりわけ *and, ac* 'but' などの等位接続詞に導かれた節において見られた〈主語―名詞目的語―動詞 (SOnV)〉型の語順の衰退であり、それに対応する〈主語―動詞―目的語 (SVO)〉型の語順の伸張である。移行期に顕著な変化を見せる語順型である。<SOnV> 型語順は古英語期においてすでに衰退の兆候を見せ、擬古体を意図しない散文では十四世紀半ばで独立節から、十五世紀半ばで従属節からもほとんど全面的に撤退する型である。「有標」(marked)「無標」(unmarked) で言えば、一般化、無標化が進む <SVO> 型語順の対項として有標化を強化する <SOnV> 型という構図である。そしてその機能としては、かつては従属節および *and / ac* 節の無標の語順であったが、独立節におけると同様、名詞目的語、動詞双方に文・節の情報の焦点を置かせ、それぞれに音調の核を配分する、といった形の強調構文型の一つでもあった可能性をもつ。そして次の階梯である擬古体項目化へと進む。強調型としての機能をもつ点では、古英語では動詞に前置される前置詞句の開体系の主要名詞要素も同じ扱いを受けることに注意が必要である。[2] 強調の標識 (marker) はどのような形をとるか。前置詞句の例で見てみたい。―は想定されるリズムの切れ目を示す。

(1) Bethurum XII, 86-87 (Pope XXI, 161)
T |þæt hi swa fule |him to godum :| ȝecuran :|
R |*þæt* hi swa fule menn |him fundon to godum .|
（T その結果彼らはかくも悪しき輩を自らの神々として選んだ）

千年紀前後修道院内外の啓蒙活動に努めたエインシャム修道院長のエルフリック（Ælfric of Eynsham: 九五〇―一〇一〇年頃）はヨーク大司教ウルフスタン（Wulfstan of York: 一〇二三年没）とともに後期古英語期を代表する説教家である。両者には親交があり、ウルフスタンはエルフリックの説教や司牧者書簡の一部を自らの説教のために書き直している。例はその書き直しの一つ『偽りの神々について（以下 偽りの）』(*De Falsis Dies*) (sic) からである。Bethurum XII, 86–87, Pope XXI, 161 は校訂本 Bethurum（一九五七）、Pope（一九六八）の章番号および該当行を示す。Tは Oxford, Bodleian Library（以下 BoL), Hatton 113 の略記号でウルフスタンのテクストを伝える。Rは Cambridge, Corpus Christi College（以下 CCCC), 178 の略記号、エルフリックのテクストを伝える。エルフリック系にはさらに S (Oxford, BoL, Hatton 116) があるがこの例では該当行が欠けている。成立年代はニール・ケア（N. R. Ker 一九五七）によれば、Tが十一世紀後半前期、Rが十一世紀前半、Sが十二世紀前半と推定され、移行期の文献の欠を陰で補っている。エルフリック系は古英詩風の韻文的散文で書かれている。頭韻を意識し、二強勢句二句で一行が構成されるのが基本である。強勢が想定される音節は、R行で言えば、*fule, menn, fundon, godum* のそれぞれ第一音節である。

ウルフスタンが行った改変は、R写本にあってT写本で欠落している *menn* 'men' の書き忘れはT写字生 (scribe) の失策であろうと思われるが、動詞 *findan* 'to find' の直説法過去複数形を *ceosan* 'to choose' の直説法過去複数形（発音は [jekúran]）に変えて、あえてエルフリックの頭韻形式を壊している。さらにエルフリックのテクストでは動詞の後に置かれていた *to godum* を動詞の前に移動し、上昇調休止記号である punctus elevatus（:）を加筆している。二強勢句一句で構成されているエルフリックの後半行を一強勢句二句に分割している。[3] 類例は後述の例(7)とBethurum XII, 47–48 にも見られるが、いずれも動詞の直前の開体系の要素と動詞を強調する形式と考えられる。句読点の存在とその機能がそれを裏付けている。

<SOnV>型語順の場合も元来は、従属節および *and, ac* などに導かれる独立節での無標の語順であったものが、徐々にその機能が変わり有標化した。強調型と擬古体の標識となった。この写本テクストの成立期である十一世紀までは、前置詞句の場合と同じ扱いが見られる。その後の歴史は両者若干その道を異にする。新しい標識としての<SOn.V>型語順の出現である。特に関係詞節などに顕著であるが、主語などとの混同の可能性を封じるためか、重要な固有名詞ならばその重大性を想起させるためか、名詞目的語の後に句読点が打たれるが、そこにはポーズを置かせる標識としての役割が前面に出てきている様子が見て取れるのである。読み上げる際、聴衆の誤解を避けるために、ポーズを置くようにとの指示と考えられる。何故にポーズを置かなければならないのか。背後にあるのは口語における<SVO>型への駆流 (drift) の存在である。その状況下で親本の<SOnV>型語順を前にしたとき順序を崩さずに文意に誤解を生じさせない工夫として動詞の前に、あるいは名詞目的語の後に句読点を打った、そのように解釈できるのではなかろうか。3の『案内』の例が参考になる。

次の3と4で<SOnV>語順に焦点をしぼり、その語順に対する作者・写字生の反応の実態を見たい。まず3では移行期後の初期中英語側の反応を、その期を代表する『案内』から得られる写本情報を観察し、比較の起点として再吟味する。4では移行期直前の古英語側の対応の実態をエルフリック、ウルフスタン写本の情報からたどり、移行期の間に生じている変化が自然な同種内の変化であるかどうかを見る。写字生の反応に共通性が認められれば、同種内の変化の可能性大となる。そうであれば「連続性」を主張できることになる。

3

久保内（一九九五）は十三世紀初頭西中部方言域で成立の『案内』の語順の近代性を主張した久保内（一九七五）に対する反論ユッカー（A. H. Jucker 一九九〇）に対する反論であった。「近代性」を論じるのであれば、写本レベルに立って議論すべきことを主張するものであった。衰退傾向の最後の相を見せる<SOnV>型語順の例は命令文から得られた。『案内』の第一部にOV型の命令文が一〇例見いだされる。写本を見ると、その語順はA写本に大方は限られ、同時期成立の他の二写本C、Nでは違った現れ方をしているケースが一〇例中六例見られる。その中の最初の三例が次の(2)(3)(4)である。写本略記号は、A写本（CCCC 402）。C写本（London, British Library（以下BL), Cotton Cleopatra C. vi)、N写本 (London, BL, Cotton Nero A. xiv)。6r/22は六葉目表面二二行目の意。［ ］は修正者による削除を、` ´ は修正者の加筆を示す。C写本の加筆については、ドブソン（E. J. Dobson 一九七二）の該当行の脚注を参照していただきたい。⁊は*and*の略体（元来は*et*の略体）。

(2) A 6r/22–23, C 11r/25–27, N 5r/30–5v/1
A Efter euensong anan ower placebo euche niht seggeð hwen ȝe beoð eise .
C Efter euensong `:´ anan Placebo . vhche nicht seggeð ȝef ȝe beoð aise .
N Efter euesong ano*n*riht seggeð ower placebo eueriche niht hwon ȝe beoð eise .
（A 毎晩晩祷後用意ができたら直ちにご自分の死者のための晩課'Placebo'を誦しなさい。）

(3) A 6v/21–22, C 12r/9–10, N 5v/28–29
A Seoue salmes ⁊pus beose fiftene seggeð abuten under .

C Seoue salmes ⁊ fiftene ∵ seggeð abuten vnder.
N seoue psalmes ⁊ teos fiftene psalmes siggeð abuten vndern deies.
（A　七聖詩と、従ってこの十五聖詩とを朝の九時頃に誦しなさい。）

(4) A 9r/7, C 15r/6–7, N 8r/18–19
A ⁊ þenne þe antefne segge eauer þus.
C ⁊ þenne seggeð þe ante[mp]'f'ne. vt. þus.
N and þer efter þene antefne. ⁊ sigge eu*er* þus.
（A　そしてその後いつもこんな風に交唱聖歌を誦えるように。）

例(2)ではC写本は目的語 *Placebo* の後に読点に類する点(punctus)を置いている。A写本は擬古的な語順をそのままにしているのに対し、N写本は現代の語順VOを採用している。例(3)ではC写本の修正者が名詞目的語の後にpunctus elevatusを加筆しているにもかかわらず、A、Nともに擬古体語順を採用している。例(4)はC写本が現代式語順VOを取っているのに対してAは擬古体に戻している。N写本は点も打ち、さらに⁊'and'を加え、文構造自体を変える努力を見せている。三者ほぼ同時代の成立とされる。ドブソン（一九七二）の推定ではAが一二二八―一二三〇、Cが一二二五―一二三〇、Nが一二二五―一二四〇となっている。成立が一五年の間に集中しているところからテクスト間に見られる異なりは時間的な要因によるものというよりは、対象の違いを念頭に置いた文体的顧慮に基づくものとの解釈を可能にする。C、Nが当時の口語の実態を反映し、Aは擬古的な公的な記録として「標準文章語」(Schriftsprache)的な文体を指向しているといった性格付けが可能と思われる。

ドブソン（一九七二）はC写本のB写字生と呼ばれる修正者（reviser）が『案内』の原作者ではないかと考える。そしてその修正が入ったものに基づく清書・正本（fair copy）の一つがA写本であるとする。右の事実はその推測を裏付けるものである。右の事実は当時の文体感覚を含めた言語生活の一端を垣間見せてくれるのであるが、同時にこの事情は移行期前の状態とも類似性を見せている。また、これまでの例から写本の句読点（manuscript punctuation）が語順の変化史の指標の役割も演じている可能性があると認めてよいのではないかと思われる。「連続性」検証の指標となり得る可能性をもつ。移行期の前後で指標となり得るのであれば英語散文の「等質的連続性」を示唆する。背後の語順の趨勢・駆流に対する作者・写字生の反応に共通性が見られることもそれを裏付ける。

4

共時的なヴァリアント（variant）を通時的パースペクティブで透視するとき、今まで単なる点であったものが、別の点と繋がり、意味をなす関係を示唆するということはありうることであるが、久保内（一九八五、一九八八）はそれに類するかと思われる事例の報告である。句読点が語順の変化を示唆する指標となっていることを報告し、写本研究が文法研究にとっても有用であることを述べたものである。とりわけ写本句読点研究が文法・文法史研究に寄与しうるかはそれまで多分に疑問視されてきたように思われる。文法変化の指標となっていることを報告できたのは一九八三年十二月同志社大学で開かれた「英語史研究者専門会議」のときで、久保内（一九八五）はそのときの会議録に収録の論文である。久保内（一九八八）は、一九八四年十一月オックスフォード大学のブルース・ミッチェル博士を招いて箱根で開かれた古英語統語論研究セミナーで報告した原稿に基づいている。例はそれらからで作品は前出の『偽りの』である。ここでは <SOnV> 型の語順を取るエルフリックのテクスト（R写本とS写本）をウルフスタン（T写本）がどのように改変しているかを検討して当時の言語態の一面を明らかにしたい。古英語末期の句読点の用法に移行期後の用法との共通点があることが期待される。｜は想定されるリズムの切れ目を示す。

(5)　Bethurum XII, 13 (Pope XXI, 79)　(T 58v/15–16, R 145/4–5, S 369/1–2)
T　| þurh ðone ealdan deofol .　| þe adam . | iu ǽr beswac |
R　| þurh þone ealdan deofol ˋ.ˊ | þe adam　　ǽr beswác . |
S　| þurh þone ealdan deofoll :　| þe ádam　　ǽr beswác ˋ.ˊ |
（T　その昔アダムを欺きし古の悪魔によって）

(6)　Bethurum XII, 14–15 (Pope XXI, 81a)[4]　(T 58v/18–19, R 145/6, S 369/3)
T　| ⁊ ðone soðan god　| ⁊ heora aȝenne scyppend | forsawon . |
R　| ⁊ þone　　scyppend forsawon ; [ː] |
S　| ⁊ þone　　scyppend forsægon : |
（T　そして真の神であり彼ら自身の造り主を見捨てた。）

(7)　Bethurum XII, 19–20 (Pope XXI, 84a)　(T 58v/23–59r/1, R 145/9, S 369/6–7)
T　| ⁊ him lác | þa æt nyhstan . | þurh deofles lare | offrodon |
R　| ⁊ him lac　　offrodan ˋ.ˊ |
S　| ⁊ him lác　　offrodon . |
（T　そしてついには彼らに悪魔の教えによって供え物を献じるに至った。）

右の例は、RとSに代表されるエルフリックのテクストが、ウルフスタンの反応から見てすでに擬古的と解される標識をもつに至ったかに見える語順OVに対して何の処置もとらず、古英詩風の形式で淡淡と語り進める様子を示す。それに対してウルフスタンは例(5)では目的語 *adam* 'Adam' には句読点を打つことによって、[5] 例(6)(7)では加筆してリズムの切れ目が目的語の後に、そして動詞の前に来るように工夫していることが窺える。[6] リズムの切れ目が句読点と同じ機能をもたされている。とすれば、もちろん書記言語上であるが、ここでもSOVからSVOへの変化の過程で『案内』でも見たSO.Vの段階があったと推定できる。書写すべき親本のテクストを前にしてそれは親本尊重と自らの言語感覚との間の懸命なせめぎ合いの表れなのであろう。口語のレベルではすでにSVOとなっていたと考えることができるとすれば、一気に読み下してもらっては困る、誤解が生じては困る、そこにポーズをおいて下さい、という朗読者(reader)への指示と解釈できるのではないか、そのように考えられる。時代は未だ黙読の時代ではなく、読み上げの時代であったことを想起する必要がある。

5

以上の検討から、写本句読点が語順に関する文法的変化の階梯を示唆する標識として機能したことが移行期の前後の時期で共通して認められることを見た。親本尊重の姿勢と修正者、写字生自らの言語感覚との相克、葛藤には共通するものが認められる。そしてその標識が示唆するところの文法変化の内容、駆流も共通し、反応の手段・様式も共通する。「等質的な連続性」を示唆すると言える。『偽りの』には『案内』に見られるOV＞VOまでの改変はない。しかしその違いは両者の間の時間差で説明できるものである。

諸写本いずれも当時の文体感覚を含めた言語生活の一端を垣間見せてくれる。示唆される「聴衆」(audience) の種々相も興味深い。『案内』を伝える写本で「標準文章語」的なるものを指向するかに見えるのはA写本であるが、『偽りの』ではその立場はRとS、すなわちエルフリック写本が代表する。その意図は修道士および他の修道院に説教の素材を提供することにあり、公的な性格をもつ。古英詩風のスタイルも想像がつく。制作地エインシャムもウエセックス王国の残照の残る地である。残照が長く見られる西中部方言域で十三世紀初頭成立の『案内』で口語体、あるいは言文一致を指向するのはCとNであったが、『偽りの』でそれに対応する写本はウルフスタン写本Tである。ヨーク大司教当時（一〇〇二―一〇二三）の改作とされる。イギリスは一〇一六年デンマーク王の支配下に入るが、アルフレッド大王時代からデーン法地区となっていたデーンローの首都はヨークである。そこでの説教が英語で続けられたことも特筆に価するが、ウルフスタンが対象とした聴衆がそれゆえエルフリックのそれとは大きく異なっていたことは容易に想像できるところである。Tに見られる大幅な改変がそれを物語る。両説教家の置かれた立場、環境の違いを作品の句読法が物語っているのである。このように写本の句読点、句読法、強調法、休止形式などは、一種のインフォーマントとして、当時の説教の息づかい、あるいは音調にまで思いを至らせる韻律論上の貴重な資料を提供するのである。

以上はまさに一見微細な点の集合の観ではある。しかし微細な点も有意味の関連づけを得て集合するとき、歴史的事実を語る「物語」に参画できるのである。「歴史」(history) は文脈を語る「物語」(story) の集大成と言う。本稿も「英語散文の連続性」を語るその「物語」の一つとなりえていれば幸いである。

注

（1）本稿では主として語順の問題を扱う。「英語散文の連続性」についてこれまでの研究史の概要は小野・齊藤（一九八七）の「訳者解説」が参考になる。

（2）ミッチェル (1985: Vol. 2, 985–86)

（3）動詞の前後に punctus elevatus を置いてエルフリックの二強勢の後半行を一強勢句二句にし強い強調を示している。アンガス・マッキントッシュ（Angus McIntosh 一九四九）の反証となる例である。詳しくは久保内（一九八三）を参照されたい。

（4）古英詩の行の前半行は a 半行 (a-verse)、後半行は b 半行 (b-verse) と呼ぶ。なお、r は recto の略で写本の葉の表面を、v は verso の略で裏面を指す。

（5）ウルフスタンの <SO.V> 型の語順の他の例は久保内（一九九七）を参照されたい。

（6）ウルフスタンがリズムの切れ目に一種の句読点の役割を担わせている例は(6) (7)の名詞目的語 (god, scyppend, lác) の後の一が示している。詳しくは久保内（一九八三、一九八五）を参照されたい。

参照文献

Bethurum, Dorothy, ed. *The Homilies of Wulfstan*. Oxford: Clarendon, 1957.

Chambers, R. W. *On the Continuity of English Prose from Alfred to More and his School*. EETS, os 191A. London: Oxford UP, 1932. 邦訳 小野茂・齊藤俊雄共訳『英語散文の連続性について——アルフレッドからモアとその一派まで——』英潮社新社、一九八七年。

Dobson, E. J., ed. *The English Text of the* Ancrene Riwle *Edited from B.M. Cotton MS. Cleopatra C. VI*. EETS, os 267. London: Oxford UP, 1972.

Fehr, Bernhard, ed. *Die Hirtenbriefe Ælfrics in altenglischer und lateinischer Fassung*. Bibliothek der angelsächsischen Prosa 9. Hamburg, 1914. Repr. with a Supplement to the Introduction by Peter Clemoes. Darmstadt, 1966.

Jucker, A. H. "Word Order Changes in Early Middle English: Some Evidence against the Conservatism of Subordinate Clauses." *Studia Anglica Posnaniensia* 23 (1990): 31–42.

Ker, N. R. *Catalogue of Manuscripts Containing Anglo-Saxon*. Oxford: Clarendon, 1957.

久保内端郎 "Word-Order in the *Ancrene Wisse*." *Hitotsubashi Journal of Arts and Sciences* 16. 1 (1975): 11–28.

——「Richard Rolle の “Epistles” における語順について」、『英語の歴史と構造——宮部菊男教授還暦記念論文集』寺澤芳雄ほか編、研究社出版、一九八一年、二一一—二三五頁。

——. “A Note on Prose Rhythm in Wulfstan’s *De Falsis Dies* [sic].” *Poetica* 15–16. Shubun International, 1983. 57–106.

——「初期英語語順研究の課題」、『英語史研究の方法』寺澤芳雄・大泉昭夫編、南雲堂、一九八五年、一一九—五二頁。

——. “Manuscript Punctuation, Prose Rhythm and S…V Element Order in Late Old English Orally-Delivered Prose.” 『*Philologia Anglica*（寺澤芳雄教授還暦記念論文集）』忍足欣四郎ほか編、研究社、一九八八年、七一—八七頁。

——. “Word Order in the *Ancrene Wisse* Revisited”、『長谷川欣佑教授還暦記念論文集』馬場彰ほか編、研究社、一九九五年、五七三—八一頁。

——. “The Decline of the SOV Element Order: The Evidence from Punctuation in Some Manuscripts of Ælfric and Wulfstan.” *Back to the Manuscripts: Papers from the Symposium ‘The Integrated Approach to Manuscript Studies: A New Horizon’ Held at the Eighth General Meeting of the Japan Society for Medieval English Studies, Tokyo, December 1992*. Ed. Shuji Sato. Occasional Papers 1. Tokyo: Centre for Medieval English Studies, 1997. 51–68.

——. “What is the Point? Manuscript Punctuation as Evidence for Linguistic Change.” *The Locus of Meaning: A Festschrift for Prof. Yoshihiko Ikegami*. Eds. Kei’ichi Yamanaka and Toshio Ohori. Tokyo: Kuroshio Publishers, 1997. 17–32.

——. *From Wulfstan to Richard Rolle: Papers Exploring the Continuity of English Prose*. Cambridge: D. S. Brewer, 1999.

——. “Wulfstan’s Scandinavian Loanword Usage: An Aspect of the Linguistic Situation in the Late Old English Danelaw.” *Inside Old English: Essays in Honour of Bruce Mitchell*. Ed. John Walmsley. Oxford: Blackwell Publishing, 2006a, 134–52.

——. “A Note on Modernity and Archaism in Ælfric’s *Catholic Homilies* and Earlier Texts of *Ancrene Wisse*.” *Essays for Joyce Hill on her Sixtieth Birthday*. Ed. Mary Swan. Leeds Studies in English, ns 37 (2006b): 379–90.

——「『*Ancrene Wisse* の〈近代性〉と〈擬古性〉」再訪」、*Studies in Medieval English Language and Literature* 21 (2006c): 65–82.

Kubouchi, T., K. Ikegami, J. Scahill, S. Ono, H. Tanabe, Y. Ota, A. Kobayashi and K. Nakamura, eds. *The Ancrene Wisse: A Four-Manuscript Parallel Text. Preface and Parts 1–4; Parts 5–8 with Wordlists*. Studies in English Medieval Language and Literature（略 SEMLL）7 and 11. Frankfurt am Main: Peter Lang, 2003–05.

McIntosh, Angus. “Wulfstan’s Prose.” *Proceedings of the British Academy* 35 (1949): 109–42.

Millett, Bella. “The Discontinuity of English Prose: Structural Innovation in the Trinity and Lambeth Homilies.” *Text and Language in*

Medieval English Prose: A Festschrift for T. Kubouchi. Eds. A. Oizumi, J. Fisiak and J. Scahill. SEMLL 12. 128–50. Frankfurt am Main: Peter Lang, 2005.

Mitchell, Bruce. "The Dangers of Disguise: Old English Texts in Modern Punctuation." *RES*, ns 31 (1980): 385–413.

——. *Old English Syntax*. 2 vols. Oxford: Clarendon, 1985.

——. "Some Reflections on the Punctuation of Old English Prose." *Text and Language in Medieval English Prose: A Festschrift for T. Kubouchi*. Eds. A. Oizumi, J. Fisiak and J. Scahill. SEMLL 12, 151–62. Frankfurt am Main: Peter Lang, 2005.

Parkes, M. B. *Pause and Effect: Punctuation in the West*. Aldershot, Hants: Scolar Press, 1992.

Pope, John C., ed. *Homilies of Ælfric: A Supplementary Collection*. 2 vols. EETS, os 259 and 260. London: Oxford UP, 1967–68.

Scahill, John. "Prose in Motion: Syntactic Change in the *Ancrene Wisse*." *Textual and Contextual Studies in Medieval English: Towards the Reunion of Linguistics and Philology*. Ed. Michiko Ogura. SEMLL 13. 161–77. Frankfurt am Main: Peter Lang, 2006.

26

古英詩における語の異形《ヴァリアント》の利用について

――『メノロギウム』の場合

唐澤　一友

はじめに

久保内端郎先生の数あるご業績の中で、最終講義に至るまで、その重要性が繰り返し指摘されてきた問題に、ヴァリアントの問題がある。本稿は、久保内先生の書かれたものを拝読し、またご講演等を拝聴しながら、日頃の自分の研究テーマとヴァリアントの問題との関わりについて、自分なりに考えてみた結果をまとめたものである。ヴァリアントというキーワードを共有しているという以外、久保内先生のご研究と直接関わりがあるわけではないものの、本稿をこのような形でまとめることが出来たのは、久保内先生から与えていただいた刺激のおかげであることから、久保内先生のこれまでのご研究に敬意を表する気持ちで、本論文集に拙論を捧げることにした次第である。

本稿で注目するヴァリアントは、古英詩において、韻律的な目的のために用いられる語形のヴァリアントである。例えば、現代英語 find に対応する古英語 findan の直説法一人称および三人称過去単数形は fand であるが、詩作品においては、韻律上二音節語が必要な場合に（直説法二人称過去単数形と同形の）funde という語形が用いられることがある。あるいは、現代英語 man に対応する古英語 man の単数対格形は、通常は man であるが、韻律上二音節語が必要とされる場合には、弱変化語尾を伴い mannan という語形が用いられることがある。『ベーオウルフ』をはじめとして、古英詩の伝統をよく伝えていると思われる複数の作品でこのような語形のヴァリアントの使用が認められることから、これらは古英詩に伝わる古くからの伝統の一部を成すものとみなすことが出来るであろう。[1] この種のヴァリアントの利用についてはよく知られたところであり、ここで改めて論じるまでもない。

伝統としてかなりの程度確立されていたと思われるこの種のヴァリアントの使用の問題はさておき、本稿ではもう少し不規則で、非伝統的な、あるいは一種の破格として捉えることが出来るようなヴァリアントの利用例について考えてみることにしたい。特に、古英詩『メノロギウム』(*Menologium*) における例を中心に、韻律的な目的のために用いられた非標準的な語形について見てみることにする。なぜこの作品の場合を見るのかと言えば、この作品にはこの種のヴァリアントの利用例が比較的多く見られる一方で、この作品を作った詩人のこのような詩作上の特徴はこれまであまり指摘されてきておらず、この作品のエディションを作った校訂者達も必ずしもこのような特徴を踏まえた校訂をしているわけではない場合が多いように思われるからである。したがって、本稿は、ヴァリアントの利用の問題に加え、この詩の本文校訂の問題とも関わるものとしたつもりである。

1　古英詩『メノロギウム』について

はじめに少しだけ『メノロギウム』がいかなる作品であるか紹介しておきたい。二三一行からなるこの短い詩は大英図書館所蔵の十一世紀の写本 Cotton Tiberius B. i (fols. 112r–4v) に含まれている。この写本には、古英語による『オロシウス』や、『アングロ・サクソン年代記』(C-text) が含まれており、全体として歴史を扱った写本であると言うことができる。『メノロギウム』は、『格言詩二』とともに、『アングロ・サクソン年代記』の直前に置かれており、『年代記』に対する導入的な役割を担うものと考えられている。内容的には、重要な祝日の位置を教会暦の主要な区分に従って示したもので、初等暦学教育と関連して用いられていたものと考えられる散文の『メノロギウム』の韻文版という性質が色濃い。[2]『アングロ・サクソン年代記』においては、日付がしばしば（何月何日という方式ではなく）祝日に言及することにより示されており、この種の日付記載法を理解する助けとなるという意味で、『メノロギウム』は内容的に『年代記』に対する導入として相応しいと言うことができる。[3]

『メノロギウム』は、古英詩としては遅い時期（恐らく十世紀最後の四半世紀）に作られたものであるが、[4]詩人は古英詩の伝統にかなりの程度通じていたようで、他の古英詩にも用いられている定型句を多く用いながらこの詩を作っている。[5]しかしそれと同時に、ある種の破格が導入されている部分が随所に見られるのもまた事実である。本稿では、詩人がどのような点においてある種の破格を導入しているのかという問題について、主に語形と韻律との関係に注目しながら考察する。

2　古英詩の伝統からの逸脱　一

古英詩に用いられる言葉は一般に伝統的、保守的であり、その点において、同時代の言語的特徴をよりよく反映していると思われる散文作品における言語とは必ずしも一致しない特徴を示す場合がある。[6]古英詩に見られる保守的な言語的特徴の一つとして、語幹が長音節の強変化動詞および弱変化動詞第一類の直説法二人称および三人称単数現在形の活用変化語尾 -est, -eð が挙げられる。この語尾は、韻文、散文を問わず、アングリア方言の作品においては、古英語期の最後までほとんどの場合このままの形で保たれたが、ウェスト・サクソン方言やケント方言においては、一般に母音が語中音消失により失われた形で現れる。(7) 例えば、lædan の直説法二人称単数現在形および三人称単数現在形は、伝統的な形が保たれたアングリア方言においては、それぞれ lædest, læded であるが、南部方言においては、語中音消失およびそれに伴う同化により lætst, lætt という形で現れる。古英詩においては、このような発音上の変化にかかわらず、語中音消失の起きる以前の形を用いるのが伝統である。『メノロギウム』の詩人は、恐らく南部方言圏の出身者であり、作品が作られたのもおそらく南部方言圏でであるが、例えば以下の半行においては古英詩の伝統に従い、伝統的な語形（あるいはアングリア方言における語形）が用いられている。

bearfe bringeð (78b) (Px|Px, Type 2A1);
welhwær bringeð (138b) (Px|Px, Type 2A1).(8)

これらの半行では、bringan の直説法三人称単数現在形の語尾が -eð と綴られているが、この語尾の母音がなければ、音節数の不足した半行となってしまうため、この母音は韻律上必要不可欠な要素であると言え、これらの半行では伝統的な語形が韻律上必要とされていると言うことが出来る。(9)

この種の動詞の直説法二人称、三人称単数現在形に、母音の落ちていない本来の形を用いるという古英詩の伝統は、古英語期末期に近づくにつれ徐々に崩れていったようで、遅い時代にイングランド南部で作られた詩には、韻律上、母音の落ちた形が必要とされる半行が用いられることも少なくない。『メノロギウム』においても、以下のように、この種の半行が多く用いられている。

þætte nerᵹend sent (55b) (xxPx|P, Type 3B1);
þænne dream ᵹerist (58b) (xxP|xP, Type 2B1);
þætte yldum brinᵹð (88b) (xxPx|P, Type 3B1);
nu on brytene rest (104b) (xxpxx|P, Type 3B1);
Þænne monað brinᵹð (106b) (xxPx|P, Type 3B1);
and of tille aᵹrynt (111b) (xxPx|xP, Type 3B*1);
swa þæt wel ᵹerist (120b) (xxP|xP, Type 2B1);
And þæs ofstum brinᵹð (193b) (xxPx|P, Type 3B1);
þænne folcum brinᵹð (218b) (xxPx|P, Type 3B1).

これらの半行の最後に用いられている、語幹が長音節の動詞は、いずれも語尾の母音が落ちた形で用いられている。母音が留められた形を用いた場合、これらの半行はいずれも、古英詩では極めて稀なdisyllabic anacrusisを伴うType Aの半行となるが、そのような稀な韻律の半行がこの短い詩にこれほど多く使われるということは考えにくいことから、[10]詩人はこれらの半行において、標準的な韻律を保つために、母音の落ちた語尾を敢えて用いていると考えるのが妥当であろう。[11]

このように、これらの動詞の語形に関する限り、『メノロギウム』の詩人は、標準的な韻律の半行を構成するために、伝統的なスタイルと、非伝統的なスタイルとを混ぜて用いていると言える。その意味で、詩人は伝統的・標準的な古英詩の韻律に従った詩行を構成することを最優先させる一方で、語形に関しては、多少の妥協をした部分があり、この点において、古英詩の伝統からはやや逸脱するところがあると言えるだろう。

韻律を重視し、語形についてはある程度の妥協を許すというのは、ここで見た動詞の例以外にも、以下で見るように、全編を通じて他にも少なからず見られることから、『メノロギウム』の詩人の詩作法上の一つの特徴であると言える。例えば、名詞の語形に関しても、以下のような例がある。

bætte Haligmonð (164a) (xxPx:S, Type d5b);
bæt se teoða monð (181b) (xxPx|P, Type 3B1).

これらの例では、標準的な monað という語形の代わりに、この語の単数属格・与格形との類推に基づく monð という非標準的な語形が用いられている。[12] 標準的な語形が用いられた場合、前者は xxPx:Sx という極めて特殊な韻律の半行となるし、[13] 後者も、極めて稀な xxPx|Px (Type ++2A1) という韻律の半行になる。[14] 上述の動詞の例とも合わせて考えると、詩人は、特殊な韻律の半行を避け、より標準的な韻律の半行を構成する目的で、名詞の語形を歪めて用いたものと考えることが出来るであろう。このことは、韻律上の必要に迫られないこれ以外の箇所においては、(56a, 138a, 195a, 219b 行のように monað という語形も韻律的に許容される場合にも) 常に標準的な monað という語形が用いられていることによっても裏付けられる。[15] 先に見た動詞の例と同様、半行の最後に用いられる単語の末尾に非標準的な語形を導入し、それによって標準的な Type B の半行を構成するという手法がここでも用いられているのである。以下に見る例とも考え合わせると、この手法はこの詩人が常套的に用いる韻律調整の手段のうちの一つとみなすことが出来そうである。[16]

ここまで見てきた例は、韻律調整のために非標準的な語形が用いられた例であるが、以下の例のように、同様の目的のために、文法的に見て非標準的な語形が用いられることもある。

swa hine wide cigð (184b)

ここでは、標準的な語形 cigað の代わりに cigð という語形が用いられている。標準形の直説法三人称複数現在の語尾 -að が、-ð とされた結果、この半行は xxxPx|P (Type 3B1) という標準的な韻律となっている。一方、標準的な語形が用いられた場合、この半行は xxxPx|Px というかなり特殊な韻律の半行となってしまう。したがって、この例に見られるシンコペーションは、書き損じや綴り字上のシンコペーションではなく、韻律上のシンコペーションであると考えてよいであろう。[17] ここでも、半行の末尾で音節数の調整を行うことにより標準的な Type B の半行を構成するという詩人の常套手段が用いられているのである。標準形の -að を -ð としてしまうと、語形としては直説法三人称単数現在形となってしまい、複数形の主語を受けるのには不適切であるということから、Bouterwek, Grein, Wülker, Dobbie らのエディションにおいては、cigað という語形に変えられているが、[18] ここまで見てきたような韻律と語形に関する詩人の姿勢を考えた場合、このような emendation はむしろ詩人の意図に反したものであると言えるように思われる。

詩人は、以下の半行に関しても、同様の手法を用い、文法的な面で多少の妥協をすることで標準的な韻律の半行を構成している。

þæt us wunian ne mot (206a)

Grein, Dobbie, Greeson, O'Keeffe らは、この半行の最後に置かれた mot を、文法的な観点から、複数形の主語に合わせて、moton と emend している。[19] しかし、moton では、xxpxxx|Px という非韻律的な半行となってしまう。一方、写本通りの mot を用いれば、この詩の他の箇所でも複数回用いられている xxpxx|xP (Type 3B*1) という標準的な韻律の

半行となる。上記のエディター達に加え、Mitchell も、文法的な観点から、この mot は moton と emend される必要があるとしているが、[20] ここまでに見てきたような詩人の詩作法上の特徴を考えた場合、ここでも詩人は韻律を優先し、語形（文法的制約）の面で多少の妥協をしているものと捉えるのが妥当であるように思われる。古英語文献においては、特に上記二例の場合のように動詞が主語に先行する場合、複数形の主語に対して単数形の動詞が用いられるという例も散見されるということを考えれば、[21] ここでの mot という語形も文法的に全く不可能とまでは言い切れない。その意味で、この mot の用法は、いわば文法的グレーゾーンにあると言え、そのことが詩人に妥協を許す一因となったものと推測される。したがって、詩人の詩作法上の特徴を考えた場合、この詩のエディションにおいては、文法的には非標準的であっても、写本通りの mot という語形を採用するのが妥当であるように思われる。

以上のような例から、『メノロギウム』の詩人は標準的な韻律の半行を構成するという目的のために、語形に関しては多少の妥協をも許容する傾向があると言える。特に、詩人が常套的に用いているのは、半行の末尾において標準形よりも一音節少ない非標準的な語形を用いることによって音節数を調整し、標準的な韻律 (Type B) の半行を構成するという手法である。この詩の本文校訂に際しても、このような特徴を踏まえる必要があるように思われるが、これまでのエディションでは必ずしもこのような観点からの校訂がなされてきたわけではないように思われる。

3　古英詩の伝統からの逸脱　二

これらの例と同様に、『メノロギウム』の詩人が、古英詩本来の伝統からはやや逸脱するところのあるもう一つの点として、parasite vowel の扱いに関する問題が挙げられる。形容詞を形成する接尾辞 -ig に含まれる母音 -i- は、母音から始まる格変化語尾を伴う場合には本来落ちるため、古英詩の伝統においては、このような場合の *-i-* は、（写本で綴りとして表れることはあっても）通常韻律上不可欠な要素としては扱われない。一方、このタイプの形容詞は、主格形との類推から、シンコペーションの起きない形をも発達させたため、[22] この種の parasite vowel が時として韻律上欠かせない要素として用いられることもある。[23]『メノロギウム』においても、この種の parasite vowel が韻律的観点から利用されている例がある。

tireadige (13b) (P:Sxx, Type 1*D*1);
bristhydigum (223a) (P:Sxx, Type 1*D*1).

parasite vowel を除外した場合、これらの半行は音節数が不足したものとなってしまう。したがって、これらの半行において、詩人は、伝統的には韻律に関わらないはずの母音をも韻律を整えるために利用しており、この点において古英詩の伝統からはやや逸脱するところがあると言うことができる。Hutcheson の調査によると、母音で始まる格変化語尾を伴う形容詞接尾辞 -ig に関して、韻律上不可欠な parasite vowel を含む半行は、四例しかない。[24] Hutcheson のコーパスには、『メノロギウム』は含まれていないが、全古英詩テクストの約四〇％に相当する一三、〇四四行が含まれている。[25] その中で四例しか見つからないものが、僅か二三一行の『メノロギウム』において少なくとも二例見つかるということは、詩人がこの種の parasite vowel を韻律的に不可欠の要素として利用する頻度はかなり高いと言うことができるであろう。この数字には、古英詩の伝統からの逸脱をも許容する詩人の姿勢がよく反映されているように思われる。

4　結論

本稿で見てきたような例は、古英詩の伝統からはやや逸脱するところがあるという意味で、Sisam の言う、遅い時代に作られた古英詩に見られる "the breakdown in the traditional verse technique"[26] の一例と言うことが出来るであろう。『メノロギウム』の詩人に関する限り、韻律については極力古英詩の伝統に従おうとする傾向にあり、この原則に従うために、従来の詩作品では使用が避けられてきた語の異形をも積極的に利用しているという意味で、語形に関しては多少の妥協をも許容するという一貫した傾向があると言える。このような傾向は、詩人としての力量不足がところどころ綻びとして現れた結果であると見ることも出来るが、標準的な韻律への強い意識の現われ、その意味で古英詩の伝統に極力従おうとする詩人の意識の現われであるとも見ることが出来るであろう。

最後に、このような詩人の詩作上の傾向を踏まえた上で、O'Keeffe のエディションにおける 81a 行の読みについての新たな提案の妥当性について一言したい。O'Keeffe のエディションは、『アングロ・サクソン年代記』(C-text) のセミディプロマティック・エディションに含まれるもので、『メノロギウム』のエディションで出版されたものとしては最新のものである。81a 行は、これまで通常 Philippus and Iacob (pxx|xPx (1A*1)) と読まれてきたが、O'Keeffe はこの行に以下のような注をつけ、従来の Iacob を退け Iacobus としている。

> The abbreviation *b:* is not noticed by either Rositzke or Dobbie, who print *Iacob*. The two *punctus* are clearly scribal, though the inflectional ending is metrically unsound.[27]

韻律上の問題点に言及しつつも、写字生の用いた省略記号（と思しきもの[28]）の方に重きを置き、Iacobus と読むべきだとされているが、ここまでにも見てきたように、詩人は語形よりも韻律に重きを置く傾向にある。特に半行の末尾は、必要に応じて非標準的な語形を導入してまで音節数の調整がしばしばなされる場所である。そのような場所に、わざわざ韻律的な問題を引き起こす -us という、特に必要のない語尾を付けるというのは、本稿で見たような詩人の詩作上の傾向に著しく反するものである。詩作品に関する限り、Iacob という語形の方が標準形であり、韻律的に問題のある Iacobus は一度しか用いられた例のない非標準的な語形であるということを考えると、[29] わざわざ非標準的な語形を用いて韻律を乱すというような、詩人の詩作上の傾向に著しく反することが、この箇所に限っては行われたとは考えにくい。Iacobus という語形の詩作品における唯一の例は、『メノロギウム』の中の以下の半行に用いられているが、ここで詩人が Iacobus という非標準的な語形を用いているのも、韻律を整えるためであると考えられる。

on þam Iacobus (132b) (xxPxx)

末尾に付された語尾 -us のおかげでこの半行は xxPxx (Type d1b)[30] という韻律的な半行とされているが、この語尾がなければ、音節数が足りないとみなされる半行となってしまう。[31] 詩人はここでも韻律を整える目的で敢えて非標準的な語形を用いているのである。一方、既に見たように、O'Keeffe が Iacobus という読みを提案している 81a 行においては、語尾のない Iacob という標準的な語形でなければ韻律的な半行とはならない。132b 行においては韻律を意識し Iacobus という非標準的な語形を敢えて導入している詩人が、81a 行においては、同じ語に関し、韻律を度外視した上でわざわざ非標準的な語形を用いたとは考えにくく、したがって、O'Keeffe の提案する読みについては再考の余地が大いにあるように思われる。[32]

以上のように、『メノロギウム』の詩人の詩作法には、特に韻律と語形との間に一定の傾向を見出すことが出来る。

したがって、この詩の校訂に際しても、このような詩人の詩作法上の特徴をよく踏まえた上でこれを行うべきであろう。

注

（1）直説法一人称および三人称過去単数形の funde の利用については、*Beowulf* 一四一五、一四八六、*Menologium* 九九、mannan という語形の利用については、*Beowulf* における五例 (297b, 1943b, 2127a, 2774b, 3108a) の他、*Genesis* 2589a, *Judith* 98a, *Paris Psalter* 117.8 2a, *Fates of Men* 44b, *Order of the World* 1b, *Wife's Lament* 18b, *Husband's Message* 28b 等がある。特に *Wife's Lament* 18b の monnan funde という半行は、これらが組み合わされて構成されている。

（2）散文の『メノロギウム』の詳細については、唐澤（二〇〇五）を参照。この他、Henel 七一―九一ページも参照。

（3）『メノロギウム』の構造および性質については、唐澤（二〇〇六）、および、Karasawa（二〇〇七）を参照。さらに詳しくは、Karasawa（二〇〇八）を参照。

（4）この詩の成立年代については、例えば、Imelmann 五二―三ページ、Dobbie lxv ページ、Malone 三五ページ、Greeson 四―六ページ、Greenfield 一七八ページ、Greenfield and Calder 二三五ページ、などを参照。

（5）この作品に用いられた定型句の実例については、Imelmann 三四―六ページを参照。

（6）これについての具体例や詳細情報は、Hutcheson 四〇―六七ページを参照。

（7）Campbell 二九九―三〇〇ページを参照。この問題の詳細については、Fulk 二六九―八二ページを参照。

（8）『メノロギウム』からの引用は、全て Karasawa（二〇〇八）のテクストに従った。韻律の分析や分類については、基本的に Bliss（一九五八、一九六二）に従った。また、韻律パターンの表記の仕方については Hutcheson に従ったが、その際も、Bliss に従って breath-group の境目を示した。

（9）ここで問題とした語尾は、これらの例以外にも多く用いられているが、ここでは、この語尾が韻律上必要不可欠であるものだけを挙げた。

（10）Hutcheson の調査によると、disyllabic anacrusis を伴う Type A の半行には八種類が認められるが、これらの用いられる頻度は

いずれも "very rare" あるいは "very rare/unexampled" とされている。詳細については、Hutcheson 一九七—八を参照。

（11）これら以外にも、同じ種類の動詞に関して、語尾の母音が落ちた形が用いられている例は多くあるが（三五、五六、九一、一〇九、一三〇、一四〇、一七三、二〇三）、それらについては、語尾の母音の有無が韻律の問題とは直接関係しないため、単なる綴り字上のシンコペーション (orthographical syncope) であるのか、韻律的なシンコペーション (metrical syncope) であるのかの区別をすることが出来ない。そのため、これらの例についてはここでは扱っていない。

（12）単一語としての monað（単数主格および対格）が monð という語形で用いられた例は、詩作品に関する限り、『エドガーの死』（八a行）のBおよびC写本以外には、『メノロギウム』にしか見られない。『エドガーの死』の例については、シンコペーションの有無は韻律調整には関わっておらず、エディション等においては、通常A写本に従った（標準的語形）monað が採用されている。

（13）これは disyllabic anacrusis を伴う Type ++2A1 (xxPx|Px) と似ているが、この場合のように二つ目の強音節が secondary accent のパターンは Hutcheson のコーパスの中には見つからない（Hutcheson 一九七—八）。

（14）Hutcheson によると、disyllabic anacrusis を伴うこの型の半行の使用頻度は "very rare" であるとされている（Hutcheson 一九七—八）。既に見たように、『メノロギウム』には、disyllabic anacrusis を伴う Type A の半行を避けるために、古英詩の伝統からはやや逸脱するところのある語形が用いられた半行が他にも少なからずある。

（15）Imelmann や Fritsche のエディションにおいては、五六a行の monað が monð とされているが、このような emendation は不必要である（Imelmann 五八、Fritsche 八）。

（16）複合語を含む一六四a行については、Bliss の理論に従うと、Type B の半行ではないということになるが、いずれにしろ、弱強弱強というストレス・パターンは Type B のそれと一致している。Hutcheson の理論では、複合語を含む（つまり第二強勢を含む）半行も、Type B に分類される。

（17）Mitchell は、scribal weakening により cigað が cigð となったと説明しているが、ここに述べたことに加え、本稿で見る他の類例とも合わせて考えると、これは詩人の詩作上の手法に由来するものと考えるのが妥当であるように思われる。Mitchell の説については、Mitchell 六三六—七を参照。

（18）Bouterwek 一四、Grein 五、Wülker 二九二、Dobbie 五四。この個所における cigð という語形に関しての、文法的側面からの解説に関しては、Holthausen 二二六や Mitchell 六三六—七を参照。

（19）Grein 六、Dobbie 五四、Greeson 二一〇、O'Keeffe 九。

(20) Mitchell 六三七(§一五二四)。
(21) この問題については、Stanley 二六一を参照。Mitchell はこのような考え方に懐疑的であるが、それほど多くはないにしろ実際の文献に例が複数記録されており、特に『メノロギウム』においては、短い詩にもかかわらず二例が確認されているということを考えれば、少なくともこの詩の詩人に関する限り、(動詞が主語に先行する場合)複数形の主語に対して単数形の動詞を用いることは、文法的に許容されることと感じられていたと考えることが出来るように思われる。この問題については、Morbutter 五四、Schrader 一六、Bethurum 三六〇、Brook 八四を参照。
(22) Campbell 一四四。
(23) Sievers 四五九、四六一、および Fulk 一九四—五を参照。
(24) Hutcheson 六四。この四例とは、『エレーネ』三七七b、『出エジプト』五〇a、『ジュディス』二一九a、二四五a である。
(25) Hutcheson xiii.
(26) Sisam 一二四。
(27) O'Keeffe 五。
(28) Iacob(us) は、写本においては、iacob: と綴られている。このコロンのような記号を、O'Keeffe は -us を省略したことを示す記号と捉えているが、O'Keeffe 自身の調査によると、この写本において、同様の記号がこれ以外の箇所で省略記号として用いられた例はなく(O'Keeffe xlv)、省略記号かどうかということも定かではないように思われる。また、たとえこれが省略記号であったとしても、それは写字生の読みを反映したものであるかもしれず、必ずしも詩人が本来意図した読みと一致するとは限らない。
(29) 古英詩においては通常、語尾の付いていない Iacob という綴りが用いられる。この綴りは『アンドレアス』六九一、七九四、『使徒達の運命』三五、七〇、『黄泉降下』四四、韻文版『パリス・ソールター』五二・八、七八・七、一〇四・一九、一三四・四に記録されている。一方、語尾の付いた Iacobus は『メノロギウム』一三二に一度記録されているだけである。
(30) ここでは Bliss の韻律分類法に従ったが、これは強音節を一つしか持たない Type C の亜種として捉えることができる。Hutcheson 一三六—七を参照。
(31) xxPx (Type a1b) という韻律パターンの半行自体は用いられた例があるが、これは a-verse おいて、強音節が一つしかない Type A の亜種として用いられるものであり、これを b-verse に用いるのは極めて異例であるといえる(Hutcheson 一九八—九)。この韻律パターンを用いた場合、b-verse においては、行末から二音節目に置かれた強音節が頭韻の要となるが、韻律パターンの制約により、頭韻の要となる強音節以降に、最低二音節必要になるため、Type a1b のような韻律パターンは b-verse において用いた場合、音節数の足りない半行となってしまう。

（32）『メノロギウム』に関する限り、O'Keeffe のエディションには、これ以外にも大きな問題が非常に多く、再編集されて然るべきもののように思われる。このエディションの問題点の詳細に関しては、唐澤（二〇〇九）を参照。

引用・参考文献

Bethurum, D., ed. *The Homilies of Wulfstan.* New York: Oxford UP, 1957.

Bliss, A. J. *The Metre of Beowulf.* Oxford: Basil Blackwell, 1958.

——. *An Introduction to Old English Metre.* Oxford: Basil Blackwell, 1962.

Bouterwek, K.W., ed. *Calendcwide i.e. Menologium Ecclesiæ Anglo-Saxonicæ Poeticum.* Gütersloh: C. Bertelsmann, 1857.

Brook, G. L. *An Introduction to Old English.* Manchester: Manchester UP, 1955.

Campbell, A. *Old English Grammar.* Oxford: Clarendon Press, 1959.

Dobbie, E.V. K., ed. *The Anglo-Saxon Minor Poems.* ASPR 6. New York: Columbia UP, 1942.

Fritsche, P. *Darstellung der Syntax in dem altenglischen Menologium: Ein Beitrag zu einer altenglischen Syntax.* Berlin: E. Ebering, 1907.

Fulk, R.D. *A History of Old English Meter.* Philadelphia: U of Pennsylvania P, 1992.

Greenfield, Stanley B. *A Critical History of Old English Literature.* New York: New York UP, 1968.

Greenfield, Stanley B., and Daniel G. Calder. *A New Critical History of Old English Literature.* New York: New York UP, 1986.

Greeson, Jr., Hoyt St. Clair. "Two Old English Observance Poems: *Seasons for Fasting* and *The Menologium*—An Edition." Diss. U of Oregon, 1970.

Grein, C. W. M., ed. *Bibliothek der angelsächsischen Poesie in kritisch bearbeiteten Texten und mit vollständigen Glossar.* II. 2. Göttingen: Georg H. Wigand, 1858.

Henel, H. *Studien zum altenglischen Computus.* Leipzig: Bernhard Tauchnitz, 1934.

Holthausen, F. "C. W. M. Grein, *Bibliothek der angelsächsischen Poesie.*" *Anglia Beiblatt* 5 (1894): 225–26.

Hutcheson, B. R. *Old English Poetic Metre.* Cambridge: D.S. Brewer, 1995.

Imelmann, R., ed. *Das altenglische Menologium*. Berlin: E. Ebering, 1902.

唐澤一友「Prose Menologium 研究——A New Edition with an Introduction」、『横浜市立大学論叢』人文科学系列 五七巻、二〇〇五年、一五七—九八頁。

唐澤一友「古英詩 *Menologium* の構造と性質について」、『ことばの普遍と変容』一、二〇〇六年、四三—七三頁。

Karasawa, K. "The Structure of the *Menologium* and Its Computistical Background." *Studies in English Literature* 84 (2007): 123–43.

Karasawa, K. "The Verse *Menologium*, the Prose *Menologium*, and Some Aspects of Computistical Education in Late Anglo-Saxon England—A New Edition." Diss. Sophia U., 2008.

唐澤一友「古英詩 *Menologium* 研究小史 附 テクストおよび邦訳」、『ことばの普遍と変容』四、二〇〇九年、四七—八〇頁。

Karasawa, K. "Some Problems in the Editions of the *Menologium* with Special Reference to Lines 81a, 184b and 206a." *Notes and Queries*, n.s. 56.4 (2009): 485–7.

Malone, Kemp. "The Old English Period (to 1100)." Kemp Malone and Albert C. Baugh. *A Literary History of England I: The Middle Ages*. 2nd ed. London: Routledge and Kegan Paul, 1967.

Mitchell, Bruce. *Old English Syntax*. 2 vols. Oxford: Oxford UP, 1985.

Morbutter, A. "Darstellung der Syntax in den vier echten Predigten des ags. Erzbischofs Wulfstan." Diss. Münster U., 1885.

O'Keeffe, Katherine O'Brien, ed. *The Anglo-Saxon Chronicle: A Collaborative Edition*. Vol. 5: MS. C. Cambridge: D.S. Brewer, 2001.

Schrader, B. *Studien zur Ælfricschen Syntax: Ein Beitrage zur ae Grammatik*. Jena, 1887.

Sievers, E. "Zur Rhythmik des germanischen Alliterationsverses." *Beiträge zur Geschichte der deutschen Sprache und Literatur* 10 (1885): 209–314; 451–545.

Sisam, K. *Studies in the History of Old English Literature*. Oxford: Clarendon Press, 1953.

Stanley, E. G. "The Prose *Menologium* and the Verse *Menologium*." Eds. A. Oizumi, et al. *Text and Language in Medieval English Prose: A Festschrift for Tadao Kubouchi*. Frankfurt: Peter Lang, 2005. 255–67.

Wülker, Richard Paul, ed. *Bibliothek der angelsächsischen Poesie begründet von Christian W. M. Grein*. II. 2. Leipzig: Georg H. Wigand, 1894.

27

現代イギリス英語における /l/ の母音化の現状に関する一考察
——英国のポピュラー音楽の歌詞を材料として（ロンドン篇）

佐藤　真二

1．1　序

現代イギリスの標準英語において、軟口蓋化した /l/、いわゆる dark [ɫ] の舌先が歯茎に接触せず、調音の観点から見ると「母音化」する現象はよく知られている（Wells 一九八二）。こうした母音化はどの程度の割合で起こるのか。またそれは拡大する傾向にあるのだろうか。地域や年齢、性別など社会的要素による相違はどうなっているのか。言語変化の観点からは、これらはすべて興味深いものである。しかし、これらの問題に対する正確な答えを与えることは容易ではない。

第一に、dark [ɫ] と母音化した /l/ の正確な識別は想像以上に困難である。両者の正確な識別に、聴覚による分析だけでは十分でないことは容易に想像される。また、音声分析ソフトによる分析も、筆者の実験では十分ではなかった。また、両者の正確な識別にはさまざまな困難を伴うことも判明した（佐藤二〇〇五参照）。

1．2　方法論

こうした事実を踏まえ、本研究では異なるアプローチをとることにする。すなわち、音声化された生起例（token）

の分析ではなく、詩における脚韻の分析によって母音化を調査するものである。仮に、本来 dark [ɫ] と dark [ɫ] となるべき脚韻の一方に /l/ が存在しない場合、例えば、tall と wall や、all と ball ではなく、wall と war が脚韻を意図されているならば、作者の意識の中では wall の /l/ が母音化されている可能性がある。場合によっては、現在は黙字となっている<l>のように、作者の意識に wall の /l/ が音素として存在しなくなった可能性も否定はできない。このように脚韻の分析は、生起例という音声レベルだけでなく、音素レベルの研究と成り得るのである。

１・３　研究材料など

本研究の材料としてポピュラー音楽の歌詞を選択した理由は以下の通りである。第一に、ロックなどのポピュラー音楽の歌詞の場合、脚韻を踏んでいることが多いが、歌詞という性質上、音声化された発音を反映していることもあり得ると考えられる。たとえばビートルズの初期の曲である'She Loves You'（John Lennon 作）では、'love と of'、'her と there と、それぞれ、イングランド北部アクセント、リバプール・アクセントが反映された韻が踏まれている。おそらくは標準英語の発音を知りながらも、普段口に出している発音で韻を作成したと考えられる。第二に、ポピュラー音楽の場合、音声化された例（歌）をすべて入手可能であり、実際の音声の調査も可能である。（ただし本研究ではこの段階はまだ行っていない）

なお、本研究では、地域としては、ロンドンとその近郊出身のアーティストに限定した。近郊とは、行政上のグレイター・ロンドン (Greater London) の郊外で、'*The Linguistic Atlas of England* などでロンドンと同一のアクセント地域と判断される区域とした。具体的には、エセックス (Essex)、サリー (Surrey) およびケント (Kent) の一部である。この地域において母音化がよく見られるという報告が理由の一つである。（クラッテンデン Cruttenden 二〇〇八）また、今後、他の地域との比較を試みることも視野に入れている。

1・4　脚韻例の表記など

本論文では、縦書きなど書式上の制限により、英文による実際の脚韻例は最小限にとどめざるを得なかった。本来は、脚韻が意図されているか否かの確認も含め、必要があれば前後の歌詞数行を提示したいところである。また、グラフや表によるデータの表示も割愛せざるを得なかったこともご理解願いたい。これらの情報は、近日執筆予定の論文に掲載の予定なので参照されたい。

2　分析結果

以下には、生年代ごとに、アーティスト名、生（没）年（グループの場合は主要メンバーのもの）、分析曲数、/l/ の母音化の影響が考えられる脚韻数を記した。そうした脚韻が存在する場合には、該当する語と曲名のみ記した。

2・1　一九四〇年代生まれのアーティスト

キンクス（The Kinks［レイ・デイビーズ Ray Davies 一九四四—］）分析曲数一三、/l/ の母音化の影響が考えられる脚韻数一、fall – low ('The World Keeps Going Round')
イアン・ギラン (Ian Gillan)（一九四五—）分析曲数一六、/l/ の母音化の影響が考えられる脚韻数〇
ロッド・スチュワート (Rod Stewart)（一九四五—）分析曲数一八、/l/ の母音化の影響が考えられる脚韻数〇
エリック・クラプトン (Eric Clapton)（一九四五—）分析曲数八、/l/ の母音化の影響が考えられる脚韻数〇
ザ・フー（The Who［ピート・タウンゼント Pete Townshend 一九四五—］）分析曲数二〇、/l/ の母音化の影響が考え

られる脚韻数一、all – war ('Won't Get Fooled Again')

スモール・フェイセス（The Small Faces［ロニー・レイン Ronnie Lane 一九四六―一九九七、スティーヴ・マリオット Steve Marriott 一九四七―九一］）分析曲数一一、/l/ の母音化の影響が考えられる脚韻数〇

デヴィッド・ボウイ (David Bowie)（一九四七―）分析曲数一四、/l/ の母音化の影響が考えられる脚韻数三、control – door ('Space Oddity') bawls – go ('The Jean Genie') hall – go ('Life on Mars?')

2・2 一九五〇年代生まれのアーティスト

ピーター・ガブリエル (Peter Gabriel)（一九五〇―）分析曲数一六、/l/ の母音化の影響が考えられる脚韻数〇

フィル・コリンズ (Phil Collins)（一九五一―）分析曲数一一、/l/ の母音化の影響が考えられる脚韻数〇

ストラングラーズ（The Stranglers［ジャン・ジャック・バーネル Jean-Jecques Burnel 一九五二―］）分析曲数一一、/l/ の母音化の影響が考えられる脚韻数一、all – saw ('Nice in Nice')

クリス・ディフォード (Chris Difford)（一九五四―）分析曲数一三、/l/ の母音化の影響が考えられる脚韻数〇

ダムド（The Damned［ブライアン・ジェームズ Brian James 一九五五―］）分析曲数一〇、/l/ の母音化の影響が考えられる脚韻数一、laws – call ('Neat Neat Neat')

セックス・ピストルズ（The Sex Pistols［ジョニー・ロットン Johnny Rotten 一九五六―］）分析曲数一一、/l/ の母音化の影響が考えられる脚韻数一、wall – show ('Holidays in the Sun')

ジャパン（Japan［デイビッド・シルヴィアン David Sylvian 一九五八―］）分析曲数九、/l/ の母音化の影響が考えられる脚韻数〇

ポール・ウェラー (Paul Weller)（一九五八―）分析曲数二五、/l/ の母音化の影響が考えられる脚韻数二、you – fool ('In the City') roles – show ('Ghosts')

２・３　一九六〇年代生まれのアーティスト

キム・ワイルド (Kim Wilde)（一九六〇—）分析曲数三、/l/ の母音化の影響が考えられる脚韻数〇

シール (Seal)（一九六三—）分析曲数九、/l/ の母音化の影響が考えられる脚韻数〇

ブラー（Blur［デイモン・アルバーン Damon Albarn 一九六八—］）分析曲数一七、/l/ の母音化の影響が考えられる脚韻数一、anymore – all ('There's No Other Way')

２・４　一九七〇年代生まれのアーティスト

イースト一七（East 一七［トニー・モーティマ Tony Mortimer 一九七〇—］）分析曲数一〇、/l/ の母音化の影響が考えられる脚韻数〇

ダイドー (Dido)（一九七一—）分析曲数一四、/l/ の母音化の影響が考えられる脚韻数〇

M.I.A.（Mathangi Maya Arulpragasam 一九七五—）分析曲数一二、/l/ の母音化の影響が考えられる脚韻数二、people – poor ('Pull Up the People') know – all ('Bingo')

エド・ハーコート (Ed Harcourt)（一九七七—）分析曲数一二、/l/ の母音化の影響が考えられる脚韻数〇

２・５　一九八〇年代生まれのアーティスト

レイザー・ライト（Razorlight［ジョニー・ボレル Johnny Borrell 一九八〇—］）分析曲数一一、/l/ の母音化の影響が考えられる脚韻数二、all – door ('Monster Boots') food – rules ('Killing Casanova')

エイミー・ワインハウス (Amy Winehouse)（一九八三―）分析曲数一〇、/l/ の母音化の影響が考えられる脚韻数〇
バステッド（Busted［ジェームズ・ボーン James Bourne 一九八三―］）分析曲数一四、/l/ の母音化の影響が考えられる脚韻数〇
パトリック・ウルフ (Patrick Wolf)（一九八三―）分析曲数一七、/l/ の母音化の影響が考えられる脚韻数〇
マクフライ（McFly［トム・フレッチャー Tom Fletcher 一九八五―］）分析曲数一三、/l/ の母音化の影響が考えられる脚韻数一、go – soul ('The Last Song')
リリー・アレン (Lilly Allen)（一九八五―）分析曲数一三、/l/ の母音化の影響が考えられる脚韻数〇

3　統計結果

3・1　/l/ の母音化の影響が考えられる脚韻を含む曲を持つアーティストの割合

（小数点第二位まで表示、それ以下は切り捨て。以下同じ）

一九四〇年代生まれのアーティスト　四二・八五％（七人中三人）
一九五〇年代生まれのアーティスト　三七・五％（八人中三人）
一九六〇年代生まれのアーティスト　三三・三三％（三人中一人）
一九七〇年代生まれのアーティスト　二五・〇〇％（四人中一人）
一九八〇年代生まれのアーティスト　三三・三三％（六人中二人）
合計　三五・七一％（二八人中一〇人）

3・2　/l/ の母音化の影響が考えられる脚韻を含む曲の割合

一九四〇年代生まれのアーティスト　四・九五％（一〇一曲中五曲）
一九五〇年代生まれのアーティスト　四・五八％（一〇九曲中五曲）
一九六〇年代生まれのアーティスト　三・四四％（二九曲中一曲）
一九七〇年代生まれのアーティスト　四・一六％（四八曲中二曲）
一九八〇年代生まれのアーティスト　三・八四％（七八曲中三曲）

合計　四・三八％（三六五曲中一六曲）

3・3　アーティスト別上位より

デヴィッド・ボウイ　二一・四二％、レイザー・ライト　一八・一八％、ＭＩＡ　一六・六六％、ダムド　一〇％、ストラングラーズ　八・三三％、セックス・ピストルズ　八・三三％、ポール・ウェラー　八％、キンクス　七・六九％、マクフライ　七・六九％、ブラー　五・八八％、ザ・フー　五％

4　結論

収集したデータに関して、量の不足とバランスの欠如が否めず、現代英語における /l/ の母音化の現状を反映したものとは言い難い。今後はデータをさらに増やし、よりバランスの取れた研究とするつもりである。現時点で出された結果に関してコメントすると次の通りである。

全体を概観してみると、ポピュラーソングという分野ではあるが、作家が作詞をする際には、自身がどのような発音をしているかにかかわらず、綴字を意識する傾向が強いようである。

年代別の分析では、/l/ の母音化が拡大しており、それが反映されている、すなわち現在に近いほどその値が大きくなっているのではないかという、著者の仮説に沿った結論とはならなかった。著者が英国内で地域を限定せずに行った同様の調査（五〇アーティスト、七二四曲、一部は本研究と重複）では、/l/ の母音化の影響が考えられる脚韻を含む曲を持つアーティストの平均値は五〇％（五〇人中二五人）で、本研究の三五・七一％より高かった。また、同調査における /l/ の母音化の影響が考えられる脚韻を含む曲の平均値は四・八三％（七二四曲中三五曲）で、本研究の四・三八％よりやや高い結果であった。比較可能な他の研究結果は無いが、約五％弱の曲にこうした脚韻が含まれている可能性があるという結果である。尚、前記の研究においては母音化する傾向の強い語や音素なども論じられている。

イギリスにおいては、いわゆるロックミュージックは、一九六〇年代初期に誕生したと言えるが、現在までの約半世紀のあいだに、当然ながらその作者たちにも、出身階級や教育程度など、変化が起こってきたと考えられる。近年の新たな傾向としては、シールやＭＩＡなど、英語のネイティヴスピーカーを両親として持たない者たちも誕生している。特に、ＭＩＡは、移民であり、育ったロンドンで耳にした発音に忠実に脚韻を作成している可能性もある。

今後は、さらに多くのデータを分析し、地域や年齢、性別など社会的要素による相違があるかどうか、また、いわゆる dark [ɫ] が実際にどのような発音となっているかを分析することを加えて、母音化の現状をさらに詳しく探りたい。

参考文献

Britain, David, ed. *Language in the British Isles*. Cambridge: Cambridge UP, 2007.

Chambers, J. K., P. Trudgill, and Estes N. Schilling. *The Handbook of Language Variation and Change*. Oxford: Blackwell, 2002.

Crystal, David. *The Stories of English*. Allen Lane, 2004.

Dobson, E. J. *English pronunciation 1500–1700*. Second edition. Oxford UP, 1968.

Foulkers, P., and G. Docherty, eds. *Urban Voices*. London: Edward Arnold, 1999.

Gimson, A. C., and A. Cruttenden. *Gimson's Pronunciation of English*. Seventh edition. London: Hodder Education, 2008.

Jones, Charles. *English Pronunciation in the Eighteenth and Nineteenth Centuries*. Palgrave Macmillan, 2006.

Ladefoged, Peter. *Phonetic Data Analysis*. Blackwell, 2003.

Orton. H., S. Sanderson, and J. Widdowson, eds. *The Linguistic Atlas of England*. London: Croom Helm, 1978.

Rees, D., and C. Luke, eds. *DK Encyclopedia of Rock Stars*. London: Dorling Kindersley, 1996.

Roach, P., J. Hartman, and J. Setter, eds. *Cambridge English Pronouncing Dictionary*. Cambridge UP, 2003.

Trudgill, P., and J. Hannah. *International English*, fourth edition. London: Edward Arnold, 2002.

Trudgill, P. *The Dialects of England*. Second edition. Oxford: Blackwell, 1999.

Wells, J. C. *Accents of English*. Cambridge: Cambridge UP, 1982.

Wells, J. C. *Longman Pronunciation Dictionary*. Second edition. Pearson Education, 2000.

Wright, Laura. *Source of London English*. Oxford UP, 1996.

28

中英語期語彙分布と方言要素
——ラテン語翻訳語彙を例に

狩野　晃一

はじめに

本論は中英語期においてラテン語の語彙がいかなる訳語を与えられているかということを語彙分布の観点から具体的に論じるものである。ベンスキンとレイング (Benskin & Laing) によって「未発達段階ある」とかつていわれた中英語方言における語彙分布という研究分野 (Word-Geography) に少しでも資するところがあれば幸いである。

ルイス (Robert E. Lewis) は一九九二年にホード (Terry Hoad)、フェロウズ＝ジャンセン (Gillian Fellows-Jensen) らとともに行ったシンポジアムの中で、語彙分布研究にとっての重要なツールを五つ挙げ、それらを駆使することによって、中英語期語彙分布研究の発展を期待したのだった。(1) その五つのツールとは、すなわち（一）『後期中英語期言語地図』*A Linguistic Atlas of Late Mediaeval English*（以降 *LALME* と省略）、（二）コンピュータ可読テクスト Electronic (machine-readable) texts、（三）『中英語辞典』*Middle English Dictionary*（以降 *MED*）、（四）諸々のコンコーダンス、そして（五）刊本テクストである。本研究も同様に先に挙げたツールを利用し、中英語期における方言と語彙分布について具体的な例を通して検証してゆく。

1　英語方言と聖書

英語は多くの方言に恵まれている。中世には、それぞれの方言の差異はより際立っていたであろうこと、また異なる方言間での意思疎通は、それが話し言葉であろうが書き言葉であろうが困難であったことは、同時代人の証言がそれを物語る。ジョン・トレヴィザ (John of Trevisa) やウィリアム・キャクストン (William Caxton) による当時の英語についての言及は、英語という言語が多様性に富んでいたことを示してくれる。またサフォーク州の修道士オズバーン (Osbern of Bokenham) は『聖女伝説』*Legendys of Hooly Wummen* の聖アグネス伝の序において「サフォークで用いられている言語そのままにお話しし、書いたりいたしましょう」と言って、話し言葉と書き言葉が強く方言に根ざしていた事実を伝えている。(2) しかしこのような状況は聖書の言葉にも反映されるのであろうか。

英語圏で現行用いられている聖書などはごく平易に書かれていて、誰でも理解に苦しむことはない。英語で聖書が書かれる以前には、いわゆる『ウルガタ聖書』*The Vulgate* という、ラテン語で書かれてあるものをながく用いていた。英語の聖書の歴史・来歴等についいは詳しく触れることはしないが、古英語の時代にラテン語で書かれた本文に行間注釈を施したものがあらわれ、現在は散逸してしまったがビード (Bede) による古英語部分訳なども存在したようだ。一〇六六年のノルマン・コンクエスト以降、一二〇〇年頃オーム (Orm) が初期中英語の東部方言でもって福音書のパラフレーズを残し、十四世紀初頭にはリチャード・ロウル (Richard Rolle) が詩篇を、十四世紀の半ば過ぎになると福音書を題材にした話 Gospels' Narrative が多く目につくようになる。一三八〇年代には、かのジョン・ウィクリフ (John Wycliff) が、『ウルガタ聖書』からの英訳を初めて試みる。その後、ウィリアム・ティンダル (William Tyndal) の翻訳や欽定訳 (Authorised Version) が出るのは周知の通りだ。

福音書中、マタイ伝第七章は「山上の垂訓」として知られ、「豚に真珠」といった格言で有名な箇所である。その

第三節に "Quid autem vides festucam in oculo fratris tui, et trabem in oculo tuo non vides?"「なぜ汝の兄弟の目の中に藁切れを見るのに、汝の目の中の梁を見ないのか」という句が見られる。[3] 小さいもの＝festucam（藁切れ）と大きなもの＝trabem（梁）の対句を用いて比喩の効果を高めている。それぞれ、festuca(m) は他人の小さな欠点、trabs(-em) は自分の（大きな・明らかな）欠点を表している。中英語期において、この二語がどのように翻訳されているのか、また方言による差があるのか否か、探ってみることにする。[4]

2　古英語期のテクスト

はじめに古英語期における比較を代表的な三種の福音書、および古英語訳『ベネディクト会派戒律』*Rule of St Benedict* 三種で行う。

三つの福音書とは（一）大英図書館所蔵 (MS Cotton Nero D) 八世紀初頭に成立した装飾彩色の美しい写本『リンディスファーン福音書』Lindisfarne Gospels（二）九世紀初頭に本文が書かれ、後に二人の写字生によって注釈がなされた写本『ラシュワース福音書』Rushwofrth Gospels（これはオックスフォード、ボードリアン図書館所蔵、MS Auct. D. 2.19)。マタイ伝部分はファルモン Farmon という写字生によるという。そして（三）四福音書の全訳である『ウェスト・サクソン福音書』West-Saxon Gospels。複数の写本が現存している。写本の情報に関してはリウッツァ (Liuzza（一九九四）) のイントロダクション (xvi–lxxiii) に詳しく述べられているのでここでは省く。『ウェスト・サクソン福音書』に関して基本的にはリウッツァのエディションに準拠したが、確認の為にいくつかのマイクロフィルムも参照した。以下に当該箇所を示す。

『リンディスファーン福音書』

huæt ðonne gesiistu **stré** vel **mot** in ego broðres ðines ⁊ ðone **beam** in ego ðin ne gesiistu

quid autem vides festucam in oculo fratris tui, et trabem in oculo tuo non vides?

『ラシュワース福音書』

forhwon þonne gesihstu **streu** in ege broþer þine ⁊ **beam** in ege þinum ne gesees vel sis

『ウェスト・サクソン福音書』

. . . To hwi gesiht þu þæt **mot** / on þines broþor egan . and þu ne gesyhtst þone **beam** on þinum /agenum eagan; . . . (5)

ラテン語原文の上に該当する古英語を書いてゆく、いわゆる行間注解の形をとっている『リンディスファーン福音書』と『ラシュワース福音書』において festucam には stre vel mot もしくは streu を、trabem には beam をあてている。同様に trabem には beam、festucam に対しては mot が用いられている。

また、古英語版『ベネディクト会派戒律』は（一）大英図書館所蔵 MS. Cotton Claudius D. iii（十三世紀初頭）のウィントニー・ヴァージョン The Winteney Version と呼ばれるもので、もう一方は（二）行間注解ヴァージョン The Interlinear Version（大英図書館所蔵 MS. Cotton Tiberius A. iii, ff. 105. (EETS, os 90)）。（三）オックスフォード、コーパス・クリスティ・カレッジ所蔵 MS 197 で一〇世紀頃成立の写本である。それぞれ比較のために引用する。

ウィントニー版

Ðu ʒesawe þat **streow** on þinre swuster eaʒe & ne ʒeseaʒe þone **beam** on þine aʒene eaʒe.

行間注解版

⁊ þa ge on breðer þines ege **mot** gesawe on ðinon ege **beam** ne gesawe þu

オックスフォード MS 197 版

þu ge sawe ge hwæde **mót** on þines broðor ⁊ ne ge sawe þone **mæstan cýp** on þinum agenum eagan.

3　中英語期のテクスト

中英語期におけるマタイ伝の翻訳・パラフレーズの具体例を以下に挙げる。[6] それぞれ、『ウィクリフ聖書』Wycliffite Bible（初期ヴァージョン　一三八二）、『ロラード派説教集』Lollards Sermons、西中部方言の『農夫ピアスの夢』*Piers Plowman*、南東方言からはリドゲイトの作品、北部方言は『ベネディクト会派戒律』*Benedictine Rules* と『アルファベット・オヴ・テールズ』*Alphabet of Tales* の二作品。前者の『ベネディクト会派戒律』には散文版と韻文版、そしてキャクストンによる簡略版の三種が存在する。

『ウィクリフ聖書』

But what seest thou a litil **mote** in the iȝe of thi brother, and seest not a **beem** in thin owne iȝe?

『ロラード派説教集』

In þis also (blyndenesse of denynge) beþ alle oþere ypocritis
þat kunne see a **mote** in anoþer mannes iȝe, but þei kunne not / see a **beem** in hire owne,

『農夫ピアスの夢』 *Piers Plowman* B-version

Quid consideras festucam in oculo fratris tui, trabem in oculo tuo, &c.

Why mevestow thi mood for a **mote** in thi brotheres eighe, / Sithen a **beem** in thyn owene ablyndeth thiselve?

『貴族の没落』 リドゲイド著

Of a smal **mote** ye can abraide me, But in your eye a **beem** ye cannat see. (7.571)

『ベネディクト会派戒律』 *Benedictine Rules*

＊散文版

In þi broþir ehe þu / ses a **stra**, And noht a **balke** in þin azen.

＊韻文版

Ful wele þou may perceaue & se / A litil **mote** in þi sister ee, / Bott a grete **balk** in þin awn /

Vunto þi sight may not be knawn.

＊キャクストン版 (p. 119)

. . . & redy to see a litill **mote** in their disciples eyen but a grete **blocke** or **beme** in their owne

they cannot espie but let it lye styll.

『アルファベット・オヴ・テールズ』 *Alphabet of Tales*

. . . and þan he (=þe abbott) askid hym of þe **balke** & þe **mote**, what þai wer;

. . . And þan he bad hym vmthynk hym in his awn harte þat þis **balk** was his awn synys, and

þis litle **mote** was þe synnys of þe toder man. (p. 155)

4　翻訳語彙の選択

古英語・中英語作品からの引用で、マタイ伝七章三節の注解・翻訳（パラフレーズ）における「藁切れ」には'mote'が、また「梁」には多くの場合、'beam'が用いられていることがわかる。'mote'と同時にstreu 'straw'という語を並べているが、それらの方言的差異はないと考えてよいだろう。それからOxford. CCC MS 197の『ベネディクト会派戒律』にはbeamではなくmæstan cyp（大きな木片）が用いられていることは大変興味深い。

注目すべきは中英語期の北部方言で書かれた『ベネディクト会派戒律』の二つの写本大英図書館所蔵MS Lansdowne 378 (*LALME* vol. 1. 114, Yorkshire) と、同じく大英図書館MS Cotton Vespasian A. 25 (Northern Metrical Version: 15th c.: *LALME*, vol. 1. 108/ Language probably of W Yorkshire)、そしてBL, Additional 25716に収められている『アルファベット・オヴ・テールズ』(*LALME*, vol. 101/ NME of Durham or Northumberland) に「梁」の訳として'balk'という語を充てているということだ。Trabemに対して、高い頻度であらわれるbeamと並んで、数例ではあるけれどもbalkが用いられている。これは語形こそ古英語のbalc(a)を採ってはいるが、古英語期における元来の語義は「土塁、塚、畔」、の類いであった。「梁」という意味は、実のところ古ノルド語balkrから採用されたと考えられる。

古英語期にほぼ一環してbeamが用いられていたのに、中英語期になって、どうして『ベネディクト会派戒律』や『アルファベット・オヴ・テールズ』の翻訳者もしくは写字生はbalkという語を用いたのだろうか。

次に「梁」を表す語彙の英国内における分布について考察をすすめる。福音書翻訳翻案を含む調査しうる限りの資料にあらわれたbeamとbalkの方言分布を示すために、*LALME*において調査された写本の出自地点をもとに地図を作成した。先に挙げた諸々の作品もこの地図に含まれてる。

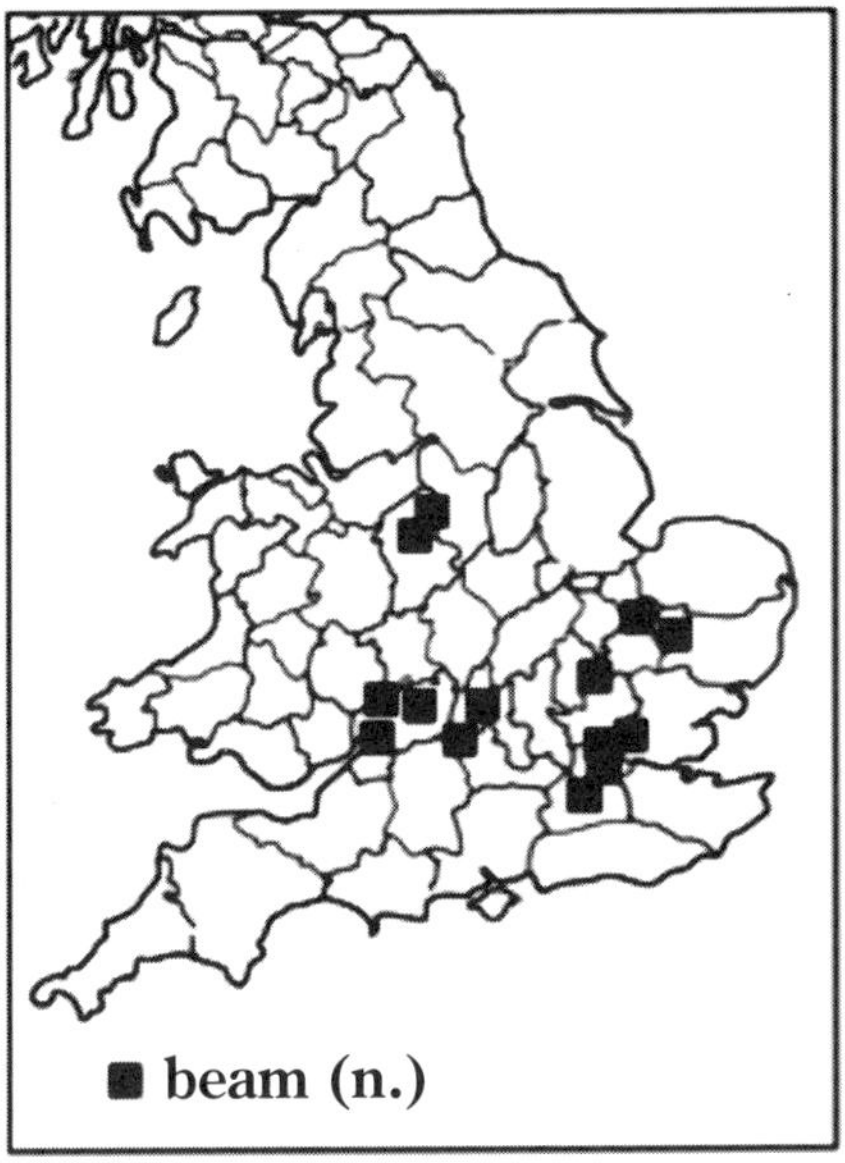

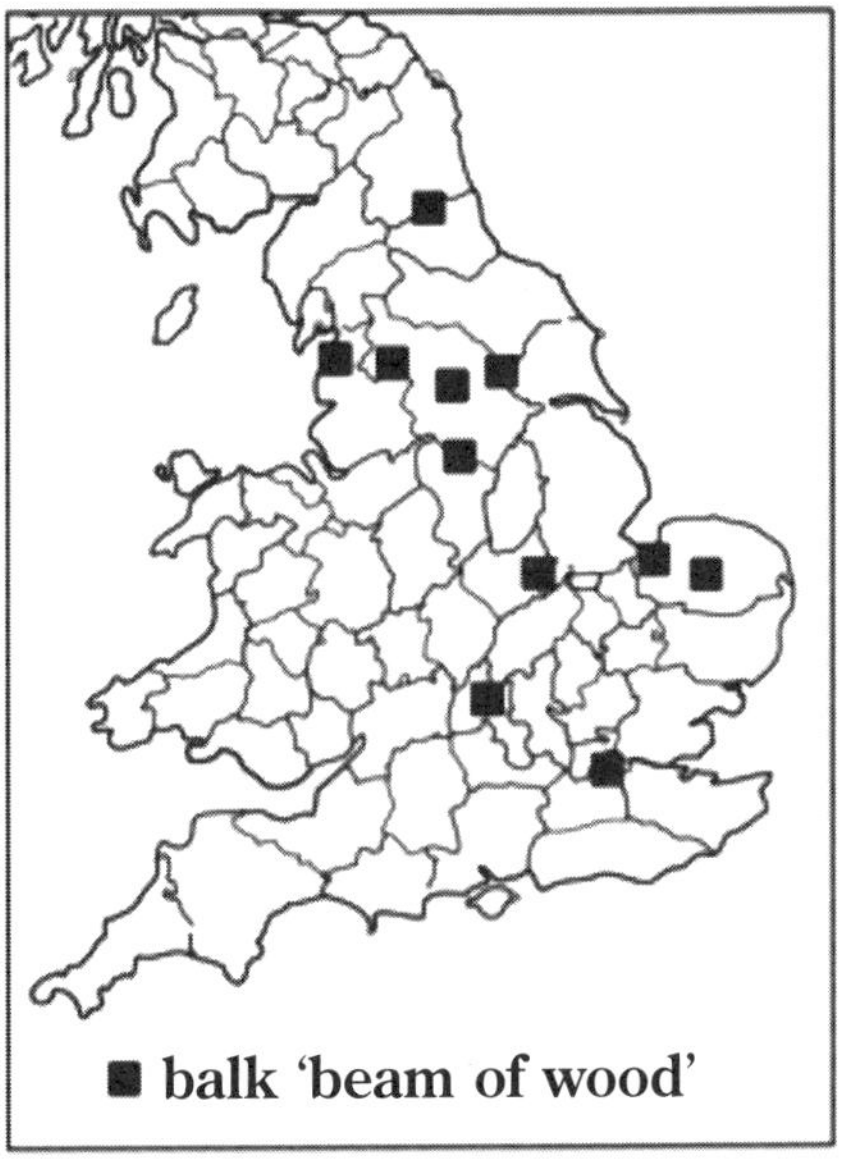

これによればbalkが「梁」の意味で用いられる写本は、北部および北東部に広がっていることが観察できる。『世を馳せるもの』*Cursor Mundi* の諸写本、例えば London, British Library, Cotton Vespasian A.3 / Oxford, Bodleian Library, Fairfax 14 / Göttingen, University Library Theol 107 など、『ヨーク劇』*York Plays* (BL, Additional 25719)、一四四〇年頃ノーフォーク州において編纂されたと考えられている羅英語彙集『子供の宝箱』*Promptorium Parvulorum* (BL, MSS. Additional 22556, Additional 37789, Harley 221) などが含まれている。また古英語からの「畔」という意味はおもに、中部、北西中部のテクストに残されている。地図上に反映していないが、例えば、『真珠』*Pearl* (BL, Cotton Nero A.10)、『農夫ピアスの夢Cテクスト』*Piers Plowman*, C-text (BL, Cotton Vespasian B.16)、また Balkendes や Rowebalk のように地名に残っているものなどもあり、古英語 balc の古層を垣間みることができる。

それに対してbeamはおもにグロスタシャー、スタッフォードシャー、ケント、ロンドン、エセックス西部出自の写本に散見される。トレヴィザは『万国史』*Polychronicon* の翻訳、そして *De Proprietatibus Rerum* の翻訳においてもbeme を用いている。*Promptorium Parvulorum* とともに羅英語彙集として知られる *Catholicon Anglicum* には beam が用いられており、*Promptorium Parvulorum* と比較すると訳語の選び方に方言差が現れていることがわかる。

両図を比較する時、それぞれの分布はかなり明確に分かれ、その状況があたかも過去のデーンロー境界線で区切られているかのような印象を与える。実際「梁」という意味での 'balk' の語源は古ノルド語に帰することが可能であることから、デーンロー地区であった地域において、このような現象が観察されることは何らの不思議はない。イングランド北東部では九世紀後半からデーン人の支配下に置かれたことで、古英語 balc に古ノルド語 balkr の「梁」という新たな意味が付け加えられて、元来の「塚、畔」という意味を弱めた、もしくは「梁」にその意味範疇を譲ってしまったということができるだろう。しかしながら、デーンローの支配が弱くなる中部地域においては古英語の原義「塚、畔」で使われ続け、さらには西中部地方では古英語 beam と balc の意味の相違、すなわち、「梁」と「畔」は保たれる結果となったと考えられる。ジョセフ・ライト (Joseph Wright) 編の『英語方言辞典』*English Dialect Dictionary* に収録されているbalkの分布を、地図化してみてみると中世期に広がっていた地域と十九世紀末のそれとほぼ一致している。

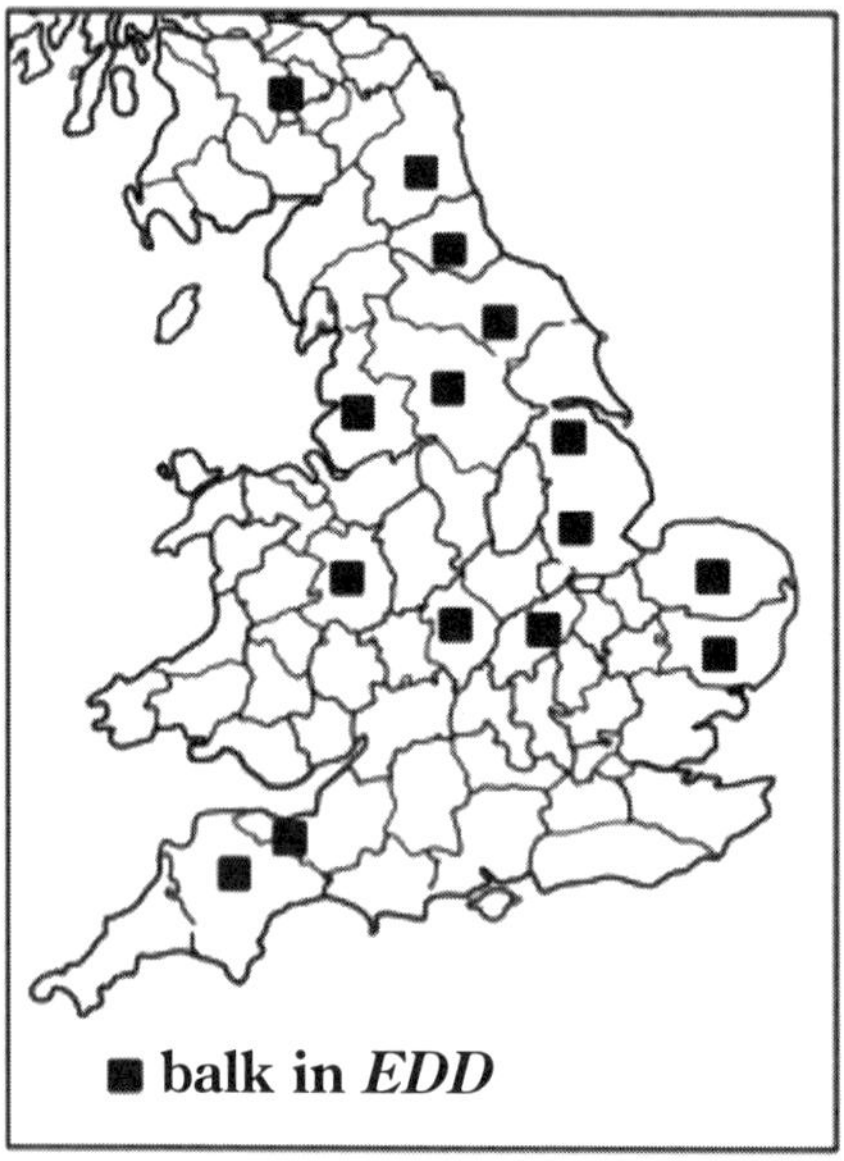

この事実は、実際に中英語期においてbalkが「梁」として用いられていた証拠と見なしてよいだろう。

はじめにも引用したサフォーク州の修道士オズバーンのことばを繰り返すまでもないが、当時広く普及していた聖書のことばもまた、中世英国における言語の状況、多種多様な方言の影響を受けざるを得なかったことは明らかである。そもそも教典、聖典の類いは民衆に理解されなければならない使命を持っている。その最たるものである福音書も例外ではない。その意味で、聖書の言語でさえ、翻訳、もしくは書き写された地方の言語にあわせて変化させなければならなかったのではないだろうか。このマタイ伝で扱った箇所のように、比喩などを用いて教え諭すときには、特にその土地の人間が、普段耳にし、即座にその意味するところをイメージできることばで語りかけなければならない。そうであるとするならば、古ノルド語から意味を借用したbalkを用いるのは方言的にかなっており、この「梁」を表すbalkという語は北部方言や中東部方言において、また南部ではbeamが意図的に選択された語彙であったと考えられる。(7)

結語

出自が確定された、あるいは書写された地域がほぼ判明している写本と、その写本に現れる語彙を比較調査することを通して、同義語に対する語彙選択の違いをある程度明確に示すことに成功したと思われる。当時の写字生で「文字通り」筆写する者は少ないという事実がこのことにより実証されるわけであるが、一方で写字生や訳者は彼ら自身のあるいは彼らの読者にとって理解し易い語彙をあえて選択していることがうかがえる好例となるだろう。ルイス（一九九四）の挙げた五つのツールを複合的に使用した調査はかなり明確な中世英語方言における語彙分布の様相を描き出すことができ、さらに他語彙に調査の範囲を広げることによってより精密な中英語方言語彙地図の作成も可能となるに違いない。

（付記）本論は二〇〇八年五月二十四日に行われた日本英文学会第八十回全国大会（於広島大学）での発表原稿に加筆および修正をほどこしたものである。司会の池上惠子教授（大東文化大学）には貴重な助言をいただいた。この場を借りて謝意を述べるものである。様々な質問やコメントをくださったフロアーの方々にも御礼を申しあげる。また写本・マイクロフィルムの閲覧に際し大英図書館、ランベス・パレス図書館、およびオックスフォード・ボードリアン図書館の館員の方々に多大な協力をいただいた。ここに感謝の意を表する。

注

（1）Lewis（一九九四）

（2）原文は

spekyn and wrytyn I will pleynly
Aftyr the langage of Suthfolk speche;”（Serjeantson　一一一頁）

Osbern of Bokenham は恐らく現在のノーフォーク州南部の Buckenham の生まれ。この作品はボラジネの *Legenda Aurea* を基にしたもので、かれは他にもラテン語作品、例えば *Polychronicon* の一部など、を英語に翻訳していて、各所で英語への言及がみられる。詳しくは Serjeantson によるイントロダクションを参照されたい。

（3）これに似た表現で、ペトロニウス Gaius Petronius が書いたとされる『サテュリコン』*Satyricon* に、“In alio peduculum vides, in te ricinum non vides.「他人のダニは見えても、自分のシラミには気付かないものだ」”という句が見られる、このような対比の方法は昔から存在していたのかも知れない。

（4）対象とする文献は、福音書の翻訳は数がさほど多くないこともあり、マタイ伝の当該箇所をパラフレーズしたものも対象に含むこととした。また中英語全体を視野に入れるために与えられた訳語の方言分布地図を作成した。この地図には LALME で用いられた地図をベースに直接調査した写本情報および *LALME* の調査結果を反映させている。

（5）マタイ伝にある記述はルカ伝にも存在し、『ウェスト・サクソン福音書』では‘teoh ærest þone beam of þinum eage : and þonne þu gesihst þæt ðu / ateo þa egle of þines broðor eage; . . .（ルカ伝 Liuzza 一一二頁）となっている。Festucam をルカ伝では egle、マタイ伝では mot として両福音書にはずれがあるが、ここでは問題にはしない。一方、trabem はマタイ伝でもルカ伝でも beam と訳されている。

（6）中英語期の調査対象は一〇六六年のノルマン・コンクエストから約五十年ほど後の時代以降から各方言を含むように選定した。しかし写本残存の状況などから取り扱う時期がおおよそ後期中英語期に集中している。

（7）ジェフリー・チョーサーの『カンタベリ物語』*The Canterbury Tales* の「荘園管理人の話」において、チョーサーがノーフォーク（東中部方言地域）出身の荘園管理人に意図的に balk という語をもちいている可能性がある。

He kan wel in myn eye seen a stalke,
But in his owene he kan nat seen a balke.
（人の目の中の藁切れは見えるのに、
自分の眼の中にあるうつ梁にはとんと気がつかぬものだ。）

これは「荘園管理人の序」の最後の部分にあらわれる。Stalke と脚韻をふませるために balke が選ばれているのだが、同じノーフォークで書かれたとされる *Promptorium Parvulorum* においても festuca は stalk であり、trabs は balk であるとしている。これは荘園管理人の出身とも一致している。言語感覚の鋭いチョーサーならではの語彙選択といえるだろう。

引用・参考文献

写本

London: British Library. Add. 22556 (*Promptorium Parvulorum*)
——. Add. 37789 (*Promptorium Parvulorum*)
——. Cotton Tiberius A.3 (*Rule of S. Benet*)
——. Harley 221 (*Promptorium Parvulorum*)
——. Royal 1 A.xiv (West-Saxon Gospels) (microfilm)
Oxford: Bodleian Library. Hatton 38 (West-Saxon Gospels) (microfilm)
——. Corpus Christi College, 197 (*Rule of S. Benet*) (on-line: http://image.ox.ac.uk/show?collection=corpus&manuscript=ms197)

刊本テクスト

Banks, M. M., ed. *An Alphabet of Tales, pt. I. A–H*. EETS, os 126. London: Kegan Paul, 1904.
Block, K. S., ed. *Ludus Coventriæ or the Plaie called Corpus Christi*. EETS, es 120. 1922. London: Oxford UP, 1974.
Cigman, G., ed. *Lollard Sermons*. EETS, os 294. Oxford: Oxford UP, 1989.
Herrtage, S. J. H., ed. *Catholicon Anglicum, an English-Latin Wordbook, Dated 1483*. EETS, os 75. London: N. Trübner, 1881.
Kock, E. A., ed. *Three Middle English Versions of the Rule of St. Benet*. EETS, os 120. 1902. Suffolk: Boydell & Brewer, 2001.
Liuzza, R. M., ed. *The Old English Version of the Gospels, vol. 1*. EETS, os 304. Oxford: Oxford UP, 1994.
Mayhew, A. L., ed. *The Promptorium Parvulorum: the First English-Latin Dictionary*. EETS, es 102. 1908. Millwood, New York: Kraus Reprint Co., 1975.
Skeat, W. W., ed. *The Gospel According to Saint Matthew, in Anglo-Saxon, Northumbrian, and Old Mercian Versions, Synoptically Arranged, with Collations Exhibiting All the Readings of All the MSS*. 1887. Darmstadt: Wissenschaftliche Buchgesellschaft, 1970.

オンライン・テクスト

Corpus of Middle English Prose and Verse: http://quod.lib.umich.edu/c/cme/

参考文献

Forby. R., *The Vocabulary of East Anglia. 2 vols*. London: J. B. Nichols, 1830.
Fowler, D. C., *The Bible in Middle English Literature*. Seattle and London: U of Washington P, 1984.
Lewis, R. E. "Sources and Techniques for the Study of Middle English Word Geography." *Speaking in Our Tongues*. Eds. M. Laing and K. Williamson. Cambridge: D. S. Brewer, 1994. 205–14.
McIntosh, A. "Word geography in the lexicography of medieval English." *Middle English Dialectology: Essays on some principles and problems*. Ed. M. Laing. Aberdeen: Aberdeen UP, 1989.
Moor, E. *Suffolk Words and Phrases*. 1823. Devon: David & Charles, 1970.
Serjeantson, M. S., ed. *Osbern Bokenham's Legendys of Hooly Wummen*. EETS, os 206. Oxford: Oxford UP, 1936.

辞書

Wright, J., ed. *English Dialect Dictionary*. Oxford: Oxford UP, 1898–1905.

MED: Kurath, H., and S. M. Kuhn, eds. *Middle English Dictionary*. Ann Arbor: U of Michigan P, 1952–2001. (Also available online)

OED: Simpson, J., et al., eds. *The Oxford English Dictionary*. 2nd ed Vers. 3 on CD-ROM. Oxford: Oxford UP, 2002.

Terasawa, Y., ed. *The Kenkyusha Dictionary of English Etymology*. Tokyo: Kenkyusha, 1997.

言語地図

McIntosh, A., M. L. Samuels, and M. Benskin, et al., eds. *A Linguistic Atlas of Late Mediaeval English. IV vols*. Aberdeen: Aberdeen UP, 1986.

29

古英語散文における拡充形についてのノート

小川　浩

1

先頃刊行された論文において筆者は、アルフリックの聖ペテロと聖パウロの祝日の説教 *(Catholic Homilies*, 1st Series, xxvi *Passio Apostolorum Petri et Pauli)* の主題と文体を論じたが、[1] その中で作者が作品第二部の聖人伝において、所謂「拡充形」(be 動詞＋現在分詞) を魔術師シモンの現出する幻影をセンセーショナルに描くのに集中的に用い、二人の聖人の表す真の信仰の姿の表現には動詞の単純形を充て、両者を対照的に描き分けていることを述べた。この拡充形の用法は、説教全体の主題を発展させる上で用いられた文体の一環であるが、拡充形そのものについて言えば、それ以外の用法もこの作品には見られる。特に注目されるのは、同論文でも触れたように、[2] ペテロの描写に用いられた二例である。本論は、まずこの二例の検討から始めたい。

第一の例は、アルフリックが第一部の聖書の章句に基づく説教を終え、二人の聖徒のローマにおける殉教に話を進めた直後に現れる。その一節は以下のようになっている。[3]

ÆCHom I 26.98 We wyllað æfter þysum godspelle eow gereccan þæra apostola drohtnunga: ⁊ geendunge mid scortre race: for þan ðe heora þrowung is gehwær on engliscum gereorde fullice geendebyrd; Æfter drihtnes upstie wæs petrus bodiende geleafan þam leodscipum þe sind gecwedene galatia. cappadocia. biðþinia. asia. italia; Syððan ymbe tyn geara fyrst he gewende to romebyri bodiende godspel: ⁊ on þære byrig he gesette his biscopsetl ⁊ þær gesæt fif ⁊ twentig geara lærende þa romaniscan ceastergewaran godes mærþa. mid micclum tacnum; His wiþerwinna wæs on eallum his færelde sum dry se wæs simon genemned; . . .

この部分はアルフリック自身の文で、典拠となったラテン語作品にはない。[4] その中で、拡充形を用いて書かれた文（二―三行目）は第二部への移行を告げる作者としての言葉の直後に来て、後続の物語の導入部にあたることは言うまでもないが、問題はその導入の性格である。これについてはこの一節についてのM・ゴデンの注釈――「(アルフリックが挙げる）ペテロの宣教地はペテロ前書第一章第一節に依っているが、これにイタリアが追加されている。イタリアで宣教したことは後続の聖人物語から明らかなだけでなく、イシドルスも同様に付け加えている」[5]（傍点筆者）――が手掛りとなる。傍点部が含意するように、「イタリア」は導入の文の一部であると同時に、後続の物語の舞台ローマのことでもある。つまり、アルフリックはこの導入の文を殉教の物語と直接関係のない、単なる背景説明として与えているのではない。むしろ、ペテロの宣教の最初からローマにおける殉教までを一つの連続した全体として捉え、上記の導入文をその全体の冒頭部として位置づけている。そういう書き方をしている。言い換えれば、上記の文が導入部として位置づけられるのは、それ以前の出来事をローマでの宣教と殉教の背景説明として与えているからではなく、アルフリックにとっての物語全体――キリスト昇天後のペテロのActaの全体――を先ず要約して概括的に述べ、その後でその一部――全体の頂点であるローマを舞台とした物語――に焦点を当てて詳述する――そういう構成になっているからである。そのように解すべきであろうと思われる。そう解すれば、上掲の一節における拡充形は、通常の「継続」の意味――「ペテロはローマに来る以前の期間、様々な土地で宣教活動をしていた」――ではなく、その直後に来る文が（そして後続の物語が、本稿の冒頭で記したような特別な場合を除いてすべて）動詞の単純形を用いているのと対照をなし、それが要約であり導入であることを示す一種の「談話標識」の働きをしていると考えることができるのではなかろうか。

アルフリックがペテロへの言及の中で用いたもう一つの例は、殉教の物語の終局、十字架上のペテロの描写の中で現れる（三―四行目）。

ÆCHom I 26.264 ða wolde þæt cristene folc. þone casere acwellan. ac petrus mid þysum wordum hi gestilde; Min drihten for feawum dagum me geswutelode þæt ic sceolde mid þysre þrowunge his fotswaðum fylian. nu mine bearn ne gelette ge minne weig: mine fet synd nu awende to þam heofonlican life; Blissiað mid me. nu todæig ic onfo minre earfoðnysse edlean; He wæs þa biddende his drihten mid þysum wordum; Hælend min ic þe betæce þine scep þe ðu me befæstest: ne beoð hi hyrdelease þonne hi þe habbað ⁊ he mid þysum wordum agef his gast;

拡充形の動詞は biddan であり、古英語に頻出する告知動詞 (verb of saying) で用いる用法の一例と見るだけでいいのかもしれない。とすれば、この拡充形は通常認められているような意味は特になく、単純過去形と殆ど等しいことになる[6]。しかし、それがペテロの言葉の中間点――人々を教え諭す言葉から神への祈りの転換点――で用いられていることに注目するならば、この例も第一の例と同じく、物語の新たな展開の始まりを示し、後続部分への導入の働きをしていると見ることも可能であろう。ただし、その意味はここでは先程の例と比べて、それほどはっきりしてはいない。引用に見るように、この場面はペテロの祈りの言葉で終り、それ以外には、「導入」に対する「本文」となるべき新たな展開（第一の例における後続の物語に相当するもの）が、ここにはないからである。しかしいずれにせよ、この例も第一の例と同様、アルフリック自身の用法であることは注目に値する。典拠となったラテン語の殉教物語の対応個所の動詞は完了過去であり、それをアルフリックは文脈に合わせて拡充形に直しているのである。

2

以上の二例よりもっと明瞭に、そして筆者の知る範囲では最も明瞭に「談話標識」としての用法を示していると思われる例は、オロシウスの歴史書の古英語訳第一巻第五章（ラテン語版では第一巻第八章）に見られる。ここでもまた告知動詞の拡充形であるが、古英語の訳者はそれをエジプトにおけるヨセフとモーゼの話を語る中で、二度続けて用いている。長くなるが語りの構造を示すために必要なので、その一節の全体を引用する。

Or 23.19 Ær ðam ðe Romeburh getimbred wære eahta [hund] wintra, mid Egyptum wearð syfan gear se ungemetlica eorðwela, ⁊ hi æfter ðæm wæron on þan mæstan hungre oðre syfan gear. ⁊ him ða Ioseph, rihtwis man, mid godcunde fultume gehealp. From ðæm Iosepe Sompeius se hæþena scop ⁊ his cniht Iustinus wæran ðus singende—Ioseph, se þe gin[g]st wæs hys gebroðra ⁊ eac gleawra ofer hi ealle—þæt, him ða ondrædendum þæm gebroðrum, hy genamon Ioseph ⁊ hine gesealdan cipemonnum, ⁊ hi hine gesealdon in Egypta land. Þa sæde he Pompeius þæt he þær drycræftas geleornode, ⁊ of þæm drycræftum þæt he gewunode monige wundor to wyrcenne, ⁊ þæt he mihte swa wel swefn reccan, ⁊ eac þæt he of ðæm cræfte Pharaone þæm cyninge swa leof wurde. ⁊ he sæde þæt he of þæm drycræfte geleornode godcundne wisdom, þæt he þæs landes wæstmbærnesse þara syfan geara ær beforan sæde ⁊ þara opera syfan geara wædle þe þæræfter com, ⁊ hu [he] gegaderode on þan ærran syfan gearan mid hys wisdome, þæt he þa æfteran syfan gear eall þæt folc gescylde wið þone miclan hungor. ⁊ sæde þæt Moyses wære þæs Iosepes sunu, þæt him wæran fram hym drycræftas gecynde, for ðon þe he monige wundor worhte in Egyptum. ⁊ for þæm wole þe on þæt land becom, se scop wæs secgende þæt Egypti adrifen Moyses ut mid hys leodum. For ðon sæde Pompeius ⁊ þa Egyptiscan bisceopas þæt þa Godes wundor þe on hiora landum gewordon wæron [wæron] to þon gedon þæt hi hiora agnum godum getealde wæron, þæt sint diofolgild, nales þam soþan Gode, for ðon þe hiora godu syndon drycræfta lareowas. ⁊ þæt folc nugyt þæt tacn Iosepes gesetnesse æfterfylgeað: þæt is, þæt hi geara gehwilce þone fiftan dæl ealra hiora eorðwæstma þæm cyninge to gafole gesyllað.

見られるように、ここではアルフリックからの第一の例と違って、先ず単純動詞形で始まり、それが物語の全体を要約する形で導入となっている（一—三行目、*mid Egyptum wearð … gehealþ*）。拡充形はその後、訳者が二人の異教の史家（ポンペイウス、[7]ユスティヌス）が語るこの物語を引用する、その出だしの所で用いられている（三行目、*wæran . . . singende*）。この異教的解釈の引用は一〇行程を経て終るが、その終点でもまた訳者は拡充形を用いる（一一行目、*wæs secgende*）。二つの拡充形は二重の対照を含んでいる。第一に両者の中間で用いられている動詞の単純過去形に対してであり、後者の中には三度にわたって異教的解釈の引用の継続を示すために付け加えられた‘(Pompeius) sæde’も含まれる。つまり、引用の内部では、同じ告知動詞でも拡充形は用いられない。第二に、それよりも重要なのは、二度目の拡充形に続く単純過去形との対比である。自らのキリスト教的立場に戻った訳者は、異教史観に反論するが、もはやポンペイウスに関しても拡充形は用いない（一二行目、*sæde Pompeius*）。そして最後に、ヨセフの定めた掟の現代的・普遍的意味を現在形動詞で語ることによって、この物語のキリスト教的解説を終る（一四—一五行目）。以上を要約すれば、二つの拡充形は枠構造を構成し、異教版物語を包み込むことによって、その前後の訳者自身の（そして原作者オロシウスの）キリスト教史観と区別する働きをしているということである。

これは明らかに、「談話標識」といってもアルフリックの場合とは異なる。しかし枠構造を成す点で、こちらの方がその機能は明白であると言ってよい。それによって古英語の訳者は、異教版物語からの引用をラテン語の原文とは異なる形で、そしてそれ以上に巧妙に行っている（ラテン語版では二人の史家の名前があるだけで、動詞は始めは現在形、終りは省略されている）。しかもその枠構造を補強する形で、その枠の両端で訳者はポンペイウスのことを'se scop'——文字通りには「詩人、歌い手」[8]——と呼び、彼の語るところが正しい歴史でないことを示している。この二重の表現によって訳者は、異教的解釈——ヨセフとモーゼを「魔術師」とし、彼らを通じて顕れた「神の驚異(Godes wundor)」（一二行目）[9]をエジプトの偶像神の力とする解釈——に対する自身の態度を記しているのである。この意味で、訳者は拡充形という構造に文法以上の、作品全体の主題に関わる意味を賦与していると言えよう。この著述の目的は周知のように、異教徒を論駁することだったからである。勿論、その目的は原作者オロシウスに従ったものである。しかしそれに合わせた拡充形の用法は、上にも触れたように、古英語の翻訳者自身のものである。

3

前節で挙げた古英語訳オロシウスからの二例の最初の方は、F・モセの研究でも引用されている。しかしモセは、それを「話法の導入のため」に用いられた七例の一つとして挙げ、それと対になっているもう一方の例には何も触れていない[10]。あるいは見逃したのかもしれない。いずれにせよ、モセはそれを他の六例とともに古英語の「文体の癖、決り文句」と呼び、'thus sang'と訳すだけで[11]、上に見たような語りの一部としての側面を見落している。勿論、拡充形が例えば告知動詞とともに殆ど「決り文句」として使われることがあることは、古英語の特徴の一つとしてよく知られている。しかし他の六例はともかくも、このオロシウス訳の例は、対になっているもう一方の例がそうでないのと同様に、決して単なる「決り文句」ではない。そのことは前節の分析から明らかであろう[12]。

モセの研究書にはこれとは別に、「対立」の意味を表す拡充形の一連の用法を論じた項目がある。大別して四種類の「対立」が区別され、その一つとして「〈一般的事実〉と〈具体的適用例〉の対立」という意味が認められている[13]。これは一見、第一節で論じたアルフリックからの第一例の説明になりそうに見えるが、そうではない。モセが挙げている例（例えば AeH I.154 [*ÆCHom* I 10.52] *se mona deð ægðer ge wycð ge wanað: healfum monðe he bið weaxende, healfum he bið wanigende*）からも明らかなように、ここでは先ず単純動詞形が一般的事実を述べ、その具体例を述べるのが拡充形とされており、アルフリックの場合とはちょうど逆である（古英語訳オロシウスの例については後述する）。

アルフリックからの例の説明として有効なのは、むしろG・ニッケルが「文体的機能」の一つとして認める「背景表示」であろう。とくにその「導入的背景」――「拡充形は語りのテクストの冒頭の文の述語として現れる。その文の表現する内容は、後続の文において通常単純動詞形で描かれる行為の背景を示す」[14]――の概念は、上で分析したアルフリックの用法と重なる。ただしニッケルは、具体例を挙げて説明することはしていない[15]。代りに、脚注で古英語訳ビードの章題に頻出する拡充形に言及し、これらは「恐らく背景の概念で説明できよう」と述べている[16]。とすれば、同じように、前述のモセの七例の別の一つ―― AO 6 [*Or* 6.20] *Hu Orosius wæs sprecende ymbe þa feower anwaldas þara feower heafodrica þisses middangeardes*（第六巻第一章の章題。モセもそのことに触れているものの、告知動詞の拡充形の例として引用している）――も、このニッケルの分析によって解釈し直すことができよう。因みに、ビードにせよオロシウスにせよ、古英語版が章題で拡充形を用いたのは、ラテン語原典の影響とは考え難い。オロシウスの場合は、章題のリストは訳者が独自に作成したものであり[17]、またビードの訳では、章題の拡充形はラテン語版の分詞や異態動詞のみならず、とりわけ動詞の単純形に対応することが多いからである[18]。

以上のように、ニッケルの「背景」の概念は従来から挙げられている用例を新たな角度から見直すことを可能にするものであり、今後の研究の上で注目すべきであろう。実際それは、前節で論じたオロシウス訳からの二例についても、筆者の分析を補強すると言えるかも知れない。[19]「導入的背景」がその二例の最初の方――異教の史家からの引用の冒頭で用いた例――に当るとすれば、後の例――引用の終りの例――に対応するものとして、ニッケルは「結尾的背景」の用法を認めているからである。[20] ニッケルの「背景表示」と筆者の「談話標識」が完全に同じかどうかはともかく、両者はともに、拡充形が現れる文脈（とりわけ語りの構造）を重視する点で一致している。その一致は、拡充形研究の一つの方向――単一の文よりも大きな談話の流れの中で、語られた内容に対する作者の態度の現れとして捉えることの重要性――を示していると言えよう。古英語の拡充形は、周知のように、多くの場合、文法範疇というよりも文体のレベルの問題だからである。

4

以上、アルフリックの聖人伝と古英語訳オロシウスの歴史叙述の中に現れた拡充形数例を取り上げ、それらが語りの構造の中で「談話標識」として用いられている可能性を論じた。これらの限られた例だけからでは、そのような用法が古英語で確立していたと結論付けるのは尚早かもしれない。しかし加えてニッケルの研究があり、用いている術語こそ違うが、こちらも筆者の分析とほぼ同じ趣旨の結論に達している。しかもそれは古英語の用法の包括的な研究に基づく結論であり、そのことからしても、「談話標識」としての用法は実際には、古英語全般にわたって上記の数例以上に幅広く行われていたと考えることができるように思われる。

そのような可能性を示す例として筆者が今挙げ得るのは、次の二例だけである。いずれも作者不詳の復活祭の説教

からの例である。(21)

HomS 27.79 Be þyses dæges leohte micelnysse nu todæg wæron wundrigende þa hiwscipas on helle, forðan hi næfre ær ne gesawon swa fæger leoht swa hi þa gesawon, and hi þa swa cwædon, 'Hwæt la is þes wuldres Cyning buton hit si se ælmihtiga God?' and eac hi swa cwædon, . . .

HomS 27.138 Þy us þonne gedafenað þæt we ondrædon þa andweardnysse Godes and his engla. And hu he andswarigend[e] byð þam arleasum gastum, and þus cwæþende, 'Gaþ fram me ge awyrgde on þæt ece fyr . . .'. And he þonne cwyð ure Drihten to ðam arleasum, 'Ic wæs hungrig . . .'. Þonne cweðað þa unrihtwisan men to him 'Hwænne gesawon we . . .?' Þonne andswarað him ure Drihten and swa cwyð, 'Þonne ge hit ne dydon . . .'.

前者は「地獄の征服」、後者は「最後の審判」の場面の冒頭部分であるが、ここでもやはり、拡充形と単純動詞形の交替は前述の例と同じパタン——まず拡充形が一般的・要約的説明でその場面を導入し (*wæron wundrigende*; *andswarigende byð . . . cwæþende*)、それを後続の動詞の単純形（ここではすべて告知動詞）が具体的に時間軸に沿って詳述する——を示している。とりわけ第二の例では、拡充形も単純動詞形もすべて告知動詞であり、しかも同じ二つの動詞 (andswarian, cweþan) が語りのレベルによって両形で使い分けられているわけで、その点で拡充形の談話標識的機能が一層はっきり現れているといってよいであろう。

以上のことから、古英語の拡充形の表す意味の一つとして（ニッケルも夙に同じ趣旨のことを指摘しているように）「談話標識」という機能を付け加えてよいように思われる。しかしその先は依然として問題として残る。とりわけ、古英語全体でどの程度の広がりをもつ用法なのか、言い換えれば、どの程度個別の作者や作品の文体の特徴なのかという問題である。その点に関連して注目されるのは、本稿で筆者自身の例として挙げた拡充形は殆どすべて告知動詞の例であり、例外はアルフリックの最初の一節の bodian と HomS 27.79 の wundrian だけである。ということは、例えばアルフリックは「談話標識」としての用法を告知動詞以外にも拡大し、その用法を広げたということなのか。その広がりはほかに彼の散文作品のどこに見られるのか。これらの問題の検討は、他日の課題としたい。

注

（1）'Hagiography in Homily—Theme and Style in Ælfric's Two-Part Homily on SS Peter and Paul.' The Review of English Studies 2009; doi: 10.1093/res/hgp003（電子版）。

（2）上掲論文、注三六。この作品にはそれ以外にもう一例あるが (*ÆCHom* I 26.121)、Mossé, Fernand. *Histoire de la Forme Périphrastique* Être + Participe Présent *en Germanique*. 2 vols. Paris, 1938. vol. 1. 96. はこれを「起動相」と分類している。この例は Mitchell, Bruce. 'Some Problems Involving Old English Periphrases with *Beon/Wesan* and the Present Participle.' *Neuphilologische Mitteilungen* 77 (1976): 478–91. でも論じられている。

（3）本稿での古英語テクストの引用は以下の版による：Clemoes, Peter, ed. *Ælfric's Catholic Homilies. The First Series*. EETS ss. 17. Oxford, 1997; Bately, Janet, ed. *The Old English Orosius*. EETS ss. 6. London, 1980; Lees, Clare A. 'Theme and Echo in an Anonymous Old English Homily for Easter.' *Traditio* 42 (1986): 115–42.　作品の略称は DOE に従う。アルフリックが用いたラテン語作品と古英語訳オロシウスの原典の原文はそれぞれ Bonnet と Zangemeister の版によって確認したが、引用は省略する。

（4）Godden, Malcolm. *Ælfric's Catholic Homilies: Introduction, Commentary and Glossary*. EETS ss. 18. Oxford, 2000. 215. による。

（5）上掲書、二一五。

（6）古英語の拡充形の意味・用法については Mitchell, Bruce. *Old English Syntax*. 2 vols. Oxford, 1985. Vol. 1. 276. を参照。

（7）初出時の綴り字 'Sompeius' は写本のまま。EETS 版のグロッサリーは異綴りとして扱っている。

（8）ベイトリー（上掲書、二一三）はこの語の使用の理由として、古英語の訳者がラテン語の historicus と histrio を混同した可能性を考えている。

（9）ボズワースの現代英語訳 (Bosworth, Joseph. 'An English Translation of King Alfred's Anglo-Saxon Version of the Historian

Orosius.' *The Works of King Alfred the Great.* Ed. J. A. Giles. 2 vols. London, 1858; New York, 1969. Vol. 2. 65–66.) は、この句を 'godlike wonders' と訳すなど、この一節に見られる二つの歴史観の対立を十分に汲みとっていない。因みにベイトリー（上掲書、二一三—四）によれば、古英語の訳者は偶像神に対する態度を原作者以上に鮮明にしているという。

（10）上掲書、一〇一。

（11）同上。

（12）モセの研究に対する批判としては、例えばミッチェルの上掲論文を参照。

（13）上掲書、一〇一—〇二。

（14）Nickel, Gerhard. *Die expanded Form im Altenglischen.* Neumünster, 1966. 260–61. 引用は二六一から。ニッケル（同書、二六〇）はまた、「拡充形は語りの背景において継続する行為を表し、単純動詞形はそれと並行して進み終結する行為を前景として表現する」という意味のことを述べており、背景表示の用法は「継続」の意味から派生したと考えているようである。だとすれば、ミッチェル（上掲書、二七七）の、拡充形は「継続する過程を別の動作の枠として」表現するという説明も、ニッケルの言う用法の可能性を含むのかもしれない。

（15）別の個所（同書、二四八—五九）では韻文・散文両方から関連する例を多数挙げている。ただしそこでは「枠機能」として論じ、「背景」という語は用いていない。

（16）上掲書、二六二、脚注八一一。

（17）ベイトリー上掲書、xxxvii による。

（18）Raith, Josef. *Untersuchungen zum englischen Aspekt.* I. Teil. München, 1951. 48. による。

（19）本稿の「談話標識」という考えは、東京大学大学院総合文化研究科での古英語訳オロシウスの演習（一九九九年）の講義ノートと注一に記した拙論がもとになっている。ニッケルの分析に気付いたのは本稿を準備し始めてからであり、筆者の考えはそれとは独立して生まれたものである。

（20）上掲書、二六二。その定義は、「導入的」の場合と「逆の状況」なので省略する。

（21）この二例については、近刊の拙著 *Language and Style in Old English Composite Homilies* (Arizona State University, 2009)、第五章でも論じた。

編集後記

本書は、富士川義之、久保内端郎の両先生が、平成二十一年三月吉日をもって駒澤大学をご退職なさったことをお祝いし、両先生の同僚、教え子、駒澤大学に縁ある者が健筆を揮ったものである。富士川先生は、平成十年から十年間に亘って駒澤大学文学部英米文学科、並びに大学院で教鞭を執られ、久保内先生は、平成十七年からの五年間の在職期間であったが、富士川先生の後任として、平成十七年から十八年にかけて大学院の専攻主任の重職に就かれた。奇しくも、両先生の前任校は東京大学である。英文学と英語学の両大家を駒澤大学英米文学科に招聘できたことは、望外の喜びであった。学部、並びに大学院で、両先生の指導を受けた若き研究者が着実に育っていることは言うまでもない。

表題の『梅檀の光』は駒澤大学の校歌（北原白秋作詞）から採ったものであり、「梅檀は双葉より芳し」の故事にある通り、ここには、両先生の薫陶を受けた学徒が大成することを願う気持ちが込められている。「梅檀林」は、「行学一如」を建学の理念とする駒澤大学の古称であり、一五九二年に設立された駒澤大学の淵源「学林」が、一六五七年に、吉祥寺駒込に移転した際に、中国の名僧、陳道栄によって命名された学寮名である。

両先生が指導された大学院の歴史を振り返れば、昭和四十一年（一九六六）に、松浦一、中島関爾、熊代荘歩、田中準、本田顕彰の各教授が中心となり、英文学専攻科（現英米文学専攻科）修士課程が設置され、昭和四十六年（一九七一）には、中島関爾、三神勲、飯島淳秀、岡田尚の各教授が中心となり、博士課程が設置された。富士川、久保内両先生の赴任以前から、現英米文学専攻科は、金関寿夫、高松雄一、杉浦銀策等の各専任教授を始め、成田成寿、繁尾久、土岐恒二、小川浩、赤祖父哲二、新倉俊一、河野多恵子等の各兼任講師といった有力な教授陣に恵まれてきた。本書は、当然ながら、富士川、久保内両先生の学恩に報いるものであるが、それと同時に、現在の駒澤大学大学院・英米文学専攻科の歴史を築いてこられた他の多くの著名な教授の学恩に報いるものでもある。

平成二十一年三月に深沢キャンパスで行われた富士川、久保内両先生の最終講義は、多くの聴衆に深い感銘を与え、指針を示すものであった。その貴重な講義「文学と絵画——ラスキンとラファエル前派」と「初期英語研究とテクスト——ヴァリアントをめぐって」が、ここに活字となり復活したことは、日本の英文学研究と英語学研究にとっても大きな意義があるものと確信している。

「栴檀林」の名は、「証道歌」の一節「栴檀林に雑樹なし、鬱密深沈として獅子のみ住す」に由来している。栴檀という香木の林には、栴檀以外の雑木は一本も交ざらず、しかも、この栴檀林は日影も射し込めないほど鬱蒼と茂っているため、百獣の王である獅子のみがここを住みかとし、ここには、他の獣は住めないのである。多くの若き学徒や後人が、この「栴檀林」駒澤大学に住んだ真の勇猛な獅子たちを目指し、今後も、己が獅子になるための研鑽を積むことを祈念している。本書の刊行を快諾してくださった金星堂の福岡正人氏に心からの謝意を表したい。また、校正原稿を精査していただいた本城正一氏にも、厚く御礼を申し上げたい。

東　雄一郎

執筆者一覧

富士川義之	ふじかわ　よしゆき	元東京大学・駒澤大学教授
久保内端郎	くぼうち　ただお	元東京大学・駒澤大学教授

（イギリス文学）

石原　孝哉	いしはら　たかや	駒澤大学教授
河崎　征俊	かわさき　まさとし	駒澤大学教授
高野　秀夫	たかの　ひでお	駒澤大学教授
高野　正夫	たかの　まさお	駒澤大学教授
加藤　光也	かとう　みつや	駒澤大学教授
モート・セーラ		駒澤大学准教授
川崎　明子	かわさき　あきこ	駒澤大学准教授
逢見　明久	おうみ　あきひさ	駒澤大学准教授
高橋　美貴	たかはし　みき	日本大学付属習志野高等学校教諭
落合　真裕	おちあい　まゆ	駒澤大学非常勤講師
濱口　真木	はまぐち　まき	駒澤大学非常勤講師
進藤　桃子	しんどう　ももこ	駒澤大学大学院博士後期課程
大渕　利春	おおぶち　としはる	駒澤大学非常勤講師
鈴木ふさ子	すずき　ふさこ	青山学院大学非常勤講師
丸小　哲雄	まるこ　てつお	駒澤大学教授
土岐　恒二	とき　こうじ	元東京都立大学教授・前文化女子大学教授

（アメリカ文学）

原　　成吉	はら　しげよし	獨協大学教授
西原　克政	にしはら　かつまさ	関東学院大学教授
岩原　康夫	いわはら　やすお	工学院大学教授
川崎浩太郎	かわさき　こうたろう	駒澤大学非常勤講師
佐藤江里子	さとう　えりこ	駒澤大学非常勤講師
椀台　七重	わんだい　ななえ	鶴見大学非常勤講師
東　雄一郎	あずま　ゆういちろう	駒澤大学教授

（英語学）

唐澤　一友	からさわ　かずとも	駒澤大学准教授
佐藤　真二	さとう　しんじ	駒澤大学教授
狩野　晃一	かのう　こういち	駒澤大学非常勤講師
小川　　浩	おがわ　ひろし	前東京大学教授・昭和女子大学教授

梅檀の光
——富士川義之先生、久保内端郎先生退職記念論文集

2010年3月30日　初版発行

編著者　富士川義之
久保内端郎
東雄一郎

発行者　福岡靖雄

発行所　株式会社 金星堂
（〒101-0051）東京都千代田区神田神保町 3-21
Tel. (03)3263-3828（営業部）
(03)3263-3997（編集部）
Fax (03)3263-0716
http://www.kinsei-do.co.jp
編集担当／ほんのしろ　Printed in Japan
カバーデザイン／岡田知正　題字／山内麗泉
印刷所／モリモト印刷　製本所／井上製本所

落丁・乱丁本はお取り替えいたします

ISBN978-4-7647-0998-0 C1098